讲台

张述——著

北京联合出版公司

图书在版编目（CIP）数据

讲台 / 张述著. -- 北京：北京联合出版公司，
2025.8. -- ISBN 978-7-5596-8566-7

Ⅰ. I247.5

中国国家版本馆 CIP 数据核字第 2025XZ5650 号

讲台

作　　者：张　述
出 品 人：赵红仕
策 划 人：王唯径　沈　澈
策　　划：上海紫焰文化传媒有限公司
责任编辑：李艳芬
特约编辑：王菁菁　朱若愚
营销编辑：张　青　谢灵芝
封面设计：郭　紫
封面插画：叶伟洁
内文排版：吴星火

北京联合出版公司出版
（北京市西城区德外大街 83 号楼 9 层　100088）
北京联合天畅文化传播公司发行
河北文扬印刷有限公司印刷　新华书店经销
字数：382 千字　880mm×1230mm　1/32　15.25 印张
2025 年 8 月第 1 版　2025 年 8 月第 1 次印刷
ISBN 978-7-5596-8566-7
定价：69.80 元

版权所有，侵权必究
未经书面许可，不得以任何方式转载、复制、翻印本书部分或全部内容。
本书若有质量问题，请与本公司图书销售中心联系调换。电话：（010）64258472-800

目录
CONTENTS

第 一 课　　你得拼了 / 1

第 二 课　　逃跑计划 / 23

第 三 课　　岗前培训 / 49

第 四 课　　接受失败 / 73

第 五 课　　打地鼠 / 94

第 六 课　　斗恶龙 / 118

第 七 课　　十分之一次感动 / 140

第 八 课　　死磕 / 163

第 九 课　　分数线 / 182

第 十 课　　故旧新朋 / 201

第十一课　　手心手背 / 220

第 十 二 课　　稻草人 / 244

第 十 三 课　　第一道光 / 267

第 十 四 课　　最后一课 / 290

第 十 五 课　　骰子已经掷下 / 312

第 十 六 课　　Nemo / 337

第 十 七 课　　夜雨寄北 / 357

第 十 八 课　　时光倒流 / 381

第 十 九 课　　为了看太阳 / 406

第 二 十 课　　如兄如弟 / 421

第 二十一 课　　梦想的代价 / 437

第 二十二 课　　学生长大了 / 461

尾　　声　 / 482

第一课　你得拼了

顾盼觉得自己这辈子完了,他将在二十二岁时死去,在七十岁时被埋葬。

处室里难得就剩他一个人,顾盼把国考的复习材料摊到桌面,玩起手机。十分钟后他放下手机,一目十行地翻过两页习题,手指有节奏地敲着桌面。他拧开水杯喝了一口,又喝一口,在稿纸上默写今年世界杯的球队分组。他跑到那台能上外网的电脑前上了会儿网,然后回到工位,趴在桌子上,向复习材料瞥去一眼——"扶贫必扶智。让贫困地区的孩子们接受良好教育,是扶贫开发的重要任务,也是阻断贫困代际传递的重要途径"。他靠在椅背上,翘起前两只椅腿,双手枕在脑后,仰望天花板,身体几乎要滑落到地板上。

走廊里回荡起一个中年女人的歌声,用美声唱着某支广场舞神曲。顾盼像触电一样迅速恢复成正常坐姿,转过脸的同时,王姐粗壮的腰身正堵在门口,过量的玻尿酸使得她的笑容有些僵硬,她的眼睛瞪着顾盼:"小顾啊,两篇工会新闻稿今天能出来吗?我是前天布置的。"

"您擎好。"顾盼像老北京的茶馆跑堂那样夸张地点头哈腰,"下班前保证发您。"

王姐伸出浑圆的手臂,向他递去两份文件:"陈司已经签了,复印之后归档，各处室都送一份。服务中心刚来电话，让去领新一批的办公用品。李处他们屋也该换饮用水了。"

顾盼答应一声，懒洋洋地起身，侧身避开她出了办公室。

"别忘了给陈司取报纸啊！"

"您擎好。"

"另外，你再催催后勤，复印机都坏三天了。"

"您擎好。"走廊里传来顾盼拖着长音的回答，余音淹没在王姐的歌声中。

手推车缓缓滚动，顾盼拖得很小心，以免与地板摩擦发出刺耳声响。这个上午注定又没法复习了，好在自己也看不进去。他盯着电梯指示灯，电梯一直卡在八楼不上不下。拉着手推车没法走楼梯，顾盼只能一直等下去，他踱到窗前，望着远处的建筑群落，想象自己在连绵的屋檐上奔跑蹦跳，一路爬上摩天大楼，再摆出个"信仰之跃"的姿势，张开双臂从楼顶跳下。

现在是2018年4月15日，离大学毕业还剩三个月零五天，外加——顾盼瞟了下挂钟，10:45——十三个小时。活了二十二岁，他从没像现在这样烦闷和绝望。

"所以你到底想干吗？"耳畔又回荡起他爸的声音。

"不知道。"顾盼当时跷着二郎腿，实话实说。

那次谈话，他爸破天荒没对他吼叫，而是在沙发上正襟危坐，摆出面对下属时语重心长的派头，显然是希望营造出父慈子孝的氛围，可顾盼的应对还是迅速让气氛变得剑拔弩张。

"你妈给你找对象，你也不见。"

"我跟我妈在婚恋观上有分歧。"顾盼面不改色。他妈坚持未来的儿媳要有北京户口，顾盼找女朋友的标准则没那么功利，自己喜欢就行。

"凭你现在的条件，你说你还能干吗？要不是你哥，都没单位肯要你。整天就知道跟侯大磊他们胡混，一点也不操心将来。"

顾盼攥紧拳头，仿佛又看见堂兄那亲热中混着轻蔑和怜悯的神情，犹豫是否该立刻发作。他最后还是决定低头看手机，猴子刚发来一条微信语音，他点击"文字转换"，明晚又是一场酒局。

他爸伸手夺过他的手机，指点着他："你得拼了，再不努一把力，就得一辈子给人打杂。"

顾盼盯着被抢过去的手机没吭声，手掌张开再攥紧，像一只正打算火中取栗的猫。

"在这里先将就一年，一边上班一边复习。先通过国考，其他的我给你想办法。"

最后这句话开始了顾盼眼前的生活。想到这里，他灰溜溜地低下了头。

电梯门终于开了，顾盼拖着手推车走进去，想象自己被封闭在一座棺材里。就这样一辈子给人打杂吗？电梯一层层下降，顾盼觉得胸闷得厉害。每月几千块工资，每天上下班各挤一小时的地铁，工蚁般在各楼层的处室之间爬上爬下，被王姐们吆喝来吆喝去，做着几乎是个人就能干的杂活。才实习了一个月，他就开始厌倦起这里的一切，想想渺茫的未来，更有种一拳砸烂电梯门的冲动。

更可怕的是，这已经是他目前能找到的最好的工作了。

我明明是要做大事的啊！顾盼在心底咆哮着，搜肠刮肚回忆曾经的那些梦想。他想过要当蝙蝠侠，骑着重装摩托在雨夜的幽暗都市横冲直撞。也想过参加海军陆战队，满眼血肉横飞，子弹从耳边呼啸掠过，背景是中东的黄沙、南美的雨林或者南太平洋的怒涛。他羡慕过街头那些卖唱歌手，想象自己也背一把吉他到处流浪，白天在暖阳下席地而坐，晚上露宿桥洞，留得老长的头发和胡子从来不洗。这些大大小小的梦想就像一串串肥皂泡，一个接一个从心头升起，轻盈闪亮而脆弱，转眼就会破碎，剩不下什么。

他再次掏出手机，随意点开一部电影，蓝牙耳机里传来英文对白："我只是……担心我的未来……我不知道……我希望它……与众不同。"

顾盼看了看片名，《毕业生》。他把进度条拖到开头，电梯门打开了，《寂静之声》的静谧旋律伴随他迈出电梯，他这才稍微平静下来。接下来的几天，他反复在听这首歌。

耳机中最后一丝余韵也消失了，顾盼望向窗外。细雨刚停，潮湿的晨风带来凉意，梧桐树叶在沙沙响动。不远处是学校的足球场，正在踢比赛，反衬得空旷的阅览室里加倍寂静。他厌烦地盯着复习资料，报复似的狠狠合上书，起身来到窗口。球场旁来去匆匆的女生们衣衫比前些天单薄了些，可夏天还是没来。也是这时候，他听到了什么声音，细若游丝。

是猫叫，还是一只小猫，声音很急迫。顾盼从窗前探出头，阅览室在三楼，看不出楼下绿化带中的异样。他几步抢到阅览室另一面，攀到窗前，没有找到猫，却见到了一个女生。

图书馆的背面是一座小院，堆积着旧家具、报废自行车、木料、砖瓦等杂物，俯瞰下去如同一片废墟，墨绿的苔藓在潮湿的红砖墙根长成一片。湿漉漉的水泥地上站着一个身材高挑的长发女生，青绿色长裙仿佛一根雨地里的细竹，猫叫声从她面对的方向传来。

顾盼迅速收拾东西，把书包往肩后一甩，快步跑出阅览室，蹿到楼梯最后几级时一跃而下，来到后院才放轻脚步。女生没察觉到身后有人，依旧高举一只手在召唤猫，声音轻柔得像在对孩子说话。顾盼在十几米外清了清嗓子，女生吓了一跳，转过身后下意识地张开双臂，似乎想守护身后的秘密。

顾盼指了指她身后："有猫？"女生点头。顾盼把这看成"允许通过"的表示，放慢脚步走上前，猫叫声越发急促。

一只细瘦的狸花猫蜷在潮湿的木板堆上，亮晶晶的双眸盯住不速之客，顾盼原以为是它在叫，很快木板缝里钻出另一只更小的狸花猫，整个身体比人的拳头也大不了多少。它咧开三瓣嘴，露出一对细细的小虎牙，奶声奶气地拖起长音。

　　"它被困住了。"女生仰头盯住小猫，轻柔的声音似乎怕惊到猫，"我一往前凑，它就向后躲，它妈妈也不让我过去。"

　　顾盼偷偷观察着她。女生双眉纤细，睫毛很长，眸子清澈明亮，扬起的脖颈白皙修长，让他联想起天鹅，他注意到她脖颈上戴着一件心形的水晶挂坠，背包上挂着个稻草人。这是大部分男生都会喜欢的类型，顾盼在心底吹了声口哨。

　　"我想用牛奶逗它下来，它也不理我。"女生又说。顾盼这才看到她手里攥着一小瓶牛奶，手指纤长。一双弹钢琴的手，顾盼他妈很爱这样说。

　　潮湿的空气中氤氲着不知从哪儿飘来的浓烈花香，顾盼深吸了一口气，花香沁人心脾。他蹑手蹑脚地靠近木板堆，小猫飞快钻进木板的缝隙，大猫也横在他的头顶，发出低沉的嘶吼。顾盼刚伸手，它就一声咆哮，闪电般挥出爪子，顾盼"啊"了一声。

　　女生在他背后叫了声"小心"，顾盼扭过脸，吐了下舌头笑了："没挠着，吓唬你呢。"

　　女生"哦"了一声。顾盼环顾四周，扛来一块长木板，在两只猫和地面之间搭起一座桥，示意女生和自己一起后退。女生不知从哪个角落拾来一个小搪瓷盆，把牛奶倒进盆中，放在木板的尽头，这才和顾盼退到足够远的距离。

　　大猫先踏上木板，小猫也很快探头，来到木板边缘，伸出猫爪试探坚固程度，然后小心翼翼踏上，女生望着它们安然抵达地面，埋头舔起牛奶，满怀感激地对顾盼一笑："谢谢。"

　　顾盼颇有些飘飘然："你经常来这儿喂猫？"

"上个月才开始的。当时大猫刚生了这窝小猫，要么死了，要么不见了，只剩这最后一只。我埋了两只死掉的小猫，又给它们搭了窝，以后就经常来喂，那个小盆就是我带来的。"女生回头望去，一大一小两只猫还在舔牛奶。

"你喜欢猫？"顾盼问，两人并排往院子外面走。

"特别喜欢。有时候我会想，自己也是一只猫就好了，静悄悄跑来跑去爬上爬下，也没人注意，可以随便探索整个世界。"

"你这么喜欢，干脆收养了呗。"

"宿舍不让养啊。"

"偷着养。"

"那哪行？宿管阿姨发现了要没收的。再说，它们这样自由自在也挺好的。"

"猫自由了，其他小动物可倒霉了。"好不容易能卖弄见识了，顾盼顿时精神抖擞，尽管他自己也是现趸现卖，"流浪猫吃饱了猫粮还会捕鸟玩，破坏生态。这么放养也会遇到各种危险，所以寿命一般也就两三年。"

女生的表情隐隐有了不快，顾盼赶紧找补一句："当然，有爱心总归是好事。可惜我家不能养猫，我妈嫌猫掉毛，不然我就收养了。"

女生垂下眼睛："我就是觉得它们很可怜，其他也没多想。其实我也不知道能喂它们多久，挺想找个人家照顾它们的，再过几个月我就该毕业了。"

"咱俩同级？"顾盼回过神来，一脸愕然。

"你也大四？"

"法律系，顾盼。"

"我是教育系的，我叫李桃。"

之后的对话当然都围绕着毕业展开。顾盼主动提起实习的部委，故意隐去了自己的工作内容,再问李桃未来的打算,她却笑笑不肯直说。之后他们聊起各自同学的去向,互相交换系里的趣事,哪门课程、哪位老师最有意思。顾盼诧异于两个系的宿舍楼并不远,为什么从没见过她,李桃回答,教育系之前都住在昌平校区,大四才搬过来。

为了拉近距离,顾盼装作无意地讲了两个经常用来卖弄的笑话,特意把主角换成自己的哥们儿。李桃跟着笑笑,没再多说什么。顾盼心跳有些加快,嘴里也干涩了许多,还几次挺直腰杆,希望在李桃眼中显得再高一些。往常和其他女生臭贫,自己几句话就能逗笑对方,如今一向擅长的手段却打不开局面,李桃在礼貌中始终透着疏远。

他们来到操场旁,球赛还在进行,下半场快结束了。顾盼把话题往球赛上扯,透露出自己系队主力前锋的身份:"周五有我们系的比赛,过来看呗。"

李桃又是笑了笑:"谢谢,可我那几天会很忙。"他再约她一起吃午饭,她回答自己吃过了,准备回宿舍。

黔驴技穷。顾盼不甘地看着李桃向另一条路走去。直到她的身影快要消失,顾盼突然灵机一动:"我有个哥们儿正好家里想养猫,要不我问问,让他把那猫收养了?"

李桃转过身,甩起了一头长发,她眉宇间露出兴奋:"收养哪只,大猫还是小猫?"

"都养。"

两人交换了手机号。储存号码的时候,顾盼的指尖有些发颤,连续输错了两次,目送李桃的背影消失在拐角后,立刻搜索到她的微信。李桃的网名是"下自成蹊",头像是她自己的卡通肖像,顾盼第一时间点击了"申请好友",一颗心怦怦乱跳。身后的球场爆发出欢呼,终于进球了。

他又拨通另一个号码:"喂,猴子?你不是说想养猫吗?给你找了两只……别废话,两只都得养……我管你养得了养不了,这事你必须帮忙,关系我下半辈子的幸福……"

挂掉电话,他低头去看刚才被猫抓破的伤口,龇牙咧嘴地往外挤出血滴,匆匆跑向医务室去打疫苗。

这天剩余的时光,顾盼一直魂不守舍,每隔几分钟就要掏出手机,确认自己是否通过了验证。晚上联网打游戏也是心不在焉,连累大家输了好几局,气得猴子专门打来电话把他臭骂一顿。顾盼刚关闭和猴子的语音,就收到了系统提示——"我通过了你的朋友验证请求,现在我们可以开始聊天了"。

他迫不及待地发过去一个咧嘴笑的表情,不等回复就点开李桃的主页,结果很失望,"朋友仅展示最近三天的朋友圈"。他恨死这个功能了。眼前只有主页的封面,那是一幅书法,字体清瘦如竹。顾盼认出了这么几句:雷填填兮雨冥冥,猿啾啾兮狖夜鸣;风飒飒兮木萧萧,思公子兮徒离忧。

顾盼等了又等,还是等不到回复,又发去一条信息:"这么忙?"
李桃终于回了他:"不好意思啊,一直在忙。"
"哦,没事,我问过哥们儿了,他没问题,两只猫一大一小都能收养,看你哪天有空,咱俩一起去捉猫。"
"好啊,太棒了,感谢。明天我要忙一个活动,恐怕全天都没时间,再过几天可以吗?"
"我没问题。什么活动,我能参加吗?"
"你不会感兴趣的。"后面是个抿嘴微笑的表情。

顾盼正在敲"不一定啊,没准我会喜欢",李桃又发来一句:"那我先忙啦,过几天联系。"他赶紧把正要发出的句子删掉,换成"好,回头联系"。再点开李桃的主页,还是空空如也,他索性坐在床位上一遍遍刷着手机,自己也不知在等什么,好久没有这种心动的感觉了。

第三十次或者第四十次刷新时,李桃忽然更新了状态,顾盼马上坐起来,屏幕上只有一句话:"宣讲会定在明天下午两点,感兴趣的同学欢迎去听哦。"后面是教室的地址,又配了个"可爱"的表情。

同样的表情也浮现在顾盼的脸上,他在那条状态下点了个赞。

顾盼从没见过这么小规模的宣讲会。教室能坐下一百人,可座位空出了将近一半。他怀疑不少听众也只是在上自习而已,环顾四周,发现确实有几个学生在专心致志地自习,还有人在埋头写作业。

他再望向讲台前的李桃,脑子有些发蒙。李桃的发型改成了马尾,又换上一件白色文化衫,上面的鲜红字迹如同舞动的火焰,其他几位工作人员也是同样衣着,都坐在第一排。最边上那个留平头的眼镜男比所有人都成熟,一副扑克脸,估计是老师。他们衣服上的文字和屏幕上将要播放的PPT、立在会场门口的易拉宝上的一致:"新青年,新支教!"

顾盼从没关注过支教,京郊农家乐已经是他对农村生活认知的极致。学校每年都有为期一个月的暑期支教,一群和李桃类似打扮的志愿者热情洋溢,向路过的同学发资料、做介绍,作为没那么朝气蓬勃的学生,顾盼每次都要绕道走。他万万没想到,自己也会参加支教的宣讲会。

李桃也看到了坐在第二排的顾盼,表情有些意外。顾盼露出夸张的笑容,幅度很大地冲她摆手。李桃轻微点头算是回礼,她敲了敲话筒,向听众做开场白:"各位同学,欢迎参加支教组织'微光'在燕京师范大学的第一次宣讲会,我是主持人李桃,来自教育系,已经选择成为一名支教老师,即将在毕业后前往云南乡村支教两年。"李桃的声线很清澈,只是有些过于追求字正腔圆,播音腔很浓。

顾盼心疼得直咧嘴,似乎听到心头希望破灭的声音。在他的印象里,支教无非是主旋律电影中那些反复渲染的符号:昏暗破败的教室,满面风霜、身形佝偻的乡村教师,衣不蔽体、骨瘦如柴的孩子们,再配上煽情音乐和"大爱无疆"式的颂词。每次电视里出现类似镜头,他妈都要看得眼泪汪汪,顾盼则永远对这种宣传唯恐避之不及。

挺好的姑娘,没事支什么教呢,还两年?可惜了。

"我相信大家能坐在这里,肯定都是因为对支教,对中国的乡村教育,乃至对公益事业有一定的兴趣……"

那可不一定。顾盼暗想。

"首先,我想请大家看一段视频,以便对我们所做的事情有一个基本了解。"

屏幕上出现了连绵青山,萦绕山端的流云向稻田投射下不断变幻的影子,整洁明净的教学楼伫立在光影交错的山坳中。琅琅读书声伴随轻快的音乐响起,身着校服的学生们读着课文,在阳光下的操场奔跑、蹦跳、做游戏。随后出现了支教老师们青春洋溢的面孔,他们逐一介绍自己的名字、毕业学校、专业、支教地和教授科目,以及选择支教的理由。顾盼注意到,所有人都来自重点大学,还有好几个是海外名校毕业。

"选择支教,是希望给自己一段不同寻常的经历,让自己了解中国,了解乡村。"

"二十岁做了这件事,八十岁回忆起来还会笑。"

"想让这个社会,因为自己的努力向好的方向多发展一点点。"

"因为这些孩子,看看他们的笑脸,无论遇到多少困难挫折,我都会重新充满力量。"

"特别想建一所乡村学校,然后一辈子就待在那里。"那个疑似老师的扑克脸眼镜男在画面中说。

....

镜头前出现了李桃,她双手搭在窗台前转过头:"我的父母都是因为考上大学才走出乡村,改变了命运,从小我心里就有当老师的梦想。也一直知道,帮助别人比接受帮助更快乐。"

视频的最后,孩子们簇拥在镜头前望着观众,黝黑稚嫩的小脸、闪亮的眼睛让顾盼想起昨天救下的小猫。会场内响起掌声,顾盼也跟着鼓起掌。李桃关闭播放器,重新走上讲台:"视频中的乡村学校,或许会给大家带来不一样的感受。微光之所以要说新支教,就是因为如今的中国农村和我们的一贯印象完全不同;微光的支教,也和大家以为的完全不同。"

她转身播放起PPT,崭新的教学楼伫立在观众眼前,会场内响起轻微的惊叹。

"2008年汶川地震过后,各地方政府都对本地的学校建设加大了投入,乡村学校普遍有了完善的硬件设施,可农村教育的现状仍没有好转,原因只有一个:缺老师。当地老师本来人数就少,又普遍年纪大、学历低,还缺少副科老师,这是无论投入多少资金都难以解决的问题,也是我们要去支教的原因。我们的愿景是希望全中国的孩子都能享受到优质的教育。"

太理想主义了。顾盼低头玩起了手机,心里悄声叹息,真有人会扎根农村,在那里一待就是几年?视频里的学生都很可爱,但他并不觉得自己会为他们而选择支教。倒是支教生活看来并没有想象中那样凄惨,在这种山清水秀的地方待一阵子、过过田园生活,好像也还不错。当然,身边再有一位美丽温柔的乡村女教师就更好了,他抬头看了眼李桃。

宣讲会进入到自由提问环节。第一个提问的男生站起身,推了推眼镜:"我想问下,你们怎么会有这样的念头,要去教一群和自己毫无关系的农村孩子?"

李桃举起话筒："拿我自己来说，首先是因为情怀。我父母都是老师，小时候我最喜欢的游戏也是扮演老师，给弟弟妹妹讲课。我很早就确定毕业后要从事教育，这是我真正热爱的事业。其次是因为理想主义的愿景，我希望能把自己明白的道理、学到的知识教给孩子们，为他们带来一些改变，乃至让农村也有所改变，我觉得，我们每个人都可以为这个社会的发展做出些什么。"

男生坐下了，脸上的表情仍有些将信将疑。其他提问者陆续举手，有人问参加支教能有什么回报，李桃说这是公益性质的支教，老师们只是每月有一些用来维持生活的补助，但支教不是一味地付出，也会锻炼自身能力，给自己留下一段终生难忘的经历；有人问从没教过书，怎么保证能讲好课，李桃回答，每位老师入职前，都要集中接受培训，有练习试讲的机会；又有人问支教结束后怎么办，李桃说，支教会极大锻炼老师的个人素质，这些会为求职带来很大助力，如果继续读书，这段经历也会在申请学校时加分不少。

一个身材娇小、眼睛大得像动漫女主角的女生举了好几次手才得到发言机会，握着话筒怯生生开了口，声音纤细："师姐你好，我也是教育系的，比你低一级。听了介绍我很想去支教，但也想问下，支教会不会遇到安全问题？因为我在网上看到，有的地方支教的女老师会、会遇到……"她涨红了脸，似乎后面的话羞于出口，"会遇到性骚扰。"

有男生在低头窃笑，很多女生的脸上浮现出关切。

李桃倒是不以为意："工作人员选择支教地时，会预先筛掉有治安隐患的地区，也不会选择太偏远落后的地点，还要和当地教育部门、学校签署协议，对方有责任保证我们的人身安全。还有，大家会以团队形式去支教，每个团队尽力保证男女生各半，彼此好有照应。最后，还有熟悉当地情况的工作人员为大家提供支持。"

另一个女生起立："我也想问个问题。你们的支教有什么意义？"

"我刚才回答了，情怀和理想主义……"

"不是对支教者，"提问的女生打断了李桃，语气果断，"是对学生。我了解一些暑期支教，志愿者在农村待上一两周、最多一个月，陪孩子们玩一玩，回去后就可以标榜自己有爱心；甚至有人选择支教，主要就是为了简历更好看。可这样浮皮潦草的支教，能对农村学生有多大帮助？"

李桃点点头："这就是为什么要长期支教，老师只有和学生朝夕相处，才能对学生有所影响。"

"然后呢？你们教过的学生有多少考上了大学、改变了命运？"

提问的女生留着女干部头，戴黑框眼镜，衬衫的扣子一直扣到领口，盯住李桃的目光咄咄逼人，顾盼总觉得好像在哪里见过她。

李桃踌躇了一下："我们微光支教刚进入第五年，第一届老师教过的初中生才考上高中，加起来大概三四十人。我知道人数有限，但我们会继续努力。"

"你们所谓的'继续努力'，不过是继续用情怀、理想这类大词来自我陶醉、自己感动自己。我相信你们确实都有付出，甚至会付出很多，但这些极可能都是无效的，至少也是低效率的。它最大的作用仅仅是让你们得到了'我支教我光荣'的道德优越感，可乡村教育到底有了多少实质改变？我需要看到可以评估的成果。"

顾盼皱起眉。他想起来了，女生是邻校辩论队的，曾代表学校来燕京师范大学比赛，自己当时也旁听过那场辩论。她应该是研究生，别看个子瘦小，辩风却是公认的犀利磅礴，到后来，只要她一站起身，本校的几位辩手就变得神情紧张。李桃这下可有麻烦了。

坐第一排边上的眼镜男想起身，李桃对他摇头，重新面向辩论队女生："我们的力量确实还很薄弱，所以需要更多志同道合的伙伴加入我们。"

"既然希望大家加入，就更要拿出有说服力的证据。你总不能

讲台　13

回答：'对不起，虽然我们也不知道我们的事业有什么意义、该怎样发展，但你可以先加入我们啊。'"

会场内响起了骚动，不少人暗自点头。李桃张了张口没有出声，似乎是在考虑如何回答才能滴水不漏，辩论队女生转向听众，志得意满的模样让顾盼想起欧美律师在面对陪审团："同样的问题，我也问过其他支教者，回答不外乎'我们给学生带去了快乐与梦想'这类虚辞。然而在中考、高考面前，它们没有多大意义。只要最后考不上大学，学生仍然无法改变命运，贫困的代际传递还是会延续。"

骚动声更大了，许多听众在窃窃私语，很快有人在座位上直接开口："现在就业压力这么大，本科生毕业找份工作都不容易，支教两年后早就不是应届生了，工作更难找了吧？"

"我同学他们学校的研究生支教团只去一年，回来还能保研，划算多了。"

"那些农村孩子没救的。我老家中学的学生根本就不学习，整天惹是生非，连当地老师都放弃他们了，我们去了就能教好？"

"整个农村都这样，千万别以为农村就是世外桃源，农民都淳朴善良。"

"农村的落后和我们有什么关系？"后排有人高声喊，"扶贫是政府和国家的责任，凭什么让我们去奉献牺牲？"

"让领导先去支教！"又有人喊，喝彩声四起，还有人隐约提到了上山下乡。

质疑声越来越多，顾盼看到李桃几次想回答听众的问题，可不等开口，新的质疑又接踵而至，眼镜男则在座位上一动不动，默默听着身后各种动静。

辩论队女生在喧闹中盯着李桃，表情意味深长。会场稍微安静之后，她重新开口："大家的意见很多，但我觉得可以归结为一个问题——你们的支教有没有用？我需要证据，要看到考试成绩、升学率之类实实在在的数据。"

李桃重新开口:"我觉得不能仅仅用成绩作为衡量依据……"

"请告诉我,能不能拿出证据?"女生加重了语气,"能,还是不能?"

顾盼忍不住了,从前排转过身:"这位同学,还有其他那些反对的,你们这么说不合适吧?不管人家做出多少成绩,至少用意是好的,也确实是在付出。我们就算不认可,也不应该指责。"

女生转向顾盼,抬起一根手指,仿佛长矛的矛头:"就因为大家都像你这样抱有纵容心态,支教的各种问题才迟迟无法得到有效纠正,太多志愿者因此沉浸在自我感动中,却忽视了如何真正解决问题。而我,"她把手掌放在自己胸口,一脸郑重:"有责任去纠正。"

顾盼站起身:"那你又干了什么?"

女生显然在等这句:"这两年我一直在利用课余时间深入了解中国农村问题,同时还在写相关论文,里面会囊括我所了解的一切。"

"你自己没支过教?"

"在没确定支教有意义之前,我不会贸然做出这种选择。"

顾盼笑了,这个回答不出意料:"也就是说,你根本就没支过教,也不准备去,唯一做的就是在旁边指手画脚。纸上谈兵听说过吧?"

女生睁圆了黑框眼镜背后的眼睛:"我批评厨子手艺差,难道还要学会自己炒菜?"

"随便批评,嘴长你自己身上,没人能让你闭嘴。关键是,看着问题不爽,就想办法去解决啊,只会揣着手一遍遍唠叨'不能发生这种事',有用吗?"

"我们呼吁几句,以引起大家注意,怎么没用了?"

顾盼露出了挑衅的笑容:"我讲个笑话吧。你是个经济学家,这天和一个物理学家、一个化学家流落荒岛,岛上什么吃的都没有,你们三个人只有一个罐头。物理学家打算用石头制造工具,砸开罐

讲台 15

头；化学家准备用海水腐蚀罐头；你呢？你盘腿坐着，盯着罐头不住念叨：'假如我有一把罐头刀……'"

有人在笑，也有人发出嘘声，顾盼面向整个教室："故事还有后续。人家吃了罐头，你只能饿着肚子抱怨：'没天理了啊，不该发生这种事。'有人问了，为什么不先去找吃的啊？你回答：'我不，就不，我批评厨子手艺差，难道还要学会自己炒菜？'"

笑声和嘘声更大了，不知是因为顾盼反驳的内容，还是因为他把女生的腔调模仿得惟妙惟肖。辩论队女生脸憋得通红："这个社会每个人都有自己的职责和位置，我满意并且擅长自己现在的角色，这就够了！"

"不就是什么也不做，只会嘴上说说嘛，还说得那么清新脱俗。你就饿着肚子捍卫批评的自由好了。"

"你不也只会嘴上痛快？"

"你以为谁都跟你一样？我当然要去支教了。"顾盼不假思索地回击，话刚出口，心里就咯噔一声，才意识到自己说了什么。

"好，那你马上报名去农村，然后一辈子待在那里，早一天回来都不算数。"

"第一，别玩道德绑架，我在农村待多久，你管不着；第二，我要去支教，就得先听宣讲会。可现在有人在挑事，让我听不下去，听不下去宣讲会我就没法去支教，你说怎么办？"就看她上不上钩了，顾盼心里掠过一阵恶作剧的快意。

女生又一次抬起手指："这是你所有话里唯一有意义的一句，我不再浪费时间了。"她怒气冲冲地抓起书包，迈着重重的脚步走向教室门口。

眼镜男站起身："这位同学。"女生收住脚步回过身，没有理会他，而是转向会场："最后，我很认真地奉劝大家，不要抱有幻想，不要浪费时间。就算非往火坑里跳，至少也注意人身安全，那种穷乡僻壤的地方再怎么预防，也难保没有安全问题。"

"想多了，以你的条件，根本不用担心安全问题。"顾盼挖苦了一句。

他没料到这句话的反响这么大。女生的嗓门陡然提高了八度："你什么意思？"至少有四五个女生也在开口帮腔，但她仍然是音量最大的，形容词和排比句排山倒海而来，顾盼这才体会到李桃想反驳却不知从何说起的处境，最后只好歪头听着，脸上挤出一丝笑容以示不屑。

女生疾风暴雨地把顾盼批判了一分钟，大步走出了教室，另外几个女生也跟着出去了。眼镜男走上讲台，从不知所措的李桃手中接过话筒："大家好，我是微光的工作人员，我叫付羽。"沉着的语调使会场内重新安静下来，顾盼也坐下了。

"刚才两位同学的讨论非常精彩，涉及支教的本质，我本来想打断，后来还是觉得应该多听听。走掉的那位同学在质疑，我们能不能立刻证明支教是有效的，我的答案是肯定的，肯定不能。"

许多人表情愕然，付羽的语气依旧平静："主持人也说了，我们的支教刚进入第五年，而教育的成果需要在更长久的未来才能看到成效，我们的确不能现在就断言，支教能怎么怎么样。所以请大家给我们时间，允许我们来尝试、摸索甚至试错。"

他话锋一转："但我也想说，很多事不是想好了才去做的，而是一边做一边找到解决办法。中国教育资源不均衡的现状，只有政府才有彻底解决问题的能力，单凭支教的确改变不了什么；但作为个人，我们仍然可以尽力发挥自己的一点力量，二者并不冲突。我们不是看到了希望才去坚持，而是只有先去坚持，才有可能看到希望。"

会场内响起了掌声，宣讲会回到了原先的轨道。

好歹挨到宣讲会结束，听众拥出了教室，还真有几个学生去填写支教意愿调查表，那个大眼睛的小女生也去找李桃，两人聊了好久。顾盼守在外面看工作人员收拾会场，等李桃独自走出来时快步迎上："对不起啊，本来想替你解围，结果……"

李桃笑了："你说得挺好。肯替我们说话，本来就该谢谢你。"

"请你喝饮料吧，算是赔罪。"顾盼这次倒是真心实意，"听了宣讲会，我也对你们的事挺感兴趣的。"

在冷饮店刚一坐下，顾盼就再次道歉，李桃摇摇头："习惯了，我在其他学校也参加过宣讲会，大家总会遇到各种各样的质疑，很正常。那些质疑的人本身也不会选择支教，只是为了给自己的拒绝找个理由。所以我们早就有觉悟了，有人认可当然很好，没人理解也没关系。"

"就是欺负你太淑女了，对这种人就得针锋相对。"

李桃摇头："就算有那个口才，我也不会和她争。靠辩论是说服不了对方的，越辩论越会加深分歧。"

顾盼还是第一次听到这种说法，他想了想，好像是这么回事。

李桃捏住吸管，轻搅着杯中饮料："再说，她说的也不是完全没道理。之前决定去支教，我确实想得更多的是自己怎么实现梦想，对于支教能给学生们带来什么，并没想太多。"

她抬起眼睛，顾盼觉得她目光中有了一丝迷茫，就像潭水氤氲着雾气，他甘愿沉溺其中。

"恐怕只有真正开始支教后，我才能找到答案。"

"你就……那么想去支教？"顾盼伸手握住饮料杯一点点转动，手心沾满了凝结在杯壁上的细小水珠，"你的条件应该很好啊，就没考虑过其他选择，找工作或者出国什么的？"

李桃缓慢但也坚决地摇了摇头："我从一入学就关注这个领域，大一大三都参加了暑期支教，大四又在微光的北京办公室实习，很早就确定了这个志向，不会改的。"

"考研呢？你们本专业的研究生还挺有名的，要不要我帮你问问？你们系的老师，我家里应该有认识的。"顾盼端起饮料，咬住吸管。

李桃笑了，又垂下眼睛："谢谢，其实之前我已经有保研资格了。"

顾盼被饮料呛住了，咳嗽几下才缓过来："为了支教放弃的？"

李桃点点头，顾盼一时不知该说什么。

李桃显然习惯了类似的反应，继续埋头吸着饮料："其实我不愿意用放弃这个词，好像保研一定是更好的选择似的。我觉得这只是个人的喜好，继续读研当然很好，但我更希望去做事，尤其是做自己喜欢的事。"

"那你决定……不去读研的时候，也没纠结过？你们专业的保研名额，竞争一直激烈啊。"

"没什么啊，我很清楚我想要什么。别人眼里这或许是很好的机会，可对我来说真的意义不大，还不如让给更需要的人。这就好像不饿的时候，再精美的大餐摆上来，你也没食欲。"

"太牛了，太牛了。"顾盼脑子里一片混乱，只能不断重复这句话。

"微光团队里很多人都是这样，刚才你见到的付羽，决定去支教时正在读博，听完宣讲会，他直接选择了退学。他说：'我不确定继续读博会不会有别的意外打断我的计划，机会来了就要把握住。'其他人也是，很多人都是名校毕业或者海归，还有人工作多年，最后都选择了去农村支教。"

顾盼的眼睛已经发直了。

"是不是觉得我们不可理喻？"李桃笑了，露出整齐细巧的牙齿，"刚听到其他人的故事时，我也特别惊讶，然后就是开心——找到同类了。"

顾盼想不起自己是怎么和李桃道别，又怎么回宿舍的，一同离

讲台　19

开冷饮店之后，他始终心不在焉，脑子里塞满了各种纷乱念头：支教，还一去两年，研究生都不读了，李桃的决定让他惊叹，越发觉得这女生不得了。

他无意识地打开笔记本电脑，忽然想起什么，赶忙在校园网搜索起李桃的名字，第一条新闻就让他眼前一亮，那是一篇校园通讯，配了一张李桃巧笑倩兮的近照，顾盼先点击鼠标右键，选择"图片另存为"，然后细读起文章，越读眼睛瞪得越大，看完后又看一遍，不到2000字的稿件反复看了三遍，最后深深叹口气，靠在椅背上发愣。

这是一篇对2014级优秀学生代表的专访，去年发布的，典型的校报文风，照例充斥着各种常见的套话、了无新意的修饰，让顾盼眼花缭乱的却是李桃的各种荣誉光环：学科成绩四五个学期都是全系第一，年年都得一等奖学金、优秀学生干部，后来又成为暑期支教团团长，大二暑假作为交换生赴美交流，带队参加大学生社会实践项目，参与校内外各种志愿服务……

"在同学们眼中，李桃是美貌与智慧兼备的学霸女神、青春榜样。"那篇专访的结尾写道，"但她深知，这既是她无时无刻不以党员标准严格要求自己的必然结果，也离不开学校各级领导、院系各位老师的悉心栽培。低调谦逊的她，在采访过程中不止一次强调，学习成绩并不能说明什么，因为这是人生中为数不多只要投入就必有回报的事情。她认为，在学习以外，当代大学生更应该具有家国情怀和社会责任感……"

"哟，这姑娘漂亮，哪儿的？"一个室友从他背后走过，无意中看到李桃的照片，想要凑过来。

"去去去，没你事。"顾盼赶紧关掉网页，愣了许久，又给李桃发信息，"微光的微信公众号再发我看下行不行？"

整个晚上他什么都没干，始终保持着同一姿势刷手机，阅读微信公众号里老师的支教经历、教学方面的心得以及学生们的故事，对室友们的招呼充耳不闻。直到宿舍突然陷入黑暗，他才恍然发觉已经熄灯，自己还没洗漱。

室友们一如既往开着卧谈会，顾盼摸黑爬下床铺，去洗手间刷牙，满脑子都是刚才看到的故事。他记不住所有支教老师的名字，却能记得那一所所如雷贯耳的毕业院校、一份份华丽炫目的简历。牙膏的泡沫顺着嘴角淌下，他边刷牙边发愣。从小到大，学校和老师一直用各种道德楷模的故事来教育他，他却从没受到教育。那些模范带着与生俱来的崇高精神遍尝人间疾苦，没一个生活幸福的。顾盼半点也不想像他们那样。

可他还是头一次遇到这样一群人。付出那些常人难以承受的代价，只是因为喜欢做这件事。一切世俗的标准在他们面前都失去了意义，那些升职加薪之类的人生理想更被衬得俗不可耐。顾盼把漱口水吐向水池，忽然觉得，他们才是自己想要成为的那种人。

尤其是李桃，放弃保研这种事，给自己再大胆子也做不出来，但他能理解那种不顾一切也要做自己想做的事的心情。很多年前他渴望加入职业球队的青训营时，正是那种心情，只不过无力对抗父母而已。顾盼爬上铺位，望着黑暗中的天花板，生平头一次感到自惭形秽，不知道自己怎样才配得上这样特立独行的女生。

他用了一整夜浏览公众号上的所有文章，直到流量用尽、眼睛酸疼为止，关掉手机闭上眼睛，各种景色纷至沓来。苍莽群山掩映在江面腾起的云雾里，瑰丽绚烂的晚霞氤氲在天边，夜空中有万千星光熠熠生辉。笑容灿烂的孩子，志同道合的伙伴，远大的理想，燃烧的青春，还有李桃的身影。顾盼看到她在山间跋涉，在青翠茶园里穿行，稻田的水面投下她的倒影，就像缥缈的精灵。

舍友们的呼噜声此起彼伏，再想睡着已不可能了，顾盼盯着窗外泛起曙光的天空，依稀看到新世界的大门敞开一道缝隙。他翻身下床,在洗手间狠命洗了把脸,瞪着镜中那张水淋淋的面孔,伸手指点着:"看看你,过的那叫什么狗屁日子?你可真得拼了。"

他点开手机,又给李桃发过去一条信息:"周六有空没,一起去捉猫?"然后来到阳台前。

晨曦洒满校园,林荫道上有学生在晨读,早点铺腾起热气,鸟儿的啁啾分外悦耳。顾盼攥紧拳头,望着几只鸽子掠过湛蓝天穹在朝阳下化为黑点,不禁想起一句电影台词:有些鸟儿是注定不会被关在牢笼里的,它们的每一片羽毛都闪耀着自由的光辉。

这是 2018 年 4 月 17 日,离大学毕业还剩三个月零三天。顾盼没有想到,自己二十二年的人生旅途突然拐出个猛弯,从此把他狠狠甩出原先的生活轨道,甩向变幻莫测的,也是波澜壮阔的未来。

第二课　逃跑计划

两只猫头碰头吃着猫粮，发出稀里呼噜的声音。李桃轻抚小猫毛茸茸的后背，才几天工夫它就长大了一圈。

她和顾盼各抱起一只猫，它们都没有反抗，只是小猫伸长脖颈，还想把头探进猫盆。李桃摸摸它鼓胀的肚子："到新家再吃吧。"这些天，小猫经常吃到吐为止。

顾盼把两只猫先后塞进猫包，猫包放在后座，又要为李桃拉开副驾驶的车门，李桃摇头："我坐后面就好。"

"你要不放心猫，抱着猫包坐我旁边也行。"

"那会干扰你开车。"李桃坐进了后座。

顾盼很快明白了李桃的意思。车刚一发动，两只猫就在后座喵喵叫，他瞄了下后视镜，李桃正低头隔着纱网安抚两只猫。他心里有些失望，本来期待她能坐到自己身边，两人安安静静聊一路天。

车驶出学校的大门，门卫皱着眉，看它左右画龙走出一条 S 形轨迹，拐个大弯才上主路，差点挡住身后的车，引来几声愤怒的喇叭。

"路远不远？"李桃在后面问，包里的两只猫叫得正欢。

"不远，"顾盼抬高声音盖过猫叫，"四十分钟准到。"瞄了一眼手机规划出的路线图。

"真的不用急，我下午没别的事。"李桃望向车窗外，街景飞快地向后掠去，她两手不由自主地抱紧猫包，往车座中间挪了挪。

"我车技没问题，大一就有驾照了。"顾盼没说的是，自己每年都要被扣上几分。

仿佛是在反驳他，前面亮起红灯，顾盼刹车踩得有些急，惯性使李桃上半身猛晃了下，两只猫叫得更急。顾盼尴尬地说声抱歉，再看后视镜，李桃低头系上了安全带。

他们开了一个半小时，中间走错两个路口，猫一直在叫，手机不时传来"重新规划路线"的声音。顾盼为了显得自己气定神闲，有一搭没一搭地和李桃说着闲话，李桃却总是让他专心开车。拐进一条胡同时，车身似乎蹭上了墙壁，李桃问要不要下来检查，顾盼硬着头皮说不会有事。好不容易到达目的地，他们在小区里转了三圈，这才看到猴子瘦小的身影守在单元楼门口。

顾盼停好车，正要给李桃打开车门，猴子一溜小跑赶过来："我还以为你开到唐山去了，又走错路了是吧？这路痴的毛病什么时候能改……"顾盼连声"嘿嘿嘿"，止住他的唠叨，猴子这才看到坐在后排的李桃，眼睛都有些发直，赶忙抬手打了个招呼。

两个男生抱着猫窝、猫砂、猫抓板等大小物件在前面走，李桃提着猫包跟在后面。猴子用手肘轻拱下顾盼，压低声音："可以啊，这回这个最飒。纯粹冲这姑娘的面子，两只猫我都养了，我妈那边我想办法。"

"刚认识，还不知怎么着呢，你说话注意着点。"顾盼用同样的低声回答，又转身对李桃介绍猴子，"侯大磊，我高中同学，你叫他猴子、猴哥、猴赛雷都行。特喜欢猫，见了猫都没命，俩猫放他家就算进蜜罐儿了。"

猴子也回头对李桃龇牙笑："一定好好养，回头让顾盼多带你回访。"李桃向他道谢，猴子转过身冲顾盼挤眉弄眼，顾盼背对着李桃向他竖起大拇指。

他们把猫窝安置在猴子家的阳台，两只猫很快探索起新环境。

李桃对猴子一样一样地交代：猫都已经打疫苗、除虫和洗澡，千万不要喂带油盐的食物，以后要记得做绝育，费用由她承担。猴子坚决谢绝，保证以后会好好养，又夸两只猫可爱，夸李桃善良，再有意无意地夸顾盼是热心肠，顾盼假装谦虚："你别听他瞎吹，没那么好。"两人之前这样配合过好多次，堪称天衣无缝。李桃含笑听他们一逗一捧，眼睛一刻不离两只猫。

临走前，她特意挨个抱起它们轻吻算作告别，放下猫后轻擦下眼角。顾盼想，这女生真是温柔。被猴子送到门口时，他俩回头望向屋里，小猫正尝试着从板凳上跳下来，大猫在客厅的沙发、茶几和电视背面来回跑酷。房门关上的前一刻，屋里传来花瓶倒地的响动，还有猴子一声被截断的惊叫。顾盼耸耸肩："它们已经适应了。"

回去时已将近五点，他们的车在三环主路的车流中蠕动，满眼都是红色尾灯。李桃这次坐上了副驾驶，顾盼偷眼看去，她正盯着高楼广厦间的夕阳若有所思，脸庞被晚霞蒙上一层红晕。

"晚高峰就是这鬼样子。"顾盼没话找话，这是他实习这么多天来的最大心得，李桃"嗯"了一声。

"我爸说，九十年代北京路面上汽车特少，全是自行车，空空荡荡的。后来我看那时候拍的电视剧，确实这样。"前车蠕动了一小段，顾盼稍微松开离合器，让自己的车也跟上。

"我妈特怀旧，在家时没事就看八九十年代的片子，小时候我也跟着瞎看，长大后就主动去找那些老剧。你还别说，节奏是慢，服化道也糙，但真比现在那些烂剧强得多。所以我也跟着我爸妈怀念八九十年代。那样的日子，回不去啦。"他故意语带苍凉地感慨。

李桃转过脸："我来北京上学后，也是头一次见到这么多的车，这么大的地方。随便去哪儿，起码都要坐一个小时的车。我老家从县城这边到那边，只用走二十分钟。"

"你家哪的？"

"南方一个小县城,你应该没听过。我爸妈都在县里的初中教书,我从学校的附属幼儿园、小学一直读到初中。后来觉得,我总不能在那里过一辈子啊,高考填报志愿就选了北京。我爸妈本来希望我读省内的大学,最后还是拗不过我。"

"你爸妈肯定特宝贝你。"

"也管得特别严,他们都是那种很传统老派的知识分子,从小给我立各种规矩,不许这样不许那样,连开冰箱拿吃的,都得先征求他们许可。"

顾盼想到自己的父母,他妈这几天又张罗介绍对象的事了,大有不达目的不罢休的架势:"你肯定从小就是那种别人家的孩子。"

"算是吧,小时候我爸妈夸我最多的就是'懂事'。可我其实不喜欢这样,既不愿被拿来和别的孩子比较,也不愿为了讨大人欢心而压抑自己。可愿望是一回事,现实又是另一回事。"

"这点咱俩一样。我爸妈每次跟我说,谁谁家的孩子有多好,你得跟人家学习。我都说,那你们给他当爸妈去啊。然后我爸就要揍我。"顾盼自得地笑了笑,笑完才发觉错过了主路的出口,又要绕远了。

那天他们天黑后才回到学校,在校外一家小饭馆吃了晚饭。顾盼早就饿得前心贴后背,但兴致依然颇高,他给李桃讲之前相亲的遭遇,李桃格外感兴趣,这让他更加来劲。

"……见面第一句话就是:'我看过你的生日,你是处女座?'我说:'身边人都说我不像处女座。'她呵呵了两声:'所有的处女座都这么自称。'这都什么态度?"顾盼半真半假生着气,李桃用手背挡住嘴,笑得前仰后合,顾盼第一次见她那么开心。

"我妈起初特兴奋,说她家在城区有六套房,东城西城朝阳海淀,外加没了的崇文宣武,一区一套,六套房跟我有什么关系?一天住一套,一周一循环?住黄道十二宫是吧?玩圣斗士哪?她们家就是住长安街当间儿,住故宫角楼上,住北海白塔里,我也不要这样的。"顾盼越说越激动,拍了下桌子,旁边吃饭的学生纷纷侧目。

李桃用纸巾擦掉眼泪:"估计她也是被逼着来相亲,没想好好谈吧。"

"你猜对了,真这样。"

"你也用相亲?"

"我爸妈不信我能找着合他们意的女孩。"

"我们系倒有很多不错的女生,我想想谁还是单身。"

"谢了,跟我未必合适。"顾盼嘴上拒绝了,心里却想,我还是觉得你最好。

两人之间出现了短暂的冷场,李桃在想人选,顾盼心里反复盘旋着那句"我觉得你最好",眼看要到嘴边,李桃忽然想起什么:"还记得上次宣讲会吧?有个提问的小女生,问支教安不安全的那个。"

"记得记得,眼睛挺大,声音也挺甜,'师姐你好,我想问下……'"顾盼捏起嗓子模仿女生的声音,"挺可爱的。"

"你就记这个。她是我们系的,叫杨晓婉,现在读大三。"

"哦,我以为中学生呢。"

"她对支教也很有兴趣,这几天净找我。她怎么样?"

"我不喜欢未成年少女。"我喜欢你这样的。

"你就挑吧。"

"你倒没想把那辩论队的女生介绍给我。"顾盼话一出口,两人同时笑了,那是他们共同的梦魇。

顾盼收起笑容,拨弄着盘中的勺子,让它像司南一样转圈,竭力显得轻描淡写:"那你呢,现在是什么状态?"

关键时刻到了,他屏住呼吸。李桃沉吟一下才开口:"我现在不考虑这事。"

"那就是还没有男朋友喽?"

讲台　27

"反正我也马上要去支教了，一去就是两年。"

"到底有还是没有啊？"

李桃瞥了他一眼，顾盼赶忙表态："我随口一问，你不愿意说就算了。"又转移话题，"你说，我要是也去支教，怎么样？"

他以为李桃肯定回答："好啊，欢迎。"可李桃只是笑笑，没说话。

"我说真的，"顾盼看她不信，换了副严肃神情，"我觉得支教生活挺有意思——呃，挺有意义的。你们也都特别优秀，我很喜欢你……们。"说到最后一句，他注意到李桃的表情有了细微变化。

"那你对支教了解多少？"

"你们公众号上的文章，我一篇不落全看完了。"

"然后呢？农村学校和学生到底什么状态？怎么上好一节课？怎么让学生听你的？怎么和当地老师、家长沟通？学生成绩上不去怎么办？"

"这些我都可以学。"

"我相信你想支教是真心的，但不建议你去。支教是严肃的事，如果没有任何认知和准备，光凭一时冲动，去了不仅自己会后悔，也会伤害学生。"

顾盼张口结舌了一会儿："那至少，给我个认知的机会吧。"

"这样吧，微光在每一所合作的大学里都有校园团队，成员是本校学生，他们既是潜在的支教老师，也负责微光在本校的宣传、宣讲会的筹办之类。下次你可以过来参加活动。"

"好啊，到时候我找你？"

"我找你，我就是咱们学校团队的负责人。"

顾盼拱手抱拳："失敬失敬。"心头窃喜。

饭后他坚持结了账，还打算把李桃送到女生宿舍楼下，李桃说什么也不同意，他只能留她在校门口，自己把车开回家。车总算停进自家小区的车位时，顾盼的小腿肚都在转筋，这一趟真是要了他的命。

　　临睡前他打开手机,看到猴子一口气发来十几条语音消息,每条至少四五十秒的长度,逐一点开听,全是抱怨猫的:大猫打碎了花瓶,小猫在木地板留下一坨猫屎,他妈正在大发雷霆。顾盼听到一半就睡着了,睡梦中自己开车带着李桃,李桃带着猫,一家三口似的驰骋在夕阳下的原野,颇有点西部片结尾的感觉,事了拂衣去,深藏功与名。这个画面让他笑醒了好几次,那一夜的睡眠也因此断断续续。

　　第二天一早,他就被他爸的咆哮声吵醒,茫然打量着他爸的怒容,好半天才明白这怒火的由来:他爸早起正要去上班,下楼才发现自家车的车门新添了一道长长的剐痕,肯定是儿子昨天蹭的。顾盼充耳不闻,自顾自爬下床去洗手间刷牙,脸上挂着近乎呆滞的笑容,任凭他爸在身后吼得震天响。

　　加入校园团队比预想的还要快,一周之后,顾盼向处里请了半天假,跟着李桃去邻校布置会场。从此他正式加入微光的校园团队,每次宣讲会都不肯落下,大部分时间是做苦力,有时当兼职司机,还坐在工作人员的席位听老师们讲各种支教故事;宣讲会结束、大家一同聚餐时,他也参与到对中国乡村、中国教育乃至各种社会问题的热烈争论中。这段时光终于让他觉得,这才是大学生活该有的样子,之前的四年自己都白过了。

　　他和李桃的关系没有任何进展。顾盼不时问猴子要猫的照片和小视频转给她,李桃对两只猫很关心,却也仅此而已。哪怕是一起搞活动,他们独处的机会也不多。李桃那个师妹杨晓婉也加入了校园团队,一天到晚小尾巴一样跟着她,有几次三人在一起,杨晓婉只肯和师姐说话,神色间对顾盼很有些提防,顾盼怀疑她是不是看出了自己对李桃的心思。

　　可他没采取任何行动。离毕业只剩两个月,眼前好像随时闪烁

讲台　29

着《三体》里的那个倒计时,它会在毕业那天自动归零,然后自己就和李桃,还有微光的其他人各奔东西,他们支他们的教,自己上自己的班,尘归尘、土归土。偶尔他心底会闪过去支教的念头,却也不过是闪念而已。所以顾盼还是决定顺其自然,送君千里终须一别,在那之前,只要每天能见到李桃,和她说说话,都是莫大的满足,自己至少要尽情享受这段时光,在凛冬将至前全力发出最后的蝉鸣。

随着请假次数的增多,他和处室同事们的关系也有了微妙变化。处长一开始批假还算痛快:"毕业生事情多嘛,理解。"后来逐渐没了笑容。王姐见了他更是皮笑肉不笑:"小顾,你们学校挺特别啊。其他快毕业的实习生好像没那么多事。"顾盼忙不迭地点头:"您说的对,我这种情况万里无一。"

请假的事到底还是传到家里来了,他爸大为不满:"之前是无所事事,如今是不务正业,好不容易有个正经工作还不珍惜?人家要不是看在你哥的面子上,能让你这么来去自由?三天两头请假,闹了半天是混社团,社团给你发奖状发证书啊?"

顾盼借口只是帮同学的忙:"反正单位有我没我都一样。"

他妈则继续对他不肯相亲耿耿于怀。顾盼逼不得已,最后凭照片筛选出几个相亲对象,然而一次比一次失望。第一个女生是他妈最喜欢的,长得很有些婴儿肥,白白嫩嫩不算难看,女生三句话不离家里,口头禅是"我妈觉得",两人友好道别后再没联系。第二个女生坐下来就没有过表情,浑身散发出一股"死远点"的气质,说话鼻音很重,顾盼从高层秘闻聊到中美关系,直到世界杯分组展望,她从头到尾就是"嗯",绝不多说一个字。第三个女生是顾盼最上心的,长相甜美,一看就是小家碧玉,见了面却嫌他不够帅。女生向他展示了几个外貌中性的流量小生:"这都是我老公。"顾盼故意装傻:"你喜欢女生?"女生一拍桌,直接拎包走了。

最后一次相亲是和他爸世交的女儿,顾盼上次见她还是小学时。

女生就要出国留学了，父母生怕她找个外国男朋友不肯回国，急着在走之前拴住女儿。两家以叙旧为由举行了隆重的聚餐。顾盼听着四位长辈追忆往昔，自以为幽默地开着两个孩子的玩笑，再看看身边一声不吭的女生，决定尝试跟她聊天："我这几天认识了一群支教老师，挺有意思的。"

女生用叉子捣着面前的沙拉，桌上的菜她几乎一概不吃："是吗？"

"他们每人都得在农村支教两年。"

"哦，真伟大。"她用餐刀仔细挑出沙拉里的金枪鱼肉末，统统堆到盘子的边缘。

"好多人条件都特好，完全可以找个高薪工作，或者去名校深造，最后为了去支教，都放弃了。"

"都是家里有钱，去体验生活的吧！"女生叉起沙拉塞进嘴里，"以后申请藤校也能加分。"又喝口柠檬水。

"也有农村学生考出来的，回过头又来支教，就是想回报家乡。"

"嗯，境界高。"女生第一次动了筷子，夹起莜麦菜，在白开水中涮来涮去。

回到家里，顾盼和他爸妈发了火："就算是介绍，能不能先了解下我自己的意愿？不要总拿你们的好恶来替我做主。你们在乎的那些东西：什么工作、家庭背景、收入、户口、有没有房，我没有半点兴趣，我就是要找个聊得来的，聊得来的，聊得来的！"

话音未落就迎来父母加倍猛烈的反击："你还有理了？你以为我们愿意多管你？还不是为你好？你能让我们省心吗？瞅瞅你之前好过的那几个，一个个小妖精似的，哪有正经过日子的？你都二十二了还没个定性，工作定不下来，女朋友定不下来，整天就是混混混，以后能有什么出息？"

最后顾盼在他爸的吼声中摔门而出，连夜回了学校。

讲台　31

在宿舍床上辗转反侧的同时,他越发想念李桃。纠结许久,还是给她发了信息:"今天和我爸妈吵了一通,实在受不了了。"信息发完,他看下时间,0:30,李桃估计睡了。

出乎意料,李桃很快回复了,只打出了三个问号。

顾盼振作起精神,问她怎么还不睡,李桃说过两天就是本学期最后一场宣讲会,之后老师们就该岗前培训了,自己借了系办公室看看书,马上要回宿舍。

顾盼自告奋勇要去接她,她连连谢绝,说办公室离女生宿舍很近。顾盼简要复述了自己和爸妈吵架的原因经过,几秒后收到李桃的回复:"其实父母管孩子就是因为不放心。如果你能证明自己独立生活也可以过得很好,他们一定会给你更多的自由。"

"听起来你很笃定的样子。"

"因为我就是这样。小时候父母对我特别严,但高中考到市里后,我的事基本上都不用他们操心了。"

"连你去支教也不反对?"

"也舍不得,但能理解我。"

"你家长太开明了。"

"主要是感同身受。我爸年轻时的经历,就好像现实版的《平凡的世界》。他们都很清楚,农村孩子想要改变命运,必须接受教育。"

"讲讲他的故事?"

"你会不会觉得太老土了?"

"不会不会,讲讲,反正我也睡不着了。"

李桃发来一个链接:"我自己写的,感兴趣就看吧,别熬太晚。我先回去了,晚安。"

顾盼点开链接。这是李桃自己的公众号,"桃子的花源记",李桃在文中记录了自己父亲年轻时的故事。小时候,父亲经常问李桃,长大了想做什么。她也总会按照大人的心思,说出他希望听到的那些标准答案：想当作家、科学家、宇航员、医生，当然还有老师。后来有一次，童年的李桃反过来问父亲小时候想做什么，李桃父亲让她猜，她猜了很多职业，没一个猜对的。父亲最后自己揭晓答案：想当清洁工，每天扫马路。李桃当时笑得不行，她父亲也笑了，说这是真的。

顾盼回忆了下，其实自己小时候也挺想当流浪汉的。

那年夏天是李桃第一次跟父母回老家，一个山清水秀的小村子，后来她上小学，每年暑假也都回老家住上几周。父亲带着她在村里村外转，来到那条通往县城的公路时，回忆说，自己小时候每天就是在这里放牛，这项工作没有半点文人笔下的诗情画意，只是日复一日的沉闷和辛苦：风吹雨淋，被牛虻和蚊虫叮咬，被荆棘划伤，都是常事。有时牛还会忽然受惊吓，到处狂奔乱窜，把他从背上摔下来。

每天的早晨和傍晚，李桃父亲都能看到从一个县城来的清洁工，趁天气凉爽来到马路旁的树荫下，挥着扫帚扫马路。这份看起来清闲的工作让他分外眼红，他尝试和对方攀谈，怎样才能在城里找到这样一份工作。清洁工的笑容中不无自豪，他是城镇户口。

从那时起，李桃父亲就渴望离开农村，并靠着拼命读书考上了高中，可他上大学的希望微乎其微。学校里好的老师早就被抽调到重点中学，留下来的老师稀里糊涂地教，学生两眼抹黑地学。三年下来，这批学生没一个能通过预考，这意味着他们甚至没资格参加高考，最后还是当地教育局开恩，允许全校成绩最好的几个学生去"感受下高考的气氛"。李桃父亲也在其中，他一度心存侥幸，但奇迹没有发生，他们还是考得一塌糊涂。

李桃的爷爷主张放弃，觉得祖坟上没长那棵蒿，再说家里急需添个劳力。奶奶一度主张复读，从地里摘了南瓜、花生，这是家中唯一拿得出的礼物，带着儿子四处求人，也四处碰壁，一位校长被他们的反复恳求搞烦了，索性把一整袋花生倒在黄土地上，扬长而

讲台 33

去。他们只能灰溜溜地把花生一个个捡起来，掸吹干净，收回麻袋。正当母子俩埋头捡花生，准备就此断了这份心思的时候，一个身影凑了过来，蹲下身帮他们捡起花生。他是这所学校的一位老师。他表示愿意为李桃父亲补课，李桃父亲从此每天都去这位老师家。一年后，他考上了大学。

得知录取通知书寄到家里时，李桃父亲撒腿就往家里赶，一头闯进院子才发现，母亲手里攥着通知书，雕塑般呆坐着，不说话不动弹，父亲也一样，两人就这样对坐了一个下午。李桃父亲既担心通知书出了问题，又担心父母精神受了刺激，查了下，都没事。后来才知道，他们都不敢相信这是真的，觉得自己是在做梦。

那篇文章接近尾声时，李桃写道："父亲考上大学，意味着我家，还有我家的后代终于能变成城里人，不必每天辛苦劳作却仍挣扎在温饱边缘。谁也不知那个下午，爷爷奶奶到底想了些什么，又想了多少事。我头一次知道，狂喜还能有这样的表露方式。

"第一次听父亲讲这些往事时，我觉得这是个不折不扣的热血励志故事，可父亲却不这样想。他告诉我，他的那些同学们，很多也同样努力，甚至比他更努力；他们的家庭也同样含辛茹苦地供养着他们，却没能改变命运。面对时代的洪流，个人奋斗显得那么徒劳，父亲也只是潮水中侥幸没有被淹没的一片落叶而已。他始终觉得，自己能有后来的人生，仅仅是幸运。后来我学会了一个词：幸存者偏差，便立刻想到了父亲，他就是这样一个幸存者。我们喜欢那些寒门出贵子的逆袭故事，可每一个这样故事的背后，更有成百上千的失败者作为背景被人们忽视和遗忘。

"父亲最感谢的不是曾经拼命的自己，也不是为他付出无数辛劳的父母兄弟，却是那位伸出援手的老师。没有老师的帮助，父亲就是再拼命，全家就是再勒紧裤带供他，结局还是无法改变，他依旧会泯然众人，重复着父辈的艰辛。父亲每次鼓励我，都要反复念叨老师当年讲给他的话：中国的农民想要改变命运，只有读书考试这一条路。古代是科举，现在是高考，几千年了都这样。那就是一道龙门，你一条鲤鱼想跳过去，不脱几层鳞行吗？全脱了都值得，疼死你都值得，跳过去你就是龙，你就能腾云驾雾飞上天。

"考上大学后，父亲去到老师家，向他磕了三个头，以后逢年过节都要去看他，拿他当自己的第二个父亲。前些年老师得癌症去世，丧事也是父亲为他料理的。就算这样，父亲仍然觉得，这些依旧不足以表达自己的感激之情，因为那位老师改变了一个孩子的人生，乃至一个家庭的未来。

"父亲的人生不仅给我树立了再好不过的榜样，更让我知道一个好老师对学生有多重要，尤其对我父亲这样几乎一无所有，对外面世界一无所知的农家子弟。他们付出的艰辛远超想象，却得不到应有的回报；更多的学生甚至根本不知该怎样努力。当他们站在人生中那些关键的岔路口，哪怕是一句鼓励、一次点拨，也有可能彻底改变命运。

"从那以后，我有了去支教的愿望，我觉得再多逆袭的故事，也不如让所有人站在同一起跑线上，拥有同等机会更重要。后来我接触到微光，立刻做出了长期支教的决定。对父亲说自己的打算时，他也和爷爷奶奶当年那样沉默了很久，连着三天没有和我说话。我知道父亲的感受，他替我感到不值，自己吃了那么多苦，付出了那么多努力，才得以逃离农村，如今我却要回到他的起点；他也心疼我，不愿我把他吃过的苦再吃一遍。可到了第四天，他还是对我开了口：'去吧，别半途而废，用心教孩子。'对我唯一的要求就是，别嫁到那边。"

顾盼把这篇文章看了又看，关掉手机后望着黑暗发愣，又度过了一个不眠之夜。天不亮就出了宿舍，去上班了。

两三天后，校园团队迎来本学期的最后一场宣讲会。这时已是六月中旬，大四学生的去向基本都尘埃落定，其他年级的学生也已开始复习期末考试，就算宣讲也不会有什么人参加。而对顾盼来说，自己以后怕是再没什么和李桃光明正大接触的机会了，即便能找到种种借口，忙着办各种离校手续的李桃也未必有那个空闲。

那时父亲节已临近，主讲的男生带来自己父亲的一封信。支教之初，身为企业高管的父亲一次次痛斥儿子，认为他支教是浪费时间，直到后来无意间发现了儿子的网络日志，与学生相处的那些生活细节让他深受触动，这才给儿子写下这封信："儿子，我这才明白，拿自己所谓的成就和勤奋来教育你，实在多此一举，你远比我们当年更有热情、理想和社会责任感。"主讲的男生有些哽咽，会场内掌声经久不息，这几乎是最成功的一次宣讲。

当晚团队成员举行了AA制聚餐，庆祝本学期活动圆满结束。席间一片欢声笑语，只有顾盼魂不守舍，不时偷眼看李桃。大家吃得差不多的时候，他给李桃发了条消息："回学校时一起走，和你说点事。"收到消息的李桃抬起头，隔着饭桌看了看坐在另一头的顾盼，表情有些复杂，但还是回了个"好"字。

两人走在夏夜的校园里，彼此隔开半个人的距离。路灯在水泥地面留下两道平行线般的长长影子，李桃脖颈上那个心形的水晶挂坠熠熠生辉，背包上的稻草人随步伐在摇曳。

礼堂背后的草坪上，有学生在弹吉他，有人打羽毛球，一个孩子在大人的看护下追逐着自家的小狗。两人有一搭没一搭地聊着，即将走到通往各自宿舍的岔路口时，他们说完了所有话题。

沉默持续了一会儿，顾盼重新开口："有个事，非跟你说不可。"

"嗯，我在听。"李桃的声音很平静。

"我、我想……"顾盼才意识到自己的声音居然在颤抖，这可是从没有过的事。

李桃意味深长地望着他："如果说出来大家都会尴尬，还不如不说。"

顾盼挠了挠头："你知道我想说什么啊？"

"有些话，不说比说要好。"李桃不由自主地加快了脚步，超过顾盼半个身位。

"我要支教。"身后传来顾盼的声音。

李桃停住脚步转过脸，把他从头看到脚，如是反复几次，不认识他一样。

"我真要支教，不开玩笑。"顾盼满脸郑重，"这几天是最后的报名机会了，我不能错过。"

"你不是有工作了吗？还在考公务员。"

"那根本不叫工作，就是每月给我点钱，让我有个地方待。公务员也不考了，这事只对我爸重要，对我没意义。就跟相亲一样，我妈眼里再好的选择，我不喜欢就是不喜欢。我现在理解你为什么放弃保研也要去支教了。"

"你不是想去支教，只是不想听从父母的安排。"

"你也说了，先要独立，才能考虑以后的事。"

"可我也说过，支教是严肃的事，必须全身心投入，不要拿它当逃避现实的挡箭牌。"

"就算我不知道自己想要什么，起码也知道不想要什么。和你爸当年拼命考学一样，这个机会就是一根救命稻草，我必须抓住。"顾盼抬手做了个抓的动作，"再说我也了解了你们的事业、你们的想法，你爸的故事特别打动我，换作我有这样的父亲，我也会去支教。我不想说什么豪言壮语来表决心，没意思，我只能说，我会用实际行动证明给你看。"

"这是你自己的事，不用向我证明。不过你现在就面临第一个难题：怎么说服你的父母。他们那里通不过，后面根本不用想。"

"这是我自己的事，不用征求他们的同意。"顾盼不假思索地回答。

"别说大话。微光每年的申请者有一多半都会放弃,放弃的原因又有一多半是父母家人的反对。"

"我肯定是那少数人里的。"

"我希望等你真正说服父母之后,再来对我说这句话。祝顺利。"

当晚,顾盼向李桃要来提交支教申请的链接页面,他需要在上面逐一填好个人信息,最后一项是"紧急联系人",协议对此的要求是,"请填写直系亲属的姓名"。成败在此一搏,顾盼攥紧了拳头。

他猜到父母会反对,却没料到他们的态度会激烈成这样。第二天他回了家,吃完晚饭后按计划展开话题,先从自己的复习说起,表示现在的单位杂事太多、在那里看不进去书,这样下去不是办法。

他爸对他的危机意识很满意:"知道不行就更得努力,别再搞什么社团了。"

顾盼又试探着说,自己其实也不必在一棵树上吊死,也许试试别的出路会好些。他爸顿时警觉,顾盼这才图穷匕见:"这段时间我不是帮同学忙活社团吗?他们是做支教的,做得特别好,所以我也想……"

顾盼本来把他爸作为主攻方向,不料却是他妈先发出一声尖叫:"你疯啦?受刺激了还是被谁洗脑了?"连珠炮般的痛斥随之滚滚而来,"你在家还得我伺候你,你的房间我给你收拾,让你刷碗买菜都得催个十遍八遍,去了农村你活得下去?那种鬼地方没水没电没空调没暖气,一年四季不洗澡不洗衣服,屋里老鼠蟑螂满地跑,还有旱厕多恶心你知道吗?我真是把你给惯坏了,好好的日子不过,吃饱了撑的非要找罪受……"

"自理能力我可以练嘛,再说农村条件也没那么差。"顾盼辩解,语气不由自主先软了下来。

他爸沉着脸也开了口:"你对我、对你妈有意见,这我知道,但不要用这种方式来反抗。好不容易托你哥找的工作,说不干就不干,也太不珍惜了吧?我见了你哥怎么说?"

"我都跟您说过八百六十遍了,这种工作哪有前途啊?早辞职早解放。"

"辞了哪儿还要你?这大学四年你就是混下来的,整天不思进取、眼高手低、好吃懒做、游手好闲、醉生梦死、坐享其成……"

"您有没有点好词儿?"

"现在又多了一条:想入非非!"他爸用手指敲着桌面,"从小到大你干成过什么事?想起什么是什么,干什么都三分钟热度,混了几天社团觉得好玩,一拍脑袋就要去支教,过几天没意思了再回来?"

"您信我,我肯定不回来。"

"你都二十二了,又是男生,你得成家立业,得担负起责任,不能什么事都由着自己的性子。就为图个新鲜跑到农村去,吃苦受累是一方面,支教完怎么办?再让我们重新给你想辙,还是让我们养着你?"

"不用您操心,我去支教就是为了锻炼自己,凭这两年锻炼出的能力,我去哪儿不行?"

"别逗了,就那点支教经历,没单位看得上。还有你找对象怎么办?"

"这您更放心。"顾盼来劲了,"我看了,有个女老师就特别好,比跟我相亲的所有女生都好,善良、温柔、有理想、有爱心、有毅力、负责任……"

"到时候你们俩是在农村过一辈子,还是回城里一起失业?"

"您能别那么功利吗?本来挺崇高的事儿……"

"我能不功利吗?"他爸重重一拍桌子,"从小到大你惹过多少事?让我们操了多少心?你拿什么让我们信你?就凭几句大话空话？你自己不考虑将来，还不让我们替你考虑？"

"我这次真想好了，这是我打心眼里喜欢的事儿，我一定能把它干好。"

"喜欢喜欢，喜欢值几个钱？你从小到大喜欢过多少事，哪次不是半途而废？你还喜欢踢球呢，也没踢进国家队啊。"

"国足的话，我不进也罢……"

"行了，这事以后不许再提，给我该干吗干吗去。"

顾盼还要再开口，他爸已经起身回了书房。沉默下来的他妈也指点着他："可该想想你以后了，别整天琢磨那没用的。"说完去厨房刷碗了。

回到自己的房间，顾盼搓着手转来转去，像金鱼在鱼缸里来回游动，转了六七圈之后坐到电脑前，重新打开那个申请页面，这回注意到，"紧急联系人"下面另有一行小字，注明本学期报名的截止日期。他查了下日历，就到这周六，第二天刚好是父亲节。今天是周二，自己只剩四天了。

足球砸到水泥墙壁上发出闷响，弹回来后继续被射出去，一下接一下，顾盼不断变换射门姿势，脚弓推射、脚尖捅射、正脚背、凌空抽射，沉闷声响反复回荡在体育场上空。

轰出最后一脚，他让自己跌坐并躺倒在地。足球蹦跳着滚过身旁，汗水从脸庞和脖颈两侧流下，湿透的球衣早就紧贴住身体，顾盼抓住胸口的衣襟不住揪扯，喘着粗气望向天穹，感受到前所未有的沮丧。

说服工作毫无进展，他不敢再和他爸提这茬，只是向他妈又试探了三四回，每回都是刚起头就被打断，他一度想向李桃求助，问问有什么说服父母的办法，又怕李桃觉得自己没用。再说父母的反对只是第一个难关，这都过不去，还怎么去支教？每次遇到困难，都找别人帮自己解决?

虽说如此，可今天已是周六，明天就没有任何希望了。顾盼向湛蓝的天空伸出一只手，想象自己是个正在沉入海底的溺水者，曾经那些梦想都如气泡般漂起，还没到达水面就相继破裂。

他忽然想起，自己最早的梦想其实是离家出走。他忘了那是小学几年级，自己挨了顿打后躲进小屋，打开窗户探出头，在冬夜的寒风中浑身战栗，从十几层楼的高度俯瞰整个住宅小区，盘算该怎样逃离这个冷酷黑暗的家：把被单撕成长条搓成绳子，长度不够就再加上窗帘，自己沿着它爬下楼，就此消失在夜色中。这个念头多少纾解了肉体和心灵上的双重痛苦，从此他经常在心底为自己编织出各种冒险的经历，蓝本从《汤姆·索亚历险记》、郑渊洁童话到《哈利波特》不一而足。

想归想，可他从不敢把这些想法付诸实践，一次也不敢。

顾盼用拳头狠捶下塑胶场地，坐起来气急败坏地破口大骂，长久压抑的愤懑冲垮了堤防，那一刻他心里满是恨，恨父母倒在其次，更多是恨自己没用，不敢反抗未来早已注定的命运。

他抱起足球，几乎以百米冲刺的速度跑回家，家里空无一人，爸妈去爬香山了，这正好。顾盼连湿透的球衣都顾不上脱，也顾不上开空调，直接开启电脑、点开网页，狠命敲击着键盘，逐一填完所有个人信息，咬牙切齿地点击"提交申请"，这才长出一口恶气。

然后他拨通手机："喂，猴子？今晚七点，我请客，老地方。"

"你要支教？"猴子喷出一口啤酒，一字一顿复述顾盼的话，突然爆发出一阵狂笑，连连拍着桌子。

顾盼一本正经地摆弄着手中光秃的竹签："不信？"

猴子好不容易喘过气来："让我怎么信？从小你什么德行我不知道？当年谁被安排到讲台边上坐着，让老师边上课边看着？谁把

讲台

烟头扔物理老师茶缸里了？数学老师他们家玻璃谁给砸的？如今要为人师表啦？人家农村孩子招你惹你了，非去祸害人家？"

"这回是真格的，支教申请我都提交了。"

"就为支教那姑娘？也没见你有进展啊。"猴子抓起三串烤肉，张嘴就是一口。

"有她的因素。最关键的是，我实在受不了我爸妈了。再让他们这么管着，我非得要疯。"

"叔叔阿姨那边你怎么交差啊？"

"请你就为这事。还得麻烦你再帮我个忙。"

"又来了又来了，我都帮你多少回了？"猴子用手中刚啃完的竹签指点着顾盼，"上次为了说服我妈养那两只猫，费老大劲了。"

"是是是，这大恩我记着呢，这俩月顿顿不都是我请么，再说阿姨现在也挺喜欢那猫啊。"

"得得得，谁叫我倒霉，有你这个发小呢。"猴子把竹签摔到桌上，上面已横七竖八躺了一大堆，"就这一次了啊，让我干吗，说吧。"

顾盼把铁盘里剩下的烤串全堆到猴子面前，扭头又喊一嗓子："老板，再来二十串。"

"三十串！"猴子嘴里嚼着，含含糊糊地说。

一大把散发着香气、滋滋冒油的肉串被送上来，猴子两眼冒出精光。顾盼凑近他，低声讲出自己的打算，猴子啃着烤肉，起先还"嗯嗯"地狠命点头，听到后面慢慢抬头盯住顾盼，脸色也变了。

他咽下烤肉："胆儿也太肥了。"把竹签一推，再也没了刚才的嬉皮笑脸，"等叔叔阿姨知道真相，你就完蛋了，我也成从犯了。我就知道这烤串没那么容易下肚，无事献殷勤，非……非有麻烦不可。"他擦擦嘴掏出手机，"这顿咱俩AA，这忙我帮不了。"

顾盼赶紧按住他的手机："是不是哥们儿？你就忍心看我一天

天憔悴？"

"我更不忍心看叔叔阿姨着急上火。"

"你记不记得当年，咱俩最爱干的事就是琢磨离家出走，还专门做过攻略：准备什么东西，怎么隐瞒身份，坐什么交通工具，住什么地方，干什么谋生。"

"还有往哪儿跑路。那时候你想去大西北，我说你脑子进水了，要去就去广东，咱俩可以进血汗工厂。行啦，早翻篇了，小屁孩吹牛还当真。"

"想没想过，牛皮变成现实是什么样？你是要当一辈子幻想家，还是要当真英雄？哪怕就一次？"

猴子沉默了。

"一人做事一人当。"顾盼拍拍胸口，"我爸妈发飙也是冲我来，绝不连累你。"

猴子握住酒杯："我早晚被你这孙子坑死。"把啤酒一饮而尽，"坑就坑吧，再陪你跳回火坑。"

那天顾盼很晚才回到家，相比前几天的闷闷不乐，兴致明显高了很多。第二天一大早他就敲开他爸的房门："爸，父亲节快乐。"表情和语气满是诚恳。

李桃再次见到顾盼是在毕业前夕。这些天，世界杯进行得如火如荼，校门口拉起欢送毕业生的横幅，行政楼和图书馆前，办离校手续的学生排成长队，不少人穿着学士服在喷水池前拍照留念，洒泪而别的场面比比皆是。到处都是兵荒马乱，空气中氤氲着离别的气息。

她在上次那家冷饮店靠窗的位置找到了顾盼，窗外有学生拖着行李箱走过，顾盼正看得认真。

服务员递上刨冰，李桃接过来："差不多是咱们最后一次见面了吧？"说完挖起一勺冰沙填进嘴里。

顾盼靠在椅背上,十指交叠,任由服务员把冰激凌摆在面前,派头仿佛身处米其林的中年成功人士:"准确地说,是毕业前的最后一次见面。"他推过来一张纸,李桃看到第一行就抬起头:"你通过面试了?"毫不掩饰地流露出惊讶。

顾盼露出随意而不失矜持的笑容:"正式成为一名支教老师。"李桃的反应让他十分满意。

"恭喜。工作也辞了?"

"还没有,一句话的事,本来我也不算正式员工。"

"怎么说服父母的?"

"太简单了,"顾盼就等着这句,"他们那天在唠叨我找女朋友的事,我说你们放心吧,现在我有一个特别好的机会,只要同意我去,肯定领回来个你们绝对满意的儿媳妇。然后我就说我要去支教,支教的女生都特别好,善良、温柔、有理想、有爱心、有毅力、负责任……"他扳着手指历数,"他们听了特高兴,立刻就同意了。"

李桃双手捂住嘴笑了:"我才不信,你就吹吧。"

"骗你干吗。我爸特欣慰,说好男儿志在四方,就该经受生活的历练,我妈马上张罗给我收拾行李。"

"好好好,我假装信就是。"

"那,我是不是比你想象中稍微优秀一点。"顾盼两根手指虚捏着,语气分明是陈述句而不是疑问句。

"你还真出乎我意料。微光的面试录取率只有20%,而且为防止申请者只是一时冲动,越临近毕业审核越严,你能在最后时刻通过,确实少见。"

"这得谢谢你,主要是校园团队的经历加分不少,我自己没花什么精力准备。"顾盼满脸的云淡风轻,他觉得两周经历三轮面试,每次都要准备不同版本的一刻钟试讲这种事,没必要在这种场合说出来。

"还有下个月的岗前培训呢，那才是真正的考验。一个月时间，新老师都要真刀真枪地试讲，每年培训都有没通过考核的，只能走人。"

"我正要说这事。要不要一起订机票，一起走？我有车，也可以帮你提行李。"

"各走各的吧。我和杨晓婉还有另外几个师妹约好同去了。"

"她不是明年才毕业吗？"顾盼愕然，怎么又是这孩子裹乱？

"岗前培训除了学员，还要有工作人员啊。她们是过去帮忙的，算实习生。"

顾盼埋头吃起自己那份冰激凌，它已有些融化了。李桃的拒绝没有出乎意料，好在他也并不失落，觉得自己就像刚取得一场大胜的将军，当下最想做的并非乘胜追击，而是先尽情回味胜利的滋味。吃完冰激凌，他用纸巾擦擦嘴："那就下个月云南见了？"

"云南见。"

顾盼结了账，李桃付了自己那份刨冰的钱。临别时，顾盼向李桃伸出手，有意让自己的嗓音深沉而有磁性："现在，我们是同志了。"

李桃哂笑了下："真幼稚。"却也轻轻握了握顾盼的手，她肌肤的温润触感让顾盼不由得颤抖。回宿舍的路上，他兴奋得跳起来够柳树的树梢，快活得像在山野间飞奔的兔子。

李桃继续在校园里漫步。离校已进入倒计时，奔赴全新的未来之前，她想再看看生活了四年的地方。艳阳，碧空，蝉鸣，绿荫，早已熟视无睹的景色让她恍若身处梦境，曾经的高中也有这样一条林荫道，那时自己无数次从那里走过。

往事的画面如同老照片堆叠，人物和场景被完全打乱，再随机地重新组合。许多个曾经的自己浮现在眼前，忽而是个孩子在奔跑，两只羊角辫、背后的双肩书包随步伐上下蹦跳，忽而是自行车载着穿蓝白校服的人远去，留下一串清脆铃声，如同风铃吟唱。林荫道

讲台

的树下,女孩戴着耳机手捧书卷在朗读英语。教学楼的窗前,她用手肘支头,蹙眉想着怎样解题。一个身影与李桃擦肩而过,独自拖着大大的行李箱,衣着土里土气,对学校的每个细节感到新奇,对每张笑脸感到紧张局促。

夕阳余晖下的操场,两个背影在一前一后慢跑,相隔五六步。李桃看着他们跑了一圈又一圈,仿佛在画下一圈圈年轮,最后改为缓步前行,还是一前一后保持着距离。又走了一段路,前面的男生忽然停下来,像接力跑接棒那样向后伸出左手,后面的女生先是愣住,垂头犹豫了很久,看看左右没人才走上前,伸出右手的三根手指轻轻勾住,仿佛一有风吹草动就会松开。

李桃望着记忆中的他们并肩走在夕阳下,觉得眼眶有些湿润,往昔如流水般淌过,这些梦境已一去不返,新的梦很快又要开启了。

前面就是宿舍楼,她收住脚步,惊讶地睁大眼睛,梦境和现实混淆了边界,刚才那个影子就站在眼前。她难以置信地看着他走向自己,脸上带着一丝温柔的笑意。

男生来到她面前,李桃本能地退了一步,担心地看看左右,这才仰头与他对视:"怎么这么突然,也不先给我打个电话?"

"桃子,我想通了。"男生的嗓音有些哽咽,"咱们和好吧。"

天色暗淡下来,他们再次拉着手在操场上漫步,许久都没有说话,最后是男生先开的口:"你记不记得,高中每个晚自习前,咱们都会在操场上跑步,那时候学校管得特别严,咱俩从不敢并肩跑,永远是一前一后。只有那时候,咱们才能名正言顺地一起出现在别人眼前。"

"记得,当时是你带我加练才及格的。后来我把跑步的习惯一直坚持到现在。"

"咱们在一起的时候,每次你都特别提心吊胆,生怕被人撞见,一定要先左看右看,反复确认周围没人,跟小动物出洞一样。毕业之后我才听说,班主任早知道咱们的事,睁一眼闭一眼而已。"

两人都笑了。李桃的笑容中更多的是自嘲:"那时候都幼稚。"她先收敛了笑容,"过去的事不要再提了,陆离。"

"那聊聊将来?"

终于转回正题了,李桃听得到自己的心跳,之前他们电话里多少次熬夜聊过,眼下却是第一次面对面:"人各有志罢了,我解释过无数遍了。"

"尊重你的想法,去吧。"

片刻的沉默,李桃没想到,这个在二人心中横亘许久的障碍会这么轻易地消失。

"可我真的怕耽误你。四年了,我在北京,你在上海,咱们只有寒暑假能见面。如今你为了我来北京,又要分别两年……"

"那就继续这样吧,反正我也习惯了。现在觉得,来北京也还不错。"他望着黄昏的天边,"我记得我第一次过来找你,是大一的国庆节。那时候咱俩不舍得花钱,只去了一次天安门广场,马上被人山人海的场面吓住,最后在国家图书馆泡了好几天,还转遍了周围的景点:动物园、古动物馆、天文馆、钓鱼台外面的林荫道、玉渊潭,还有紫竹院,你还记得那片湖吗?"

李桃脸红了:"怎么不记得,一辈子都记得。"

陆离满意于女朋友的反应,轻轻伸手拉她,李桃稍微挣扎一下,没有再反抗,他继续回忆:"还有中央电视塔,那次登塔刚下完雨,空气特别好,脚下一片灯火通明。咱俩其实都不喜欢北京,但那时候我第一次对这里有了好感,我看着那片夜景说,咱们早晚要征服这里。你笑我就跟……谁来着?我忘了。"

"《高老头》里的拉斯蒂涅。那时候都登上塔了,你还在心疼门票钱。"这个细节让他们同时发出爽朗的笑声,仿佛回到了曾经的岁月。

讲台　47

陆离感慨地叹口气:"你去吧,去安心教书,我在北京给你做后援。我现在这份工作收入不错,等你支教完,我的经济条件会好很多,那时咱们就可以真的在一起了。"他的手指轻抚过她的长发,最后落在那个心形的水晶吊坠上。

李桃低头看他摆弄着小小的吊坠:"每天都戴。送我时你就说,这是一颗心,倒过来后是一颗桃子。这我都记得。"

"给你戴上的时候,没想到你还哭了。其实你挺爱哭的。"他把她揽进怀里,"一个人在山里,尽量忍住别哭,留到以后咱俩在一起的时候再哭,那样还有我陪着你。"

"好,听你的。"李桃的泪水从脸颊滑落,"但愿都能像你想的那样。"

第三课　岗前培训

　　手机屏幕在黑暗中亮起,《出埃及记》的钢琴声打破寂静,刚响了一个小节就被关闭,顾盼一手提上裤子,一手接起电话,半张脸庞被屏幕的幽暗光芒照亮。他竭力压低声音:"到了?好,马上。"说完提起旅行包,无声地打开房门。

　　路灯的光芒从窗棂投入客厅,斑驳树影覆盖住墙上的挂钟,时间是凌晨四点半。顾盼赤脚走在地板上,每一步都悄无声息。他来到门口才打开玄关的灯,蹑手蹑脚穿上鞋袜,大门伴随吱嘎声敞开一道黑森森的缝隙。

　　身后响起动静,顾盼转过身,他爸站在卧室门口。

　　"出租车来了?"他爸的声音含混不清,显然还没从睡梦中完全醒来。

　　"外面等着呢,您快睡去吧。"顾盼听见自己的心在狂跳,竭力保持正常的语气。

　　"东西有没有落下的?身份证?手机?钥匙?"

　　顾盼拍拍腰包,表示万事俱备。

　　"我送你下去?"

　　"千万不用。"顾盼一颗心提到嗓子眼,"我就这么点行李,特省事。"

　　"路上注意安全,到了记得告诉我们。"

讲台　49

顾盼从外面关上房门,身影融入楼道的黑暗中。

夜空飘着细雨,小区门口的路灯下孤零零停着一辆银色轿车,车灯大开,微弱的引擎声在冷清的街头依旧能听清。顾盼觉得气氛很像冷战题材电影里的特工接头,他拉开车门坐进去:"东西没忘吧?"

车厢内亮起灯,照亮猴子的面孔。他向后面一努嘴,后座放着一只大行李箱。

"你又是把行李放我家,又是借车,我爸妈都挺奇怪的,还好我糊弄过去了。"猴子关上灯,车厢内重又变得黑暗。他拧了下方向盘边上的旋钮,雨刷扫掉挡风玻璃上的雨滴,汽车缓缓开动:"叔叔阿姨也没起疑心吧?"

"哪能呢,我什么演技?"

"别高兴太早。"猴子警觉地望着前面的夜色,把车开上主路,他开车比顾盼稳得多,"等他们知道了,看你怎么收场。"

顾盼靠在椅背上伸了个懒腰:"先上车后买票呗。再说,我就是不回去,他们能怎么着?"

汽车穿透雨幕,开过三元桥,往东北方向一路飞驰。机场高速空空荡荡,湿淋淋的路面反射着路灯的光泽,这几乎是北京一天当中路况最畅通的时刻。顾盼降下车窗,细小的雨丝伴随夜风打在脸上,他发觉自己全身都在颤抖,不是因为冷,而是紧张和兴奋。当年的革命青年与封建家庭决裂、奔赴延安或许也是这种心情。

提交支教申请那一刻,顾盼已冒出这个先斩后奏的计划,当然具体细节是在毕业前后这一个月内不断完善的。离校时,他没把所有行李都运回家,而是挑出支教时会用到的物件,统统塞进旅行箱,寄存到猴子那里。然后告诉父母,单位要在外地组织培训,为期半个月,还故意把目的地选到辽宁丹东,因为方向和云南完全相反。动身前几天,他又向处长提出了辞职。

他这些天在家谨小慎微的表现让父母不疑有他。他爸很满意儿子的痛改前非，主动表示要开车送他去机场，顾盼连声谢绝，说自己叫出租就可以。他爸也就不再坚持，连航班时间都没想到去查证，还主动往他的卡上打了一笔钱。

处长则表现得一脸惋惜，顾盼却猜测他巴不得摆脱自己，他特意请处长先别和他哥说，自己需要点和父母沟通的时间。王姐听说他辞职后照例一脸笑眯眯："小顾这就要走了啊？别急着辞职啊，反正你一个月那么多天都不来，不上班白拿钱多好。"

首都机场的航站楼已在夜色中现出轮廓，这时还不到凌晨五点半。猴子把车停在进站口，顾盼取下行李，望着发小不吭声。猴子不明所以："赶紧进去啊，车不让停太久。"

"你帮了我这么多回，这次还顶着雷，你说我怎么谢你？"

"快别肉麻了，咱不说这成不？我鸡皮疙瘩都起一身……"

顾盼丢下行李，用力和猴子拥抱，朝他的后背重重拍了两下，猴子发出沉闷的哀号："你轻点。"他推开顾盼，龇牙咧嘴活动着臂膀，顾盼的手又按到了他的肩上："回头来云南找我，米线管够。"转身拖着行李走进机场。

"好好教书，不许提前回来，要不跟你没完！"猴子冲他背影喊，眼眶有些发热。顾盼背对着他挥了挥手，走入机场大厅才别过脸，猴子的车早已消失，他擦了擦眼角。

飞机在昆明长水机场降落，迎面而来的是浓烈日光和凉爽季风，后面的旅途恍如怀旧之旅，候车大厅萦绕着泡面和盒饭的味道，混杂着烟雾和汗臭，广播里是葫芦丝吹出的九十年代老歌，旅客大多面目黧黑衣着朴素，编织袋是最常见的行李。飞驰的绿皮车厢里，有人用手机外放着音乐，乘务员操着蹩脚的云普喋喋不休推销着零食。车窗外的青山原野闪过溪流、农舍和写有标语的白墙，不时能看到牛羊。

讲台　51

傍晚时分，顾盼抵达了位于市郊的培训学校。晚霞勾勒出教学楼的阴影，背后是群山的青黛色轮廓，百步之外就是玉米地。校门口醒目的横幅、手绘的海报、穿着统一文化衫的工作人员，还有同样拖着行李走向那里的三三两两的年轻人，都确定无疑昭示着报到处就在这里。更让顾盼意外的是，他从接待站的工作人员中发现一个熟悉的身影。

"杨晓婉！"他满怀欣喜地喊着，加快了脚步。欣喜不是因为见到了杨晓婉，而是只要见到杨晓婉，就说明李桃也在。

杨晓婉抬头望见顾盼，脸上表情很复杂："你还真来了啊？"

"这什么话？不是连你都来了吗？"

"我们是来正经做事的。"杨晓婉的表情分外严肃。

"合着我就是来旅游的了？"

"谁知道你有什么不可告人的目的。"

顾盼有些心虚，悻悻地在花名册上签好名，杨晓婉指着墙上一张手绘的卡通风格地图，逐一讲解宿舍楼、浴室、超市、食堂等地的所在，提醒他明天上午九点在礼堂参加培训开幕式，又递给他新人礼包和一块空白胸牌："你可以在上面画自己的头像，像我这样。"她举手晃晃自己那块胸牌，上面除了名字，还有水彩笔手绘的樱桃小丸子头像，"我们有画哆啦A梦的，有画海贼王火影忍者喜羊羊名侦探柯南的，我都见到七八个小猪佩奇了。"

顾盼接过笔，在胸牌上草草画几笔，举给杨晓婉看："画好了。"上面只有四个潦草的汉字：个性头像。他戴上胸牌："你来几天了？"

"昨天中午就到了，和师姐一起来的。"

"你师姐呢？"

"去吃饭了。"杨晓婉白了他一眼，"吃完饭她要和室友们去逛街买东西，买完直接回宿舍，你不要想着见到她。"

"反正开幕式上也能见到。"顾盼咕哝着拖起行李，走入夜幕降临的校园,觉得自己好像又经历了一次新生入学,走入寝室更像从一间宿舍搬到另一间宿舍,只是中间的路程未免太过辗转冗长。后来他才明白,这样的旅途在支教生涯中再普通不过。

临睡前他纠结再三,还是给李桃发了个信息,说自己到了。李桃的回复如他所料,只表示明天见。顾盼头挨上枕头,困意袭来,潜意识里觉得还有事没干,直到快睡着才突然想起,忙打开手机向他爸妈报告,自己已安全抵达目的地。

"看到各位未来的老师,我不由得想起当年的自己。五年前我和大家一样都是新人,'新'不是指年轻,我是我们那届老师里年纪最大的,在这个会场里应该更是。虽然我很想管其他老师叫弟弟妹妹,但他们总是锲而不舍地称呼我为大叔。"

听众席响起笑声,主席台前的付羽自己也笑了笑,踱出两步,身后大屏幕上"2018—2020届支教岗前培训"的大字完整展露出来。

"之前我看过大家的毕业院校和所学专业,读教育的很少,我本人也不是。加入微光前,我读的是一个很冷门的工科专业,读了很多年书却没什么社会经验,连在公众场合讲话都会紧张,对教育更可以说一无所知。当时组织又是刚创立,我们是第一批支教老师,没有任何先例可以遵循,这些都让我心里打鼓。

"培训老师都是外聘的教育专家,其中一位告诉我们:作为老师,你读哪个大学、读什么专业,其实并不重要;重要的反而是你读小学、中学的经历。因为教书的过程中,你会不由自主去回忆,回忆小时候老师是怎样对自己的。他做得好的地方,你会效仿;做得不好的地方,你会加倍注意避免,不希望自己的不愉快经历,在学生身上重蹈覆辙。"

会场内响起轻微的议论声,正用手机打游戏的顾盼抬起头。李桃坐在斜前方四五排以外,他只能看到她留着马尾的背影。

讲台 53

"这就是教育的特殊性,老师对学生的影响,不会当时就起作用,而是要在许多年后才显露出来。"付羽加重了语气,"表面看,老师是在传授知识,可更重要的是培育学生的人格。我们不经意间的一句话、一个举动,都可能对学生未来产生难以估量的影响。所以我衷心希望,大家能严肃对待支教这件事,不要简单把它当成献爱心、把自己当成志愿者。支教就是教育,各位就是教育工作者。

"从今天起,无论学员还是讲师、工作人员,我们彼此的称呼都是老师。一个半月内,各位老师会学习如何上好一堂课,如何与学生相处,如何解决教学过程中的各种问题,总之最终目标是,如何成为一名合格的老师。"

顾盼顺手打开新人手册,翻到课程那一页,上面是各种术语:思维可视化、师生关系共建、职业能力建构……他看得一头雾水,重又打起游戏。

"必须强调的是,岗前培训是有淘汰机制的。培训第五周结尾,工作人员会对大家进行考核,笔试答卷和试讲表现各占总成绩的40%,日常教案完成情况占20%。如果总成绩不及格,那么抱歉,你将无法获得支教资格。当所有学员前往学校任教时,你只能自寻出路。"

手机屏幕上不知第几次出现"You Lose"的字样,顾盼不出声地骂了句,放下手机。

"其实你换种战术也许更好些。"说话的是顾盼的邻座。他长得白白胖胖,留着寸头的圆脑袋发际线很高,大脸上一双小眼睛。他的胸牌上画的是功夫熊猫,顾盼却觉得他自带相声演员的气质,要是换件长衫、手里再轻摇折扇就可以直接登台了。

"大叔你得快四十了吧,上有老下有小的也来支教?"

对方眨眨小眼睛:"我今年二十八。"

顾盼尴尬地说了声"抱歉",两人像上课开小差那样把手机放到桌子下面,头碰头地盯着屏幕,顾盼按他的指点重新开局,开幕式结束时,他在礼堂内回荡的热烈掌声中扬眉吐气,自己总算赢了一局。两人随人潮走向礼堂门口,对方向他伸出手:"陈纳德,之前工作了五年,现在辞职过来支教。"

顾盼握住他的手:"飞虎队长你好。"倒退回半年前,他肯定会被陈纳德的经历震惊,如今早已见怪不怪,他认识的所有支教老师,个个都有一份炫目履历或传奇经历,最平庸的反倒是自己。

两人很快成了朋友,上课坐在一起,中午一同吃饭,晚上边写作业边吐槽课程。多了这样一位同伴,顾盼更是恍然回到校园,准确地说,高考前的校园。学员们每天早晨七点起床,八点上课,学习普通教学法,五点下课后还要练习写教案。每个傍晚,各个教室和宿舍都能看到学员们的身影,只有打电报般的敲键盘声,所有房间都是鸦雀无声。老师们连去食堂吃晚饭、去澡堂洗澡都是来去匆匆。

顾盼盯着那份作为范本的教案,学员要在开头写清本堂课的教学目标,再模拟讲课时的课堂进程,按分钟计:四十分钟内,用第一分钟开课,第二分钟引出课堂主题,再逐一介绍新知识、指导学生练习,最后两分钟用来回顾课堂内容并结课。他把身体靠上椅背,双手环抱住后脑,盯着教室吊灯直发愣。讲师严茜要求九点前提交这样一份教案,现在七点半了,他还一笔没动。

"写起来再说,"陈纳德盯着电脑屏幕,手上敲键盘的动作丝毫不慢,"能打败你的从来不是失败本身,而是对失败的恐惧。"

"大师你说话总是这么有哲理。"顾盼重新用鼠标翻动起页面,"瞅瞅这都什么问题:你如何陈述自己要教授的内容?你如何陈述自己将如何教授这些内容?你如何陈述这些内容很重要……"

他把鼠标重重拍在桌上:"我哪知道该如何陈述。"少顷又转向陈纳德,"不如……"

讲台 55

"不用打我主意,我教的是数学。"陈纳德头也不抬,腾出一只手摆出个叫停的手势,"快写吧,反正交上去也肯定要改的,再烂的初稿也比空白要好。"

顾盼尝试着写下第一行字,刚写完就删掉,语句蹩脚得连他自己都不堪卒读。连换五六个开头仍不满意,他索性漫无目的地浏览起网页。时间一分一秒流逝,晚上八点整,学员微信群里有了消息更新,严菡问大家进展如何,顾盼只得硬着头皮往下写。还差一分钟到九点时,他把草草拼凑的一千来字发出去,马上逃避似的关掉页面:"走走走,吃夜宵去。"

"老板,炉肉再多来点好吧?每晚都在你这里吃。"陈纳德从摊主手中接过一碗炉肉饵丝,转头对顾盼说,"我纳闷你就写了这么点字,怎么跟严菡交差。"他借着夜风中轻微摇曳的灯光,从琳琅满目的调料碗中舀起各色浇头和调料,逐一倒进碗中,一样也不打算漏掉。

"我也纳闷你居然能写那么多,还能准时交稿。"顾盼端着自己的那碗米线,在陈纳德对面坐下。

"习惯了,原来在公司,这样的工作强度太正常了。"陈纳德用筷子卷动碗中的饵丝,讲起自己的经历。他毕业后就加入一家外企,已做到部门主管的位置,在那座城市有车有房,今年春节前却突然提出辞职,然后开始了漫无目的的自驾游,本打算旅行一两个月回来再找工作,却在云南看到了微光的招募海报。他顺手报了名,回去后把车房都留给父母照料,接着就来到这里。

"也谈不上多崇高的理由,就是想换种活法。"陈纳德神态很轻松,"也许别人觉得我日子过得算是不错,可我觉得,自己一直都在按那些世俗标准活着,活在别人的眼光里,这不是我想要的。很快就三十而立了,我想抢救下自己的人生,按部就班过了这么多年，怎么也要在青春的尾声浪一把。还有，"他拍下自己的肚皮，"也希望这两年能成功减肥。"

照你现在的胃口，这可是个艰巨任务，顾盼这样想着，嘴上却问道："那你真正想要的是什么呢？"

陈纳德双手一摊："我也想这么问自己。我有不少人过中年的同事，论收入都算中产，也是身体健康、家庭和睦、没病没灾，总之在外人眼里，这就是'幸福'的样子。可他们就是觉得精神空虚，不知道自己这辈子还有什么值得再去追求的。我更有不少同学，还没到中年已经过得跟四五十岁一样，除了赚钱升职、老婆孩子、单位那点破事儿，什么都不再关心。看到他们的现在，我就想到自己的以后。离职前我总在琢磨一些有的没的：人活着是为了什么？什么样的生活才是幸福快乐的？没钱时我觉得自己有钱后就能快乐，可为什么我有钱有车有房了，还是和我的同事同学们一样，觉得这样的日子乏味？"

"可能是你的钱还不够多。我最大的乐趣就是幻想等自己发了大财，该怎么拼命花钱。现在计划都制订好了，就差发财了。"

"拿这碗饵丝做担保，"陈纳德用筷子敲了敲碗边，"就算你有一天钱多得花不完，那种吃喝玩乐的生活也早晚会过腻。刚辞职时我特别兴奋，反正也有积蓄，不着急找工作，先尽情浪好了。开头几天我足不出户，天天打游戏到凌晨一两点，饿了就吃零食叫外卖，结果一个月就胖了二十斤，精神也萎靡了好多。然后我就去自驾游，走遍南方各个省份，慢慢也觉得没意思了。要不是见到了微光，我真不知道以后自己该干吗。这就叫边际效用递减：饿肚子时，你吃个馒头就会觉得香；吃饱后，面对什么大餐也不会有胃口。"

"嗯，有个女生也和我这么说过。"

"所以我总在想，父母老师从小灌输给我们的那些理念，到底成不成立？好好学习、考个好学校、找份好工作、找个好对象，这就是所谓的幸福生活。等结婚有了孩子，就继续让他好好学习，以后重复自己的生活……"

顾盼竖起大拇指："你这些思考上升到哲学层面了。我的情况差不多，快毕业不知以后该干吗，接触到微光这群牛人后，想成为他们当中的一员，就报名了。"

"你父母居然没反对？"

"强烈支持。"顾盼嘴上这样说，心里却在打鼓。

他习惯性地看看手机，他妈又发来信息，问他什么时候回家："你们这培训也太久了吧？怎么还没完？"顾盼回复她："培训特别累，但也真能学到东西。"

陈纳德买了杯酸奶紫米露，顾盼不渴也买了一杯，打算回宿舍改教案时喝，回去的路上一直在想家里的事。这些天他和父母联系很少，电话和微信里也都是含糊其辞，既因为心虚，也是真的忙。他每天都在纠结是否摊牌，每次话到嘴边又咽了回去：自己一旦开口，就将迎来真正的雷霆风暴了。

可从目前形势来看，父母已经起了疑心。昨天上课时，他妈刚好打来电话，顾盼跑到教室外面去接，学员们齐声喊出的口号传入手机，他妈很纳闷："怎么听着像在课堂上？"顾盼说是公园里一群老年人在健身喊嗓，勉强蒙混过去。今天他妈打电话又问："你真去丹东了？"顾盼嘿嘿一笑："其实我们想偷渡鸭绿江，去朝鲜看看。"他妈只说了句"别胡说八道"，就没再继续追问。顾盼并不确定，下次自己还能否有这样的运气。

宿舍楼快到了，顾盼收住脚步："老陈你先回去，我打个电话。"眼看陈纳德走远，他深吸一口气打开微信，把早就存好的一段文字发过去："妈，跟你还有我爸说个事。先说好，你们得忍住了，别发火……"

《出埃及记》的铃声响起，号码是家里的座机，顾盼觉得手中简直是一枚拔掉保险环的手雷,纠结了半天才接通,手机那头果然传来他爸声嘶力竭的怒吼:"畜生,反了你了,赶快给我滚回来!"

顾盼把手机从耳畔移开,骂声仍然一清二楚,他尝试着解释,可所有辩词都淹没在他爸的连声咆哮中。他挂掉电话,他爸立刻又打过来,骂声继续滔滔不绝;再挂掉又打来,如是者三。顾盼一时有种错觉,好像这《出埃及记》的铃声永远也不会停下,最后他只能先关掉手机,这才发觉机身热得烫手。

他抬头环顾四周,确信没别人,心有余悸地叹了口气,像远离凶案现场那样落荒而逃。理智告诉他,这时应该回宿舍继续改教案,明天就要试讲了,多少得准备下,可现在心里一团乱麻,他根本没心思去想这事,索性在夜色中的校园里漫无目的地转悠,思索着对策:这事可以先冷处理几天,反正自己人在云南,只要切断联系,爸妈就奈何不了自己,时间一长也许就不得已接受现实了。这样的想法让他心安了不少,这才往宿舍走。

走过女生宿舍楼前,顾盼收住脚步。一个女生坐在台阶上,长发盘在脑后,借着太阳能路灯的光亮,抱着笔记本埋头敲键盘,脖颈上一颗小小的挂坠随手上的动作摇晃,一闪一闪。

顾盼缓步来到她身边,把手中的酸奶紫米露递给她:"怎么跑这儿写教案?"

李桃仰起头,这才看到他,她接过饮料道了声谢,笑容很疲惫:"同宿舍其他老师都睡了啊,怕打扰她们。"

顾盼在她身旁坐下,随即闻到花露水的气味,学校里蚊子格外多。他看了眼她的屏幕,倒吸一口凉气。上面的字迹密密麻麻,连每分钟要说的每句话都写得清清楚楚,俨然是分镜剧本,文档的字数统计显示,全文八千多字。

顾盼挠挠头:"有必要写这么细吗?"

李桃吸了口饮料:"主要是怕明天上课出岔子。"

讲台　59

顾盼又指指备注栏:"这也用写?"李桃在每个环节都注明了学生可能出现的反应,以及自己准备如何应对。

"我希望把各种意外都事先考虑到。"

"那你会很累啊。"

"已经感到了。但没办法,为了上好课呗。谢谢你的酸奶,挺好喝的,下回我请。"她把喝完的酸奶杯放在身旁,重新写起教案。顾盼看她不想再和自己多说,嘟囔了句"那你加油"就走了,不忘顺手帮她扔掉空杯子。走出一段路扭头再看,路灯下的李桃依旧在埋头敲键盘。

回到宿舍,他先悄悄打开变得冰凉的手机,仿佛在掀起潘多拉魔盒,手机好一阵颤抖后,提示收到一大串微信语音,都是他妈发来的,顾盼根本没听,只回复一句:"不管你们怎么想,我非支教不可。"然后重新关闭手机、打开邮箱,顿时皱起眉,主管发回了自己那份教案,还加上密密麻麻的批注,几乎没一句不需要改。

明天试讲算是彻底完蛋了,他想。

顾盼忘了上次站在讲台上是什么时候,大概是高三复习时有一次惹恼了老师,被叫到教室前罚站示众,整堂课他都歪着头以示不屈,并暗下决心,以后无论干什么工作都不会当老师。如今他食言了。

教室里静得能听见心跳,三十几颗小脑袋仰着头,一双双明亮的眼睛盯住顾盼,让他想起当年老师无数次重复过的一句话:"不要以为做小动作老师不知道,我站在讲台上看得一清二楚,不信你上来看看?"

骗人,根本看不过来。

一大早他就有了回到童年的错觉。早上八点多起,校园里再没有一处安静。成群结队的孩子蹦跳嬉闹着走进校园,操场上无数背书包的小身影在晃动,热闹程度不逊于新学期开学。他们都是本校的学生，是听了学校的号召，报名参加"免费夏令营"的。顾盼领着自己班的学生走向教室，扭头看身后那条扭来扭去、吵吵嚷嚷的长队，觉得自己在带孩子们玩老鹰捉小鸡。

他深吸一口气，尽可能地昂首挺胸，"教师口吻与仪态"那堂课上，讲师已不厌其烦地提醒过自己。

"同学们好。"顾盼对自己的语气还算满意，和学生交流，口吻要自信、关切、无敌意，音量要足以让学生听清。

教室里响起拖长音的"老师好"，老师的脸上却有些发烧。先前讲师和其他学员这样称呼自己，他只是觉得滑稽，如今换作孩子们这样叫，感受完全不同。他们稚嫩的小脸上写满无条件的信任，这让他头一次感受到"老师"这个称呼的分量。

"我叫顾盼，照顾的顾，盼望的盼。这次夏令营，我是你们的班主任。"

这句开场白过后，教室里重又陷入寂静。顾盼突然发现脑海中全是空白，低头去看教案，"开课"那栏空空如也。

他用了三秒钟思索对策，然后抬起头，勉强压抑内心的慌乱："同学们，今天我们来学习第……第三十二课。首先请大家跟着我……跟着我一起，朗读课文，"他又望向摊开的课本，"《好汉查理》。"

教室里回荡起老师有些颤抖的声音："查理是个很……调皮的孩子，爱搞、搞恶作剧，没有人喜欢他，倒是他叫自己，叫自己是好汉查理……"

顾盼高举课本，试图遮挡自己发烧的脸庞，下面响起亦步亦趋的童声："杰西，我会做个好汉。你会的，我从来就相信……"

教室的最后排，培训主管大赵提起笔，在摊开的笔记本上写下第一行字。

广播里传来代表下课铃的《小燕子》旋律，在顾盼听来比仙音还悦耳，他迫不及待地说出"下课，同学们再见"，深鞠一躬。要

讲台　61

是能换来提前十分钟下课,让他向这些小祖宗磕头他都乐意。

孩子们雀跃着拥出教室,后排的大赵站起身,如同山岳从地平线升起。他大学时是篮球特招生,身高一米九四,和顾盼出教室门时甚至要低下头,以免碰到教室外高悬的班级标牌。不过他人却很憨厚,对谁都是笑眯眯的,现在也一样。可在顾盼看来,这笑容就颇有几分莫测。

"总体来说还可以。该讲到的都讲到了,课程也顺了下来。"大赵盯着笔记本,字斟句酌地说。

顾盼皱起眉,这算什么夸奖:"老大,优点不用说了,说问题吧,我心理很强大,没关系。"

大赵打开手机,顾盼踮起脚尖,看他刚才录制的几段视频。第一段视频,顾盼双手抱臂,在讲台前来来回回地转悠;第二段视频,他每讲一句就低头看一下教案;第三段视频,顾盼向全班布置任务,眼睛却盯着教室后墙的黑板,没看任何一位学生。

"首先还是要注意仪态。"大赵最后总结说。

"别的呢?"肯定还有忘了铺垫就直接开课,顾盼心想。

"别的先不用管,先注意矫正仪态。"大赵回答,顾盼偷瞟他的笔记本,那上面其实密密麻麻写满了字。大赵没说其他问题,肯定是为避免太打击自己。

隔壁教室走出了陈纳德,不住用手帕擦着满头汗水,刚一见顾盼,两人就不约而同摇头苦笑。陈纳德告诉他,四十分钟的课堂内容,自己只用一刻钟就讲完了,剩下的时间只好带学生一遍遍做题。

中午的食堂俨然成了吐槽大会现场,新老师们的谈话几乎都围绕各自的课堂表现展开,所有人都是一大堆问题。有老师叫学生回答问题,一节课把三个孩子反复点了十几次;有老师给学生做实验示范,折腾了一节课也没成功,学生都在下面偷笑;有老师讲得太慢,直到下课还有一大截内容没讲。不少女老师走下讲台,泪水已在眼眶里打转,不等培训主管指出问题,眼泪先掉了下来。

"太正常了。"大赵捧着硕大的饭盆坐在他俩对面,里面的饭菜盛得满满当当,"不管你们自认为准备得多充分、备课多流畅,真正站在讲台上还是会出现各种问题。只有不断练,反复练,才能真正教好一堂课。"他狼吞虎咽起来。

"顾盼老师,我希望你能解释下自己的教案。"严菡的声音从头顶响起,冰冷而干脆,顾盼停止咀嚼,抬起眼睛。严菡留着男生般的短发,中性打扮,胸牌上用水彩笔画出一道彩虹,无框眼镜背后的犀利目光正与自己对视,让他想起鹰鹫盯住猎物。

"昨晚我把反馈意见发给你之后,你只改了一遍,后面就再没理我。"

"我改着改着睡着了,作业量太大了。"顾盼咽下嘴里的食物,装模作样抬手掩盖正要打的哈欠。

"你们大学最后一学期懒散惯了,暂时适应不了这样的强度,我可以理解。可即便这样,昨天的教案也只有你是半途而废的。"

顾盼一推饭盆,身子靠在椅背上:"非得每天这种强度的练习不可吗?那些教学重点,我自己会了不就行了吗?"

"那你课又上得怎么样?"

顾盼没有吭声。

"每学期的教学计划怎么设计?怎么激励学生的内驱力?课后如何判断你的教学是否有效,有哪些要点?如何检测学生对知识的吸收程度?"

"……"

"我只能给你记一次作业未完成。"严菡摊开随身携带的文件夹,在花名册上寻找顾盼的名字,"记住,日常教案完成情况占你们最终考核成绩的20%。累计三次未完成会扣掉5%,再有未完成还会累计下一个5%;扣到10%之后,最终考核直接不及格,无论

讲台 63

你的试讲和笔试成绩如何。"她打机关枪一样说出这番话,手上已做好记录,然后动作利落地合上文件夹,"所以我希望,这是你最后一次。"转身走了。

旁边的陈纳德大气也不敢喘,用目光询问大赵,大赵一摊手:"这是正常工作强度,支教开始后每天都这样。而且说实话,比起支教学校的学生,眼下这些孩子简直是一群小天使。"

"这样下去不是办法,"刷好饭盆,一同走向宿舍时,顾盼对陈纳德说,"刚上课就这样,以后我非得累趴下不可。"

陈纳德瞪圆了小眼睛:"你要干吗?"

顾盼目光深沉地望向远方:"我要改革,改革这不合理的一切。"

"同学们,你们是不是早就烦透了书里这些东西?"几天后的又一节语文课上,他举起课本问学生。

议论声四起,孩子们惊讶地互相张望,坐在后面听课的大赵也满脸迷惑,谁都不明白老师葫芦里卖的什么药。

"今天老师不会照本宣科。"顾盼把课本摔在讲桌上,"这节课上,老师会让你们学会独立思考。"他纵身跳上讲桌。

整间教室响起惊叫,不少学生张大了嘴,所有人高高仰起头,望着讲台上居高临下的老师。顾盼头顶差点碰到天花板,他略弯下身,吊灯在身旁轻微摇晃。背后是黑板上方的国旗。

大赵站起身,顾盼向他遥遥抬手,示意自己心里有数,然后张开双臂,俯瞰全教室的学生:"知道我为什么要站在这儿吗?不是为了感觉高一点,是为了用不同眼光、从不同角度来看待事物。现在,请各位同学也学着老师的样子,都站到课桌上。"

孩子们目光中满是疑问,没人敢动,顾盼重复了一遍:"都站到课桌上,就现在,快!"

教室里陷入混乱,桌椅声、说笑声相混杂,孩子们陆续站上课桌，好奇地打量彼此、互相取笑，叽叽咯咯笑成一团。只有他们的老师还保持严肃："大家可以看看整间教室，感受是不是和以前完全不一样？因为你们站在了高处，看得比以前更长远。可为什么以前你们从没尝试过这样做？因为老师不让。"

他又抬起一根手指："这就是顾老师要教给你们的道理——学习的时候，不要总想着老师怎么说、课本怎么说，要自己动脑子想。"用手指敲敲太阳穴，"只有这样，你们才能看到不同以往的风景。"

教室上空响起他朗诵《草叶集》的声音："哦，船长，我的船长！我们险恶的航程已经告终，我们的船安渡过惊涛骇浪，我们寻求的奖赏已赢得手中……"

"顾盼老师，解释下吧。"这节课结束，孩子们争先恐后地蹦下课桌，吵闹着跑出教室撒欢，大赵来到顾盼面前，向来温和的脸上写满了严肃。

"我在教学生批判性思维。"顾盼同样一本正经，"你看过《死亡诗社》吧？"

"你这节课的教学目标是什么？我是指，你写在教案上的。"

"继续讲《好汉查理》，让所有学生能通顺朗读课文，理解课文内容。"

"你做到了吗？这节课你带学生读了几遍课文？惠特曼和教学目标有什么关系？"

"大赵你怎么也总是教学目标、教学目标的？我要教给学生的是思维方法，这远比读懂一两篇课文更重要。"

"像这样逃避写教案是没用的。"

这句话的效果立竿见影，顾盼闭上嘴，尴尬地笑了两声。

"你是踢足球的，我是打篮球的。你刚练球的时候，是不是先要从最简单的传球运球练起，动作扎实了才能上场打比赛？因为这是运动员的基本功。作为老师，你要是连教学基本功都还没掌握，

讲台　65

任何所谓的创新都只是自己的异想天开。"

顾盼没再吭声,与大赵对峙几分钟后,他扭头回到教室。下节课,课堂恢复了原来的样子:"杰西,我会做个好汉。你会的,我从来就相信……"

晚上去吃饭时,顾盼尝到了暴得大名的滋味,食堂里的场面俨然是孔乙己来到咸亨酒店,不少老师冲他笑,有人向他打招呼:"船长,我的船长。"也有人提议大家都站到餐桌上,"从不同角度看事物"。只有陈纳德拍拍他的肩膀:"没事,不让讲惠特曼,下次咱们讲马克·吐温,讲海明威,讲菲茨杰拉德。"

顾盼坐下来,习惯性地打开手机,发现又有爸妈的七八个未接来电,邮箱中则多了一封管理团队的群发邮件:日后授课过程中,老师不得教授与课时无关的内容,不得让学生站在课桌上,否则培训主管有权当场制止。

他关掉手机,逃避似的四下张望,发现远处杨晓婉和几个小女生正盯着自己交头接耳,表情像看怪物一样,只好灰溜溜地扒起饭。

防晒霜的浓烈气息扑上鼻端,顾盼抬起头,饭粒从嘴里掉下,李桃在他对面主动坐下:"你今天出名了,船长。"顾盼从没见她对自己笑得那么开心。

身旁的陈纳德也发出意味深长的笑声,顾盼有点尴尬又有点得意,抹去嘴角的饭粒:"可惜不是按我想要的方式。"

李桃把从不离身的遮阳伞放在一旁,云南阳光的热烈远超想象,女生们要么抹防晒霜,要么打遮阳伞,她是兼而有之:"其实,我也挺喜欢《死亡诗社》的。"

这句话让顾盼大为意外,精神陡然振奋起来。

"我的高中和电影里那所学校很像,一所低配版的高考工厂,又没遇到基廷那样的老师,能带着学生撕课本。那时我经常幻想像死亡诗社的成员那样,偷偷溜出学校,去外面读诗。"

"想不到你也这么……叛逆。"

"这些天我也有和你类似的想法,"李桃从饭盆中舀起一勺饭菜,"每天试讲我都很纠结,光用手是没办法把人从地震废墟里刨出来的,还有华盛顿的樱桃树、爱因斯坦的小板凳、达·芬奇的鸡蛋……这些故事早就有辟谣,却还是堂而皇之地躺在课本里。可严菡告诉我,不用在意这些,先把课上好,保证学生的成绩,以后再考虑怎么平衡应试教育和素质教育。"

顾盼哼了声:"倒是很像她说的话。"

脚步声从食堂入口方向响起,伴随严菡的急迫叫声:"顾盼在不在?"顾盼在心里暗骂一句"说曹操曹操到",一抬起头,立刻被发现了,严菡隔得老远喊道:"马上去学校东门,你惹大事了!"

"一惊一乍的干吗?"顾盼暗自惊讶,"大赵都批完我了,这事不都过去了吗?"

"比你乱教课严重得多,赶紧跟我来。"严菡丢下这句,扭头出了食堂。顾盼起身要跟上,跑出两步又想回来收拾书包和饭盆,陈纳德拦住他:"你快去,我帮你收拾。"顾盼只来得及说句"谢谢",又想向李桃说点什么,李桃也让他赶紧走,他只好撒腿就跑。

离校门口还有老远,他就听到一声声怒吼,几名学校的保安和许多支教老师挤在那里,顾盼通过背影认出了付羽、大赵,还有其他几位培训主管,再加上匆匆赶来的严菡,微光管理团队几乎所有成员都到了。

"来了来了。"严菡喊,老师们让出通道,顾盼穿越人群,愣在原地。有生以来,他头一次体会到什么叫"血液凝固",就算噩梦成真,也不会比眼前这一幕更让他恐惧。

他看到了自己的爸妈。

真是爸妈,他们没像自己以为的那样待在北京,徒劳无益地一遍遍打来电话,而是直接来到云南,向自己兴师问罪。如果不是太过震惊，顾盼肯定要佩服他们的本事，天知道他们是怎么从北京找到这里的。

几乎是见到儿子的第一个瞬间，顾盼他爸就爆发出气壮山河的怒吼："畜生！"并赶在所有人反应过来之前扑向他，劈头盖脸对儿子拳打脚踢，兔起鹘落得根本不像整天坐办公室的五十岁领导干部。

措手不及的顾盼只能用胳膊格挡雨点般的拳头，缓缓往后退却。皮肉上的痛楚让他觉得，凭老爷子这膀子力气，七十岁退休都没问题。

"长本事了，会骗人了？"他爸步步紧逼，两眼通红，嘴角口沫横飞，每句话伴随一次挥拳，"我跟你妈那么信你，从头到尾你都骗我们，瞎话还编得挺溜，说去东北，闹半天跑云南来了，怎么不接着跑啊？去西双版纳啊，去香格里拉啊，你还想干吗？反了你了！"

几个保安想拉住他，都被他奋力推开，身后又响起顾盼他妈的凄厉尖叫："知道我跟你爸多担心你吗？之前我们都怕你真跑到朝鲜去，这事你干得出来。"

顾盼不住格挡："你们要不管我，我去哪儿都成，反正比在家强。我去金三角，去柬埔寨，去索马里，去海地，去叙利亚阿富汗土耳其委内瑞拉……"

"顾盼，别再顶嘴了。"付羽叫道，"顾先生您冷静下……"

这句话提醒了他妈，矛头马上转向付羽："你们到底是干什么的？怎么把我们家孩子洗脑成这样？好好的孩子毕了业，放着大好前途不要，非去支教，说出去谁信？这不是毁我们孩子前途吗？谁知道你们安的什么心？现在可是法治社会，你们要真是什么非法组织，我这就找有关部门举报去！"

"跟人家没关系，我自己的事。"顾盼在格挡的间隙高喊，他最烦他妈当着别人面叫自己"孩子"。

短短一分神，他已被他爸揪住胳膊："跟我回家，马上！"

"我不回！"顾盼猛一掣胳膊摆脱他爸，他爸怒吼着再次抬手，大赵眼疾手快横到父子之间："顾先生，先请您消消气……"

"起开，我管我儿子，外人管不着！"顾盼他爸梗着脖子喊，脖颈青筋暴起。

大赵没动，反而张开双臂："您这样解决不了问题。"

顾盼他爸仰头打量着大赵比自己高大几圈的身躯，评估完彼此的实力差距，总算放下悬在半空的手，目光越过大赵盯住儿子，仍然气得浑身颤抖，抬手遥指顾盼："回家看我怎么收拾你。"

付羽走上前："顾盼，这事是你做的不对，先向你父母道歉。"

顾盼愕然："我有什么不对的？我追求自由……"

"先道歉。"付羽重复道。

顾盼环顾四周，围观的支教老师比刚才多出不少，他更是从人群中发现了李桃和陈纳德，这回自己的脸可算彻底丢光了。可看现在的形势，僵持越久越丢人。踌躇几秒，他勉强冲爸妈点个头，用低得难以听清的声音说："我错了。"

"作为老师，和人交流的口吻要自信、关切、无敌意，音量要足以让学生听清。"身后传来付羽的声音。

丢人就丢到底吧。顾盼咬咬牙，冲爸妈深深鞠躬："爸、妈，我错了。"声音洪亮许多，他直起身，"要不再给你们当众跪下？"

付羽转向顾盼的父母："您二位的心情我真的理解。想把孩子带走，我们绝不阻拦，一切遵从您二位的意愿。只是咱们双方有点误会，我想稍微解释下。"

"有什么可解释的？不听！"他爸怒气冲冲地回复一句，又要拉儿子，早有防备的顾盼这回动作敏捷地闪开，跑出好几步。

"这里不是说话的地方，这么多人看着也不合适，"付羽环顾四周，"您要是愿意，我想请您全家去办公室，有什么事坐下来慢慢沟通。二位有什么质疑，我也好仔细解释，可以吗？"他摆出"请"

讲台 69

的姿势。

话音未落，一家三口同时脱口而出："不行！"

"我不走。"顾盼嚷道，大赵赶忙摆手，作势让他闭嘴。

"不走，谁知道你要把我们带哪儿去？"顾盼他爸说。

"就在这儿说。"顾盼他妈当着付羽的面打开手机，输入110的号码，拇指悬在"通话"键上方，警惕地望着周围，随时准备拨通电话。

付羽点头："那尊重您的意见。"扭头对严菡说，"去办公室拿咱们机构的证明材料，宣传手册、教师手册，法律汇编也拿一套，另外别忘了带笔记本回来，有无线网卡的那台。"严菡应声离去，边走边向围观人群挥手："散了散了，赶紧都回去写教案，下周就该考核了。"老师们随着她的迫近逐渐散去。

大赵到小卖部买了三瓶饮料，递给顾盼一家，他妈仔细查看瓶口，以确认没打开过，顾盼不耐烦了："你们把人家当什么人了？"他妈冲他瞪眼，到底没喝这瓶饮料，两口子从旅行包里各自掏出水杯，喝水时眼睛依旧紧盯着付羽几个人。

"首先我要和您二位强调，我们真的从头到尾都不知道，顾盼来支教是瞒着家里的。"付羽望向顾盼，"你也根本没对我们说，如果我们知道你是私自出来的，无论如何也不会同意。"

"不瞒着家里，哪还出得来？"顾盼满脸的不服气。

"可你想没想过父母的心情？如果你们双方换个位置，你那么信任父母，他们却骗了你，你会是什么感受？这些天我们讲教育心理学，一直在强调，老师要站在学生的角度思考，你怎么就不能站在父母的角度替他们考虑？"

"没错，"顾盼他妈马上接口，"把你养活这么大，从来不知道体谅我们，白眼狼！"

顾盼一声不吭。

"这两天你不按教学计划上课,已经破坏一次纪律了,我没想到还有这一出。像这样,你就算去支教也会给学校惹事。从这几件事来看,顾盼,你离成为一名合格的支教老师恐怕还有相当长的距离,更不用说我们要尊重你父母的意见。所以很遗憾,我们只能请你……"付羽特意停顿了下,以便让顾盼有心理准备,"退出支教。"

这句话的打击显而易见,顾盼浑身颤抖,好一会儿才结结巴巴冒出一句:"凭什么?我没违反规定,考核也还没开始。"

"培训期间,学员还没有签署正式的支教协议,微光有权随时中止对学员的培训。"

"不行,我要支教!"顾盼一跃而起,"学生还在等着我上课,我走了他们怎么办?老师一句话一个举动都会影响学生,我得严肃对待支教,支教不是献爱心,我不能说来就来说走就走,我是教育工作者!"

"别没完没了,赶紧跟我走!明天一早就坐车。"他爸不耐烦地吼道。

顾盼扭头冲他爸咆哮:"你们管了我二十二年,还要继续管我?"

"啪"的一声,脸上火辣辣的疼,顾盼捂住脸愣了下,猛然冲到他爸面前,指着自己的脸吼叫着:"打,接着打,使劲!照我小时候那样,往死里打!"

他爸没料到儿子的反应,迟疑着没再乘胜追击,顾盼的吼声越来越歇斯底里:"你们不打,我自己来。"抬手打自己一耳光,"今天让你们出够了气,你们不说停,我绝不停。"一下又一下的耳光。

"从小到大,你们从来就不在乎我的想法。三年级我从街上捡了只小猫,你们嫌脏给扔了;五年级我所有的好朋友都报了夏令营,你们就是不许我去;初二想参加校队,你们还是不许;高中我想学理科非让我改文科;读哪个大学哪个专业得听你们的,找什么工作得听你们的,找女朋友还得听你们的;现在我想支教,你们还要继

讲台 71

续管,我不是你们养的猫狗,我有自己的想法,也有自己的生活,你们管不了我一辈子!"

连续不断的耳光声在一片死寂中格外清脆,所有人呆望着顾盼近乎疯狂地打着自己的耳光,直到脸颊高高肿起才停了下来。他死死盯住他爸,眼眶里满是泪水。他妈凑上前,想给儿子擦擦嘴角的血丝,他却动作粗鲁地把他妈一把推开。

付羽轻碰下顾盼他爸:"您儿子现在情绪这样,根本没法带他走。现在天晚了,我建议你们先各自回去休息,双方都冷静下,明天我们继续做他的工作。您二位是不是刚到,还没有住处?我们帮您安排。"

"那不用了。"顾盼他爸这时反而冷静了不少,盯着儿子,"也只能明天再说了。看他这样,再逼他,兔崽子当场跳楼都有可能。你们也千万把他看好,不然不知道他能干出什么事。"

顾盼喘着粗气不再吭声,看着付羽从早就去而复返的严菡手中接过一摞A4纸递给父母,把他们送出学校,又说了些什么;大赵也过来对自己说了几句,他充耳不闻,只哽咽着冒出一句:"让我一个人待会儿,我不跑。"

父母的背影在夜色中消失了,大赵在他身旁守了片刻,也走了,校门口只剩下顾盼一个人。他靠上路灯的灯杆,一点点瘫坐在冷硬的马路牙子上,然后双腿蜷起,头垂在膝盖上,在路灯下低声啜泣。

第四课　接受失败

顾盼不清楚自己在路灯下坐了多久，只能确定夜很深了。校门口那条马路是附近的通衢，晚上十一二点也总有车辆呼啸而过，如今已是空空荡荡，除了几步外岗亭里的值班保安，周围没有别人。顾盼不用看也知道保安在时刻盯住自己。

泪水早已干涸，他呆望着对面的花坛，想起小时候有一次在小区里走丢，自己也是这样坐在路灯下哭，后来是邻居见到了，问清父母的名字，带自己找到物业，这才等到父母赶来。

那时自己真走丢就好了。

《出埃及记》的铃声再度响起，他看了眼号码，木然接通，手机那头传来猴子的声音："顾盼，你这几天怎么着了？叔叔阿姨找我好几次，我都替你瞒过去了，可我还是劝你早点摊牌……"

顾盼挂掉电话，动作迟钝地起身，纯粹凭本能走向宿舍的方向，整个人都好像正在游荡的鬼魂。前方路灯下出现李桃的身影，就站在道路中央，拎着自己的书包，顾盼从她手中顺手接过，不认识她一样飘过她的身旁。

"你真那么想支教？"李桃在身后问。

顾盼拎着书包继续往前走，声音有如梦呓："我不回去。"

"父母非逼你走怎么办？"

"死给他们看。"

讲台　73

"其实你不用这样……"

"不用劝我。"顾盼语气生硬地打断她,打算继续往前走。

"我是说,你可以有别的办法留下来。"

顾盼收住了刚迈出的脚步。

不远处花坛的阴影里,大赵和陈纳德密切注视着两人的动静。他们看到顾盼转过身,先是毫无反应地听着;之后双手揣兜,低头原地转了两圈,显然是在考虑;又抬头和李桃争论几句,随后频频点头;最后把书包甩到肩上,与李桃一起走向宿舍,恢复了雄赳赳气昂昂的步态。

大赵目送两人的背影远去:"为什么非让李桃去说,明明你和顾盼关系更近。"

陈纳德抱着臂,眯起小眼睛坏笑着:"他只听她的。"

大赵恍然醒悟,咧嘴露出满口结实的大白牙:"原来还有这出。"

他们走出花坛,远远跟着两人走向宿舍楼,陈纳德望着那两个并肩的背影:"大赵你说,顾盼有戏没?"

大赵摇头:"第一,得看人家姑娘自己的意思;第二,对李桃有意思的男生,光我知道的就好几个了,她那组有个学英国文学的哥们儿,挺帅的,这几天经常过去献殷勤。李桃在你们这届的女生里可是数一数二的好看,算上前几届也该是,不然哪能还没支教就在宣传片里出镜呢!"

"有没有第三?"

"第三,顾盼能不能留下还不好说,得先看明天谈判的结果。"

粉笔的窸窣声在教室里格外清晰,黑板左侧出现一个简笔小人,下面是波浪线表示的水面,顾盼拍掉手上的粉笔末,转身面对学生们:"这么多天了,老师不想再重复课堂纪律。看见这个小人了吧?他站在海边,现在是涨潮,课上你们每讲一次话,海水就涨一次,把小人淹没一点；讲三次话，小人就会淹死在海里。所以你们每个人都要努力保护他，不要再讲话。"

小人的命运让孩子们多少有些顾忌，老师板着的面孔和尽可能严肃的语气也起到了作用。很快，教室里重又响起整齐读书声："杰西，我会做个好汉。你会的，我从来就相信……"

大赵坐在最后排，毗邻敞开的教室后门，和往常一样做着记录，忽然感到门口有人。他扭过脸发现了付羽，身边是顾盼父母，他们正默不吭声地遥望着在上课的儿子。

靠窗那排后座的男孩在说悄悄话，顾盼在讲课间隙走过去批评了几句，刚转过身，前桌的小姑娘就扭头冲男孩吐舌头。第二个孩子向邻桌扔去一个小纸条，顾盼以敏捷的身手予以没收："老师批评你们。"第三个孩子在玩文具盒，顾盼同样快步走过去没收："下课再找老师要。"

这一手没能取得杀鸡儆猴的效果，嘈杂声还是逐渐蔓延，顾盼走到黑板前，果断擦掉小人的双腿，把波浪线抬高到他的腰间，有孩子发出"啊"的惊叹，教室总算平静了些。

顾盼转过身，顺手擦了把汗，刚好与父母的目光对视，他微微一怔，继续若无其事地讲起课。他爸妈则离开后门，跟着付羽走向办公室。

"错怪你们了，抱歉。"顾盼他爸郑重其事地对付羽说，他妈也有些惭愧地笑了："之前担心你们是搞传销的。"两口子昨晚反复核对了微光的基金会法人登记证书、民办非企业单位登记证书等材料，又在民政局网站上查到他们的登记注册信息，顾盼他爸还特意向其他部委里认识的朋友辗转打探，这才确认微光是合法机构，相关信息虽然少，但口碑还不错。

付羽笑笑没吭声，他早就习惯面对家长们的质疑与怒火，微光办公室总会接到家长打来的电话，从盘诘、指责到破口大骂应有尽

讲台　75

有，还有家长亲自找到北京办公室一探究竟，也不乏当场大闹的，他们经常互相开玩笑说，客服都没自己这样强大的心理承受能力。

来到办公室，付羽进一步向顾盼父母介绍了微光的基本情况、支教的意义、对老师们的好处，这完全超出了他们的认知："真有那么多条件那么好的年轻人，主动去农村支教两年？"听付羽举了几个例子，更感到不可思议。

杨晓婉给他们各沏了杯茶，然后赶紧躲得远远的。顾盼他爸端起茶杯啜了一口，对付羽说出自己的看法："你们做的确实是件好事，只是顾盼擅自参加支教，还隐瞒了这么久，我们在感情上确实接受不了，而且这样也打乱了我们对他未来的规划。再说，顾盼他从小也没吃过什么苦，真去支了教，万一半途而废，对你们也有影响不是？"

付羽连声说"是"，还表示不管怎样都会尊重家长的意愿。正在这时，门外响起《小燕子》的旋律，走廊里很快充斥着孩子们的笑声、吵闹声、追逐声，整栋楼都在震颤；再往后，顾盼的身影出现在门口，身后跟着大赵。

所有工作人员都退了出去，把办公室留给一家三口。这次双方都很克制，局面却依旧僵持。顾盼爸妈改变了策略，着重强调儿子这样是不负责任，光想着自己不考虑别人，接着又说："你去支教能管多大用？农村问题是党和国家要考虑的事。一群刚毕业的学生，光凭着一腔热血，能干成什么事？反过来，如果你先去工作，比如说，考个公务员，积累些社会经验，乃至成就一番事业，获得足够丰富的资源，再反过来投入农村教育，肯定比现在这样效果更好。"

顾盼跷起二郎腿："照您的意思，我只能到您这岁数，才能跟支教沾边了对吧？"

"有什么关系呢？反正一样是给农村做贡献啊。我和你妈回去就可以发动同事，给那些山区孩子捐些衣服文具书包，等你以后有了更好的资源,还能做更多事情,比如捐所学校什么的。"

"您说的都是老皇历了,农村如今没那么惨,再说捐钱捐物跟直接去教学生,完全是两码事。人家现在根本不缺校舍、文具这些东西,就缺老师。2008年汶川地震过后,各地方政府都加大了对学校建设的投入,乡村学校普遍设施完善……"顾盼复述起"乡村教育现状"这门课教过的内容,这是他为数不多认真听过的课程。

"我承认擅自支教是我不对,光想着自己不考虑别人,既然这样更不能一错再错。"他最后总结说,"我现在的身份是老师,每天要给学生上课,所以必须对学生负责。我教着教着课,突然不再教了,谁来接替我?学生们感情上受不受得了?会不会觉得老师抛弃了他们?起码我得把夏令营教完。再说就剩一个星期了,你们就在这里等几天不行啊?好不容易一块出来了,还不去周围旅旅游什么的?"

"别跟我讨价还价啊,"顾盼他爸指着儿子,"我可是请了假的,单位一大堆事等着,没工夫跟你在这儿耗。"

"那您赶紧回去也成啊。"

他爸又要发作,顾盼他妈连忙劝住:"孩子说的也不是没道理,现在就走确实会影响人家的教学。我看反正就一星期,时间也不算长,咱们等等也没关系。再说你也够忙了,稍微歇几天,领导同事都能理解。"

顾盼他爸半天没说话,最后才狠狠指着儿子:"就为你小子,我今年年假全搭进来了。"

从这天起,一家三口成了学校里的一景。白天顾盼无论走到哪儿,他爸妈都寸步不离,像《水浒传》里的董超、薛霸一样。顾盼的教室在四楼,每天要爬上爬下好几次,再加上这里地处高原,气压偏低,人到中年的父母每爬一层都气喘吁吁,想歇口气,往往是顾盼等不及先进了教室宣布上课,他们才姗姗来迟,和大赵并肩坐到教室最后排。即便这样，两人也没有错过儿子的任何一堂课。

中午在食堂吃饭则是重要的社交场合。顾盼他妈对微光的每位年轻人都感到好奇，逮着谁都要问上半天，顾盼几乎能把她的那些问题倒背如流：多大啦？家哪儿的？父母干吗的？哪个学校的？学什么的？怎么想到要来支教的？条件那么好不觉得可惜吗？爸妈不反对啊？以后找工作找对象可怎么办？每个回答都可能引发她的惊叹，问到最后总要啧啧称奇："真没见过这样的。"

遇上李桃那次尤其尴尬。顾盼他妈对李桃的喜爱溢于言表，源源不断的询问混杂着花式夸奖，李桃逐一回答那些五花八门的问题，礼数周全地感谢阿姨的赞美，直到顾盼他妈问到她有没有谈恋爱。顾盼在旁边如坐针毡，生怕他妈下一句就是"要不跟我儿子发展发展"。他赶紧打岔："您是不是等人家先吃完饭再问？"

他妈这才回过神来："瞅我这没眼力见儿的，姑娘快多吃点，本来就瘦，又那么累，再不多吃哪行。"

顾盼和李桃偷偷交换目光，彼此心照不宣地苦笑。和李桃分别后，他妈又悄悄问他："这姑娘真好，你还不考虑考虑？"

顾盼一时不知该不该实言相告，只好含糊带过去。

每天晚饭过后，顾盼照例去自习室写教案，准备第二天的课程，他爸妈就在学校里转悠，对一切感到好奇。他们经常参观每间办公室，领导走访基层般地逐一问候工作人员，和他们拉家常，还经常到校外的水果摊、超市买些水果零食带过来，见者有份。这种不由分说的热情让顾盼颇感尴尬，尤其不愿被人看到一家三口在一起，觉得在别人眼里，自己还是没长大的孩子。

可他别无选择。用李桃的话说，只有和父母多相处，多向父母展示自己的日常状态，才有可能影响他们的看法。怀着这种目的，这周顾盼无论听课、写教案还是试讲，都是前所未有的投入，讲课也逐渐得心应手。他带着孩子把《好汉查理》改成舞台剧，给他们读童话。有一次无意间拖了堂,他正打算下课,学生们纷纷叫:"老师老师,你再读一会儿吧。"这让他大为得意。

学生们也认可了老师,大概是老师的父母也在的缘故,读课文的声音比从前响亮不少,举手发言也积极得多。每当下课铃响起,孩子们最喜欢的游戏就是一拥而上扑向老师,扯胳膊、搂腰、抱腿。有男生爬上讲台,从后面攀上老师的脖子,顾盼也会故意拖着满身的孩子,在教室里步履蹒跚地行走,挑战最多能拖动几个。他妈每次都笑得合不拢嘴,掏出手机给他们拍照片、录视频,第一时间发朋友圈,然后美滋滋地等着一群老姐妹点赞夸奖。他爸大多数时候都绷住脸,但当一群孩子围过来叽叽喳喳时,他还是忍不住露出了笑意。直到有孩子问"爷爷你的头发为什么那么少",笑容才从他脸上消失。

自己的家庭矛盾居然是学生们缓解的,这让顾盼始料未及。他对父母的对立情绪同样减弱了许多,试讲这些日子不时勾起童年的回忆:孩子们课上的读书声,课间的嬉闹,还有广播中的音乐,蓝天白云下的鲜艳国旗,夕阳中的婆娑树影,这些都似曾相识。每天放学,学生们一个个向自己鞠躬道出"老师再见",再撒着欢冲出教室,迅速远去的吵闹声伴随脚步声回荡在走廊中。望着那些蹦跳的身影,顾盼依稀想起,儿时的自己每天也是这样兴冲冲离开家,大呼小叫一溜小跑地冲向学校,那时还年轻的父母也总是跟在身后几步开外,每次回头他都能看到他们含笑望着自己。如今,他可以体会到他们那时的心情。

周五这天,夏令营如期结束。全班合影留念时,顾盼把课桌拼在一起,让所有人站上去,自己蹲在第一排中间,身旁是爸妈,全班学生围着一家三口,比画出各种滑稽的姿势,又在老师的带领下齐声喊出"船长,我的船长",大赵在那一刻按下快门。下课后,顾盼他妈对儿子感叹一句:"这辈子都没见你这么认真过。"

"因为这是我这辈子,第一次想认真做一件事。"顾盼回答。

一家三口来到林荫道旁的石桌凳上,开启最后一次谈判。旁边是来来往往的年轻老师,不时和顾盼一家互相打招呼,这些天彼此都很熟了。刚落座,顾盼就主动开启了话题:"我这些天的表现,在这儿的生活,你们也都看到了。从小到大,我从没这么迫切地想做一件事,这次我一定会全力以赴把它做好,你们擎好就是。"

他爸妈彼此对视,都没吭声。几秒钟过后,他妈小心翼翼地对他爸开了口:"我觉得,孩子这几天的表现也还不错。其他那些年轻人也都挺靠谱,这么一群孩子在一起,还是挺让人放心的。"

他爸继续沉默了几秒,问儿子两年后怎么办。顾盼立刻给出早已想好的回答:"没说的,考公务员。您要不放心,咱们签个协议,立个字据,写个血书什么的。"

他爸这才下了决断:"我跟你妈也不是不尊重你的意见,可你做事从来就没靠谱过,我们能不替你操心吗?这些天你起码拿出了正确的态度,所以我们权且再信你一回……"

"您圣明。"顾盼就等这句,举起双手就要热烈鼓掌。

他爸抬手止住儿子的动作:"先别美。这次我们只是不再干涉,没说支持。再说能不能去支教,得看你自己。我问了,过两天你们就该考核了,考核要是通不过,都不用我逼你,你自己就得回家。"

顾盼刚燃起的热情又低落了下去:"合着您在这儿等我呢?"

他爸站起身:"就这样吧,我们明天一早回昆明,下午再飞北京。"他看顾盼一脸意外,又补充道,"机票是昨天买的,就我和你妈两个人的。"

当天晚上,顾盼父母请付羽、大赵吃饭,地点是镇上那家唯一像样点的饭馆。要不是顾盼坚决反对,他们本来想请微光的全体工作人员。周六一早,顾盼来到父母住的宾馆,帮他们把行李搬下楼,想把爸妈送到火车站,他爸说不用,让他先集中精力复习考试:"我希望你能以老师的身份回家，而不是没通过考试被劝退回来的。"

他妈照例絮絮叨叨叮嘱：在云南少吃辣，容易上火；记得抹驱蚊水点蚊香，瞅你腿上被叮的一堆包；注意抹防晒霜，你现在晒得跟黑炭似的，再不当心就晒脱皮了；别仗着年轻总熬夜，特别伤肝……

顾盼满口答应，却充耳不闻。他目送出租车远去，直到拐过第一个红绿灯看不见为止，才拨通严菡的手机，只说了一句话："在办公室吗？我想找你一下。"

办公室里只有严菡一个人，正坐在电脑前敲键盘，顾盼的脚步声使她停住动作，转向门口："提前说好，不要把在学校的那套搬到这里。无论求情还是送礼，对我都是没用的。工作团队做任何决定都以证据说话，必须经得起所有人的质疑。"

顾盼向她举起双手，十指张开："除了满腔诚意，我什么也没带，就是专程来悔改的。"

"觉不觉得晚了点，顾盼老师？"严菡从写字台上拾起文件夹，摊到顾盼面前，指向那片刺眼的红字，"你累计八次未完成教案的记录，20%的教案成绩已经扣掉一半，只要再多一次未完成，就是15%了。按常理，无论试讲和笔试成绩怎样，你都不能去支教。再说我也不觉得你能在笔试中考出多好的成绩。"

顾盼的手指从那列红色日期上掠过："这周要不是我爸妈过来闹，我不至于没时间写教案和复习。我问过大赵，按规定，这种特殊情况是可以有补考机会的。"

"理论上是这样，但你必须在下周末的补考前，补齐所有未完成教案。"

顾盼耸了下肩："很公平，成交。"

周二晚上的笔试，他只用四十分钟就交了卷，然后扬长而去，把同教室的陈纳德看得目瞪口呆。周五那天成绩公布，顾盼从严菡那里拿到成绩单：34分。他表面强作镇定，心里却清楚，自己只有

讲台　81

在补考中破釜沉舟了。

培训的最后一周,课程只剩寥寥几门,还都是开卷考试。相比前几周,学员们的闲暇时间多到奢侈。没课的下午,大赵经常拉着男生们打篮球,有时自己也会客串前锋,旁边是女生们的加油助威声。傍晚时分,教学楼中庭的老槐树下会召开露天音乐会,有人弹吉他有人唱歌,伴随听众们在暮色中奋力挥动的荧光棒。校外的夜市上,三五成群的学员聚在烧烤摊前,在烤串啤酒的陪伴下大快朵颐、高谈阔论。大礼堂每天都有人排练节目,音乐声、朗诵台词声、笑声混杂,都是在为周六晚上的结业晚会做准备。

这些欢乐却统统与顾盼无关。他的生活依然是宿舍、教室两点一线。每次听到球场上的欢呼喝彩,他都心里痒痒,想过去凑热闹,天人交战过后却还是埋头继续补教案,他不敢想象其他人意气风发踏上支教旅途时,自己灰溜溜独自回北京的狼狈模样,更不用提李桃会怎么看自己。

键盘的敲击声在空旷教室里分外清晰,与窗外传来的排练动静遥遥相和。有人进了教室,顾盼没顾得上抬头,直到听出脚步声通向自己才觉出异样,一只青绿的杧果出现在眼前,握着它的手指纤长白皙,伴随着防晒霜的气味,然后是熟悉的声音:"还你那杯酸奶紫米露。"

顾盼抬起头擦擦眼睛,确实是李桃,手里还提着一只装满青杧的帆布袋。他满心窃喜,接过杧果咕哝声谢谢,正考虑要不要起身,李桃望了望他的屏幕:"你这样写肯定过不去。"

"所以?"

"你打字速度怎么样?"

"快,都是这些天练出来的。"

"那我来讲,你打字,注意用自己的话来写。"

李桃弯腰指向屏幕讲了几句,垂下的发梢无意中落在顾盼的胳膊上，有些痒，她抬手绾起长发，拉过一把椅子坐在一旁。顾盼用余光打量她脖颈上近在咫尺的水晶吊坠，必须全力克制自己，才能避免脸上浮现出笑容。

"早请教你就好了。"他满意地打量着屏幕上的教案，双手把青杧像橄榄球那样掂来掂去。

"框架给你搭好了，还要再扩充些细节，你自己应该就能完成。教材带没带？"

顾盼掏出崭新如初的《普通教学法》，不知该骄傲于书保存得好，还是尴尬于自己从没翻过。李桃没说什么，只是掏出自己那本，半本书都被各色彩笔涂得花花绿绿，空白处还加上了密密麻麻的批注，字体纤细秀丽。李桃把书借给他，叮嘱说红字圈出的是最重要的内容，先保证这部分的复习；还答应这几天只要抽得出时间就来帮他复习，只是空闲不会很多，因为她是结业晚会的主持人，每天都要排练串词。

顾盼盯着李桃走向教室门口，又趴在窗台上看她走向礼堂的背影，直到看不见了，才剥起那只杧果，啃得很慢也很小心，觉得这辈子都没吃过这么甜的水果。

李桃的指点果然见效，顾盼只用了一天就补齐教案并一次通过，接下来两人每天都要见面，时间地点视李桃的闲暇而定，她会抽查顾盼的复习成果，向他提出各种问题，要求他用自己的语言组织答案，再对他记错或曲解的地方进行纠正，解答他的疑问。顾盼毫不怀疑，如果是李桃在严菡的位置，自己的笔试成绩早就满分了。

补考是在周六的清晨，顾盼前往教学楼时路过大礼堂，正好看到李桃守在门口，一问才知道演员上午要彩排，但她到得早，过会儿才开门。李桃问了他复习的情况，最后一次鼓励他几句，顾盼频频点头，告别时忽然没头没脑地来了句："杰西，我会做个好汉。"

李桃一怔，很快回味过来："你会的，我从来就相信。"

顾盼走出几步后，又回头看去，李桃仍站在大礼堂门口，晨曦从树影中倾泻，给她周身披上一层轻纱。他想起他爸常听的《喀秋莎》，哼着"喀秋莎站在峻峭的岸上，歌声好像明媚的春光"走向教室，觉得自己就像奔赴斯大林格勒的红军战士，苏联虽大却已无路可退，身后就是莫斯科。

这几乎是他第一次怀着期盼的心情迎接考试。十来个学员散坐在空空荡荡的补考教室里，彼此相距两个座位以上，其中一大半是因为有事或生病才错过笔试的，纯粹因不及格而补考的只有四五个人。从严菡手中接过卷子后，顾盼快速浏览一遍题目，一颗悬着的心顿时放下。一个小时后他起身交卷，出教室的第一件事是给李桃发信息，表示感觉还好。当天下午的结业晚会前，他接到工作人员的通知：补考及格了。

这大概是顾盼来云南后最畅快的一个晚上。他双手抱头，仰靠在早早占据的前排位置，优哉游哉地望着舞台。男女主持人的出场掀起全场第一个高潮。男主持率先登台，他是严菡那组的学员，混血亚裔般的脸庞棱角分明，半长发披在脑后，闪着星点光泽的燕尾服紧裹在瘦长身材上。几句插科打诨后，他引出一袭大红长裙的李桃，滚烫的颜色点燃了全场的热情，鼓掌、欢呼、口哨声四起，顾盼却一反常态地沉默，一手支着头，直愣愣盯住舞台上的李桃出神，聚光灯为她周身加上了一圈光晕。

顾盼一直在期待李桃的表演，可直到晚会结束也没能等到。倒是男主持后来换上便装，抱着吉他弹了首披头士的歌，引来全场女生的尖叫。顾盼知道这哥们儿原来是留英的研究生，读英国文学，先前在学校又玩摇滚，对他羡慕又有些泛酸，他自己原先在系里也算半个文艺骨干，演话剧小品都很在行，这次要不是准备补考，本来也有机会像这样出风头的。

晚会的最后，大屏幕上播出陈纳德制作的视频，改编后的《我喜欢》的歌声中,一个月的生活点滴在屏幕上飞速掠过。杨晓婉打扮成卖花姑娘,戴着头巾,系着围裙,臂弯挎着一大篮红玫瑰走向观众席,给每人送上一枝花,重新换上燕尾服的男主持在舞台上宣布了规则:这个环节就叫"我喜欢",每人可以领一朵玫瑰,把它送给在场的任何人,并伴随一句赞美或祝福,注意每人手中的玫瑰不能超过两朵。

然后他给全场观众做了示范,把自己的那支玫瑰送给李桃,用夸张的抒情语气吟出一句英文诗,大意是:她走在美的光彩中,像夜晚一般,皎洁无云而且繁星漫天。

他又提高声音:"在我心中,我的搭档桃子是今晚最美的女生,我把这第一朵玫瑰献给她。"目光始终不离李桃。

尖叫声四起,下面有女生起哄"在一起",顾盼的脸沉了下来,不住捻着手中的玫瑰,真想把它像暗器那样丢过去。李桃笑着道谢,接过玫瑰后马上转送给另一位女生。

会场很快变得热闹,所有人都在寻觅送花的对象,大部分人是随机送出,也不乏有人处心积虑把花送给中意的异性,祝福语成了微妙的试探。陈纳德把玫瑰送给了大赵,装模作样附带一句深情款款的表白,大赵赶紧转赠给付羽,最后一群男生在哄笑中玩起击鼓传花。每个人都在不断送出玫瑰,又不断收到玫瑰,对这循环往复的简单游戏乐此不疲。

顾盼刚拿到自己那枝玫瑰就要送给李桃,她却笑着摇动手中的两枝玫瑰,他只好转赠给杨晓婉,杨晓婉假装嫌弃:"师姐不要的才给我?"但还是收下了。很快他又收到严菡送来的玫瑰,严菡的嘴角稍微抽动下:"祝贺你坐上支教的末班车。"顾盼总觉得这祝福很奇怪。他眼看李桃刚送出一枝花,忙又抢到她面前,一时想不出该说什么,只憋出一句:"谢谢你对我的帮助。"李桃笑着接过玫瑰:"以后加油。"

这一晚顾盼总共向李桃送了三次花，很快他发觉，男主持同样一有机会就送花给李桃，每次还都要吟一句情诗。他如临大敌，好不容易熬到晚会结束，赶忙窜入后台找到正卸妆的李桃，把她吓了一跳。

"你怎么跑到这里来了？"

"还你的书。"顾盼早已准备好应对，双手递上李桃的课本。

李桃接过来："明天还不也一样吗？"

"你这会儿方便不？有话跟你说。"顾盼懒得再找借口了，觉得一颗心都快跳出胸膛，幸好男主持正在远处和其他女生说笑，不然自己真有可能大步走到他面前，丢下一只手套再拔出佩剑，直接约一场决斗。

两人出了大礼堂，顾盼看看左右没人，索性开门见山："那个男主持……是不是在追你？"

李桃目光变得警觉："你从哪儿听的消息？"

"我看他对你还挺……热情的。"

"叶子轩对哪个女生都这样。"李桃一副不想多说的神情，"我和他都是严菡那组的，互相都很熟，多说几句很正常。再说我不喜欢这样的男生，太轻浮。"她顿了顿，又补一句，"当然，他讲课还是挺认真的。"

"那万一他以后死缠烂打，你喜欢上他了呢？"

"你是在质疑我的审美吗？"

顾盼一愣，马上改口："没事就好，没事就好，我说也是，你怎么会对这种类型的有兴趣。瞧那鬼样子，拽什么英文诗。"

李桃抱起双臂："还有别的事吗？"

顾盼"哦"了声："没别的了，就是关心下你。"

李桃丢去一个不满的眼神，顾盼赶忙投降似的举起双手："我多嘴了，你别放在心上。"心想这世上光用目光就能让自己俯首帖耳的，也只有李桃了，连他爸妈都不行。

"你成熟点行不行？不要总像小孩一样。"李桃语气中有些不耐烦，"叶子轩有女朋友。"

"有女朋友还这样？"顾盼不甘心地嘟囔着。

"我也有男朋友。"

晴天霹雳。顾盼闭上嘴，足有好几秒不知该说什么，最后还是听见自己梦呓般的声音："你从没说过。"

"是我高中的同学。大学四年和我一直异地恋，现在还是。"

"你不是说，不考虑谈恋爱这事吗？"

"我这么说是因为，之前我主动向他提出过分手，怕支教后拖累他。可他后来还是找到我，说尊重我的选择，愿意在北京等我。"

两人之间出现短暂的沉默，远处传来说笑嬉闹声，其他学员陆续离开大礼堂，顾盼期期艾艾地重新开口："挺、挺好的，那我就放心了，祝福你好了。"

"谢谢，我会继续把你当好朋友。没什么事我先回去了。"李桃转身快步远去，看样子一刻也不想多逗留。顾盼呆望着她融入散场的人潮，好一会儿才发觉，自己浑身都在筛糠似的颤抖。

陈纳德不知什么时候凑到他身旁，鬼头鬼脑地看着他："表白被拒了？"

大礼堂的屏幕上出现一张云南的巨幅地图，上面标注着各地区支教学校的位置。随后屏幕切换为PPT，一位位地区主管轮流登台，介绍各所支教学校的基本情况。工作人员将支教地申请表逐一发给学员们，每人可以像填报高考志愿那样，按顺序填写自己最想去的前三所学校、最愿意教授的前三门科目。工作人员汇总后再结合实际情况分配。

陈纳德用手肘拱了下顾盼："咱俩都报同一所呗。"

顾盼毫无反应。闭幕式开始后，他始终低着头，目光涣散，表情颓丧,胸口的新卡牌上是反复涂抹的两个大字:好人。那是昨晚一起喝酒时顾盼的杰作,他写完后又挑衅式地挂在胸口,问陈纳德:"老陈你说,我还有戏没?"声音直发颤。

陈纳德想起他昨晚的问话,为了让他打起精神,自顾自说了起来:"我也算过来人了,结合经验帮你分析下。面对这种女生,想引起她的好感,只能靠吸引,绝不是靠追求。如果她说不喜欢你,那就是真的不喜欢,再努力也没用。"陈纳德说完,不由得苦笑了下,多少失败教训才换来这些经验啊。

顾盼咬咬牙:"我可以坚持啊。"

"姑且不论她和男朋友的感情什么样,你能怎么去挖墙脚呢?你的硬件条件是不错,但她追求的一定是价值观的契合。你没有她需要的东西,越是主动追求,她越觉得自己是在被逼迫,也就越讨厌你,最后的结局一定是闹翻脸。"

"那我能怎么办?就这么放弃了?"

"至少,绝不能轻举妄动。"陈纳德举起一根手指摇了摇。

顾盼垂下头,声音也低下去:"可我真的挺喜欢她的。"他抽动嘴角,艰难绽出一丝苦笑,"费了那么大劲,没想到……"

"我觉得你就是不甘心,不甘心失败。"陈纳德拍拍趴在桌上的顾盼,"这种事只能自我开解,就是别为这个退出支教啊。"

大礼堂内一阵嗡嗡声,新老师们交头接耳讨论报哪所学校,顾盼向大屏幕盯了好久,突然转向陈纳德:"老陈,帮我个忙。看看李桃填的哪所学校。"

陈纳德满脸愕然:"你还不死心?"他扭头看了看坐在同排四五个座位以外的李桃,她按住申请表的左手上多了一枚银戒,位置是中指。

"我是不想和她分在一起。"顾盼咕哝着。

陈纳德站起身,装作不经意地从李桃身后走过,片刻后去而复返："她三个志愿是沧水、沧水、沧水。"

顾盼眼睛发直了。

"沧水中学，目前的支教学校中条件最艰苦的，没有之一。"付羽刚才的声音好像还在耳边回荡，"它今年才和我们展开合作，支教老师没有任何先例或经验可循；教学成绩常年徘徊在全县倒数；最重要的是管理难度非常大，学校里不乏问题学生，每年都会出一些负面事件，校长自己也不回避这点。这所学校的支教团队由我本人来提供支持。想报这里的老师，请慎重考虑。我希望把最精锐的团队派往那里。"

陈纳德盯住学校列表，自言自语着："我看离县城最近的那所小学挺好，不过报那里的人肯定扎堆。要不它旁边那所？虽然在山上，不过看来风景不错。那所据说校园里就栽满了果树，一想到我就流口水。哪所学校食堂的饭最好吃来着？咦，你怎么都填完了？"他拾起顾盼那张申请表，变了脸色，"你刚还不想和她分一起，怎么转眼就填上一样的志愿，三所学校都是沧水？"

顾盼从他手中夺过申请表，一声不吭地继续填着课程，陈纳德看着他的动作，脸上浮现出"这人没救了"的表情，悻悻地填起自己那张表。

工作人员分校期间，不时有支教老师被请到办公室，顾盼被付羽叫过去时，刚好看到叶子轩走出来，向自己吹声口哨算是打招呼，顾盼扬了扬下巴作为还礼，与他擦肩而过，走进办公室。

付羽和他闲谈几句，先祝贺顾盼正式成为支教老师，又问候了他的父母。顾盼有口无心地应着，直到对方提出自己一直等待的问题："除了申请表上填的内容，你选沧水中学还有什么其他原因？"

顾盼双手背在身后："我热爱教育，心怀公益，渴望到最艰苦的地区接受锻炼。"

"从团队的角度讲，我并不主张你去这所学校，原因你应该能理解。比起能否胜任教学任务，我更担心你和队友的关系。"付羽递过另一张纸，"你的志愿和李桃的完全一样。"

顾盼没看那张申请表，眉头一挑："那巧了。"

"要是你的支教目的不够单纯、无法全身心投入工作，既是对学生的不负责任，也有可能伤害李桃，更会对你自己造成巨大伤害。所以我希望你能……"

"慎重考虑过了，我做的决定从来不变，保证今后对李桃不多想，和她就是纯粹的队友关系。"

"你的真实想法，我没法也无权知道，能约束的只有你的言行。如果坚持要去，我必须提醒你，一旦你对李桃有任何过分的言行，我有权立即中止你的支教，记住，是立即。"

"怎么界定这个过分呢？"

"凭李桃的主观认定。"

"那你又怎么知道呢？"

"她可以随时报告我。"

"如果她纯粹是看我不爽，就是想让我走呢？"

"那你就必须走。"

"行啊，先给我套了个紧箍咒。"

"接不接受，你自己决定。"

顾盼把右手按在胸口："长夜将至，我从今开始守望，至死方休。我将不娶妻，不生子。我将生命与荣耀献给守夜人，今夜如此，夜夜皆然。"

"少看点美剧，你这样很中二。"付羽在分校名单上记下顾盼的名字，又打上个问号，抬起头，"我还得听她本人的意见。"

"我可以接受。"听付羽讲述完各种安排后，李桃回答。

"他们两个怎么办？我分别找他们谈过话，不过这种约束只能是事后的。"

李桃的目光落在两张申请表上，上面那张是顾盼的。

"谢谢，能做的你都做了，我会保护好自己。再说凭我对他们的了解，叶子轩不会有问题，他懂得进退。倒是顾盼……"

"还是小孩，只要不是被彻底拒绝，就还抱有希望。"付羽苦笑。

李桃没有看付羽，继续盯着顾盼那张申请表："其实我很欣赏他，不然也不会帮他那么多次。我完全可以和他成为很好的朋友，但是也就到此为止。我有男朋友，我们感情也很好，所以我相信，自己能处理好和他们两个的日常相处。"

付羽扶了下眼镜："如果你想换一所学校，我们也可以做调整。"

"谢谢，不必了，我一直想去沧水。再说报这里的老师本来也不多。"

李桃起身向付羽道别，付羽对她说的最后一句话是："请再帮我叫下陈纳德。"

大礼堂中响起一个又一个名字，被点到名字的人依次起立坐下，其他人报以热烈掌声。长长的名单已接近尾声，陈纳德翘首等待着自己的名字，顾盼却抱臂低着头，对分校结果不闻不问。

"最后是沧水团队。"寂静使付羽的声音格外清晰，"地区主管，付羽；团队队长，陈纳德。"

掌声响起，陈纳德起身向四周不住抱拳致谢。

"副队长，李桃。"

李桃同样起身，轻微点头致意。

"队员，叶子轩。"

叶子轩几乎是从座位上跳起来的。他露出自负的笑容，双手把头发梳理到脑后，摆出"V"字手势。

"队员，郝苗。"

人群中站起一个矮矮胖胖的眼镜女孩，尽管貌不惊人，得到的掌声却最为热烈,这届培训考核,她不仅笔试拿到了惊人的满分,教案成绩、试讲成绩同样在前三名以内。老师们当中流传着她的传奇:从小到大一路保送,没参加过中考、高考,之所以拒绝保研、参加研究生考试,只是想知道全国统考是什么感受,选择支教则是因为觉得,读博对自己没什么吸引力。

已经四个人了,所有人都在等待最后一个名额,付羽稍微停顿才开口:"队员,顾盼。"

顾盼面无表情地起立,对掌声充耳不闻,目光始终盯着李桃的背影。李桃似乎感到了什么,稍微别过脸,相隔甚远的两人有了转瞬即逝的对视。

"恭喜大家正式成为支教老师。"付羽的声音重新响起,"在前往支教学校前,我要送给大家三句寄语:持续学习,直面困难,以及,接受失败。前两句很好理解,要强调的是最后一句。我知道很多人是带着理想和热情来支教的,都迫切希望能给学生、给农村带来改变。但中国乡村教育的改变注定是一个漫长的过程,光靠两年支教未必会立刻见到成效。希望大家降低期望值,不要急于求成。"

"也请大家记住,我们去支教,不一定能让学生最终改变多少。我们能做的是,力求让自己每天的每个言行,都对得起'为人师表'这四个字;力求在学生心底种下善念,以便他们日后还能相信并追求生活中的光明与美好。"

结业式次日的清晨,支教老师们潮水般拥出校门,无数文化衫在晃动,熟识者彼此挥手、相拥、欢笑、对泣,然后分道扬镳,各自登上一辆辆巴士,散成一朵朵浪花。顾盼坐在车厢后排,望着车窗外的人头攒动,与这些相识不久的伙伴们分别后,下次再会很可能是两年后支教结束时,不知那时他们会变成什么样,自己又会变成什么样,甚至能否坚持到那时。

"能回答我一个问题吗?"身旁的陈纳德捧着手机,边打游戏边问。

"得看这问题会带给我什么样的心情。"巴士缓缓启动，培训学院一寸寸向身后退去。顾盼的视野中出现了杨晓婉，蹦跳着向自己这辆车高高招手。

"你选了沧水中学，是还不死心？"

顾盼把视线转向车内，李桃正隔着玻璃与杨晓婉挥手告别，晚会结束后直到现在，两人再没说过一句话。

"是不放心。那学校的问题学生那么多，我怕她受欺负。"

"我觉得对她来说，最大的威胁是你本人。"

"太打击人了吧？"

"事先说好，付羽提醒我盯着你，你可别为难我。"

"行行行，我有分寸。"

陈纳德哑然失笑："奋不顾身，飞蛾扑火，这就是燃烧的青春啊。"说完重新聚精会神打起游戏。顾盼没理会他的感叹，戴上耳机，望着车窗外的景色出神。接下来的整个旅途，两人都没再说话。

第五课　打地鼠

没人料到，去学校的旅途会这样漫长。

这是个一如既往的晴日，车窗外满眼生机勃勃的翠绿，有时会突兀闪过一抹艳丽的紫红，那是云南遍地可见的三角梅。映入眼帘的景色从林立连绵的高楼渐变为稀疏的平房，又换成棋盘般的农田，再到起伏的群山，白云从山头流过，好像一伸手就能够到。

狭窄蜿蜒的公路左转弯右转弯，右转弯左转弯。老师们接二连三地晕车，付羽掏出随身带的清凉油，让他们挨个涂在太阳穴上，又逐一分发呕吐袋，谁都没了谈笑风生的兴致。

中巴不知第多少次转过弯，前排座位响起叶子轩的惊叹，老师们争先恐后扯开窗帘，眼前骤然开阔，碧绿山谷中蒸腾着苍茫云海，雾气在山风中流动变幻，像轻纱那样笼罩上车身，中巴车也仿佛在朦胧缥缈的仙境里穿行。又走了一个多小时，雾气稍微稀薄，窗外闪现出一条翠如绿带的大河，碧波中泛起揉碎的日光，上空横亘一座大桥，连通了两岸青山。

"澜沧江。"中途停车休息时，付羽解释说，"中国西南第一大河，贯穿整个云南，咱们看到的云海都是江水蒸发的水汽。它出国境以后流进缅甸，就成了湄公河。那座桥就是这里的澜沧江大桥。"

晕车的影响并不大，叶子轩和郝苗下车后抓紧这短短几分钟拍照、发朋友圈，陈纳德举着炮筒般的单反，先照他们再照风景，付羽见怪不怪地抱臂笑看大家大呼小叫。顾盼随手捡起几枚小石子，远远丢进河谷，抬头注意到李桃站在隔离带旁，望着脚下的江面出神，他怀疑她随时会投入江中。

好在并没有，听到司机招呼乘客上车，李桃如梦初醒般转过身，刚好与几步开外的顾盼打了个照面，两人同时一愣，李桃没吭声，快步走向中巴，脸颊微微泛红。

午后时分，他们抵达学校所在的小镇，这已经是启程一天半之后了。远处的稻田里有水牛在漫步，卡车从路上突突驶过，留下一溜柴油燃烧后的黑烟，土狗卷着尾巴在路旁跑来跑去，村民蹲在店铺门口，抱着烟囱般粗长的水烟管慢悠悠抽着烟，烟管里翻动起响亮的呼噜声，镇上唯一一家卖汉堡炸鸡的快餐店，招牌是"麦肯基"。当地属于国家级贫困县，不过从县城到镇上这一路，老师们并不觉得这里有多糟糕。

学校的政教主任俸老师已在此等候，他开着轿车，把新老师分两批送到位于半山腰的学校。瘦小的保安大叔开了门，校园里空无一人，四周回荡着行李箱滚动的响声，老师们好奇打量这片今后将长期生活的土地。

蓝天青山下，蓝白相间的明净校舍随地势参差错落，绿底红跑道的塑胶操场旁竖着单双杠，校门口挂着大红横幅：平安和谐，杜绝霸凌。背后是几株凤凰树，满树都是火红的凤凰花，俸主任告诉新老师们，学校里有个说法，哪一年凤凰花开得茂盛，就说明这一年毕业生会取得好成绩。花园的空地立着一座孔子像，核心价值观标语与二十四孝图在墙上并行不悖。陈纳德代表新老师发了句感慨："这哪像农村学校，简直比有的城里学校都好。"

"就是缺老师。"付羽补充了一句，并把他们带到校门口的宣传栏，那上面贴着全校每位老师的照片和基本情况，年纪以70后居多，也就是说，大部分在40岁以上，无不肤色黝黑气质淳朴，

讲台 95

学历则都是大专中专。顾盼数了数，总共68位老师："人不少啊。"

"可你知道全校有多少学生？一千四百多人，每个班至少六十来人。而一所正常的学校，师生比本该是1:10。"

"怎么这么多学生？"

"本世纪初撤点并校政策的影响：每个地区的学生都集中在当地一两所条件最好的中小学，其他资源不足的学校都被裁撤掉，这导致学生普遍离家很远，大部分都要住宿。他们的父母又大多在城市里打工，所以学生中又有大批留守儿童，这样往往会带来各种问题，以后你们就有体会了。"

俸主任点头表示赞同。他身材瘦削，头发花白，低垂的双眉和额角脸颊的深刻皱纹使他显得愁眉苦脸。在办公室的闲聊中，他用口音浓重的云普夹杂着土话抱怨了一大通，老师们依稀听出，学校已经好些年没有新老师调进来了，反倒是很多教职工都在托关系调走，校长没办法，教育局没办法，他当然更没办法。一连声的"没办法"过后，他掏出烟，轮流递给几位男老师，被婉拒后自顾自点上，闷头抽上一口，面孔在浓重的烟雾中模糊。

这个下午的剩余时间，老师们都在给各自的宿舍打扫卫生，所谓的宿舍其实是几间教室改装的，面积宽敞到奢侈，在里面咳嗽都能听到回音。校工在房间里用木板打上隔断，划分出两间宿舍，再各自分隔开卧室和起居室，又搬进床铺桌椅。顾盼和李桃就这样共同分享了一间教室，动静大点都能被对方听见，整个下午顾盼都听到李桃的房门在开合、脚步声进进出出，还有哗哗水声，估计李桃那边也能听见自己的举动，他不由得暗自叫苦，以后还怎么看小电影。

布置宿舍免不了进进出出，顾盼几次想和李桃打招呼，她都像不认识他那样擦肩而过。两人这几天连说话的次数都屈指可数，李桃唯一一次对他主动开口还是下车取行李时，她弯腰从行李舱中拖自己的箱子，没能拖动，顾盼替她拖出来，她才用低得几乎听不见的声音说了句"谢谢",左手拉起箱子。顾盼本想把这变成关系缓和的契机,却刚好望见她手上的戒指,赶忙松手,本就低落的情绪又降了几个刻度。面前的李桃已陌生得认不出,再想起培训那些天和毕业前的日子,最远也不过是几个月前,顿时有了恍如隔世之感。

当晚,校长在镇上唯一的饭馆为新老师接风。他和教育局领导、本校几位男老师坐一桌,女老师们和支教老师坐在另一桌。整晚这群支教老师都要旁听邻桌的高声谈笑和觥筹交错,呼吸着浓重的二手烟。中间校长来敬过酒,他姓茶,看长相似乎五十出头,也许不到五十,当地人看上去普遍比实际年龄老上许多。他身材魁梧壮实,黝黑的四方脸因酒精作用有些发紫,两颊皮肉松弛,眼袋颇深。

茶校长用蟹钳般粗壮的大手捏着酒盅,张开肥厚的嘴唇,讲了几句欢迎词,响亮啜尽杯中白酒,不等老师举杯就转身而去,留下一个伟岸的背影。老师们手中的啤酒、饮料停在半空,只好各自坐下,也顺道咽下"今后坚决听从指挥"一类准备多时的表态。同桌一位姓字的中年女老师很爱说话,告诉他们校长一直是这种风格,习惯了就好。她还给老师们讲了不少当地的秘密:哪个老师和教育局领导沾亲带故,哪几个学生管不得,哪个姓在当地最有势力不能惹,茶校长是最不能惹的,再能惹事的学生也会被他收拾得服服帖帖。至于字老师本人,她当年从师专毕业后就来到镇上,在这里待了整整十六年,三十来岁的年纪在当地老师中已经是最年轻的了。

回到宿舍,顾盼和父母通了电话,便来到窗前,低垂天幕中的群星如同黑天鹅绒上缀满碎钻,一条乳白色缎带从中横穿而过,那就是银河。刚才归途中老师们早为此兴奋和感叹了一路,可直到静下心来,他才真正感受到星空的壮丽和自身的渺小。

操场上的几盏太阳能路灯勾勒出连绵群山的轮廓,这是现在唯一的光亮。万籁俱寂中,夜风带来草丛里的虫鸣。有人影从操场上

讲台 97

一闪而过，顾盼借着灯光认出那是李桃，一身紧身运动衣，头上那点蓝莹莹的光芒该是蓝牙耳机。她正围着操场夜跑，速度并不快，但步伐均匀，顾盼用目光陪伴了她一会儿，发现她没有停下的意思，便走出房间去水池前洗漱，回到宿舍时李桃仍然在跑步。

这天最后剩余的时间，顾盼是在和蚊子的斗争中度过的。嗡嗡声始终萦绕在耳畔，他打死一只，又打死一只，正纳闷蚊子怎么这么多，抬头才猛醒，窗户没安纱窗，连窗帘都没有，他急忙翻检行李，无论电蚊香还是驱蚊液、花露水，自己都忘了准备，唯一一盒清凉油也在路上抹完了。他又尝试关上窗户，没过多久就感到闷热，只好重新打开。打死第八只或者第十只蚊子后，顾盼敲起李桃的房门，说明自己的来意。

房门开了一道缝隙，屋内透出浓郁的墨香，顾盼后退一步举起双手："你可以把花露水在门口放下，关上门我再拿。"

李桃径自转身回房间，顾盼扒住房门探头探脑，看她已换上一件白T恤和牛仔短裤，还没干透的头发盘在脑后。地面刚拖过，屋里搭起充作晾衣绳的铁丝，挂在上面的几件衣服刚洗好，正在滴水。书桌上摆着那个稻草人的挂件，旁边是毛笔砚台，墨汁倒映着灯光，再旁边是铺开的宣纸。对面的粉墙上贴着一幅毛笔字——"能积微者速成"。字体端严方正，墨还有些潮湿，灯下泛着光泽。

顾盼指指那幅字："什么字体？"

"汉隶。"李桃蹲身在行李箱中找花露水。

"什么意思啊？"

"想做成大事，只有先日积月累把一件件小事做好，《荀子》里的。"

"哦哦，青出于蓝胜于蓝，冰生于水寒于水。"顾盼努力装出刚记起的样子。

"不是《劝学》，是《强国》。"李桃站起身，把花露水递给顾盼,"我还有一瓶,明天还就可以了。"

花露水的作用依旧有限,这一夜蚊子始终没断绝,顾盼至少被叮了十几处。他在半梦半醒中辗转反侧,挠痒,挥手拍打,嘴里骂骂咧咧,最后总算睡着了,梦中自己在举着木槌打地鼠,每打下一只,就有其他两三只从别的地洞里冒出来,越打越多,他累到筋疲力尽,地鼠却多到满坑满谷,最后一涌而出淹没了自己,把他吓出一身冷汗。

尖叫声打断了来之不易的睡眠。顾盼睁开眼,起初以为声音来自远处,直到清楚听见桌椅碰撞声才确定,是李桃那边有动静。他猛打自己一耳光,拍死一只刚落到脸上的蚊子,胡乱套上衣服夺门而出,隔壁大敞着房门,昏黄灯光倾泻到门口的水泥地上,房间里继续传来李桃的惊叫和搏斗声。

顾盼以离弦之箭的速度冲过去,看到房间正中的李桃双手攥住扫帚,盯着一个角落瑟瑟发抖,周围的家具都多少移动了位置,各种生活用品在地上散得七零八落。

"有小偷?有色狼?"顾盼一脸的警觉。

李桃神情惊恐地摇摇头,她长发凌乱、脸色惨白。顾盼如临大敌,顺着她的眼神看到那个角落里躺着一支拖把,走过去想拾起来防身。

"千万别!"李桃在身后喊,仿佛在验证这个警告,拖把的布条下猛蹿出一个灰色影子,身后又传来李桃的惶急尖叫,顾盼再无畏也承受不住这双重惊吓,一跃而起,眼看那个灰色影子撞向房间另一个角落,发现走投无路才转过身———只硕大的老鼠。

"快把它赶出去,赶出去!"李桃躲在顾盼身后跺着脚,尖如汽笛的声音带上了哭腔。

"我知道我知道,你小声点,叫得比老鼠都吓人。"顾盼嘟囔着,全身无法抑制地在颤抖。他从小到大也没见过活的老鼠,此刻大脑一片空白,唯一的念头是:这一幕实在可笑,两个大活人居然被一只小小的老鼠吓得慌了手脚。他抄起拖把与老鼠对峙片刻，一点点向它逼近。

老鼠蜷成一团不动弹，不知是束手待毙还是在蓄势待发，贼溜溜的小黑眼珠反射着光亮，竖起的毛发每根都粗硬得犹如钢针。拖把逐渐逼近，它突然弹簧般再度蹿出，与拖把交错而过，重新满屋乱窜，吱吱声伴随着李桃的尖叫，顾盼追在后面连连挥动拖把，最大的成果也不过是打中老鼠的尾巴梢。

绕墙根疯跑两三圈后，老鼠把逃亡路径改成了对角线，直奔李桃脚下冲来，李桃跳到一旁，就势碰翻桌上的水杯，玻璃碎裂声吓住了老鼠，稍一愣神的瞬间，拖把总算结结实实抡到老鼠的身上，把它打翻了个儿。顾盼乘胜追击，没头没脑一通乱打，住手后才发现，躺在血迹中的老鼠早一动不动，没了气息。

他拄着拖把长出口气，目光投向惊魂甫定的李桃，才发现她只穿了件单薄的吊带背心，白皙光洁的臂膀都裸露着，身材虽瘦，起伏的曲线倒很明显。李桃注意到他的目光，双臂飞快地护住胸口，又抓起床上的被单裹住上身，别过脸胡乱遥指老鼠："快把它扔了。"

顾盼用拖把捅了捅老鼠，没有反应，李桃递来一个黑色垃圾袋，他硬着头皮把老鼠血肉模糊的尸身推进去，生怕它再次挣扎。等他摸黑来到学校后面的垃圾场，远远丢出垃圾袋，回来才发现李桃已穿上外套，蹲在地上用抹布奋力擦洗地面的血迹，旁边是一盆加了洗衣粉的清水。

他递去拖把，李桃拼命摇头："也扔了吧，我再也不用了。"他只好把自己的拖把借给她，回宿舍一看表，接近凌晨四点，隔壁李桃的灯光依旧亮着。

第二天一早，老师们都来到李桃的房间帮她检查，最后在角落里发现了鼠洞，陈纳德解下李桃那根拖把的布条，勉强把洞口堵死，提议和她互换宿舍，李桃不想再多麻烦大家，谢绝了。茶校长面无表情地听他们汇报完老鼠事件,"哦"了一声,老师们又集中反映生活上的种种不便:希望校方能尽快给宿舍装上纱窗、无线网络,再配上公共饮水机,五人共用一台就可以,现在他们喝水都要横穿整个操场,去教师办公室接水。茶校长对全部要求的回答只有一句:"克服一下。"

陈纳德费尽口舌,总算为老师们争取到一桶桶装水,外加一个用来抽水的塑料压力泵,顾盼把水桶扛到宿舍前,然后大家结伴下山,去镇上补充各种生活用品。

那只老鼠成了他们一路谈论的焦点。顾盼把勇斗老鼠的经历好一番添油加醋,恨不能描绘成斩虎屠龙般的伟绩,陈纳德和叶子轩津津有味地听着,还给他出各种对付老鼠的主意,郝苗在厌弃中又难掩好奇,只有李桃沉默了一路,神色疲惫得几乎随时能睡着。

背后遥遥传来引擎的响动,夹杂着模糊不清的叫声,老师们原本不以为意,听到尖锐的口哨才不约而同扭过头,一辆又一辆摩托呼啸着掠过身旁,留下刺鼻的尾气,走在道路最里侧的陈纳德还被撞了下,顾盼眼疾手快把李桃拉向路旁,最后一辆摩托恰好与她擦身而过,车上的骑士故意伸手向李桃的长发撩了一把,伴随同伴的欢呼就要扬长远去,头上一抹红毛在阳光下肆意招展,只留下李桃的尖叫。

顾盼爆出一句京骂,从路边抓起块石头,跑出几步狠狠抛出,砸在最后那辆摩托的保险杠上。红毛骑士刹住闸、掉转车头,前面的其他人也纷纷停车。老师们这才注意到,对方不过是八九个孩子,一个个头发蓬乱,瘦小身材跨在比自己还高的摩托上,仿佛马背上的一群猴子。

唯一例外是那个红毛,他比其他孩子至少高出两头,黝黑的脸上满是青春痘,表情同时混杂着少年的稚嫩和成年人的戾气以及一丝木讷。同伴在他身后用方言嚣张地喊着什么。

讲台 101

叶子轩一手叉腰，另一手指着对方高声痛斥，红毛毫无反应，绘有文身的胳膊一伸，一个孩子递上瓶啤酒，他动作娴熟地用牙齿撬开瓶盖再吐掉，仰脖大口喝着。身后其他孩子也纷纷下了摩托，聚拢到他身旁，各自把一只手伸进衣服里，叶子轩的手指凝固在半空，不再出声。

陈纳德提着刚买的水桶和拖把赶到顾盼身旁："冷静冷静，付羽嘱咐过，这边不比城里……"顾盼顺手从桶里抽出拖把横在身前。李桃在身后轻扯他的袖口："算了，其实我也没事的。"

顾盼却头也不回，"往后站。"他上前两步，拖把横在身前，"叶子轩，一会儿我对付那红毛，其他几个交给你，老陈你保护两个女生。"

"咱们都是大人，别跟小孩一般见识。"叶子轩的语气软了不少，"再说小孩下手没个轻重……"

敌意在两拨人马的沉默中淤积得越来越重。红毛喝掉半瓶酒，突然把酒瓶像投手雷那样丢向顾盼，早有准备的顾盼抡起拖把，打棒球一般击中它，酒瓶改变路线撞上路旁的山石，四分五裂，他自己也被溅了一身酒，再抬头，那些乡村骑士重新跨上摩托、踩动油门。

他追上几步："兔崽子有本事别跑，哪个学校的？校门口等着，老子一个打你们八个！"叶子轩也跟着跳脚痛骂，没人理会他们，引擎声伴随方言的叫嚣一路远去。

这段插曲彻底败坏了他们的兴致，返程途中所有人都不再吭声。回到宿舍，顾盼给床铺装上刚买来的蚊帐，换了身衣服，反复琢磨该怎么洗那身沾上酒渍的衣裤，这时外面响起敲门声，开门一看是李桃："昨晚和刚才都谢谢你了，衣服我帮你洗吧。"她的语气柔软了许多。

顾盼抱臂倚在李桃房间的门口，看她娴熟地在盆中揉搓衣服，知道和她算是和解了，心情大为好转，又聊起刚才的险象，颇有些没能逗英雄的遗憾，不过那些孩子确实让他意外："现在小学生都这么猖狂了？"

"带头的那个可不小，"李桃双手拧干衣服上的水，把它抖一抖抻开，"起码上初中了。"

顾盼望着她把衣服搭上晾衣绳，突然明白了这意味着什么："初中？"

拖鞋在水泥地面敲打出有节奏的响动，一大半学生都不分寒暑，裸露着双脚，蓝白色的校服在眼前晃动。顾盼从一间间教室门口走过时，有孩子躲在门口好奇地张望，一旦等他走近就飞快溜进教室，敏捷得像逃跑的猫。这些天他们其实已熟悉新老师的到来，只要是课余时间，宿舍外总会有学生扒住窗户向里面张望，老师们后来不得不拉上窗帘，学生们又改为敲门，经常恶作剧式地敲一下就跑。顾盼觉得他们远比同龄的城市孩子瘦小，自己是初二那年猛蹿个头的，可这些学生即使上了初三，也有好多和小学生没区别。陈纳德猜测这是南北的地域差异，家在湖南的郝苗马上抗议，很有把握地说是因为营养跟不上。

顾盼走上楼梯，走廊里几个男生正围在一起，其中一个看到老师出现，用方言喊了句什么，和同伴一哄而散，只留下一个正在擦眼泪的瘦弱女生，身材像一根发蔫的豆芽菜，干枯泛黄的头发又好像玉米的须穗。顾盼刚来到她面前就闻到扑鼻的臭味，低声问："他们是不是欺负你了？"女生却摇摇头不回答。顾盼再问她叫什么，哪个班的，还是不回答。他只好让她走掉，留在原地目送学生擦着眼泪回教室，这才注意到，她进的就是自己要教的那个班。

写有"172班"字样的标牌就悬在门口，意为这是建校以来成立的第172个班级。顾盼放缓了脚步。

讲台　103

开学当天,全体教职工开了碰头会,会议照例冗长得让新老师们怀疑人生,顾盼没有认真听,反正茶校长的口音也让人半懂不懂,只记得校长要求老师们少喝酒,少打麻将;不要和家长起冲突,虽然派出所在镇上,但警察赶过来也需要时间;遇到太"跳"(顽劣)的学生,一定要讲策略。

分配课程更让他们大跌眼镜。得知自己同时要教七年级的数学、八年级的物理,每周上29节课,郝苗大惊失色:"我一天除了上课、备课、改作业,什么都不用干了。"李桃反复强调自己是文科生,仍被安排去教生物,这是她在语文和美术之外的第三门课。校长又转向顾盼:"顾老师,你教一下七八年级的体育。"

"校长您擎好,"顾盼满脸的喜色都要溢出来,"九年级的体育我也可以一起教。"

"还有七年级三个班的道德法治课。"

旁边的叶子轩憋不住笑出声,顾盼变了脸色:"我去教道法课,学生的道德您能放心吗?"

"还有这三个班的英语。"

叶子轩的笑声更大了。顾盼挠挠头:"您能一口气说完不?"

校长的浓眉皱成个黑疙瘩:"要不,你的英语换成数学?"

顾盼赶忙抬手:"得得得,英语就英语。"

散会后,老师们苦笑着互相调侃,顾盼是被嘲笑最多的,老师们准备以后问他的学生:"你的英语是体育老师教的吧?"

也是这时候,七年级的年级组长牙老师来找顾盼,她正是172班的班主任。支教老师对她一直有些敬而远之,人到中年的牙老师身材壮硕,嗓门洪亮,只要她的说话声在走廊里响起,七年级所有班都会鸦雀无声。顾盼第一次见到她,总觉得她像自己认识的哪个人,最后终于想起来:是处室的王姐。

牙老师颇为神秘地把顾盼带到没人的地方,从一棵柳树上折下枝条："顾老师，遇到学生不听话，用这个打。"她用柳条轻抽自己的胳膊做示范，"你看，接触面积小，不用很大力气，抽起来也可以很疼，痕迹又不明显，很容易消掉。万一被外人看到，随手一丢就好了嘛。"顾盼只好赔笑，也跟着折了根柳条，把它挥舞得虎虎生风。

172班的教室敞着门，嗡嗡声从里面传来，隐约伴随着体味。顾盼安慰自己，每天都要上课，慢慢也就习惯了。看见老师在门口出现，教室内停止了说话声，顾盼故意多站了一会儿，既为展现威严，也是排查潜在危险。

他的目光扫过教室门的上方，再看脚下，又轻拉门把手，走上讲台还试了下椅子，检查背后的黑板和头顶的吊灯，以及讲台上的粉笔盒、板擦等教具，没发现任何机关陷阱。他稍微放下心，那些整蛊老师的伎俩自己小时候就玩得烂熟，学生看来还没学会，农村孩子毕竟淳朴。

他抬头观察全班，将近70人的班级把教室填得满满当当，那个红毛并不在其中，他更加放心："同学们好。"鞠躬致意。

教室里并未如他所愿地响起"老师好"，顾盼犹豫片刻，决定下节课再培养他们上课起立的习惯，先说出酝酿过无数遍的开场白："从今天起，我就是你们班的英语老师，我叫顾盼。"用英文重复了一遍后，转身在黑板上写下自己的名字，依次指着这两个字，"照顾的顾，盼望的盼。还有两个成语：顾盼生辉、左顾右盼，意思是眼神很动人，你们看老师的眼睛是不是这样？"他故意扬起眉毛，瞪大眼睛，表情夸张地环视教室一周，本以为学生会跟着笑一笑，可所有的孩子都表情木然。

他只好继续按剧本走，有意让语气更加热烈："我教道德法治课、英语课和体育课。你们最喜欢哪门？有没有同学肯主动告诉老师？"他举手示范，教室里依然沉默。

讲台 105

"那你们是喜欢语文还是数学？音乐和美术呢？喜不喜欢体育？老师在你们这个年纪最喜欢体育，还梦想过要当球星，没想到现在成了老师。你们有什么梦想？"

直到最后一丝回音消失，顾盼也没有等到哪个学生吱声。

见鬼了，顾盼泛起一丝大腕遭遇冷场的心虚，只好改变策略："谁是班长？"

前排站起一个女孩，相貌很清秀，消瘦的脸上一双大大的眼睛，长睫毛忽闪着，左眉有一颗痣，顾盼查了下花名册："你叫阿雯？你的成绩一定很好吧？想考高中吗？以后想做什么？"

阿雯对老师的所有提问都只报以点头，直到最后一个问题才含混开口："晓不得（不知道）。"

"爸爸是做什么的？愿意和他做一样的工作吗？"

"爸爸在广东，好几年没回家了。"

"老塞（老师）她骗人。"后排一个男生拖着长腔喊，"我和她同村，她没有爸爸，她爸爸从没回来过。"

顾盼心头一颤，忙喊了声"不许乱搭茬"，又说句对不起，让女孩先坐下，阿雯仰头看着他："老塞我有的，我爸爸在广东。"

他又随机点了个名字："阿梅。"走廊里见到的那个瘦小女生站了起来，一句话没说就哭开了。周围响起笑声，刚才搭腔的男生从后排丢过一个纸团，砸上阿梅的后脑，掉落在地。顾盼吼了他一句："干什么呢？这是上课！"又告诉阿梅，"先坐下，有什么伤心事，下课和老师说。"他暗自咬牙，叫出第三个名字，"阿敏。"

这回教室里的笑声几乎掀翻屋顶，被叫到名字的孩子自己也嘿嘿笑着。顾盼看他长相就觉得有些异样，问了几句，学生一直报以嘿嘿嘿，还是刚才那个主动搭茬的学生喊："老塞不用问他，他是傻子。"阿敏自己也傻笑着点头，表情的呆滞让老师怎么也没法把"敏"这个名字与他本人联系到一起。

顾盼觉得脚有些发软，难道全世界的问题学生都集中到了自己班上？他摆手让孩子坐下，一脸严肃地说："还有，不许这么说同学。"却再也不敢点其他名字，只好在狭小过道间来回走动，讲外面的世界，讲大学生活，讲他们未来能从事的职业。这些内容他本来是精心准备的，却因为毫无反应而越说越乏味，觉得自己在演一出没有观众的独角戏。

他继续向教室后排走，走过那个喜欢接茬的学生时，不小心碰了下课桌，金属落地的铿然响动从身下传来。顾盼一低头，顿时汗毛倒竖，座位的主人正猫腰从地上捡起一把硕大的镰刀。他身材瘦高，腰弯得有如虾子，让人担心它随时都能折断。

"谁让你把这个带到学校的？"顾盼用自己能达到的最高分贝吼道，"叫什么？"

学生直起腰，满脸不解地望着老师，还试图把镰刀藏回课桌："阿飞。"

顾盼朝他伸出手："阿飞，记住，这种东西不许带到学校来，老师没收。还有，下课记得找老师。"

学生留着锅盖头，这种顾盼觉得奇丑无比的发型却在当地男生中相当常见，他一双八字眉皱成一团，眯着小眼睛，最后不情愿地交出了镰刀。

后排角落传来鼾声，顾盼把视线转过去，看到一个身材魁梧的学生趴在课桌上睡觉，脏兮兮的校服挂在椅背上，一顶棒球帽遮住整个脑袋。顾盼走到近前才看清，帽子上绣的英文是那句 F 打头的脏话，不知哪来的山寨货。身旁几个学生正频繁交换目光，间或露出不怀好意的笑容。顾盼手攥镰刀，走到睡觉的学生面前居高临下："老师讲的大学生活就那么无聊吗？还是说，你现在已经有了入学资格？"

鼾声持续，顾盼嗓门响得全班都能听见："要睡出去睡！"说

讲台　　107

着果断伸手掀开他的帽子。

满头乱发中赫然闪现一抹艳红,红得刺眼,红得惊心动魄,顾盼像见到凶案现场那样屏住呼吸,有一瞬间甚至暗自祈祷这只是凑巧。

学生缓缓仰起伏在课桌上的黝黑面孔,满脸的青春痘,一只半眯的眼睛。不会错,就是镇上遇到的那个红毛。顾盼摆出一副冷峻表情,心底却暗自叫苦。

半眯的眼睛上下打量他几眼,重新闭上,红毛埋下头,鼾声加倍响亮。顾盼很想把镰刀当头劈下,权衡利弊后觉得,第一堂课就发作毕竟影响不好。他抬头面向全班:"老师刚说到,想要考上大学、过上精彩生活,就要努力学习,而不是偷懒睡大觉,这位同学就很配合地做了个反面例子,大家一定不要像他这样。"就此自己找了个台阶下。

顾盼并不知道,自己刚转身,背后的红毛又轻轻抬头,望向老师背影的一只眼睛露出凶光。

"那个红毛叫阿彪,本来上学就晚,之前又辍过学,在外面混了两年,因为控辍保学,如今又回来从初一读起。他是远近闻名的混世魔王,全镇的混混都认他当老大,校长安排咱们去教这个班,不知怎么想的。"顾盼一边说,一边留意着办公室门口,"他还只是冰山一角。我能感到这个班里埋藏着深不可测的、远超想象的神秘力量,而我们都对它一无所知。牙老师说得对,决不能给他们半点好脸色,要让他们怕你,才会尊敬你。"他心有余悸地喘口气,"所以这节课,你千万小心。"

李桃收拾着办公桌笑了:"就不能做自己吗?我和学生是平等的,不需要他们的仰视,更不需要畏惧。再说,之前我给178、175两个班讲课,确实有孩子很跳,但还算顺利。"

"给这个班上完第一节课,你再说这话不迟。"顾盼冲她走出教师办公室的背影说。屋里只剩自己,他坐立不安了片刻,还是蹑手蹑脚来到172班的后门外,李桃的声音在里面回荡。

顾盼屏住呼吸竖起耳朵,不放过里面传来的任何细微动静,准备随时冲进去救场。他从后门的窗户望去,阿彪仍趴在桌上睡觉,阿飞等几个男生趁老师在黑板上写字,挥舞着卷起的课本互相打闹,李桃一转身就马上装出认真听课的样子。

其他学生要么在埋头吃酸木瓜条,吃一口抬头看老师一眼,要么抱着手机打游戏,要么在练习册上胡乱涂鸦,阿梅直勾勾地盯着黑板,显然在走神。不过总体来说,教室里还维持着表面秩序,最大的意外是阿敏从座位上起身,快步跑到黑板前又跑回座位,李桃呵斥了他几句,他在座位上嘿嘿傻笑,这没什么奇怪,几乎每节课他都要这样跑个一两回。

时间一分一秒过去,顾盼把姿势换成背靠门外,正庆幸李桃的处女秀还算顺利,突然听到教室里有人站起身,向自己的方向走来,随后就是李桃的声音:"那位同学,你要干什么?"

学生站在后门前,只与顾盼隔着一扇门:"上厕所。"是阿飞的声音。

李桃走到他面前:"谁同意你离开座位的?报告老师了吗?"

"从小到大,我想去哪去哪,没人管。"

"我不管你以前怎样,在这里,没有老师的许可,不能随便出教室。"

坐后排的另一个男生也站起身:"老师,我也想上厕所。"

"老师还有我。"

"老师我也要去。"

"你们课间都干什么去了?"李桃对后面三个学生提高了音量,嗓音带上一丝颤抖。

讲台 109

站在门口的阿飞看出李桃的犹豫，歪嘴笑了下，径自拉开教室的后门，笑容凝固在脸上。面前是顾盼的铁青脸色。

顾盼指向他身后，从牙缝中挤出一句："听李老师的话，回到你的座位上。"

阿飞看看堵在面前的顾盼，再回头看李桃，没有动。

"还有你们几个，"顾盼瞪着后站起来的几个男生，"都给我坐回去。什么臭毛病？下课铃不响，不许出教室。"

"老师，我憋不住了。"

教室里响起一个沙哑低沉的声音。这还是顾盼第一次听到阿彪开口。阿彪夸张地打了个哈欠，从座位上起身，伸了个懒腰，好像是在完成一整套慢动作。

师生俩对视了两秒钟，顾盼咬咬牙："憋不住就尿在裤子里，给我坐下！"

阿彪继续大幅度活动着肩臂，顾盼推开门口的阿飞，走进教室："老师的话是耳旁风吗？坐下，不要让老师再重复。"

阿彪嘴角抽搐几下，绽出一丝冷笑，突然蹿上课桌，两手叉在腰间："这可是你不让我去，那我就在这里尿。"

"你敢！"顾盼嗓门大得仿佛吊灯都跟着晃了下，李桃厌恶得后退一步。顾盼正要扑向阿彪，阿彪已把两根手指塞进嘴里，尖锐刺耳的口哨破空而出，教室里"呼啦"站起来一片，拦在顾盼面前。大部分学生才到老师的胸口高，简直是一群小豆子，满怀敌意的表情却与成年人别无二致。顾盼的目光逐一扫过他们，这才认出，好几个都是那队乡村飞车党的成员。

前门响起一声雷霆怒吼，茶校长像一只棕熊那样大步闯入教室，以难以想象的敏捷冲到阿彪面前，攥住脚踝把他扯下来，课桌伴随阿彪身体的跌落，发出轰然闷响。所有人都还来不及反应，阿彪已被校长拖出教室。

顾盼向李桃丢去一个眼神,刚反应过来的李桃心领神会,勉强压抑住惊恐,向其他看呆了的学生喊:"都回到座位,我们继续上课。"顾盼把群龙无首的学生逐一按回座位,仍然守在后门,眼看校长和阿彪互相厮打的身影一同远去,却还能不时听到怒骂与吼声。

这堂课结束时,阿彪回到了教室,衣衫不整,头发蓬乱,那抹红毛因沾染尘土而黯淡了些,脸颊高高肿起。他从依旧守在后门的顾盼面前走过,故意用肩膀撞了老师一下。顾盼没计较,看着他回到座位,身旁几个学生都对他笑,班里最漂亮的女生阿彩还趁着到教室后排丢垃圾的机会,把一张小纸条团成团,偷偷丢到他的桌上。阿彪以敏捷的身手收起纸团,咧开嘴,嘴角的血迹还没完全擦净,丝毫不在意老师盯住自己的目光,神情仿佛九死一生凯旋的英雄。

人生是一碗豆汁,你以为忍下第一口,以后就能渐入佳境,其实越喝泔水味越浓,这是顾盼和陈纳德在讨论中得出的感悟。开学后的生活迅速击碎老师们已事先调低的预期,每天早晨六点,广播中都会准时传来《我爱你中国》的旋律,想多睡会儿都不可能。洗漱完毕,在食堂吃一碗万年不变的米线或饵丝,就要赶赴教室上课,与学生斗智斗勇。午休和晚饭这两个时间段尤其要提高警惕,任何不起眼的诱因都可能引起斗殴:打饭打水时插了队,不小心碰到对方身上、踩到别人的脚,上厕所时争抢坑位,甚至彼此多看两眼。双方还很少是单挑,动不动就会叫来一帮兄弟要打群架。

阿彪为首的学生们出镜率最高,顾盼隔三岔五就能风闻他们今天打了这个村的孩子,明天伤了那个村的孩子,他在地图上标出所有波及的学校,发现学生们从南到北,从东到西,打遍了方圆几十里。

各种霸凌行为更少不了他们。逼迫同学替自己跑腿,以收保护费或借钱为由的勒索,抢走文具手机,各种"为了好耍"的恶作剧,被欺负的孩子稍有不从或流露不满,就会招来拳打脚踢抽耳光。阿

讲台　　111

梅、阿敏等几个孩子是被欺负得最多的,隔三岔五,他们的笔记本就要被撕烂或画上涂鸦,文具和生活用品也经常不翼而飞。李桃曾逮到过阿飞点着打火机烧阿梅的头发、把她的书包从窗外丢到楼下,阿彪往阿敏身上泼墨水、吐口水,其他学生也跟着给他们起外号、骂脏话。

每次处理类似事件,支教老师们都义愤填膺,字老师满脸无奈:"田里看见一两只虫子,还可以捏死;可要是遭了蝗灾,哪还顾得过来?"牙老师则打哈哈:"小孩子打打闹闹很正常嘛!"这个回答比霸凌本身还让他们愤怒。李桃对阿梅除了安慰,只能一次又一次告诉她,再遇到这种事,一定要第一时间报告自己,阿梅只是低头擦眼泪不说话。李桃后来才慢慢明白,如果报告老师,那些男生只会欺负得更狠,自己又不能二十四小时守在孩子身边。

每天监督完晚自习、学生回宿舍睡下,老师们才能稍微松口气,查寝已经是一天当中最轻松的时刻。走在寂静的校园里,望着深邃夜幕与苍莽深山,顾盼只感到深刻的孤独,他和当地老师都没什么话说,对学生则宁可没话说,要不是还有同伴的陪伴以及不想以失败者的姿态回家,只怕他早就退出支教了。

每次踏入172班的教室前,顾盼都要像第一节课那样驻足片刻,这是他独创的心理暗示法,好像这样做了就能安安稳稳上好一节课。他用了足足两个月才让学生记住:上课时是不许跑出去打架的;除非甘愿到外面罚站,否则不要轻易尝试在教室内随意走动;老师说出去罚站,意思是在教室门口规规矩矩站一节课,而不是允许你开开心心跑到外面去玩;抽烟喝酒要避开老师,约架要选在厕所等僻静角落,械斗的兵器不想被没收也要藏好;对女同学和女老师动手动脚会招致最严厉的惩罚,只动口不动手也是;课上就算没打扰到同学,自己在座位上洗头、洗脚、榨果汁、点火烧纸、抱着书啃来啃去、在后墙前玩倒立……诸如此类的行为也会让老师发飙;谁也不许擅自脱掉上衣，脱鞋也不行，脱裤子更不行，课上课下都不行。相比这些，肯老老实实趴桌上睡觉的学生简直是体贴老师的典范。

顾盼为数不多坚守住的底线是不打骂学生，身高和肌肉的优势使他能轻易控制住绝大多数孩子，可他也清楚，自己的耐心正在被日复一日地消磨，说不准哪天就要损耗殆尽，那时候能干出什么事，连他自己都不知道。

李桃的处境则更为糟糕，顾盼他们几个的课程已足够繁重，没法每堂课都守在后门为她镇场，结果大家三天两头看到她被气得中止上课，满脸通红地夺门而出，站在教室外浑身颤抖地擦眼泪，身后是满屋男生没心没肺的哈哈大笑。接连好几个深夜，顾盼都听见宿舍隔断的那头传来拼命压抑的小声啜泣，有几通电话，李桃特意跑到宿舍外去打，顾盼仍能听到她声音的颤抖。

不过每到第二天见面，除了双眼红肿，她总是显得若无其事，顾盼也就装聋作哑。之前每次他想安慰几句，李桃总会硬撑着笑笑："我哪有那么娇气，没事的。"再说下去就会有些不快，"操心好你自己就可以了，别拖大家后腿。"顾盼知道她不肯示弱，也就不再滥施同情心，再说，自己算她的什么人呢？

"大家的沮丧和愤怒，我当年同样有过。"面对老师们的各种抱怨，付羽回答，那是他开学后第一次来访校，还从镇上为老师们捎来了大包小包的快递，"但是生气之余，我们能不能扪心自问下：自己又做得怎样？"付羽把手按在胸口，"备课充分吗？足够吸引人吗？节奏把握得好吗？对学生下的指令清晰吗？课堂管理计划执行了吗？更重要的是，面对父母、老师、朋友，我们就做得那么到位吗？"他望了望顾盼，顾盼把目光移到别处。

"我们从小就接受相对完善的教育，面对身边人仍然免不了会任性、会蛮横、会冷漠，而这些学生成长的环境比我们恶劣得多，

讲台　113

也许父母从小不在身边,也许一直被家长老师粗暴地对待,我们又怎么能指望他们生来就有教养?他们不出现问题几乎是不可能的。天生的盲人想象不出什么是光明,他们不是本性恶劣,而是从来就不知道这些,我们可能是第一个教给他们文明的人。"

道理都明白,可这丝毫没法改变老师们的处境。随着期中考试的临近,他们越发心里打鼓。在那些总算能勉强进行下去的课上,顾盼和叶子轩早就发觉,各自班上为数不多号称学过英语的几个学生,照旧认不全所有的英文字母。陈纳德更是在前几次月考中发现,好几个成绩不错的学生连加减法都不会,乘法口诀也背不全,十除以二要算上快一分钟。陈纳德问了才知道,试卷上那些计算题的答案只是他们小学临毕业时死记硬背下的,老师逼他们这样做,只是为了应付升学考试。

"小学老师的锅是甩掉了,可初中老师就该背这个锅吗?"陈纳德把刚出锅的糖醋排骨倒进盆里,甜丝丝的热气向四周蒸腾,顾盼和叶子轩盯住排骨上缓慢流淌的红亮汤汁纷纷点头,迫不及待动起筷子。这是团队第一次聚餐,陈纳德包办了大部分菜肴。

"眼看就要期中考试了,教学计划里这学期的新课根本还没开始讲,光忙着补小学的课了,更别提期末考试、三年后的中考,想想就绝望。我真是心力交瘁,连饭量都小了好多。"陈纳德把两片肥厚的回锅肉夹进碗里,狼吞虎咽着说。

"关键是,就算拼命补课,他们能吸收多少?"郝苗摘掉眼镜揉了揉眼睛,一双黑眼圈已经很明显了,她每天要批改上百本作业,不熬到凌晨根本改不完,"每天都得讨债一样催他们交作业,干什么都好像老师在求他们。最简单的知识点不管重复多少遍,下次还是会统统忘光,一切都得重来,他们的记忆简直只有七秒。"

"李桃你呢?"陈纳德小心翼翼地问,知道她近来受的打击是最多的。

李桃端着碗筷垂下头:"我没有在教书,我被学生教了。"

其他人交换了下目光,昨天他们还看到李桃把172班的副班长阿进叫到办公室、让他写检查,阿进连"检查""上课""说话"都不会写,还表示小学六年自己从没听过语文课,如今也就是冲老师长得好看才偶尔听讲,够给面子了。叶子轩宽慰李桃,起码这孩子的审美还是正常的。

"其实,我最发愁的是他们的将来。"李桃紧蹙眉头叹了口气,"初中第一篇课文是《在山的那边》,讲课之前我先问学生,你们觉得,山的那边是什么?本以为他们会回答,山的那边是海,是别的村子,是城市,是美好未来,结果教室里静了快有一分钟。我叫起一个学生,好像叫阿芹,她的回答跟诗里写的一样:'老师,山的那边还是山。'

"第一节作文课是《我的梦想》,学生都是写,想当厨师,当司机,当汽修工,当保安,稍好些的想开小卖部、餐馆、KTV、网吧,只有成绩最好的学生会写,想当老师、医生和警察,这就是他们眼里最体面的职业,起码比在家种地和进城打工轻松得多。可是以他们现在的学习基础,连这点愿望都不可能实现。三年之后,大部分学生还是要重复和父辈一样的生活,也许都用不了三年,听说八年级就有学生辍学了。"

她把碗筷放在桌上,从书包里掏出一本书,让大家看书名:《学做工》。郝苗脱口而出:"保罗·威利斯写的。"李桃点头,翻开书:"他是社会学家,在英国一所工人子弟学校做过田野调查,书里这些孩子整天就是逃课、惹事、和老师对着干,觉得书呆子才认真学习,唯一的梦想就是像爸爸那样进工厂当工人。我很早就看过这本书,最近又重读,读的时候满眼都是咱们的学生。一边是21世纪的中国农村,一边是20世纪70年代中期的英国,不同时代和国家的孩子,表现居然一模一样。我爸妈说,我老家的那些学生也都这样。"

饭桌上的沉默持续了一会儿,叶子轩把盘子里的青菜拨到碗里:"如果是以前,我肯定会为他们难过,但这些天过去就剩一个想法:let it be(顺其自然)。我自己不被他们气个半死,就该谢天谢地了。"

李桃没接茬:"这还不是最让我担心的。那次作文课,那个阿彪又没有写,我去训他:'你现在这副样子,以后能去干什么?'你们猜他怎么说?他说他可以去混黑社会,去抢银行,去拐卖妇女。"

叶子轩和陈纳德不合时宜地笑了两声,看到李桃的严肃表情赶忙闭嘴。郝苗捂住额头一脸难以想象,顾盼咀嚼着排骨没吭声,阿彪可不只是说说而已。

"你们觉得是笑话,我当时可是拼命克制住自己才没有骂他。"李桃重新说起这事仍然气得浑身发抖,眼圈也红了,"我半天没开口,一忍再忍,直到自己能用正常语气和他讲话。我问他为什么会有这种想法,还让他好好想想,如果自己的姐姐妹妹被人拐走,他会是什么感受,他这才不吭声。我真想不到他居然有这种念头,他才十五岁。"

"这样的学生以后会怎样?初中毕业,他们最大的可能还是进城去打工,等到见识了城市的各种繁荣景象,却发现凭自己的素质和学历,永远都没法融入城市生活,他们会怎样?本来就没有是非观,又从城市人那里受到各种排斥和歧视,心态失衡以后,他们会干出什么事来?"

"又不是所有的问题学生都会去犯罪……"叶子轩给自己盛了碗汤,小声嘀咕着。

"咱们学校一千四百多个学生,阿彪那个团伙才十几个人,已经够让咱们受的了,全中国呢?光是留守儿童就将近七百万,这是2018年的数据,这里会藏着多少个阿彪?"

老师们同时意识到了问题的严重性,都不说话了。

"总有人在说,农村的落后和我们有什么关系,就让他们继续落后下去吧,说这些话的人不会想到,自己就算一辈子待在城里,还是不可避免和进城的农村人打交道,没有人是一座孤岛,帮助他们说到底就是在帮我们自己。所以我绝不能放弃任何一个学生。"说到最后一句,李桃加重了语气。

"这可不容易。"顾盼喃喃说,"你手里有两百多只迷途羔羊,怎么才能把他们都赶进圈里?"

没人说话,最后陈纳德把碗里的饭全部扒进嘴里,这才开了口:"先应付完期中考试再说,付羽说过,这是第一个重大考验。"

他只说到这里,但老师们都清楚没说的那后半句:"各位,你们要有经受打击的思想准备。"

第六课　斗恶龙

教室里嘈杂依旧，一个个被叫到名字的学生来到讲台前，从老师手中接过试卷再回到座位，嬉皮笑脸地和相邻的同学吵闹，丝毫不顾老师的脸色。

顾盼对噪声充耳不闻，除了逐一点名，一句话也不多说，没有像往常那样吼学生、让他们闭嘴，更没有当众公布任何分数。它们丢的不是学生的脸，而是自己的脸。

退一步讲，一堆零分有什么可念的？

他本以为，批改道法课的试卷会花掉整个下午的时间，不料一小时不到就批完了上百份，自己要从卷子上找的不是答错的地方，而是写了字的地方。大片大片的空白使它们崭新如初，涂掉学生名字和选择题的答案，完全可以循环再利用；批改英语试卷也几乎是同样的速度。顾盼在成绩统计表上填下一个个鲜红分数，每写下一笔，笔尖都在颤抖。

英语的平均分是26.5，道法课也在伯仲之间，全班都是只有四五个人在五六十分徘徊；从第十几名起，分数就开始变为个位数。顾盼抬起头，班里最胖的阿福正炫耀自己得了23分，旁边同学无不咂舌："这么高？你怎么做到的？"阿进举起自己28分的试卷："我的分数比你高哎。"顾盼从没见过这么自豪的五十步笑百步。最后他们都嘲笑起得零分的阿亮，顾盼对他的试卷印象深刻，阿亮不仅蒙错了全部选择题，连二选一的判断题都能完美避开所有正确答案。有孩子冲他哈哈大笑："你连傻子阿敏都不如，他都得了 8 分，蒙对了两道。"阿亮自己也嘿嘿笑着。

顾盼双手攥紧讲台两侧的边缘，勉强支撑自己不要倒下。记忆里上一次见到的零分学生，还是《哆啦A梦》里的野比大雄，可是在沧水中学，这样的"天才"简直是车载斗量。

教室的后排，阿彪、阿飞他们正把卷子团成一团，投雪球那样彼此丢来丢去。阿梅低头盯着 13 分的试卷悄悄擦泪。阿雯向周围正在吵闹的几个同学喊："别再吵了！"发现毫无效果，只好两手堵住耳朵，双肘支在课桌上，皱眉紧盯着卷子，顾盼记得她是全班最高分，60 分。

呼吸顺畅了些，顾盼冲阿彪他们吼了句："别玩纸了，小学生吗？"又走向教室靠窗那排，路过阿梅的座位时轻拍了下她的课桌："别太伤心了，下次认真听讲。"目光所及，一个学生正趴在桌上，紧握圆珠笔写着什么，眼睛恨不能贴上试卷。顾盼知道，这学生无论被训斥还是被表扬，都是默不吭声，也从来不在课上听讲和回答问题，永远都是埋头看那本破破烂烂、连封面都没了的《水浒传》。

顾盼从他手中夺过试卷，学生用难以辨认的字迹在背面默写了一百零八将，星宿、绰号一应俱全，已经默写到地藏星笑面虎朱富了。顾盼把卷子翻到正面，雪白的卷面空空如也，除了自己批下的一个个零分，只有四个大字：人生如梦。

顾盼把卷子拍到桌上："题目会不会，是能力问题；卷子答不答，是态度问题。阿辰，站起来。"

阿辰低头服从了命令。

顾盼的手痉挛着，一会儿攥成拳头，一会儿五指张开如鸟爪："你在课本上写'人生如梦'，作业本上也是'人生如梦'，考试试卷上还是'人生如梦'，你就这么品性高洁，淡泊名利？以后做一辈

讲台　119

子梦？先出去站一节课。"

阿辰一言不发地照办了，阴沉的脸色几乎是在和老师比赛，看谁更不高兴。已站在外面的那个学生用坏笑迎接新同伴，顾盼瞪他："挺光荣是不是？手机不想要回来了？腿抖什么抖？"

"老师，手机我送你了。"学生站姿歪斜，双腿继续没完没了地抖着，"差不多行了，你一个月才拿两千多，要不介绍你克（去）我爸爸的茶厂卖工吧，比教书挣得多多了。"

"老师乐意！"顾盼吼得满楼道都能听见，"老师热爱教育，老师也不稀罕那种生活，阿利你又想请家长了是吧？"

"那你请啊，我都不知道什么时候能见到他。"阿利仰头望天。

顾盼走向讲台，途中又发现阿亮的课桌上有东西在动，邻桌几个学生都在偷笑。他走近一看，阿亮不知什么时候捉到一只蚂蚱，在它尾巴上系了一根线，另一头拴上纸折的小车，正用一根草驱赶它爬来爬去。顾盼劈手抓起蚂蚱，大步走到窗前，连虫子带小车一起丢出去："铅笔盒打开。"

阿亮笑嘻嘻地打开铅笔盒，顾盼看都没看："下面一层。"下层也打开了，"书包。"阿亮敞开书包，"桌洞。"阿亮站起身，顾盼弯腰又检查一遍，"出去站着。"阿亮走出去时照旧嬉皮笑脸："老师你别生气，不是你没教好，是我们自己不想学。"教室外的罚站队伍继续壮大。

顾盼咬牙切齿地重新回到教室。之前上课他就发现，阿亮总爱悄悄打开铅笔盒鼓捣一番，过会儿重新关上，自己检查时，除了铅笔橡皮之类文具没发现任何意外，直到打开上层，才发现下层盛满了水，一条小鱼苗在这狭小空间里游来游去。在铅笔盒里养鱼这件事极大挑战了他的想象力，但很快他又相继在阿亮的桌洞和书包里发现了蜗牛、青蛙、仓鼠、麻雀、刺猬、兔子，他威胁过阿亮：如果不想让这些小动物死于非命，就赶紧把它们都带回家，可阿亮的各种鬼把戏仍然让他防不胜防。

"你班上起码还有孩子得了60分,及格了嘛。"下课后陈纳德安慰他,"我们班数学最高分也就58,那卷子答的,我想多给几分都不行。"

"你忘了吧?"顾盼没好气地回答,"英语满分是120,和数学一样,72分才及格。"

啜泣声从背后响起,两人不用回头也知道是李桃。她在办公室哭了快半个小时,怎么劝也没用,只好由她去,反正这些天她也动不动就哭。

李桃抽出盒里最后一张纸巾,擦掉泪水,红肿的双眼四处寻觅,顾盼欠身递过另一盒,也顺道看见她成绩单上的一连串分数:9分、8分、18分、22分、2分……最高分是43分。

"我问过宇老师,学生怎么教也学不会,考成这样可怎么办?"李桃抽泣着抽出一张纸巾,"她说没事,好学生一样不会,唯一比差生强的就是,他们至少能胡写几句,卷子不至于空出太多。我觉得只要能让学生端正态度,也算是进步……"

李桃长出一口气,浑身都在颤抖,抽噎让她的话语断断续续:"我花了那么多精力,费了那么多心血,自以为全身心投入进来,结果还是这样。有个叫阿芹的女孩安慰我:'老师,你已经教得很好了,我这次进步很大,这都是老师你的功劳。'你们知道她考了多少分?14分,这是她第一次考到两位数。他们的基础太差了,实在太差了。"她又擦起眼泪。

办公室的房门突然被撞开,力道大得把三个人都吓了一跳,叶子轩满脸惶急地出现在门口:"郝苗出事了。"

郝苗上课的班级又是172班,教室在三楼。老师们匆匆爬着楼梯,刚到二楼就看到她躺在地上,捂着腿呻吟,一群学生不知所措地围在旁边。顾盼刚要拉起她,她就痛得大喊,说腿疼。俸主任开车送她下山，镇卫生所的医生初步判断是骨折，用硬板把伤腿固定后，他们又把她送往县里。郝苗疼得呻吟了一路。拍完X光片，医生给她打上了石膏。

几位支教老师连同俸主任轮流守了一夜，第二天付羽也来了，同来的还有一个年纪与付羽相仿的女生，身材像铅笔一样瘦削，眉宇间透着一股清冷，付羽说这是他的老婆，也是他大学时的同学，大家都叫她娟姐。付羽让大家都先回去，郝苗这边由娟姐照顾。临走前李桃对郝苗安慰了半天，无外乎让她安心静养，课程也不用担心，他们四个分摊就是，郝苗勉强绽出笑意，点头答应。顾盼站在后面觉得，两个女生好像随时能抱头痛哭一场。

归途中俸主任谈起郝苗的伤情，老师们才知道，她给172班上课时，照例又有学生捣乱，郝苗让学生到外面罚站，学生没站一会儿就直接从门口走掉了，郝苗冲出教室让他回来，学生飞奔下楼，郝苗跟着追捕，下楼时一脚踩空，滚下了楼梯。

俸主任边开车边叹息，郝老师也是的，学生要走，她一个女孩哪管得住，给校长打电话就行。之后该上课上课，先管住班里嘛。顾盼听得咬牙切齿，郝苗不肯找校长，还不是为了让学生少挨顿打，兔崽子哪里懂老师的苦心。他问是哪个学生，俸主任说手机被没收的是阿利，外面罚站的是阿飞。顾盼一猜就是他俩，暗下决心，非得找机会收拾他们一顿。

他们力所能及地分担了郝苗的课程，其他课都由当地老师接手。支教老师们先前还颇感愧疚，很快就发现，当地老师的负担其实并没有明显加重。每次上课，俸主任总是对着教材念上15分钟，然后让学生改上自习，自己守在教室门口抽烟。牙老师则除了上课几乎从不在班里出现，她之前带顾盼他们在乡里玩过好几次，支教老师们对她感激涕零，后来有一次她找李桃，问能不能帮自己顶几节课，家里有点事。李桃欣然答应，然后就代了整整一个月的课。后来他们才知道，那些天牙老师家的茶叶卖得不错。

最让人大开眼界的还是另一位危老师。他四十多岁没有成家，神色总是郁郁寡欢，走路时头低垂着，瘦如庄稼秆的身子摇摇晃晃、略向前佝偻，脚步拖泥带水，仿佛在拉一根无形的纤绳，纤绳那头牵的是沉重的生活。他永远记不清自己上节课上到哪儿，每次都要临时翻教案，有几次还是问学生才记起。学校组织对他听评课，开课已有十分钟，讲台前空无一人，茶校长脸色很难看，让陈纳德去找，这节课只剩五分钟时，浑身酒气的危老师扶着墙回到教室，含糊不清地向校长道歉，听评课只能延期。

诸如此类的见闻经常让顾盼觉得，自己俨然身处《楚门的世界》里，所有的当地人其实都是NPC（非玩家角色），按照固定的剧本，以一举一动营造出荒诞魔幻的氛围。自己的一切反应都是设计好的，任何努力也无法打破DM（游戏的主持者）设定的规则。目前自己还主动保持着间离感，但说不准什么时候就会逐渐入戏，从此再也无法回归现实。

"我们也没办法啊。"午间在办公室闲聊时，字老师神情黯淡，"我来沧水都算时间短的，也有五六年了；牙老师他们更是十多年了，谁都会腻的。"

"您已经够认真了，我们都跟您学到了好多。"李桃安慰她，顾盼等三个男生拼命点头，这是真心话。

字老师的笑容里不知是尴尬还是愧疚："你们在这里多待上几年，每天翻来覆去讲那同一套的东西，也早晚都能学会的。"又长长一声叹息，"我是想好好教书，可学历本来就不高，想学点什么都不知去哪里学。"

"那您考没考虑过……"顾盼欲言又止，看看几位同伴，"去别处？"

字老师笑了，眼角现出深深的鱼尾纹："能去哪里啊，我除了

讲台 123

教书什么都不会。家长都觉得，我们就是一群不会赚钱的书呆子。"

他们又聊了几句，李桃建议字老师也跟着参加下一次的岗前培训，她介绍培训内容时，字老师的目光中又是惊讶又是好奇。上课铃响起，她抱起教案赶去上课了。支教老师们还在回味她刚才的话语，却被哈欠声吓了一跳，危老师满头蓬乱地从角落的沙发上爬起，迷迷糊糊地戴上眼镜望向他们："刚才是不是打铃了？"

半个月后，他们集体去县里探望郝苗。病房的气氛有些异样，只有李桃强颜欢笑地讲学生们最近的趣事，不时和郝苗、娟姐一起发出突兀而夸张的笑声。几个男生则没那么高明的演技，只是随声附和。在李桃的带领下，他们集体向郝苗表达了祝她早日康复的愿望，陆陆续续出了病房，立刻不约而同陷入沉默。

李桃跑去买东西，几个男生在马路旁站成一排，有一搭没一搭地扯着闲话，叶子轩冒出一句："说心里话，你们动没动过退出的念头？"顾盼和陈纳德彼此对视，同时心领神会。这时李桃提着一个药箱回来，里面是她刚买来的常用药，酒精、棉签、感冒药等一应俱全。

"刚过来那几天，晚上有女生找我，说肚子疼得厉害，我给她找了点药。"上车时她解释说，顾盼对此有印象，当时自己听到了隔壁的动静，"后来隔三岔五总有学生来找我，感冒、嗓子痛、皮肤病、脚气，还有肠胃炎、拉肚子，那是吃辣条吃出来的，我才知道，这边的学生好多体质都特别弱，学校又没有医务室。"

顾盼看她的背包没拉好拉锁，伸手帮她拉上，却发现一包卫生巾露出了一角，李桃脸色一红："那天我查寝，阿梅来例假了，又不知该怎么办，自己躲在床上哭。我帮她洗了被褥和裤子，再一打听，不少女生连这方面的常识都没有。"

付羽比他们晚一天回到学校，也是那个下午，叶子轩主动找他谈话。李桃和顾盼守在办公室门外，里面传来叶子轩的声音，付羽和陈纳德默默听他的抱怨。叶子轩的语气还算平静，但所有人都听出，他早就打定主意了："我自认为是有情怀的人。留学时我当过各种各样的志愿者，做过社区义工，给当地移民家庭的孩子做阅读指导和早教，给非洲儿童邮寄过衣物书籍，每次学校有募捐我都会参与。做这些事我不认为是没用的付出，因为我觉得快乐，可是在这里，我感受到的只有挫败、愤怒和沮丧，我想你们也一样。

"为了来支教，我没有选择那份高薪 offer（入职通知），也顶着父母的反对，女朋友差点和我闹分手。之所以选择沧水，是相信再艰苦的条件我也能搞定。可我终究还是高估了自己。看看这个成绩，我们就算拼命了两年，也不过是把学生的分数从几分、十几分提高到三四十分，这有多大用处？那些当地老师又都在干什么？我也不知他们怎么看我们，郝苗住院到现在，也就校长和宇老师过去探望过。我觉得我没法再继续了，还能坚持下来的人，我敬佩他们，但对不起，我自己做不到。"

李桃听到这里就转身走掉了。顾盼继续听，但谈话进行了很久，久到他没耐心等出结果，最终也回了宿舍。一小时后，陈纳德来敲门，进屋后一屁股坐下，椅子发出吱嘎声："来点水。"他哑着嗓子说。

顾盼递去水杯，他咕咚咚喝完又要一杯，第二次仰脖饮尽才长出一口气："渴死我了，比上课都累。"

"结果怎么样？"顾盼问，内心却已不抱太大希望。

陈纳德半天没说话，许久后才抬起小眼睛："你知道付羽这次来，是为什么？"

"稳定军心，让咱们别动摇。他这次任务很失败。"

陈纳德舔舔嘴唇："我也要离开沧水了。"

顾盼张了张嘴，没有出声，目光中满是震惊。

陈纳德挤出一丝苦笑："不是我要退出，真不是，是另一所支教学校也有老师要走，他一走，那边就没人教数学了。付羽选来选

讲台　125

去,我是最合适的,只能先过去救火顶缺。付羽之前和我沟通好了,他这次来就为宣布这事儿,结果没想到,叶子轩也来了这一出。"

"再加上郝苗。所以,所以沧水就……"

顾盼没说下去,陈纳德满怀歉意地接过话茬:"就剩你和李桃了。"

叶子轩是第二个周末的清晨走的,只有顾盼送他。陈纳德已提前两天离开,信誓旦旦保证一定会回来的。李桃不肯来送别,她这几天都不再和叶子轩说话。俸主任的车则另有他用,没法来送,叶子轩只能自己把行李从学校拖到镇上,他背着吉他,顾盼帮他提着另一个旅行包,下山的路上只有行李滚轮的声音,倍显空旷。

"我知道当逃兵很可耻,也很自私,"长途车站前,叶子轩竭力想显得轻松,"但我真的……熬不下去了。"

"没什么,我自己都不知道能再坚持多久。"顾盼回答,"李桃对你也是太苛求了。她老这样,对别人要求高,对自己要求更高。"

叶子轩耸耸肩:"无所谓了,这回我可以和女朋友复合了。这女生确实不适合我,也建议你别对她抱有幻想。"

"我和她是纯洁的男女关系。"顾盼正色回答。

叶子轩笑了:"你小子人不错,不那么嘴硬就更好了,不然会多吃很多苦头。"他拖起行李,走向检票口。

"你其实也还行,就是别老到处乱撩了,容易讨打。"顾盼望着他的背影送出临别赠言。

学校寂寥得让顾盼心悸,他一个人在操场上徘徊许久,回忆这几天的连番变故。来学校报到时的种种欢乐场面还在眼前,一转眼,沧水团队就失去了一多半人马,今后会怎样?自己还能坚持多久?他踌躇许久,又回到李桃门前。这时的心情很复杂,一方面是前所未有的孤独和迷茫,一方面又觉得形势会迫使李桃和自己更亲近些,心底回荡起"相依为命"四个字。

顾盼敲敲门，李桃开门了。

"我把叶子轩送走了。"

"哦。"李桃站在门口回答，并没有让他进屋的意思。

"其实我能理解他的选择。这样的环境，这样的工作量，这样的学生，一般人受不了。"

"我不想再听到和他有关的任何消息了。"李桃握住门把手，好像随时要关门。

"我是说，你要是也想……"

"你想走的话，也随时可以提的。更不用担心我，就算沧水中学只剩我一个人，我也要把这两年教下来。"

"我没那个意思。"顾盼没料到李桃抢先说出自己的打算，颇有些心虚，"你没动摇就好。"

"都加油吧，明天第一节就是你的课，快抓紧备课。"她在顾盼面前关上房门。

天阶夜色凉如水。顾盼裹紧外衣，借着月色盯住学生宿舍楼对面的露天水池。学生们刚下晚自习，正拥挤在那里刷牙、洗脸、洗脚，龙头里是从山中引出的地下水，顾盼沾一下都觉得刺骨，学生却连寒冬时节也这样洗漱。远处依稀传来打麻将的哗哗声，以及当地老师大嗓门的酒话，这是他们日常为数不多的娱乐活动。支教老师也曾应邀参加酒局，却发现同事们没准备任何下酒菜，而是直接打开一整箱的啤酒，统统倒进一口饭锅，再各自手持饭盆舀上满满一盆，经历过那次水泊梁山式的酒局后，顾盼再也不敢自夸酒量好。

学生们垂着头，三三两两从顾盼面前经过，步入宿舍楼，如同放风后的犯人回到囚室，顾盼报以狱吏式的冷峻目光。整栋楼都陷入黑暗和沉寂后，他握着手电筒在一间间宿舍外徘徊，空旷走廊回荡着脚步声。

这些天他逐渐感到力不从心。期中考试结束后，茶校长给班调整了座位,把阿彪团伙的全部成员集中到教室最后三排,还有意和倒数第四排拉出距离,划分出一条无形的隔离带。牙老师对这个自治区三令五申,中心思想是:老师不再过多干涉你们,但你们课上也不能太过分。她还告诉顾盼,课上不要再管这些学生。顾盼只能照办,他也清楚这样做有违教育精神,可又实在想不出其他办法。

从牙老师那里学到的招数,他几乎都用上了,结果事与愿违,学生们越发嚣张。有一次他连上两节课,课间休息顺手把教案放在讲台上,自己回办公室休息,下节课再进教室,发现教案被胡乱涂上了脏话。另一次,他发现自己刚洗好挂在门外的白衬衫沾上了脚印。前两天一个课间,他从楼下走过,抬头发现阿彪站在窗前,手握打火机准备点燃窗帘,旁边是阿飞等学生吹口哨叫好。他吼了一嗓子"住手",端着一盆清水狂奔上楼冲进教室,兜头盖脸泼过去,这才浇灭刚燃起的火苗。

那次,全学校都能听见阿彪和校长的对骂:

"不要以为老子怕你,老子改天带一帮兄弟回来砍你!"

"尽管来,老子退伍军人怕过谁?"

斗争结果不出意外,阿彪的鼻血溅上了教学楼的白墙。校长也不打算洗刷掉血迹,它们证明着自己不可撼动的威严。

真是报应。顾盼回忆自己叛逆的中学时代,他也曾变着花样和老师父母对着干,以这种姿态昭示对强权的不屈。如今风水轮转,角色颠倒,自己也捍卫起曾经企图颠覆的秩序,他终于变成自己最讨厌的样子。真应了尼采那句话,与恶龙缠斗日久,自身亦成恶龙。

阿彪所在的宿舍就在前面,牙老师秉持排座位时的原则,把阿彪团伙的大部分成员塞在同一间宿舍,好处是相对降低了其他同学受欺负的概率,坏处是这些问题学生聚在一起更容易惹事。里面的说话声现在已刻意压低,站在走廊另一头却仍能听见。

要不要来个突然袭击,杀杀阿彪他们的威风?顾盼纠结许久,最后决定只敲山震虎就好了，最近他也实在有些倦怠，吼了一嗓子，那间宿舍旋即安静。

顾盼继续在黑暗中游走。他不是没想过像叶子轩那样退出支教，也考虑过像陈纳德那样换一所学校，据说陈纳德如今大得校长的赏识、学生的拥戴。可这些念头终究烂在了肚里。继续耗下去为的不是自己，而是李桃。李桃的反应让他确定，这个女生支教的决心不会动摇。顾盼觉得她有些不自量力：她要是能单枪匹马让沧水中学翻了天，自己也就能凭努力追到她了。

腹诽归腹诽，顾盼没有轻举妄动。一旦自己也离开，这片蛮荒之地就只剩下李桃，顾盼不敢想象她孤零零一个娇弱女生，怎么面对那些好勇斗狠的男学生。宇老师是和他们关系不错，但毕竟没法一直陪在身边。顾盼对未来唯一的规划就是，自己起码要坚持到这学期结束，那时郝苗应该能伤愈回归，两个女生再加上宇老师，总算彼此有个照应；自己则可以问心无愧地退出，与李桃的缘分也就到此为止。她俩再坚持一学期，下届支教老师就能来到沧水中学。至于那时怎样，就不是现在能考虑的了。

打定主意后，他准备再巡视一次就回去睡觉。这周的值夜已经够累神，也够让他郁闷了。学生们白天在课上睡觉，晚上该睡觉时则在宿舍里聊天、吃零食、抽烟、喝酒，还有学生偷偷溜出宿舍。自己的值夜从晚上十点起，任何时段查寝，都能抓到在走廊和不同宿舍间晃荡的学生，理由也千篇一律都是上厕所、喝水。有一次深夜，他去教师办公室取东西，发现电脑屏幕亮着，浏览器的浏览历史里是色情网站，窗户也大开，直到最后他也没抓到是谁。这些十二三岁的学生，行为比实际年龄足足早熟了六七岁，心智却又至少晚熟三四岁。老师们都不知这上下十年的差距，能在两年内弥补多少。

阿彪那个宿舍又传来说笑声。顾盼放轻脚步、屏住呼吸，一点点接近那里，越往前走烟酒味越浓。说笑中突然掺进一个女声，顾盼只觉得一股热血直冲脑门，快步冲过去，轰然踹开房门，一切随着手电筒雪亮光芒的横扫尽收眼底。

十人的宿舍至少挤进了十六七个人，突如其来的强光威慑下，一张张稚嫩脸庞无不惊惶苍白，好几张脸上抹着奶油，校服上也是。他们各自摆出躲闪逃避的姿势，要是用相机照下这千姿百态的一瞬，必能媲美伦勃朗的油画。宿舍正中是一块生日蛋糕，上面的奶油七零八落，烛光星星点点，满地是烟头，空酒瓶横七竖八，顾盼几乎无处下脚。

一个娇小身影正拼命向角落的阴影中躲闪，顾盼先把手电筒转向那里："谁？"

旁边一个壮实的身形应声起立，嗓门大得堪比广场舞大妈："老师，是我，要打要骂随你。"这是阿楠，女生中的大姐头，顾盼并不奇怪她在这里，见识过她抡着扫把在女厕所打架的英姿后，她干出什么事他都不奇怪："还有谁？站出来。"

又一个女生起身，是阿秀。这女生从第一天起就是全班焦点，今天喷香水明天涂眼影，满是稚气的瓜子脸居然让顾盼想到"狐媚"这个词，可老师们除了没完没了地唠叨，也拿她没办法，俸主任是她的舅舅。

"老师我们没干什么。"阿秀的神色和语气中都带着再明显不过的挑衅。

顾盼从牙缝里挤出一句："这话对你舅舅说去。还有谁？"

终于轮到第一个身影站在手电筒前，瑟缩得有如落入陷阱的小动物，头恨不能低垂到胸口。顾盼一时没认出来，让她抬头，看到女生梳着齐刘海的前额，心里咯噔一下，是阿彩。

陈纳德、叶子轩还在时，三个人曾私下讨论过阿秀和阿彩谁才是172班真正的班花，最后是阿彩胜出，因为顾盼严肃地指出，他们总得找个形象健康的代言人。这个女孩成绩虽差也谈不上努力，性格举止却分明是十年前的李桃，总是安安静静待在座位上，低头看不知哪里淘来的爱情小说。这样的女生本该追求者众，像阿秀就同时和外班三个男生谈着恋爱，可老师们从没发现任何向阿彩示好的男生。顾盼曾开玩笑说，自己要是还上初中，一定追这女生。他做梦也没想到，她会深夜出现在男生宿舍。

顾盼的指尖瞬间冰凉，无数骂人的话一同涌上喉头，在脱口而出前打了个转又统统咽回去，最后只冒出一句不那么伤人的："懂不懂什么叫自重？"

阿楠和阿秀不约而同地歪头望天以示不屈，阿彩低头开始啜泣，顾盼仔细打量，看到三个女生都衣衫齐整，稍微松口气："回自己宿舍去，明天老师找你们谈话。"三个女生先后走向宿舍门口。阿彩从老师身旁走过时，抬手抹去眼泪，老师突然一把扭住她的手腕。

阿彩弯下身发出恐惧的叫喊，顾盼心头的恐惧却更甚，女孩娇嫩的手臂上文着刺青，图案和阿彪的是同款。

身后一片响动，顾盼转过头，阿彪正要冲向自己，被几个男生拦住，阿飞抢先一步挡在他面前："老师，这次我带头，要罚罚我。"

"挺有种啊。"顾盼从牙缝里挤出一句。他曾找阿飞训话：郝老师是因为捉你才受的伤，你要是还有点良心，下回就跟老师去县里看望她。阿飞死活不吭气，连点个头都不肯。他再给阿飞母亲打电话，阿飞的妈妈居然回答：老师你别管他太严，不然他该不高兴了。

顾盼先松了手，让几个女生走掉，走出老远，走廊里还回荡着阿彩的哭声。他上下打量阿飞："学校不让抽烟喝酒，是为你们好！说过多少遍就是不听，这回还变本加厉了。"

"你不也喝酒？还有校长，主任。"阿飞并不怕。

顾盼一时不知该怎么反驳，只能提高音量："老师是大人，你们都还小，不一样。"

"你们岁数那么大了还活得好好的，我们抽烟喝酒更不算什

讲台 131

么。"

"还嘴硬！"顾盼只剩怒吼这招了，"地上这些给我打扫了。"又向其他学生挨个瞪一圈，"都回自己宿舍，明天看我怎么收拾你们。"

没人动弹。阿进辩解了一句："老师，忍一忍，今天是阿彪过生日。"

"这不是理由！"顾盼的吼声响彻走廊，还没睡的学生纷纷从其他宿舍探出头，"今天他过生日，抽烟喝酒带女生上来；明天你过生日，也抽烟喝酒带女生上来，只要有人过生日，校规校纪就成空气了？"

阿彪扒开阿飞、阿进走上前，双眼通红，右手反握着啤酒瓶。顾盼浑身绷紧，提防他的下一步动作，也明白了阿彪为什么会出离愤怒：对他这样自诩"大哥"的学生来说，外人一不能动他的兄弟，二不能动他的女人，三不能削他的面子。自己却在短短几分钟内，把这三片逆鳞都生薅了下来。

今夜要见血了。

顾盼暗自有些后悔，但很快重新变得笃定。事已至此，再也无法挽回，反正火气都积攒了两三个月，这回索性一口气撒完。他暗自攥紧手电筒，另一只手指向黑森森的门外："我数三下，你去楼门口罚站，这事就算过去；要不然，我马上把校长请过来，这间宿舍所有人，连同刚才几个女生，全逃不掉。一！"

阿彪的胸口剧烈起伏，手中的酒瓶在颤抖，满脸奶油如同《蝙蝠侠》里小丑脸上的油彩，头上那抹红毛像鸡冠般高高竖起，背影投射到墙上，被手电的光芒拖得粗长。其他男生极有默契地向四周散开，飞快交换着目光。

"二！"

顾盼伸出第二根手指，双眸跳动着烛火，脸庞阴晴不定。只余最后一根蜡烛在燃烧了，蛋糕积上厚厚一层蜡油。老师是蜡烛，燃烧自己照亮学生。只要能夺下酒瓶躲过第一击，阿彪就成了没牙的老虎。他在学校称王称霸，仗的是年纪比其他人大，可要想和自己动手，还得过几年再说。至于阿飞、阿进等其他学生，谅他们也不敢跳出来助拳。一滴烛泪正在无声淌下，蜡炬成灰泪始干。

"三！"

第三根手指伸出的同时，最后一根蜡烛熄灭了，青烟消散在黑暗中，酒瓶坠地的响动格外沉闷。走廊里观战的学生大气都不敢喘，等待着接下来的一切：玻璃碎裂、扭打、叫骂、哭喊，他们对这些早已司空见惯，可什么也没有。急促的脚步由远及近，所有学生借着黑暗的掩护缩回各自的宿舍，有胆大些的扒门缝观望，手电筒的光亮在猛烈晃动，一抹红毛从门缝外一闪而过，浓郁的烟酒气扑上鼻头，后面是老师的怒吼响彻走廊："再有探头探脑的，一起罚站！"

"现在是一点十五，你站到凌晨五点。"顾盼指了指宿舍楼门口的挂钟，又指向另一个角落，"那里是监控探头，你要是中间回了宿舍，或者去别处，我都能知道。站到那时候，老师就不再追究你那些兄弟，天亮之后只带你一人去见校长；要不然，见校长的就是你们所有人。"

顾老师，这些学生很抱团，会互相护着，要罚干脆一起罚。历史书上写过这招，叫连坐，很管用的。牙老师曾经这样建议过他。

说话的同时，顾盼注意观察阿彪的反应。除了站姿一如既往地歪斜，他没流露出任何对抗情绪。

"我站到五点，你就不为难阿飞他们？"

"老师说话算话，对他们，就当什么事都没发生。"

"对我呢？"

"天亮去见校长。你这些天惹的事够多了，这回算总账。"

阿彪不再吭气，直盯着挂钟。顾盼回忆起刚才他的狰狞表情，再看现在，顿时有种暴雨将至却转瞬风平浪静的惊讶。他没想到，

讲台　133

动手的前一刻，阿彪居然主动把酒瓶丢到地面，大步流星出了宿舍。学生的屈服不可能是临机悔改，可顾盼也想不出任何合理解释。直觉告诉他，平静海面下依旧暗潮涌动，这事还没完。

他站在宿舍窗前，看路灯下伫立着阿彪的身影，放下窗帘掏出手机，把闹钟时间定为AM4:55，然后爬上床。

耳畔响起意大利语的祷词，伴随提琴的弦声，惊悚的女声唱腔，然后是诡异的混音。顾盼睁开蒙眬双眼，没有急着关掉手机闹铃。短短三四个小时，他睡得也并不踏实，一直盘算如何对阿彪展开新一轮的说教。几个月下来，自己把同样的道理换花样重复了无数遍，实在想不出新说辞了。他从床上坐起，垂着头缓了缓精神，除了脸庞，整个人都隐没在黑暗中，旁边的手机继续播放着《以父之名》的旋律，使这一幕有如《教父》里的场景。

窗口响起玻璃碎裂声，一瞬间击碎老师的全部盘算和幻想，顾盼甚至以为自己听到了枪声。他惊出一身冷汗，打开台灯，遍地都是碎玻璃碴，寒凉的空气从窗口涌入，窗帘飘荡出各种形状。

他手忙脚乱地穿起外衣，隔断那头再度响起同样的动静，伴随李桃被惊醒的尖叫。顾盼刚把赤脚踩上冰凉的水泥地面，就像触电那样猛缩回去，挥手掸掉粘在脚掌上的玻璃碴，好在没划破。他爬下床，挥拳砸了砸隔断："李桃，你没事吧？"

隔壁传来李桃颤抖的声音："我还好，有人打破窗户了。"

顾盼穿好衣服鞋袜冲出房间，敲开李桃的房门，屋内情形和自己那边大同小异，也是满地碎玻璃。他再望向凌晨的校园，浓重的雾气使一切都模糊，山区秋冬时节的夜晚湿气很重，从后半夜到黎明都这样，太阳出来雾气才会消散。顾盼只能依稀分辨出路灯的光晕，映衬着校舍影影绰绰的轮廓。

远处又相继传来玻璃碎裂声，仿佛左轮手枪接连打响，这回是新建的教学楼方向。顾盼转向李桃："手机拿在手里，随时准备找校长或者报警。还有,"他把粗大的手电筒塞进李桃手里,"拿好这个。"

李桃推还给他:"我有防狼喷雾,你拿着更有用。"

"那就好。锁好房门别出来,窗户用书柜之类的堵住。"

"我是老师,我有责任保护学生。"

远处当地老师的宿舍纷纷亮起灯,顾盼望向那边:"那就和他们一起,别单独行动,我先去看看。"

"要不再等等校长?没多一会儿。"

"等不起,要有学生出了意外呢?"

又一块玻璃被打碎,顾盼转身要走,左手被李桃一把攥住:"那你千万小心。"

顾盼愣在原地,他能感到握住自己的双手柔软冰凉,渗出了汗滴,还在微微颤抖。黑暗中,李桃双眸闪亮,呼出的气息消散在夜色中。

"万一我……"

"不许胡说。"李桃把他的手攥得更紧,几乎用上了全身力气。

顾盼一时有种把她拥到怀里的冲动,最后没头没脑地冒出一句:"我喜欢你。"没再理会李桃的反应,抽出手,一头扎入迷雾。这就算烈士遗言了,他边跑边看左手的掌心,回味着李桃肌肤的触感。

十点钟方向。在雾气和黑暗中,东西南北失去了意义,到处是混沌迷茫,顾盼只能根据声响判断着位置,手电筒穿不透浓雾。

"吹不散的雾,隐没了意图,谁轻柔踱步,停住,还来不及哭穿过的子弹就带走温度。"他这才留意到手机铃声还在吟唱,于是停下来关掉,继续狂奔。

最后一下响动消失时,顾盼冲到刚建好的新教学楼前,地面无数玻璃碎片在路灯下熠熠生辉。一楼的窗户还没来得及安装护网,现在都被打碎了,一排排窗口黑森森的,有的还有碎碴的残留,如

讲台 135

同巨兽的牙洞。顾盼再抬头，几十步外，一个身影紧握木棒，奋力冲向前方，脚步踩在碎玻璃上发出刺耳的摩擦声，头上一抹红毛正在狂舞。

顾盼怒吼着冲上去，师生二人的身影接连在路灯下掠过。逃亡与追捕持续了一段路途，直到阿彪面前闪现出学校的围墙。顾盼没有急于加快脚步，猎物无路可退时必定格外凶猛，他已做好应对阿彪反扑的准备。

阿彪的脚步丝毫没有放缓，来到墙根前，他没有像老师预料的那样转身摆出负隅顽抗的姿态，而是先把木棒丢过围墙，再纵身一跃，以旁边的路灯杆为支撑，三两下就翻过墙去。

顾盼气急败坏地骂着，同样赶到围墙下，尝试模仿学生的动作，没能成功。自己在阿彪这个年纪，也是翻墙上树的好手，如今这项本领全荒废了。再说墙外就是雾气弥漫的黑暗丛林，那里是阿彪的主场，他简直有着野兽般的本能，无论追踪还是搏斗，自己都不可能是他的对手。顾盼狠狠向墙身踹了一脚，留下粗黑的鞋印，喘着粗气回望来时的混沌道路，掉转了方向。

操场上有许多人影在晃动，当地老师正在集结，李桃快步迎上前："我刚去宿舍楼了，学生们都没事，只少了一个阿彪。"

"太好了。帮我看住其他学生，我去捉他。"

"这么黑又这么大雾，你能去哪？应该听校长指挥。"

"那谁来做这事？有事打我手机。"

冲出校门时，顾盼心头浮现起学校周边的地形。阿彪最可能的逃亡去向就是镇上，他翻墙的地方几乎是学校离山下直线距离最近的位置。但自己没本事穿越山林，还是只能沿开辟出的公路下去，这样会绕不少远路。虽然如此，仍值得一试。

山路旁的林木有如刺向夜空的密集长矛，顾盼只能听到自己的脚步、喘息和心跳，他在跑动中回忆这一夜的种种细节，惊讶于阿彪的胆大妄为，又诧异既然如此，他为什么之前甘心忍气吞声，而不当场向自己发难。说他不敢正面冲突，顾盼自己都不信。

他一句一句回忆自己与阿彪的对话，突然想起最后那几句：

"你站到凌晨五点……老师就不再追究你那些兄弟。"

"我站到五点，你就不为难阿飞他们？"

"老师说话算话，对他们，就当什么事都没发生。"

顾盼收住脚步，什么都明白了。阿彪的一时忍让不是为自己，是为了其他学生免于受罚。这两三个月，要说自己给172班上课还能有什么成功之处，也就剩"老师说话绝对算话"这个印象了。自己对学生说怎么罚就怎么罚，一分不多一分不少；现在阿彪也同样说话算话，一口气站到凌晨五点，让老师不再追究阿飞他们，再独自对老师还以颜色。顾盼毫不怀疑，如果自己真的违背诺言去处罚阿飞他们，阿彪绝对会以更激烈，也更异想天开的手段实施报复，他有这方面的天赋。不知为什么，顾盼心下居然对这种一诺千金的作风隐隐有些佩服。

"我们每个人都有罪，犯着不同的罪。我能决定谁对，谁又该要沉睡。争论不能解决，在永无止境的夜，关掉你的嘴，唯一的恩惠。"顾盼接通手机，是李桃的急迫声音："你在哪儿？校长让你赶紧回来。"

"我马上就到，到镇上。目前还没事，别担心。"顾盼挂掉电话，继续提起一口气发足狂奔。

夜雾中的小镇悄无声息。偶尔传来的犬吠加深了寂静。最显眼的是派出所前悬着的灯，这也许是唯一能给人带来安全感的光明。剩下的是孤零零几盏路灯、几户人家早起的零星灯火，此外就是和山上同样的无尽黑暗。

手电筒照亮潮湿的柏油路面，顾盼放缓脚步，不时把光亮投向某个隐蔽角落。小镇不大，半小时就能转完，但顾盼仍没法一个人就把这里找遍。他小心翼翼前行，从小网吧到台球厅再到KTV，学生们逃课的几个最主要去处挨个找遍，可这些地方目前都已打烊。

他转回到小镇的主路上，这里差不多是自己第一次见到阿彪的位置，当时他们差点要提前交手，自己曾后悔没能修理他们，如今再无悔意，和学生的斗争旷日持久而两败俱伤，永远不会有胜利者，自己连抽身而出都不可能。他们当时骑着摩托扬长而去，未尝不是个明智的选择？

等等，摩托？

顾盼迅速转身，冲向小镇另一端的摩托店。学校名义上禁止骑摩托，但学生家大多住得很远，动辄几小时的山路，光靠走路很难"走得赢"，所以茶校长也就睁一只眼闭一只眼。学生大多把摩托寄存到镇上的亲戚同学家，周五傍晚取出摩托骑着回家。阿彪则把摩托寄存在摩托店，顾盼曾从其他学生那里打探到，老板和他在昆明的表哥很熟，甚至给过阿彪店铺的钥匙。

摩托店尚有距离，顾盼就听到卷帘门拉下的声音，夜雾中亮起红色尾灯，然后是发动引擎的声响。顾盼如同发现猎物那样浑身汗毛倒竖，把手电筒的光柱投去，没能穿透浓雾，他吼了声"别跑"，开始发足狂奔。兜里的手机几乎同时响起，他并没有理会。

角落里突然蹿出一个黑影，钝器破空的声音从顾盼身后响起，后背一阵剧痛，他扑倒在地，在本能的驱使下拼命滚向一旁。第二声钝响就在咫尺之遥，顾盼猜测自己该是在毫厘之间躲过。他正准备爬起来，阴影抡起木棍第三次向自己劈来，顾盼用手电筒格挡住，手指传来剧痛，手电筒脱落，但这回他也用扫堂腿还以颜色。阿彪跌倒在地，却又连滚带爬没命地跑向摩托车的红色尾灯，顾盼抓起手电筒追上去。

追到还剩几步距离时，阿彪跨上并发动了摩托车，然后扬长而去。顾盼拼尽最后力气丢出手电筒，雪亮的光芒在黑暗中飞速旋转，如同一把光剑跌落在草丛中，彻底熄灭。顾盼站在原地，大口喘着气,看那点红色亮光迅速远去,消弭在夜色与雾气中,就像狙击手突然撤掉红外线瞄准镜。手机还在不停响着:"孤单开始发酵,不停对着我嘲笑,回忆逐渐燃烧。"

汗水从额头滴落,浑身湿漉漉的,折腾了大半夜,顾盼已疲惫不堪,内心的疲倦则更甚。在凌晨的小镇街头独自站了片刻,他确认阿彪不可能再回来,捡起手电筒,步履蹒跚地踏上归途。

"他跑了,我现在回去。"顾盼有气无力地冒出这句,关掉手机。回学校的路途显得加倍遥远,他浑身湿冷,打着一个寒战接一个寒战。

李桃守在校门前。顾盼还在幻想她会飞扑过来,流着泪来句"担心死我了",他甚至想好了宽慰她的话,语气要带着那种经历过大风大浪的成熟男人的温和镇定。然而并没有,李桃只对他说了句:"先回去休息吧,跑了大半夜,你也累坏了。"

顾盼站在她面前,想了想才说:"之前跟你说过的话,我没过脑子,你别放心上。"

"你和我说过什么吗?我忘了。"

"那更好。"

天蒙蒙亮,晨雾依旧浓重,但教学楼已能大体看清。有学生握着扫帚清理满地碎玻璃,更多的学生聚在被砸碎的窗前小声议论,茶校长在四处发号施令,牙老师和其他几位班主任老师勒令各自的学生回到班级里,一楼几个班级则不知如何处理,也许会换个教室。顾盼没心情理会这些,走向自己的宿舍。

昨夜被阿彪打碎的窗户维持着原样,连同遍地玻璃碴。顾盼都没有在意,一头栽倒床上,既没有脱衣,也没把胡乱摊在床上的被子盖到身上。寒凉的空气依旧从窗口涌入,窗帘飘荡出各种形状。

讲台 139

第七课 十分之一次感动

阿彪是第四天回到沧水中学的。茶校长接到派出所电话,动身过去接人时,学生之间已流传开阿彪那些天的经历,不过真伪难辨。譬如阿飞就宣称,阿彪参与了邻镇的黑帮火并,手刃十余人,浑身浴血地被押上警车。阿楠则确信他是逃到市里落网的,那里是学生心目中的世界尽头,他们当中连去过县城的都很少。阿利则绘声绘色描述着阿彪的摩托如何狂飙掠过林立的楼宇,身后尾随几十辆警车,闪烁的红灯排成长龙,夕阳下飞驰的影子是燃烧的青春。

回来后的阿彪明显萎靡了许多。他很少吭声,拒绝了所有兄弟的问候,每天关在宿舍里"反思",虽然顾盼相信,他最大的可能还是在蒙头大睡,把这几天欠下的觉通通补回来。

校长这次没再额外教育他,派出所的同志已把他好好教育了一番。顾盼从当地老师那里得知了阿彪的真实经历:他逃到别的村,花光所有的钱,又没处再去收保护费,毕竟邻村也有自己村里的混混;就这样饿了一天,挨到晚上想去偷鸡,被村民抓个正着,警察对他讯问后才联系到沧水中学。一是没能得手、案情较轻,二来阿彪还没成年,也就没立案。茶校长和倬主任正在研究怎么处理,极有可能开除阿彪。

顾盼并没感到天道好还的舒畅,他这些天同样被学校停了课。阿彪逃亡事件被认为与他脱不了干系,老师可以打骂学生,可以用各种手段严惩学生，但真有学生逃离学校下落不明，那就是老师的责任。停课这几天，学校从镇上请来了装修师傅，重新装上所有被打破的玻璃，账都记到阿彪家，顾盼也在师傅的指导下裁下蚊帐，为自己和李桃的宿舍装好纱窗。这些对他来说其实已有些多余，主要还是为了李桃，他终于下定决心，这学期结束就不再支教了。

周日的晚上，李桃通知他去镇上的饭馆，据说茶校长又要款待县里来的领导。李桃也说不清是哪里的领导，反正县里、市里随便来个人，茶校长俸主任他们都要作陪。李桃在路上低声告诉他，茶校长原先只打算叫上自己，她不肯去，推托半天还是推不掉，这才答应待一会儿就回学校，条件是顾盼也必须同去。顾盼心领神会，让她酒桌上当心。

李桃果然被安排坐到领导身边。领导四十来岁，脑门半秃，小眼睛闪烁着果决，腰杆笔挺，个子不高嗓门很大，笑声爽朗，发号施令语气坚决，顾盼总觉得他左手一举、右手一叉腰，往那一杵就是一尊雕像。他对国际形势和国家大事侃侃而谈，顾盼听了一会儿就确定，这些学问主要是媒体宣传和谣言杂糅的产物。领导又朗诵自己新写的诗，满桌击节赞叹，牙老师发出夸张的响亮笑声，娴熟地和领导打情骂俏，危老师颤巍巍起身向领导敬酒，表达钦佩之意。顾盼不懂诗，但从李桃的表情已大概猜出领导的文学造诣。

领导找了许多借口要李桃喝酒，李桃也一遍遍地拒绝，领导依旧拉着她的手不放：支教老师都是好样的，扎根农村了不起，我们基层就是需要这样的年轻人，不要回城里了，以后就留下来。说一句拍一下她的手，还试图拍她的肩膀。李桃拼命抽出手，霍然起身，又被领导重新攥住不放。李桃涨红了脸，眼睛眨得厉害，身体也剧烈颤抖起来。坐在末席的顾盼悄悄扬起酒杯，随时准备泼到领导脸上，这时茶校长敬领导一杯酒，在李桃开口痛斥之前解了围。

顾盼立刻以敬酒为由和李桃换了位置。俸主任看出顾盼在有意

讲台 141

挑事，想要劝解，领导却也来了劲，执意要和"这个小青年"拼酒，两人拼了一杯又一杯，喝到最后，他搂着顾盼的肩膀直叫兄弟，亲热得几次要跪下来磕头结义；顾盼也高声邀请领导去北京玩，拍胸脯保证"吃喝住玩咱哥们儿全包了"，紧接着一阵反胃涌上喉头，哇地吐了领导一身。

第二天从宿醉中苏醒后，顾盼发现自己躺在宿舍的床上，头疼得厉害，嗓子干得冒烟。他猜出是俸主任他们把自己架回来的。他赤膊下了床，猛灌一通凉开水，昨天那身衣服胡乱堆在地上，上面沾着呕吐物，还散发着浓烈酒味，他皱眉丢到一旁。新装好的纱窗外传来广播音乐，学生们在做早操，他这才想起今天是周一，不过无所谓了，反正自己也在停课。这时手机响起，茶校长让他去趟广播室。

广播室位于教学楼门口的正上方，在乡村学校算得上奢侈配置。本就不大的房间里除了摆放播音设备，还堆积了不少杂物，以至于从窗口到门口几乎形成一条狭窄走廊。每天做早操，茶校长都要站在窗前俯瞰操场，尽管没几个学生认真做操，他依旧要视心情随机抓几个典型，每到这时，喇叭里就会传来他的严厉斥责。看到顾盼过来，校长关掉话筒、紧闭窗户，转身劈头一句："顾老师，瞅你干的什么事！"

顾盼想走到他近前，看到屋内难以下脚，只得站在门口："什么事？"

"你把领导喝住院了，酒精中毒，得在医院躺好几天！"

顾盼半天摸不着头脑："他自己非喝，关我什么事？"

"那也没让你这样嘛，让你们去作陪，本来想给领导留个好印象，这下可好。你们大城市的年轻人怎么都这么不懂事？"

顾盼抬起手："我谢谢您，也替李老师谢谢您。领导爱怎么看怎么看，我们大城市的年轻人都这样，我们教好书，做好自己分内的事就够了。哦，对了，下次领导什么时候来？"

茶校长冲他瞪眼："还来？再也不来了！"

"那敢情好。他要再敢来，您吱个声，我随时奉陪，不把他喝到胃穿孔加肝硬化加脑梗加帕金森，我那个顾字倒着写。还有，下次千万别叫李老师了。您是不知道，她看着温温柔柔的，真喝了酒，撒酒疯可谁都拦不住。昨天要不是我不让她多喝，她抄起酒瓶就能给领导脑瓜开了瓢儿。回头啪唧一下，红的白的溅一地，跟撒了豆腐脑似的，那可怎么办？"他顿了下，轻快地说出下一句，"那地板该擦不干净了。"

"顾老师你可不要太过分。"茶校长提高了嗓音，"上次学生逃跑那事，对你的处理结果可还没出来。"

"您爱怎么处理怎么处理，我无所谓。"顾盼转身要走。

茶校长在身后拍起桌子："什么态度？自己水平差还不虚心？你一来我就看出你不行，现在果然闹成这样。"

顾盼收住脚步，扭头瞪茶校长："要不是班里那群差生，我哪至于教成这样？"

"172班本来都是全年级最差的学生，学校早就把他们放弃了，以后中考前都要分流出去。不信你问牙老师，她是班主任，心里最清楚。之前让支教老师教这个班，就是因为哪怕你们教得再不行，学生也不会更差了，没想到他们还真就能更差。"

顾盼猛然转身，双拳死死攥紧，浑身都在颤抖，向茶校长逼近一步，校长一度以为他要扑过来，做好了防御准备。两人对峙片刻，顾盼最终只扬起胳膊吼出一句："爷不伺候了！"拼尽全力一摔门，咣当一声巨响震落了一块墙皮，灰尘在阳光下飘浮。

顾盼嘴里骂骂咧咧，飞奔下楼时差点和俸主任撞个满怀："顾老师你这是干什么？"

顾盼头也不回："回家！"刚冲到教学楼外，头顶的喇叭就响

讲台 143

起茶校长放大后的咆哮:"顾老师你站住!"

顾盼回身仰望,喇叭里一阵杂声,估计是茶校长放下了话筒。广播室的窗户被推开,他探出半个身子,伸手指着顾盼,满脸气势汹汹:"你给我上来!"

顾盼抬手指着茶校长,报以同样音量的怒吼:"你给我下来!"丝毫不顾身后就是满操场的学生和老师。广播操刚做完,学生们正要进教学楼,无数惊讶目光集中在他和校长身上。

"我是校长,我让你上来你就得上来。"

"我不支教不当老师了还不行吗?你校长管不着,想单挑就下来。"

"你们支教老师全这样?说不干就不干,想来就来想走就走?有你这样当老师的吗?"

"有你这样当校长的吗?当校长就是打骂学生,就是吃吃喝喝拍领导马屁,老师住院几个月都不去看,出事了只会罚老师,学生不行就放弃?你根本就不懂教育,根本就不会教书!"

一只水杯从二楼迎头砸下,在顾盼脚旁摔得粉碎,茶水四溅。顾盼下意识地跳开,一抬头,校长又丢下一只奖杯,嗓音气急败坏:"你他妈才不会教书!"

"校长,那奖杯是我的。"凑过来要拉顾盼的俸主任哭丧着脸。

"老子让你知道知道什么叫教书!"顾盼怒吼着甩开俸主任的手,赶在校长第三次砸下东西前重新冲入教学楼,俸主任躬身拾起摔得变形的奖杯,快步跟上,又招呼几个男老师也追上来。操场上学生们迅速围拢,自发地在广播室的窗外留出一片空白,生怕里面再丢下什么东西。

"顾盼这回要尝到校长的巴掌了。"阿飞满脸的幸灾乐祸,小声对身边的同学说。李桃快步上前,严厉地瞪他,阿飞嘿嘿坏笑,不再吭声。阿雯轻拉李桃的袖子:"李老师,顾老师不会有事吧?"

李桃不知该怎样回答,只好拍拍她肩膀以示宽慰,仰头紧盯广播室。

喇叭里又传来一阵刺耳杂音,不少学生捂住耳朵。所有人都听到校长推开椅子,发出声嘶力竭的吼声:"谁不懂教育,谁不会教书?老子二十八年教龄,全乡先进教育工作者,青春都献给了云南农村!"一件件东西接连掷出,有的砸到墙上,有的摔在地上。顾盼则继续反击:"你屁都不懂!你在农村待三十年,还不如我大学四年!"两人的对骂从窗口飘出,又被喇叭放大了数倍。

有胆小的学生缩了缩脖子,连阿飞等最跳的学生也大气都不敢喘,阿雯、阿彩等女生惊恐地藏到老师身后,脸色惨白的李桃张开双臂,像母鸡保护小鸡那样护住她们。

又是椅子倒地的闷响,紧接着倒地的是一个沉重的身躯,俸主任等男老师发出惊叫:"校长,校长!"脚步杂乱,窗口传来一声拼命压抑的呻吟,尽管转瞬即逝,学生们仍听出那是校长的声音。

顾老师完好无损地出现在教学楼门口,整理一下衣着,脸上依旧带有红晕,大滴汗水从额头淌下,神色却是如释重负。他显然没料到这么多学生都在围观,皱眉向面前172班的学生扫视一圈:"看什么看?回去上课。"学生们慌忙鱼贯拥入教学楼,所有人都是低头快步前行,连阿飞、阿楠那几个都不吭声,路过他身旁时还主动左右绕行,仿佛顾老师周身环绕着无形的气场。

李桃迎上来,满脸的难以置信。她看看左右,其他还没进楼的学生都躲得远远的,这才压低声音:"你把校长……打啦?"

"打校长?"顾盼莫名其妙。

"刚才那动静……"

"没动起手。"顾盼没好气地说,"广播室满地垃圾,校长冲我扑过来,踩在一张废报纸上,自己把自己滑了一跤。估计他昨天那酒还没醒透呢。"

支教开始后,付羽从未这样快地赶到学校,他上午接到顾盼的

讲台　145

电话,下午五点就站在沧水中学的校门口,解释说自己正在县城探望郝苗,她恢复得很顺利,娟姐也把她照顾得很好,寒假前出院问题不大。

茶校长满脸肃穆地迎接他,额头上多了块纱布,那是他摔倒时磕在桌角造成的。这次的谈话时长创了纪录,接近三个小时,连晚饭都是宇老师去食堂为他们打好,送到校长办公室的。

"别再看了。付羽和校长谈完,自然会来找你。"李桃对顾盼说,他正趴在纱窗前,盯住校长办公室的灯火,几只飞蛾正往纱窗上撞。

"像这样,顺着一下下刷,不要画圈乱蹭。"她把刷子递过去,上面满是泡沫。顾盼回到洗衣盆前,按她的指点刷了几下。

"每次都是我惹事,你善后。"顾盼湿淋淋的双手举起衣服,水流从衣物纹理间渗出,哗哗淌回盆中。

"是报答你啊。"李桃撩起清水,洗掉手上的洗衣粉泡沫,"昨晚酒局上没有你,我都不知该怎么办。你看我好像要翻脸,其实挺害怕的。"

"有我在,谁也别想碰你。"

"走了之后你也别喝了,既然讨厌他们这样,就不要把自己也变成他们的样子。"

"我走了,你会怎么看我?"

"很正常啊,就像离职,人来人往、缘聚缘散都正常。"

"那我在你心里,是个……什么形象?"顾盼试探着问。

"你人挺好的。"

"还有呢?"

"也一直很照顾我,有事第一个冲上去,这些我都记着。"

"没了?"

李桃低头用毛巾擦着手:"没了。"

"也不试着挽留我?"

"支教本来就是要求很高的事,不适合的人走得越早越好,对自己对学生都好。"

"你要是开口留我,没准这次我就忍了,考虑再多待一阵。"

"你走还是留,都是你个人的事,我没权利干涉。你要是决定走,无论待到下个月还是这学期末,对我也没什么区别。"

顾盼大为失望:"那我走了,你会不会再也不理我?"

李桃嘴角憋住笑:"你怎么跟小孩一样?"过会儿又说,"你和叶子轩的情况不一样。"

顾盼拖起地板,宿舍满地是水,见证着他生平第一次洗衣服的成果:"我走以后,你一个人还敢支教吗?觉不觉得自己周围特不安全?这里连好些学生看你的眼神都色眯眯的。"

"派出所就在镇上,也有字老师他们在。再说按合作协议,茶校长有责任确保我的安全,付羽这次来,这是要格外强调的一点。校长虽然有各种问题,大事还算靠谱。"

"靠谱到让你去陪酒,靠谱到当着学生跟我吵。"顾盼支起拖把,"能不能告诉我,你对这里哪来的这么高热情?填志愿时你三个志愿都填了这里。我知道你喜欢支教,可你完全可以换个不那么烂的学校啊。不是咱们不愿付出,看看那些学生、看看校长,这样的环境不是一两个人能改变的。"

"我要在这里支教,不是因为热情。"

"那是为什么?"

敲门声响起,付羽出现在门口:"我和校长谈完了。"顾盼起身和付羽出去,忽然扭头对李桃补充一句,"对了,我把退出申请发到你的邮箱了,帮我润色下。我要让茶校长看看我这三个多月遭受的所有不公,还有我的愤怒和反抗。"

"抽烟吗?"付羽把一根烟递给顾盼,顾盼谢绝了:"我踢球,不抽烟。"

讲台 147

"酒你可没少喝。"付羽自己把烟点燃,"能把当地的领导喝住院,本事不小。"

"后来我才听说,那孙子之前就在别处喝了好多,跟我拼的酒就是最后一根稻草。"

"以后别拼酒了。那领导真要出个三长两短,你要负法律责任的。之前有过这样的案子。"

顾盼没说话,一颗心狂跳起来。付羽说出后半句:"幸亏那领导是法盲。"他这才稍放下心来。

两个男人并肩坐在夜色下的空旷操场,付羽的烟卷冒出火光,如同红色萤火虫,烟雾在夜风中消散:"其实我读博的时候从不吸烟,也讨厌烟味。有一次室友非劝我试,我只吸了一口就受不了,跑到卫生间里干呕,没完没了地漱口,后来恨不能和他干一架。不过是五六年前的事,可那时的我,好像和现在完全是两个人。"他干笑一声,"在微光工作后,地方上的酒局应酬总也少不了。是不是觉得,我开始和他们同流合污了?"

顾盼没回答。

"我的工作要求我只能这样,不然没法为微光开辟新的支教学校,寸步不让的结果就是寸步难行。人是经常需要妥协的,只要是为了达到目标,这些都是允许付出的代价。"

"也包括让女老师陪酒?"

"我刚要说这个,在妥协之前,先要想清底线在哪里。"烟雾从付羽的口鼻中腾起,"我刚和茶校长好好谈过,他保证,以后不再叫李桃去陪酒。他不是存心使坏,只是之前不懂这对我们来说是很严重的问题。"

"那就好,我可以走得无牵无挂了。"顾盼机械地说。

"阿彪的事,校长也特意听了我的意见。学校原本打算开除他,我劝下了,改成留校察看。牙老师也同意了。他是你的学生,希望不要介意我的自作主张。"

"我有什么可介意的？那孙子我很快就不教了。"

付羽没接话茬："这样建议校长，是基于从前的教学经验。我支教的时候，学校也开除过问题学生，本以为从此天下太平，没想到很快又有新的小霸王崛起，而在'大哥'没被开除时，他们原本没那么跳。每开除一个最跳的学生，都会有其他学生变得更跳，自动递补这个位置。就像野草，割掉这茬，很快冒出新一茬，永远也割不尽，学校总不能把所有学生都开掉吧！更重要的是，那些被学校放弃又推向社会的学生，连最后一点受教化的机会也失去了，从此彻底无法无天，我教过的学生里，已经有犯罪入狱的了。"

"就是个死局呗，谁也解决不了。所以我也不白费力气了。"

"光看这点的确这样，野草割是割不尽的，但我们能不能把'割'改成'治'，尝试着改良土壤？"

"没听明白。"

"我老家就是农村的，很清楚农村的种种问题。那里绝不是文人笔下的诗意田园，倒更接近草莽丛林。我认识的一个村干部，他在村里花上万元打了一口井，一个村民就因为水井离家太远，水到不了自己田里，就故意把井给毁掉。村干部给全村发慰问品，一家一份，有村民非得多要一份，没有多余的就跑到他家里闹事，把他打一顿。还有那些去公路上碰瓷的，那些把公共财产偷偷卖掉换钱的，这些人干的事抓又不够抓，判又不够判，只能不了了之；其他村民也大多揣手看村干部的笑话，觉得所有村干部都是鱼肉乡里的贪官，巴不得有人教训他们。可我知道，那位村干部文化不高，但这辈子没干过亏心事，他最大的心愿就是让全村过上好日子。那个村干部，是我的父亲。"

顾盼陪他一同沉默，付羽重新开口："后来我看了日本的《七武士》，里面有关于当时日本农民的一段话，既刻薄又传神，一下

讲台　149

就说到我的心坎里了。"

"'农民表面忠厚却最会撒谎,他们最吝啬,最狡猾,懦弱,坏心肠,低能。'"顾盼替付羽说出那段台词,他很喜欢黑泽明,哪怕那是一部古早的黑白电影。

"记忆力很好,后面的台词你肯定也知道。"

顾盼点头。但是,是谁令他们变成这样的?是那些武士。他们蹂躏田地,驱使农民,凌辱妇女,杀死那些反抗者,你叫农民怎么办,他们应该怎么办?

"道理一样。在如今的中国,使农村变成这个样子的,是沉淀多年的形形色色的社会问题。你的那些学生和我老家那些村民是一样的,他们不聪明、不可爱、不单纯、不上进、木讷、懒惰、没教养,只会用拳头说话,浑身各种臭毛病,可他们不是生下来就这样。你的好些同事对待教学懈怠,对待学生或粗暴或放任,他们也不是一直这样。

"我知道他们在你心中的形象,可这些都是有原因的。在这样的封闭环境中待久了,尤其目睹过太多自己无能为力的事,谁都会热情消散、耐心磨灭,沮丧过后就是懈怠、麻木、放任自流。学生们更不用说,他们本来就是大人的一面镜子,老师家长的一些行为都能在他们身上折射出来。无论学生还是老师,他们本身既是大环境的破坏者,也是受害者;当他们老去,新一批孩子长大,又会重复这样的状态。这块土地不该永远这样下去,它需要注入一些来自外部的、新鲜的东西。"

"那他们还这样对我们?我们明明是来帮助他们的。"

"新老师来支教,最容易陷入的误区就是自恃过高。"付羽笑了,"学会洗衣服了吗?"

顾盼不吭声。

"如果你是校长,看到城里新来的小老师连生活自理都成问题,你会怎么看他们？之前也有城市的志愿者来学校支教，要么只待了很短时间，要么受不了苦而离开，当地老师很容易觉得你们也是来旅游的，尤其是叶子轩他们离开后。

"但不管怎么说，学校肯欢迎老师来支教，就意味着内心仍然有接受新鲜事物的可能。所以想要改变这里，先要证明自己，就像之前父母反对你支教，你用自己的表现说服他们那样。对这一点，李桃已经意识到了。据说校长第一眼看到她时，小声嘀咕一句：'太漂亮了。'怕她娇气、吃不了苦，现在对她的印象改变了很多。"

顾盼站起身，轻掸屁股："如果想用大道理让我留下，那么抱歉，让你失望了。在这里才三个月，我已经感到热情消散了。向他们证明自己？我才不需要他们的认可。"

"没那个意思。"付羽跟着起身，"不是每个人都能理解微光的事业，肯加入进来的自然更少。但只要真的付诸过行动，即便没能坚持到最后也值得尊敬，对叶子轩我也是这样说的。探索出路本来就是漫长艰难和充满挫败的过程，还记得岗前培训吗？我们要'持续学习，直面困难，接受失败'。"

"你自己呢？也准备这样失败下去？"

"谁告诉你，我一直在失败？"

"起码我没看到你的成就。"

付羽沉吟片刻："我支教时，班上也有好几个阿彪那样的学生，和我的关系非常紧张。后来他们陆续辍了学，我也抱着'由他们去吧'的心态，前年回到教过书的镇上，我无意间又见到他们，本来不打算搭理，他们却隔得老远就向我打招呼，主动跑过来问长问短，有的说已经明白了我啰唆的那些大道理，有的后悔当年没听我的话。我很震撼，教育成果在自己都没想到的时候出现了。但同时心里也有些愧疚，当时再坚持一下，再在他们身上多花些精力，也许他们的人生就会完全不同。

"这件事给我最大的启示就是,不能因为学生不知上进就放弃他们。学生学不学是他们的事,老师教不教却是我们自己的事。支教的环境当然恶劣,可换个角度看,在这样的条件下,稍微用点心就能做出成绩,老师的举手之劳都可能给学生们带来巨大改变,哪怕只有十几个、几个学生的人生因自己而改变,我们也是功德无量。就聊到这里吧,无论是走是留,我都尊重你的决定。"付羽向校门的夜色中走去,他要回到镇上住宿。

第二天上午,顾盼正在看李桃帮忙修改好的退出申请,操场又一次传来怒骂和打斗声,他皱起眉,怎么还没完了,沧水中学到底还有没有太平日子?他起身来到纱窗前,阿彪正撒腿从操场上飞奔而过,头上乱糟糟的红毛使他看上去像是斗败了的公鸡,身后是一个瘦小的身影提着一柄铁铲紧追不舍,土里土气的衣服上满是灰尘,沙哑的嗓门用当地土话骂出一连串最下流的脏话。学校旁边正在施工,顾盼猜测那铁铲该是从工地上顺手抄来的。

顾盼再向操场四周望去,学生们都远远看着这场追逐,随时准备望风而逃。教学楼门口,牙老师等好几位老师也在抱臂观战,俸主任把半张脸探出窗口,嘴里的烟卷还在袅袅飘着烟。

小个子一时难以追上阿彪,但他显然在这方面经验丰富,靠着不断变换追击路线,他把阿彪一点点逼入操场的角落。其间阿彪尝试躲入教室或办公室,但所有的房门都被早有准备的师生们从里面锁死。眼看阿彪要被逼到死角了,小个子已几次抡起铁铲打他,另一个身影突然尖叫着"住手"冲进操场,跑得头发都披散开来。

顾盼跺了下脚,暗自叫苦,快步冲出宿舍。这不是没事找事吗?他赶在李桃冲过去之前拦住她:"你疯了,小心伤着。"

"那怎么办?"李桃拼尽全力想摆脱顾盼,急得满脸通红,她从没这么失态过,"这样要出人命的。"顾盼随着她的目光望向角落,小个子的铁铲已经抡过去了,阿彪跌倒后发出哀号,在水泥地上滚动，试图避开后面的打击。

哪可能，兔崽子命硬着呢。顾盼心想。校门口响起雷霆般的吼声，刚回来的茶校长跳下车，连车门都没顾上关就冲了过去，在小个子的怒骂声中与他争抢起铁铲。顾盼也赶忙瞅准时机，从背后扑向小个子。

有了顾盼的牵制，茶校长很快成功夺下铁铲，向操场远远丢出去，铁铲落地后伴随摩擦声滑出老远。小个子还想赤手空拳扑向阿彪，顾盼已反剪住他的双手，他手上又硬又厚的皮肤令顾盼暗自吃惊。

茶校长连推带搡地把小个子与阿彪隔离开来，指着小个子的鼻子大吼："我不管你在家怎么样，这是学校！谁都别在这儿撒野！"顾盼用余光注意阿彪，他从地上坐了起来，浑身是土，一只手抱着另一只胳膊，疼得直抽冷气。他的头发乱如鸟巢，额角淌下一缕血痕，脸也蹭破了。李桃这时也快步赶过来，掏出纸巾，动作尽可能轻柔地帮他擦拭着，每擦一下，阿彪都要龇牙咧嘴。

她扶起阿彪，掸掸他身上的土，让他跟自己去办公室，她上次准备的药箱就在那里。估计是刚才那番追逐打斗耗尽了全部气力，阿彪这回没有抗拒老师的善意。

顾盼望着他蹒跚的背影，转向小个子："你是什么人，敢在学校里打人？"

小个子弯着腰，双手扶住膝盖，喘了半天粗气才直起身："我是什么人？"他瞪着血红的双眼，满脸褶皱都在抽搐，油腻打绺的头发随之晃动，狠拍起胸脯，"我是他爸！"

当天晚上，李桃第一次主动来顾盼的宿舍，为了迎接这次意义深远的敦交睦邻出访，顾盼特意收拾一番宿舍，还特意买了几个柑果、番石榴、百香果，都摆在盘里。

讲台 153

李桃告诉他，阿彪只是蹭破点皮，自己用酒精给他清洗了下，又上了点药，现在没事了。阿彪的父亲则给学校赔了钱，千恩万谢校长没把儿子开除，赔完钱又走了，根本没再见阿彪一面。他平时在市里打工，几个建筑工地来回换，学校前些天就把阿彪的事通知了他，今天才赶回来，家里三天两头赔医药费，这次又是几个月的工钱都搭进来，难怪火气那么大。不过阿彪父亲本来脾气也坏，打骂老婆孩子都是常事，阿彪的妈妈受不了，早就离婚改嫁了，从此他更是变本加厉。

"真不知阿彪的童年什么样，"李桃说，"也许对他来说，整天和那些兄弟混在一起，反而比和爸爸相处更好。那些所谓的兄弟义气，在我们看来那么幼稚、低级、庸俗，却是他生命中难得的温暖。"

顾盼没有说话。

"他女朋友也是，那个阿彩。"

顾盼这才想起来，停课后他都把这事忘在脑后了："她怎么回事？"一颗心提到嗓子眼。

李桃心有余悸地叹口气："没事，幸好没事。"

悬着的心放了回去，顾盼很清楚所谓"没事"的含义。

阿彪出逃的第二天，李桃就找几个女生谈话，这事本该牙老师做，但她又请假回家了。阿楠、阿秀都是一副哼哼哈哈的样子，李桃无奈，只能反复强调女生要学会保护自己，然后去找阿彩。她先向学生保证，这次对话内容绝不告诉其他老师，也不会因此罚她，问她能不能信任自己，自己只想要听到实话、心里话，阿彩说愿意相信。李桃这才请她告诉自己，和阿彪到底发展到了什么程度，有没有到最后那一步，阿彩说真的没有，阿彪确实提过好几次要求，但她还在犹豫，因为听人说，女人要是太快把自己交出去，男人就不珍惜了。

"小小年纪，从哪儿听来这些乱七八糟的东西。"顾盼插了句嘴。

李桃当时顿时精神一振，告诉阿彩："你做得很对，做得特别对，以后也一定要这样。记住，你还不到14岁，决不能迈出那一步，否则他就是犯法，要判刑蹲监狱的。"

阿彩却问："老师，那是不是14岁以后就可以了？"

李桃又开导她："你这个年龄，有这种好奇和冲动，可以理解。但你现在还意识不到，做这些事会给自己带来什么样的伤害。"

"可是老师，他真的对我很好，"阿彩说着，抬起一双大眼睛望着李桃，表情在甜蜜里带着一丝羞涩，李桃的心沉了下去，"他很能打架，也很帅，还有一大帮兄弟，我和他在一起觉得很幸福。"

"没救了、没救了。"顾盼直拍桌子，"是不是所有的文静班花都喜欢那种小流氓？你小时候是不是也喜欢阿彪这样的？"

李桃瞪他："第一，不要轻易断言学生没救了；第二，不许侮辱我的审美。我小时候他们敢和我说一句话，我爸妈就要打断他们的腿；我敢和他们说话，我爸妈也要打断他们的腿。"

"那就奇怪了，这女生为什么会这样？"

"我也很吃惊，后来想想，应该是眼界的问题，孩子从没见过优秀的男生是什么样的，根本分不清好坏。"

"对啊，比如英语老师的到来，是不是能给她带来些冲击？"顾盼双手叉腰，昂首挺胸。

"别臭贫。还有一个更重要的原因：孩子太缺爱了。我和阿彩聊起她的家庭，她前面三个姐姐，后面两个妹妹一个弟弟，父母所有心思都放在她小弟身上，连她上几年级都记不清，完全当她是空气，不对，光当空气倒还好了，是拿她当免费的用人。学校里的老师也从不给她好脸色，好几次她出点小错，牙老师就把话说得特别难听，所以明明那么美的女孩却一直很自卑，主动让自己低微到尘土里，随便一个男生稍微对她好点，都会心甘情愿把自己交出去，我看了真的很心疼。"李桃的声音低了下去。

"所以这又回归到和阿彪同样的问题。"她给出结论,"他们从没感受到温暖,只能互相抱团取暖。学校明令禁止谈恋爱,却又填补不了情感需求的欠缺,他们当然不会听,甚至大人越压制越要反抗,在他们看来,这是在冲破封建枷锁。"

顾盼点头:"还好还有救,只能以后慢慢想办法了。"

李桃抬眼:"谁'慢慢想办法'?"顾盼语塞。

片刻的沉默后,李桃起身从自己的宿舍,抱来厚厚一摞练习册,摆在顾盼面前:"这是最近172班语文课的作文,本来是人物写作练习,我临时做了调整,把题目改成'我的英语老师真____',让孩子写写自己眼中的顾老师,这是阿彩的——'我的英语老师真帅'。"

这突如其来的夸奖让顾盼忍不住想笑,他翻开作文,阿彩的字迹和她的相貌一样漂亮:"那晚被顾老师抓住,我害怕极了,担心他告诉校长,后来没有。听了李老师对我讲的话,我又好好想想,觉得顾老师是在为我好。其他老师不管,可能是因为对我们已经失望透了。"后面则记录了顾老师和校长的那次冲突:"我从没想到,顾老师竟然像一只凶猛的狮子,对着校长大吼,还把校长打了。从来都只有校长打我们。顾老师从不打我们,只打校长,所以我觉得他凶是凶,但是好帅。"

"这比喻一点也不贴切。"顾盼尽力保持严肃,微微翘起的嘴角还是出卖了他的内心。

他又翻起其他作文,大部分学生只写了短短几句,字迹更难以辨认,顾盼更多只是看作文题目和李桃的批语,他无意间打开一本,看到一句"顾老师是世界上最好的老师"。顾盼没忍住,笑出了声:"这事我自己都不知道。"那篇作文的题目是"我的英语老师真棒",字迹清秀,显然也是女生写的。顾盼翻到封面,是班长阿雯的作文。

他继续翻阅。《我的英语老师真负责》《我的英语老师真搞笑》

《我的英语老师真严格》《我的英语老师真可爱》《我的英语老师真关心我们》，也有《我的英语老师真凶》《我的英语老师真厉害》《我的英语老师真吓人》，学生把自己掌握的为数不多的形容词全堆砌到英语老师身上，哪怕它们未必切合而且彼此矛盾。

评语更是异彩纷呈，一大半学生提到顾老师和校长打架，并表示对老师的印象变好了，他们之前都觉得顾老师和校长是一伙的。也有不少学生举过各种被顾老师惩治的例子，有的为此记恨老师，也有的明白老师是为自己好，不过"有时候我真控制不住我自己"。还有学生回忆顾盼的课："顾老师上课也不怎么样，但起码比危老师和俸主任强得多。"一个叫阿芹的女生连顾盼第一节课的自我介绍都记得："那次顾老师教会了我一个成语，左顾右盼。"不少细节连顾盼自己都没印象，学生却记得清清楚楚，这让他想起付羽的话，"教育成果在自己都没想到的时候出现了"。这些算不算成果？他心里有些打鼓。

"172班的语文进步还挺明显。"顾盼难以置信地合上最后一本作文，那是阿辰的，他得了全班最高分，作文题目是"我的英语老师真是个大暴君"，洋洋洒洒五大页，用文白驳杂的语句罗列出顾老师的十大罪状，连"桀纣""罄竹难书"都写对了，还有一句"我和他的相逢真是孽缘"。"孽缘"同样没写错，李桃用红笔圈出这句话以示鼓励。

"我都没料到会这么积极。"李桃说，"后来想想也说得通。我之前交代作文题目，特意提到你和校长冲突的事。学生们写的是自己感兴趣的、也熟悉的题材，当然有的可写。像这个阿辰，从不写作业的主儿，这还是他第一次交作文，没想到一鸣惊人，我当着全班好好表扬了他。"

"表扬他敢骂老师？"

"表扬他敢说心里话，这还是他思考后得出的结论。"

顾盼逐一照下学生们的作文,李桃看着他的动作:"因为学科的原因,我和学生的接触可能比你多些,挺一言难尽的。他们在周记里也这样写我,说我和别的老师都不一样,长得漂亮,皮肤白,穿什么衣服都好看,板书字迹工整,普通话好听,从不打骂他们,有这样的老师是福气,真该好好学习报答我。当然也就是说说罢了,平时还是该怎么闹怎么闹,我差不多要被气上十次,才能有这么一次被感动。一个班六十个学生,大概只有五六个肯认真听我讲课。就算这样,为这十分之一次感动、十分之一肯认真学习的学生,我也要百分之百付出,坚持好好教书。"

顾盼低头盯着这些作文,手机在手中颠来倒去。李桃又回房间提来一大罐油鸡枞、一大袋红菇,顾盼吓了一跳:"哪来的?这玩意儿贵着呢。"

"字老师托我送你的,她找你时你不在。那天她也和我聊了好多好多,聊学校,聊其他老师。我才知道他们都有那么多的故事。看俸主任现在的样子,谁都想不到,年轻时他也因为校服乱收费顶撞过县教育局的领导。还有危老师,你看他一天到晚好像没有清醒的时候,可二十多年前,他本来有希望考上大学,一场大病让他只能去打工,后来才勉强考上师专。更不用说茶校长,他真的当过先进教育工作者,教育经验丰富得让你我望尘莫及,这也是为什么,你骂他不懂教育不会教书,他会那么愤怒。

"字老师还说,和付羽谈完后,茶校长才意识到自己的做法不妥,觉得没把我保护好,也有点理解你为什么那么愤怒,可他也磨不开面子跟你和解。字老师又说:'李老师,我知道顾老师和你一样,太想把这些学生教好……'"

顾盼干笑了几声。

"'可沧水就是这个样子,谁来都教不好。顾老师能坚持快一个学期,已经比其他那些志愿者强很多了。'她还说,自己从咱们身上学到了好多,现在顾老师要走了,这些就是表一表心意。你拿着吧。"

顾盼没有接过来,感动、愧疚一起涌上心头。他盯着李桃手中的礼物,犹豫了一会儿才开口:"我觉得,我也该再写一篇作文了。可能还得麻烦你帮我润色。"

"好啊,"李桃立刻回答,"其实,我早在等你这句话了。"

"道歉信:本人顾盼,现为前日对待茶校长的不冷静行为做出深刻检讨,并致以诚挚歉意……"

全校老师都集中在会议室,目光集中在顾盼身上。顾盼则把道歉信尽量举高以挡住面孔,茶校长黑着脸听着,磕破的额角还没有愈合。其他老师没几个在认真听,但也没人打断顾盼的朗读,该走的流程必须要走,这是面子问题。

"……经过这一事件,我认识到了自己的冲动和不成熟,作为一名教育战线的新兵,我不思提升自己的教学水平,却对经验丰富的教育界前辈妄自揣测、大加诋毁,深深伤害了校长和老师们的感情。"

同样在场的付羽悄声问李桃:"你写的?认识还挺深刻的。"

"我从小就帮同学写检查。"李桃报以同样的低声,"后来有一次,我爸爸的学校挨了教育局的罚,学校安排我爸执笔写检查,几天后交上去,校长看了特别开心,说以后再有写检查的事,都交给我爸。其实那是我代笔的,他一个字都没改。"

"……以上就是我对这次事件的深刻反省,希望能得到茶校长和各位老师的谅解。我同时保证,在今后的教学工作中,一定会坚决杜绝类似事件的发生。"顾盼读完最后一页,向大家深深鞠了一躬。

俸主任带头鼓掌,办公室内响起稀稀拉拉的掌声,付羽和李桃也跟着鼓起掌来。顾盼回到座位,茶校长站起身,唠叨几句类似年

讲台 159

轻人都会犯错,期待顾老师能有全新表现之类的话,宣布会议到此为止。

"主意改得是不是有点快?会不会过几天又要退出支教?"付羽和顾盼并肩前行,李桃跟在一旁,身边是各自散去的老师们,匆匆步履与他们的漫步形成鲜明对比。

"反正退出申请也没正式提交,先推迟一段时间试试。"顾盼装得漫不经心,"我打算再观察荼校长几天,他表现不行再重新考虑退出。"他幽幽叹口气,"我和他的相逢真是孽缘。"

付羽拍拍顾盼的肩膀:"振作点,快期末考试了,反正你的班级成绩也是最后一名,不会更差了。"

"这笑话真冷。"顾盼回答,不过心情还是好了很多。

他抬起头,见宇老师眉开眼笑地跑过来:"顾老师,你能留下我太开心了,寒假去我家玩啊。"顾盼只能尴尬地挤出一丝笑意:"您送我的红菇实在太多了,吃不完啊。"

重新走进172班的时候,顾盼明显感到气氛不同以往。班级里鸦雀无声,阿彪低着头照旧不看老师,但已规规矩矩靠椅背坐好,阿彩、阿秀等好些女生看自己的目光倒是热切了许多。顾盼明白这里的缘由,全校都在风传一个消息:顾老师把校长打了一顿。172班的学生对流言的传播出力甚多。

顾盼用冰冷的目光加强学生们的误解,然后冒出一句:"这节英语课,校长亲自给你们上。"荼校长的魁梧身影出现在门口,教室里的气氛又凝滞了几分。

顾盼和李桃并肩坐在教室后排,他们之前已经听过许多次当地老师的讲课,但听荼校长的课还是头一遭。校长很随意地翻动着教案,扫了一眼课程进度,然后就合上教案,粉笔"当"的一声落在黑板上,就像被磁铁吸住,一串串英文字母流淌出来,教室里随即回荡起略带口音的英语。

茶校长始终没向教室后排的支教老师看上一眼,自顾自讲着课,顾盼很确定他没有事先准备,自己刚读完检查,他就板着脸来到自己面前,硬邦邦丢下句"下节英语课我来替你上",那只是上午的事。讲台前仿佛是一位重新披挂上阵的老兵,头发花白身材走形,盔甲和躯体同样千疮百孔,可目光中的肃杀凛冽与年轻时别无二致。顾盼想到那句话,老兵不死,只是逐渐凋零。他和李桃对视了一眼,李桃的目光仿佛在说:"我没说错吧?"

下课铃响起,李桃说了句:"快去!"顾盼赶紧起身追上茶校长:"校长,我服了,这次是真服了。听您讲课才知道我自己的差距。"

茶校长上下打量他几眼,生硬地点点头,没有吭气。

"您当年是教英语?"

茶校长似乎有些不屑回答,只冒出句:"教过。"径自走了。

字老师凑过来:"校长当年一个人教遍了所有科目。"

在顾盼的感受中,这学期剩下的时光都是匆匆而过。新年到来之前,出院的郝苗也退出了支教,卧床这些天她想了好久,觉得自己并没完全做好迎接困难的准备,支教那两个月自己更成了教书机器,距离最初的理想太远。顾盼和李桃都表示理解,也对此早有预感。送走郝苗后,他们就去参加学期集训,在那里与陈纳德重逢,顾盼和他对于还能重新见到对方都感到意外。热烈寒暄过后,顾盼问他还有没有回归沧水中学的可能,得到的答复是:"只能看机缘。"

这个春节他过得很郁闷,积累了一个学期的挫败感始终压在心头,与堂兄的见面更加重了这点。三十五岁的堂兄被父母和亲戚们视为家族之光,仕途春风得意,眉宇间的无所不知与踌躇满志让顾盼一下就想起镇上那位被自己喝到酒精中毒的领导。顾盼为自己辞职的事向他道歉,他几句话带了过去,又放大嗓门高谈阔论,声称那些人穷就是因为懒,就是不努力:"当年下基层挂职锻炼,我在农村待了小一年呢,太知道他们了。"然后就是那段岁月的艰苦,

讲台

自己又是怎样以知青下乡的精神咬牙挺住的,话题自然而然过渡到如今的风光与成功,接下来是传授人生经验,内容无外乎:体验下生活、献个爱心就行了,回来找工作是正事,不然未来你就完了,你这辈子都完了,以后也别再想让我管你了。顾盼只是埋头吃着菜,经受过一学期来自学生的试炼,他发觉自己有了超乎寻常的耐心。

为数不多的安慰来自家里。他妈津津有味看儿子支教时拍下的照片和视频,对云南的风景和田园生活赞不绝口,又听他讲那些"调皮却又淳朴天真"的学生,一次次报以哈哈大笑;他爸更多只是单纯听着,问起用不用发动同事募捐点衣物文具,再次强调让他早日考虑未来。

回学校的路上,车窗外的景色壮美依旧,顾盼却没了初来时的兴奋与敬畏,一学期的时间足以消磨掉所有新鲜感,他已能从路边出现的某块提示牌、某座小镇、某条河流甚至某座山头推断出,距离学校还有多久的路程。连绵的群山不再意味着山水田园,更多代表着隔绝、凝滞和单调。他不知道这学期等待自己的是什么。

"管他的,反正也不会更糟了。"长途车到站时,顾盼告诉自己,提起行李下了车,沿盘山公路走向学校。

第八课　死磕

　　空旷的操场上，投篮和拍球声格外清晰，那是没回家的几个学生在篮球架前练习投篮。顾盼把矿泉水瓶摆在足球门的禁区前沿，右腿一蹚，让足球在脚下滚动，独自做起运球练习。

　　新学期开学了，校门口的教师信息栏里，叶子轩、陈纳德和郝苗的照片都没了，只剩李桃和他的。除此之外，学校依旧，学生也依旧，也就是说，看不出任何长进。上学期"顾老师暴打校长"这一传说的余威还在，但顾盼能感到，红利期就要过去，自己迫切需要新的手段管住学生。

　　冲刺，急停，马赛回旋，突然启动，护球，克鲁伊夫转身，推射远角入网。顾盼展开双臂，迎接想象中的欢呼。自己的过人动作行云流水，要是李桃看到就好了，他把目光投向李桃的宿舍，心里五味杂陈。

　　上学期末，李桃的班级成绩同样不理想，但比自己的要高。她在学校的处境也是那时开始好转的。连着几个晚上，他都能听到隔壁的李桃在和付羽通话，讨论怎么管住学生。当时顾盼还没在意，后来突然有一天，他意识到好久没听到李桃哭了，她上课时，教室里反而不时传出学生的哄堂大笑。

　　顾盼跑到李桃的课堂外偷听了几次，发现她完全改变了教学方式。阿飞有一次上课接下茬，她问他："生物课给班里放过大麋鹿

讲台　163

的纪录片，里面的公鹿为了求偶，故意把水草挂在鹿角上，吸引母鹿的注意，你这样是想学大麋鹿吗？"全班哄堂大笑，阿飞不知该怎么回击老师，连发火都不知该向谁发，只好憋红脸闭上嘴。

享受同样待遇的很快又轮到阿彪。那次他上课迟到，李桃轻描淡写地让他当着大家的面唱个歌作为惩罚，这个提议引爆了全班，阿飞、阿楠几个反应尤其热烈，阿彪的第一反应是嗤之以鼻，无奈班里的哄笑经久不息，他一张黑脸涨成猪肝色，和老师僵持了足足五分钟，李桃含笑反复提醒："同学们都在等你，不要耽误大家的时间。一个大男生，怎么还这么磨磨唧唧。"

阿彪最后到底也没唱，但还真老实多了。

"付羽告诉过我，管学生时如果能争取到班里大多数人的支持，就会事半功倍。"她这么对顾盼说。

这学期开学，李桃的生物课更是成了全校最受欢迎的学科。每次上课，她尽力带来一些实物道具，或者做些小实验。为了讲营养物质，她给每个学生发几颗黄豆，让他们剥掉外皮；讲纤维组织则发下橘子和葡萄，上完课就和学生们一起吃掉这些水果。再后来，李桃从茶校长那里争取到花坛旁边的一小块土地，带领学生在那里种了些辣椒、菜豆、花生，甚至还有一株枇杷树苗。

阿亮是最喜欢上这门课的学生，经常把捉到的虫子拿给老师看。李桃强忍着不适，装作很感兴趣的样子和他观察天牛的触须、蜻蜓的复眼、蜈蚣的脚。学会使用显微镜后，阿亮还特意割破自己的手指，挤出鲜血滴到玻片上，在镜头下观察血细胞的状态，惊喜地大喊："老师快看，细胞果然是活的。"第一次月考过后，他的生物考到了30分，这是有生以来第一次摆脱个位数成绩。李桃教的生物课成绩更是毫无悬念地拿到了年级第一，语文课成绩也排到了前三。

"其实没什么奥秘。"李桃给老师们做经验分享时说，语气颇有些感慨，"学生都是山里长大的，对一草一木远比我熟悉，接近自然恰好是农村学校最大的优势。我只是尽力发挥这份优势，想办法把教学内容和日常生活相联系，引导学生的兴趣，让他们明白，学习知识是为了运用到生活中。"

她在热烈掌声中鞠躬致谢，坐在后排的顾盼既替她高兴，也有轻微的嫉妒，李桃已经适应支教生活了，自己再不努力，和她的差距只会进一步拉大。

足球又滚了回来，顾盼抬脚踩住，他厌倦了这种无人喝彩的冷清场面，弯腰拾起矿泉水瓶喝了两口，准备回宿舍，却意外发现刚才几个学生都不再打篮球，而是远远看着自己，其中还有阿飞。

顾盼心头一动，轻轻把球传过去："喜欢踢球？"足球滚向脚下，阿飞动作笨拙地停住，笑着对老师点头。

郝苗住院后，阿飞曾跟着顾盼和李桃去探望，他垂头丧气地站在病床前，含混不清读着检查，过去的一个月，他被这篇三百字检查折磨得痛不欲生。检查读完，他准备向老师三鞠躬，郝苗赶忙阻止，勉强憋住笑、教训他几句。这也让顾盼觉得，他倒不像阿彪那样油盐不进。

他走过去："带球过我。"阿飞低头躬身紧盯足球，脚刚一碰球就蹿出老远，连续几次带球都被顾盼一脚断下。两人互换角色，顾盼有几次是假动作轻松晃过阿飞，另几次是穿裆球或人球分过，阿飞每次被过掉，脸上的表情都是既惊讶又羡慕。

他们踢了场微型的对抗赛，暮色降临时，所有人都是一身汗，顾盼夸奖阿飞："意识不错，打好基本功，你还能踢得更好。"看着几个学生结伴走在夕阳下，心情顺畅了不少，也打定了体育课教足球的主意。

学生们的热情比想象得要高。在顾盼的指导下，他们十几人一组围成一圈，互相做传球练习。大部分学生从没碰过球，被彼此踢球时的滑稽姿势逗得笑声不断。很快，阿楠就成了女足里的主力，阿飞更是从男生中脱颖而出，他身体不够强壮，但完全能靠速度弥补，技巧和意识也很强，顾盼已在心底暗自把他列为主力前锋。

这天的体育课，学生们三人一队分队对抗，阿飞照旧表现抢眼，转眼就进了四五个球，得意扬扬地向对面的阿彪炫耀，顾盼却发现阿彪脸色阴沉，小声提醒阿飞别那么嚣张。他知道，阿彪本来就对足球毫无兴趣，之前练习传球一直漫不经心，还讥讽阿飞，说这是小孩的玩意儿，眼下阿飞的表现很可能进一步刺激到他。

这份善意提醒到底落了空，又一次向队友传球时，阿飞不小心一脚踢高，球闷到了阿彪的脸上，笑声四起，觉得受辱的阿彪一跃而起，揪住阿飞的脖领："瞎啊？"阿飞还在嬉皮笑脸："不小心嘛。"阿彪的拳头已落到他脸上。阿飞一愣，阿彪又上去一脚，两人扭打成一团。

顾盼暴喝着冲上前，双手攥住阿彪后心把他甩了出去，阿彪像陀螺那样转了两圈，两脚反复交错才恢复平衡，顾盼冲他吼："围着操场跑十圈，冷静冷静！"阿彪的回应却是猛冲上前，照着老师的脸啐了口唾沫。

这突如其来的羞辱让顾盼失去了理智，他怒吼着扬起手，阿彪却主动迎上前抬起下巴，嗓门大得全操场都能听到："有本事打我啊。"

所有学生都停止了动作，任由足球蹦跳着滚出圈，全班几十双眼睛盯在两人身上。

师生俩也彼此恶狠狠瞪着，顾盼的拳头停留在半空，阿彪的口水从他的脸颊缓慢滑落，散发着口臭。阿彪目光中闪烁着野兽的狡黠，显然在盼着老师动手。管他怎么想，无所谓了，拳脚也许对教育他毫无用处，却能让自己狠出一口闷气。顾盼有把握，这一拳只要擂上阿彪的鼻梁，足够让他眼泪鼻血齐出，自己忍他忍得够久了。

拳头没有落下。真的虚弱到只剩暴力了吗？心底一个声音在说，李桃曾这样问过自己。顾盼当时的回敬是："如果能穷得只剩下钱，这又算什么。"之前无数次遇到类似情形,他都要用尽全身力气压制动手的冲动,无论当地老师怎么样,对支教老师而言,这是绝不允许突破的底线行为。

"可也许,真的还有打骂以外的方式呢?"李桃的声音说。

顾盼高举的拳头有些颤抖。学生满是挑衅的神情让他想起过往,他曾无数次看到茶校长暴打阿彪,打法花样百出,有几次自己光是旁观都能感到切肤之痛,可他从未见阿彪怕过,至多是收敛几天。李桃说得对,暴力会激起更大的暴力,报复会引来更多的报复,一切都是这样走向无可挽回的。即便自己真有突破底线的那一天,也不该是现在这个时候。

"顾盼!"远处响起熟悉的声音,顾盼望过去,刚好经过操场的李桃正抱着教材紧盯自己,隔得老远仍能看出一脸的紧张。

李桃的出现让顾盼彻底冷静下来,紧接着就意识到一个更重要的问题:该怎么收场?这样的挑衅绝不能忍气吞声,否则自己在172班的威信会从此荡然无存。

李桃快步奔过来,顾盼在死寂中保持着狰狞面容,头脑一直在飞快运转,唯一打定的主意是,先要让全班看到,自己绝不会服软。李桃赶到近前时,顾盼放下拳头,用目光告诉她自己已经冷静下来,然后抹去脸上的口水,指点着阿彪:"跟我走。"走向教学楼方向。

身后的阿彪没动,这自然在意料之中,顾盼转过身:"不敢过来是吧?知道老师连校长都打,一见老师要动真格的,害怕了吧?怕被收拾吧?尿没尿裤子?"

有几个学生在笑,阿飞笑得尤其响亮,明摆着是故意的。激将法奏效了,阿彪暴跳如雷:"谁不敢?"大步流星跟过来。顾盼半真半假的冷笑,既是进一步刺激阿彪,也是庆幸学生入彀,眼看阿飞等学生呼啦一下也想跟过来,冲他们高喊:"没你们事,自己练自己的,谁跟过来我也修理谁。"学生们只好重新散开。

讲台　167

所有人盯着师生俩远去的背影，都确定顾老师这次要出手了，他们暗自揣测，顾老师之所以没当着全班的面打阿彪，仅仅是怕被监控探头录下来留作证据。李桃犹豫了一下，还是远远地跟了上去。

下课铃响起，学生们回到教室，看到阿彪已预先坐到座位上，满脸的若无其事，阿进、阿利等几个学生围上前："打得怎么样？"阿彪嘴角绽出笑意："根本没敢动我。"几个人嘻嘻哈哈笑成一团。阿飞目光阴沉地回到了座位。

"最后关头我还是忍住了。光是把他叫到没人的地方训了几句，他还是那副欠揍的表情，根本听不进去。"顾盼低头望着自己的手，无可奈何地苦笑，"真他妈憋闷，又不是打不过。"

"我都看到了。那你想没想过，要是本来就打不过，能用什么办法治住他？"李桃问。

顾盼沉默了，他想起李桃这学期的脱胎换骨，对学生大声呵斥已是她的极限，实在忍不住，也不过是卷起手中的书，轻敲下学生的脑袋。这不全是因为她更有耐心，其实她心里也在害怕，万一激起学生的全力反抗，真不知他们会做出什么事。可如今，她已经成功管住了学生。

"那你说怎么办？"他问。

"这事既不能来硬的，更不能就这样过去。我帮你想办法。你还记不记得当年岗前培训学过的，怎么去和学生沟通？"

顾盼有些愧疚地摇头。

"开头第一句永远是'我理解你的感受'。"李桃从办公桌上的文件夹中翻出笔记，"学生有情绪，最需要的不是什么指导，更不是批评指责，而是有人接纳他的感受。只有他愿意和你沟通的时候，才有可能解决问题。"她帮顾盼重新设计了话术，两人一直商量到很晚。

第二天早自习前，教室内照例吵吵嚷嚷，直到值周的字老师走进来，学生们才知趣地闭上嘴，只有阿彪继续和邻桌几个学生嬉笑，昨天与英语老师的对抗让他的人气进一步高涨。宇老师走过去敲敲他的桌子，他依旧没收敛。这时顾盼出现在教室门口："阿彪，出来。"

阿彪格外利索地站起身，几个同伴也在小声起哄，认准顾老师不敢动他，无非是又一通大道理的老调重弹而已。学生再次跟着老师来到教师办公室，意外的是顾盼没有再对他说教，只是扯起闲话问这问那，问他的父母、妹妹和村里的其他亲戚，和他那些兄弟在一起都干吗，打得最凶的那场架什么样，和阿飞怎么结识的，怎么追到阿彩的，为什么想以后去混黑社会……

阿彪起先还满脸不耐烦，对老师爱搭不理，慢慢就说得多些，聊起那些"江湖往事"更是满脸掩饰不住的自负。顾盼观察阿彪的神情，知道李桃的主意奏效了。

"每个人都有自己最在乎的痛点，再不爱说话，再不肯沟通，只要触碰到那个痛点，都会愿意和对方交流。"李桃告诉他。

"阿彪你看，原来全镇的兄弟都服你，任何兄弟受了欺负，你都第一个为他们出头，老师今天才知道这些，以前对你的误解真的太深了。"顾盼一脸的恳切，学生的基本情况他早就了如指掌，但这仍是缓解对抗情绪的必要步骤，"好在老师早就注意到，你很特别，老师一进这个班看到你的第一眼，就意识到了这点。"这倒是真心话，"老师特别理解你，老师在你这个年龄，也有过好多这样的想法。你有号召力，你是大哥，所有兄弟们都在看着你，既然这样，以后能不能有一个大哥的样子，什么事都要做到最好？"

"每个学生都渴望认同，哪怕是这些看起来冥顽不灵的学生。所以私下沟通时，最万能的办法就是对他说，你很特别，你和别人不一样，老师早就注意到你。"李桃说。

阿彪有一阵子没吭声，顾盼专注地盯着他，等待他说声"行"，也担心他会冷笑着冒出一句"你算干吗的，也配管我"。结果都没

讲台 169

有，师生间的沉默持续了许久，顾盼正要再问一句"能不能"，上课铃响了，他只好让学生回教室。

顾盼跟到门口，自己也不知道这次结果如何，他把视线转回一直在假装低头批改作业的李桃："能打几分？"

李桃抬头，嘴角挂着笑意："70分，其实你还可以说得更好。"

"我看他最后也没服软。"

"可他也没再顶撞你。上次我找他谈话也是这样，我对他说：'老师跟你说过多少次，只要你不打扰同学和老师，课堂上爱干什么干什么，老师不干涉。这么长时间，老师一直这样，够给你面子了吧？那你能不能也给老师一个面子？老师是女生，都能说到做到，你一个大男人反而不行？'他当时还是那个吊儿郎当的样子，但后来在我课上的表现还真的好多了。我回过味来，对这样的学生来说，老师说什么就是什么，实在太丢人了，哪怕只为了面子也要抗拒下。没关系，一次两次谈话本来就不够，必须持续。"

顾盼打了个响指："方向对头，后面就都好说了。"

几天以后，他开始学习李桃，逐一为学生单独补课，每次补课之余都会和学生闲聊，从不预设话题，但会在东拉西扯中迂回接近真正的谈话核心，也因此掌握了不少学生的信息。最让他开心的是，阿彩已向阿彪提出了分手："我们都需要冷静下，好好考虑未来还有没有可能。"所以阿彪近来心情极坏。别看阿彪在学校称王称霸，回到家却对自己的妹妹极好。阿飞读小学时其实学习不错，直到四年级结识了阿彪，才沉沦得这样迅速。阿秀最近的男朋友是九年级的一个问题学生，好在两人目前仅止于传小纸条和手拉手。

如是几次下来，顾盼意外发现自己在这方面很有天赋。譬如和阿彪团伙的成员聊天时，打架从来都是无可回避的话题，顾盼总会装出历尽世事的样子，目光深邃地望向远方："能理解你们。老师在你们这个年龄，这样的事也没少干，你看，身上现在还有疤呢。"

捋起袖子给学生看胳膊上的伤痕，那是踢球时留下的。

"你们都知道，顾老师打架比谁都厉害，连校长都打，可后来还是金盆洗手了。因为我明白，'恩怨情仇'这四个字，'恩情'永远排在'怨仇'的前面。对于我们在乎的人，要去保护而不是欺负他们。比如说李老师，她就属于顾老师……眼中的弱小。那次县里有领导来，借酒疯想非礼她，顾老师一声怒喝挺身而出，至今那领导还在医院躺着呢。"

"顾老师，其实你喜欢李老师吧？"阿飞嘿嘿坏笑，把坐在足球上的身体调整了一下，他们刚踢完球。

"跟你没关系。"顾盼随口岔开了话题，"顾老师手太重，出手之后非死即伤，所以不到万不得已不会动手。阿彪那次那么猖狂，顾老师不动手也把他们制服了。李老师也从不打你们，当然她也打不过，不是也把你们制服了吗？和比自己弱的人动手，不算本事，顾老师看不起这样的人。"

"那校长为什么打我们？"

顾盼先看看左右没人，又一脸神秘地压低声音："因为茶校长没本事，他想不出管你们的办法。他年纪大了，脑子不好使了，"敲敲自己的脑袋，"只有勺包（笨蛋）才像他那样动粗，你们还年轻，一定不要学他，要学顾老师。"

也是那些天，猴子发来消息：自己最近歇年假，想来云南找他玩。顾盼痛快地答应了，支教以来两人仍然保持联系，每次顾盼聊起支教的事，猴子都听得咂舌不已。

"教这帮孙子，你还真不能太老实。"猴子在电话里给他出主意，"我弟今年该高考了，他们那学校其实还凑合，可班主任一天到晚扳手指头给他们算：人家别的区多少多少学生排你们前面，咱们区别的好学校多少学生又排你们前面，差学校多少好学生努努力又能排你们前面，就这你们还不好好学？我一听这算法不对啊，这

讲台　171

班主任不是成心贩卖焦虑吗？后来一想也是，管他真的假的，学生信了就行。"

"人就怕比。"顾盼马上参透了其中的哲理，"咱们从小被家长拿去比惯了，可这边的学生根本没这个意识，不知道自己跟人家差在哪里。"

"我就是这个意思。"猴子加快了语速，顾盼能想象出他眉飞色舞口沫横飞的样子，"所以你得往这方面想想辙。"

"要说一肚子坏水，你比我强多了。"顾盼也兴奋起来，"要不这么着……"

挂掉猴子的电话，他立刻跑到办公室去找李桃，把自己和猴子刚商量出的结果告诉她，请她帮忙参谋。李桃刚听他讲了几句就皱起眉："不好，这样以后肯定有负面影响。"

"他们现在连听讲都不肯，哪顾得上以后？先让他们知道努力，比什么都重要。要不我先去问付羽的意见，如果他都点头，你一定得配合。"

"我才不信，付羽要是能同意才怪。"李桃把教科书重重丢在桌上。

李桃的态度没有熄灭顾盼的热情，他先给付羽打了电话，付羽沉吟片刻，主张可以试试："反正这学期你还没开始班级建设，这也是顺道设立班规的机会。"大为振奋的顾盼又联系起陈纳德，电话里陈纳德一听就哈哈大笑："太有创意了，一定要试试。"他还帮着出了不少主意。顾盼满心窃喜，重新拨通猴子的号码："成了，就按计划办！你小子快来云南，麻利儿的！"

半个月后，沧水中学迎来一位特殊的客人。他个子瘦小、獐头鼠目，看着很像当地学生，但没他们那么黑，穿的也是市一中的校服。沧水中学上下都知道，那是全市最好的中学。沧水中学每年四五百名毕业生只要能有三四个考进那里，茶校长就会视为重大胜利。他们的校队更是有名,已经蝉联三届市中学生足球联赛的冠军了。

在顾老师的陪伴下,客人兴致勃勃探访了学校的每个角落,旁听了顾老师和李老师的课,在办公室和茶校长、俸主任进行了亲切愉快的交谈,中午茶校长还在食堂宴请了他。有好奇的学生向李老师打探,李老师皱着眉:"问顾老师。"顾老师的回答则印证了他们的推测:这是市一中的学生代表,前来"视察"沧水中学。学生们还被告知,假如视察结果让他满意,市一中的球队也许会和沧水中学踢一场友谊赛。这个消息让阿飞等学生格外兴奋,想向学生代表打听市一中的种种情况,顾老师劝开了:"不要打扰人家的工作。"

谁也没想到,学生代表走的时候,顾老师突然和他闹翻了。不少学生都看到,那位代表向校门口撒腿飞奔,顾老师提着对方的旅行包在后面追赶,连声怒骂:"滚,别让老子再见到你,这辈子都别想再来我们沧水,今后老子见你一次打你一顿!"

代表逃到校门口外,转身用云南土话高声回敬:"以为老子怕你?来你们学校是看得起你们,下回请老子来都不来!"说话间,顾老师也已赶到校门口,狠狠丢出旅行包:"快滚!"代表提起包掸掸土,以校门口为分界线,和顾老师继续对骂一通,这才慢慢走远,每走出几步,都要回头再骂上两句。

学生们围拢上来,七嘴八舌问老师怎么回事,顾老师余怒未消,让他们先回去,这事等课上再说。学生们看他的表情就有了预感,绝没有好事。

果然如此。

顾盼走进教室时,满屋都是肆无忌惮的笑声,阿彪团伙正在互相丢阿梅的书包,阿梅追着书包的运行轨迹,在教室里跑来跑去,脸憋得通红。她跑到阿飞的座位前:"把书包还我。"阿飞双手抓住书包,打篮球般摆出几个假动作,丢给坐在另一组的阿进,阿进向阿梅做各种鬼脸,等她跑到自己面前,又抛给阿楠,阿楠把书包向屋顶连抛几下,书包背带挂住了吊灯,哄堂大笑。阿梅几次跳起来想够,始终够不到。

笑声停住了,顾老师走进了教室。

他迈着猛虎捕猎时的矫健轻柔步伐,来到阿梅身边,伸手摘下书包交给她,阿梅拖着书包回到座位,伏案啜泣。阿彪团伙收敛了笑容,纷纷在座位上坐正,等待迎接老师的雷霆震怒。

顾盼却没有立刻发作,而是在教室里转悠着,默不吭声地打量着每个学生,学生们越发警觉,都知道这是暴风雨前的寂静,只有阿亮浑然不觉地在摆弄两只矿泉水瓶,一只盛满水,一只是空的,他把它们口对口接到一起,盛水的那只倒置,水流一滴滴淌进下面的空瓶。

"你这又是什么玩意儿?"顾盼厉声问。

"沙漏,计算时间用的。"阿亮还是那副欠揍的笑脸,"算算老师你的课上能保持多久的安静。"

顾盼轻掴了他后脑一掌:"里面的水都给我倒了,马上。"阿亮灰溜溜照办了。

顾盼回到讲台前,牙咬得咯咯响,几个深呼吸后才开口,说的却是另一件事:"市一中的学生代表,同学们都看到了。"坐前排的学生都注意到,顾老师攥紧的拳头在颤抖。

"他们之前主动联系到老师,想过来视察咱们学校。老师和大家一样,真心欢迎他们的到来,老师也觉得,人家是好学校,有很多我们比不上的地方,我们要向人家好好学习。"

"可老师没想到,他们看不起我们,看不起沧水中学。"顾盼一巴掌拍在讲桌上,粉笔灰腾起,抬高了嗓门,"知道那个学生代表说了什么吗?老师真不想把那些难听的话重复一遍,每一句都好像茶校长的耳光,抽在老师脸上,疼在老师心里,"顾盼拍拍胸口,一脸痛心疾首,"老师想想都愤怒!"

教室里死一般的沉寂，阿彪团伙的成员都预感到什么，人人都是大战在即的表情，阿飞第一个喊："老师，他说什么了？"

"他说完之后，老师揪住他的脖领，让他把这段话当着咱们172班的面，重新说一遍。"顾盼摆出揪脖领的动作，"他不敢，他怕挨咱们172班的打，最后只给老师发来一段视频，老师才把他赶走了，你们大家也都看到了。"

"我们要看视频。"好几个学生喊。

"事先说好，再想发火，也必须先听老师的。"顾盼转过身，打开投影仪。

大屏幕上出现学生代表的身影，仍然穿着市一中的校服，站在市一中的校门口，双手举着讲话稿，神情倨傲："沧水中学的学生们，我去过你们学校了，没想到你们居然烂成这样。"他操着还有些生硬的云普，口音很怪异，不过没人在意。

他继续读讲话稿。教室里一片死寂，学生的怒火仿佛岩浆在地壳下流淌，只要有个出口，就会迸发出毁天灭地的力量。学生代表列举了沧水中学学生全方位的落后：不听讲不写作业，把惹是生非抽烟喝酒当本事，回回考试得零分还自觉光荣，只知道欺负比自己弱的同学，从不敢迎接真正强者的挑战："你们除了打架，什么也不会，你们跟我们的差距，比你们学校到我们学校还远，根本不配和我们踢比赛！"

教室里爆发出愤怒的呼号，阿飞第一个从座位上跳起来，指着视频里的敌人发出威胁，阿进在拍桌，阿利在跺脚，阿楠挥舞着拳头，嘴里怒骂不止，人人都恨不能钻进视频里，把学生代表撕得粉碎。

阿飞大步走向教室后门："跟我走，去市一中，见一个打一个。"教室后三排的学生纷纷起立。

"都站住。"顾盼吼住他们，"视频还没完。"

阿飞们强忍怒火，站着继续看视频，顾盼播出学生代表的最后几句话:"知道你们要干什么。告诉你们,要是去市一中打架,就更证明我说对了,你们就是一群野人。真想较量,就在考试里比比成绩,分数要是比我们高,我就向你们服输。怎么样,敢不敢比试?"他指向172班的全体学生,画面在他鄙夷的表情中定格。

"明白了吧?这种事没法靠拳头解决。"顾盼目光阴沉、嗓音沙哑,"他也说了,你们真去打人,就更证明他说的是对的。就算打了人,过后人家继续骂你,你有什么办法堵住他们的嘴?再说,人家说的是难听,可并没有编造什么。刚才你们在干吗?"

教室里立刻沉默了。

"城里的孩子这么看不起你们,你们却只知道欺负同学!"顾盼又是猛一拍桌,"北京话管这叫什么?耗子扛枪,窝里横!耗子懂吗,就是老鼠,你们再这样下去就是一窝老鼠,一辈子就知道缩在老鼠洞里吹水(吹牛),根本不知道外面什么样!其他人也是,看见同学受欺负,不光不阻止,还在旁边叫好看热闹,以后城里的孩子来欺负你,同村老乡不帮忙还看你热闹,你开心啊?"

"真想较量,就在期中、期末考试里比比成绩。"顾盼引用了学生代表的话,"听明白他的挑战了吗?同学们,只会打架是没用的,欺负同学更是最没出息的事,是要让城里的学生看不起的。只有成绩搞上去,他们才能服,我们只能用他们的方式打败他们,拯救沧水中学的荣誉。"

这个提议完全超出了阿飞们的理解范围,他们面面相觑,几乎是不约而同在问:"老师你说,我们怎么办?"

等的就是你们这句。顾盼把攥紧的拳头举到胸前,目光炯炯:"我们要成立一支别动队,代表沧水中学去和市一中较量。收到挑战后,我第一时间报告了校长,校领导班子连夜开会紧急讨论,最后决定,别动队定为172班,因为咱们班是建校以来最有潜力、也最优秀的一个班级。这个消息现在只有几个人知道,连你们的班主任牙老师都不知道,你们也得保密,别跟她说。这节课,我们先讨论名称、口号这些东西,先把别动队建起来。"

教室沸腾了,172班历史上头一次出现学生争先恐后发言的盛况,连阿梅都如梦初醒地擦掉眼泪,坐直了身体。讨论的结果是,班级名称定为"复仇者",学生互称"同仇",见面打招呼要双掌向下,十指的指尖在胸前并拢,摆成一个V字,再互报切口:"沧水不容受辱""172永不为奴"。鉴于设计标志要花不少时间,顾盼把它留做课后作业,让"同仇"们下节课各自提交方案,口号他倒是早就想好了。

"老师来沧水中学之后,大家教了老师不少云南方言,现在老师也教给大家一句北京话,'跟丫死磕'。意思是说,面对比自己强很多的对手,就算实力不够,也要敢于硬拼。"

学生们用狂热的欢呼回应老师。在顾盼的带领下,全班齐整地喊起口号:

"这是哪儿?"

"沧水!"

"我们是?"

"172!"

"我们要?"

"跟丫死磕!"

……

学生们的反应让顾盼暗自得意,进展比预想的还要顺利。他把目光扫过一张张群情激奋的面孔,直到看到阿彪,心里突然一跳,他几乎是全班唯一不受热烈气氛影响的学生,照旧在低头看漫画。

"这里没你的学生吧?"猴子小心地望向周围邻座,小饭馆里嘈杂喧嚣,"真让他们看见,我可马上就血溅五步了。"

顾盼拍拍桌:"这是在县里。别说我们班,全校都没几个学生出过镇上。让你假冒市一中的学生,就为这个。就算他们想去市一中,路上起码要花上两天,来市里又人生地不熟,找谁复仇去啊?"

猴子从书包里掏出校服递给顾盼:"藏好了,宇老师回头得还给她的亲戚。这衣服我穿还挺合身。"

顾盼小心叠起校服:"好马配好鞍。主要是你条件合适,长得就尖嘴猴腮,个儿又矮,云南话还学得这么溜,一点没露馅,而且演得也很好,你一出镜,我们班学生恨不能当场弄死你。"

"我就当你是在夸我。"猴子呷了口啤酒,"其实后一个视频我演得更好。"

顾盼打开手机,播放猴子同时录制的第二个视频,他同样穿着市一中的校服,以那所学校为背景,这回是站在镜头前痛哭流涕:"沧水中学的学生们,你们实在太厉害了,这么短时间就超过了我们,之前是我小看了你们,这回彻底服了。"磕头虫一样连连鞠躬作揖。顾盼打算等学生的成绩真的上去后,再以市一中学生代表的名义播给他们看。

"确实不错,就是委屈你了。"顾盼关闭了视频,"我也没办法,上学期两次大考,172班在年级里全是光荣垫底,接着这学期的期中考试要到了,我实在不想上演帽子戏法了。"

"简直绝了,每次你找我准得是让我帮忙,就连过来玩一趟都得陪你演戏。"猴子看着顾盼对自己的坏笑,"不过算啦,要是能让那帮孙子学好,我这也不算什么。沧水不容受辱。"他笑嘻嘻地端起酒杯。

"但愿有那一天,"顾盼也举杯,"172永不为奴。"

两人的酒杯碰在一起:"跟丫死磕。"

第二天一早,市一中的学生代表就回到市里,当他在洱海边骑行时,受到他侮辱的复仇者开始了行动。

顾盼向班级展示了标志:一个红色字母"V"在菱形背景中熊

熊燃烧,他把Vengeance和Victory两个英文单词写在黑板上,解释说"V"既代表复仇,也代表胜利,让学生先记下这两个单词,又买来一批手链,让学生各自佩戴在左腕:"这是一道伤痕,它不仅刻在我们每个人的身上,也刻在我们心底,时刻提醒着我们的使命,只有在考试成绩超过市一中以后,才能把它取下来。"

顾盼还给出了十个单词,表示下节课要听写它们,全对的学生有资格成为候选人、角逐别动队队长的职位,一个月后再用同样方式开展新一轮竞选。他暗自期待阿飞当上队长,班长阿雯、副班长阿进也可以,没想到听写结果出来,全班只有阿芹一个人全对。顾盼之前对这个女孩并未格外上心,阿芹是班里为数不多肯认真听讲的学生,各科成绩却依然在十几分徘徊,其他方面更是普普通通,以至于成了172班老师最后认识的学生。

结果公布后,大家对阿芹热烈鼓掌,口哨四起,顾盼催促了三遍,她才羞涩起身,顾盼怂恿她表表决心,阿芹脸憋得通红,半天只冒出一句:"我给大家鞠个躬吧。"鞠躬坐下了。

期中考试前这几周,沧水中学172班每天都好像活在一部热血动漫里,每个课间,"死磕"的誓言都会响彻全楼道,让班主任牙老师摸不着头脑,茶校长也好几次过来检查是不是要打群架,其他班的学生更是躲得远远的。顾盼原先也尽力避免在走廊见到学生,倒不是害怕,每次见面学生们都要喊口号行礼,顾盼觉得自己敬礼有些难为情,可是看到学生的热情,只好也跟着照做下去。做戏做全套,戏开演了就不能停。

学生们的反应让顾盼确定,自己的计划奏效了。英语课上,172班再没人睡觉,从不听讲的学生们连课间都在背单词,字老师还曾逮到阿进在数学课上写英语作业,特意向顾盼告状。再没人欺负阿梅她们,阿飞甚至成了班级纪律最热心的维护者,自习课上任何学生说闲话,他都要吼对方。遇到不认识的单词,有学生会向队长阿芹求教，阿芹也会热心解答，她为了保住自己队长的职位，一直是背单词最卖力的学生之一。

每节课快结束时，顾盼都会向当堂成绩最优秀的学生"授勋"——一枚"V"字贴纸，语气肃穆地送上一句寄语："沧水的荣誉需要你拯救。"再与对方怒吼着击掌，仿佛球场上刚踢进一脚"世界波"。有时击掌声音不够响亮，或者吼声不够有气势，双方还会多来几次。每到这个时刻，全班学生都会自发鼓掌叫好。

期中考试的成绩公布了，172班的成绩再度蝉联全年级最后一名，不过班级平均分已和倒数第二相差无几，那是危老师的班。阿雯是全班唯一及格的，考到了75分，紧随其后的是阿进和阿芹，都考到50分以上。顾盼依旧难掩兴奋，相比上次期末考试，学生们进步了整整十分。他还记得上学期末付羽宽慰自己的话："今后一定都是好消息，反正你的班级成绩也不可能更差了。"预言果然灵验。

"这次成绩还是不尽如人意，老师却很高兴，因为相比以前，大家都有进步。"他向复仇者们解释，"我们比上次考试进步了整整十分，市一中却只进步了五分，之后每周都会有测验，每月都会有月考，再加上期末考试，我们只要保证每次提高十分，期末考试就能超过他们。"这道完全不切实际的数学题让不少学生流露出兴奋的神色，他们争先恐后向老师表达努力的决心，这又是斗志昂扬的一节课。

下课铃响起，教室里有人响亮地打了个哈欠。顾盼收敛住振奋的心情："阿彪，你也会继续努力吧？"

阿彪懒洋洋站起身："你骗人。"他平静地说。

教室里突然变得安静，只能听到走廊里别班学生打闹吵嚷的声音。所有目光聚集在阿彪身上，他缓步走向教室后门，站在门口扭过头："根本没有什么城里学校的挑战，全是假的，他骗你们。"

他盯住老师片刻，走出教室。

李桃走进教师办公室的时候，顾盼在桌上摊开一大摞打印出的A4复印纸，正手握剪刀起劲地剪着。

"来得正好。"顾盼放下剪刀，"想请你帮忙参谋下。172班的复仇行动该进入第二阶段了，我打算在班里进行分组对抗，每个组都用一支球队来命名。"他逐一举起那些花花绿绿的圆盘，都是欧洲各大足球俱乐部的队标，"这个皇家马德里的队标，我管它叫黄马队；尤文图斯叫斑马队；罗马当然是红狼；巴黎圣日耳曼是铁塔；拜仁慕尼黑就叫啤酒队；曼彻斯特是红魔；阿森纳是火炮；切尔西就叫蓝狮……"顾盼喋喋不休，丝毫没在意李桃的反应。

"顾盼老师，我得和你谈谈。"李桃说。

顾盼抬起头，李桃表情冷峻，呼吸也很急促。他有点不知所措："现在？"

门口响起一声"报告"，两位老师转过头，门口站着阿芹，先把厚厚一摞作业放在脚边，然后双臂在胸前摆出V字："沧水不容受辱。"

顾盼起身立正，还了一礼："172永不为奴。"

"老师，这是今天的英语作业，除了阿彪的，都齐了。"阿芹弯腰抱起作业本，把它摆在办公桌上，再次行了个礼，"沧水不容受辱。"退出办公室。

顾盼拍拍那摞作业，满脸得意地望着李桃："效果不错吧？"却觉出她表情的异样，收敛了笑容，"什么事？"

李桃用冰冷的目光盯住他，好一会儿才开口，顾盼一听就吓了一跳："顾盼老师，你还要对学生洗脑多久？"

讲台 181

第九课　分数线

　　办公室一下子变得很安静，顾盼有些怀疑自己的耳朵，李桃冰冷的目光、涨红的脸庞让他不用细看都能确认，这就是她要发作的前兆，之前她有几次吼学生就这样。这女生平时看着好像温吞水，连学生都经常欺负她，可一旦不小心碰到她心目中的底线，这杯温水马上就冻成一坨随时准备砸向你的冰块。

　　倒霉的是，那是一条薛定谔的底线，你很难知道它到底横在哪儿。

　　顾盼沉默了一秒钟，含含糊糊冒出一句："你生气的样子挺好看的。"

　　"别臭贫，我在跟你说正事！"

　　顾盼继续斟酌着措辞："我不太明白你的意思。"

　　李桃的呼吸急促而粗重："我早就说过，我不同意你的主意，完全是胡闹。这些天更是越闹越过分了。"

　　"可是管用啊，学生这辈子都没有这么高的学习热情。按这个势头发展，172班的英语成绩早晚能及格。"

　　李桃双手按住办公桌，身体前倾，居高临下地俯视着他，水晶挂坠在不停晃动："可你想没想过，有些东西比成绩更重要，比如学生的独立人格和思考能力。"

　　顾盼向她剧烈起伏的胸口扫了一眼："这些和我有关系吗？"

　　李桃重新挺直身子，双臂抱在胸前："你不会没看过《浪潮》吧？"

顾盼有好一阵子没说话。他当然看过那部德国电影，电影中历史老师为了让学生切身体会到法西斯独裁是如何确立的，特意在班级中建立了名为"浪潮"的组织，几天之内就让一群懒散的学生变得团结而亢奋。他们有统一的组织、标志、口号和打招呼方式，穿同款的服装，视所有不认同"浪潮"的人为敌。顾盼逐一回味电影里的细节，突然感到不寒而栗，自己无意间做的一切，居然和《浪潮》暗自吻合。

"独裁只需要五天。"李桃的声音在头顶响起，"你通过树立假想敌的方式煽动学生的仇恨，再以集体的名义绑架所有人，这样继续下去就是洗脑。我要求你立刻停止这个所谓的教学创新。"

顾盼盯着桌面沉默片刻，抬起头含糊回答："给我几天时间，我考虑一下。"

"我要求你立刻停止。"李桃一字一顿地重复。

"拜托，班里的学习气氛刚好点……"

"我不想为这事找付羽，但如果你非要这样，我只能给他打电话。沧水团队虽然只有你我两个人，但队长是我。"

顾盼站起身，特意挺直腰杆，重新占据高度的优势，表情变得同样严肃："付羽知道这事。"

李桃仰起头死死盯住他："可他不知道172班成了什么样子，咱们走着瞧。"她转身而去，"咚咚"脚步声隔得老远都能听到。顾盼走出办公室望着她的背影，走廊里有172班的学生路过，神气地向他行了个礼："沧水不容受辱。"他这次没了回礼的兴趣。

走进会议室时，顾盼发现与会者的座位很有讲究，茶校长坐在中间，付羽和俸主任分坐他两旁，李桃和牙老师的位置在左手，字老师坐在她们对面，神情紧张地不时看看他又看看李桃，似乎拿不准要支持谁。顾盼走到字老师身旁坐下。

"顾老师的教学尝试，短期内可能会起一定作用，很多学生既缺乏关爱又缺乏尊重，复仇者让他们暂时有了归属感，但从学生长远的身心发展来看，绝对后患无穷。第一，这种归属感完全建立在谎言和欺骗之上，它的地基从来就是不存在的，顾老师你有没有想过复仇者最后怎样收场？万一是像《浪潮》一样的结局呢？"

顾盼听着李桃的控诉，他很清楚那个结局：老师向全班宣布实验结束，"浪潮"解散，一名最狂热的学生经受不住打击，开枪打伤同学后饮弹自尽，老师也因此入狱。

"我设计整个活动时，最先考虑好的就是结局。"他回答。

"第二，激励学生难道只能靠树立假想敌吗？学生都没成年，缺乏分辨是非的能力，我们的任务本该是引导他们独立思考，你却刚好反过来。他们如果从小沉浸在这种非黑即白的思维模式里，今天你轻易煽动起他们的情绪，明天换一个人同样可能煽动他们的情绪，这会带来什么后果？"

李桃语速飞快，嗓音有些发颤。顾盼满脑子都是自己第一次参加微光宣讲会的情形，当时李桃被那个辩论队女生诘问得全无招架之力，她不知什么时候有了这么雄辩的口才。

"归属感是必要，可作用也有限。老师管不了学生一辈子，在学校或许有班级来提供归属感，可走向社会之后呢？那些因为精神上毫无寄托而去混帮派的学生还不够多吗？老师要做的是引导学生寻找自我价值，而不是给他们打上一剂精神上的兴奋剂，我们在教育上的短视行为已经够多了。我要说的就这些。"李桃靠在椅背上喘口气，掏出纸巾擦汗。

牙老师也开了口："校长，我觉得顾老师作为任课老师，插手172班的班级管理，不合适吧？这些天我们班要么和这个班起冲突，要么和那个班有摩擦，学生每次都说什么，别的班伤了复仇者的面子。你总说172班的课堂纪律变好了，现在看，学生自己倒不闹事，光和别班闹事了。"

茶校长阴沉着脸点点头。

"顾老师，给自己辩解下吧。"付羽说。

顾盼挠挠头："我没李老师那么懂理论，她说的有些我也听不懂，我只想说，各位老师处在我的位置上，还能有什么更好的办法？这些学生能安心听完一节课，我就得谢天谢地了。至于说欺骗，我记得苏格拉底还是谁说过，只要是为了正当目的，善意的欺骗不是不可以。"

"善的目的不能用恶的手段来实现。"对面的李桃立刻反驳，顾盼没再吭声，支教以来的经验告诉自己，这种情况下少说为妙。

付羽开了口："各位领导老师要是没有新的意见，我也说说自己的看法。顾老师准备建立这个学习组织时，征求过我的意见，之后也和我沟通过活动的进程。目前来看，有过火的地方，但总体还在可控范围内，我认为在看到成效的前提下，不宜贸然中止。"

牙老师和李桃脸上浮现出不满的神色，付羽进一步解释："像172班这种情况，容不得太多选择。不管我们怎么希望提高学生的素质，还是先要落实到学习上，这也是对学生的负责。作为一名老师，任务首先是管住这个班，其次是让学生知道学习，再次是让他们的成绩上去。顾老师的做法有负面作用，但只要先达到前面这几个目标，这些都可以日后想办法弥补。"

"那也不能像现在这样。"李桃仍然满脸严肃。

付羽点头："我理解你的警惕。群体的狂热太容易走向失控，我们从来不缺这方面的例子。但这并不意味着要一概否定群体，否则上到一个国家，下到我们这所学校，乃至微光这个组织，都没有存在的必要了。关键在于，这个群体做的是什么，支撑它的情感应该是对自身的热爱，而不是对其他群体的排斥。"

顾盼抬起眼睛："正话反话都让你一个人说了，那到底该怎么

讲台　185

办？"

"活动可以继续搞，但要改造。"付羽回答，"我也有一些改进的建议，咱们可以……"

被设为手机铃声的网络神曲响起，茶校长刚接通就霍然起立，大步走向门口："172班又出事了。"

顾盼抢在所有人之前冲向操场，他不必费力打听，人潮汇集的方向已表明了事发地点。一个个红色身影正向那里飞奔，无数"跟丫死磕"的白字在晃动，那是顾盼刚为172班定制的T恤，同样的口号响彻校园。更多的学生从教室里冲出来，从楼梯上跑下来，从没装防盗网的窗户跳出来，从栏杆翻过来，从栏杆的间隙侧身挤过来，从教室里提起扫帚拖把，从宿舍的被褥下抽出镰刀，从床底抽出甩棍、铁管、钢筋，从四面八方冲向同一个地点，像水流围绕漩涡在涌动。这样迅捷的动作和壮观的场面，顾盼只在全校集会结束、茶校长喊出"散会"时才能看到。

隔得老远他就看到了风暴的中心。十几个红T恤聚集在那里，领头的阿飞正在和另一个学生纠缠。他们彼此推搡、揪住对方衣领，各自扬起拳头，用方言撂着狠话，相互间分分合合。对手比阿飞还要高大一点，顾盼认出那是九年级的学生，也是他们年级有名的刺儿头，身后围拢的一班人马同样是毕业班的。

顾盼远远咆哮着，吼声完全淹没在嘈杂人声和"跟丫死磕"里，几步之外是一只没人理会的足球，在冲向打架现场的学生们脚下滚来滚去，有学生被它绊倒，爬起来依旧向前冲。顾盼对着足球助跑，右脚后摆，踢出一记长传，足球在操场上空划过一道抛物线，越过正在汇集的学生人群，准确砸中阿飞的头，再弹到他对手的脸上，两人都是一愣，不约而同放下即将挥出的拳头，打量在脚下蹦跳的足球，然后环顾周围，寻觅是谁这么胆大包天。这时他们听到远处顾盼的吼声:"都给我住手,反了你们了!"

人群主动让开一条通道,学生们都认出这是七年级那位"打过校长"的支教老师。顾盼大步上前,双臂用力分开两个学生和两拨人马:"本事都挺大啊,半个学校都招来了,还想干吗?造反啊?"

"他们抢我们场地。"阿飞直着脖子怒吼,小眼睛瞪得溜圆,一双八字眉倒竖,"我让他们滚,他们不走,还想动手!"

"放屁。"九年级男生也吼道,"你们把球场占了一下午,还让不让别人打篮球?叫你们走也不走,有理了?"

"我们先到的这里,这里就是复仇者的地盘!"

"你们那个复仇者算什么东西?一群七年级的小孩,也敢和我们九年级作对?"

"你再敢说一遍?"阿飞迈上前一步,身旁172班的男生顿时齐声应和:"跟丫死磕!"眼看两拨又要打起来。

"都闭嘴。"顾盼吼道,这是还嫌老师的麻烦不够多啊!他用余光瞥见校长的身影,赶紧推搡起两人:"都给我回教室!"可到底晚了一步,远处响起茶校长的高分贝嗓音:"两边都是谁带的头?"

九年级男生站到校长面前,接踵而至的清脆响动让胆小的学生闭上眼,阿飞尽力对这样的场面处之泰然,脸部肌肉仍忍不住随校长右手的起落而抽搐,他早领教过校长耳光的威力。

二十个耳光打完,操场上一片死寂,校长和学生同时喘着粗气,九年级男生的脸庞已变成猪肝色,肿起的皮肤光亮得仿佛一碰就破,茶校长扭头转向阿飞:"七年级又是你带头?"

阿飞深呼吸后迈步上前,摆出英勇就义的架势。他正要开口,旁边突然响起一个沙哑的嗓音:"是我。"

阿彪扒开阿飞,挡在他前面,歪头盯住茶校长,露出他招牌式的挑衅笑容。茶校长的耳光接连响起时,顾盼与阿飞相互对视,同时从对方眼中看出了惊讶。

讲台　187

被群架事件中断的会议直到傍晚才重新召开。余怒未消的茶校长向三位支教老师给出自己的打算："这次必须开除阿彪。当初是因为控辍保学，村干部好说歹说才让他来沧水上学。上次砸玻璃那事，他的处分还没撤销。现在刚七年级，一年不到他惹出多少事？再这样下去，我们学校还办不办了？天天什么事都不做，光处理他？"

"校长，正因为他上七年级，以后还有管教好的可能。其实他最近有进步……"顾盼话刚说一半，校长就不耐烦地打断了他："是，有进步。以前光是自己惹事，这回带着半个学校闹事！话说回来，顾老师你在他们班弄的那个东西，看出后果了吧？还想怎么折腾？"

顾盼无言以对，这才想起自己那堆烂摊子还没解决，也顿时明白现在的两难局势：阿飞他们打群架，起因是复仇者的"尊严"受辱，这也给了早有不满的校长一个再好不过的口实，他下一步肯定是追究复仇者的责任，取缔这项活动几乎是板上钉钉。

微妙之处在于，阿彪突然跳出来，替阿飞也可以说是替复仇者揽下了所有罪责。众所周知，阿彪对复仇者嗤之以鼻，自己要是想保住活动，最简单的办法就是宣称阿彪和组织无关，全班学生都能为此作证。阿彪这枚"弃子"可以顺理成章地牺牲掉。不，不能说牺牲，阿彪本来就臭名昭著，即便这次是顶缸，之前他也没少有过类似劣迹，之后同样难保不会再有。顾盼甚至判断，阿彪这次主动站出来，就是为了让自己抛弃他。

利弊的权衡本来再清楚不过，顾盼却迟迟下不了决心，脑海中乱纷纷涌动着自己对阿彪说过的话：阿彪你看……老师今天才知道这些，以前对你的误解真的太深了。好在老师早就注意到，你很特别，老师一进这个班看到你的第一眼，就意识到了这点。老师特别理解你，老师在你这个年龄，也有过好多这样的想法……你是大哥……以后能不能有一个大哥的样子？

起码这次，阿彪做到了。

顾盼攥紧拳头，学生有了大哥的样子，自己有没有老师的样子？难道自己还不如一个问题学生？他抬起头："校长，我觉得……"

后半句停留在喉咙里，顾盼惊愕地转向李桃，她同时和自己说了同样的半句话。

"你先说。"李桃向他示意。

"我希望校长再给阿彪，再给172班一次机会，保证不会有下次了。"顾盼说。

茶校长瞪他："这话跟那些学生没两样，每次都是'以后再也不敢了'，转过头来该怎样还怎样，这样的保证我见多了。"

"咱们可以立个字据。无论阿彪还是172班，真有下次，我就不再教这个班，您要觉得还不行，我退出支教也可以。"

"你都退出支教多少次了。"

顾盼端起水杯送到嘴边小口呷着，琢磨新的说辞，耳边却响起李桃的声音："校长，我也可以担保。"

顾盼的水杯停在嘴边，盯住李桃，不知她是什么用意。

"如果不够，可以再加上我。"付羽说，"当然，我会和顾老师好好商量出一个结果。"

这双重的保证无疑大大加重了分量，茶校长不住把玩手中的圆珠笔，终于说出他们期待的回答："最后一次。"

"两个条件，"不等三位老师同时松一口气，校长又竖起两根手指，然后收起中指只留下食指，"第一，172班任何一个学生，从此不能再惹事。"

"再惹事唯我是问。"顾盼回答得毫不犹豫。

"第二，全班英语期末考试的平均成绩，必须及格。"

顾盼这次没有马上搭茬，172班的成绩确实有了起色，但37分的平均分离72分及格线依旧去之甚远，留给自己和学生的却只有

讲台　189

两个月时间。

"我尽力。"他最后回答。

"我不管你怎么办,及不了格就别再教这个班。"茶校长站起身,"就这样吧。"

三位支教老师先后走出办公室,很有默契地一同保持沉默。顾盼望向夜空,反而有种了无牵挂的轻松,不管怎样,起码自己能把172班带到这学期结束,今后的每一天都是赚的。身后付羽在对李桃说话:"这次你也要参与进来,多帮帮顾盼,你们虽然只有两个人,但也是一个团队。"李桃简短地回答了一句:"明白。"

学生代表重新面对镜头,出现在复仇者们面前,这次他没穿市一中的校服,背景也换成一面白墙,看不出在哪里。

"沧水中学的学生们,没想到你们这么拼,原来我之前对你们误解太深。"学生代表读着稿子,配上身后的白墙,颇有点入狱照的感觉,"你们够资格当我们市一中的对手。我很后悔侮辱过你们,向你们道歉。"他在镜头前深鞠一躬。

响亮的嘘声,阿飞骂了句:"道歉就完了?期末干死你们。"

"挑战没有结束。"学生代表直起身,"从此以后,你们是我们平等的对手,让我们光明正大地较量。这次换个方式:这学期的期末考试,只要你们的班级平均分能及格,我们就认输,敢不敢?"

教室里一如既往响起口号声。视频结束了,找回荣誉的学生们跃跃欲试,等着老师发号施令,顾盼却盯住屏幕毫无反应,冷峻的神情和学生的亢奋形成鲜明对照。他走上前关掉播放器,面对全班一声冷笑:"当着我,他可不是这么说的。"

当然不是这么说的。顾盼再度拨通猴子的手机,刚说出自己的打算时,电话那头就传来哀号:"你丫没完了?我是要给你们班拍连续剧还是怎么的?"猴子在电话里把他大骂一顿,不过第二天到底按照新剧本发来了视频,三位老师仔细推敲猴子的每一个画面、每一句台词，确认无懈可击之后，才决定在172班重新播放。

顾盼故作感慨地叹口气："你们都听清了，期末考试的班级平均分要及格，达到72分以上，有没有信心？"

学生们响起肯定的回应。顾盼点头："我可以对大家透露一点内幕，这个学生代表又一次联系我的时候，本来想叫停这场较量。我骂他，挑战的是你，不想再比的也是你，你把我们沧水当什么了？"

"不能这么算了！"阿飞等学生齐声怒吼。

"所以我们必须继续拼命！不光是拼命，还要反思自己的问题。"顾盼列举了最近班里出现的各种情况：复仇者的士气在减弱，有些成员不再认真听课，有的听写成绩退步，作业不完成的情况又有抬头，还有最重要的群架事件。

"之前你们不再欺负本班同学，这是进步，可还有外班呢？外面有市一中对沧水中学虎视眈眈，在这种危急关头，咱们必须团结一致，别班同学照样是咱们学校的，有什么事不能一起坐下来好好商量？"

阿飞等几个带头的学生脸上流露出愧疚神色。顾盼继续宣布，拯救行动进入新阶段，"复仇""同仇""沧水不容受辱"之类就不要再提了，更不要把市一中当仇人，他们现在把大家当成平等的对手，大家也要以同样态度对待他们，作为胜利者要有这个肚量。别动队也因此更名为"胜利者"，切口改为"胜利终归172"，打招呼的动作和"V"字标志倒可以保持不变，毕竟它也有胜利的意思。

同样没改的还有那段口号，顾盼向付羽全力争取之后，保留了"跟丫死磕"这句，毕竟重做T恤衫又要花一笔钱。顾盼更强调了群架事件过后自己与校长的约定："一旦任务失败，老师已经做好辞掉英语老师的准备，大家也要想清楚，自己该怎么为这个选择负责，如果违背了别动队的纪律，又该付出什么代价。"

教室内鸦雀无声，学生埋头抄下那号称"胜利之誓"的保证书，里面是李桃评价为"从头到尾都中二，看一眼都尴尬得要死"的语句，"我是天选之子，因沉沦而被放逐为凡人。为捍卫沧水的荣誉，重拾往昔的梦想，我立誓于此：从今以后，我是书山的攀登者，学海的摆渡人，肩负家族的希望，守护故土的荣光。"学生抄完一遍，会在末尾签上自己的名字。

顾盼清点了收上来的"胜利之誓"，有十几个学生没交，阿彪也在其中，他并不意外。群架事件后，顾盼特意去找阿彪谈话，很诚恳地对他表达了谢意，表示希望报答他。阿彪却自始至终只憋出一句"别再管我了"，就没再吭声。顾盼仍然觉得这是两人关系缓和的好兆头。

在那之后，顾盼宣布了早就在策划的分组竞赛计划，以及那些会影响加分和扣分的行为，班里每周都要统计各组积分，胜出的那组能得到小礼物作为奖励；期末时积分最高的那个组，每名成员更会得到老师的一份神秘礼物。

"是你们绝对想不到的礼物。"顾盼为此让学生各自写下最喜欢的明星的名字，但没有说明原因。

那节课的最后，172班又响起久违的齐整口号：

"这是哪？"

"沧水！"

"我们是？"

"172班！"

"我们要？"

"跟丫死磕！"

……

午休时顾盼回到教室，把一张曲线图张贴在后墙，用来记录每次课堂测验的成绩，代表及格的那条分数线还被特意加粗，顾盼久久盯着它没吭声，自己与172班的命运都悬于这一线。

天气逐渐炎热，烈日把水泥地烤得发烫，空气中总飘动着焚烧垃圾的难闻气味，镇上的公路每有卡车开过都要扬起阵阵尘土。为数不多令人稍感凉爽的是雨水的不期而至，不过浸润一下地面，云朵飘过后马上止歇，只要片刻工夫，刚才还潮湿的地面就会被日光炙烤得干燥如初。

　　172班的学习热情也与逐步升温的天气相仿。奖惩积分制度实行后，学生们每节课都比赛般地争相回答问题，上课时全校最热闹的班级肯定是172班，闹事和霸凌的情况再没有出现，阿飞们都把过剩的精力发泄到了足球场上，迟到、不交作业和上课睡觉的次数也大大减少。每次下课他们都要统计本组的积分，再互相打听其他组的分数，仿佛守财奴般一遍遍清点自己的财产。

　　有三四个学生原先没有加入行动，在其他同学的带动下也参与进来，进步还相当突出，阿敏就是其中一个。直到胜利者成立两周后，他才递上自己的"胜利之誓"，难以辨认的字迹挤成一团，又抄漏了好几句，顾盼后来才知道，这些字他没几个认识的，是借来其他同学的保证书，照着一笔一画临摹下来的。当时他那组的学生纷纷抗议，认为阿敏会拖全组的后腿，顾盼严肃否定了这种想法："胜利者的精神之一就是团结友爱，阿敏是特殊一些，可他既然愿意加入，那就是我们当中的一员。老师不会放弃他，也请你们不要有这种想法。"

　　为表达自己对阿敏的支持，那节课顾盼特意请他上讲台念单词，阿敏当然不会读，顾盼先小声告诉他读音，等他发出接近正确的音节后就大张旗鼓地在班里表扬，和他响亮地击掌。几次之后，阿敏不再在教室里来回跑动，而是规规矩矩坐在座位上，大着嗓门跟着其他同学念出谁也听不清的单词。一个月后的又一次听写，顾盼看到他在纸上写下一些凌乱的英文字母，心下不以为意，等交上来才发现，那些字母其实是中文意思的拼音，阿敏只是不会写汉字。再看单词，十个足足对了七个。顾盼愣了差不多半分钟，赶紧在班里又一次隆重表扬了阿敏。

和学生们形成鲜明对比的是当地老师的态度。每次与茶校长、俸主任见面，他们都对顾盼爱搭不理，牙老师与他的关系更是降到了冰点，172班的学生们告诉顾盼，牙老师早就向全班反复强调，自己才是172班的班主任。每周三上午的英语课前都是牙老师的数学课，她经常故意拖堂到上课铃响前才下课，每次都是面无表情地与他擦肩而过。顾盼逼自己装聋作哑，除非拿成绩说话，否则这种争执没有意义。

字老师和李桃也都劝他先做好自己的事。复仇者更名后，两人只要有空都会来听他的课，李桃告诉他，他的课形式很精彩，但有些是为了创新而创新，课堂效率还不够高。顾盼原本不服气，李桃给他指出阿进、阿福等几个学生，下次上课时顾盼偷偷观察，果然发现他们在走神。他不动声色地叫阿进起来回答问题，阿进吓了一跳，没答上来，但整节课的确再没走过神。字老师更给顾盼提出不少实用的建议，顾盼一一照做，的确都很有用。

只要教室里的学生不多，顾盼都会站到曲线图前打量，那条分数线一点点伸展，仿佛蚯蚓的蠕动，偶有波折但总体在一路上扬。期中考试后的第一次月考，172班的英语成绩就摆脱了垫底命运，在全年级十个班里排名第九，然后逐一前进到第七名、第六名、第三名，期末前的最后一次测验，胜利者终于拿到年级第一。顾盼宣布这个消息时，教室沸腾了。

也是这个夜晚，顾盼等学生入睡后回到172班，来到曲线图前，凝重的脸色丝毫看不出白天的神采飞扬。班级成绩仍然逗留在及格线以下，67分，他没时间了，一周后就是期末考试，最后这5分的差距仿佛一道天堑，绝不是一蹴而就所能跨越的。

身后响起脚步声，李桃在教室后排坐下，正好是阿敏的座位："你已经成功了。"

顾盼不明白她的意思："茶校长也这么想就好了。"

李桃从阿敏的座位上起身，来到曲线图前："从小我就在想，分数的意义是什么？支教后想得更多。分数其实不重要，100分和98分没多大区别，60分和59分也没多大区别，甚至三年、五年后，哪次考试你得了100分，哪次得0分，同样没区别。"

"我觉得也是。不过我爸妈和老师从不这么觉得。"

"可是分数也重要，它衡量的不是学生掌握了多少知识，而是他有多努力。"李桃的手指向分数线的起点，"从上学期的二十多分变成现在的67分，这就是172班努力的证据。"她望向顾盼，"不用在意结果，只要确定你和学生都一直在努力。"走向教室门口。

期末考试的成绩出来了。顾盼再次走到曲线图前，画起最后一段分数线，他的手稳定而有力。画好后，他目光平静地打量整条线，看它一点点伸展，仿佛蚯蚓的蠕动：37分、45分、53分、59分、64分、66分，最终停留在69分。离及格线依旧有一小段空白，顾盼画最后一条线段时甚至有种冲动，想顺手让两条线交叉，但到底忍住了。

他转过身，班里大部分学生都低着头，不少女生红了眼圈，不时响起的一两声啜泣在寂静中显得突兀。

"各位胜利者，"顾盼依然用这个词称呼学生，"这次考试，我们离目标仍然有一点差距，可我也知道，大家尽力了。"

这句安慰反而让教室内响起哭声。阿雯抹去泪水，阿芹双手掩面，她们和其他五六个女生都考到了80分以上；阿敏大张着嘴巴在号啕，鼻涕几乎要流进嘴里，这是他有生以来第一次考到20分。可市一中和他们约定的是班级平均成绩。

顾盼勉强保持正常语气："人生就是这样，有时我们拼尽全力，还是拿不到想要的结果。就像足球赛，好几十支球队，冠军只有一个，

讲台　195

可我们能说其他球队一无是处吗？老师大学四年总共也只得过一次冠军，输掉比赛的次数远比胜利的次数要多，可老师不会灰心，更不会放弃足球。重要的是努力和拼搏本身，老师希望你们也能这样。"

"分数其实不重要，三年、五年之后，哪次考试你得了100分，哪次又不及格，没区别；可是分数也重要，它是我们努力的证据。"顾盼指向曲线图，"今后你们犯懒的时候，贪玩的时候，面对困难想要放弃的时候，成绩不理想灰心的时候，看看这张曲线图，看看这学期提高的成绩，然后告诉自己：'以前我努力过，有了收获，现在我还是可以这样。'老师把它留给大家，希望它能代替老师陪在你们身旁，督促你们继续努力、保持进步。"

有些学生抬起头，老师的最后一句话和伤感的语气让他们预感到什么。阿雯擦掉泪水举起手："顾老师，你不教我们了吗？"

顾盼笑着点头："你们都知道老师和校长，还有你们班主任的约定，这次考试的平均成绩没能及格，老师没法再教172班了。老师必须为这个后果负责。所以今天就是老师为172班、为胜利者上的最后一节课。"

教室内的啜泣声更加响亮，顾盼的眼眶也有些湿润，他从书包中掏出一个厚厚的牛皮纸信封："本来按约定，期末时积分最高的小组，每人会得到一份神秘礼物，现在老师要走了，索性给全班每人准备了一份。这样对那个冠军小组有点不公平，希望同学们不要太计较。"

教室门被推开，茶校长走了进来。

顾盼望着他："校长，这节课还有几分钟才下课。"

校长径自走进教室："172班，你们这学期英语还是没及格，你们有什么话说？"

阿飞抹了把泪，没举手就站了起来："我们比以前进步多了。"

这句话点燃了全班的热情，学生们七嘴八舌：

"我长这么大第一次知道学习。"

"我头一次及格。"

"我比上学期进步了三十多分。"

"我们全班都在进步。"

"不是顾老师教得不好,是我们基础太差。"

"顾老师是全学校第二好的老师,仅次于李老师。"

"看看别的班才考几分?"

……

阿芹和阿雯交换一下眼神,从桌洞中取出一张几经折叠的纸,起身来到校长面前:"校长,我是胜利者的队长,代表我们全体成员求你,希望顾老师下学期能继续教我们。"

茶校长从阿芹手中接过那张纸,好一会儿才把它完全展开,这是一封比海报还大的请愿书,用水彩笔写成,里面着重强调了顾盼和胜利者给172班带来的变化,结尾不忘表决心,下次一定超过市一中。茶校长再翻到背面,几乎全班都在上面签了名。他望着请愿书陷入了沉思。

付羽和李桃不知什么时候出现在教室门口,顾盼看不出他们的表情。

"下学期你要教哪个班,确定了吗?"李桃问。

顾盼冲着校长一撇嘴:"这得听校长的,没准又是一个全年级后几十名组成的班。"

"确定了,顾老师。"茶校长叠起请愿书,"下学期你教172班。"

教室里一时间很安静,无论顾盼还是学生都没反应过来。

茶校长转向付羽:"付老师你说得对,学生知道努力了,比什么都强。就算现在分数差点,以后也早晚能赶上,他们才七年级嘛。顾老师也毕竟只教了一年,还可以再提高。牙老师也是这么说,是不是,牙老师?"顾盼这才注意到,牙老师站在付羽和李桃身后,

讲台 197

正抱着臂,没好气地望着自己。听到校长的话,她含糊答应。

付羽含笑点头:"顾盼,还不谢谢校长?"

"谢谢校长,谢谢牙老师,"顾盼喜出望外,"我保证172班下学期分数更高,对不对?"他向学生们使眼色,学生们再次热烈喊起了"跟丫死磕"的口号。

"这时候就别喊这个了。"顾盼偷眼看校长,"跟我喊:校长万岁!今后一天喊八遍!"

"校长万岁"的口号响起来,茶校长连连挥手示意别喊了:"成什么样子。"又勉励了几句,背手和付羽、李桃出了教室。牙老师离开时轻声说了句:"年轻老师,第一年教成这样可以了。"也不知是说给顾盼听的,还是在自言自语。

市一中的学生代表又和胜利者们见面了。这次没有读稿,面对镜头满脸笑容:"虽然你们没能达到目标,可也赢得了我们的尊重。当然,这也是因为你们有一位出色的英语老师,胜利者们,请继续保持努力,说不准什么时候,我们市一中又会向沧水发起挑战,期待你们拿出更出色的成绩。"

顾盼关上视频,发下那份学生期盼已久的礼物。每个拿到礼物的学生都发出了尖叫,那是一张照片,上面是自己和各自最喜爱的明星的合影,全班陷入了疯狂。阿飞以为没人注意自己,偷偷对着照片上的女明星亲了一口。阿彩把合影紧贴在胸口,望着天花板,泪水止不住地流淌。阿秀抱着照片拼命跺脚。连阿辰都难以置信地看了好几遍照片,小心翼翼夹进练习册。

顾盼把阿芹那张递给她:"觉不觉得有点亏?"

阿芹摇头,神色郑重地接过照片,翻来覆去地端详,画面中的她双臂在胸前摆出V字,表情拘谨地望向镜头,身后的顾盼则是向天空高举双臂,摆出一个更大的V字,还做着鬼脸。她望向顾盼:"我最喜欢的明星就是顾老师。"

顾盼踱出172班的教室,拨通手机,不得不把声音放大,才不会被身后的欢呼声压下去:"老陈,你这次立了大功。那些照片P得太完美了,花了多少钱?回头给你……27块钱?那下回也教教我PS,这手艺管大用了……哦,每张你用了半个多小时,连着做了快一个月?算了我还是不学了……"

"下学期他回得来吗?"倚住教室外墙的李桃问。

顾盼关掉手机:"还是不行。"

"晓婉也还没定。"李桃轻轻叹气,"我和付羽说了好几次,希望至少能派来两位新老师。下学期学生们就八年级了,这是真正中二的年纪,再不来新人,咱们怕是吃不消。"

下课铃响起,阿飞抱着足球第一个冲出教室,其他男生跟在他身后陆续经过顾盼身边,"顾老师,踢球去。"顾盼招手答应,对李桃说了句"车到山前必有路",也下了楼。李桃站在走廊的阳台上,望着顾盼带男生们在操场上踢球,低声自言自语:"心真大。"

距新学期开学还有三天时,他们迎来了前来报到的新老师。

午后的太阳炙烤着校门口的公路,柏油路面反射着刺眼的日光。这时是14:05,李桃收好手机抬起头。一刻钟之前,付羽发来消息说,他们已经到达镇上,并坐上了俸主任的车。

她躲在凤凰树下,手搭凉棚望着公路尽头。引擎声遥遥传来,她脱离树荫的庇护上前几步,做好出校门的准备。一辆卡车从校门外驶过,留下一股黑烟一阵尘土,她退回树荫下。14:07。

"从没见你这么欢迎付羽来访校。"顾盼蹲在树荫下,拔起一棵蒲公英,鼓起腮吹了口气,无数小伞随风飘向校门口。他深情远眺着校门上方流动的白云。

"好不容易有新老师过来。"李桃没回头。14:10。

俸主任的轿车出现了,校门在保安的操控下吱吱嘎嘎打开。李桃快步迎上去，顾盼拍拍屁股上的尘土，懒洋洋地跟上。俸主任先下车，随后是字老师，她眉飞色舞地向李桃讲这次参加岗前培训的收获。付羽也打开后备厢，一边搬行李，一边与李桃说着话："今年人手还是很紧，我费了很大劲调配，总之先保证沧水有新人加入。"

李桃点头："谢谢你尽力了，只来一个也好。"

顾盼帮付羽提下一件又一件行李，纳闷新老师是怎么把四只大小不一的箱包带到这里的，尤其是最后一只箱子，看着不大却死沉，他第一下居然没拉动。另一侧车门开启，最后一名乘客下了车，顾盼的视线被后备厢的车盖挡住，没看到对方，他也并不关心。付羽之前就说过，关于这学期来沧水的新老师，有两个坏消息和一个不知好坏的消息。坏消息是陈纳德仍然没法回归，原定要支教的杨晓婉又因为父母强烈反对，没能来支教，只好另找了份工作。至于最后一个消息，付羽卖了个关子：等新老师来学校你们就知道了。

"真没想到你也来支教了，欢迎欢迎。"李桃略带惊讶的声音，对方并没有吭声。

顾盼把最后一只行李箱抬下车，叉着差点累断的腰，轻踢了一脚箱子："里边都是什么宝贝啊？"

"请善待我的行李，全是最重要的书。"新老师冷冷地回答。

这个声音让顾盼差点跳起来，他猛地盖下后备厢，看到一个熟悉的面孔：黑框眼镜，女干部头，皱巴巴的素色长袖衬衫，领口袖口都扣得紧紧的。

顾盼站在一堆箱包当中，望着她愣了足有半分多钟。这消息哪是不知好坏，根本就是坏透了，比陈纳德、杨晓婉不能来还要糟。

是那个辩论队的女生。

第十课　故旧新朋

　　双方都没吭声，顾盼的表情千变万化，辩论队女生则睥睨着他。李桃有些不知所措，拿不准是该继续向她表达友谊，还是帮顾盼打圆场。付羽替她完成了后一项工作："这位是裴岩，经济学研究生毕业，他们学校的学霸和金牌辩手，从本科阶段就在关注农村问题。大家都见过。"

　　"经济学家你好。"顾盼干巴巴地回应，目光转向付羽，无声表达着不满。

　　裴岩也皱起眉，这个称呼显然勾起她一段不愉快的记忆。她矜持地重复付羽的话："大家都见过。"从衣着到神情，都和那次宣讲会上没什么两样。

　　两个女生并肩走在前面，李桃向裴岩介绍学校的各种情况，说得前言不搭后语。顾盼悄声问付羽，怎么居然是她。付羽笑了笑，他也没想到。那次宣讲会过了大半年后，他给新一届支教老师复试时重新见到裴岩，也是大跌眼镜，整个面试中只对她提了一个问题："我们上次见面，你还在强烈反对支教，如今怎么加入了微光？"

　　裴岩面不改色："因为我搜到了你的论文。"

　　她解释了原因后，几位面试官无不哑然失笑。裴岩写农村问题的论文，免不了搜集与支教相关的资料，总能发现微光的支教老师和工作人员写过的论文，质量居然都还不错，尤其是付羽关于留守儿童的那篇，引用和下载次数都很高。她这才确信支教老师们的水平，也对他们产生了兴趣，了解更多后则发现，它和其他支教完全不同。

"必须强调的是，我加入你们不是因为热爱支教，而是想得到一个以全新视角深入了解中国农村的机会。我对你们的支教没什么认同感，不过你们可以放心，两年时间我肯定坚持到底，日常的教学工作也一定能够胜任。为数不多的要求是，请不要赋予我伟大、崇高这类颂词，也不要用那些鸡汤来激励我，这些对我没用。什么都要泛道德化是中国社会普遍存在的不良习气。说到底，我们只是刚好同行一段而已。"说这番话时，裴岩依旧保持着严肃的表情。付羽和严菡、大赵几个商量了一会儿，决定录用她。

"我知道你对她有看法，要不是支教学校又新增几所，原有的老师名额紧张，也不会把她分配过来。"付羽低声说，"我之前征求过她的意见，她愿意和你还有李桃好好相处。而且这次培训，裴岩的教学能力也很突出，会是一个非常得力的伙伴。"

"郝苗还是我们那届的第一名呢。"顾盼回答，郝苗现在去了深圳一所国际学校当老师，据说很受学校重视，薪水也大幅提升，自己却依旧困守在这所山里的学校，同伴只有一位可望而不可即、早已有了男朋友的女神，现在又多了个一言不合就要辩论的女学究。该来的不来，不该来的偏来，这才是最艰难的一个学期。

前面的裴岩突然停住脚步，放下旅行箱，顾盼猝不及防，差点撞到她身上。她从肩上背着的手提袋中掏出签字笔和一个黑色硬皮的笔记本，打量着学校，在上面飞快记上几笔，并不理会其他人在等待自己，用手机拍完照才重新提起旅行箱。李桃提议四个人一起去镇上吃晚饭，庆祝沧水团队的壮大，裴岩翻着手中的笔记本，痛快拒绝了："我还要看书。"接下来的几天，她果然每晚把自己关在房间里看书。

和茶校长座谈时，裴岩打开手机的录音功能，捧着笔记本，从一个印有"为人民服务"五个大字的军绿色笔袋中抽出笔，像记者采访那样提出一大堆问题：您怎么看待现在的精准扶贫政策？教育是阻断贫困代际传递的重要途径，您怎么看待这一表述？您觉得九年义务教育对农村的意义是什么？您如何评价当地教育部门近年来的政策？

茶校长起初还试图用官腔蒙混过去，很快在裴岩的逼问下节节败退，最后借口开会遁掉了。

入学报到那几天，裴岩四处转悠时总带着那个笔记本，走到哪儿记到哪儿，不知什么时候就会闪现在某个学生、当地老师或者送孩子入学的家长面前，向他们提出各种形而上的问题：学习的意义，对未来的设想，对乡村教育的认识。采访对象大多不明所以，脾气好些的会嘿嘿赔笑，大部分人像没听见那样掉头就走。她和同伴的对话则充满各种人名、书名：陶行知、陈鹤琴、约翰·杜威、卡尔·罗杰斯、黑柳彻子的《窗边的小豆豆》、莫顿森的《三杯茶》、艾斯奎斯的《第56号教室的奇迹》……还有各种格言，什么"教育是一棵树摇动另一棵树，一朵云推动另一朵云，一个灵魂唤醒另一个灵魂"。

校门口摆着一长溜摩托，红色头盔挂在车把上，外套堆在车后座，还有好几辆轿车属于富裕的学生家庭，其中有一辆豪车很打眼。家长随孩子来到各自班级，逐一在老师那里签到，那些握笔的手大多粗糙皴裂，生满老茧，有的指甲盖里嵌进泥土，有的手指肚被核桃汁液染成漆黑，不少人不会写名字，只能叫来孩子替自己签名，然后带着木讷的表情，小心坐到各自孩子的座位上。大部分家长都在外地打工，每学期几乎只有这时才会来学校，不少父母连这唯一一次机会也没法前来，只能请其他亲戚代劳，阿雯家就是奶奶来的。

教室里显然经过了打扫,黑板上是这学期新设计的口号:172,一起爱。教室后排的图书角摆着一个木箱,外形有点像邮箱,贴着"解忧盒"三个字。这是老师为学生们准备的,任何想对老师说的话、想倾诉的烦恼、想提的问题,都可以写成小纸条投进那里,老师会尽快写信答复,内容一律保密。

外面的走廊里,阿彪、阿飞们正在打闹,不断发出笑骂声。教室里却一片寂静,家长们没有见到去年的班主任牙老师,取而代之的是几位一看就是来自城里的年轻老师。

一位家长躬身在教室里殷勤递烟,顾盼阻止了他,李桃走上讲台,向家长做了自我介绍,随后宣布一个重要消息:八年级起,172班的班主任不再是牙老师,而是改为由自己担任;支教老师们也将组成教学团队,共同负责这个班的管理和教学。这是付羽向茶校长提出的请求,分到各校的支教老师只有几位,又主要都负责教学,彼此联系并不多,微光希望用这种方式集中师资力量。

寂静中响起打火机的声音,递烟的那位家长跷起二郎腿,点起一根烟。李桃加快了语速,并且暗自祈祷他只抽这一支烟。

"分工是这样的,我本人担任班主任,顾老师负责班级文化建设,这学期他也改教物理课,他原先的英语课由裴老师教,裴老师还负责宿舍管理、各组积分统计,字老师负责后勤和财务。同时,我们每个人各担任一两个组的导师……"

响亮的手机铃声打断了她的声音,又是那位家长接通了电话,嗓门很大地讲起话来。李桃尝试着继续说,音量却不是他的对手。好在家长很快挂了电话,李桃面向全教室强调,开会时请把手机关掉或调成静音,又轻敲了敲黑板旁的禁烟标志,重申不要在教室里吸烟,准备继续讲话时却发现,自己忘了刚才说到哪儿了。顾盼小声提醒:"导师制。"她这才说下去:"除学习之外,我们也会关注学生的身心成长和家庭情况,争取通过这种方式,逐渐实现学生、学校和家长三方的联动。以上是包班制的基本情况，各位家长有没有问题？其他老师有没有补充？"

这只是习惯性的停顿，李桃正要结束家长会，裴岩突然开口："我补充两句。"并在其他老师的惊讶目光中走上讲台，李桃只好让到一旁，"刚才有家长在教室里抽烟、打电话，这种习惯非常不好。如果不希望孩子也沾染上各种不良行为习惯，请先自己做好表率。"

那位家长表情很是不快。裴岩翻开笔记本，一二三四五，逐条讲述班级纪律和奖惩计划。本以为讲话就要结束的家长很快不耐烦，有人响亮地打起哈欠，有人歪坐着打瞌睡，有人弯下腰，把头埋在张成八字的两腿之间玩手机，坐在下面的顾盼转身环视教室，觉得这一幕简直是他们孩子在课堂上的翻版。

打火机的咔嚓声再度响起，早就绷紧神经的裴岩重新转向那个方向："那位家长，我刚才的话是白说了吗？"

对方把刚点燃的烟从嘴边移开："老师你话说重了吧？"烟雾袅袅升起。

"我不知道你是哪位学生的家长，"裴岩放大了音量，声音像尖头粉笔在黑板上摩擦，一直默不吭声的宇老师神情有些紧张，"请记住，你自己对孩子的影响才是第一位的。老师在学校辛辛苦苦教育孩子五天，只要回家一个周末，工夫就全白费了，就是因为家庭带来的负面影响抵消了学校的教育。你们总以为教育孩子是学校和老师的事，其实家长才是孩子的第一任老师。"

家长站起身："我对孩子、对学校都没要求，你们把他看大就可以了，其他不要你管。"快步走出了教室。

李桃有些不知所措。顾盼踱到窗前，目送那位家长走出教学楼。阿彪团伙的五六个学生正在楼下互相打着玩，阿利跑过来对那位家长说话，他心不在焉地敷衍几句，径自走出校门，上了那辆豪车扬长而去，只留下阿利久久盯着汽车远去扬起的烟尘。

顾盼心中颇有些五味杂陈。阿利的家境在172班数一数二的优越，经常揣着上千块零花钱来上学，这不过是他家一斤古树茶的价钱。顾盼曾经纳闷，按说这样家世的学生都不会留在沧水中学，如今见识了他爸才明白，这样的有钱人就是敢把一切都不放在眼里，也包括对孩子的教育，孩子待在哪个学校对他来说根本没区别。

阿利平均每周得一种病，这周头疼下周过敏再下周肠胃炎，所有的病都是一到家就痊愈。还有几次，他故意往柱子上撞，用棍子打伤胳膊，推倒摩托车砸伤脚面，然后一脸惨相一瘸一拐地找老师请假，声泪俱下的模样装得惟妙惟肖。而每次从老师那里得知儿子的病情，阿利父亲都会在电话里指点李桃："老师你给他吃点药就好了。"李桃上午打电话请他下午来学校，晚上八点都不见人影，好不容易接通电话后只有一句："我今天不过去了。"话筒那头伴随着哗哗麻将声。今天是阿利父亲有生以来第一次参加家长会。

身后的裴岩还在批评阿利父亲的无礼举动，李桃几次右手指左腕，提醒她注意时间，直到写了张小纸条递上去，裴岩才在三分钟后结束讲话。李桃随后宣布建立家长微信群，不少家长不会用微信，老师们分头教他们下载app、注册账号、开无线网和手机流量。其他班的家长会早散了，牙老师快步路过172班门口，望向教室的目光说不出是同情还是幸灾乐祸，她这一年又带新的七年级。字老师也先走了，她惦记着孩子。

李桃把阿飞等几个学生的家长单独留下来，向他们反映各自孩子上学期的进步，也指出学生仍存在的各种问题。阿飞的母亲是一位腰围粗壮面貌淳朴的农妇，听了不到几句就擦眼泪，反反复复三句话：老师我书读得少，文化不有；老师我在家也说小孩了；老师你帮忙多管管，该打就打。"

李桃很快发现，几乎所有家长都会对自己说这三句话，他们也只会说这三句话。

阿彪家来的则是一个比阿彪大不了几岁的青年,一身非主流打扮,头上顶着一抹同款的红毛。从茶校长面前经过时,两人望向对方的目光中都充满了敌意。李桃看得出,他也是从沧水中学毕业的,而从衣着举止也不难猜想他的职业。他自称是阿彪的表哥,李桃对他说话时特意把地点选在人流密集的走廊里,始终保持着高度警惕,顾盼也装作不经意地站到她身旁,茶校长更是在走廊另一头远远盯着。表哥倒没什么举动,只是心不在焉地听着,明显不怀好意的眼神不时在李桃身上瞟来瞟去。

好不容易打发走了他,李桃核对花名册,这才发现阿芹家无论学生还是家长都没来学校,她又给阿芹父亲打电话,对方回答说,阿芹生病了,要请一周的假。

其他家长都走后,支教老师们去镇上吃晚饭,食堂早关门了。李桃和顾盼坐在不到膝盖高的矮桌旁,端着碗讨论这学期的班级建设计划。开学前付羽第一次向他俩提出包班制的设想时,两人没多想就答应下来。李桃一直想当班主任,也早觉得一个人教四个班二百多个学生根本教不过来,倒不如把精力集中在一个班上。顾盼则觉得,经过一整年的历练,自己刚用"胜利者"的成功管住这个班,对全面接手信心十足,况且还有字老师帮助他们。

接手172班不到两周,他们就发觉自己想得太简单了。去年工作量巨大,但精力主要花在教学本身,如今他们几乎所有时间都要和学生们在一起,并被各种琐碎的事件吞噬着精力,消磨着耐心。他们必须没完没了地检查学生的发型着装,一遍遍提醒他们行动坐卧的仪态,教他们懂得说"老师好""谢谢""对不起"。每天早点名晚查寝,定期检查宿舍,收缴各种违禁物品,时刻提防着谈恋爱的学生有越界行为。两人不约而同地觉得,自己成了这六十多个学生的家长。

裴岩没怎么参与他俩的讨论,先前她还偶尔附和几声,饭后就不再吭声，自顾自看随身带的那本《江城》。李桃出于礼貌问了一句："裴老师你觉得咱们的当务之急是什么？"

裴岩抬头，面色严肃："建一座图书馆。"

李桃表示赞同："我上学期就有这个想法，只是没抽出时间。咱们可以先商量下，出个计划，看看校长的意思，等时机成熟……"

裴岩站起身："这事交给我。我先回宿舍了。"

第二天一早，顾盼就在邮箱里收到裴岩发来的计划书，看了前几行就赶紧跑去敲她的房门，没有回应。李桃也赶过来："你看裴岩的计划书了吗？"

"她大概想把学校搞成国家图书馆。"顾盼嘟囔着。裴岩的那份书单包括《国富论》《时间简史》《静静的顿河》《万历十五年》《旧制度与大革命》，还有不少英文原版书。茶校长要是看到了，表情肯定很好看。

茶校长的身影果然应景地出现在操场另一头，背手大步向前走，裴岩一溜小跑跟在后面，手里挥舞着笔记本："校长我得和你严肃地谈谈，这事真的很重要。"她接连引用了好几句名人名言，证明图书馆的重要性。校长充耳不闻继续前行，裴岩闪到他面前，张开双臂拦住去路："校长，请你重视我的意见。"

茶校长收住脚步："裴老师你都和我说半个小时了，我也告诉你多少遍了，学校没那个条件。买书的钱从哪来？你掏啊？还有那些书，沧水的学生好多连拼音都不认识，你给他们看大部头，看得进去吗？还要那么大地方，你是要把图书馆开到操场上？校长办公室要不要借你？"

"那好啊，只要你舍得。有困难我们一起克服……"

"我还要开会，不要再说了。"校长用力扒开裴岩，裴岩想揪住他的胳膊，没能成功，跺脚冲他的背影大喊："真没责任心！"校长没回头。

李桃来到她身边，她依旧皱眉望着校长远去的方向："我的要求过分吗？"

接下来好几天，裴岩都在纠缠校长说图书馆的事，茶校长不胜其烦，冲她发作过几次，裴岩仍不肯放弃，校长最后只能躲着她。这让顾盼幸灾乐祸，校长这回有克星了。可他很快发现，自己也难逃裴岩的魔爪。第一节道德法治课结束后，裴岩就怒气冲冲地回到办公室，把教材往桌上重重一摔："172班的学生没救了！"

顾盼懒懒地翻着教案："在你课上闹事了？我和李老师的课也这样，学生对咱们一视同仁。"

裴岩跳着脚，瘦小的身子一蹦三尺高："知道他们对我做了什么吗？他们居然给我起外号，叫我猫头鹰！"

"倒挺会归纳特点的。"顾盼小声嘀咕。这外号真贴切，尤其是配上裴岩的尖鼻子、小眼睛和黑框眼镜。他干咳两声："我会找这些学生谈谈。"

"这种事难免的，"李桃插嘴，"学生私下给我和顾老师都起过外号，管我叫毛桃、叫核桃，管顾老师叫盼盼防盗门，我们都睁一眼闭一眼，毕竟禁止不了啊，别当着老师叫就是了。"

"李老师，你的师道尊严呢？"裴岩把矛头转向李桃，"我刚想起来，上次那个叫阿利的学生写情书被你截住了，你居然给他纠正错字和语病，还指导情书格式？"

"他们大部分人谈恋爱跟过家家也没什么两样，"李桃苦笑，"就为证明自己有男女朋友才在一起，最多一个星期就要闹分手，只要没有越界的行为，我们最多提醒下就是了，不然管不过来。"

"这种事你都不管？"裴岩语气中尽是不满，随后絮絮叨叨讲起了大道理。

两个队友急着备课，实在没空为这种事和她解释，只好默不吭声地听着，直到上课铃响才各自跑去上课，身后仍然传来裴岩的高喊:"你们这是讨论问题的态度吗?"

他们无从逃避。作为新老师,裴岩第一个月照例要接受听评课,他们和付羽都轻而易举发现了她的问题:教学语言过分学术化,没考虑到学生的理解能力。在裴岩的课上,即使是阿雯那样最认真听讲的学生,也经常会面露茫然。他们反复提醒裴岩,学和教是两回事。擅长英语的人不一定擅长"教英语",裴岩总是既苦恼又迷惑:"我讲得够清楚了啊,为什么他们都听不懂?"

被她听课则是更痛苦的经历。每到下课裴岩就主动跑过来:"顾老师,这节课有这么几个地方,你下次注意下。第一……"顾盼只好调侃她:"你当什么支教老师,直接去当地区主管呗,付羽那边也挺缺人的。"裴岩没听出他的弦外之音:"我的管理能力没问题,但汲取一线教学经验也是很重要的。"

鉴于裴岩的种种举动,李桃和顾盼都以为她的课堂很快就将一溃千里,做好了随时替她善后的准备,没想到完全多虑了。那天他俩都没课,172班突然传来裴岩声嘶力竭的怒骂,伴随有节奏的抽打声。两人冲到教室门口,果不其然看到阿彪站着和裴岩对骂,裴岩则用教杆疯狂抽打着讲台,跳脚的样子好像随时能蹿上去:"不听课还有理了?敢对老师骂脏话?没家教的东西,你爸打你半点不冤!我要是你家长,一天打你十顿都不重样!"她一声比一声高,不仅完全压住阿彪的嗓门,骂词更是连珠炮般滚滚而来,内容有些有逻辑,有些没有,以阿彪的脑子根本来不及反应。

裴岩一口气骂到下课铃响,一把敲断教杆,又顺手丢掉自己手中那后半截,推开门口的顾盼,大步流星出了教室,留下满教室吓得呆若木鸡的学生,连同阿彪在内。李桃赶忙追上去,回来后告诉顾盼,裴岩一头扎进宿舍就号啕大哭。不过后来再也没人敢在她的课上闹事。

在付羽的协调下,茶校长到底同意了建立图书室,学校本来就有一间阅览室，只是很久不用了，重新办起来花不了多少精力。支教老师们很清楚校长的心思：事情都是他们来做，自己不用操心，图书室如果能办好，政绩也首先是自己的，当然没理由反对。裴岩虽然还在抱怨"图书馆"和"图书室"不是一个概念，却也摩拳擦掌准备大干一场。

他们本来定好周末打扫阅览室，最后却推迟了，李桃打算去探望阿芹。学生这几天仍没来上学，李桃每次给她家打电话，阿芹父亲都说女儿还在病着，阿芹也在电话里向老师确认了这点。可是李桃问起什么病需要休养这么久时，电话那头的阿芹父亲始终支支吾吾，更连声拒绝老师去探望学生的提议。

李桃没再坚持要过去，而是周六早晨直接拉上字老师，下了班车，又走了两个小时的漫长山路，终于来到学生家。阿芹的父亲显然对她们的出现措手不及，但还是带着两位老师去见女儿。

让李桃感到意外的是，阿芹父亲并没有从里屋叫出阿芹，而是带她们前往屋后的梯田。李桃远远就看到阿芹蹲在田垄上，仰头望着天。她叫了学生一声，阿芹扭过头，几乎是跳起来的。

李桃快步上前，这才注意到学生双眼红肿："阿芹，你这不是没病吗，怎么不来上学？"

"李老师，我不想读书了，我要去卖工。"

阿芹说出这句话后，师生之间的沉默持续了几秒钟。李桃这才意识到，学生是要辍学。

支教一年多，沧水中学各班都有辍学的现象，八年级最多的一个班已走了十几个学生，少的也有五六个。字老师说过，越接近毕业，学校里辍学的越多，以至于同年级各班要不断合并，从八个班减为六个班，再到五个班。李桃本来暗自期望，172班九年级毕业时一个都不少，却没想到全面接手这个班才一个月，班里就有了第一个辍学的学生，还是成绩已排在全班十几名的阿芹。

李桃努力让自己的声音显得和蔼，尽管她实在很想吼起来："阿芹，你一直都喜欢读书，你一直是胜利者的队长，你说你最喜欢的明星是顾老师。你还答应过老师，要考高中、读大学，让家人过上好生活。以你现在的努力程度，只要继续学下去，肯定考得上高中。是你把老师讲的那些道理全忘光了，还是你……说了不算？"

阿芹低头啜泣："老师我没忘，从来就没忘，一辈子也不会忘。我现在还是想读书，可我要跟爸爸去卖工了。"

李桃手忙脚乱地从包里掏出银行卡："这是老师的工资卡，你随便用，老师自己掏钱供你读到大学都没问题。大道理老师说过多少遍了，你也都懂。什么都不要说了，先跟老师回学校。"

"不是因为钱，真不是。"阿芹泣不成声，"老师谢谢你，可我实在不能读了。"她用尽全力推开老师，掩面跑出很远，又蹲下来啜泣。

李桃被推了个趔趄，她惊讶地看着阿芹的背影，再看看字老师和阿芹的父亲。阿芹父亲把脸别到一旁。

李桃放慢脚步来到阿芹面前，也蹲下身："到底是什么原因，慢慢跟老师说，先回去吧。"

阿芹仰起头，脸颊还残留着泪水："老师，我想我妈妈。"

李桃又惊又疑地等待下文，阿芹哽咽半天才重新开口："爸妈一直在外地打工，从我记事起，妈妈就没回来过几次。前些天妈妈在工地出了意外，电话里她告诉我伤得不太重，可我还是担心，现在就想赶快到她身边。"

"为什么不早点对老师说？"

"我不想让老师为我操心，老师你为我们这个班够累的了。"

"你妈妈可以回来养伤，在镇上找一份工作，家里有困难老师也可以帮忙想办法……"李桃语速飞快，顾不上考虑这些设想的可行性，唯一念头是，不管用什么办法，先把学生留下来再说。

阿芹摇头："我熬好久了。小学二三年级我就经常逃学，跑到没人的地方，像刚才那样蹲在地上抬头看天，心里数着天数，偷偷算还有多久过年。别人的爸爸妈妈放学时就回家了，我的爸爸妈妈只有过年才回来。上中学第一天我就犹豫，是继续读书还是去找我爸妈，连课都听不进去，晚上也总睡不着觉。要不是你和顾老师，我也许七年级就辍学了。"

李桃平静了一些："你就不能再咬咬牙，坚持到初中毕业？"

阿芹垂着头进了屋子，拿出一个笔记本，李桃哗啦啦翻起来，每一页都是阿芹用圆珠笔画上的日历，直挺挺的线条显然是比着尺子画的，过去的每一天都打上了对钩。

"这笔记本是我初中入学时准备的。去年每过去一天，我都在上面打一个勾。老师你看，后面还有那么多页，我得一天天的熬。再过两年我才能初中毕业，高中又是三年，然后是大学……太久了，真的太久了。"她擦起眼角。

李桃掏出手机，拨通阿芹母亲的电话，与她说了许久，挂上电话后一声沉重的叹息。阿芹父亲则抱着水烟筒坐在门口，给她们算了一笔账：阿芹如果去卖工，一个月很容易就有三五千元的工资，跟着他们几乎不需要吃穿住的花销，一年下来少说也能攒下四五万元，五六年后嫁人——这在当地算晚婚——少说能为家里带来将近二十万元。

李桃试图说服他："您在城里卖工肯定很辛苦，阿芹如果没有继续读书，以后只能和您一样去卖工去吃苦。但如果能好好读书，将来有一技之长，她可以凭手艺赚钱，也就不用那么累。这个过程当然很漫长，也会花掉家里不少钱，可从长远来看一定值得。"阿芹父亲面无表情，说："道理是这样，可我们哪里顾得起那么久，女孩早晚要嫁人的。"他低头抽起水烟，烟筒中呼噜声不绝于耳。

下山的路上，字老师的感叹还在耳畔回荡："其实学生好几天

讲台　213

不来，我就猜到可能是辍学。像阿芹这样，辍学因为太想父母的，也不是一个两个。我们做老师的也只能是劝劝，帮不了什么。农村学生难啊，从小就和父母分离，一年都见不上几面……"

李桃跟在她身后默默听着，久违的挫败感重新翻涌上来，上一次感到这样的无奈，还是刚开始支教不久。她没想到学生平静的外表下郁积了那么深的悲伤与思念，也不知阿芹到底遭遇过多少磨难，更不知自己做得了什么。如果真的只是家庭困难，反而好解决；如果是父母阻挠孩子上学，也可以想办法说服，再不行还能找村干部，上有《义务教育法》，下有控辍保学政策。可对于阿芹这样的情况，她实在不知该怎么办，亲情的匮乏是外人谁也解决不了的。李桃甚至怀疑，劝学生回学校是不是在增加她的痛苦。

"李老师，别怪我乌鸦嘴。班里出了一个辍学的，就会出第二个，还经常是好几个学生接连辍学。这么多年了，一直这样。"在镇上的客运站分手前，字老师最后说。李桃心烦意乱地点点头，目送字老师坐上回家的中巴。

回学校的班车还有两三个小时才发车，天空洒下细雨。李桃撑起伞，独自在这个陌生的镇上徘徊，想着阿芹的事。地上不时可见横流的污水和散落的垃圾，她小心跨过这些障碍。也是这时候，她瞥见不远处一家书店的招牌。

太罕见了。李桃毫不犹豫走向那里。支教一年，她对当地最强烈的感受就是，当地除了学校、镇政府等地方，除了店铺招牌和墙上的标语广告，几乎再难见到一个字。不要说书，连报纸杂志都少见，当地人常见的消遣无非是喝酒、抽水烟、打牌、抱着手机看短视频，至于图书馆、电影院、博物馆之类的场所，更是遥远的传说。

她收起伞，伞尖淌下的雨滴在脚旁积成一小摊水。她抬手拢了拢被打湿的长发，四下打量着。书店的门脸远比其他店铺要小，室内昏暗逼仄，在外面雨声的映衬下倍显寂寥，仿佛地下党秘密接头的据点。一排排书架上摆放的无一例外都是家庭实用百科之类的工具书,这些书在城市的旧书摊上都得论捆卖,按斤称。李桃有些后悔,本想在书店消磨一会儿时间,可现在看来,这里只能用来避雨了。

她走向书店最深的那个角落,纵然光线不佳,仍能依稀辨别出那里摆放着一些旧小说,爱读书的人有时单凭直觉就能找到自己想要的书。即将到达那里时,脚下被什么东西绊了下,李桃后退一步,与那个蜷成一团的人同时吓了一跳。对方从坐姿改为蹲姿,黑暗中一双眼睛在闪亮。李桃认出了他:"阿辰?"

"老师请你吃饭吧。"李桃张开伞,遮住学生头顶,雨点敲打在伞上发出噼啪响动,"你要是喜欢看书,老师有其他书可以借你。"阿辰没有答话,低头把李桃为他买的书紧抱在胸前,《初刻拍案惊奇》。

很快李桃就发现这个学生举止的反常。阿辰走路总是小心翼翼,生怕碰到什么,一同坐在凉棚下吃米线时,即便光线充足他也要眯起眼,把鼻尖凑到碗前。李桃之前给172班上课,已经注意到阿辰看书写字总是趴在桌上,原以为只是行为习惯不好。她带学生找到镇卫生所,给他检查视力,结果吃了一惊,阿辰两眼的近视都有三四百度。

"看不清东西有多久了?怎么一直都不说?家里人知道吗?"班车回到了沧水,两人下了车,深一脚浅一脚在泥泞中跋涉,李桃边走边问,阿辰一直不吭声,只是点头或摇头。

"你最喜欢看哪本书?《水浒传》吗?四大名著里老师更喜欢《红楼梦》。

"在你这个年纪,老师每天跑到学校旁边的书店看一中午,下午上课前赶回来,像你现在这样。放假时爸妈出去给其他学生补课,老师偷偷跑到那个书店继续看,再抢在爸妈下班前赶回来。后来他们发现了,有时会给家里的座机打电话,检查我是不是又溜出去了。

我就在离家前摘掉话筒，回头再告诉他们电话没挂好。

"下周老师带你去县城，给你配眼镜。你也可以在那里选几本书，老师送你。"

"对了，告诉你一个好消息，学校的图书室要开了，你以后想看书，去那里就可以了。"

李桃在细雨中说了一路，阿辰也沉默了一路。她并没期待学生答话，给172班上了一年多的课，阿辰开口的次数屈指可数，他所有的话都写到了纸上。自从在作文中痛斥顾盼是大暴君，并因此得到李桃表扬后，阿辰再没漏过作文和周记，而且越写越长。

说话间，李桃一个不注意，脚陷进烂泥里。走在前面的阿辰转过身，默默看老师反复抬动双脚，始终没能脱身。李桃自嘲地笑着，正准备新一轮尝试，阿辰向她伸出了手。学生的手粗糙如砂纸，却很温暖。这也让李桃因阿芹辍学而失落的心情好转了一些。

回学校时天黑了。阿辰回了宿舍，李桃顾不得换衣服，马上去找顾盼和裴岩，最后在图书室发现了他们。那里亮起了灯，屋门大敞着，许多杂物堆在外面淋着雨，只是盖了层塑料布。李桃依稀辨认出里面有地球仪、天平、试管架、酒精灯，一具用作生物课教具的人体骨骼保持四仰八叉的姿势，颅骨丢了下颚，黑洞洞的眼眶正望着自己。

屋子里依稀飘出还没散尽的霉味，伴随顾盼气急败坏的声音："我早就说过，收拾图书室不忙这一会儿，你非不听，非要今天就打扫出来，还非让我也帮忙搬，不帮你搬就是不配合你工作。我上午吭哧吭哧刚把这堆破烂儿全搬出来，下午就下了雨，你马上又让我都搬回去，累傻小子呐？"

"我不是也跟着搬了吗？"裴岩大声回敬，语气很委屈，"又不是我让下雨的，咱们得保护公共财产啊。"

"就是一堆破桌椅、教具、实验仪器，多少年都不用了，卖废品都没几个钱,有什么可保护的?再说反正也够脏了,淋淋雨还能洗干净点。成了,今天就这么着了,剩下的有空再说。累死我了。"

"不行,咱们明天就得搞完。早点收拾好图书室,学生就能早点看书。顾老师你应该自觉纠正这种怠惰心理和畏难情绪……"

"我怠惰?我畏难?"顾盼吼起来了,"我跟校长杠、跟学生斗的时候,你还闭门造车写你那又臭又长的破论文呢!"

"顾老师我提醒你,"裴岩也提高了声调,"你可以批评我,但不能诋毁我多年来的心血……"

李桃的出现中止了两人的争吵,裴岩先发制人:"李老师你来评评理……"

顾盼看到李桃糊满泥的球鞋和裤脚则吃了一惊:"你去哪儿了,这会儿才回来?我都快找你去了。阿芹怎么样了?"

"有比图书室更重要的事。"李桃瞥了裴岩一眼,对顾盼讲起自己的经历。和她预想的一样,顾盼立刻跳起来:"这还得了?明天我再去她家,把她拖回来。"裴岩也赶快转换立场:"我也去。"

李桃摇摇头:"我说了,阿芹想辍学是因为父母长期不在身边,咱们能有什么办法?"

顾盼铁青着脸出了阅览室,对着操场打起电话。李桃和裴岩在屋里相对无言,过了一会儿,李桃也给付羽打了电话,裴岩只好默默起身,打扫阅览室。半个小时后顾盼回到屋里,已经挂上电话的李桃一看他的表情就明白了,他刚刚在和阿芹家交涉,她一句话都没问,回自己的房间换了身干净衣服,又把沾满泥浆的鞋和长裤泡进水里,心头回荡着刚才付羽在电话里说的那句:"首先还是要保证正常教学。"她愤愤地把长裤丢回盆里,水花四溅。

接下来的几天,李桃和顾盼分别给阿芹和她父亲打了不知多少次电话,始终打不通,总是刚响一声就被挂断,再打又挂断,顾盼这才体会到自己死活不接电话时爸妈的心情。去一趟阿芹家又至少

讲台　217

要花上大半天，他们不可能丢下全班学生不管，每天都跑到她家里去游说，指望当地老师更不可能。李桃唯一能做的，只有抽空在QQ上给阿芹留言，反复劝说她改变主意。

心情虽然沉重，他们却不敢落下教学任务，更不用提图书室的筹建，这周需要筹款了。三位支教老师各自发动人脉，付羽和字老师也帮着到处联系，陈纳德、郝苗和叶子轩也踊跃参加，短短一周，老师们就筹够了资金。不过其中一笔捐款让他们大为意外，那是一笔足足八千元的捐款，捐赠者留的名字是Nemo，除此之外没有任何信息。付羽得知后同样吃惊，原因却完全不同。

"这个Nemo在支教老师中很有名。"他在手机屏幕上仔细检查这个名字，"今年以来，其他学校的众筹总有他的捐款，动不动就是好几千，少说也为微光捐出四五万元了。"

顾盼吹了声口哨："有钱人。"

"既然是微光的捐赠者，那应该能查到他的名字吧？"李桃问。

付羽摇头："捐赠者主动匿名的，工作人员都不会去查，要尊重人家的意愿。"

他们对这位神秘捐赠者展开了若干推测，但很快就把这事置之脑后，图书室开了，借书的学生从门口排到操场。阿辰当上了图书管理员，闷头用扫描枪刷着每本书背后的条形码，颇有些手忙脚乱，阿彩、阿秀等女生在老师的提醒下说谢谢的时候，阿辰从头到尾都没怎么抬头看她们，脸颊却有些泛红。他还戴上了李桃在县里为他配的眼镜，多年来第一次看清这个世界时，他的眼睛里有了光，并向老师说了句"谢谢"，声音清晰。

图书室开放的第二周，李桃第一次给学生们上了阅读课，午间休息时夹着一摞练习本来到图书室。这里只有阿辰在，正捧着一本白话文版《史记》。看到老师走进来，他用低得几乎听不见的声音说了句"老师好"，继续沉浸在自己的世界里。

李桃找了个靠窗的位置坐下，批改作业。这些天，阿辰所有的课余时间都泡在这里，值班期间一丝不苟地把书架上摆乱的书重新分类整理好，一遍遍地打扫图书室的卫生。李桃为了鼓励阿辰多看书，自己也经常来图书室办公。师生俩总这样各忙各的，从头到尾没有一句对话，保持着无声的默契。窗外是广播里的音乐、顾盼带男生们踢球时的喧闹，图书室里却一片寂静，阳光下可以看到细小的尘埃在飘浮。

　　作业批改得很顺利，李桃的心情却依旧无法轻松，始终在想着阿芹的事，当决定再去一趟阿芹家时，她看了看时间，午休还有半小时结束，回宿舍睡觉有些不值，索性直接伏到桌上打起瞌睡。之前她也经常这样，一觉醒来总能发现阿辰还在看书，连坐姿都没什么变化。要不是挂钟的指针在走动，学生手中的书也翻过好几十页，李桃真会觉得这里的时间静止了。

　　睡意刚袭来，耳畔就响起手机的振动声。李桃本想置之不理，振动声却一直在持续，她只好坐起来揉揉惺忪的睡眼。打开手机，李桃立刻瞪大眼睛，平时寂静的家长微信群足足多了近百条消息。她从头看起，越看越心惊肉跳，万万没想到，开学刚一个月，自己就会遇到这种事。

　　班里发生了盗窃。

第十一课　手心手背

顾盼打来电话，李桃接通后只说了句"知道了"，匆忙把手机塞进包里，她望向阿辰，学生也察觉出老师的目光，抬头看她。李桃欲言又止："阿辰，跟老师走一趟。"

师生一前一后走出图书室，李桃走出好几步才想起什么，转过身指向图书室大敞的房门，"门。"阿辰又跑回去锁门。赶到操场上，李桃一眼就望见停在楼下的那辆熟悉的豪车。

家长微信群的全部聊天记录里，阿利父亲的语音消息占了近一半内容，李桃逐一点开，拼凑出大概经过：上上个周末阿利回家，家里给他新换了一款高档手机，他把手机偷偷带到学校，却在三天前弄丢了。阿利一直憋着不敢告诉家里，直到周末再次回家，父亲问起为什么打他的手机总是关机，他才不得不说出来。

李桃快步登上楼梯，心如乱麻。失窃地点很可能是图书室，而钥匙是阿辰负责保管的，他没法摆脱干系。她用眼角的余光注意阿辰，当意识到他们要去的是校长办公室时，阿辰的表情陡然警觉起来，那是任何学生都避之唯恐不及的地方。

走进校长办公室，李桃先闻到一股浓重的烟味，烟灰缸里满是烟头，阿利父亲正在语气激烈地用土话指责学校管理工作不到位，不时对着手机，在微信群里说上一段话。茶校长一连声的安抚，显然也在勉强克制着不满。顾盼抱臂靠在窗前，一直望着操场，裴岩的目光中满是厌恶，阿利则垂头丧气地站在父亲身旁，李桃从他沮丧的表情、望向父亲的眼神中看出，比起丢手机这件事本身，父亲的表现更让儿子难堪。

茶校长让学生再讲一遍手机失窃的经过。阿利只好交代：他把手机带到学校后，和几个同学——老师们都猜出是阿彪、阿飞那几个——录了不少带剧情的小视频，都是他自编自导自演的。那天在图书室上完语文课，下一节正好是体育课，他怕跑步、打篮球摔坏手机，就把手机塞进书包，留在图书室。体育课后就是漫长的午休，阿利又跟阿飞、阿彪、阿进他们溜出学校疯玩了一中午，下午上课铃响前才回来，再去图书室就发现，书包还在，手机没了。那款手机是黑色的，超薄机身，背面加了个"全员恶人"的手机套，不过他死活也不肯说屏幕壁纸什么样。

李桃一边听着阿利的描述，一边暗自盘算如何应对。顾盼向她使了个眼色，李桃掏出手机，看到他发给自己的消息：先把他打发走再说。她向顾盼悄悄点了下头。等阿利说完，李桃以班主任的身份表态：请父子俩再次确认，手机是真的丢了，还是忘在了别处；情况还不清楚，请先不要轻易怀疑任何人，这样很容易伤害到其他同学；还有，学校早就禁止学生带手机或贵重物品……

阿利父亲似乎被激怒了："你是说手机丢了，赖我们自己没看好？我在报假警是吧？不管带手机有没有错，丢了东西，学校总有责任找回来吧？学校里出了小偷，总得抓吧？"李桃争辩说，这事学校会调查，他却充耳不闻，声称学校试图推卸责任。

顾盼转身打开窗户，放掉烟味："您的意思说得很明白了，也甭再说了。反正最后我们给您找回来呗，找不回来就想办法赔您。您先回去听信儿，我们有进展了肯定马上通知您。您光在这儿车轱辘话来回说，手机也回不来；我们在这儿光听您说话，也没法查这事儿。"

讲台　221

阿利父亲掐灭了烟头："图书室中午为什么不锁门？这事谁负责？那手机是花了一万元买的，找不回来就让他赔！"

李桃偷瞟身边的阿辰，刚才他一直默不吭声地缩在角落里，听着阿利父亲的抱怨，脸色越来越难看。听到最后一句，他扭头冲出办公室。

李桃在楼下追上了学生，努力让自己的语气充满关切："别听他的，没你的事。"

"老师，对不起。"阿辰深深低下头。

"你没做错什么。他刚才都是胡说八道，赔也不该让你赔。出了事有老师顶着。老师只要你做一件事，看着老师的眼睛，告诉我，手机绝不是你拿的。"

阿辰抬起头，盯着李桃的眼睛，用力摇头，拳头攥得紧紧的。

"那就好，没你事了，去吧。"

李桃返回教学楼，还在爬楼梯就听到走廊传来裴岩的尖声怒吼："有时间在这里对老师、对学校指手画脚，怎么没空多管你家孩子啊？李老师他们这一年请了多少回家长，你来过一次没有？手机刚一丢就过来了？孩子有病想请假你不让回家，什么都让老师管，那是你的孩子还是我们的孩子？就你忙，就你时间宝贵，就你要挣大钱，我们的时间都是白来的，我们活该给你带孩子，请个保姆还得一个月几千块钱呢，你把孩子往学校一丢，一分钱都不用花，多合算啊。满脑子就是钱钱钱，你这样的娶什么媳妇，生什么孩子？茶叶堆里搂着钱过一辈子吧！"

李桃快步冲上楼梯，混在赶去围观的其他老师的身影中，阿利父亲的骂声也不时传来，音量却根本盖不过裴岩。先前他还仗着一肚子火与老师对骂，可是很快除了脏话就没了新词，几句话翻来覆去，裴岩却历数他作为父亲的种种失职、阿利的顽劣，然后是其他家长不负责任的表现，再引申到学校的艰难，最后总结提炼：学生在学校的种种恶劣行为，都是受家长的影响。

对骂中不时夹杂着茶校长让裴岩闭嘴的斥责声，不过全无用处，李桃甚至听出，校长只是做做样子，他也早对阿利父亲不满。裴岩一口气骂了一刻钟还不见停，阿利父亲早就无话可说，憋得满脸通红，装出气势汹汹的样子留下一句"这事没完"就匆匆走掉。

阿利在旁边早已吓得脸色发白，赶忙跟屁虫一样在后面追，又被他爸吼了几句，让他回宿舍。楼下响起汽车引擎发动的声音，然后是什么东西倒地，老师们扒窗往下看，阿利父亲下了车，气急败坏地又骂了起来。因为情绪激动，他倒车时撞翻了后面的护栏，车尾的保险杠瘪了下去，车身蹭了好长一条口子。

裴岩喘着粗气，气得浑身颤抖。李桃来到她身边，轻拍肩膀以示安慰。姗姗来迟的字老师递去纸巾，顾盼冲裴岩鼓掌，第一次觉得有她当队友不全是坏事，也忽然明白过来：靠辩论的确无法说服对方，但能让对方闭嘴。裴岩不理两人，从字老师手中夺过纸巾，快步跑下楼梯，边跑边擦眼泪。

这天下午趁着上课，学校对学生宿舍进行了突击搜查。俸主任带顾盼和其他几位男老师一路，牙老师、字老师和李桃等女老师一路，又各叫了四五个男女学生。裴岩拒绝参与搜查，并义正词严地表示，这是在侵犯学生的隐私，还指责两位队友成了学校的帮凶。老师们尽力屏住呼吸，忍受着每间宿舍里浓郁的味道，翻开每个铺位的被褥枕头，打开每个行李箱包。所有参与搜查的师生都戴上一双白手套，以防被利器割伤，也是防止可能传染的皮肤病。

一个小时后，他们把搜集到的所有违禁品集中在一起：几十把砍刀、镰刀、弹簧刀，从被褥下面搜出的十几根木棍和钢筋，一大堆打火机和十来盒香烟，几十瓶啤酒、白酒和空酒瓶，一大堆辣条和蘸水，七八盒扑克，各种化妆品。顾盼还从阿亮床下搜出一只盛满水的脸盆，里面是一条泥鳅游来游去。他一度担心这次会不会搜

讲台　223

出安全套，无论用过还是没用过都足够让自己抓狂，结果并没有。没想到字老师后来告诉他，学生根本不懂用那玩意儿。茶校长逐一检查，搜出五六部手机，阿利丢失的那部并不在其中。

值班室的大屏幕被划分成几十块小屏幕，顾盼靠上椅背，双手抱在脑后，学生们的黑白身影晃来晃去，屏幕右上角的时间飞快流逝。许久过后，他暂停视频，揉了揉眼睛，伸起懒腰。

李桃走进值班室，把饭盒放到桌上："先吃饭吧。"顾盼道声谢，打开饭盒，故作夸张地大张鼻孔，猛吸了几口饭菜的气味："奇怪了，还是咱们食堂的菜，怎么你打来的就这么香？"

"又臭贫。有线索了吗？"

顾盼端起饭盒连连摇头。图书室前门确实有监控探头正对着，问题是整个中午都没锁门，全班学生都在镜头前进进出出，还有不少外班学生溜进去，根本看不出异常。虽说如此，顾盼也不想指责阿辰没锁门这事，按惯例，各班在午间都会敞着门。

李桃望向门口："有人有话想对你说。阿利，进来吧。"阿利垂着头，灰溜溜走进来。顾盼赶紧放下饭盒。

"顾老师，对不起。"阿利眼睛盯着脚面，声音小得像蚊子，倒好像他才是偷手机的人。

"你是丢手机，有什么对不起的。"

"我是替我爸爸，向各位老师道歉。"

顾盼不知该怎样回答，最后只憋出一句："算了，反正裴老师也给我们出气了。"

"这些就不说了，"李桃在他身后说，"说重点。"

阿利抬头望着顾盼，满脸期待："老师你能不能帮我想想办法？我爸爸非让我退学，去他的茶厂。我不想走，我的朋友都在这里。以后我再也不把手机带到学校来了，再也不装病请假，再也不惹事了。"

顾盼看看阿利，又看了看他身后的李桃，李桃向他点头，学生这次说的是心里话。顾盼从他爸爸身上就能猜出，他在家过得怎么样，与阿彪、阿飞混在一起的日子，算是这孩子人生中难得的温暖时光。

"我告诉阿利，老师会尽力。"李桃说。

顾盼站起身，郑重地注视着阿利："那顾老师也答应你，一周之内，把手机原样还给你爸爸。"

"你真敢一口答应？手机找不回来怎么办？"李桃悄声问顾盼。

"我自有办法。"顾盼盯着阿利远处的身影，"裴岩怎么样了？"

"还在宿舍哭，字老师陪着她，付羽也在调解。"

顾盼没吭声，这就是逞英雄的代价。阿利父亲被裴岩骂完之后，加倍强硬地通过电话向学校下达了最后通牒，要求一周之内要么找回手机，要么赔一万元钱并且辞退裴岩，否则自己就报警，再去找县教育局反映情况。无论付羽还是茶校长恐怕都很难保住她，阿利父亲在教育局有认识的领导。

"我和付羽都劝裴岩去向校长认个错，最好向阿利父亲道个歉，字老师现在还这么劝她。可她就是抹不开面子，说自己没做错什么，不能就这么低头。"

顾盼耸耸肩："那就等着被辞退好了。她这种脾气，早晚要挨社会的毒打，早吃亏早吸取教训，也是好事。"

"她是咱们的队友。"李桃加重了语气。

"原来如此啊。"顾盼装出恍然大悟的样子，"她自己知道吗？"

"别贫。"李桃还想皱眉，却也忍不住被逗笑了，"她就算有这样那样的缺点，本心也是好的，以后也可以改进。咱们刚支教的时候比她强多少？"

"那我改变主意了。帮忙可以，她得开口求我。"

"你知道她的脾气。"

讲台　225

"那你求我也成啊。"

"这是咱们团队的事,也是学生的事!"

"所以我这么大的功劳,你怎么报答?"

"你干什么都要工钱?"

"我才不要钱。"

"那你要什么?"

顾盼没吭声,上下打量着李桃。李桃脸红了,转身就走:"我自己想办法。"

"回来。"顾盼赶紧叫住她,"跟你闹着玩呢,我管。"

李桃继续往前走:"你根本就没主意,就会吹牛。"

顾盼追出去拦住她:"我有线索了。"把手机举给李桃看。

李桃用目光询问他,顾盼满不在乎地望着天,示意她自己看:"我可不为她,纯粹是为你。"

李桃接过手机,页面上是阿利在直播平台上的主页,上传了不少他自己录制的短视频,点击率居然都不低。视频中出镜的除了阿利,还有阿彪、阿飞、阿进等学生,各自扮演着大哥小弟,演绎着自己心目中的"江湖",不过都谈不上演技。阿利是唯一的例外,演技虽然夸张,但已像模像样。李桃又随手点开几个视频,看到学生们伴随铿锵的DJ舞曲扭动身体,或者对着口形假唱,背景都是沧水中学。这就是学生们的精神生活。

李桃把手机还给顾盼:"低级趣味。"

"这不重要。"顾盼盯着视频中的几个学生,"注意这几个人:阿彪、阿飞、阿进、阿冉、阿荣。还有最新那段视频,正是阿利丢手机前一天录的,也是他们几个出镜。"

李桃陡然警觉:"你怀疑偷手机的人在他们当中?"

顾盼不动声色地点头:"学校一直严禁学生带手机上学,阿利只敢偷偷玩,其他学生很难知道他在用新手机,更不可能知道他把手机藏在哪儿。只有跟着阿利录视频的几个人才能知道。"

"可要真是他们当中的一个……"

"对阿利会是个很大的打击。"顾盼替李桃补上了后半句。

匆匆的脚步声从外面传来，两人同时把目光投向值班室门口，字老师一头冲进值班室："李老师，校长查出是谁偷的了，又是阿彪。"

李桃和顾盼面面相觑，都觉得哪里不对劲。

阿彪几乎是自己暴露的，起码茶校长这样认为。带老师们去见校长的路上，字老师告诉他们，茶校长今天从阿利的描述中捕捉到了新的疑点。失窃前几天，阿彪一直对他的手机爱不释手，阿利不拿手机时几乎都是阿彪在拿，还向自己仔细打听过里面的各种功能，而校长正要把阿彪叫到校长室对质时，阿彪又一次莫名其妙地失踪了，茶校长打了一圈电话，得知他逃回家里，邻居看到了。

李桃走出校门的时候，阿利追了上来："李老师，要不算了吧……"

李桃看着他一脸的六神无主，头一次有些心疼他："阿彪是你的兄弟，可事情没弄清之前什么都不好说，老师一定会把这件事处理好。"她向阿利点点头，转身追上顾盼、裴岩和负责带路的阿彩。

"老师，从这条路过去，再走几分钟就能到。我能不能在这里等？"阿彩指着远处那座伫立在山头的房子。

顾盼和李桃互相对视，都明白阿彩的心思。与阿彪分手后，她几乎再也不肯和前男友说话。要不是阿飞们还没排除嫌疑，都被留在学校，字老师又忙着审问其他学生，他们无论如何也不会找她带路。

阿彪家没有围墙，房门正对的一块黄土地就算院子，房子外表还算体面，有着农村常见的灰瓦和白瓷砖墙，房顶架着太阳能热水器和储水罐。老师们喊了几声"有人吗"，旁边那间泥坯房的木门打开一道缝，一张稚嫩的小脸从中望向来客。

阳光从窗外投上油腻的饭桌，此外一切都是黑乎乎的：墙壁、地面、灶台、桌凳、饭锅、水壶。小姑娘艰难提起庞大的水壶，为老师们逐一沏茶，黝黑粗大的茶梗在开水中翻滚。刚才被水壶盖住的火焰使屋子里亮了些，也把孩子的小脸映得红扑扑，李桃觉得，她提水壶的样子活像《悲惨世界》里的珂赛特。她心疼地劝孩子歇一会儿，又掏出在山下买的橘子给她吃。孩子摇摇头，说活还没干完。李桃起身想帮她干活，她坚定地谢绝了，在忙碌的同时逐一回答老师们的各种问题：她是阿彪的妹妹，今年上小学六年级，没去学校是为了照顾生病在家的爸爸；哥哥不在家，去给爸爸买药了。

他们在隔壁见到了阿彪的父亲。房间里一股浓郁的异味。如今的阿彪父亲憔悴消瘦了许多，头发油腻、脸色蜡黄，两眼周围、脖领位置都是一片红肿。他挣扎着从床上坐起，顾盼扶住他，无意间碰到他的手，心底暗自吃惊。去年来学校打儿子时，顾盼碰过他的手，当时就诧异于那种又厚又硬的触感，如今这双手更是挛曲到几乎无法伸展，皮肤有如老化的橡胶。

阿彪父亲的胸口像拉风箱那样起伏，每一次呼吸都要用尽力气，他断断续续告诉客人们，自己一两年前就得这病了，一直没当回事，结果越拖越厉害，一个月前他实在干不动活了，只能回来养病，开点药勉强维持。顾盼环视四周，房子空荡荡的，再踱到外面，看到的鸡舍和猪圈同样是空的，他才想起来好久不见阿彪骑摩托了。

房门从背后打开，阿彪提着药站在门口，看到老师们，顿时愣在了原地。

"没什么可说的。我家的事，别人管不到。"阿彪背对老师，火光勾勒出的背影已经如成年人般高大。

"连老师也不相信？"李桃问。

阿彪低头往火堆里添柴："你们从没信过我。"

"手机不是你拿的。"李桃说，这是判断句而非疑问句。姑且不提阿彪从上学期后半段就不再惹大麻烦，偷东西这种事就完全不合他的风格。看谁的东西好,他向来都是直接抢过来据为己有。

阿彪背对着他们:"校长又不信,反正坏事都是我干的。"

"可你确实很喜欢阿利的手机。"

"我想以后挣钱了,给我爸治好病,再给他换这样一部,可以和家里视频聊天。他原先那部用了好多年,只能发短信。"

"不想再读了?"李桃望向房间角落,那里躺着一个鼓囊囊的编织袋。

"家里没钱了。"

"卖工准备做什么?"

"不卖工,去找表哥。"

"你这是自甘堕落!"裴岩突兀地冒出一句,因为阿利父亲的投诉,这几天她出奇的沉默,此时却重又流露出队友们熟悉的那种咄咄逼人的神情。

阿彪不屑地瞥了她一眼,转向李桃:"他前些天回来就是要带我走,我想再等等,和阿利他们拍完那些视频就走,现在不用等了。"

李桃一颗心提起来,明白裴岩为什么愤怒。家长会上一看到那个表哥,她就知道他是做什么的。她立刻取出钱包,掏出里面所有的钱,顾盼也在照做,裴岩看到他们的行动愣了一下,马上明白过来。三人把各自的钱凑到一起,由顾盼递给阿彪,阿彪却扭过头:"我不要。"

顾盼把钱硬塞进学生手里,阿彪猛然把钱打落在地,跑出厨房,好像老师塞给他的是一块火炭。顾盼紧跟着他跑出去,李桃躬身从土地上拾起散落在地的钞票,想塞给阿彪的妹妹,女孩使劲摇头推着她的手,怎么都不肯收。

"我不要别人钱,不要别人可怜。"阿彪头也不回地大喊,"阿利知道我家的事,给过我钱,我不要。"

顾盼攥住他的手,阿彪试图甩开,却发现老师的手掌就像一个

讲台 229

铁钳，根本不可能挣开。顾盼把学生推向柴堆，阿彪的背重重撞在那上面，他这才意识到，如果真和盛怒时的顾老师对打，自己根本不是对手，顾老师暴打校长的传说也许是真的。

顾盼双手揪起学生的前襟，几乎把他整个人提了起来："是你的面子重要，还是你爸的命重要？"他拼命晃动着阿彪，只有在上次差点动手的时候，表情才这样凶神恶煞，"谁他妈可怜你，老师这是借你的，听懂没有？借你的，借你的！等着你连本带利还！"

裴岩也冲过来："你走了，你爸谁来管？家里的活谁干？都甩给你妹？她小学都没上完。你不为自己，也不为你妹想想？真是勺包，这点弯都绕不过来。凭你这种脑子去混社会，什么都干不赢。"

顾盼松开手，语调和缓下来："你爸的病，老师给你想办法，先治好再说，跟我回去上课去。"

阿彪的目光中有了一丝迷茫。站在门口的李桃也蹲下身，拉起阿彪妹妹的手："先回学校吧，听话。有老师们在，你家不会有事。"她起身把钱放在饭桌上，望着院子里的阿彪，"这些算老师们借给你的，钱不用还，但必须每天交利息。"

她迎着兄妹俩的惊诧目光走下台阶："从今以后，不许再惹事，要认真听讲。落下的所有课程，老师都会给你们补上。现在，跟老师回学校去见校长，还你清白。"

下山的路上，三人都没有说话。阿彪保证明天一定回学校，但终究不肯和他们同行，理由是还要在家收拾下。顾盼猜测，他也许是觉得和老师相处一路太过尴尬。

最后还是顾盼打破了沉默："他爸爸得的什么怪病？"

"我刚才问了学医的同学，这种症状可能是系统性硬化症，俗称硬皮病，是一种风湿免疫类的病。病因现在也不清楚，可能和遗传有关。"

"会很严重吗？"

"你也看到他的样子了。早期不算严重,靠一些激素可以控制,但他一直拖着没去治,结果越拖越重,现在只能勉强维持了。"

顾盼不知该说什么:"好在阿彪的嫌疑是排除了。"

"他要是真辍了学,这辈子就完了。"裴岩也低声说了句。

李桃没理会两人,望着一旁的山谷,自言自语着:"不能在学校搞募捐,学生们家里都没钱,又各有困难,不能再向他们伸手;阿彪那么要面子,肯定也会难堪,会觉得是在接受施舍;咱们是可以掏钱,但这样又能坚持多久?如果发起众筹呢……"

前面出现了阿彩的身影,她向他们飞奔过来,攀住李桃的胳膊,露出灿烂的笑容,和刚才带路时的戒备形成了鲜明对比:"老师,我和家里说了,今晚就住我家。"

李桃尽力藏起忧虑,也露出同样的笑容,心头反复回荡着阿彪送老师们出来时的情形。得知是阿彩把老师们带过来时,他的神色间多了一丝伤感:"她早晚也会不读的。"老师们诧异地反复询问原因,他始终不肯说。李桃也注意到,阿彩最近退步很明显,上课经常走神,还有几次不完成作业,这同样印证了阿彪的说法。

又一次经历了漫长山路的跋涉后,他们走进阿彩家的小院,以为终于能喘口气,并期待家长的淳朴笑脸、香气扑鼻的饭菜,角落里却突然响起凶悍的犬吠,一只高大的黄狗向客人们冲过去,后面还拖着长长的铁链。李桃和裴岩尖叫着四下逃散,阿彩跳着脚让黄狗回去,那畜生根本不听。顾盼拦在李桃身前,刚想从墙角抓一根竹竿自卫,就被黄狗重重扑倒在地,近在咫尺的獠牙闪着寒光,长长的红舌滴着口水,把他吓得汗毛倒竖,血液都要凝固。

远处响起呵斥声,黄狗夹着尾巴退回去。顾盼龇牙咧嘴地坐起来,浑身酸麻,心脏都要跳出胸膛,手臂更是隐隐作痛。阿彩父亲把黄狗重新在墙角拴好。李桃裴岩和阿彩围上来,阿彩心疼地向老师问长问短。

讲台 231

顾盼抬起胳膊,外套已被挠破,再撸起袖子,皮肤上留下几道深浅不一的白印,破了点皮倒没见血,总算松了口气。他问阿彩:"你家的狗怎么不拴上?"

阿彩不安地望向里屋:"本来拴好的,弟弟把铁链解开了。"三个老师顺着她的目光望去,果然见到一个六七岁的男孩从门背后探出半张脸,拖着鼻涕,露出和年龄完全不相称的狡黠笑容。

他们没想到这顿晚饭会吃得这么不愉快。阿彩的弟弟成了主角,他没一刻安静,在小院和屋子之间来回往返,一会儿驱赶鸡群,一会儿向猪圈里丢玉米粒,不断发出刺耳的吵闹声,老师们的话语经常被他的尖叫所掩盖。他母亲不时放下碗筷跑出去,看儿子是否还安全。老师们则不住望向院子,生怕他又把狗放出来。

姐姐们与他形成了鲜明对比。六个女孩简直像一组从大到小排列的套娃,发型完全相同,漂亮的相貌也相似,衣着风格接近,连低眉顺眼怯生生的神情都如出一辙。饭后她们各有分工,刷碗的刷碗,收拾房间的收拾房间,配合得极尽默契,弟弟不时冲过来捣乱,她们也不和他争执,任凭小魔王发泄完一通破坏欲,再收拾被他踩躏后的现场。

阿彩也去干活了,老师们打算和两位家长聊一聊学生最近的状态,尤其想旁敲侧击了解下阿彩是不是遇到了什么事。阿彩父亲殷勤地请老师喝茶,老师们正要说话,他已不声不响走掉了,整个晚上再没凑近过他们。他们只好和母亲聊女儿,阿彩母亲的目光一直不离儿子,嘴里嗯嗯啊啊随口应着。

和家长谈完,李桃把阿彩姐妹叫过来闲聊,顾盼把刚才的遭遇改编成评书,手上比画着招式,煞有介事地描述自己怎样和恶狗大战三百回合,眉飞色舞的模样逗得一群女孩咯咯直笑。李桃又把带来的明信片分给她们,女孩们捧着明信片惊叹不已。其乐融融的场面让他们的心情好转了不少。

弟弟果然又出现了，大概是觉得顾盼抢了自己的风头，他加倍卖力地吵闹，从姐姐们手中夺过所有的明信片。李桃对他强调，你可以从里面先挑一张，但不能都拿走，否则姐姐们就没有了。他却抱着那摞明信片不放手，向李桃大吼大叫，呸呸呸地喷出口水。李桃皱着眉躲开，掏出纸巾去擦沾上唾沫星子的书包，站在弟弟身后的裴岩早就忍不住，劈手抢回所有的明信片。

她完全没意识到这个举动的后果。小男孩愣了一下，马上放声号啕，阿彩母亲赶紧冲进来哄儿子，当着老师的面，挨个训斥阿彩的姐妹，嫌她们惹哭了弟弟。几个女孩低头听着训斥不做分辩。弟弟总算停止哭闹离开了房间，李桃想把他忘记拿走的明信片重新分给女孩们，没人敢再接，她只好逐一安慰她们。

"什么熊孩子，什么熊家长。"从学生家出来后，裴岩怒气冲冲地骂道。顾盼注意到同行的阿彩神色黯淡，示意她别再说了。

李桃轻轻抚摸阿彩的头发："都送出老远了，快回去吧。"

女孩仰望她，眸子里跳动着夕阳的余晖："老师，真不在我家住了？天马上要黑了。"

"下回吧，这次老师很抱歉。"李桃把剩下几张明信片塞进她的衣兜，示意学生藏好，"有些事我们很难改变，只能自己想办法排解。"她又安慰了阿彩几句，同她告别，孩子依依不舍地留在原地，目送老师远去。

"这回可好，又是两个小时的山路，山底下的小旅馆也不知卫生条件怎么样。"顾盼哀叹。

"那我也不想在她们家多待一秒钟。"裴岩愤愤说，"看那两口子后来瞅咱们的眼神。自己不知管教儿子，还什么都赖别人。愚昧，无知，没教养，蛮不讲理，有什么家长就有什么孩子，活该他们家穷一辈子。"

"那最辛苦的还是阿彩她们。"顾盼话一出口，裴岩不吭声了。

李桃没有加入他们的抨击，满脑子都是女孩们低头挨训的模样。她不愿多想阿彩们有着什么样的童年，也几乎猜得出她们的未来。在父母眼中，女孩只是儿子的陪衬，多半很早就要被嫁出去，为家里换回一笔笔彩礼，这些钱也很可能都要留给弟弟，弟弟则心安理得地吸吮着姐姐们的血，至少成年之前都要过着寄生虫般的生活。

走出很远后，李桃扭头回望，发现阿彩仍然站在原地，身影逐渐融入群山的阴影。她高举右手，用力挥了挥，也不知学生看到了没有。

在小旅馆过的这一夜十分难熬。顾盼不敢脱掉外衣，每过一会儿就会觉得身上哪里在发痒。他在黑暗中辗转反侧，知道这一夜很可能无法入眠，索性重新打开手机，这才注意到宇老师从学校发来的消息，阿飞他们几个都被排除了嫌疑。顾盼百思不得其解，一遍遍重看阿利主页上的视频。突然，他从床上一轱辘坐起来，脱口而出，"不对！"

"老师，怎么了？"阿飞忐忑不安地望着老师，不明白为什么他一回学校就把自己叫过来。

顾盼把手机举到他面前："你们那个系列的视频里，前前后后出镜的只有六个人：阿利、阿彪、你、阿进、阿冉、阿荣。那么当时是谁举着手机在给你们录？"

阿飞瞪圆了小眼睛，不住打量屏幕上正播放的视频，他们六个人同时出镜，镜头却在逐渐变换角度，显然是有人举着它在移动。

"第七个人是谁？"顾盼再次问。

他发现前面那段话起了作用，阿飞张了张嘴，眼珠转了转，显然是在犹豫是否该说实话，几秒钟之后，他实在扛不住老师冰冷的目光，只好嗫嚅出一个名字，顾盼的目光中刚流露出一丝震惊，阿飞马上又补一句："可是，不可能啊。"

"为什么？"顾盼催问，阿飞却再也不肯说话，无论老师怎样盘问，始终低着头。

出办公室的时候，他差点和李桃撞在一起。李桃躲过学生，气喘吁吁冲过来，匆匆把一张纸拍在顾盼面前："我这里也有新发现！"

学生走进办公室时，顾盼没发现对方的表情有任何异常，不由得暗自佩服这份心理素质，他选择了开门见山："阿利丢手机的事，你应该听说了，老师正在班里一个个排查，不会冤枉同学，但也不会放过真正偷手机的人。"

"老师，不是我。"女生神色如常。

顾盼仔细观察她：瓜子脸上口红还没擦干净，可以看到嘴角有很明显的红痕，眼影也依稀可辨，前额留着空气刘海，身上还隐约散发出香水的气息。

"告诉老师，那天中午你都去了哪里，阿秀。"

阿秀对答如流，顾盼手指轻敲着桌面，若有所思，当阿秀讲完时，他突然说了一句："有同学看到，这两天你把手机带到学校了。"

"老师我没有。"阿秀不假思索地回答。

"你还问过她们，现在的新手机有没有定位功能，别人能不能在其他手机上查出你那部手机的位置。"

"我那是随口问的，我的手机放在家里。"

"你的手机哪来的？"

"我妈妈的旧手机。"

顾盼掏出自己的手机发起信息，不用抬眼也能猜到，阿秀正紧盯自己的动作，片刻后他抬头："我问过你妈妈了，她说没给过你手机，你从来就没有过自己的手机。"

阿秀显然在这短暂时间内想好了说辞："我妈妈记错了。我家有好几部旧手机，我从她那里拿了一部。"

讲台

"什么牌子？外表什么样？哪年买的？"

阿秀一一回答，顾盼继续好整以暇地发着消息，然后点开外放功能，手机传来阿秀母亲的语音消息，她家并没有这样一部手机。

"还有个小细节。"顾盼把手机举给阿秀，她的神情已变得局促，"你说那部旧手机是三年前买的，可那款型号去年才出，这是它官网上的资料。给老师说说，你怎么穿越时空买到的？"

"老师我记错了不行啊？"阿秀突然大声说，姣好的面孔瞬间带上几分凶悍。顾盼心里却更加踏实，他太了解阿秀了，这女生越是张牙舞爪，越说明心虚，之前每次都这样："老师只是想看看你那部手机什么样，是不是刚好和阿利丢的那部一样。"

他以为说到这里，阿秀就会主动坦白，没想到片刻的僵持后，女生恢复了笃定："我的手机在家里，和阿利那部根本不一样。老师你想找，问我妈妈好了。"

她这是笃定她妈妈找不到那部手机。顾盼暗自咬紧牙，只好用最后一招了："那倒不用，那天你舅舅在学校做了一次突击检查，我也跟着去了，你肯定知道。我们发现了点东西，本来想等你自己承认。"

他拉开右手的抽屉，阿秀屏住呼吸注视着老师的一举一动，顾盼却故意让动作轻柔舒缓，以营造悬念。

他先是装作不经意地从抽屉里掏出一副白手套，然后是一部手机，超薄的黑色机身，背面加了个"全员恶人"的手机套，又当着阿秀的面输入密码，把手机屏幕举给她看，那是一张合影，男生和女生亲昵地脸贴脸望向镜头，面孔都加了美颜效果，还一同把手举成V字形。

女生是阿秀，男生是阿利。

顾盼放下手机，满意地看着阿秀在颤抖。

"老师我是捡的，在学校里捡的，真是捡的。"她啜泣起来。

"捡的为什么不还给阿利?他是你的男朋友,"顾盼脸色铁青,"你现阶段的男朋友。"

阿秀不答话,只是一直抹着眼泪。

顾盼站起身,背手在办公桌前踱步,竭力模仿他爸那副中年领导干部的派头:"这事怎么处理,老师也很为难啊。你也知道,阿利的爸爸打算报警,警察同志什么都能查出来,盗窃财物价值五百元以上就立案,阿利那部手机已经上万元了。你觉得对他们说,手机是自己捡的,他们会信吗?那样舅舅也保不住你。"

阿秀颤抖得越来越剧烈:"老师求你帮我想想办法,我知道错了。只要别闹大,怎样都行,什么都听老师的。"她脸颊淌下两道有颜色的泪水,那是被冲掉的眼影,顾盼递去纸巾,让她擦掉即将流下的鼻涕。他从没见阿秀这么狼狈过,脑海中突然冒出一个古怪的想法,被外人尤其是老师看到这副模样,这女生已经可以说是受到严惩了。

"老师可以想办法内部处理。"顾盼背对学生俯瞰操场,"一不报警,二不让你家里、你舅舅知道,三不让其他同学知道。不过你必须按老师要求的做。"他转过身,"第一,写一份检讨,说清楚你干了什么;第二,向阿利当面道歉,你俩立即分手;第三,从此以后,永远不许再拿别人的东西,不许再谈恋爱,把心收起来,好好学习。"

阿秀收住眼泪,抽噎着拼命点头。

顾盼向她伸出手:"那就把阿利的手机交出来。"

阿秀的目光瞬间呆滞,她指着桌上那部以自己的照片为壁纸的手机:"这不是……"

"这不是。"顾盼拾起手机,"这是老师自己的新手机,只不过买了同样的型号,换上同样的壁纸和手机壳,照片是阿利给我的。"

阿利坐在办公室门外的台阶上,捧着自己的手机,颤抖的手指点开那个用小号注册的个人主页，里面收集了几十个视频，所有的主角都是阿秀，镜头前的她化了浓妆，衣着都很成熟，摆出种种妩媚的表情和姿态，根本看不出才十四岁。

"以后就算谈恋爱，也要找一个真心待你的人。"顾盼轻声说。

阿利点点头，咬着牙把视频挨个删掉。

"手机找回来了，你爸那里可以交差了，就不退学了吧？"

"爸爸让我自己拿主意。"阿利悄声说。

"你不想走，不想离开阿彪、阿飞他们。"顾盼平静地说。

"也不想离开172班，顾老师你成立的胜利者，我们都很喜欢。"阿利低声说。

"那就算是为老师留下吧，阿芹要辍学，老师这些天很不是滋味，我不希望172班缺少任何一个人，你们每个人对这个班都很重要。你的演技不错，下回文艺晚会表演个节目吧。"

身后的门开了，李桃带着阿秀走出办公室。女生这次是素颜，头几乎垂到胸前，不时发出一两声没忍住的抽泣。她来到阿利面前，用难以听清的声音说了声"对不起"。阿利用通红的眼睛盯住她，似乎随时都能扑上来，但最终还是向两位老师道别，始终没看"前女友"。李桃又对阿秀说了几句，同样把她打发走了。

顾盼在四周转了转，确认没有其他人，这才打个响指，隔壁办公室紧闭的房门开了一道缝隙，裴岩冒出头来。李桃向她扬了扬找回来的手机，裴岩长出一口气。

李桃把手机塞给她："不要对任何人说是谁偷的，包括宇老师。"

裴岩把手机攥得紧紧的："就这么算了？这可是很严重的问题。"

"去年比这还严重的事，我们也经历过。惩罚不是目的，她能吸取教训就好，我不希望她因为这事被开除或是怎么样，就像不希望你被清退一样，手心手背都是肉。"

"手机最后在哪儿找到的？"

"操场上的女厕所，水箱后面。阿利他爸爸闹到学校之后，阿秀就把手机藏到那里，这才躲过了搜查。她的如意算盘是，只要避过这段风头，以后就可以放心玩手机了。就算手机被搜出来，也没有证据说明是她偷的，无论怎样自己都不会暴露。要不是顾盼诈出了她的实话，还真难找到。"

"你对她说什么了？"

"老生常谈罢了，让她想想阿利有多伤心，其他同学又有多提心吊胆。她哭得很厉害，说自己没想那么多，只是羡慕阿利有那么好的一部手机。她还承认，不是真的喜欢阿利，和他在一起就是为了享受他对自己的好；这次拿手机是觉得不会被发现，再说阿利那么有钱，一部手机对他来说也不算什么，而且早晚要和他分手的。"李桃又叹口气，"谁听说他俩在一起都不敢相信，他俩根本就不配。现在总算知道答案了。"

顾盼一声冷笑："这女生的脑子也真不会拐弯。她只要开个口，阿利都能直接把手机送给她。"

"我倒宁愿她笨一点。这么小年纪就能干出这种事，再不好好教育，长大还不知会怎样。不过她这次确实吓坏了，一遍遍求我不要让俸主任知道，更不要告诉家里。其实这个请求有点多余，她爸爸在外面打工，妈妈不管她，没心思管她。她妈妈……"李桃拿不准要不要说，最后总算开口，"在外面有男人了。"

顾盼半天没说话，千言万语化为一声叹息："想在学生里找一个家庭幸福的，还真是难啊。"他低头玩起手机。

李桃望着那部手机："你敢对阿利许诺，一定能把手机还给他爸爸，是因为早就打算买个新手机赔他？"

顾盼继续打着游戏："案子能破，这手机就是我给自己的奖励，破不了就赔他。反正阿利他爸要的只是手机，又不在乎是不是原先那个。"

讲台　239

"真舍得花钱啊。"

"不买它,我也没法诈出阿秀的实话。再说这手机根本没阿利他爸说的那么贵,他就是想趁机讹钱,这个奸商。话说回来,这手机挺好用的。"顾盼仍然低着头,"阿辰那边呢?"

李桃回宿舍取出厚厚一摞信纸,两位队友都吓了一跳:"全是你俩的信?"

"这几天我只要有空就和他谈,说什么他都不回答;又改成写信,他这才肯回应我。从此每天他都往解忧盒里塞纸条,我也每天都回答他。这孩子心事特别重,让我想起自己小时候,最后他终于答应不回家,继续留在学校负责图书室。还有,"李桃望向裴岩,"那些天他一直在班里盯着其他同学,阿秀那些反常表现都是他发现后悄悄告诉我的。"

裴岩皱起眉:"这不是告密吗?"

"所以我也回复他,自己恢复清白就可以了,一切到此为止。"

"还有阿芹?"顾盼问。

这回李桃只是摇摇头。她掏出手机,阿芹的QQ头像仍然是灰色的。顾盼忙着破案这几天,李桃又去了阿芹家两次,每次都要说到和学生一起掉眼泪,回去以后继续在QQ上整夜整夜地谈心。昨天是第三次家访,阿芹送她出门时的最后一句话是:"老师我再想想。"把李桃送出很远。

"放弃吧。"裴岩突然说。

两个人同时看她,裴岩补充一句:"付羽一直这么劝你们。"

"哪个学生都不应该放弃。"李桃毫不犹豫地反驳。

"可也不能为了一个学生耽误全班的教学。离开的学生重要,还在班里的同样重要。"裴岩语速飞快地回答,然后又一句,"这也是付羽说的。"

"这会儿你倒听起付羽的话了,他让你注意和我们搞好关系,你怎么不听?"顾盼讥讽道。

"不是听他的话,是引用他的话来佐证我的观点。"裴岩显得胸有成竹,"辍学背后的原因经常复杂得超出想象,像阿芹这种状况几乎是无解的,我知道。"

"知道了半天不还是什么都做不了嘛。"

李桃没听两个人的争吵,她压抑住心脏的狂跳,盯着手机QQ上突然弹出的消息,那是阿芹发来的:"老师,以后你还会把我当成自己的学生吗?"

她用最快速度敲下"当然会呀"这几个字,又一口气发了五六条鼓励的话语。屏幕上很快跳出阿芹的一行字:"老师,我明天回学校找你。"李桃激动得一跃而起,抬头就告诉顾盼和裴岩,两人停止了争吵,愕然的表情凝固在脸上。过了好一会儿,裴岩才冒出一句:"别抱太大希望。"

李桃丝毫没有把裴岩的告诫放在心上,满心期待地等到第二天,果然等到了阿芹,她背着个大旅行包,是来向老师道别的。

他们一直把阿芹送到镇上的车站。坐上长途车之前,阿芹向李桃他们鞠躬:"老师,我想读书,可我更想妈妈。对不起。我永远是你们的学生。"背起旅行包上了车,坐到父亲身旁。

车门关闭,老师们久久望着长途车远去,最后顾盼小声说了句:"回去吧。"第一个转身回了学校。

裴岩亦步亦趋地跟在顾盼身后:"顾老师,虽然不太情愿,可还是谢谢你。要不是你找回手机,我真有可能被清退,这几天我一直压力很大。"

顾盼没回头,自顾自地走着:"你能说出这话,简直比咱们学生知道学习还难得。"

"我知道农村学校情况复杂,可现在才知道,知道有问题不等于知道怎么解决问题。"

"那可不，厨子手艺差是可以随便批评，可要想吃得满意，还是自己做最放心。"

"既然刚好说到这里，我觉得我们可以讨论下，你这种说法其实是在偷换概念……"

顾盼不耐烦地大声叹息，加快了脚步。

裴岩紧跟上去："厨子做饭好不好吃是问题 A，要不要自己做饭是问题 B，置换到那次宣讲会我们的论题上，我们当然应该去支教，去尽力帮助农村学生，但农村教育和支教同样存在着问题，而负责解决它们的本应是国家和政府，不是我们这些志愿者，我们也没那个能力。你这里是在把问题 A 混淆成问题 B，更把这种话术生搬硬套到我们的论题上，这叫机械类比，这样会掩盖真正的社会问题……"

顾盼收住脚步，转过脸："我求求你了，你都对，行了吧？"

"我不需要你退让，我们是在讨论问题……"

顾盼没再答话，目光越过裴岩，落到远处李桃的身上。她始终呆立在原地，望着长途车远去的方向。许久后，她低下头，又一次看着手机上自己和付羽的聊天记录：

"李桃，我能理解你的心情。每个支教老师都会经历学生辍学，每个人都有。可我说过，离开的学生重要，还在班里的同样重要。"

"所以当年你支教的时候，对学生辍学也是听之任之？"

"说起来有些惭愧，但确实是这样。"

"我很想知道你那时的感受。"

"第一次得知学生要辍学，我连着一周晚上没睡着觉，用尽一切努力也没能挽回。"

"然后呢？"

"然后辍学的学生越来越多，慢慢我就麻木了。"

"可我觉得，手心手背都是肉。"

"可你也知道那个火车扳道难题。人没法都救的时候，只能先顾大多数。"

远处响起顾盼的喊声，李桃收起手机，快步走向对自己招手的两位队友。

"我有个打算。"三个人聚餐的时候，李桃放下碗筷，"我想利用周末时间做家访，每次去一个村子，争取把全班所有学生家都走完。"

"恐怕是个大工程吧。"顾盼把盘中剩下的西红柿炒鸡蛋全部倒进自己的碗里，之前他放多了盐，又放多了水，几乎搞成了西红柿汤，两个女生只是礼貌性地盛了几勺就不肯多吃，他只好恨恨地一个人"打扫"完这盘自己生平第一次炒出的菜。

"你们还没意识到？"李桃望着两位队友，"阿芹、阿利、阿秀、阿彪、阿彩……这些学生的家庭几乎都有问题，他们所有的负面行为都来自家长的影响。只有了解他们的家庭，才能真正搞清楚问题的根源。"

"话是这么说，可要是每家都去，得花多少时间？"裴岩把汤盛进碗里，嘀咕着。

"你们要是忙，我一个人去就可以。"

"那我也去。"顾盼赶紧说。

两人又不约而同望向裴岩，裴岩红了脸："看我干吗？"

"随便看看，我知道你肯定不去。"顾盼一脸坏笑，"我要写论文！"他模仿裴岩的清高表情和语气，推了推并不存在的眼镜。

"那你完全想错了。"裴岩报以同样的表情和语气，"我认为这是非常宝贵的田野调查机会。"

李桃满意地点头："那就这样，咱们的家访，从下周末启动。"

第十二课　稻草人

雨正在下，天色暗淡，道路泥泞。师生们每个人都是一手打伞，另一手举着手机照亮，走得深一脚浅一脚。

裴岩很快落到队伍最后，她的眼镜蒙上水汽，看不清前方也腾不出手来擦。顾盼停下来等她，打算替她背包，刚接过包就吃了一惊："你又带什么了？"

"笔记本电脑、相机、厚衣服，还有书。"裴岩上气不接下气。

"带书干吗？咱就在这儿住一晚上。"

裴岩抬起头，满是雾气的镜片遮住她的目光，眼镜好像马上就要从鼻尖滑落："我带的是《哈利·波特》，阿雯很喜欢看那本《火焰杯》，我准备送她。"

"一本书也不至于那么沉啊。"

"我带了全套……"

顾盼再没力气多说，只是背着全套《哈利·波特》闷头往前走，鞋上糊满了泥，每一步都沉重滞涩。

这是他们第一次集体家访。为了稳妥，李桃特意把目的地选在离学校最近的那个村，阿雯、阿飞、阿亮等学生都来自那里，没想到真正成行还有这么多波折。他们在客运站的广场上等了快三个小时，目送相同的几辆乡村巴士往返了至少三次，好不容易坐上最后一班，阿雯、阿飞他们欢呼雀跃地奔向敞开的车门，至少三四个孩子拥挤在一个座位，还没心没肺地招呼老师们也坐。

车老板一再提醒老师们旅途中不要拍照，还向他们抱怨：班车就这几辆，学生这么多，要去的村子也多，路途又远，不超载只怕天黑都没法把学生全送回家。司机也累，自己也愁，车票收入又只勉强够成本。他找过主管部门不知多少次，希望增加车次，始终没有回应。超载的事情一旦曝光出去，自己挨罚不说，学生想回家都没车可坐。

半小时后，他们到了阿雯家的村子，迎面是一大排樱桃树伫立在雨中，满树的粉色花朵在绚烂绽放，背后是山谷的浩瀚云海。

队伍逐渐拉长，走在前面的阿雯、阿飞、阿亮腿肚上都溅了泥，依旧健步如飞。他们除了背着书包，手中还各自提了另一包书，学生们告诉老师，他们每周都这样走，习惯了。天彻底黑了下来，透过雨幕只能依稀分辨远处手电筒的星点光亮，那是不放心的家长们出来接孩子。学生们随之一个个减少，从不同的泥路返回各自散落在深山中的家。一个小时后，老师们到了阿雯家，她家不仅是相对最近的，还能腾出两间空房安置三位老师。

阿雯跟着奶奶忙碌开来，一直进进出出，热情地招待老师们喝水、吃饭。

米饭很硬，鸡肉也硬，肉汤上厚厚一层油，青菜炖排骨的味道还不错，只是偏咸。师生四人埋头扒着饭，阿雯奶奶在旁边的火上煮起一锅萝卜叶，举着铝盆往里倒进玉米粉，不住搅拌，然后提着锅出去喂猪。老师们吃完饭想帮着收拾碗筷，她坚持自己来洗碗。师生们只好围着火堆聊天，裴岩问阿雯，爸妈是不是都去卖工了，孩子点点头：“我爸爸在广东。”裴岩问妈妈在哪儿，孩子含混一句："也不在家。"再问去哪了，没有回答。又问，那他们春节会回来吧。仍然没有回答。

李桃岔开了话题，一年多的支教经验告诉她，贸然向农村学生问及父母的去向，不仅容易得到让人不愉快的答案，更容易伤到孩子。她和阿雯聊学校生活和172班的同学，聊各自喜欢的书、电影和歌，聊怎样摘核桃、采茶、捡柴，雨季怎样去树林里寻觅菌子。聊到未来的梦想，阿雯照例说想考高中、考大学。大学毕业以后就走一步看一步，也许会当老师，教小学生，小学生最可爱。最不想教初中生，看老师们这么累就知道了。

两位女老师住在阿雯的房间，这里收拾得极为干净整洁，一串千纸鹤从灯管上垂下，阿雯从小到大得过的奖状贴满了一面墙，显得金碧辉煌。顾盼那间房的条件就差多了，他一踏进屋子，就感到脚下地板在微微摇晃，房间似乎是悬空的，坐定后又闻到一股牲口圈的臊臭，阿雯告诉他，脚下就是猪圈。屋子的窗户没有玻璃，只有一块装上凹槽可以滑动的木板，晚上睡觉必须整个把它关上，顾盼只拉到一半，剩下一半怎么也关不上，只好任由窗户半敞着，所幸晚上也不冷。

临睡前，他独自在小院中站了一会儿。雨停了，浓雾遮住大半个夜空，只剩几颗稀疏的星辰，不远处的灯火笼上一层光晕，万籁俱寂中听得到猪圈里有节奏的哼鸣，以及不远处的潺潺水声。

顾盼暗自为阿雯盘算着未来的人生，觉得她的命运也像这夜雾一样扑朔迷离。以她现在的分数和名次，考上高中十拿九稳，可想进市一中依旧勉强。在四年后的高考中，阿雯的竞争力到底怎样？再过四年大学毕业，她又能找到什么样的工作？就算留在城市，她多半又要面对万千白领共同遭遇的种种难题：求职、房租、房贷、父母养老。那种"社畜"的日子历来被自己深恶痛疾，却极可能是阿雯们拼尽十几年艰辛后最终抵达的人生彼岸。农村学生几乎生来就肩负着重担，也要多付出数倍的努力、牺牲掉童年的一切欢乐，才能勉强与来自城市的同龄人站在同一条起跑线上。可这些真的值得吗？

他怎么也想不出头绪，深深叹息着回到房间。这一夜照例没睡好，倒不是因为心事重重，房间的角落里总有窸窣响动，还能听到老鼠磨牙声，顾盼总担心会有老鼠不知什么时候跳上床。

　　第二天上午将近十点，老师们吃完早午饭合一的米饭炒菜，阿亮过来了，师生五人向下一位同学家进发。弯月依旧挂在蓝色的天空，对面是太阳在升起。脚下种着茶树和玉米的层层梯田，一直向下延伸到山谷中，那里云海翻涌，更远处是绿带般的澜沧江。

　　老师们马上发现，阿亮是个优秀的向导，周围的一草一木每样都能讲得滔滔不绝。枯黄的玉米秆砍下后可用作饲料，留在地里的小半截是为了给浅绿色的豌豆苗搭起支架。细瘦的金竹可以做烟杆。宽大叶片还残留着露水的是野姜。橄榄树茂密的枝叶中隐藏着小果实，阿亮指点了半天老师才找到。山头宽大的芭蕉叶在风中招展，远望去仿佛狭长的小绿旗在掣动，它的叶片可以用作猪饲料。在阿亮的描述中，大山俨然成了百草园。

　　他先把老师们带到阿飞家，阿飞母亲忙前忙后地劳碌着，阿飞则陪老师和同学们看电视、聊天，其他时间就是斜靠在沙发上玩手机，顾盼问他，不和阿彪他们去镇上混的时候，在家是怎么过的，阿雯抢先替阿飞回答："和现在一模一样，每天睡到自然醒，起来后玩手机、看电视，在村里无所事事地闲逛，到了饭点准时回家吃饭，要多少零花钱家里都给。"

　　李桃则问阿飞的母亲，孩子在家干不干农活，家长摇摇头："他哪干得赢。家务活也根本不干，孩子还小呢！"身高只比顾盼矮一点的阿飞低头玩着手机，假装没听见。老师们之前听阿飞讲过，父母早已离婚，他上面的两个哥哥都夭折了，一个是在江边玩水淹死的，一个是生病延误了救治，在家躺了三个月后去世。母亲自然对他百依百顺。

　　继续往山下走，一个又一个学生加入他们，队伍不断壮大，老

讲台

师们与其说是家访,更像是郊游。他们以澜沧江为背景照了不知多少张合影,学生一遍又一遍地问老师"这里美不美",又带老师去山脚下的小学参观,这个村子所有的孩子都是从那里毕业的。女生们簇拥在李桃身边,举着手机自拍和互拍,躲闪着对方的偷拍,每个镜头都可能引发欢笑。顾盼和男生们一起走,嘻嘻哈哈互相调侃打闹。只有裴岩是一个人,不时停下在笔记本上写点什么,她和谁都不说话,学生们也尽力避免靠近她。

旅途的终点是阿亮家,他家比阿雯家热闹得多。一只被拴好的大狗乖乖地伏在地上,棕色的大猪从栅栏间探出嘴哼鸣。几只芦花鸡啄食着散落在地的玉米粒,一只纤瘦的花猫沿墙壁游走,李桃试图对它表示友善,它警觉地溜了开来。倒扣的竹筐里,一群小鸡在叽叽喳喳地吵闹,顾盼放它们出来,在院子里大呼小叫地来回轰赶,李桃笑话他像鬼子进村。最后他捉到一只毛茸茸的小鸡,他们轮流捧在手上玩弄了半天才放下。

阿亮忙里忙外搬来矮桌矮凳,端出一堆核桃、一盆番石榴和一大箩淡而无味的瓜子,提着壶嘴不断冒热气的铝壶,用开水烫洗一只只洗不干净的玻璃杯,粗大的茶梗在褐色的茶水中翻滚。然后他一头扎进厨房,手脚利落地收拾那条从街子上事先买好的大鱼,阿雯等几个女生也跟进去帮忙,洗菜的水声、菜刀剁案板的动静、食材下油锅的爆炒响动和欢声笑语混在一起,阿亮片刻工夫就变魔术般摆了一大桌子菜。顾盼只尝了几口就赞不绝口,阿亮嘴里含着饭,嘿嘿笑着:"老师你难得夸我。"

阿雯也插嘴:"阿亮在家可能干了,家里的电器和摩托车都会修。"

"这孩子在家和在学校一点都不一样。"李桃轻抚花猫的后背说,尝试很久后,她赢得了它的信任。顾盼望着学生们争先恐后去刷碗的背影,点头表示赞同。成绩说明不了一切,任何一个学生都会在老师意想不到的时刻绽放出自己的光芒。想到这里,他们不约而同地回避了阿亮考试成绩仍不见起色的话题。

黄昏时，老师们坐上回学校的班车，隔着车窗与学生们挥手告别，真是一段漫长、充实和完美的旅途。李桃望着车窗外正在西沉的落日想。

老师们后来才知道，这其实是最轻松的一次家访。更常见的情形是，学生们信誓旦旦保证自己家很近，时长总是一刻钟、二十分钟或半小时，可他们每次都至少走上两三个小时，翻过一座山又是一座山，没完没了的上坡、下坡、转弯，杂草、荆棘、坑洼。两个女生经常脸色发白，体力不支，顾盼不得不反复停下来等她们，其实他自己也在硬撑。他抬头看看远处好像永无穷尽的山路，每一次都咬牙切齿地发誓再也不来了，下个周末还是二话不说背起包踏上旅途。没别的，这样的路况对自己来说是折磨，对学生来说却是日常。

家访刚进行到第三周，裴岩就病倒了，她发了两天烧，接下来几天都萎靡不振。周四的晚上，顾盼和李桃在商量去阿彩家做家访，阿彩依旧整天魂不守舍，又怎么也不肯对老师说清原因。这时裴岩面有难色，问能不能休息一两周。顾盼不假思索地表示赞同，他早觉得裴岩是家访途中最大的累赘，李桃也宽慰了几句。

两人却没想到，他们刚和阿彩联系好，第二天茶校长就在教师群里发了一则通知：上周末，客运站的班车送学生回家时被交警拦了下来，发现严重超载后，当地的交管部门把班车全部取缔了，自本周起，全镇的学生都只能由家长接送上学。通知最后还要求，请班主任积极做好学生和家长的安抚教育工作，并进行正面引导。

"真是典型的中国式处理方式。"顾盼打量着教师群里的讨论，字老师在抱怨禁令不近人情，俸主任倒是很乐观，学生可以不回家嘛，一两周没什么的。牙老师也持相同态度："你看吧，班车早晚得恢复，这也就是一阵风。"

通知下达的这个周五，顾盼和李桃站在拥挤的校门口，把班里的学生逐一送上家长们的摩托。来接阿彩的是一个陌生男人,阿彩介绍说是同村的邻居。她坐上他的摩托,向老师招手:"老师下次再来我们村。"李桃和顾盼目送着她消失在浩浩荡荡的回家大军中。

裴岩凑过来,问出他俩共同的疑虑:"班车没了,你们家访可怎么办?"

李桃无言以对,顾盼没好气地瞪她:"肯定有辙。"

第二天中午,空荡荡的校园响起引擎声,十来个没回家的学生一通欢呼。李桃循声来到校门口,发现这里停着一辆红色摩托,跨坐上面的骑士等到她出现才摘下头盔,自以为很帅地甩了甩有些卷曲的头发,神气活现的劲头不比当年阿彪的乡村飞车党逊色。

"字老师帮我借的,刚加满油。"顾盼把头盔挂到车把上,拍拍摩托车的油缸,"现在就去阿彩家还来得及,以后也不用卡着班车的点儿,更不用没完没了地走山路。"他递去另一只头盔,"上车。"

李桃没接:"你的技术行吗?开车都那样。"

"送猫那次主要是不认路。我体育选修课学过摩托,还有驾照呢。"

"岗前培训的时候说了,不让咱们骑摩托,山路那么陡,真出事怎么办?"

"这不是没别的办法吗?你要是能叫来一架直升机也行。"

李桃还在犹豫,顾盼直接把头盔扣到她的头上:"我路上肯定小心,你惜命,我也惜命。快走吧,再磨蹭,又得天黑才到了。"

李桃到底还是跨上后座,却发现自己双手无处可抓,顾盼拍拍背上的双肩包,李桃反复检查,确认背包足够结实,这才从后面揪住它。顾盼拧动油门,摩托带着轰鸣声缓缓启动,仿佛骏马嘶鸣着撒开四蹄。

摩托在乡村公路上行驶着,速度不比马车快多少,空前愉悦的心情还是让顾盼欢呼起来。李桃在后座上直喊"慢点",没完没了地提醒他注意安全：

"山路上遇见对面的摩托，你必须停下来等人家先过去。"

"知道。"

"下雨和天黑都不许骑摩托进山。"

"没问题、没问题。"

"上下陡坡也得小心。"

"咱们都下车，我推着走。"

"不许摘头盔。"

"你擎好吧，走喽。"

道路从柏油路变为水泥路，又变为土路，越发崎岖蜿蜒。李桃在后座上尽力和顾盼保持距离，下坡时却还是不得不伏在背包上，很多路段少不得频繁上下坡，她更是只能双臂环抱住顾盼的腰。顾盼尽力小心控制车速，经历了几处陡坡和急转弯熄火，下午终于赶到阿彩家的那个村。

那条恶狗的吠叫声远远传来，顾盼在四周寻觅着什么，李桃掏出手机："奇怪，阿彩怎么还没回我？中午出发前我就跟她说，咱们又能去她家了。"

顾盼找来半块砖头捏在手里："她没回信息，你怎么不打电话问啊。"

"还不是你催得那么急，刚借来摩托就要走，路上我又一直在注意安全，没顾得上打。"李桃拨通阿彩的手机，自言自语着，"按说学生在家都是手机不离身，每次我发信息过去，很快就回我了啊。"

阿彩始终没接电话，李桃改为拨打她母亲的电话。阿彩母亲对于老师的到访显得猝不及防，两人在小院外等了一刻钟，她才出现在门口，说阿彩不在家，去同学家了。恶狗叫得越发凶狠，李桃大声问去了哪个同学家，什么时候回来，什么时候去的，阿彩母亲一问三不知，只是敷衍地留老师们吃饭。李桃和顾盼异口同声地谢绝了。

讲台　251

他们在村里走访了其他几个学生家,都没有见到阿彩。学生们都说,昨天就没见阿彩回村,从开学到现在都是这样。他们越发感到蹊跷,这时阿彩回了电话:"老师,我不知道你们又要来,我在别村亲戚家。"声音很慌乱。

"什么亲戚?哪个村的?"李桃警觉起来,"你妈妈说你去的是同学家。"

阿彩更加支支吾吾,半天也没说清楚,只是反复表示自己没事,老师不用担心。挂了电话,李桃、顾盼重新赶往阿彩家,把疑点告诉阿彩母亲。阿彩母亲随口表示,那就是自己记错了,女儿没事就行。李桃再问,阿彩有几周没回家了,阿彩母亲还是说不清。那副心不在焉的神情越发让李桃厌恶,只好和顾盼又去了其他学生家,走出老远还能听见犬吠。

周一上午最后一节的语文课刚结束,李桃就把阿彩叫到走廊,没有任何多余的闲话,开门见山一句:"阿彩,你谈恋爱了。"

学生一声不吭,但忸怩的表情和脸颊的红晕,已经让老师确定了自己的判断。

李桃深吸了一口气,与其说是压抑怒火,不如说是在积攒勇气:"道理说得够多了,老师也是从你这个年纪过来的,会尽量尊重你的感情,可老师也早就提醒过,第一不能有过分的举动,第二不能影响学习。这两点你都做到了吗?这几个周末,你到底去哪儿了?"

阿彩抬起眼睛直视老师:"老师,我不是谈恋爱。"

顾盼撒腿向教师办公室跑去。李桃给他打电话时,语气急迫得仿佛屋里又进了老鼠,绝不会是好事。他在操场上遇到了宇老师,教学楼门口遇到了弯腰喘气的裴岩,三人一同冲进办公室,迎面就是李桃的严肃神情。她先让裴岩关上办公室的门,然后劈头一句:"阿彩也要辍学。"

"要去卖工挣钱？觉得读不下去？家里不让读了？"顾盼问，倒并不感到如临大敌，他多少习惯了这一学期接二连三的辍学事件，也还记得阿彪之前的那句话"她早晚也会不读的"。

李桃咬住嘴唇："是要回家结婚。"

没人回答。其他三人的脸色也变得和李桃一样严肃。他们之前就没少听说别班有学生为结婚而辍学，顾盼的反应也从最初的震惊和怀疑，逐渐变为淡漠，可这次轮到自己的学生，听别人的故事是一回事，故事主角近在眼前则是另一回事。

更何况，主角还是阿彩。

"试着挽回吧。"想了半天，他只冒出这一句，过往经验告诉他希望不大，可这是老师们唯一能做的。

李桃满脸痛心地摇摇头："没希望了。她一提这事，我就劝她，劝了半天也没用。"

"你怎么劝的？"

"我说，你才15岁，自己都还是个需要照顾的孩子，现在就要承担家庭的责任？更不用说你本来有无数种可能，以你的条件，想结婚有的是更好的选择，为什么这么轻易就把自己交出去？结果……你们知道她说什么？"

一片死寂，其他三个人都有了不祥的预感，也隐约想到同一个答案。

"她说，老师我知道，你对我说的话我都记得。可是我、可是我……"她全身都在难以抑制地颤抖，跌坐在凳子上，失神的目光四下飘荡。

"可是我怀孕了。"裴岩面色冷酷地补上后半句。

"我当时耳边嗡的一声，两眼一黑。"李桃保持刚才的姿势，喘息了好一会儿，才有力气继续讲述，"一开学她就发现了，算起来应该是暑假的事，我看过她的腰，确实很明显了。"

讲台 253

"她为什么不早说?"裴岩问。

"不懂,或者是犹豫,或者是不敢。"字老师低声回答,"以前遇到这种事,女生都是这样。"

"可阿彩是故意的,就是要等生米煮成熟饭才说出来。她说,那男生对她特别好,和他在一起特别温暖。她之前也犹豫过,要不要像老师说的那样继续考高中,后来还是决定放弃,因为太难了。而且早一天结婚,就能早一天逃离家里。那男生又说愿意娶她,阿彩她爸妈……"

"就把她卖了。"顾盼嘴里咝咝吸着凉气,指尖冰凉。

"我从没遇到过这种事,现在脑子里还乱糟糟的。"李桃抬起头,脸庞惨白得毫无血色,"我只能让她先回宿舍,咱们先商量下再说。可我也、我也不知该怎么办。"

"怕是没什么办法。"字老师神情犹豫,好像生怕说出这个事实会让支教老师们更受打击。

顾盼一言不发地掉头就走,预感到什么的字老师快步跟上,再后面是裴岩。顾盼越走越快,走出教学楼就疯跑起来,对身后两个女老师的喊声充耳不闻。字老师收住脚步,赶紧拨打起手机。

茶校长大步流星地赶到顾盼的宿舍时,他正提着根钢管要出来,那是以前查抄学生宿舍时搜来的。茶校长堵在门口:"顾老师,你闹什么?放下!再让学生看见了!"

"我打死那个王八蛋。"顾盼举着钢管拼命想往外挤,可茶校长已彻底封死了他的出路:"支教一年多了还这么冲动?"

顾盼退后一步,用钢管指着校长,面目狰狞扭曲:"让开!要不我先把你打一顿!"

校长一把攥住钢管:"你先放下!"

"这他妈是新中国!"顾盼两眼血红,口沫飞到校长脸上,"女性法定结婚年龄是20岁,童婚没有法律效力!"

"这就是中国农村！"茶校长攥住钢管和他对吼，"只要年龄到了又是自愿，那就不犯罪也不违法，学生家长根本不让管，我们除了劝还能怎么办？这种事之前也有过，172班有，别的班也有，每所农村学校都有，今天有，明天还有，你管得了几个？"

"别的我管不了，这次总不能干看着，再不滚我可动手了！"顾盼想把钢管抽出来，没成功。

"你打他一顿也没用。关键在女生自己，她怀孕了！"

顾盼呆在原地，宿舍里只能听到他和校长的粗重呼吸。握住钢管的手剧烈颤抖，他终于从校长手中抽出了钢管，却恨恨地把它丢到地上，钢管发出轰鸣的同时，自己也跌坐在沙发里。

茶校长把他的房门从外面锁上。门外宇老师还在对裴岩解释："没证算什么？酒席一办，两家的亲戚邻居都认，小两口先住在一起，岁数到了再去领证，地方上就算想管，也管不过来……"她发出一声深长的叹息，裴岩也简短地回了一句："我知道。"

老师们后来得知了阿彩的恋情。上半年和阿彪分手后，很快就陆续有其他男生给她写情书，本班、外班的都有，大多是班里其他女生带来转交的。起初，阿彩牢记李老师的告诫，那些情书不看就撕掉，可慢慢地，其中一个男生的情书还是引起了她的注意。他一直用天蓝色的信封和信纸，每一两周就是一封，至少三四页。她忍不住读起他的情书，发现字迹也很漂亮。最特别的是，他从不像其他男生那样，上来就是表白，表示怎样怎样爱自己，更多是闲聊阿彩在过去几天都做了什么，并给出一些鼓励或建议。

这完全挑起了阿彩的好奇心，除了支教老师，从没有人这么关注过自己，可她又不知那个男生是谁，送信的几个女生同样不知道，情书交到她们手上，早已经过了三四次辗转。阿彩只好在脑海中幻想男生的样子，读情书成了她秘而不宣的快乐。可就在她已经习惯他的存在时，情书突然中断了。阿彩一下慌了神，满脑子都是那个男生,又不敢向其他同学打听,只好闷在心里。

那也许是她有生以来最难熬的一周。后来一天中午她路过操场,正在打球的几个男生忽然一同大喊一个男生的名字,这本来不稀奇,作为在全校都算得上引人注目的女生,之前经常有男生故意用种种方式吸引她的注意。但那天她还是下意识地向球场望去,目光刚好和一个在篮球架下喝水的高大男生对视。那个瞬间,她有了一种纯粹出于直觉的惊喜,再把目光移向他的脚下,果然看到敞开的书包里是天蓝色的一角。

"后面就没有悬念了。"李桃有气无力地复述着,"阿彩彻底沦陷了。她跟我说,自己简直中了邪,只要醒着,满眼就是他,睡着了也经常梦见他。开学以来我是发现她很反常,也怀疑她谈恋爱了,可她坚决不承认,我反复提醒她,她也没听进去。给她父母打电话,他们还是老样子,哼哼哈哈的。这段时间又是各种事,我没有足够的精力只关注她一个人。没想到……"她扶住额头,满脸沮丧。

"确实不是恋爱,是要直接结婚。"裴岩低声说。

"那男生什么情况?"顾盼黑着脸问。

"咱们学校九年级的。学习成绩倒数,长得倒还行。我跟九年级老师打听过才知道,那些情书他从初中入学就开始写了,字迹也是这么练出来的,这是他唯一下功夫的地方。他同时写给好几个女生,内容也全是套路,全是套路,他给每个女生都这么写。"

"兔崽子挺下功夫啊。"顾盼从牙缝里挤出一句。

"和阿彩谈恋爱没几天,他就辍学了,还一个劲儿劝阿彩跟自己走。从暑假到前几个周末,阿彩借口去同学家玩,三天两头在他家过夜。上次放学咱们见到的那个男人,就是男生的爸爸。阿彩爸妈居然没起任何疑心,也不张罗找她回来。后来她发现自己怀了孕,不得已把这事告诉爸妈,他们一听说男孩家里条件还不错,索性也就认下了这个女婿,现在两口子盘算最多的是彩礼。"

"那只剩一个法子了。"顾盼咬着牙说。

李桃摇了摇头:"四个月了,来不及了。她也死活不肯。"

"她不去,我把她拖过去!"顾盼突然暴怒,转身大步走出了办公室。

他的计划到底还是落空了。李桃准备再次找阿彩谈话时,她已离开学校逃回了家。给她家打电话,她父亲简单一句:"老师,小孩真是自己不读了的,我没有逼她。"老师们去了她家三次,第一次过去,阿彩从家里的后门溜出去跑掉了。第二次家里大门紧锁,除了那只恶狗不住咆哮,没人出来迎接老师。最后一次,他们偷偷摸摸潜进村里,到底截住了还没来得及逃走的阿彩,她有些慌乱,但很快镇定下来:"老师,我都这样了,还怎么回学校?"老师们盯着她隆起的肚子说不出话。阿彩还说,从小到大,父母从没像现在这么关心过自己。

他们还注意到,阿彩的房间里摆上了婚纱照,那副镶边镜框就摆在毛绒玩偶和动漫海报中间,乡土气息浓厚的着装背景搭配着两张喜气洋洋的稚嫩脸庞,李桃想起小时候玩的洋娃娃,还是小姑娘的自己最喜欢做的就是把它打扮成新娘。

"还不如跟了阿彪呢,好歹也是内部消化。"给付羽打电话时,顾盼没好气地说。

"这就是中国农村。"付羽说出了和茶校长一样的话,"他们就觉得,结婚是自己这辈子最大的出息、最风光的时刻,村里人都会羡慕。对父母来说呢?孩子早成家,自己就算尽到了家长的责任;早去打工又可以贴补家用,早生孩子更能延续香火,自己也有精力、体力帮着带孩子⋯⋯"

"简直还活在农业社会。"

"往好处想想,至少双方都是自愿的,目前是。"

这句话起不到任何安慰作用,顾盼挂了电话,忍不住骂起了脏话。

讲台　257

那个晚上,他从隔断那头又听到久违的啜泣声。他犹豫了很久,见哭声始终没停,还是敲开了李桃的房门:"我知道你很伤心,可咱们没办法改变,就只能接受。付羽怎么说的?离开的学生重要,还在班里的也同样重要。"

李桃双眼红肿地听他说完,转身进了房间,顾盼看到她坐在椅子上,手中握着一样东西:"知道它的来历吗?"是那个她总挂在书包上的稻草人。

顾盼早就注意过它,稻草人做工粗糙,表情很丑,身上的布料也早就褪色了,李桃用细密针脚缝补了那些破烂的地方,即便这样,它和主人的气质也完全不搭。支教开始后,李桃怕把它弄丢,没再背着它,而是从书包上取下,一直留在宿舍里。

"阿彩的事,让我想起以前。"李桃低头盯着稻草人,几乎是自言自语,"大一那年暑假,我就曾在这个县的一所小学里短期支教。孩子们很淘气,也很可爱,其中有个小姑娘,我去的时候小学刚毕业,特别漂亮乖巧,我拿她当亲妹妹一样疼,带着她读书、画画、练书法;她也带我去山里采菌子,去溪水边摸鱼,从树上摘果子给我,我们一起躺在山坡的草丛中,闻着野花的香气,看蝴蝶在飞舞,头顶是满天白云,飘来飘去。孩子和爷爷奶奶一起生活,父母都不在身边,这在农村太常见了,她从不对我提起父母,我也不好多问。

"暑期支教快结束时,孩子在日记里第一次提到妈妈。她写道,今天早上阳光灿烂,太阳叫我起床,我不想起,可是妈妈也来叫我起床吃饭,于是我起来了。洗漱过后我特别开心,妈妈做了我最爱吃的饭菜。我大口大口吃着,吃得好香好饱。这篇日记让我很奇怪,前两天我刚去过她家,就在澜沧江边,窗外是滔滔江水。难道这几天她妈妈就回来了?但我也没多想。

"离别那天,我把自己预先准备好的小礼物送给孩子,她既开心又伤感,紧抱着礼物不肯打开,害怕打开后我就再也不来了。我强忍泪水告诉她,尽管打开,老师一定会回来看你们的,还要带给你们更多更好的礼物,她这才小心翼翼地打开,那是一串小小的风铃。我帮着她把风铃悬在她家的门楣上,孩子送给我这个稻草人作为回礼,那是她自己用秸秆扎的。我鼓励她好好读书,以后上高中、考大学,她也答应我,以后要考老师的学校,当老师的学妹。坐上车离开村子时,我从后窗玻璃回望,她和其他孩子一起,跟在后面追了很久。"

"后来呢?"顾盼听出了神。

"大二那一年,我和她保持着书信往来,每隔一段时间就会寄去一张明信片,写几句鼓励的话,那年暑假我成了交换生,一直在美国,没能来支教,大三的课程又很重,我和孩子的联系减少了许多,寄去的明信片也没了回信。那年夏天我还是回到了这里,孩子却不见了。爷爷奶奶告诉我,她进城卖工去了,我又打听到她读过的初中,也就是这里,沧水中学,辗转找到她那个班的班主任,那个老师现在已经不在沧水了。老师说,初中这两年,孩子的成绩一直在班里倒数,怎么教也教不会,每次写作文都只有两三句话,只有字还算工整。

"我很吃惊,那个暑假,孩子明明学得很好,给我的回信也经常是满满一页纸。老师告诉我,她有一个脾气很坏的父亲,早就不要她了,偶尔回家就是要钱,还经常打骂她。她觉得未来毫无希望,故意不好好学习、让老师早早放弃她,好快点进城卖工,给家里减轻负担。我又问,孩子的妈妈去哪里了,老师告诉我,妈妈在孩子刚一岁时就去世了。"

顾盼的呼吸停滞了,像听到鬼故事那样毛骨悚然。

"我又回到孩子家里,在放初中课本的箱子里发现了自己写给她的所有明信片,码放得整整齐齐。我手里握着这个稻草人,久久站在窗前,眼前是澜沧江在流淌。身后传来清脆悠扬的响动,那是

讲台 259

我当年送给她的风铃,还悬在门楣上。"

顾盼想起了来学校的路上,李桃独自站在澜沧江边的样子。

"孩子的爷爷奶奶沉默地望着我,说不清孙女去哪儿卖工,我在他们的手机里看到孩子后来的模样,小小年纪染黄了头发,画上了拙劣的浓妆,眉宇间有了风尘气,照片背景是一家足疗店。

"离开那里时,我从手机相册里翻出当年照下的日记,对着它哭了很久。这是多深的思念,才促使她写下这篇文字。可我当时浑然不觉,等真正明白过来已经无能为力。我想找到她,却不知去哪里找,就算找到,又不知能对她说些什么,任何话语好像都显得多余。就算能帮她些什么,我也没法管她一辈子。关于她的未来,我甚至不敢去多想,生怕真相会让自己更受打击。

"当初填报支教志愿的时候,我把三个志愿都填到了沧水。你问过我,为什么非要来这里,其实不是因为热情,是因为遗憾。短期支教的用处不大,我希望用长久的陪伴真正帮到这里的学生。起初付羽问咱们支教的目标,我说要改变学生们的命运,可如今却发现,连让所有学生读完初中都做不到。"

顾盼从没见过她这样消沉,他不知该说什么:"不是你的错。"许久后又开口,"咱们一起想办法。"

李桃疲惫地摇头:"不用安慰我,也不用自欺欺人。也许裴岩是对的,支教本来就没用,无论短期还是长期,不管在农村待上一个月还是两年,都改变不了整个农村的大环境,改变不了那些根深蒂固的观念,也改变不了学生的命运。很抱歉唠叨了这么多,请让我自己待一会儿。"

顾盼知道她的脾气,默不吭声出了她的房间,带上房门时回望,李桃仍旧保持刚才低头的姿势,手里握着稻草人。

阿彩的婚礼是半个月之后举办的,老师们都收到了学生的邀请,没人肯去,不过他们还是在朋友圈看到了婚礼现场的照片。字老师对着照片研究菜色,从红烧肘子的颜色判断出糖色炒得有些火大,这也是他们对婚礼做出的唯一评价,支教老师们不约而同保持缄默。

也是这天,李桃宣布自己寒假不回家了,准备留在学校继续家访。因为下学期就是支教的最后一个学期了,自己还有其他计划,只怕没有更多的时间家访。这个打算让顾盼和裴岩感到意外,字老师倒是兴奋地邀请李桃去自己家过年。顾盼愣了一下,立刻表示也要跟着去,裴岩则觉得留在空无一人的学校写论文是个不错的决定,三个支教老师很快达成了共识。顾盼唯一要应付的就是父母,他爸在电话里气势汹汹地责问,怎么连春节都不回家过,顾盼没好气地回答:"看学生家都这样,哪还有心思过年?"接下来的整个寒假,他继续骑摩托带着李桃在山路间奔波。

越发接近完成的进度没有让他们开心。有时顾盼会冒出掩耳盗铃的想法,没见识过那么多的学生家庭就好了,自己没能力改变这些现状,可起码心情不至于那么糟。他们每一次家访都必须做好足够的心理建设、随时绷紧神经,才不至于受到过分惊吓,而每次离开学生家都可以称之为"逃离"。

在阿敏家,他们见识了什么叫"家徒四壁"。土坯房低矮昏暗,连窗户都没有,昏黄的灯泡有气无力地照着这里的一切:火盆、床以及指甲抠一下就窸窣落下土块的墙壁,没了。看到脚下坑洼不平的黄土地,李桃才明白,阿敏的作业为什么所有的字都歪歪扭扭,练习册的纸张还经常被笔尖捅破。他家连桌凳都没有,作业都是在地上完成的。

阿敏父亲佝偻的身子还没有儿子高,浑浊的眼睛得了白内障,拄着一支拐杖,拖着断腿进进出出,那是在车祸中失去的。他自己讲出了老师们没敢问的女主人的去向,她是自己倾全家财力从缅甸买来的媳妇,生下阿敏不久就跑掉了。而阿敏原本活泼健康,小学

讲台　261

四年级生了一场大病，耽误治疗后就成了这副样子。他继续跟着上学，当地所有残疾学生都这样，反正也没别的地方可去，这里没有面向他们的特殊学校。

讲这些往事时，阿敏父亲神色淡然。阿敏蹲在门口，向老师们露出无忧无虑的笑容，两排大牙倒很齐整，在阳光下泛着白光。顾盼尽力向学生挤出同样的笑容，李桃从阿敏身前走过，假装望着远处的群山，轻擦着眼泪。

阿敏父亲坚持留老师吃饭，让阿敏向邻居借了一只鸡。李桃和顾盼这些天在家访中吃了不知多少次炖土鸡，无论怎么事先强调"千万别破费"也没用，这种久远古朴的待客之道已深入当地人的骨髓。阿敏利索地杀鸡、放血、褪毛、开膛。李桃不敢看，顾盼尽量把注意力集中在学生的动作上。阿敏至少能照顾自己，这是不幸中的万幸，顾盼几乎现在就能确定，他的现状就是他的未来：离开学校后一辈子待在家里，做些力所能及的活计，每月从政府那里领一点残疾和贫困补助。如果能娶个同样有残疾的女人，生个不知是否健康的孩子，已是他可以达到的最好状态了。

那顿饭他们食不知味，鸡肉也只是草草吃了几口，尽量都留给父子俩。离开时，李桃掏出几张百元钞票想留给阿敏家，家长和学生都死活不肯收，她最后把钞票压在枕头下面。

阿辰家所在的村离这里不远，他们顺道过去了。学生的房间有一多半空间被当作堆玉米的仓库，属于他自己的只有一副床架，辨不出本来面目的被子薄得好像只剩下被面。一只扫帚立在床头，用来驱赶经常在深夜爬上床的老鼠，昏暗的房间里只有桌上的一样东西颜色鲜艳。李桃走近一看，是自己在邻镇书店送他的那本《东周列国志》。

阿辰对老师滔滔不绝讲着春秋战国的成语典故，阿辰的爷爷悄声告诉一旁的顾盼，从没有一个老师对孩子这样上心过。阿辰的小学老师为了省事，只肯在几个好学生身上下功夫，小学六年从没在课堂上问过阿辰哪怕一个问题，还一遍又一遍断言，他未来的命运只有去卖工。告别时，他们心情复杂地走出房间，又被黑暗角落里的一双眼睛吓了一跳，坐在那里的阿辰父亲头发凌乱，不声不响，呆滞的目光盯着对面墙上的黑白照片，那是阿辰的母亲。她死后他就变成了这副模样。

阿利家则没能走访，拒绝的理由照例是没时间。阿利只是趁父亲不在家，把两位老师请到家里坐了坐。学生家的装修即使在城里也称得上豪华，号称花了近百万，所有陈设崭新如初。阿利告诉老师们，其实房子大部分时间都空着，自己要住校，爸爸要出去做生意。他没提妈妈，老师也没敢问。

去阿楠家那次，他们刚开到半路就被提前出来迎接的阿楠拦住，她脸上写满难堪："老师我家这会儿不方便，带你们在周围转转好了。"她带老师在村里走了一圈又一圈，顾盼从学生紧张眺望的目光中判断出她家的位置，那里正传来男人的怒骂、女人的哭喊，还有砸东西的声音，随后冲出一个披头散发的女人，从他们面前仓皇跑过，穿越低矮茂盛的茶树林，后面跟着的男人挥舞扫帚，嘴里骂着酒话。顾盼想上前阻拦，阿楠拼命拉住他："老师别管了，在我家是常事。"

去到阿梅家，连顾盼都感到一丝惧意。夜风带来林木的呼啸和深彻的寒意，远处是浓墨般的群山。方圆好几里，唯一的光亮只有这间小院头顶的灯泡，幽微如鬼火。顾盼悄声问李桃，要是自己不同来，她一个人还敢不敢过来。李桃犹豫了好久，轻轻摇头。两人不约而同冒出同样的想法，这样的环境连自己都不免心悸，何况一个十三四岁的孩子。李桃更明白过来，阿梅为什么总在投入解忧盒的小纸条上写自己怕黑。

"有老师在，其实我不那么怕了。"阿梅说，紧紧偎依着老师。李桃握住她的手，能感到她的肌肤稚嫩却粗糙，正不住颤抖，不知

讲台　263

是因寒冷还是恐惧。李桃听说过，她父母都出去卖工，只有奶奶留在家里，但她眼下才知道，奶奶也在不久前去世了，从此家中只剩阿梅一个人。

李桃打开手机的外放功能，黑暗中响起悠扬的旋律，陪阿梅说话，教她辨认各种星座，逐一讲它们背后的传说，又指指院子外面的核桃树："你看，树上像不像挂着好多颗钻石？"阿梅呆望着核桃树的光秃枝杈映衬在满天繁星下，久久没有出声，眸子里有星光在跳动，李桃能感到她的手不再颤抖。站在身后的顾盼悄悄拍下这一幕、发给她们。

春节前夕，三位支教老师应字老师之邀去她家吃杀猪饭。砖墙小院里腾起了浓烟，炭火的烘烤下，摊在铁丝网上的猪肉片由红变白慢慢卷曲，油脂不时滴落，发出滋滋声，肉香四溢。老师们夹起一片蘸上蘸水放进嘴里，大快朵颐，多少提振了心情，尽管他们也清楚，这场饕餮盛宴是以几乎一整年的节衣缩食为代价换来的。

饭后，他们就着热气腾腾的苞谷酒，边烤火边闲聊。李桃把家访的经历讲给字老师，觉得这些天的见闻完全可以编成一本《农村家庭的1001种问题》。太多的留守儿童，太多的单亲家庭，太多的家庭暴力，太多的重男轻女，太多的忽视教育，太多的贫困，甚至太多的病痛：残疾、结石、风湿、关节炎、骨质增生、先天性遗传病。各种想得到想不到的不幸，学生们的家庭都有可能经历。

字老师埋头拢火，一直没有应声。李桃觉得话题有些沉重，转而讲起家访中那些让人快乐的经历。她把一幅水彩画展示给字老师，核桃树上缀满星星，树下是一大一小两个小人，手拉手仰着头。这是阿梅画的，水彩笔是李桃送给她的。阿芹也在QQ上重新联系到他们，她和父母都从打工的城市返回家里了。得知老师们居然还在学校，她惊喜不已，一个劲邀请他们去自己家。还有阿雯，眼看就是春节，她爸爸也该回来了。

听到这里，字老师停止了拨火的动作，抬起头："阿雯？"表情十分迷惑。

"她爸爸不在广东吗？她这么告诉我的。"

"她爸爸早就进监狱了，贩毒。关了好多年，现在都没出来。我知道的。"

李桃捂住嘴，瞪圆眼睛，目光中满是惊恐。顾盼的震惊不下于她，赶忙问："她妈妈呢？"

"她爸爸一出事就改嫁了，再也没回来过，谁会和毒贩过日子？那时候阿雯才一岁多。爸爸在广东的说法应该是奶奶用来安慰她的。"

沉默持续了许久，字老师家的大黑狗卷着尾巴在旁边转来转去，寻觅着可以下咽的食物残渣，她三岁的儿子双手捧着一块烤肉啃着，红扑扑的脸蛋上满是油腻。字老师为他擦擦嘴，继续拨炭火："李老师，我知道你们心里难受。你们才来，看到这些受不了，可这些我们每天都要见到，有的是更糟的。这么多人需要帮助，政府都管不过来，我们又有什么办法？以后你看多了，也就渐渐没感觉了。"

顾盼假装用一块骨头逗大黑狗。字老师的表情与阿敏的父亲很像，这么多次家访下来，他注意到，无论多么让自己震撼的现实，家长或学生说出来都是这样一副漠然的口吻。生老病死与吃饭喝水没什么区别，他曾听别班老师谈起阿彩怀孕的事，平静得好像司空见惯，也在周记中看到学生记下："这周我们村又死了三个人。"顾盼先是疑惑，他们真的有那么坚强或者豁达，可以坦然承受所有的苦难吗？后来自己尝试着解释：既然幸福的感觉是在不同境遇的比较中产生的，那么不幸也该是如此。当身边所有人都或多或少遭遇过不幸时，也就无所谓谁更不幸了。悲哀的极致其实是麻木，他不知对学生和家长们来说，这算不算一种自我保护的本能，也不知这到底是好还是坏。

在旁边烤火的裴岩也冷冷开了口："没错，太多了，早就习以

讲台　265

为常了。"

"说得就跟你特懂一样。你连家访都没坚持下来，光想着你的论文。"顾盼习惯性地反驳。

"论文是一方面，放寒假以后进展还挺快的。不过关键是我累了，心理上的累。"裴岩眯眼盯着跳动的火苗，"这么多年过去，我发现农村没多少本质上的变化。基本温饱是解决了，还有了汽车、电视、空调，甚至电脑、网络和手机；义务教育也普及了，学校有了新校舍，可学生的命运和父辈的没什么区别，精神上也还是和这两千年来没什么区别。我知道。"

"你知道什么啊？你就知道敲键盘。"顾盼一脸轻蔑。

裴岩脸上的轻蔑却更甚："竖子不足与谋。"

李桃站起身，走到灯火的边缘、明暗交界处，望着远处的暮色。顾盼来到她的身旁："新的一年会好的。老陈终于要回沧水了，奖学金你也落实了，咱们班这次考试成绩也够可以的，下学期只要保持这个势头，把学生送上九年级，就有当地老师接手，咱们就算完成任务了。"

"咱们的任务是完成了，可学生们的人生才刚开始。"李桃望着远方叹了口气。

"那怎么办，以后陪学生过一辈子？"

李桃摇摇头，没有再说话，顾盼只好也陪着她沉默。正在这时，背后响起了手机铃声，字老师接通后叫了声"校长"，只说了几句话，语气就转为严肃。李桃和顾盼转过脸，裴岩也站起身。

字老师的表情有些犹豫，但还是开了口："校长的电话，阿彪又惹事了。"她的声音在噼啪的火焰中格外清晰。

第十三课　第一道光

　　老师们赶到镇上派出所的时候，茶校长刚好带着阿彪从那里出来。他们一见学生鼻青脸肿的模样就吃了一惊，李桃急忙向民警借来酒精、药棉和创可贴。她正要给阿彪上药，阿彪却一把拨开她的手，蘸着酒精的棉签跌落在地。顾盼厉声怒骂，茶校长和民警也都威胁他，是不是还想再被关几天，他这才低着头不说话了。

　　"又打架了？"李桃悄声问校长。

　　茶校长满脸厌恶地点头："一个对六个，被摁到地上打。警察过去的时候，他们正要动刀子，不要命了。"

　　李桃和顾盼把阿彪带到镇上的卫生所，检查结果让他们松了口气，阿彪只受了些皮外伤。可当他挽起左袖时，两个人还是忍不住同时皱眉。黝黑的手臂上，四五道伤痕新旧深浅不一，有两道还翻卷着鲜红的血肉，刚刚凝结。这显然不是打架时受的伤，它们刚好把阿彪那处曾经的文身切割得支离破碎。

　　顾盼和李桃无声地对视一眼，都猜到了原因。顾盼悄声对李桃说："我来处理这事。"

　　水泥台阶很凉，阿彪一屁股坐下，顾盼提着两小瓶二锅头，同样坐过来，递给他一瓶："北京的酒，尝尝。"

　　阿彪打量着白酒，等顾盼放下才提起酒瓶。顾盼这时已喝了一口："早说一声，老师也帮你去打架了。那畜生，老师早就想弄死他。"

讲台　267

他用余光注意到，阿彪瞥了自己一眼，也许是错觉？那突然变得明亮的目光中似乎有了一丝感激。

"我自己的事，不要你管。"阿彪盯着夜色下的操场，也咽下一口白酒，"阿飞他们都说要跟我去，我把他们挨个骂一顿。"

"也对，夺妻之恨嘛，就得自己报。那今后你怎么办？"

"去昆明，找我表哥。"

"你爸爸怎么办，还有妹妹？"

"没办法。我要混出头来，让他们过上好日子。"

"你表哥都没混出头呢！你觉得他从来不用卖工，兜里永远有钱，不缺兄弟也不缺女人，每天就是吃喝玩乐，所有人都怕他们，看谁不爽上去就打。可那种生活，风光只有这么一点。"顾盼举起酒瓶，张开的手指丈量着。

"在那个团伙里，你表哥就是个小弟，什么都要听大哥的，被使唤来使唤去，跟你当年在城里卖工没什么两样。打架时他得先冲上去，也就会先受伤；事情闹大了，警察更要先抓他。就像这瓶酒，你看到的只是瓶口，真正的生活在下面。喝下第一口酒，你觉得暖和，整瓶酒喝完，反而会更冷。"说到这里，顾盼很配合地打了个寒战。

"做这行，免不了的。"阿彪平静地回答，"熬成大哥就好了。"

"一样不容易。每个月收上多少保护费、每个人该分多少钱？手下兄弟怎么分配任务，谁适合干什么？他们闹了矛盾怎么摆平？进去了怎么捞人？你们和别的帮派火并，他们人多，是硬拼到死，还是想办法讲和？又怎么讲和？和他们说什么话？当大哥不是光靠手狠能打就行的，照样得用到这个。"他敲敲脑袋，"凭你现在的能耐，搞不赢的。你之前辍过学，结果什么名堂也没闯出来，不然也不会重新回来读初中。去年老师刚来，你又跑过一次，回来得更快。甚至以后就算能走上这条路，阿彩肯跟着你，你也留不住她。"

阿彪这次没有说话，一口气喝光整瓶白酒，然后用力把酒瓶掷向操场。

酒瓶并没有碎,顾盼望着它在操场上滚动:"老师看过一部老港片,主角也是你这样的浪子,年轻时也爱骑摩托,也混社会、威风八面,也有一个漂亮的女朋友,女生家里特别有钱,死心塌地爱着他,还跟他跑了,给他生孩子。"

阿彪依旧沉默,表情却罕见地专注起来。

"可他自己不珍惜,最后进了监狱,腿也伤了,老婆丢下孩子跑到国外去了。他出狱后只能去工地上卖工,独自拉扯儿子。很多年后,前妻成了有钱人,回来想把儿子带走。他想留下儿子,更想和前妻重归于好,又去参加摩托车赛,想用这种方式告诉妻子和儿子,自己还是那个年轻时的车神,有能力让他们过上好日子,从此要当一个合格的丈夫和父亲。"

"然后呢?"

"死了。"顾盼淡淡地回答,"他在比赛中出了事故,头被撞伤,但还是顶着满头满脸的鲜血,硬撑着冲向终点,拿到冠军,然后就从摩托上翻了下来。其实如果刚受伤就终止比赛,他是有机会活下来的,知道他为什么拼死也要拿这个冠军吗?"

阿彪轻轻摇头。

"为了意义,生活的意义。想想你是他,活了半辈子,干什么都失败,老婆不要自己,以前的兄弟都散了,没人知道自己当年的风光,没有钱,没有地位,只能累死累活地卖工,和儿子挤在小破出租屋里,现在连儿子都要离开,这都是因为年轻时自己犯下的错。他想弥补,想忏悔,想一家人重新团圆,他看到了一丝希望,老婆孩子就在赛场外为他加油,这是最后的机会。所以他拼上命也想赢,结果死在了亲人面前。"

阿彪的目光中流露出迷惘。

"其实这个结果反而更好。活下来又怎么样?甚至拿到冠军又怎么样？老婆和他早就不是一路人了，儿子跟着他也不会幸福，他没能力让他们过上好日子，只能放他们走，那样自己就什么都没了，活着和死了也没什么区别。这个电影叫《阿郎的故事》，有空可以找来看看，片尾曲很好听。"顾盼喝下最后一口酒，"人哪，真的不能做错事，做错了一辈子都翻不了身。我离开下，马上就回。"他放下酒瓶，快步奔向厕所，已经憋了好久了。

从厕所出来后，阿彪已经不在了。顾盼弯腰捡起阿彪刚才扔出的酒瓶，连同自己那瓶一起丢进垃圾桶。世界上最容易浪费的一定就是老师说的话了，顾盼叹口气，浓重的酒气消散在夜晚的空气中。抬起头时，李桃站在操场上，显然刚才一直在注视着自己和阿彪。

"我看着他回宿舍了。我也刚和阿彩通完电话，她和她那个……大吵了一架。"

顾盼哼了一声。

"他们结婚不久，阿彪找男生去闹事，男生叫来一群人，他就是这么被围殴的。阿彩觉得这样太过分了，男生却觉得她对阿彪旧情难忘，和她吵起来了，还动手打了她。她怀孕八个月，结婚才十几天。"

顾盼按住快要炸裂的胸口，最后憋出一句："所以呢？"

"我也想这么问。"李桃的声音在颤抖，"除了反复安慰，我不知道还能对她说什么，我连过去探望她都不行，那男生还有双方父母都把她看得死死的。报警也没用，警察觉得这是家务事。"

顾盼几个深呼吸，这才稍微平复了心情，他给自己换上一副冷酷的面具："咱们能管的，只有自己的学生。"

他绕过李桃，准备回自己的房间，眼前却出现了裴岩，她正提着一只塑料袋。顾盼不耐烦地打量她，裴岩也不知该如何开口，最后举起塑料袋，里面似乎是几个瓶子："我怕你们喝完了，又去买了两瓶。"

顾盼和跟过来的李桃对视了一眼,从彼此的脸上看到相同的表情,都是好气又好笑。

"都不像你了。"顾盼把酒倒进纸杯。裴岩连声说够了够了,又和李桃手中的酒比了比深浅,"我论文写不下去压力大的时候,会自己买一点喝,不过都是米酒。"她举起纸杯,嘴唇沾了沾酒液,再伸出舌尖舔了舔,立刻浮现出反感的表情,"早知道就买果酒了。"但还是和两位队友碰了下杯。顾盼喝了一口,两个女生都只是抿了抿。

"其实这种事太多了,我知道。"裴岩把纸杯放在身旁,三个人坐在刚才顾盼和阿彪的位置上。

"又来了。"顾盼没好气地把脸扭到一旁。

"我没有在吹牛,这些学生的现状,和十多年前我的童年没什么区别。"裴岩语速飞快,声音又低,两位队友必须全神贯注才不至于漏掉任何信息,"支教以来我没和别人说过,连付羽都没说过。我家也在农村,我也是留守儿童,我也辍过学。"

李桃和顾盼同时盯住她,她却视而不见:"看到这些学生,就好像看到了自己的童年,当然比他们还糟。我的小学就是你们在电影里见过的那种危房,下雨天屋子漏水,雨水都滴在讲台上,老师得打着伞讲课。宿舍屋里是黄土地,十几平方米的房子挤进三四十个人,睡上下两排的大通铺。喝的是井水,每个星期要自己从家带饭菜去食堂蒸,吃上两三顿就会馊掉,后面只能吃白饭就豆腐乳、辣酱和白糖。

"我和那些同学也是现在这些学生的样子。那时班上也经常有人突然某一天就不来了,有的过一两周还回来继续上学,有的再也没有回来过。原因大部分你们都见识过了,可还有的是你们想象不到的理由。有的同学辍学居然只是因为上学路太远,交通太不方便。他家村里每天只有早晨一班车,学校每周五下午放学,他却只能周六早晨走,中午到家,在家只待上半天,周日一早又得坐车回学校。每周都这样折腾,谁都坚持不下去。而老师们除了问出辍学的理由,几乎什么也做不了。

"我小时候成绩很好,后来也坚持不下去了,也是在八年级,那是农村学生最容易分流,也最容易辍学的时候。那时我和阿雯一样,由奶奶照顾,我父母刚到广东卖工,奶奶就病重去世了,就像阿梅家一样。我就是她们,她们就是我。

"为了给奶奶治病和办后事,家里欠了一笔债。叔伯婶娘们都劝我的父母让我辍学,跟着他们去卖工,既能多一个人挣钱贴补家用,一家人也可以团聚,哪怕一起受穷。可我不干,靠着又哭又闹还扬言要跳河,逼父母把我留下,代价就是他们为了还债和供我上学,又勒紧裤带、锱铢积累了好几年。我一个人留在家里,自己照顾自己,还承受着亲戚们的冷眼和指责,说我不懂事,不孝顺。

"我非要继续上学,不是为自己,也不是为父母,是为去世的奶奶,她临终前反复对我说,必须读下去,不然你只能很早就嫁人。后来我又听父亲讲起,奶奶最后也叮嘱过他,丧事要尽量省钱,但必须供我读下去,我是我们家唯一的希望。这话他们一直瞒着我,直到我考上重点高中才告诉我。"

裴岩停顿一下,补了一句:"奶奶年轻时也是乡村教师。"

李桃伸手轻轻揽住她的肩膀,顾盼捏瘪了手中的空纸杯。

"中考我成了全校进入重点高中的那几个人之一,高考又成了全校考上重点大学的那几个人之一。拿到录取通知书后,我特意回到奶奶的坟前,把这个消息告诉她,让她在另一个世界也能开心。"裴岩把身体向外挪了挪,让李桃的手从肩头滑落,"可对我来说,梦想实现的快乐很短暂,甚至从小到大我就没什么快乐的时候。我是在上海读的本科,有生以来第一次来到城市。很快我就发现自己和周围同学的差距,这几乎没法用努力来弥补。

"上大学之前,我一直被周围人夸奖成读书最多的人,也自以为懂很多。可在大学里,我不懂的更多。一见陌生人就紧张得不知道该说什么,课上同学直接用英语交流,我连听懂都费力。为了进麦当劳吃饭,我犹豫了一个星期。那些美妆、时尚、明星八卦、社会热点,我闻所未闻。同学说自己暑假去了美国,在我听来好像上了天。那些高楼大厦、高架桥、彻夜不息的灯火、地铁里熙来攘往的人群,哪里都不属于自己。

"埋头学习和阅读成了自我保护的最好方式,我回避社交,没有也不需要朋友,每天早出晚归独来独往,教学楼、图书馆、食堂和宿舍,日常生活就在这几点之间循环,我也发现自己的大学生活原来和中学没什么区别。有同学私下嘲笑我是书呆子,我猜你们也是这样,舍友偷偷孤立我,觉得我不可理喻。我的反击方式除了继续拼命学习,只有吵架,哪怕有一丁点感到受辱就会和她们吵,还总能吵赢。这份本领是参加辩论队练出来的,那是我为数不多的业余爱好,起先我只是为了强迫自己和人交流,锻炼口头表达能力和逻辑思维能力,慢慢地我乐在其中,把别人说到理屈词穷,盯着对方满脸苦笑或者暴跳如雷的模样,我觉得很有成就感,在那种时刻我所向披靡。

"可我还是经常烦恼。有时我告诉自己,我早晚会比所有人都强,有时又觉得一辈子也赶不上他们,还有的时候会愤怒,凭什么他们比我低一百分甚至更多,整天吃喝玩乐谈恋爱,却和我坐在同一间教室,住同一间宿舍,以后还可以毫不费力就留在上海,找一份薪水优厚的工作。我拼命学习挣到的奖学金,只够她们的零花钱。可我又不知道该向谁发泄。

"直到来北京读研,这些事我也从不对别人说,对老师同学没什么可说的,对家里更不能说。我父母在农村家长里算是开明的,可他们不可能理解我,每次打电话只要超过十分钟,我和他们就没别的话了，他们为我付出了太多，以至于对家里的亏欠感也成了我烦恼的来源之一。和他们说这些，还不如去对着奶奶的坟头自言自语。我没有让她和父母失望，只是我对我自己失望。

"我的现在很可能就是172班学生——不，是阿雯那样极个别好学生的未来，奋斗的终点只是人家的起点。"裴岩的嘴角浮现出冷笑，"小时候我站在教学楼的阳台上望着远处的大山，暗自发誓要翻过它们，如今才知道，山的那边还是山，更高、更难翻越的山。考上大学是能改变命运，让你留在城市，可你仍然不属于那里，反过来你也不甘心回到农村，就像寓言里的蝙蝠。烦恼和痛苦都还在，只是换了种形式。

"这不是个别人的命运，这是社会问题。"她抬头，很认真地看着两位队友，"你们也看到了，在最正常的农村家庭里，学生也必须从小就和家长长期分离，因为父母只有去城市打工，才能多挣些钱，保证这个家维持在温饱水平。他们也必须很小就住校，因为上学的路太远，动不动就要走四五个小时的山路，全程背着死沉的书包，你们走过，知道那份辛苦。一旦家里发生任何变故，遇到任何意外，都有可能读不下去。坚持读下去的学生，则必须面对水平很差或者不负责任或者兼而有之的老师，因为好老师大都往城里走，留下来的不少都是被淘汰下来走不了的。

"学生们每升一年级，和城市学生的差距就要拉开一大截，好不容易熬到九年义务教育结束，却要和城市学生面对同样一张中考试卷。这样的层层筛选下，绝大多数农村学生当然只能去打工。最后，就算你能成为少数改变命运的幸运儿，仍然要面对我是谁这样的问题。

"所以我不认为支教能改变什么。"裴岩加重语气，"这种现状是中国城市化进程的后果，也只能靠国家的力量来改变。支教这种小修小补没什么意义。"

顾盼盯住她："那你为什么还要来这里？"

"看看你们的支教和其他那些到底有什么不同。"裴岩与他对视，毫不回避他的目光，"我曾经对支教抱有很大的敬意，也早就想去支教，但了解一些后就只剩失望乃至愤怒。满脑子浪漫幻想，自以为有爱心，把支教当成旅游和刻奇，不少支教者都是这样。在农村待上一周、一个月、一个学期，就敢把那点经历吹上好久，也不想想，自己到底能给农村学生带来多少东西？学生成了他们自我满足甚至沽名钓誉的工具，当年的宣讲会，我之所以向李桃发难，也是因为不相信你们的支教有用。"

"我希望，现在的你没有失望。"李桃轻轻说。

"这次没失望，可只凭咱们几个就想撬动教育不公平这座大山，"裴岩冷笑着摇头，"还是算了吧。咱们连辍学的学生都留不住。"

顾盼之后再也没有听其他师生谈论过阿彩，就好像某只看不见的手把她整个人的痕迹都从172班，从沧水中学抹掉，这里从来没有存在过这个学生一样。这样也好，既然是她主动斩断彼此间的羁绊，自己也就不用为这种烂事儿操心了，就让她从记忆中消散吧，眼不见心不烦。顾盼觉得自己能体谅那些女儿私奔的父亲了。

这个漫长而艰难的寒假终于要结束的时候，他们不仅迎来支教的最后一个学期，也迎来了陈纳德的回归。轿车开进沧水中学，驾驶位置打开车门，陈纳德迈出一条粗腿，这是他自己的车，第一个寒假就从家开过来了。下车的一瞬间，陈纳德和顾盼同时爆发出大笑，他伸开双臂："看我瘦了没有？"

顾盼上下打量："没见瘦，倒是黑了不少。以前是小白胖，现在是小黑胖。"

陈纳德叹了口气："我的减肥大业啊，都赖它们。"于是从口袋里掏出一把干龙眼分给大家。原来，他支教的学校里种了一片果林。刚到那里时,他早起一睁眼,先来果林吃几串,后来吃到上火流鼻血才不敢多吃。

"有点舍不得走,不过还是更想回沧水,"陈纳德三言两句交代完自己在那边的支教生活,"人对没完成的事总会有种执念,更不用提还有你小子在这里。"他狠拍顾盼的肩膀,顾盼故意让身子随之一沉,装作弱不禁风的样子大声呻吟。

在他们身后,裴岩悄声问李桃:"他俩以前也这样?"

李桃忍住笑,低头剥着龙眼:"男生总是这么幼稚。"

主席台上拉起宽阔的横幅,广播中飘荡着昂扬的乐曲。三三两两走向操场的学生们都很好奇,往年的开学仪式从没有这样声势浩大过。他们逐一辨认横幅上的白色字体,在一串长长的定语之后,这才注意到最后几个字:奖学金颁奖仪式。

阿雯主持了整个仪式。她先介绍奖学金成立的缘起和评定标准,向捐赠企业致谢,然后宣读获得奖学金的学生姓名、名次和分数,以及奖金额度。阿雯自己就是一等奖学金获得者,奖金一千元。

这个数额震惊了全校,用方言发出的感叹此起彼伏:"阿怪,阿怪(天哪,天哪)!"字老师反复向李桃确认,是不是真的有那么多。这个金额对当地成年人也不是个小数目,他们平时打麻将、抢红包不过以三五元为单位。阿雯倒是平静地承受着这些惊叹与欢呼,从茶校长手中接过奖状和装有奖金的信封后,她把这些交给李桃,请她暂时帮忙保管,然后继续有条不紊地主持。

"大手笔啊。"陈纳德吹了声口哨。

"李老师联系的赞助企业。"裴岩在一旁解释,她说出企业的名字,陈纳德的表情肃然起敬,那是总部位于香港的一家集团,几乎尽人皆知,"她男朋友就在那个公司,找机会和老板提了这事,老板很认同咱们做的工作,同意每学期为学校提供两万元的奖学金,家庭出现困难的学生,资助可以另算。"

陈纳德瞥了身旁的顾盼一眼,他正专心致志盯着主席台,尽管陈纳德很确定他能听见裴岩的话。

散会时,学生们狂奔向各自的教室,兴奋议论着刚才的奖金。阿雯赶过来,李桃把奖金交还给她:"开心吗?"

阿雯使劲点头:"从没见过这么多钱,还有这么好看的明信片。"她打开信封,从那摞崭新的红色连号钞票中小心抽出一张明信片,顾盼接过来,上面印着湛蓝天穹下的一座雪山。背面是捐赠者写下的四五行飘逸飞扬的文字:"Hi,小孩,我不知道你是谁,但我知道你一定足够优秀,请继续保持努力和进步,我也会一直关注、鼓励和帮助你们。这是非洲的乞力马扎罗山,世界上还有很多地方像这里一样美好,希望你有机会能走出大山,去看看这个世界。"末尾没有署名。

"我都没去过。"顾盼自言自语,看看这个世界是需要很多钱的。

他把明信片翻来覆去地看,突然睁大眼睛:"你们看。"三位队友凑上前,顾盼指着乞力马扎罗山下面一行颜色极浅的水印小字:Photo By Nemo。

足足四五十张明信片摊在老师们面前,澳洲的大堡礁、美加边境的尼亚加拉瀑布、秘鲁的马丘比丘遗址、芬兰的圣诞老人村、耶路撒冷的哭墙……所有明信片上都能找出那行小字:Photo By Nemo。

"会不会是重名?"裴岩竭力保持淡定,把剑桥大学、大都会艺术博物馆和奥赛美术馆拼在一起。字老师盯着那张冰山感叹:"连南极都有!"顾盼捏着诺坎普球场,激动得有如去年收到明星合影的学生们。

"偶尔重名有可能,连续几次就未必了。"李桃疑惑地摇头,"我之前真不知道企业那边是怎么捐赠的,都是我男朋友直接和学校对接。我向他打听下,他们集团有没有个英文名叫 Nemo 的,不过问

讲台 277

出来的希望不大,上千人呢,再说这应该不是正式场合用的名字。"

"绝了,我上学期也遇到了他。"陈纳德也在清点明信片,"当时我想在学校办电视台,众筹买摄像机时,在网上公示了型号、照片和价钱,没想到第二天就收到一封邮件,前缀也是这个 Nemo,建议我买另一种型号,价钱便宜很多,性能虽然低,给学生用绰绰有余,我仔细盘算了下还真是,就回邮件客气了几句。没过几天,对方居然直接寄来了一台摄像机。"

他看着其他人又惊又疑的目光:"更神的是我现在都不知道是谁送的。摄像机是从厂家直接寄来的,我给那个邮箱回信感谢,问他的身份,他只说早就在关注我们,觉得我们做的事都很有意义,愿意力所能及地支持。"

"取一个小丑鱼的名字,真不知道他怎么想的。"顾盼说。

"也可能是从《海底两万里》来的。"李桃从他们手中把明信片收过来,准备重新还给学生们,四位老师的表情中都有点不舍,"别忘了主角叫尼摩船长,这个词本身就是'无名'的意思。"

感叹之余,老师们挤在电脑前,付羽出现在屏幕上,双方隔着网线开碰头会。付羽这段时间都过不来,县教育局换了新局长,各方面工作都在交接,他在忙着准备材料,等待机会向新局长汇报支教工作。付羽还告诉他们,新局长过阵子要来各校检查,这学期很长一段时间内,学校都要花大量精力做准备。也是这时候,李桃提出,想针对班里成绩最后二十名的学生办一个补习班。

李桃说完打算,全场寂静无声,她之前没对任何人提过。网络那头的付羽沉吟了一下:"为什么会有这个想法?"

"这是我支教的最后一学期,也是学生升入九年级前的最后一学期,我希望把他们的基础再尽量打牢些。还有,这些学生也是最容易辍学的。"

"想法很好,可你会特别累。你本来就是班主任。"

"看到学生辍学又帮不上他们,那种精神上的痛苦比身体的劳累还难受。"

"还有局长的检查呢?你们几个的活肯定少不了。"

"领导重要还是学生重要?"李桃反问,语气中有些不快。顾盼望了她一眼,李桃看出他想说什么:"我一个人来做,不会占用大家的时间,也不会耽误学校额外分派给我的工作。"

阿彪走进办公室,在李桃面前低着头,头上那抹绯红已变得稀疏,就快要湮没在满头乱糟糟没有修理的黑发中。他很久没来这里了。

"阿彪,胳膊伸出来,左臂,挽起袖子。"

阿彪照办了,他左臂的伤口大体愈合,但伤疤不可能再消除了。

"这文身你俩一起纹的?"

"七年级,她成我女朋友之后。"

他们选了一样的文身,还刺了对方名字的字母缩写。

"划掉的时候疼吗?"

"没有分手后心里疼。"

"为她去打架的时候呢?"

"也疼,但还是不如心里疼。"

"现在老师有个办法,也很痛苦,但能代替失恋的痛苦,也不会伤自己的身体。愿意试试吗?"

阿彪用目光询问老师,李桃却没有直接回答:"你知道老师喜欢每晚去跑步,可你大概不知道这习惯是怎么养成的。刚上高中的第一个学期,老师其实成绩不好,好几次考试都没及格,在全年级只能排在中上游。可能在你看来这很好了,可初中三年,我任何科目、任何一次考试都能拿到将近满分,名次从没跌出过全年级前三。所以那段时间我特别受打击,整天哭又不知该怎么办。

"后来是老师的……一个同学,教给我一个调整心情的办法,跑步。我试着这样做,一开始,每次跑上 400 米都好像受刑,可还

讲台　279

是咬牙坚持下来。原因和你划伤手臂、去打架是一样的。比起心里的痛苦，身体上的痛苦其实不算什么，反而能暂时转移注意力。慢慢我发现，这样虽然难受，但真的有效；后来又发现，跑步也不再那么难受了；再后来，我成绩重新上来了，跑步这个习惯也坚持了下来。体育本来是我最弱的一门，可后来我能一点点跑完四百米、八百米、一公里、两公里，等到快毕业，我能轻松跑完五公里，如今是十公里。"

阿彪还是没说话。

"老师想让你做的，也是这样一件事。"李桃把补习班的计划告诉阿彪，学生抱以长久沉默，最后摇摇头："不要管我了。"

"从上学期到现在，我和顾老师确实都没管你，只要你不惹事。"

"我是说，不要再让我学好了。我知道打架不好，抽烟喝酒不好，文身不好，逃课不好，可我管不住自己。你也不用管我，你们班没有我更好。"

"为什么这么早就认输？你一个人和六个人打架时的胆量哪儿去了？学习这种事比打架简单多了，只要肯努力，一定能有结果。只要你还没有完全放弃自己，我就一定不会放弃你。只要你喊开始，我就尽最大努力帮你；你想结束，或者觉得太累想暂停，我也随你去干什么。肯不肯先试一下？"

阿彪的脸颊抽动了一下："努力了又怎么样？我从没听过讲，考不上高中的。"

"人生不是只有一条路，可以有很多出路。老师保证，只要你一直留在学校，肯和老师一起努力，老师一定帮你找到出路。愿不愿意相信我一次？"她向阿彪伸出手，期待学生与自己击一次掌。

她的手掌在半空悬了好几秒，也没等到阿彪的回应，连头都不肯点一下，李桃若无其事地放下手掌，从桌上一摞打印好的复印纸中抽出一张递过去："这周补习的课表，每天补一门课，每晚七点，地点都是图书室。我向校长打过招呼了，如果参加补习班，可以不用和其他同学一起上自习。今晚是第一次，你愿意可以直接过来，要是没想好，以后每天也都可以随时加入。"

阿彪接过课表，把它卷成一只圆筒，两手不断交替握着，转身出了老师的办公室。

学生们散坐在图书室里，总共十六个人，阿彪团伙的成员都在其中，除了阿彪本人。没有人抬头看老师。李桃觉得心头沉甸甸的，觉得他们就像即将踏上战场的士兵或出海远航的水手，自己则是将军和船长，要亲手送他们去九死一生。掌握别人命运这个事实带给她的绝不是快乐，而是沉重的责任感。

她把一只小闹钟摆在讲台前，让学生们看清时间：晚上七点整。然后说出准备过无数遍的开场白："以前我去过阿彪家，同学们都知道了。"

教室里照例死寂，只能听到老师的话语。

"去他家的路上，有一段山路很难走，本来就狭窄，又被滚落的岩石堵住了。老师经过那里时，道路还没来得及清理，只能从石头堆上手脚并用地爬过，旁边就是万丈山谷，老师一辈子也忘不了那段经历，至今回想还在后怕。好在那段路不长，很快就翻越过去了。老师继续往前走，发现山路不仅平坦了很多，连景色都变美了。

"现在对大家来说也是一样的。人生道路上遇到一段难走的路，你们都在犹豫，还要不要继续往前走。请相信老师一回：要，一定要。只要耐心走完这段路，你们就能赶上别的同学了。七年级时顾老师建立过胜利者，大家都从中体会到努力带来的快乐，你们已经走在这段路上了，现在更有老师陪你们走。我会紧紧拉着你们，也请你们一定要拉住老师，千万不要松开手，也千万不要停下脚步或者向后退缩。"

所有学生低着头。李桃并不意外，这些天逐一单独谈话时，这是学生们最常见的反应："你们要是同意，就用手敲两下桌子。"

两声轻微的响动，阿飞第一个蜷起左手的食指，用指节敲起面前课桌的边沿，然后是更多的咚咚声，阿利、阿秀、阿楠、阿进，一个接一个敲起桌子。每个人都低头沉默，但每个人都在敲桌，不是两声，是许多下。有的人敲完了，发现同伴还在敲，索性继续跟着敲，绵延不绝的敲击声在图书室内久久回荡。

黑板前的李桃眼眶有些发热。她想对学生们再说些鼓励的话，却一时语塞，最后只好深鞠一躬。

一声沙哑的"报告"，阿彪站在门口，手里提着什么东西："老师我迟到了。"

"快找座位坐下吧。"李桃勉强压抑住心头的激动。

阿彪走上前，把手里的一只纸饭盒放在讲台上："怕你饿，给你买了点吃的。"扭头走向座位。

李桃目送他落座，目光转向其他学生："那我们开始。"转身在黑板上写起板书。

校园中响起晚自习下课的铃声，图书室内则是此起彼伏的感叹，充满如释重负的兴奋。阿飞大张着嘴打哈欠，阿利伸着懒腰，阿秀依旧在低头看练习题，低调得与从前判若两人。李桃举起小闹钟，一脸兴奋："你们太棒了，你们认真听讲了整整一个小时。"

图书室内响起欢呼声。在老师的指挥下，学生们一同高举课本，李桃举起手机为他们拍照，这是他们有生以来在学业上取得的第一次重大胜利。补习的最后，李桃告诉他们，明天同样的时间，同样的地点，大家不见不散。

补习班进行了一周，李桃在补课上消耗的精力要远多于正常上课。同一道数学题要重复三遍五遍，才能保证每个人都会，语文必须从生字教起。她几乎每天都要准备完全不同的两套课程，一套是给白天正常上课的，另一套是给晚上补习班的。

但更难的是让学生始终保持自信。周五补课结束后，阿飞第一个向老师流露出退出的意图，他把下巴枕在课桌上，愁眉苦脸地盯着课本："老师我不是不想听讲，就是控制不住走神。要不别管我了，学不赢的。"

李桃在他前桌坐下，转身面对学生，图书室里空荡荡，小闹钟的时间指向晚上11点半："七年级时，你在顾老师的英语课上怎么就学得赢？还有，小学时候你的学习不这样吧？"

阿飞没回答老师，脸色也变了。

"还记得四年级以前吗？能不能给老师讲讲你小学的事？"李桃注意观察他的表情，知道自己击中学生的要害了，"老师帮你找找原因。"

阿飞靠上椅背，低头讲起往事。他小学学习的确很好，直到四年级认识了当时高两级的阿彪。阿彪上厕所故意撞他，阿飞让他道歉，反过来被他骂，两人打了一架。之后他们又各叫十几个人在街子上打群架，最后是阿彪表哥居中调停，两人讲了和，从此成为兄弟。阿飞跟着阿彪上课捣乱，下课惹是生非，觉得这样的日子很威风。有时他也不是不想回到原先的生活，可只要稍一提话头，就会惹来阿彪们的嘲笑，甚至"再不和你做兄弟"的威胁。

李桃静静听完他的回忆："可现在连阿彪都重走正路了，你也应该回到当年的样子了。还能记起当好学生的感觉吗？拿到不错的分数会很开心吧？老师也不会管这管那了。"

阿飞眼圈有些发红，响亮地吸了吸鼻子，用手背不住地蹭鼻头。

"回到那样不难，只需要努力还有时间。现在你一节课能保持多久不走神？"

"最多十分钟。"

讲台

"和老师做个约定吧，每节课坚持二十分钟听讲，行不行？"

阿飞垂下眼睛："我尽力。"

"老师每晚讲五道题，你只听三道就可以；如果控制不住就做练习，老师专门发给你们几个的那种最简单的习题。不用和别人比，只和自己比，每天比前一天有进步就好。"

李桃还给他定了目标：这次数学考到 30 分以上就可以。阿飞果然在月考中达到了目标，她又把下一次考试的分数线提高到 40 分。几天后的午休，李桃无意间在教室看到阿飞在埋头做题，旁边站着班长阿雯。看到老师走过来，阿飞停止了计算，满脸通红："你昨天布置的习题我还是不会，问问她。"

类似的反复几乎每隔几天都会出现，补习班的成员有时会认真听讲，有时会苦恼于积重难返之下不见成效，他们几乎都只有小学三四年级的水平，随时可能被任何一个最简单的知识点难住，也随时有可能动摇乃至放弃。李桃经常要在补习结束后，再花半个晚上的时间来鼓励学生，一遍遍看着他们的眼睛："没关系，一点点来，还有老师呢。"

学生们并不知道，老师自己也在悄悄害怕，害怕他们当中真有人退出。尽管表面上满是信心地反复宣布"就要追上同学了"，李桃却没有足够的把握，学生能完全听自己的话。好几个深夜她都会惊醒，满头是汗地盯着黑暗中的宿舍，梦见学生当中真有人退出了补习，像阿芹、阿彩那样辍学，甚至锒铛入狱，一个又一个在自己的生命中消失。

所幸至今还没有。每晚七点前，李桃从办公室遥望，从操场仰望，都能看到图书室亮着灯，补习班的成员们在等自己。他们会提前十分钟来到那里，打开灯，打扫好教室，再坐到各自座位上等候老师。补课的间隙，他们会问李桃站那么久累不累，也会轮流给老师买夜宵，不管老师多少次强调不饿。补习过程中有人打盹或走神，他们会彼此提醒。有人被叫到黑板前做题,无论能否答出来,其他人会一同鼓掌。遇到不会的题他们会互相求助,尽管自己能解答的情况并不多。

阿利后来私下告诉老师,李桃劝阿彪参加补习班的时候,阿彪就服她了;阿利自己是上学期老师找回手机的时候,阿秀也是那时候;阿飞则早得多,七年级就服她了。

"别让自己太辛苦,还有时间。"顾盼宽慰她,补习班的老师只有李桃一个人,他不是不想给学生补习,一是因为精力实在有限,为了迎接教育局即将到来的检查,各种填表等任务已经积压下来,他和队友们已经分担了属于李桃的那份工作;二是觉得必须优先照顾大多数中等程度的学生。

"我想给这里留下点什么。"李桃准备着晚自习马上要用到的教案,办公室窗外的喇叭播放着《一条大河》的旋律。

"现在对支教又有信心了?"

"这就是信心。"李桃指向窗外,图书室的窗户刚亮起灯,"这也许是他们的人生里第一次看到光,我给了他们希望,就不能让他们再一次失望。"

顾盼欲言又止,最后还是开了口:"我没有打击你的意思,不过拿阿彪、阿飞这样的学生来说,就算他们成绩有了提高,考高中还是没什么希望,以后还是要去打工。既然这样,你那么拼命地补课,他们那么拼命地学习,能有什么用?"

"所以补习班的意义才更重要。以前我想改变所有学生的命运,支教之后才知道不可能。付羽告诉我,谁也不能改变谁,只有自己才能改变自己。我能带给学生的只有一些影响。"

"所以?"

"所以除了成绩的提高,我更看重他们收获的信心。他们以后的人生道路上,一定会有更多的磨难和坎坷,那时我早就不在他们身边了，我希望他们独自面对困难的时候，不要放弃更不要自暴自弃。也只有到那时候，我对他们的影响才可能显露出来。"

《一条大河》的旋律戛然而止，办公室突然陷入黑暗，对面图书室的灯光同时熄灭，教学楼传来学生们的惊呼。李桃和顾盼先后抢出门，环视夜幕即将降临的校园，所有的窗户都是漆黑的，学校又停电了。各班学生在老师的带领下鱼贯拥出教学楼来到操场，李桃则在人潮中寻觅补习班的学生们，可天色既暗，攒动的人头又不住晃动，什么都看不清，她只能一路逆行赶到图书室。

门扉敞开，黑暗中可以辨认出一个个影子，学生们都在座位上。

"老师，要不要出去补习？这里什么也看不到。"

李桃从声音中听出是阿进。她带他们摸黑来到太阳能路灯下，逐一数过去，十七个人，一个不少。

校工敲响了代替铃声的铜钟，漆黑的教学楼响起骚动，星点的烛光逐一熄灭，各班学生结队走向露天水池，不时有人好奇地望向操场，太阳能路灯下依旧围坐着一圈学生，有外班的学生小心翼翼地凑过去，发现他们都是172班的，那位来支教的李老师正在逐一检查他们的解题。

"去洗漱吧，我们明天继续。"李桃向学生们鞠躬，即便不在教室，她依旧严守课堂上的礼节和纪律。

学生们纷纷从塑胶场地上起身，逐一向老师鞠躬道别，神色间居然有些恋恋不舍。李桃目送他们奔向水池的身影，发现夜色中的校门口站着一个熟悉的影子，她心里咯噔一声，快步跑过去，校门刚吱嘎打开一条缝，那个身影就像一只流浪猫那样挤了进来，扑入李桃的怀里，刚冒出一句"李老师"，后面的话语就淹没在呜咽中。

李桃强忍着几乎同时涌出的泪水，借着路灯打量着阿彩，灯光照亮脸颊上的泪水，她神色憔悴，头发蓬乱，额头青了一块，明显胖了许多，但腰身已恢复正常。李桃想把阿彩带回办公室，阿彩使劲摇头，反而进一步向后缩，把老师引到暗处，然后伏在她怀里，压低声音抽抽噎噎说了许多。

这几个月，越是临近孩子出生，她和丈夫就越受不了对方，两个人随时因为各种小事吵起来，丈夫没少打她，公婆当然又都向着儿子。而无论是他们还是自己的父母，唯一关心的只是她的肚子，她没有一晚不是流着眼泪入睡。不久前终于熬到儿子出生，丈夫和两家大人把所有精力都投到孩子身上，对她再没什么兴趣。她就像一只被取走了珍珠的蚌壳，灵魂被抽干，躯体被丢弃在河滩上自生自灭。

好在儿子的降生吸引了他们的注意力，最近她终于得到一点久违的自由，跟着丈夫来到亲戚家住，那里就在镇子背后的山上，她甚至能远远看到沧水中学。对往昔的思念驱使着她悄悄溜出来，逃到这里。即便这样，她也怕被人发现，镇上人多眼杂。

李桃轻轻为她擦去泪水，尽力让自己平静："以后你打算怎么办呢？"这是明知故问，她早就从家访中见到的那些终日劳碌的农妇身上知晓了答案。

阿彩的目光中充满了哀求："老师，我想回学校。"

李桃发出无声的叹息，庆幸黑暗掩盖了自己的表情，她不想让阿彩再多一次失望了。

"这几天我总是偷偷望着学校，回忆上学的时候。我想你，想顾老师，想班里其他同学，只要能回来，以后无论你说什么我都听。行吗，李老师？求你了。"她拼命摇晃李桃的胳膊，一遍又一遍问她这个问题，李桃却木然地全无回应，这也许是她支教以来第一次拒绝学生的求助。

问过不知多少次后，阿彩终于明白了老师的意思，轻轻松开李桃的胳膊："你也不要我了，老师？"

强烈的酸楚涌上鼻腔，李桃尽最大的努力克制情绪："你还有

讲台　287

孩子呢。"

学生的眼睛里涌起绝望,她后退了一步,然后望着老师继续后退,一步步退向身后的黑暗,就要转身跑掉时,李桃迈出一步:"老师最后有几句话。"

阿彩呆在原地,李桃快步走上前:"老师不求你现在就做到,但你要记住,牢牢记住,永远也别忘掉。"

"离婚。"她语气坚决地一口气说下去,"你和他的年龄都不够,更没领证,法律根本不承认你们结婚。他们肯定不离,那你就要想办法离开丈夫、再也不回婆家,也绝对不要回自己家,不然爸妈肯定会逼你再回去。只要你坚决不回去,他们就拿你没办法。"

"那我还能去哪儿?"阿彩目光中充满了惊疑。

"去进城卖工,逃离他们,逃出这里,逃得远远的,永远不要回来,也永远不要被他们找到。"

"那孩子……"

"带不带走,只能你自己决定,能不能带走,谁也不敢保证。"

阿彩的表情明显畏缩了,李桃顿了一下,以便再积攒几丝勇气,这才狠下心说出早就酝酿好的那句话:"老师救不了你,谁也救不了你。能救你的只有你自己。"

师生之间出现了片刻的沉默,阿彩最后开口:"老师,你说的我永远也不会忘,只有我自己能救自己,我记住了。"她向李桃深深鞠了个躬,转身没入黑暗中。

李桃望着那片她消失其中的黑暗,忘乎所以地喊了声:"阿彩,永远别回来!"

没有回应。草木在窸窣作响,李桃孤身站在夜色中的山林前,觉得自己刚才见到的,只是一个前来报冤的孤魂。

"你干吗赶她走?咱们帮她啊。"顾盼一听李桃说的就急了,陈纳德做手势让他小声些，又小心检查办公室外面有没有人经过，这次他们连字老师都没敢告诉。

顾盼没在意："咱们找村干部，找妇联，找警察，找媒体，再不行发到网上，再再不行就帮她跑，这事我在行……"

"你跑成了吗？"裴岩问，顾盼不说话了，"这种事不是一件两件，当地能管早管了。她一个十几岁的孩子，能跑到哪儿去？她又有孩子，卖工养活自己都费劲，孩子又怎么养？家里再一报警，早晚得找回来。"

"再说等事情败露、她家知道是咱们帮她跑的，咱们还支不支教了？"陈纳德叹息着站起身，去给自己的茶缸加水，"出主意简单，几句话的事。真正去做可就难了。"

"老陈说得对。"李桃点头，"我对阿彩说那些话，也没指望她能做到，可我希望她至少不要就这么认命。就算是在黑暗中，也要去找那道光。"

她苦笑了一下："真没想到，我也会劝学生别回学校，去城里卖工。"

"还能怎么办？"陈纳德端着茶缸回来，"生在农村，只有逃离农村这一条路。"

裴岩盯着他："也许，有别的出路呢？"

三位队友看着她，她张了张嘴，踌躇一下才开口："我有个想法。"

第十四课　最后一课

顾盼拉上窗帘，会议室暗淡下来，陈纳德在低头调试投影仪，李桃把批改完的作文摆放在桌上，裴岩从中挑出一本，最先看到的就是题目——《我家乡的＿＿＿》，她一目十行地扫过，脸上浮现出满意的神情。学生们的题材五花八门，阿辰又是最高分，他写的是山谷中的云海，那是自家窗外每天都能看到的景色。阿进写的是分辨和采摘各种菌子，阿雯回忆了村里的火把节，阿利记录了制茶的经过，阿敏的作文照例只写了寥寥几句话，不过附上一组描写剥核桃过程的简笔画，线条简陋却很传神。

裴岩满意地把作文重新摞好："试水效果不错，学生有兴趣、有热情是最重要的。李桃你还担心什么？"

"既不担心你们也不担心学生，关键是校长。"李桃望向挂钟，"他现在心思全在应付教育局的检查，其他什么事都要往后推。我约了三次才约上他，勉强同意给咱们半小时。我还是觉得办这个活动太仓促了。"

"没别的办法。"裴岩从办公桌上捡起台历，手指点过不同的日期，"教育局检查、期中考试都堆在一起，再加上各种开会研究，我特别担心，等到活动真的能搞起来，就要到期末了。"

"根本不用那么久。"顾盼讥诮地说，"你只要向校长一提计划，他就能整个给否掉。"

"所以还不如早提出来,也好早死心。"低头调整投影仪的陈纳德咕囔着,"校长从来都是多一事不如少一事……"

茶校长的身影出现在门口,顾盼大声喊了句"校长好",背对门口的陈纳德赶忙转身站直,态度恭敬地也打起招呼。大家各自落座,只有裴岩手举笔记本站到白色幕布前,黑框眼镜反射出投影仪的光芒:"支教多半年,我接触的所有学生,无不以'逃离'作为人生目标:逃离家庭、逃离学校、逃离故乡。成绩差的选择进城打工,成绩好的努力去考城里的高中和大学,最终留在大城市里生活。连老师都是这样,很多人以去县里、市里的学校教书为人生目标,不客气地说一句,还肯踏实留在学校的老师,很多都是没地方可去的,能跑的早跑了。

"这也难怪,在目前的教育体系下,农村的学生只能远离乡土而前往城市,同样作为农村学生,我必须很惭愧地表示,自己也是这样,这让我想起陶行知在《中国乡村教育之根本改造》里说的,这种教育:'它教人离开乡下往城里跑,它教人吃饭不种稻,穿衣不种棉,做房子不造林。它教人羡慕奢华,看不起务农。'从民国到现在,这种现象仍然没有变化。"

顾盼偷眼观察校长,他始终盯着幕布上的PPT没有吭声。

"学校周边的村镇更是这样,留下来的只有老人和儿童,成年人大部分选择去城里。应该说这是时代的进步,如今的农民终于不必像古代那样,一辈子被捆绑在自家的土地上,可这同时也带来了农村传统价值观的崩溃,作为延续了上千年的农耕社会,安土重迁、落叶归根一直是中国人深入骨髓的理念,近年来的城市化进程侵蚀和动摇了这种理念。可是当农村人争先恐后拥进城里时,他们的家乡还能留下什么?只有破败和凋敝。生于农村而只能永远留在农村是一种不幸,而生于农村又只能逃离农村,难道不是另一种不幸?"

裴岩踱开几步,加重了语气,仿佛回到辩论赛场上:"家访的时候,有位家长不经意说的一句话很触动我，他说，我也不愿出去打工，可是没有办法，光靠种地养活不了全家，如果在老家能挣到足够的钱，过上城里那样的好日子，谁愿意把老人孩子留在家里，自己背井离乡吃苦受累？这句话启发了我，为什么农村人就一定要走出深山？当所有人都把逃离视为天经地义的时候，我们能不能反过来，试着留在家乡，为这里做出一些改变？如果能把农村建设得和城市一样，城乡只有生活方式的差异而没有生活质量的高下，农村人是不是就不必再去城市里漂泊，不必再重复相同的命运？这就是这个项目成立的缘起。"

她切换PPT，进入正题："它是一个田野调查项目，我希望促使学生们对家乡有所了解，并进一步探索如何开发家乡的资源，解决相关问题，从而培养他们对家乡的责任感。我希望能让他们牢记，无论今后是去往城市还是留在乡村，自己永远属于脚下这片土地，也只有自己才能改变这里的命运。李老师事前在班里练过一次以家乡为题的作文，效果相当不错；我也向学生们提起过这个项目，他们的热情出乎意料，这就是项目最大的优势，只要办就肯定会成功，学生们的能力也会得到极大锻炼。"

会议室安静得只能听到笔记本电脑的嗡嗡声，茶校长在低头按手机。老师们各自屏住呼吸，几秒钟之后，他把手机放在桌上，开了口："讲完了吗？"

"只是项目的基本情况，后面有更详细的计划。"裴岩举起厚厚一摞A4纸，"为了节省时间，没有都讲。"做报告不是内容越丰富越好，这是顾盼和陈纳德之前向她强调的。

"裴老师你想没想过，做这个项目得多长时间？学生本来基础就差，课业压力又重，成绩受影响怎么办？"

裴岩早有准备："只利用周末时间来搞，不会占用课堂，两个月足够。如果加快进度，一个月也可以。当年顾老师搞胜利者的时候立过军令状,我也可以再立。成绩一旦下滑,明年再也不办任何课外项目。"

"学校那时候同意是因为当时是七年级,就算成绩不行,也还有挽回余地。172班下学期就要升九年级,要中考,要毕业。你们班的成绩好不容易拿到全年级第一了,万一有闪失怎么办?我不能拿学生的前途冒险。"

"我理解您,其实不只是学生要中考,李老师他们三位也都要结束支教了,所以这学期才是最后的机会。再说学生参与热情都很高……"

"只要不用上课,学生干什么热情都高。"茶校长站起身,"裴老师你支教还不到一年,跟我提过的项目都有十来个了,每一个都要把全校搅翻了天。"他收拾起自己的笔记本和资料,"沧水就是个农村学校,想出成绩只能拿考试说话,其他都没用。更不用说,教育局快来学校检查了,哪有工夫搞这些。我看这事儿就算了。"他大步蹚出会议室,走到门口忽然转身,"也不要再找我提了。"

裴岩把笔记本丢到桌上,"啪"地关掉投影仪,顾盼看着她的动作:"你理念方面提得太多了,应该从利益角度出发,跟校长讲这事儿对学校的好处。你得站在他的角度考虑,他们都是要立刻看到回报的,长远的东西他看不到,也就没有动力去做……"

"你这么懂,怎么自己不去和他说啊?"裴岩声音很大地截断他的话。

"这不是你主张的项目嘛。再说这学期一过,我们仨都得走,该你挑大梁了,可不得提前锻炼下,还得跟他至少打一年的交道呢。"

"校长这态度,下学期我没法再支教。要么被气死,要么被逼退出。"裴岩猛地拉开窗帘,耀眼的日光涌进会议室。

"咱们自己就别吵了,先想想怎么办。"陈纳德打起圆场,"李桃,你觉得呢?"

李桃摇头:"校长不通过,哪儿搞得成?付羽我也问了,他那边态度也很明确:他自己支持,但要求咱们先听学校的。而且现在为了应付检查,学校忙成一团,连字老师都被抽调去填表格做材料,没有多余的精力。"

顾盼望着三个队友:"我有一个主意。"

陈纳德露出坏笑:"我知道你想干吗。"他扭头看会议室的门口有没有其他老师经过。

"偷着搞。"裴岩说出了答案。

"我不同意。"李桃脸色变了,"万一出事怎么办?"

顾盼几步来到门口,再次确认外面没有老师经过,重新关上门,转过身:"万一没事呢?咱们就搞个小规模的,只在172班里进行,又都是周末时间,成果汇报用一节班会就搞定了。"

"校长知道了怎么办?他肯定先问我的。"

陈纳德用胳膊肘拱了下顾盼:"责任都推到顾盼身上就可以。"

顾盼心领神会地摆出大义凛然的表情:"我有这个觉悟。"

"这种鬼话连学生都骗不过。"

顾盼一摊手:"形势所迫嘛。在咱们学校,什么都等到许可之后再干,就什么都干不成,只能先上车后买票。再说当年我建立胜利者,你也不同意,最后呢?结果圆满不就行了?"

李桃盯住那摞作文本陷入沉默,三位队友眼巴巴地盯着她,顾盼看她没再提出反对理由,又补上一句:"你专心搞补习班,我们三个来搞活动,万一有事,别把你也搭进来。"

李桃终于抬头望向他:"不许影响学生的学习,也不能影响你们上课。"

她的三位队友彼此对视:"那还用说?"

微机教室里充满机箱风扇的嗡嗡转动声,学生们两三个人围住一台电脑，好奇望着电脑屏幕上跳动的光标，不时交头接耳。他们之前与电脑的接触仅限于打游戏，阿敏、阿梅等几个学生甚至从没碰过电脑，阿梅胆怯地挪动鼠标，好奇地看着光标在屏幕上移动，小心伸出食指触动键盘，生怕按键的缝隙中冒出电流。学校的微机房早有年头，平时却大门紧闭，从不向学生开放，既因为缺少精通电脑的老师，也因为茶校长嫌维护太麻烦。结果这成了172班入学近两年来，第一次坐进微机教室。

"先说下情况，"陈纳德竖起手指，"学校最近要迎接检查，我好说歹说，说服茶校长给咱们开放两周微机教室，等教育局领导来了，在这里做一节公开课。老师用了整整两个下午收拾教室，挨个调试电脑，总算能让这里投入使用。请大家珍惜这来之不易的机会，要认真听讲，不要偷偷用电脑玩游戏，或者看一些和课时无关的内容。真那样，我马上就能知道。"

他望向门口，守在那里的顾盼最后一次四下张望，向陈纳德摆出OK的手势，轻声带上门，装出悠闲的样子在走廊里徘徊。陈纳德身边的裴岩把一摞刚打印好，摸起来还发热的A4纸发给每位学生，房间里萦绕着淡淡的油墨味。学生们打量着第一行的问题：你了解自己的家乡吗？

"整个调研过程可以归结为三句话。"裴岩举起三根手指，"我要了解什么？我认为它是什么？我怎样向别人介绍它？所以我们的调研也分三个阶段：第一，开题，也就是确立自己要调研什么；第二，围绕题目去收集资料和做采访；第三，整合收集好的资料，形成报告。今天要教大家的，就是开题。"

陈纳德坐回讲台边，将电脑屏幕投射到黑板前的幕布上，学生看到的是搜索引擎的雪白页面。

"提起调研，你们或许会想起科学家、考古学家、地质勘探员什么的，会觉得它是特别高深的事。"陈纳德的胖脸映着屏幕的光亮，小眼睛闪着精光，"根本没那么复杂，我们和它的距离，只有敲几下键盘的距离。比如我想了解咱们学校的信息，"他在搜索引擎中键入"沧水中学"四个字，幕布上的浏览器中迅速跳出一串与学校相关的搜索结果，陈纳德点开一个结果，学校正门的照片跳了出来，教室里响起轻微的惊叹。

"再比如，我想了解阿利爸爸的茶厂，同样可以查到。"陈纳德又敲了几下键盘，阿利父亲的照片出现在网上，学生们好奇地读着这位当地"明星企业家"的介绍，赞叹声四起，阿利也嘿嘿笑着，兴奋地涨红了脸。

"打个比方，我们要做的调研就像一团火焰，让火焰燃烧的柴火就是这些。"陈纳德指指屏幕上的搜索结果，"你收集的资料越丰富，你的调研也就越充实，这团火也就烧得越旺。"

这节课剩下的时间，他教学生们怎样使用搜索引擎，怎样用关键字组合的方式更准确地查到信息，以及如何用手机来搜索，下课时还不忘叮嘱学生对课堂内容保密。

秘密培训就这样开始了。起初顾盼他们无不提心吊胆，做好了活动随时被叫停的思想准备，所幸迄今为止一切风平浪静。茶校长三天两头往县里跑，在学校也是大会小会不断，对学校的管理基本处于垂拱而治的状态。字老师等当地老师则大多忙于写五花八门的总结材料，没完没了地填表格。学校里一遍遍地大扫除，各种文风朴实直白的标语横幅悬挂在目光可及的每一面墙上。后来学校还专门杀了一头猪，那几天食堂的伙食标准达到了支教以来的峰值。这种忙碌而混乱的状态尽管加重了支教老师的负担，却也给调研带来最好的掩护，同事们只知他们在忙，没人关心具体忙什么。

周五的下午，校门口挂起了"热烈欢迎教育局领导莅临我校检查工作"的横幅，老师们排队守在它下面，个个喜气洋洋。茶校长头发搽了油，换了新西装，牙老师、字老师特意烫了发，连危老师都记得刮了胡子。顾盼和陈纳德彼此小声嘲笑对方穿西服的模样，裴岩换上隐形眼镜，李桃帮她打扮时，她脸上少见地忸怩。顾盼和她臭贫："你这么一收拾，居然还真有点女人的样子。"裴岩踩了他一脚。顾盼再低声问李桃："是不是把头发做了拉直？你的唇彩挺好看的。"李桃示意他别再说话了，顾盼这才勉强忍住笑意紧盯校门口，他是真的开心。

局长的车开进学校，新局长在人群的簇拥下出现在校园里，他身材瘦小，套着一件因过于宽大而显得松垮的灰西服，三排纽扣都扣上了，一同扣紧的还有衬衫最上面的领口，半秃的额头和粗框眼镜一同反射着日光，身旁是久违的付羽。局长先与校领导寒暄，又同大家逐一握手，他伸出右手的五指，指尖与每位老师的指肚轻触，似乎在测试洗澡水的温度。他的手指冰凉，顾盼觉得好像摸上了严冬的铁栅栏。

172班的教室里荡漾着空气清新剂的气息，所有学生都换上昨天刚洗过的校服。阿彪、阿飞他们装出认真听课的样子，阿敏老老实实留在座位上，身子难以抑制地左右晃动，跟着全班卖力地回应老师。李桃之前反复叮嘱过阿敏，这节课一定要忍住不离开座位。茶校长一度想让阿敏留在宿舍，不参与这节课，支教老师们据理力争了许久，才为他争取到和其他同学一起上课的权利。

局长在班里旁听了李桃的语文课，以及一节以展示才艺为主的班会，班长阿雯主持，学生们表演了诗朗诵和小合唱，向来宾们展示了美术和手工作品，阿梅的画获得了来宾的称赞。下课前的最后十分钟，学生们来到操场表演物理实验，顾盼下达命令，十几枚水火箭呼啸着掠过半空，如烟花绽放般，在操场留下一道道水痕，学生的欢呼和来宾的掌声汇成一片。这期间，局长始终没有笑容或其他表情，半秃的脑袋在一头头黑发中很是显眼，让顾盼联想起科幻

讲台　297

插画上的行星表面。

李桃代表支教老师出席了课后的座谈会，介绍了172班从全县排名倒数，进步到全县前三的历程，回答了局长"你们这些大城市的年轻人适不适应农村生活"一类的问题，得体地感谢校领导对支教团队的关照。座谈会在其乐融融的气氛中结束，李桃趁茶校长招呼领导们去吃饭，无暇顾及自己的时候，匆匆奔向图书室。

守在图书室门口的陈纳德仍然穿着西服，故意装出侍者迎宾的样子，彬彬有礼地为她开门，李桃迈进图书室，裴岩正在和顾盼模拟采访的过程。她举着自己永不离身的笔记本，假装近视地伸长脖颈凑过去看顾盼："老板你好，我想调查一下你。"

围观的学生响起笑声，顾盼双手连连摆出下压的动作，笑声停止，裴岩直起身环视一圈，改为正常语气："有同学提交上来的采访草稿，就是这样开头的。大家想想，如果你自己被问到这样的问题，会是什么感觉？必须先向对方展示出善意，人家才会愿意和你多聊。现在我们继续。"

她恢复了刚才的神情："老板，你是不是做茶叶生意的？"

"是啊。"顾盼头也不抬。

"你种的是不是古树茶？"

"是啊。"

"你的茶叶生意，是不是很赚钱？"

"是啊。"

一口气问了五六个问题后，裴岩中止了演示："听出什么问题没有？阿亮？"

阿亮转了转眼珠："顾老师所有的回答都是'是啊'。"

"非常好，这叫封闭式问题，英语课上我们也学过一般疑问句，和这种问法一样。所以如果我们总问'是不是'，对方也很可能只用'是'或者'不是'来回答你，什么有用的都问不出。阿亮你的采访提纲就是这样。"裴岩挥手示意学生坐下,"现在请大家低头看自己的提纲,删掉这类问题。"学生们打量起各自手中的练习册,有的用笔划掉一两行,阿亮小声嘟囔着,几乎把自己所有的问题都划掉了。

裴岩又举起一份写得密密麻麻的采访提纲:"这份提纲体现出另一个特别常见的问题,我们看,它的题目是《家乡的烤烟》,和上次作文的题目完全一样。那么问题来了,你是要调研怎么种植烤烟,还是怎样烘烤烟叶?或者是想调查烤烟的经济效益?阿进?"

阿进红着脸嘿嘿笑,裴岩没有期待他回答:"切入点要小,要用一句话而不是一个词、一个短语来归纳主题,你所有的问题也都要围绕这句话展开,而不要追求面面俱到。"

这次培训结束,学生们轻手轻脚把桌椅码放回原位,陈纳德把房门轻推开一道缝,示意外面没人。学生们两三人一组,分批次离开图书室,借着夜色掩护回宿舍。

裴岩叫住阿雯:"你那组的选题其实非常好,也特别有意义,但难度太大,可能找不到愿意接受采访的人,最好能换一个。"

阿雯望着老师,神色中有些犹豫:"可是老师,调研明天就开始了,我们这组来不及换选题了。我也真的很想做这个,我叔叔就是因为长期喝这种水得了胆结石。"

裴岩还在犹豫,顾盼凑过来:"那就去做,有困难就克服,不用太追求结果,尽全力就好。"

阿雯向老师鞠躬致谢,走向宿舍,归途中一度被宇老师叫住,一直紧盯她背影的李桃屏住呼吸,做好随时冲过去解围的准备,但两人只是简单说了几句话,阿雯丝毫没露出马脚,李桃这才暗自松了口气。她凑过来看那份采访提纲,它调查的是当地饮用水重金属超标的情况。其他几组的选题还包括垃圾焚烧污染、赌博盛行的危害、172班学生遭受家暴情况调查。

"会不会有点……敏感？"李桃左右看看，再次确认附近没有当地老师在场。

"裴岩觉得，这可以锻炼学生的批判性思维。"顾盼看看裴岩，她也是满脸骄傲，"反正都是偷着搞，一只脚下水和两只脚下水，没区别。"

"可我还是担心……"

"赶快上补习班吧，学生们都到了。"顾盼向远处扬了扬下巴，李桃果然看到阿彪、阿飞他们陆陆续续都到了，她招呼大家进图书室，对顾盼的最后一句话是："千万小心。"

周六一早，学生们纷纷坐车回家。这周为了应付检查，他们只能把回家时间从周五晚上推迟到现在，支教老师们和往常一样站在校门口送别172班，顾盼对学生们意味深长地眨眨眼。中午吃饭时，裴岩的手机收到阿雯发来的信息，她那组开始了调研，这也是最早行动的一组，其他大部分学生还在回家的路上。

阿雯发来一张学生们在水库前的合影，还用矿泉水瓶灌上一瓶浑浊的水，询问老师怎样去分析里面的化学成分。裴岩右手握筷左手握手机，耳朵听着队友们说话，眼睛盯着屏幕，不时举起手机说两句微信语音，随时解答学生调研时的问题。顾盼调侃说，她这副派头很像指导博士生写论文的导师。

"我的导师当年真这样。"裴岩并没有理会顾盼的揶揄，目光不离手机屏幕，"那时写论文简直像被扒皮一样痛苦，我最怕他问我：'你自己怎么想的？'可我真的没想法啊。至今我都有阴影，每次微信提示一响就要哆嗦，条件反射似的。不过换个角度，蜕完这层皮，也就好像重生一样，我希望学生也是这样。"

"我好像看到她面露狞笑，把学生按到地上，一层层扒皮的样子。"顾盼故意对陈纳德说，裴岩抓起茶杯，摆出要砸他头的动作，旁边的陈纳德却装模作样地抱头喊救命，提醒她："你眼神不好，千万别误伤。"最后是李桃的话让三个人安静下来："你们就不怕学校知道？"

"最坏结果也就是活动被叫停呗，"顾盼满不在乎，"茶校长要罚就罚我好了，反正这学期一完，咱们几个就支教完了，以后都由裴岩来背锅。"裴岩马上瞪他："凭什么？"

"什么事让你一说，都那么简单。"李桃小声嘀咕着，用勺子捣着饭盒里的米饭。

"不觉得是自己想太多了吗？"顾盼格挡住裴岩挥过来的拳头，笑嘻嘻地回答。

李桃正想说话，手机不失时机地响起，看到屏幕上的号码，她没有立刻接通，抬眼看队友们："付羽打来的。"

她接通电话，刚听几句就站起身，迅速转为严肃的表情让其他人不约而同有了不祥的预感。李桃走开几步背对他们，先默默听着，然后是低声而快速的答复："对不起……这也能让领导看见？不，我是说我对这事的严重性缺乏认识……我确实反对过，但是……算了我不解释了，该承担的责任我会承担……关键是，怎么挽回？这恐怕需要你……"

她挂掉电话却没有回身，保持刚才背对队友们的姿势发愣。所有人都看出情况不妙，陈纳德招呼老板结账，裴岩盯住李桃的背影，任凭手机里学生发来的未读信息不断增加，顾盼问了句"怎么了"，不见回答，蹑手蹑脚转到李桃面前，看到她望着远处的山谷发愣。

"不会是学生搞调研，让茶校长撞见了吧？"顾盼悄声问。

李桃这才注意到他的存在："何止校长，连教育局的领导都撞见了。"她的目光中透出深彻的寒意。

谁也没想到，阿雯那组学生能碰上局长。

周六这个上午，局长几乎是和学生们同时离开沧水中学的，他们坐车前往离学校十公里外的水库，坐船游览了当地的风光，然后在水库旁的农家饭庄吃午饭。水泥院墙围起的小院很快被男人们的高声说笑、麻将的清脆响动、烤肉的滋滋作响所笼罩，炭火的黑烟、香烟的雾气使一张张黝黑面孔变得模糊，也消弭了身份和职务的界限，按计划，领导们该在这里一直消磨到下午，从而为这次检查画上圆满句号。

茶校长兴致很高，频频向领导们敬酒。这次检查，局长没直接夸过沧水中学，但校长仍能从种种细节中感到，他对自己的工作以肯定为主，支教老师的表现尤其给沧水中学长脸。

饭后他陪局长在小院外的树林中散步，一直走到树林外的山坡上。局长望着阳光下的水库和河滩，听他介绍这里的景致，偶尔插一两句嘴，始终听的多，说的少。听到半截，他抬手指向远处："怎么回事？"

阳光很烈，茶校长眯起眼睛，马上变了脸色，远处的河滩上是172班的几个学生在玩水，其中还有他们的班长。

局长沉默着走向河滩，茶校长只能快步跟上，用自己能达到的最大音量，远远对学生们吼了声，正在追跑打闹的学生们同时停住了，没人想到会在这里见到校长，这个恐怖的事实让他们各自保持刚才的姿势不再动弹，仿佛在玩那个"不许说话不许动"的游戏。

"学校早就不许玩水了，"茶校长抢在局长前面赶过来，打定主意要在局长开口询问前赶走他们，"年年都有安全教育，还跟你们家里签了协议书，怎么还这么不听话？"

几个孩子站成一排，各自盯住脚面，没人敢吭声，茶校长的额头渗出汗滴，他用眼角的余光发现，局长已经走近了："赶紧回家，回去我就找你们老师，下周把家长请过来。"

局长踱了过来，目光落到阿雯手中被打湿的笔记本上，向她伸出手，阿雯只能递上去。局长翻开笔记本，里面夹着的一张纸滑落在地，局长捡起来看，眉头逐渐皱起。

"茶校长，这是沧水中学办的活动？"局长把那张纸递过去，校长觉得这张纸简直有千钧之重，他必须用尽全力才能克制住双手的颤抖。那张皱巴巴的复印纸上印着一行字：你了解自己的家乡吗？下一行是学生的字迹：关于饮用水重金属超标的调研报告。

三位支教老师守在校长办公室外，听着里面传来校长一连串惊天动地的怒吼，夹杂着付羽的声音，语气和李桃接电话时如出一辙："对，我特别理解您的心情……您再生气也是应该的，这确实是他们的问题，没的可辩解，我们也会严肃处理……可我也不希望因为这事，影响咱们双方的合作……"在发现说什么也没用之后，付羽放弃了一遍又一遍的致歉和解释，只在茶校长痛骂的间隙偶尔插嘴，内容翻来覆去都是："您说得对"。

陈纳德闷头在手机上打游戏，裴岩徒劳地尝试从门缝往里偷窥。李桃并不在场，她把自己反锁在宿舍。茶校长怒气冲冲回到学校后，第一件事就是把四位支教老师统统叫来，声嘶力竭发泄了一顿怒火。刚骂了几句，李桃就掩面跑掉了，她从小到大都没受过这种委屈。茶校长吼她回来，顾盼挡住了他："校长您有什么事都冲我来，他们什么都不知道，是我，是我，全是我干的。要不您给我几个耳光撒撒气？或者我自己抽自己？"总算吸引了茶校长的全部怒火。

"有什么可看的，反正就是骂咱们呗。"顾盼不耐烦地冲裴岩的背影说，"我把所有事都揽到自己身上了，要杀要剐随便校长了。"

裴岩转过身，竭力把音量控制在能传递出愤怒情绪又不惊动屋里的程度："光处理你一个人倒好了，校长巴不得内部解决。没听出来吗？事情闹大了，学生的调研让局长见到了，这次搞不好连付羽都要受到牵连，咱们的支教也得完蛋。"

她脸色惨白地倚住粉墙，好像不这样做就会随时滑倒在地："真是躲过初一躲不过十五，去年我刚来支教就要被清退，这回又要被清退。真后悔搞那些选题,水污染就污染吧,垃圾焚烧就焚烧吧,咱们碰这些事干吗。你们走就走了,我怎么办?我的支教还有整整一年。"

"反正你也看不上支教,"陈纳德插嘴,"可以找借口提前离开,还能省下一年时间写你的论文。"

裴岩瞪着陈纳德:"正常结束支教和被人赶走,根本就是两码事,你怎么什么都不懂?"

陈纳德抬起一只手:"我道歉、我道歉,我还以为你听得出这是冷笑话。"

房门在身后打开,中止了两人的争吵。付羽走出来,脸色从没这样难看过。三个人同时起身围拢,暗自做好迎接最坏结果的准备。顾盼从门缝里偷瞟已变得安静的办公室,满脸通红的茶校长正端起水杯灌下一大口,一绺头发贴在额头。

付羽从老师们当中穿过,仿佛根本没看到他们。顾盼追着他下楼梯:"我知道我们这事干得太没溜儿了,怎么罚我都行,可你能不能先交个底,情况到底严重到什么程度?"

没有回答,付羽沉默着继续下楼梯。顾盼直接抓住扶手跳下楼梯,挡住去路:"你就给句话吧,我们得怎么弥补?"

付羽推开顾盼:"我现在没法回答你。"继续冲下楼梯,身影消失在拐角。顾盼快步追上,发现他早已远去,再抬起头,陈纳德和裴岩都在俯视自己。

他们无所适从,只能先来到李桃宿舍的屋外,顾盼想叫她出来商量对策,门始终没开,他们却分明听到隐隐的哭声。陈纳德示意顾盼别敲了,三个人在外面又讨论几句,依旧毫无头绪,只能各自回宿舍,等候付羽或学校方面的进一步消息。

顾盼回到自己房间,隔壁的哭声更加清晰,他轻敲木板,尽力让声音轻柔:"李桃,这事怨我……"

隔断那头只有啜泣。

顾盼把侧脸贴上隔断:"怎么罚我也认了,事情都推到我头上就可以……"他絮絮叨叨说了半天,隔壁的李桃总算压抑住呜咽:"别再说了,让我一个人待会儿。"

"你也没必要自责,这事儿跟你没关系,你没参加啊。"

"谁参加谁没参加,你以为校长分得清?"

"分不清就分不清吧。现在最重要的是减少损失,我的意思是咱们赶紧开会商量个对策。"

"我现在心情很乱,晚上再说。"

"你不也一直这么教育学生吗?你作为老师不能光会讲道理,自己做不到啊。"

"你先让我静一静,理一理思路。我现在不想听任何人说话。"

"你是队长,需要你主持局面……"

"不许再出声,一点声音都不许出!"

"可……"

木制隔断猛烈震颤,玻璃碎裂声在耳畔炸响。顾盼兔子一样跳起来,随后听见猛烈的开门声。顾盼抢出门,下意识地抓住李桃的胳膊:"你冷静点。"李桃头也不回地甩掉他的手:"别碰我!"声音大得仿佛操场上都响起回声。顾盼像被火焰烫到那样缩回手,再抬头,李桃已冲向操场。

他在她身后远远地吼叫:"你当初不也同意了吗?"李桃一头扎进图书室,从里面反锁上门。有零星返校的学生好奇又胆怯地远远看着这一幕,估计很快就要有"顾老师表白李老师被拒"的传言了。顾盼恨恨地叉起腰。

"跟闹分手似的。"身后响起陈纳德的嘀咕。

顾盼扭过头:"哪儿都有你。"

"你俩吵得我在楼上都听得见。"陈纳德一手指天,顾盼抬起

讲台　305

头,刚好看到二楼的裴岩从窗口探头观望,被发现后马上缩回去,动静很大地关上窗户。

"她正在气头上,管你解释还是道歉,说什么都没用。"陈纳德踱到顾盼身旁,压低声音,"我刚刚问过付羽,校长现在要和微光停止合作,撤掉整个沧水团队。"

有那么两秒钟,顾盼觉得心脏停止了跳动,然后变得加倍猛烈,就像压紧的弹簧骤然释放,他小声嘀咕:"真有那么糟?"

"而且根本等不到这学期结束,校长要求咱们下周就走,付羽想尽办法才拖延到期中考试过后,说咱们也得有另找工作的时间。这回连他都不知道该怎么处理,他从没遇到过这种事。"

陈纳德回了房间,顾盼依旧留在宿舍门口,他颤抖着掏出手机,试着给李桃发道歉的信息,几十个字翻来覆去改了五分钟,刚发出就收到系统提示:"信息已发出,但被对方拒收了。"他再慌忙点开那个"下自成蹊"的朋友圈主页,一片空白,这才明白李桃把自己拉黑了。

他再在微信上问付羽,是不是还住在镇上没回县里,付羽回复"是的";他又提出要去旅馆面谈,付羽打了个"好的"。所有的回答似乎都缩减为这几个字。

宾馆的房门虚掩着,顾盼刚接近就闻到浓重的烟味,屋里窗户大开,烟头把烟灰缸堆积得满满当当,依旧冒着烟,茶几上是两个空烟盒。付羽侧身对着门口,石像般沉默和凝固,始终没看顾盼。

"对不起。"除了这干巴巴的一句,顾盼不知还能说什么。

没有回答,付羽手中的烟已经烧了一半,长长一截烟灰看起来马上就要落下。

"我听说,茶校长要和微光停止合作?"

"是的。"

"就算这次是我们不对,可也没造成什么实际后果,让我们停止活动，让我们接受处罚，甚至让我们几个停止支教都没问题，可停止跟微光合作，是不是太过了？我们在沧水支教都快两年了，学生的成绩提高了多少？平均分、及格率、优秀率都是年级前三，校长但凡有点脑子，也不该停掉沧水团队……"

烟灰掉落在付羽的手上，他在烟灰缸里掐灭了烟头："你觉得领导会听吗？"

他顿了顿，深吸口气："不止沧水，全县的支教团队都可能撤掉。"

死一般的寂静，顾盼张了张口："哪来的消息？"

"校长向局长反映情况时建议的，他还和县里其他支教学校的校长通了气，他们人人自危，联名向教育局反映，要求撤掉所有支教老师，觉得咱们太难驾驭，会成为学校的不稳定因素。下周局里就要研究这件事。"

付羽新点燃一支烟："茶校长这次恼火的，不光是你们私下搞活动这件事本身，也不只是因为被局长看到，让他没面子，最重要的还是学生调研的内容，他们生怕当地的问题引起外界的关注，觉得这极可能给自己惹来麻烦，那时不光沧水中学，连当地政府都要被问责。"

他顿了下，重新开口："别忘了，现在是扶贫攻坚的关键时期。"

顾盼没再说话。支教快两年，他也风闻甚至见识过一些当地官员的做法，很了解他们的思维方式：没政绩可以，出问题不行。他们唯一在乎的只有别让自己担责任。微光拓展支教学校时，即便是对当地有百利而无一害的事，他们也完全可能因为微不足道的原因一口回绝。大赵在岗前培训时就告诫过新老师们，和当地学校、管理部门打交道的首要原则就是，可以提出看法，但最后必须服从对方的决定，支教老师没资格和校长争论，公益组织更没资格去和政府讨价还价。

顾盼盯着付羽手中的香烟："那咱们现在能干点什么？"

讲台

"任何举动都可能让事态恶化，什么都不做也一样。我刚和北京办公室汇报完情况，如果微光真的撤出这个县，我必须承担相关责任。"

顾盼屏住呼吸等候下文，两下心跳之后，付羽说出下半句："我会提出辞职。"

成群结队的学生从顾盼身旁走过，周日下午正是学生返校的高峰期，他们大多在镇上下车，沿山路回到学校。"老师好"的招呼声从身旁、身后不断响起，顾盼置若罔闻，任凭越过自己的学生扭头回望，目光中透出无尽的惊奇，他们大概从没见过顾老师这样失魂落魄。

"顾老师，我们是不是惹事了？"熟悉的声音从身旁响起，一个女生站在面前，顾盼停住脚步注视她许久，才认出是阿雯，也听出孩子嗓音里的胆怯。

"你们不会有事。先去吃晚饭，晚自习别迟到。"他用梦呓般的声音说，这周该自己监督172班的晚自习，晚上七点上课。这几乎是顾盼心底唯一清醒的意识。上课比天大，站在讲台上，哪怕亲人去世，哪怕世界末日天塌地陷，也必须好好教完这节课，每节课都像最后一课那样教。顾盼站在172班的教室里，望着远处图书室的灯火，知道李桃也和自己一样。

日子从没有这样难熬过，就连刚支教时也没这么度日如年。老师们每节课都必须全神贯注，在教室里保持神色如常。他们都对学生守口如瓶，只告诉班里调研活动暂停，可这消息足以让学生们意识到出了什么问题。连续三天，李桃的解忧盒都塞得满满当当，满是各种问候和安慰的小纸条，他们也几乎不用再刻意维持课堂纪律，上课远比往日安静压抑。字老师跑过来安慰过他们好几次，语气间颇有些"你们怎么不先来问问我"的惋惜，可这没什么用，她在学校没什么发言权。

所有希望都只能寄托在付羽身上。周末赶到学校后，付羽再没回过县城，这几天一直住在镇上，每天来学校与茶校长沟通。老师们从他的只言片语中了解到事态进展，几乎没有好消息：校领导召开了内部会议，支教老师离校日期定为期中考试前，从此沧水中学不再接收支教团队。几乎是同时，县教育局也在研究是否整个叫停微光，目前态度还不明朗，但据流传出的消息和以往的经验，叫停的可能性很大。

李桃已逐步向字老师交接图书室、奖学金等项目，裴岩也利用一切空闲整理自己的书，送了危老师一部分，顾盼还有几次看到陈纳德在偷偷搜索求职信息。这让他寝食难安，每个深夜都要一遍遍刷着手机，什么都看不进去。甚至只要是独处，心头都免不了翻涌起焦虑和担忧。

顾盼不担心自己，大不了回北京就是，随便找个工作不是难事，父母也早就流露出对自己回家的期待；他也不担心队友们，李桃和陈纳德有的是出路，裴岩下一年也可以换一所学校继续支教；他甚至不担心学生，172班已经在全年级名列前茅，作为支教老师，自己的任务几乎超额完成，下学期他们本来就要换老师，每个学生都清楚这点。

可这减轻不了负罪感。用裴岩的话说，正常结束支教和被人赶走，根本是两码事。最后这学期，他不时会想象出自己离校时的景象，从来都是伤感和自豪交织，却做梦也没想到，自己和队友们最终是被扫地出门的。

一周时间眼看就要过去，周四的深夜，顾盼照例躺在床上，瞪着黑暗中的天花板，宿舍隔断的缝隙中透出灯光，隔断那一头的李桃显然也醒着。他不敢发出任何响动，更别提和她说话。这些天除了工作上必要的交流，支教老师们彼此都不说话，李桃更是一天到晚幽灵般地飘来飘去。不得不说事时，哪怕四个人都在办公室，她也宁可只在微信群里发布消息。顾盼连接近她都不可能，只要走到三五步距离之内，她就会像嗅到猛兽气味的羚羊那样跑开，想要和她单独交流，顾盼必须通过裴岩传话过去，再通过同样途径传回反馈。他手写了一封道歉信，塞进她的解忧盒，但没有任何回应。

顾盼不知道这种状态会延续到什么时候，也许会延续到他们离校，也许李桃这辈子都不再和自己说话。这女生记仇，叶子轩退出支教后曾尝试着重新联系她，至今没能成功，自己只怕也会享受相同的待遇。他在床上辗转反侧，各种念头在脑海中纷涌激荡，每翻一次身就涌起不同的想法：一会儿宽慰自己，其实没什么的，李桃过了这阵消了气就好了；一会儿又发狠，她乱发脾气还不是仗着自己让着她？有时自我安慰的理由又成了，反正和她也没可能，支教结束早晚要各奔前程，现在只不过提前了几个月而已。

他不是没想过今后和李桃的关系，曾默默推演出各种可能，大部分结局都是两人渐行渐远，他只求自己这份单恋能无疾而终，留下点还算温馨的回忆，就像小孩吃不到糖果，闻一闻糖纸残留的气息也算是安慰。每次冒出这样的念头，顾盼都感到既酸涩又甜蜜，久久沉浸在自我感动中。这回可好，所有的幻想都在冷酷的现实前崩塌粉碎，只剩一地鸡毛。

顾盼盯住隔断缝隙中的那一线光亮，迫切想做点什么的冲动驱使他思考着对策，一个念头突兀地闯入脑海，连他自己都吓得坐起来，床板发出吱嘎声。理智告诉他这根本不现实，贸然行动只会把事情搞得更糟，可他实在无法把这个念头从脑海中驱赶出去。他的额头渗出汗水，身体一阵阵战栗，好像刚生了一场大病，纵然有一万个否定的理由，还是无法掐灭刚才闪过脑海的那一点光亮。

李桃的房间仍然亮着灯，顾盼蹑手蹑脚下了床，摸到隔断前，几次张嘴想叫她，手都举到了木板旁，最后还是无声地放下。他穿好衣服坐到书桌前，点亮手机的屏幕，屋子里静得能听见笔尖摩挲纸面的沙沙声，几乎是他写完这张纸条的同时，李桃关上了灯。他推开房门，把那张折好的纸条从李桃宿舍的门缝里塞进去，然后紧贴墙根前行，鬼鬼祟祟有如溜出宿舍的学生。

推开学校后门时，顾盼最后犹豫了一次，不知是否该向付羽或陈纳德交代去向。他掏出手机，盯着屏幕上联系人那一栏沉默片刻，最终关掉手机，动作尽可能轻柔地打开后门，推出摩托车，从身后关上铁栅栏门。

直到把摩托车推出离学校很远后，引擎的轰鸣才打破深夜的寂静，夜雾中亮起模糊的红色尾灯，摩托车带着骑士消失在乡村公路的夜色中。

第十五课　骰子已经掷下

昏黄的灯光下，李桃展开今天的最后一张小纸条，是阿梅的："老师，你们能不走吗？我还等着你再去我家，一起看星星。"

李桃的眼眶有些发热。她擦擦眼角，写下给学生的答复："这个世界上，没人能永远陪在我们身边，越是长大，越会迎来更多的告别。好在离别后至少能留下回忆，希望你们能记住老师说过的话，讲过的道理，老师也会珍惜和你们相处过的日子。"她把这封信折好，和写完的那些放在一起。无论是学生的纸条还是老师的回信，都积累了厚厚一摞。又是一个不眠之夜，李桃缩进被窝时轻声叹息。

连续失眠已有一周。李桃每晚至少有一半时间是在床上辗转反侧，隔断对面的顾盼只要一打鼾或发出其他轻微响动，她就难以入睡，往往后半夜才能成眠。白天则只能靠咖啡或浓茶提神，午休时多坐一会儿，困意就会立刻袭来。这个夜晚同样如此，李桃听着隔断那头的顾盼不时鼓捣着什么，灯光时亮时灭，好几次想吼他安静点，还是忍住了，对面的声音轻微琐碎又持续不断，顾盼显然已在尽力压抑。她翻过身，徒劳地堵住耳朵。

这几天她逐渐接受了支教将提前结束这个现实。顾盼力主私下搞调研当然有错，可支教被叫停不能全赖到他头上，更何况自己是队长，对这事也默许了。那天自己那么失态震怒，与其说是恨顾盼，不如说在恨自己，恨自己没能预见这样严重的后果，否则说什么也要反对到底。这个念头让她后悔不已，也对顾盼深抱歉意。

她看得出顾盼对整个团队尤其是对自己的愧疚，以及想修复彼此关系的渴望，却还是不肯流露出任何和解的态度，小半是因为余怒未消，大半是碍于情面。自己总说他幼稚，如今看来自己也成熟不到哪里去。她暗自决定，从明天起不再对顾盼不假辞色，也不再拒绝他向自己的示好。沧水团队很快就要解散了，除了裴岩确定要换所学校继续支教，他俩和陈纳德都还没找好未来的出路，一来时间紧迫来不及另行安排，二来根本没那个心情。可不管怎样，离校前他们都应该珍惜最后这段支教时光，珍惜学生，更珍惜彼此。将近两年的互相扶持，他的付出绝不比自己少。

意识陷入模糊，即将沉入梦乡时，房门的方向似乎传来窸窣响动，声音极轻微，但黑暗和寂静把人的感官放大了许多倍，李桃从床上坐起，屏息静气等待许久，再没听到动静，这才重新躺下，瞪大眼睛望着天花板。又不知过了多久，她忍不住拧亮床头灯，蹑手蹑脚来到门前，发现门缝里塞进一张折叠好的纸条。李桃匆匆读完，手忙脚乱穿好衣服冲出房间，先是猛砸一通顾盼的房门，没有反应，又冲向大门口，叫醒熟睡的保安大叔，大叔揉着惺忪睡眼说没见人出去。李桃跑到后门才发现这里被打开过，再去到存车棚，宇老师借给顾盼的摩托不见了。

她望着雾气弥漫又空无一人的校园，拨打顾盼的电话，手机那头是机械的女声，您拨打的用户已关机；又打开微信，解除对顾盼的拉黑，发去一句询问："你去哪儿了？"仍没有回答，只好回到宿舍，一手捏着顾盼留给自己的纸条，另一手举着手机，一遍又一遍拨着相同号码，可对方一直是关机状态。电量要用尽了，李桃给手机充上电，独坐在黑暗中，又惊又疑地望着隔断发愣。

引擎声在崖壁间回荡、撞击，消失在夜色中的茫茫群山。车灯只能照亮前方十几米，光柱所及永远是灰蒙蒙的缥缈夜雾。

汗水从头盔下的额头渗出，沿脸颊流进脖领，攥住车把的手心同样汗津津的，紧张和恐惧兼而有之。顾盼不敢停下来擦一把汗，却也不敢开得太快，只能匀速前进。左手是耸入夜空的崖壁，右手是深不可测的幽暗山谷，好在盘山公路还算宽敞，起伏也不大。山路上每转过一个弯，他都要提前减速并按动喇叭，暗自祈祷千万别出事。

车灯前的路面变得开阔，顾盼把摩托拐入停车带，在水泥墩围成的护栏背后停下车，摘掉头盔擦汗，又从背包取出水瓶灌下几口，才意识到前心后背都已湿透。他打开手机看时间，凌晨 3:25，车灯照亮头顶的蓝白路牌，距县城还有一大半路程。他对着油表估算了下，油箱是昨天刚加满的，剩余油量应该能支撑自己赶到离县城最近的那个镇，那时该是五点多，如果走运，自己能找到提前开门的摩托店铺去加油，然后在清晨时分到达县里，到时候就算走也能走到县教育局。

夜空不见一颗星，脚下的山谷里填满云海，四周静谧得让人心悸，各种稀奇古怪的念头接踵涌入脑海。浓重的雾气让顾盼想起《寂静岭》，陈纳德很喜欢玩那款游戏，对未知的恐惧远比《生化危机》之类感官的刺激更可怕。他又想起茅盾的散文《雾》，里面有一句：寒风和冰雪至少能刺激人行动，雾却只能让人苦闷颓唐。北京秋冬时节的霾正是这样，让你除了待在屋里哪儿都不愿去。

他继而回忆起往昔的种种情形，自己真该留在家中饱食终日，无所事事，而不是疯子般大半夜孤身在云南的山路间驰骋，冒着随时可能翻进山谷的危险。爸妈知道了这事，宁可打断自己的腿也不会允许自己再踏上云南的土地半步。一切都有如梦魇，他迫切希望眼睛一闭再一睁，就能发现自己其实是躺在自家的床上，刚从梦中醒来，一个漫长、诡异而又压抑的梦。

顾盼拧动油门，引擎重新轰鸣，山谷中再次响起回声。车灯如同一道刺穿雾气的光剑，在夜色中生挖出一条出路。他没有退路，也不会后退。临阵退缩或者半途而废带来的耻辱与后悔，远比失败本身更让他无法忍受。小时候他曾溜到一处废弃的锅炉房，模仿《阳光灿烂的日子》中的马小军去爬烟囱，在一群男生的崇拜目光中一口气爬到三层楼高，只因不经意向地面看一眼就吓得汗毛倒竖，纠结许久后，到底还是灰溜溜退了下来。这让儿时的他耿耿于怀了多年，它带给自己的教训不是要远离危险，而是做任何事都不要向后看，那只会让自己丧失勇气。

顾盼清楚自己的举动会产生什么后果。你会把所有的事都搞砸！刚冒出前往县教育局的打算时，这样的想法就在他脑海中徘徊。沧水团队撤出已进入倒计时，县里也早晚会叫停整个支教项目，最稳妥也最省力的做法当然是原地待命。自己要是再贸然行动，只会进一步激怒茶校长，激怒县教育局，让事态更加恶化。当年自己背着家里偷偷来云南，父母的怒火让他至今心有余悸，何况这次要见的是教育局领导。

可是无所谓了，早就输定的比赛不用再纠结是 0:3 还是 0:10。顾盼本来也不指望能改变什么，这不过是全盘皆输时的垂死挣扎，以后不得不回忆这段不堪回首的往事时还能安慰自己：你是罪魁祸首，可你至少没有听天由命，而是力所能及去补救，还一直坚持到了最后。

手臂感到几点冰凉，顾盼下意识地仰头，又有水滴落到脸庞上。下雨了。他不禁浑身颤抖，清楚这意味着什么，雨天的山路不光是路滑，还难保什么时候就会有泥石流和塌方，讲师做安全教育时早就警告过他们，严禁骑摩托走山路，也严禁雨天走山路，更严禁雨天骑摩托走山路，以前不是没出过村民死于泥石流的事故。

也许只是小雨，也许只下几滴就停，也许下完一阵就不再下。

顾盼不断安慰自己,事实很快反驳了他的自欺欺人,雨不算大却绵延不绝,远方层峦叠嶂的山影隐没在雾气中,曾经看过的各种名将故事从记忆深处纷至沓来:邓艾偷渡阴平,李靖夜袭阴山,高仙芝穿过葱岭,斯巴达克斯逃离维苏威火山,汉尼拔翻越阿尔卑斯山……

这些孤注一掷的举动总让小时候的顾盼以为,胆大就能成功。许多年后他才明白,他们能名垂青史只是因为最后活了下来,绝大部分失败的冒险家早就湮灭在历史长河中,李桃说过,这叫幸存者偏差。偏差就偏差吧,人力总有穷尽,自己能做的,只是把握好能把握的那部分,其余的全凭运气了。

经过澜沧江大桥时,脚下遥远的水声与引擎声相和,发出风雷激荡的轰鸣,挟着水汽的晨风让人颤抖,顾盼飞快向脚下瞥去,又想起跨过卢比孔河的恺撒。他握紧车把加大油门,摩托呼啸着掠过大桥,在朦胧的江面和山谷间留下一闪而逝的剪影。

骰子已经掷下。

李桃要是能看到这一幕就好了,他模模糊糊地想。她会在打开房门时发现那张塞进门缝的纸条,在指定位置找到自己留下的东西。顾盼想象得出她读到字条时的惊讶,却想不出她会如何看待自己的举动,多半是皱一皱眉,然后踏着上课铃准时走进172班的教室,今天是她的早自习。她所有的心思都放在学生身上,从不在乎自己,自己为她做的任何事她都不领情。

他涌起一丝伤感,才想到应该把纸条写成一封信,好好回忆下支教以来共同经历过的大事小事,再做个表白,有男朋友又怎么样,爱有没有。万一出什么意外,那纸条可就成了遗言。不管怎样,李桃将是第一个读到它,最后一个听到自己心声的人。这让顾盼在酸楚中渗入一丝暖意。

还有那些学生,每天都要把自己气得七窍生烟,有时又不经意地感动自己一把,回过头来照样该捣蛋捣蛋。自己已对他们割舍不下,却不知还有没有机会逐一道别,这样也好,自己从来就害怕那种哭哭啼啼的场面。阿彩,赶紧从家逃走,你那个丈夫配不上你,爸妈和弟弟也都别要了,你的人生还可以重新开始。阿芹,在城里卖工的日子怎么样?老师真心希望你能回来念书。阿飞,不知有没有机会再和你踢球,对不住了。阿雯,你是最让老师放心的,说话就要算话,以后要考老师的大学。阿彪,你爸和妹妹都还好吗?老师只希望你以后能走正路。还有阿亮、阿敏、阿利、阿秀、阿辰……算了,不数了,数不过来了,所有那些还在172班和离开172班的学生,沧水中学自己教过和没教过的学生,老师有太多做得不对和不够的地方,只希望你们别再恨老师,也希望你们能健康和快乐地长大,虽然对农村学生来说,这的确是一种奢求。

引擎声变得微弱,车速也慢下来,顾盼慌忙拧动油门,没有用,油表指针已逼近红线,他绝望地一次又一次拧油门,还是眼睁睁看着摩托越走越慢,只好把它推到路旁,坐在车上发愣,犹如一座沐浴在雨中的骑士石雕。

黑暗天空转为灰蒙蒙,潇潇雨幕持续降下,顾盼抹掉满脸的雨水看看表,清晨5:35,新的一天马上要开始了。整个沧水中学都会知道自己的失联,全校将陷入混乱。茶校长照例又会暴跳如雷。陈纳德一遍遍打着自己关掉的手机,再从微信上发来一大堆质询。付羽和字老师他们去附近找自己,爸妈接到付羽的电话会疯掉。至于裴岩,估计只会跳脚痛骂自己胡闹。这些想象出的画面让顾盼心存愧疚,却也更确定,自己不向任何人透露行踪是个明智的决定。

来时的方向传来滚滚车轮声。顾盼跃下摩托,打开手机的电筒,在雨幕中拼命摇晃,轿车鸣了声喇叭,呼啸着与他擦肩而过。溅起的泥水从身上滴答落下,顾盼心头却重新点燃希望,他继续望眼欲穿地守在路边,又被两辆车拒绝后,总算搭上一辆满载生猪的卡车。乘客们从栏杆间探出长嘴哼哼着,顾盼湿淋淋地坐进驾驶室。

"有急事?"司机望着他笑了,露出因吸烟过多而发黄的牙齿。顾盼忙不迭点头,雨水从发梢滴落:"特重要,没准是我这辈子最重要的事。"说着,递过去一张百元钞票。

脚下的公路从起伏蜿蜒变得平坦开阔,高楼和车流越发密集,县教育局所在的老旧办公楼在雨幕中展露出轮廓。顾盼把钞票塞进死活不肯收钱的司机手中:"您这是救了我的命。"他抓起背包跃下车,蹿到大门口的值班室,揪起自己湿透的文化衫的前襟,给保安看印在胸口的微光标志,告诉他自己是支教老师,想见县教育局的局长。保安满腹狐疑,却还是告诉他,局长还没来。顾盼这才放下心,站在值班室的屋檐下避雨,目不转睛盯着一辆辆驶进大院的轿车。

一辆银灰色轿车出现在视野中,保安告诉他,局长来了。顾盼的目光追随轿车停入车位,用深呼吸使全身放松。轿车停稳,车门大敞,一把雨伞伸出车外撑开,下面是局长半秃的脑袋。顾盼冲到他面前:"局长您好,我是沧水中学的支教老师,我叫顾盼。"他提起手中溅满泥水的背包,给局长看微光的标志,"您上次访校的时候见过我,还听过我们班的课。"

局长停住关车门的动作,面无表情地打量这位落汤鸡般的不速之客,目光最后落在微光的标志上:"有事?"

"我知道您特忙,就占用您一点时间,跟您道个歉,再解释下学生调研的事……"

局长关上车门再锁好车:"先找你们校长谈。"说完撑着伞快步走向办公楼,顾盼跟在他身后,有意保持一两步的距离,值班室的保安正望向自己和局长:"我不是向您求情,更不是来闹事的,就希望向您认错,也希望您能给我个机会听我说几句,再了解下我们为什么这么做。"

局长快步走上台阶,在办公楼的门口收起雨伞:"不用说了,局里还在讨论你们的事,等结果吧。"他回身甩掉伞面的雨水,顾盼跳到旁边:"您给我五分钟,不,两分钟就行。"他跟着局长继续走进大堂,大堂保安迎了上来。

"我没空。"局长站到电梯前,手中的雨伞还在滴水。保安上前拦下了顾盼。

"我可以等,我就在这儿等,等一天都行。"顾盼的目光越过面前的保安,远远冲着局长的侧影喊,"您什么时候方便,随时可以叫我上来。"

局长匆匆进了电梯,沉重的电梯门合拢,只在地面留下一摊水渍。保安把顾盼一直推搡到大堂的门口,他没有抗拒,始终满怀希望地盯住紧闭的电梯门。几秒钟之后,电梯门如他所愿地重新打开,走出的是两个乡镇干部模样的中年男人,粗声大气交谈着从他面前走过。顾盼转身走出办公楼。

天完全亮了,马路上的车辆行人在细密雨幕中来去匆匆,小小的县城正从沉睡中苏醒,又是忙碌、嘈杂和混乱的一天。顾盼踱到值班室旁边,保安给他倒了杯温水:"局长不见你?"

顾盼接过纸杯点头道谢,一口气喝光:"得罪局长了。"他长出一口气,把纸杯递给保安,"麻烦您再来一杯。"

保安是个瘦小黝黑的中年男人,他重新加满水,笑容抽动满脸的沟壑:"回去吧,局长说不见,那就肯定不见你了。"

"他见不见,我都在这儿等。"

顾盼揣手站在值班室门口,继续望着车辆接连驶进停车场,撑伞走入大院的公务员们好奇地向他张望。保安借了他一把伞,指点他附近哪里有早点摊,顾盼向他确认局长这时肯定不会离开办公楼后,匆匆跑去买了一袋包子和一杯豆浆回来,站在值班室外吃完。

保安劝他进屋等,顾盼谢绝后又和他有一搭没一搭地闲聊,向他说明来意,保安同情地摇头:"局长哪会因为你的几句话就改变主意。"顾盼说:"我知道没用,那我也得说完心里才踏实。"保

讲台　　319

安感叹，自己在这里干了三四年，没少见支教老师过来，微光到这个县支教比自己来得都早。自己老家那个镇也有微光的老师在教书，餐馆店铺的老板全认识他们，没想到如今说撤就要撤了。顾盼心里隐隐作痛，支吾几句岔开话题。

两个人说话的同时，局长正站在办公室，把满是雨水的玻璃窗轻推开一条缝，不动声色地观察了顾盼大约一分钟，然后拨通茶校长的电话。

付羽的身影出现在办公室门口，三位支教老师和字老师同时起身，又不约而同提出同一个问题："还没找到？"

付羽摘下眼镜，用纸巾擦拭镜片上的雨水，转向陈纳德："你今天还有几节课？"

陈纳德被问住了："两节还是三节来着？"

"和其他人调一下课，开车跟校长去县教育局。"

字老师瞪大眼睛："顾盼去那儿了？"

付羽戴上眼镜："他疯了，非要见局长。局长亲自给校长打电话，让学校过去领人。"

几位老师同时呆住。陈纳德最先反应过来，慌忙抓过课表反复打量，李桃拦住他："你先去，我帮你找老师调课。"字老师也马上说："我先顶上。"陈纳德只顾丢下句"好"，撒腿跑向宿舍去取车钥匙。

"我们要不要也去？"裴岩冲着付羽的背影喊，付羽在雨中收住脚步："不用。学校也得留人，你们继续顶顾盼的课，也别忘了找其他老师替陈纳德。还有，保持通讯畅通，咱们随时联系。"

也不知道这次会闹到什么地步。坐进陈纳德车里的付羽暗想。七八位男老师分坐两辆车，前车副驾驶的位置上，茶校长正气急败坏地和俸主任讲着什么，俸主任听得目瞪口呆，赶忙以最快的速度发动车子，雨刷飞快摇摆。

字老师先去上课了，两个女老师目送轿车先后消失在山路上，忧心忡忡走向教学楼。裴岩撑着伞，不时跳过雨水积成的水坑，仿佛一只举着蘑菇的兔子，嘴里气哼哼地不停嘟囔着，怎么办怎么办，顾盼这样会把事情闹得更糟。李桃听得心烦意乱，不耐烦地打断她："别再说了，光抱怨有什么用？"裴岩悻悻闭上嘴。

　　下午上课之前，两辆车都回来了，陈纳德举着保温杯，讲起去而复返的经历：开了才半个小时，公路突然堵住了，长长的车流纹丝不动，一串串红色尾灯足以媲美北京的上下班高峰。付羽冒雨走出将近一里地，才从别的司机那里打探到，前面又塌方了，山石和泥石流把公路堵得死死的。他们等了快两个小时，道路仍不见恢复畅通的迹象，只好踏上归途。茶校长在车里给局长打电话，解释自己无法立刻赶过去的原因，付羽也在逐一联系微光的工作人员和其他支教老师，问他们谁能马上赶往教育局。

　　陈纳德还在对裴岩和字老师一连串抱怨着路况，李桃不声不响地离开办公室，来到顾盼的宿舍门口。她先回望细雨蒙蒙的操场，确认没人注意到自己，然后掏出一把钥匙伸入锁洞。房门吱嘎敞开一道缝，她闪身进了屋，顾盼的房间在她面前一览无余。

　　两人住隔壁，她来这里的次数却屈指可数，只记得顾盼在男生中还算爱干净，房间仍免不了凌乱。眼前的景象却让她生出走错屋的感觉，整个房间专门打扫过，地面、桌面不见任何杂物或者垃圾，角落里是两个鼓囊囊的行李箱包，旁边摆着一个敞口纸箱，里面是学生们写给老师的卡片、送给他的小礼物。

　　写字台上摆放着各种材料：入职时与微光和沧水中学签署的三方协议，支教以来的所有教案，每次大考后的教学情况总结，学生们做调研报告的初稿，最新批改好的学生作业，就连当年岗前培训时的胸牌都在，上面是涂抹得歪歪斜斜的"好人"两个字。

　　李桃拿起最上面的一份《退出支教申请》，头两行写着："尊敬的沧水中学校领导：本人因严重违反学校规章纪律，现在怀着愧疚的心情，正式提出退出支教的申请……"

她又一次展开手中那张纸条，上面是熟悉的潦草字迹："李桃：我有急事必须出去，估计得一整天，想和你换下今天第三、第四节的物理课，也请替我向校长和付羽告假，还有向他们道歉。支教两年总在麻烦你，真是不好意思，好在已是最后一次，希望有机会能加倍报答。不用担心我，上课要紧。"

昨夜刚读到这几句话，她就本能地涌起不祥的预感，这语气太像诀别了，在学校找了一圈不见顾盼，回来后才注意到，正文下面还有一句："P.S. 我宿舍的钥匙放在门口的地垫下，万一有事，你可以随时进我的房间。"

她在指定位置找到了钥匙，第一反应当然是叫醒付羽或茶校长，拨通手机的前一刻却又犹豫，他们这些天也够烦够累了，要是贸然打扰，最后被验证为虚惊一场，不仅显得自己杯弓蛇影，更给他们添乱。不如先尝试联系上顾盼，搞清他的去向，等事态明朗再去报告，如果能设法劝他回来，事情就更不用闹大了。

整个晚上她都没睡，每隔半小时或几十分钟就给顾盼拨一次电话，心存侥幸地指望他能开机。凌晨五点多，夜空中飘起雨丝，李桃放弃了这个尝试，拨通付羽的手机。老师们又一次展开搜寻，镇上没找到，相邻几个村没找到，顾盼手机不开机，还退出了所有支教群，几乎删掉联系列表中全部的支教老师、工作人员和当地老师，茶校长已做好报警的准备。李桃惊恐地望着老师们忙乱成一团，才意识到事态的严重性，她悄悄对付羽表达对自己拖延到现在的悔意，付羽只说了两句："先把人找回来。别再让人知道了，尤其是茶校长。"

直到他带来顾盼的下落，李桃才松口气，却又马上后怕起来，她无法想象，是什么样的念头驱使着顾盼铤而走险，也无法想象他是怎么冒雨骑了一夜摩托的，光是想想深夜山路就让人心惊肉跳。还有，就算他真能见到局长，又会怎样？这事最后会如何收场？凭自己对顾盼的了解，他发起疯来，什么事都干得出。

"局长跟茶校长说，还好顾盼情绪还算稳定，看着不像是要闹事的，可看着也不像是会主动离开的样子。"这时的陈纳德还在对裴岩唠叨，端起保温杯喝下一口，"付羽也找人过去了，不过最快也得两小时才能到。到时候不管用什么办法，先把他弄走再说。"

"谁过去了？"裴岩问。

顾盼喝光又一瓶饮料，把空瓶丢进垃圾桶，蹲在水泥路牙上。他看看表，下午15:17。自己在这里蹲守已超过8个小时，除掉中午买了份盒饭，前后去了几趟厕所外，始终没换地方。骑了一夜摩托，又淋了大半天的雨，他已经足够疲惫了，却不敢在值班室里打个瞌睡，生怕错过局长。他好几次心存疑虑，自己不在的那些间隙，局长是不是趁机离开了教育局，保安很有把握地否定了这个想法，县政府大楼只有这一个门，他一直在替顾盼盯着。顾盼又去了停车场，见局长的车还在，才放下心。

同样不放心的还有学校的动向。自己不告而别已超过12个小时，也始终和学校断绝联系，手机一直在关机，顾盼能猜到，所有人都会打自己的电话，与支教老师有关的各聊天群估计也都炸了锅，可学校至今没派人过来，这完全不符合茶校长的作风。顾盼想不通原因，眯眼望向办公楼的六楼，目光扫过一块块缀满雨滴的窗玻璃。据保安的情报，县教育局就在那层。

一辆出租车在马路对面停下，里面先钻出一个魁梧如铁塔的身躯，然后是一个女人。顾盼站起身，绷紧身体，做好与对方扭打的准备，尽管也心知胜算不大，大赵的块头和力气，在整个微光都是出了名的。

大赵一步步走来，顾盼没迎上前也没有逃跑，只是紧盯住他，试图从表情和肢体语言中推断他对自己的态度，没能成功。两人在雨中相对无言，只能听到雨声，最后是大赵先开口："付羽让我过来的。"语气还算平静。

"哦。"

"我们是第一个到的。付羽和其他人也在陆续往这边赶。"

"嗯。"

"付羽让我立刻把你弄走，越快越好。"

"那你可以动手了。"

"我不想这样。"雨水从大赵的额头滑落，他也没打伞，"作为老师要是只用暴力，那和警察没区别。"

"随便你，反正你说什么我都不听，付羽也一样，茶校长更这样。除非真把我架走，不然别想让我挪窝。"

"先给你家里打电话报平安，你爸妈快急死了。"大赵背后响起一个女声，顾盼向她微一点头，语气缓和不少："娟姐。"娟姐是和大赵一起下车的，顾盼所有的注意力都放在大赵身上，现在才注意到她。

顾盼不肯用自己的手机打电话，知道一开机肯定被打爆，便借来娟姐的手机，拨通家里的号码，刚出了一声，手机那头就传来他妈气势汹汹的声讨："付羽刚和我说完，你不要命啦？"顾盼简单一句："该我负责的，我都会负责。"说完立即挂掉电话，还给娟姐。大赵则背过身打电话，顾盼听着他断断续续的话语："他在，我们见到他了，会想办法劝他……不不，绝不能，那样影响不好……反正你放心，肯定不让他闹起来。"

保安又端来两杯水，两位新来客谢过他，和顾盼并肩站在值班室的屋檐下避雨，顾盼站在中间，三人的身高恰好排成一道等差数列。大赵望向阴霾的天空："你在这十几个小时里违反的支教纪律，多到我都数不清了：私自离校、无故旷课，这属于擅离职守；越级上访跑去见教育局领导，这会严重影响与政府的合作关系；尤其是骑摩托半夜走山路，严重威胁到你自己的生命安全。要真出事可怎么办，我们怎么跟你家里交代？怎么跟学校和教育局交代？那时候别说撤出这个片区，整个微光都会被叫停。"

顾盼再没有回答，只觉得指尖冰冷。大赵指出的问题，他动身前根本没意识到。

"你又出名了。咱们所有的支教群都炸了，所有工作人员都在紧急商量对策，电话一个接一个。"

顾盼仰头盯住办公楼："我也不想出名，我只想远离人群的关注，默默当一位无私奉献的支教老师。可现在连这个愿望都满足不了。"

"你的心情我们都理解。"娟姐的声音回荡在雨中，"闹出这么大的事，你可能会委屈，会自责，会怨恨茶校长和教育局，这些我们都有过。你想过退出支教，付羽也想过，只不过是在当上工作人员之后。"

顾盼有一阵子没回答："那有点意思。"

"我不是工作人员，可好歹也是家属，知道付羽他们都经历过什么。我是他读博时的学妹，当年他支教结束，我强烈反对他继续留下当工作人员。不是因为和他长期异地，也不是想让他回城市，而是这工作不适合他。在学校教书，辛苦是辛苦，毕竟能过得很简单纯粹；学生再让人抓狂，自己起码可以掌控局面。当工作人员不一样，他那么老实木讷、不善交际的一个书生，让他整天去跑办公室求盖章签字、赔笑脸陪喝酒吃饭？

"可最后我还是拗不过他，不仅他留在云南，我自己也跟过来了，婚礼都是在村里办的，乡土气息特浓的仪式，老乡给我们表演'打歌'，客人一拨拨地来，每人交100元的礼金，后到的围在酒桌旁看先到的吃，这桌吃完了下一拨马上入席，这叫翻席。

讲台 325

"他就这么成了工作人员,拿着一个月三四千的工资,干着投行那种强度的工作,一个月得有一多半时间花在路上,坐遍了各种交通工具:飞机、火车、长途大巴、摩托、拖拉机,甚至还有小快艇、渡轮。这都不算什么,关键是工作本身。

　　"跟地方政府打交道完全是一门玄学,事情好不好办全凭运气,全凭能碰上什么人。每次给领导打电话汇报,那边的回复永远是'我在开会,待会儿再说'。请他们帮忙解决什么问题,从来都是满口答应,拖着不办。每次邀请领导听项目汇报,时间永远是一改再改。老师们的支教津贴没法及时到账更是常事。我们觉得是在帮助当地,可有的领导嘴上说得好听,其实不拿我们当回事。每次他回来都恨不能骂一通娘,每次喝闷酒喝醉了,都嘟囔要辞职。"

　　"别说付羽了,我干这差事才干了一年多,每个月都有二十多天不想干了。"大赵插嘴,"我跟付羽提过这念头,还以为他会劝我留下,没想到他特痛快地赞同我,他说,这活确实不是人干的,你要是觉得累,就离开吧,估计我自己过不了多久也会走的。这话是去年说的,结果他一直干到现在,这个骗子。"他咧嘴露出两排整齐结实的大牙。

　　"我也劝过他:你又不是没的选,干不下去就走呗。他说他也是身不由己。"娟姐沉浸在回忆里,"一旦背起这副担子,不是说撂就能撂下的,他肩负的是一群人的期望,稍有疏忽失误,那么多人那么多年的努力就会被葬送。他自己是这样,微光其他的工作人员也是这样。"

　　顾盼心头涌起悔意:"这回他可是要走了。可惜是被我连累的。"

　　"付羽从没怪过你。就算最后不得不离开,他也早有觉悟。微光做的是一件没人做过的事,在这个社会上注定是异类,连很多人的父母都没法理解他们的选择,更不用提外人。所以被误解再正常不过,事情中途夭折也再正常不过。"她幽幽地叹了口气,"有些规定和做法就是很不合理，但我们能怎么办？人家同样有合法合规的压力，我们眼里1%的风险，在他们看来就等于100%的灾难，做事保守是正常的，我们要考虑他们的处境。公益也好，支教也好，不会因为出发点是好的，就天然成为一件好事。"

手机响起提示音，娟姐看罢屏幕抬起头："好了，现在不用我们管你了，路通了，付羽他们正往这边赶，索性我们再陪你待会儿，反正也快到下班时间了。"

茶校长一行终于到了。两辆车先后停在路边，车轮在水淋淋的地面上发出响亮的摩擦声，车门次第打开，茶校长下车，一马当先走在最前，后面跟着的七八个人除了付羽和陈纳德，几乎全是身强力壮的男老师，为抓自己回去，校长出动了最强阵容。顾盼注意到保安目光中的警惕，低声说："您放心，都是冲我来的。"再扭头看大赵和娟姐，"你们站哪边？"

大赵攥住他的胳膊："对不起了，兄弟。"顾盼使劲挣了几下，果然没能挣脱。老师们围拢过来，茶校长在顾盼面前站了好一会儿，气得浑身都在颤抖，皮肉松弛的两颊猛烈抽搐，嘴角残留着白沫，好像下一刻就要张嘴咬上来。他抬起手，顾盼暗自做好挨打的准备，但校长只是指着他的鼻子，气喘吁吁说不出话，好不容易要开口，却是一通剧烈的咳嗽。

顾盼报以平静的目光："校长，明天我还来。"

校长的指尖在他鼻子前晃动了几秒，最后缩回去，五指攥成拳头开开合合，身后响起付羽的声音："顾盼，局长要见你。"

顾盼没吭声也没动弹，脑海中一片空白。

付羽走上前："我们快到这儿的时候，局长给茶校长打了电话，让你去他办公室。"

"你个闯祸精，"茶校长憋出见到顾盼后的第一句话，扭曲的表情好像快要哭出来了，"瞅你给我惹的这事，你要敢在局长那里胡说八道……"

"您大耳帖子扇我。"顾盼丢下一句,转身走向办公楼。

长长的走廊一片漆黑,各科室都下了班,只有安全出口的应急灯闪着鬼火般的绿光。透过走廊尽头的落地窗可以看到外面的灯火,离那里最近的房间虚掩着门,透出节能灯的光芒。

茶校长轻轻敲门,悄声报告自己的到来,任谁看到他粗犷面孔上的谦卑表情都会诧异。校长先走进办公室,然后是付羽和顾盼。局长没起身也没抬头,对着电脑静坐。顾盼从屏幕倒映在他眼镜上不断变化的光芒中判断,局长正在 Word 文档、桌面和浏览器之间不断切换。顾盼又把目光投向写字台,那是一张格外宽大沉重的书桌,桌面的玻璃板下压着几张合影,依稀能辨别出是局长和其他领导,另一张小镜框面向局长摆放着,看不见照片。

沉默不断淤积,办公室里只能听到局长按动鼠标的微弱响动,差不多两分钟之后,局长把目光转向来客们:"来了。"

"局长,我没管好学校的老师,是我工作的失误,您尽管批评,我接到您电话就赶紧跑过来,路上又遇见塌方。对不起、对不起,这年轻人不懂事没规矩,我回去就让他们赶紧走,在学校一天也别多留……"茶校长每说一句,头就跟着一点,身子也一躬。顾盼垂下眼睛,注意到校长的裤脚在剧烈抖动。

"你俩先坐,你说吧。"

校长一点点向后退却,目光片刻不离顾盼,倒退到沙发边缘时几乎跌坐下来,付羽也坐下了。

顾盼向局长深鞠一躬:"局长,我骑了一夜摩托,又在教育局外等了一天,就为能和您说几句。谢谢您肯给我这个机会,我不是来闹事的,也不是来求情的,就是……"

"说关键的。"

顾盼挺直身体:"上次您来访校,问我们支教有什么困难,我们只说生活怎么不方便，学生基础怎么差，其实这些都不值一提，真正的困难在学生家里。您见过172班的学生，每个孩子都听话懂事，学习认真，其实刚上初中时，他们好多人都是问题学生。跟他们相处快两年，我自己都说不清是高兴的时候多还是生气的时候多。每次被他们气得不行，我要么想把他们打一顿，要么想退出支教。"

顾盼听到身后的茶校长不安地扭动了一下，还好局长的表情没有变化，他加快语速，生怕随时被打断："他们一大半都是留守儿童，辍学的也有好几个，好多学生家里都有问题：我们班学习最好的班长，一岁的时候爸爸犯罪入狱，妈妈不要她了；另外一个智力有障碍的孩子，妈妈丢下他跑了，爸爸是残疾，家里什么都没有，只能吃低保；还有一个很漂亮也很文静的女孩受父母影响，怀孕后回家生孩子结婚去了，她才十五岁；最让人惋惜的是一个成绩进步特别大的女生，却因为太想念自己在城里打工的爸爸妈妈，上学期辍学了。更不用说那些问题学生，我要是不管他们，他们早就混黑社会去了。

"他们之所以出现这样那样的情况，有家庭的因素，有学校和老师的问题，也有整个农村大环境的影响。这些特别触动我，我是在北京长大的，支教前从没了解过农村学生，以为他们和电视上演的一样，就是吃不饱，穿不暖，可从没想到，这些孩子才十几岁就要面对那么多生活的苦难。把我扔到他们的生长环境里，我绝不可能比他们表现得更好。"

他从书包中掏出一摞照片，迈上一步，把它们摆放在写字台边缘，又退回原来的位置。局长欠身伸长手臂，把那摞照片抓过来，一张一张地看，都是老师、学生和家长的合影，眼前这个年轻人出镜最多，镜头前总是笑得没心没肺，学生多是抿着嘴，表情羞涩，只有家长们无不带着讷讷的表情。他大概估算了下这些照片，至少有七八十张之多。

顾盼依然在讲:"了解到这些问题之后,我和我的队友从上学期开始家访,这些合影都是家访时照的。我们一直家访到寒假,春节都是在学校过的。就算这样,也经常觉得自己力量微弱,能提供的帮助太有限。尤其我们又是外来的,早晚要离开这里,等走了以后,到底能给学生们留下什么?直到前不久我们才想通:最彻底的改变其实是生长环境的改变,是这片土地的改变,而改变的希望不在我们这些外来者身上,在学生自己身上。

　　"这里有这么美的风景,有这么丰富的物产,这里其实并不特别缺其他东西,就缺少现代的文明。而只有人心的改变才能带来这些,所以我们要做的是在学生们心底种下这样一颗想要改变的种子,等待它在很久以后发芽,这就是那次搞调研的目的。让我们特别开心的是,我们在这次活动中看到了希望。"

　　顾盼又从书包里掏出厚厚一摞材料,递到局长的办公桌上。局长取过最上面的一张,纸张边缘都已潮湿,印刷字体仍能看清:你了解你的家乡吗?下面是密密麻麻的手写字迹。

　　他拿起这份复印的调研报告,仔细打量上面稚嫩而整洁的小字:"地势低的 A 村与地势高的 B 村同用一处水源。按祖辈达成的约定,两村每天各独享十二小时的水源用于农田灌溉,然而近年来随着天气干旱等原因,水量已大为减弱,B 村经常故意多占用水源,这也多次引发两村之间的冲突。我们认为,两村的村民与其争夺水源,不如合力开凿一条新渠……"

　　局长看完又翻过来,发现背面也写满字,一直写到另附的一张作业纸上。其他调研题目包括水污染、垃圾焚烧、矿产开采乱象、村民赌博行为,也有对当地物产、旅游资源、民族文化的调研。

　　"学生们的热情超乎想象,"顾盼望着陷入沉思的局长,"这些调研的选题全是学生自己策划的。他们调研这些,是想了解家乡还存在哪些问题,再去分析问题、解决问题,以后努力去把家乡建设得更好。当然,我们把事情想得太简单,太不注意工作方式,也太不尊重领导,所以才有了背着学校和教育局偷搞活动的行为,这是我们做得不对的地方。"

他转身望着茶校长:"校长,我知道您对我的看法,除了认错道歉,我什么都不说了,您想怎么处理我就怎么处理我。还有付羽,"他把目光投向自己的主管,"其实这次我最对不起的是你。这两年我从你那里学到了特别多的东西,更没少让你操心。我知道你替我们承担了很多,可今天才知道,你压力那么大,处境那么难,这些你从不对我们说。我真是太不懂事了。我很后悔连累你,也不知做什么才能补救。"

付羽静静听着:"我没怪你。"

顾盼重新面向局长:"我唯一想说的是,活动被叫停没关系,我们没法留在沧水没关系,微光没法留在县里,挺遗憾,但也没关系。我只希望咱们的教育部门,希望咱们的学校能认识到,学生们是真心希望家乡能变得更好,我们应该呵护这份感情。二十年后,您也许会退休,茶校长也许会退休,我、付羽这些支教老师更不知道会在哪儿,但学生们会长大,他们就是这里的主人,他们以后什么样,这片土地就会什么样。我说完了,谢谢您肯抽出时间听我讲这些,我这就走。"顾盼再度向局长鞠了一躬。

"我宿舍的行李已经收拾好,回学校第二天就赶紧走,要是还不行就今夜走,一天都不多留。另外,这是我退出支教的申请。"他又上前一步,把申请放在局长的书桌上,准备拿走自己带来的这些照片和材料。

局长指向那摞纸:"这个留下。"

顾盼愣了下,局长抬眼看他:"局里还在讨论你们的事,等结果吧。"

顾盼和付羽先退到门口,只有茶校长还在不住地道歉,随后小

讲台 331

心翼翼地从外面带上门。办公室只剩下局长一人,他拾起写字台上的镜框。那是一张八十年代风格的老照片,三十多年前的自己面对镜头,头发茂密,衣着土气,怀里抱着一个五六岁的小姑娘,身后是天安门广场上用花卉拼出的"国庆"两个字。局长望着小姑娘出神了很久。

天完全黑下来,雨也停了。空气潮湿凉爽,水滴溅落,水泥地上的积水泛起涟漪,倒映的灯光随之破碎。三个男人彼此隔开两三步,沉默着走出政府办公楼。守在对面路灯下的人群壮大了不少,除了沧水中学的老师们和大赵、娟姐,还有严菡等其他陆续赶来的微光工作人员。

茶校长招呼老师们上车,付羽在宽慰工作人员,顾盼谁也不理,只向保安深鞠一躬:"大哥您是好人,今天谢谢您的关照,特希望下次还能有机会再见到您。"保安一咧嘴:"有空常过来玩。"顾盼坐进车里还降下车窗,向他遥遥招手。陈纳德发动汽车,听付羽复述面见局长的经历,啧啧称奇:"这小子真是贼大胆,不管怎么说,这回算了无牵挂了。顾盼你明天一早就走?歇两天呗?顾盼?"

车内鼾声大作,陈纳德抬眼看后视镜,顾盼斜靠在车后座上睡得正沉。

"把我们这么多人遛来遛去,到头来你自己倒睡得香。"陈纳德摇头叹息着,把紧方向盘。身后的顾盼还在发出含混的梦呓:"我来了,我看见了,我征服了。"

被陈纳德叫醒时,他发现自己已回到沧水中学,学生宿舍楼都熄了灯。顾盼梦游般飘向宿舍,几乎走着就能睡着,直到看到站在宿舍门口的李桃,精神才为之一振。陈纳德装模作样地向李桃打了声招呼,脚底抹油先溜了,只剩他俩相对无言。李桃举起他宿舍的钥匙:"今天的四节课我和裴岩、宁老师都替你分了,记得之后两周内调过来。"

顾盼接过钥匙："我明天……准备离校。"

"学校没通知，校长也没开口，别给自己乱加戏。明天我再替你一天，回去好好休息。"

"那不用。"顾盼勉力抖擞精神，"已经很麻烦你了。"

"天天教育学生要听话，自己倒好，说不上课就不上课，丢下全班学生说走就走，大半夜骑着摩托跑山路，不要命了？"

"下次不敢了，哦，应该也没下次了。对不起。"顾盼蹒跚着和李桃擦肩而过，准备进自己的房间，这时听到身后的李桃也说了声："对不起。"声音轻得让他以为自己听错了。

顾盼惊讶地扭头，李桃却步履匆匆回到自己的房间。他刚关上门就背靠房门长出一口气，按住心脏狂跳的胸口，整个身体都要瘫软下去。

顾盼用了三个星期陆续还上自己欠的课，这次铤而走险带给他的损耗比预想的还大，身体的疲劳用了足足三四天才恢复，精神则始终恍惚。离校通知怎么还没下来？这样的疑问一直在心底徘徊。

付羽继续在教育局和学校之间往返，李桃仍然话很少，但已不再刻意躲避自己，团队之间偶尔也有了说笑，学生们则分外听话地投入期中考试的复习中。离校的事情一直没有消息，顾盼也没敢主动去打探，总觉得什么时候开口去问，什么时候就会接到离校通知。

直到期中考试前，付羽又一次来到学校，这种状态才被打破。四位支教老师逐一传阅他带来的那份文件，李桃最先看完，沉思着交给裴岩，裴岩握着纸张的手都在微微颤抖，反复打量三遍才交给顾盼，顾盼看完又传给陈纳德，陈纳德小心翼翼地双手把文件交还付羽，仿佛那是医院开出的重症病情告知书。

"你们一点反应都没有。"付羽的目光扫过老师们。

沉默依旧，只有陈纳德叹气："突然逃过一劫，好像刚从梦里醒过来，光顾着后怕了。"

付羽低头看那份交还过来的文件，上面有着局长批示的复印件，主要讲了三点：第一，微光在全县的支教活动维持原样不变；第二，沧水团队的支教活动维持原样不变；第三，批准学校开展调研活动，并从172班扩展到全校。

"除了茶校长还是对你们不满，这事就算过去了。"付羽把文件放入文件夹，"局里开会讨论的时候，局长觉得，这次你们做得是有些过分，但毕竟初衷是好的，也没产生什么负面影响。最重要的是，微光多年来的教学成绩有目共睹，调研活动本身也很有意义，所以还是网开一面。当然，微光内部必须加强管理，现在各地区主管都在给支教老师开会，强调安全教育，还有对校方和组织的服从。擅自行动这种事绝不能有下次了。"

"这得看顾盼。"裴岩瞟了下身旁的队友，顾盼没有回答。

"正要说你的问题，顾盼。"付羽盯住他，"你这种情况，按微光的规定，是要被劝退的。"

"没有余地了吗？"李桃抢在顾盼前面开口。

"我没意见。"顾盼的语气倒像开会时随声附和领导，"他们仨能继续支教就行。"他指了指三位队友。

"茶校长也不想再见到你，一眼都不想。"

"那我就从他眼前消失。"

"你也实在让我头疼。今年是我在微光的第六年，认识的支教老师少说也有几百人，见过不知多少有个性的，没人能干出你这样的事。我真后悔当年没让你父母把你带回北京。"

"对不起。"

"现在你还有什么问题？"

"我什么时候离校？"

付羽盯着他看了一会儿："今年七月，期末考试过后。"

顾盼迷糊了："你是说……"他看看身旁的李桃，李桃向他点点头，确认了他的猜想。

"微光和沧水中学都决定劝退你,连处分决定都拟好了。"付羽叹了口气,"没想到局长给茶校长打了个电话,专门问你的事,还建议再给你一次机会。"

支教老师们脸上同时浮现出难以置信的表情,包括顾盼在内。

"局长觉得你做事虽然莽撞,但精神还是值得肯定的。他当然不是因为你那番话才改变态度,但你带去学生们的调研报告,还有家访的那些照片,倒是引起了他的注意。你们可能都不知道,局长就是本地人,初中的母校就是沧水中学,自己也在学校教过书。他其实有教育情怀,对故乡也是有感情的。所以最后我们都让了一步,把劝退改为留校察看。"

老师们如释重负,李桃向顾盼投来鼓励的目光,陈纳德拍拍他的肩膀:"你居然还成英雄了。"

顾盼连连摇头:"谁爱当谁当去,我这辈子都不想再靠近县教育局一步,连摩托车都准备戒了,回头就还给宇老师。以后我只想当个默默奉献的支教老师。"

他顿了顿,又感叹一句:"和政府打交道,真是一门玄学。"

"从今天起,顾盼你就进入观察期,虽然支教只剩半个学期,但这期间万一再出任何事,你就立刻退出支教,学校对你的处分决定也是会进个人档案的。除了戴罪立功,你没有任何其他选择。"

付羽站起身,这次是面向所有支教老师:"现在大家的首要任务是应付好期中考试,我很担心172班的成绩。考试过后还有更重要的任务。调研项目现在已经不是172班自己的活动,而是整个沧水中学的活动,局长的意思是,这次先在沧水做试点,如果活动反响足够好,还有可能推广到全县。"

支教老师们仍没有回答,但目光中都透出兴奋。

"茶校长会不会……很郁闷?"顾盼小心翼翼地问。这些天自己和校长见面几乎都不说话。

"所以你必须和他修复关系。这次活动,他的支持至关重要。"付羽提起了自己的书包。

顾盼望向李桃:"看来又得麻烦你帮忙写份检查了。"

第十六课 Nemo

　　期中考试过后的一个多月，是支教两年来难得顺畅舒心的日子。支教被叫停那些天，老师们本来担心学生的成绩会大受影响，结果并没有，172班各科成绩依旧名列前茅，垄断了年级前二十名的一半席位，阿雯还拿到了年级第一，阿彪、阿飞等补习班成员也各自有了不小进步。打架闹事等现象更是完全绝迹，一次晚自习，顾盼临时有事不得不出去一会儿，又一时没找到顶替的老师，担心教室里会吵成一团，匆匆赶回来却发现班里静得出奇，他索性一直守在后门观望，整整二十分钟内，全班学生都在低头写作业。

　　这让老师们很是诧异，李桃曾半开玩笑地对阿彪说："你们现在都不给老师捣乱，老师还真有点不习惯了。"阿彪低下头很久没回答，李桃还担心自己说错了话，过了好一会儿阿彪才告诉她，他们都怕老师们真的离开学校，如果是那样，自己也就不再来上学了。这回沉默的换成了李桃。

　　调研活动也重新启动了。裴岩成为活动的总负责人，县教育局的认可让老师们再无顾虑，学生的表现更给了他们信心。活动报名的第一天，裴岩就收到上百份报名申请，几次培训后，其他班好几个成绩倒数的学生都掌握了全套调研流程。以前作文周记只能写上几句话的学生，如今能磕磕绊绊写起调研报告。经过一次次的分组讨论，那些从来都坐不住的学生开始和队友们认真谈论起问题，好多平时羞于开口的孩子则变得有说有笑。

李桃跟着学生去调研的时候,阿辰主动接下采访的任务,在一家家店铺前犹豫徘徊了很久,几次深呼吸后收住脚步,走进其中一家。李桃站在店铺外,听着阿辰和店主攀谈,孩子的声音有些发颤,也有些前言不搭后语,但采访终究还是磕磕绊绊进行了下去。

半个多小时后,阿辰走出店铺,李桃称赞了他。学生嘴角微微抽动,递去一只小纸盒:"老师,送你的。"李桃刚打开就惊喜得笑出声。那是一只模样滑稽、咧嘴大笑的瓦猫,当地人经常在房顶摆上这种小动物,用来镇宅辟邪。

她在县城与阿辰他们分了手,学生们各自坐车回家,她则留下来。两小时后,她在汽车站等到了要接的人。一个娇小身影拖着大大的行李箱走出旅客出口,李桃飞奔过去,亲热地与她拥抱,对方也喊了声"师姐",是杨晓婉。蹉跎一整年之后,她终于来到了沧水,正式支教得下学期开始,这次她是预先熟悉环境。

她们坐当天最后一班巴士回到学校。天已经很晚,其他支教老师还是放下手头的工作,到镇上的烧烤摊庆祝她的加入。男生喝着啤酒,女生是酸角汁、诃子汁,一同在大把烤串、烤翅之间说笑,酒精、蘸水与炭火带来的热度映红了所有人的脸颊。

"签完支教协议,走出北京办公室之后,我的第一反应是,自由啦。"杨晓婉双手合十,露出心满意足的笑容。毕业后她到底没顶住父母的压力,回老家找了份事业单位的工作,还没到年底就无法忍受了。她说到这里,一旁的顾盼露出理解的笑容。

"这样一摊死水地过下去,我都要生虫了。只有我爸妈最高兴,每次我说这工作没意思,他们就说女孩那么折腾干吗,早晚要嫁人的。每次争到最后就是一句'还不是为你好'。"杨晓婉学着父母的腔调,哀叹一声,"那段时间我烦透了,也不敢和他们吵,刷朋友圈一看见师姐在学校的照片就后悔,后悔当时那么轻易就放弃了,最后忍不住给师姐打了电话。"

"其实真的过来，你也可能后悔。"李桃笑着把自己吃完的竹签摆整齐，"我们这两年都不知道后悔多少次了。"

"那也顾不得了。"杨晓婉叹口气，"我没和爸妈商量，在单位办完离职手续才告诉他们。那天吃完饭，我说我已经辞职了，要去支教了，等着他们和我吵。结果我爸妈足足有五分钟没说话，估计也早有心理准备了，之前一个月我唠叨的够多了。我等来等去也没等到他们吭声，最后就自己回了屋，然后就来这里了。"杨晓婉拿起一串烤豆腐，用筷子刮掉上面抹得过厚的蘸水，小心翼翼地咬着。

"居然这么顺利？"顾盼捏着刚啃完的烤猪蹄，"我还以为你是靠着满地打滚、哇哇大哭才来的。"他用猪蹄指了指李桃，"跟你师姐那样。"

杨晓婉捏着竹签要扎他："你才满地打滚，哇哇大哭。"

李桃也帮腔："当年是谁的家长找到云南后闹翻了天啊？还好意思笑话别人。"

香茅草烤鱼端上来后，话题又转回了调研活动。前两天，最让人担心的筹款问题刚解决，这也是他们在欢迎杨晓婉之外的又一个聚餐理由。李桃男朋友所在的公司提供了资金支持，他们的老板还想在活动召开时亲自来访校，并预先派出工作人员过来帮老师们筹备活动，算算时间，周末两天就该到了。最后这点让老师们都觉得意外，顾盼怀疑是企业那边不放心钱的用途。李桃坚决否定了这个猜测："人家都提供好几个学期的奖学金了，咱们也每次都把账目梳理得很清楚，怎么可能不信任咱们？肯定是特别重视这次活动。"

周日的早上，顾盼独自下山去镇上吃早饭。镇上的店铺大都拉着卷帘门，店主们还没起床，鸟儿的啁啾在空旷的街面回荡。顾盼坐在路边的矮脚方桌前，伸筷把米线和鸡肉搅到一起，盯着热水锅腾起的热气，边吃米线边想自己的事。最近他一直过得如履薄冰，自己已进入观察期，付羽对自己各方面数据的考核都格外严格。

好在诸事顺利，调研活动的反响甚至超出了预期。由于县教育局的重视，连学校的许多老师都加入进来，他们大多是本地人，对周围的一草一木了如指掌，却从未见识过这样新奇的活动形式，也都想在教育局领导面前好好表现。连危老师都忍不住来找裴岩，神色腼腆地问自己能不能也参加，裴岩痛快答应后，他搓着手兴奋地点头。

道路远方响起车声，向自己的方向驶来。顾盼端起碗一口口喝汤，又想起茶校长。校长几乎是全校唯一不受这热烈气氛影响的人，一天到晚黑着脸，对活动不置一词。李桃代表沧水团队向他递交了一份长长的检查，对支教老师私下搞活动的行为进行了深刻检讨，顾盼也以个人身份递交了另一份检查，检讨的内容是私闯教育局，这次确实是自己写的。

他们本打算在全校教师大会上朗读，校长不耐烦地拒绝了这个提议，只强调两点：第一，学生如果外出调研，必须保证人身安全，全程要有老师陪同，万一出了事是要问责的；第二，学习成绩不能因此受影响。接下来每次开会，他都不忘强调一遍。老师们都清楚，只有把活动办得无可挑剔，才能让校长彻底无话可说。

车声逐渐接近，顾盼捧碗的双手凝固了，他分明听到车声中夹杂一支似曾相识的曲子，是口哨和吉他共同演奏的，好像是哪部电影的主题曲。他正凝神回忆这支口哨曲的来历，耳畔响起轻微的刹车声，一个明显带有南方口音，清脆如水晶的女声问："你是沧水中学的支教老师吗？"

顾盼忙不迭放下碗，立即感到被强光晃了下眼，再定睛一看，一辆鲜红的宝马停在面前，清晨的阳光透过翠绿枝叶投射到车身上，流动的光泽仿佛火焰在燃烧。驾驶位置的车窗已降下，开车的是个和自己年龄相仿的女生，一副很宽的褐色太阳镜几乎挡住半张脸，但仍能看出面貌姣好。

顾盼茫然点了点头，又问："你是？"

女生左手把太阳镜推上额头，露出一张轮廓清晰的小麦色面孔，鼻梁和颧骨都很高，浓眉笔直锋利，一双凤眼闪亮得让顾盼战栗，他突然觉得，这样的目光远比自己的名字更配得上"顾盼神飞"这个词。

刚才那支口哨曲还在徘徊，正是从车里传出的，现在伴奏中又加入了清脆响板和男中音的浑厚和声，共同营造出一派寥廓悠远的气象。女生从车中伸出手，挽起袖口的小臂上隐约可见肌肉："王沫沫。"

顾盼放下碗，刚要伸手又赶忙缩回来，扯下餐巾纸使劲擦擦双手，诚惶诚恐地握住，王沫沫的手温暖而有力："我是过来帮你们策划活动的。"

"你就是那个公司代表？"顾盼恍然大悟。

王沫沫笑了，本就不小的嘴咧得更大，丰满的双唇间是白亮而齐整的牙齿："我想先去你们学校看一眼，这会儿方便吗？"

"可以是可以，不过……"顾盼觉得脑子乱糟糟的，瞬间堆积起一大堆问号，还不知该从哪里问起。

王沫沫顺手拍了拍车门："上来吧。"顾盼坐进后座才注意到，副驾驶位置坐了另一个妆容精致的女生，她侧过脸向顾盼点头致意，然后转向同伴："刚刚你不是还说先去江边吗？"

"我改主意了。"王沫沫转动方向盘，"去你们学校怎么走？"

顾盼从后座欠身为她指路："前面的路口左拐，上山。"宝马在他的指引下驶上山路，王沫沫调低音乐的音量，顾盼重新注意到那支曲子："什么歌？挺好听的。"

"*Titoli*，一部西部片的主题曲，电影的名字是 *A Fistful Of Dollars*，你们内地的片名是……"

"《荒野大镖客》！"顾盼脱口而出，兴奋得攥住了车座的靠背。

"那么老的片子你都知道。我没看过电影，只是喜欢这曲子，我爱莫里康内。"

"哦，电影配乐的话，我喜欢汉斯·季默。"

王沫沫咯咯笑了，抬手按了几下按钮，车内荡漾起低沉的大提琴声，顾盼刚听到前奏的几个音节就恍然大悟："Lost But Won，《极速风流》的主题曲。"

"这是你们内地的译名吗？每次开车时听这曲子，我都想象自己在开 F1。"王沫沫在大提琴声中把住方向盘，顾盼担心地望着车窗外，生怕她的手不小心打滑，"我是第一次来云南，也是第一次在国内开这么远的路，没想到盘山路这么多，有的路比预计的远了好久，有的又近了很多，路牌上的公里数完全没有参考意义。以及，我发现云南和香港、深圳不一样，这里又和昆明、大理不一样，更和我之前想象的完全不一样。回国前，我还以为这边的人都穿民族服饰，住竹楼，每天骑大象上班，学校要教葫芦丝和孔雀舞。"顾盼陪她傻笑，这几乎是他头一次在女生面前插不进嘴，只好给队友们打起电话。

宝马车像一团燃烧的火焰飘进沧水中学，保安大叔开门时有点不相信自己的眼睛。王沫沫探出两条长腿下了车，个子几乎和顾盼一边高。陈纳德第一个跑出来迎接，刚见到王沫沫就眼神发直，低头看看自己的大背心、大裤衩和趿拉着的人字拖，灰溜溜地回房间重换衣服。随后出来的李桃也是满头雾水，湿漉漉的长发显然是匆忙扎起来的，她在王沫沫面前勉强挤出笑容，结结巴巴地问好："您昨天和我联系时，说今天一早是从市里出发，我们都以为您最快也得下午到，而且应该是和付羽一起来。"

王沫沫笑着连声道歉："我发消息时把'县'字错打成'市'，直到今早出发才反应过来，所以想去澜沧江边先玩一会儿，可路过镇上还是忍不住好奇，临时决定来学校看一眼，给你们添乱了。"她挠挠头发，发丝间露出一根七彩辫，"至于付羽，反正他也忙，就不麻烦人家了，我自己找过来一样的。"

李桃还想叫她"王老师"，王沫沫连连摆手："叫我沫沫，我和大家一样，也是来干活的。"又把同伴介绍给大家，这是她姐姐，王洋洋。姐姐不声不响站在一旁，任凭妹妹把两个人的话都说完，才向老师们逐一致意，然后撑起一把巨大的遮阳伞。之后在沧水的日子，她没从它的庇荫下离开过半步。

裴岩和杨晓婉也先后赶到了，支教老师们尴尬地沉默，不知该以什么样的规格接待两位客人。最后还是王沫沫主动提出，先在学校里转转，顾盼自告奋勇当向导，其他人则抓紧时间为客人设计行程。

走过操场时，正在打篮球的几个学生光顾注意姐妹俩，停住了手上的动作，篮球蹦跳着滚到王沫沫面前，她拾起篮球拍了两下，以标准姿势投出三分球，篮球从目瞪口呆的学生们头顶划过，在篮筐上连砸三四下，最后还是滚出筐，王沫沫笑着抬起双手抱住后脑："好久没打了，再投一个肯定能进。"

三个人在校园里转了一个小时，时长远超顾盼的预估，每个细节都可能引发王沫沫的好奇：原来内地农村学校的校舍这么漂亮。原来核桃树平时不用浇水。原来这里的玉米不是煮熟了吃，而是磨成粉的。啊，这里的鸡居然能飞上墙——还能飞上树。她还让顾盼讲支教生活中的趣事，怎样治住那些不服管教的学生，并对他的每句话报以热烈反应，不时爆发出的笑声一次又一次打破校园的寂静。

唯一的意外发生在去厕所时，顾盼给王沫沫指明公共厕所的位置，然后揣着手和王洋洋闲聊。王洋洋之前一直很少说话，遮阳伞下的目光漫不经心地随意打量，步伐也是懒洋洋的，回答顾盼的攀谈更是敷衍。顾盼和她聊了几句，突然意识到什么，暗叫一声不好，撒腿冲向厕所，到底晚了一步。女厕里传来惊叫，顾盼赶到门口时，

讲台 343

正好与蹿出来的王沫沫撞在一起，只见她满脸的惊恐。顾盼诚惶诚恐地道歉，把她带到新楼刚装修好的干净厕所。王洋洋听妹妹描述了旱厕里的情形，勉强压抑下嫌恶的表情，再也不和顾盼说话。

王沫沫的心情倒是没受影响，后半段观光过程中给顾盼讲了自己的经历。她家在香港，从中学起就去美国读书，大学学的是艺术管理专业。去年毕业后加入现在的公司，目前主要负责集团旗下基金会的工作。这次集团领导的访校其实是她促成的，具体的策划和组织也由她负责。说这些的时候，王沫沫的语气好像组织一次春游那样轻松。

"那你又是怎么知道我们的？"顾盼问。

"我在美国时就关注微光了，我认识的一些留学生对你们评价很不错。从前两年起，我也每年都参加微光在香港举办的慈善宴会，对很多老师都很了解。支教老师发起的众筹，我也经常参加。"

顾盼打了个激灵，王沫沫最后那句话有如闪电，瞬间刺穿他心头的重重疑云，脑海中所有的碎片都拼凑成完整图画："原来你就是，就是那个……"

这是他第一次在王沫沫脸上看到不好意思的表情，她低头从包里掏出一张制作精美的名片，顾盼双手接过时先闻到一股香气，然后就看到卡片上印着那个自己早已熟悉，却迟迟不知道其真实身份的名字：Nemo。

"沫沫，我能问下，你是爱看凡尔纳的小说吗？"李桃盛好一碗菠萝饭，递给王沫沫，"Nemo 这个名字……"

六个人一同聚在陈纳德的宿舍，四位支教老师加上杨晓婉、王沫沫。参观完学校后的下午，姐妹俩去了澜沧江畔，支教老师们则全体出动，到镇上买了一大堆食材，陈纳德像变戏法那样一口气炒了十几个菜，然后邀请她们来聚餐，这是沧水团队迎接客人的最高规格,结果只有王沫沫过来,王洋洋借口晚饭没胃口,留在了宾馆。

"其实是歌名,"王沫沫接过饭碗道声谢,夹起一筷素炒鸡枞,"芬兰一支乐队 Nightwish 的曲子,我很喜欢他们。"

"你是不是全世界都去过?"裴岩想起那摞明信片。

"差不多吧,每个假期我都出去,有时是背包穷游,有时和同学或家人一起,有时自驾,有时是做国际义工。那套明信片是我自己照的,你要是喜欢,送你一套。"

"我们没想到能见到真人,更没想到你是这个样子。"李桃和几位队友互相对视,都不好意思地笑了。老师们对这位神秘捐赠者展开过各种稀奇古怪的推测,唯一的相同之处是,一定是位很有钱的成功人士。

王沫沫很喜欢这种误读,陈纳德问她为什么搞得那么神秘时,她回答:"纯粹是欣赏你们,不想要什么回报。你们能够自由地做一些喜欢做、也对社会有意义的事,这种生活特别吸引我。毕业回香港后,我就没这份自由了。"

"所以就只能去继承家业了?"顾盼坏笑着问,他和王沫沫只相处了一天,已经像多年老朋友一样熟了。

王沫沫没有笑:"真是这样啊。我回来后,我爸爸想让我进集团,培养我以后当高管,我坚决不干,这才去了集团下面的基金会。也只有在那里,我才有机会到处跑跑。就算这样,这次出来我妈妈也一万个不放心。"

饭桌上安静了一会儿,只有李桃宽慰她:"女生出远门是得小心点。你从哪儿开过来的?昆明?大理?"

"从深圳过来的,开了四五天。"

李桃不知该说什么,陈纳德干笑了两声:"难怪你家里不放心。至少你可以开一辆不那么……高调的车。"

王沫沫满脸迷惑:"那车是我妈妈以前开了几年不想要了,我

讲台 345

才临时借过来,是有什么不对的地方吗?"

裴岩的脸沉了下来:"太招摇了。"

"菜的味道还行吗?"陈纳德一看裴岩的神情就知道她又要说教了,赶紧打岔,"我特意把味道做淡了不少,不知合不合你的口味。"

"我最喜欢鸡枞。"王沫沫把盘子里剩下的菌子拨进了碗里。

日后回忆起王沫沫的加入,老师们总会想起那辆红色宝马呼啸着驶进校园的样子,它的主人同样是这样一头撞进了大家的支教生活。接下来的两周,他们都有种错觉:王沫沫也是沧水团队的一员。除了睡觉,其他所有时间她几乎都是在学校里度过的,以至于李桃和字老师商量,是否需要学校给她腾出一间宿舍。王沫沫每天旁听两三节课,剩余时间帮助审核学生们的调研内容,参加老师们关于活动的讨论,有时会外出采购活动中用到的物件。中午和晚饭后不多的空闲时间,她会和学生们在操场上打篮球,最强壮的男生也打不过她。

"调研都很精彩,学生们也下足了功夫,内容没什么可补充的了,形式倒可以更新颖点。"王沫沫翻看着那些调研报告,"汇报要从下午持续到晚上,如果从头到尾都是说说说,学生累,观众和领导更累。"

裴岩的表情有些不快,她从调研报告中挑出几份:"除了演讲,也有海报、手绘地图、实物展示,甚至模型。"

"可以做得更热闹啊!小品、歌舞、互动游戏,只要有助于表现主题,都可以。"

"时间来不及,学生也没那个文艺细胞,更没有合适的老师,现在全校就李桃一个美术老师。"

"所以我来了啊。"王沫沫笑眯眯地说,"怎么样,相信我一回,不会让你们失望的。"

"我觉得可以。"顾盼第一个表示支持，其他老师彼此张望，总算将信将疑地同意了这个提议。散会后，王沫沫第一个雀跃着奔向操场，伸长双臂，篮球在阳光下划出一道弧线，准确入篮，然后转身与同队的学生逐一击掌，"Give me five"的喊声响彻半空。一起打了几天球，学生们都学会了这句。

　　"不到半个月，一个人要筹备四五个节目，像不像你刚来的时候？"顾盼站在办公室门口，问身旁的裴岩。裴岩皱着眉，小声嘀咕："我才不信她能做起来。"这时王沫沫突然又跑回来，把两人都吓了一跳："我又有了新点子，我们可以在学校组织啦啦队，我来编舞。"她眉飞色舞地喊。

　　谁也没想到，选好演员后，王沫沫最先做的是带学生们在树荫下围成一圈，做了一中午的游戏，这些游戏大多是她临时拍脑门想起来的，有学生输了游戏，按规则需要当众表演节目，她就在一旁弹尤克里里做伴奏。师生们的笑声吸引了不少人，顾盼溜达过去看新鲜，很快受邀加入进来，随后是杨晓婉，连宇老师都被硬拉了过来，她红着脸感叹，自己都记不清上次玩游戏是什么时候了。裴岩也满腹狐疑地凑上前："这些和排练有关吗？"

　　"这是破冰，"王沫沫拨着尤克里里的琴弦，"我是在趁机观察每个学生的特点，再安排他们适合的节目和角色。"裴岩不知该说什么，拒绝了加入游戏的邀请，转身走开。走进教学楼时，她看到茶校长走出办公室，赶忙问声好，校长没有理会，背手遥望做游戏的学生们，仿佛流亡的雄狮在远眺失去的领土。

　　接下来的每个课余时间，大家都能听到操场的角落传来各种音乐，王沫沫带学生们排练舞蹈、小合唱、小品，笑声久久回荡在校园里。宇老师悄悄说，自己来沧水教书后，这么多年都没见过这样的景象。她抽空跑去问王沫沫，还有没有多余精力帮自己和牙老师等几位女老师排个舞，她十多年前学过一点舞蹈，看到学生们这么开心，心里痒痒也想重新登台，王沫沫格外痛快地满足了这个请求。

嘉宾访校团是在活动召开前一天来到沧水中学的，四五辆面包车组成的车队鱼贯驶入学校。车门打开，工作人员纷纷下车，付羽也在其中。随后下车的才是一位又一位嘉宾，全是游客打扮的女士，至少有七八位，其中有两三位带着自己的孩子。陈纳德从那些看似普通的衣服、背包甚至帽子、太阳镜中辨认出好几件价格不菲的奢侈品牌。她们环顾学校周边的景色，发出各种称赞和感叹，举起手机拍照，在专职摄影师的镜头前合影，喊着彼此的英文名字，互相说笑打趣。李桃迎上前，她要担任向导，带嘉宾们参观学校。

"领头那位就是罗总，我们集团基金会的理事长，也是我的领导。"王沫沫遥指人群，向老师们逐一介绍，"其他嘉宾都是她从香港、深圳、广州邀请过来的。"每一位嘉宾的身份都不同凡响，老师们屏住了呼吸。

"没什么好紧张的，"王沫沫拍了下顾盼的肩膀，"人家就是过来玩的。当然，如果对支教项目认可，或许也会成为捐赠者。啊，领导叫我了。"她奋力招手，快步赶过去，大家看到她很亲热地挽住罗总的胳膊，又与其他嘉宾逐一打招呼，她姐姐也跟在旁边。王洋洋这些天同样来学校帮忙排练节目，指导学生绘制海报，不过热情没有妹妹高，每次排练结束后马上就回宾馆，也几乎不与老师、学生有任何多余交往。

"那位罗总不只是她的领导吧。"陈纳德小声嘀咕，裴岩和杨晓婉都表示赞同。

顾盼全程都没参与他们的讨论，目光片刻不离李桃。他看到工作人员当中的一个男生快步走向她，李桃立定在原地，呼吸陡然变得粗重，神色间夹杂着兴奋、羞赧与紧张，有那么一瞬间，顾盼觉得她会扑到对方怀里。还好并没有，李桃不时瞟向四周，似乎生怕引起别人的注意，然后压抑住所有的激动，尽力神色如常地和他说笑。

两人只是短短说了几句,在顾盼眼中却无比漫长,周围许多人影在晃动,喊叫声此起彼伏,他们身边却似乎竖起一道透明的屏障。李桃仰起脸望着对方,明媚的阳光倾泻在脸上,眸子里满溢的快乐好像随时能流淌出来。那样的神情,顾盼从没见她对自己流露过,恐怕永远都不会有。

"师姐的男朋友,帅吧?"耳畔响起杨晓婉的低语,缥缈得有如从天边传来。

"谁都看得出。"裴岩嘀咕着,"两个人看眼神就能知道是一对儿。"

"和师姐挺配吧?俩人异地恋都两年了,不对,加上大学得六年了,再加上高中,天哪,都快十年了,终于苦尽甘来了。"

晨风拂过,一朵雪白的槐花落在李桃的头发上,她浑然无觉,男生轻轻抬手替她摘掉。顾盼站在教学楼的阴影里,茫然望着他们每一个细微动作,就像孤魂野鬼望着阳世,心头彻骨的冰凉。

"注意场合,挺住啊。"陈纳德在顾盼的耳畔低声说,两人一起看着李桃和男朋友走过来,她把他介绍给裴岩和杨晓婉,陈纳德赶忙调侃几句,几个女生都笑了,两人紧跟着来到顾盼面前。

"这位就是顾盼,我们沧水团队的……"李桃正说着,裴岩插嘴:"麻烦制造机。"一旁的陈纳德故意笑得很大声,李桃也忍俊不禁:"也是问题终结者。"

陆离向顾盼伸出手,笑容温暖:"听桃子说过你很多次,第一年真是辛苦你们了,谢谢你帮了她那么多。"

以后就不用麻烦你了——这大概就是没说出的下一句。顾盼用余光注意到陆离的另一只手,李桃正悄悄握住它,忽然觉得现在的场面就像新郎、新娘在答谢宾客,他握住新郎伸过来的手:"客气了,应该的,欢迎欢迎。"他舔了舔嘴唇,觉得眼眶有些发涩。

魂不守舍的状态延续了一整天,顾盼强迫自己不去注意那一对

讲台 349

儿，更避免出现在他俩面前，可是没办法，172班照例是嘉宾们要重点了解的班级，支教老师几乎一整天都要和她们在一起。这个上午，嘉宾们先是和校长座谈，茶校长在强颜欢笑这点上做得远比顾盼到位。她们随后走进教室，把带来的小礼物分发给学生们，拉着学生合影，去校园里参观，和支教老师座谈，了解老师们办的课外项目，尤其是奖学金的发放情况。学生们的成绩让罗总十分满意，表态会继续支持下去。

调研成果汇报大会在第二天盛大召开，在本班老师的带领下，学生们从教室中搬出桌椅、黑板报和展览用的各项物品，把整个校园布置得如同街子天。下午两点，作为主持人的阿秀在万众瞩目中登台，神情激动又夹杂着胆怯，好像闯入宫廷舞会的灰姑娘，王沫沫为她挑了一套衣服，又帮她设计了发型，化好了妆。她用颤抖的声音读起开场词，逐一介绍到访嘉宾，然后宣布活动正式开始。

一组又一组学生在全校上千名师生面前介绍自己的调研成果。危老师指导的那组学生以介绍不同种类的菌子入手，设想在当地开设一家专营菌类食品的餐饮加工企业。牙老师指导的那组学生则专营酸木瓜、火腿和牛干巴之类的土特产，还现场展示了这些食物，请嘉宾品尝。阿利那组带来自己拍摄的纪录片，录制地点是他爸爸的茶厂，镜头详细记录了制茶的全套工序，视频结束，他又为每位嘉宾送上一杯热气腾腾的普洱茶。

王沫沫负责排练的几个节目最受欢迎，几位少数民族女生穿着自己调研的民族的服饰，现场表演了民族舞蹈，八年级四个学生用群口相声的形式介绍了当地的水库、草甸、古镇和泼水节，还用贯口的形式介绍了为期一周的旅游线路。字老师等几位女老师登台时，喝彩声更是翻倍。她下台后飞奔过去告诉王沫沫，自己好像重新焕发了青春。

阿彪、阿飞那组的节目是短剧，男扮女装的阿利刚一登台，扮相就惹得全场爆笑，阿彪扮演的劫匪绑架了他，给他家打电话勒索赎金，阿飞扮演的父亲却沉迷麻将，根本不肯理会，后来阿利凭自己的机智成功脱逃，并报警将劫匪绳之以法。短剧的最后，几个男生共同说出节目的主题：珍爱家庭，远离赌博。他们鞠躬谢幕时，全校上千名师生齐声高喊着阿彪的名字，就像歌星演唱会一般热烈。阿彪显然不适应这样的场合，他深深低着头，仓促鞠了个躬，逃跑一样匆匆下去了。

"演劫匪的那个男生，我刚教他的时候，他对我说，以后想去抢银行、拐卖妇女。"观众席上的李桃低声告诉陆离，"男扮女装的那个孩子，他在表演方面很有天赋。那个演父亲的男生，曾经是我们班最跳的孩子之一。还有刚才介绍瓦猫的阿辰，以前孤僻得一学期都不说几句话。那个阿梅，你听她声音都在发抖，讲也讲得磕磕绊绊，可她在老师面前连话都说不清。你一直在问我，支教到底有什么意义，看看他们现在的样子，这就是意义。"她把目光重新转向主席台，眼眶里有泪花在闪烁。

"你们很棒，真的很棒。"陆离望着李桃的侧脸，握住她的手。

活动的最后，罗总作为嘉宾代表发言，她声音有些哽咽："80年代我去美国留学，第一次走出国门，踏上西方国家的土地，那种兴奋和震撼，我想应该和现在这些农村孩子来到大城市是一样的。现在看到同学们，我就好像看到了三十年前的自己，农村孩子其实和城市孩子没什么不同，仅仅是家庭环境和所受教育的区别。现在我愿意以自己的力量，帮助同学们缩小这条鸿沟。"

顾盼举起手机，一一录下学生们的节目，发给自己爸妈："这个月你们翻来覆去问我准备什么时候找工作，这就是我的工作。"

教育局长为取得名次的学生颁发奖状的时候，付羽来到顾盼身旁："这次活动效果远超预期，局长也很认可你们，你们立大功了。"

"真没想到。"顾盼喃喃回答，低头看着手机，他妈又发来几个招聘信息。

"局长的女儿在国外。当年他中年丧偶，为了女儿没有再娶，后来女儿大学毕业，公派到美国留学。学成后他希望女儿回到身边，女儿却再也不肯回来，这也成了局长的一块心病，你无意中碰到了他的痛点。虽然运气成分很大，但你的付出谁都看得见，我可以上报北京办公室，提前结束你的观察期。当然，最后这段日子千万别再出事了。"

"没关系，就这样吧，也好给自己一个提醒。"顾盼神情淡然。

付羽递去一纸文件，是《结束支教鉴定书》，下面盖着微光的公章："我刚刚给李桃和陈纳德各发了一份。等你们离校时，请茶校长在上面写鉴定记录，签字盖章，然后我会交还北京办公室，这是你们正式结束支教的证明。"

就这么完了。顾盼接过文件，望着李桃和陆离肩并肩的背影，对一切都失去了兴趣。微信上，他妈还在一遍又一遍问他："看完招聘信息了吗？"

天色已晚，他坐在花坛前望着收拾干净的操场，学生们都回了宿舍，一片空旷寂寥。远处茶校长站在办公楼门口抽烟，局长对他提出表扬，还表示明年有可能把活动推广到县里其他学校，力争让它成为当地的传统活动，到时少不了请茶校长做经验汇报，这让他今晚振作了不少。对顾盼来说，这意味着现在自己是全校唯一失落的人了，真是冠盖满京华，斯人独憔悴。

队友们都聚餐去了。活动结束已是五点，李桃又把男朋友带过来，要请大家吃饭，其他人都欣然应允，只有顾盼生硬拒绝了邀请，他不顾陈纳德的眼色，心烦意乱得连拒绝理由都懒得找，更没给对方再次开口的机会就匆匆落荒而逃。他心里很有些怨恨李桃，她向来心细如发，难道察觉不出自己的感受？

晚上临近九点，队友们陆续回来了，李桃不在其中。顾盼不用问也知道怎么回事，心头忽然掠过一个闪念，起初只是小火苗，很快就熊熊燃烧，五脏六腑都好像在被这火焰啮噬。他变得坐立不安，在两人各自的宿舍门口来回徘徊，又踱到校门口的凤凰树下，望着校门外夜色中的山路，好几次涌起下到镇上的冲动，最后还是重新踱回宿舍。归途中他一度心存侥幸，以为会看到李桃的房间亮着灯，结果她的窗口仍然黑漆漆一片。十点多了。顾盼回到花坛前坐下，擦掉额头渗出的冷汗，难以想象自己该怎么熬过这个夜晚。

　　肩膀被人轻拍了下，顾盼差点蹦起来，刚一抬头，目光就碰到王沫沫的笑脸。"你吓死我了。"他捂着狂跳的胸口嘟囔。

　　王沫沫和他并肩坐下："没去和大家一起吃饭？"她递过一个酒瓶，"雕梅酒，我这几天在镇上发现的，太好喝了。"

　　顾盼端详着酒瓶："这酒后劲大，要小心。你也没去？"

　　"喝醉了回去睡就是了。"王沫沫和他碰了下酒瓶，"我妈妈和姐姐都让我陪阿姨们吃个饭，这几天我都没和她们在一起，她们觉得我这样挺没礼貌的。明天再去别处玩半天，我们就该走了，今晚最后一顿，所以非要我也去。"王沫沫灌下一口酒，"其实我和她们有什么可聊的，还是想和你们一起。我很喜欢你们。"

　　最后一句让顾盼想起第一次和李桃吃饭时的样子，那仿佛是上辈子的事了。他举起酒瓶，酸甜清爽的酒液顺喉咙淌下，直到喷出一口酒气才舒畅了些。

　　"还有你们这个活动，我觉得特别特别好。我是香港人，又在美国好多年，经常迷茫自己的身份，在香港的时候总在想，内地对自己意味着什么？在美国时更想，我是中国人还是美国人？我认识的很多ABC（在美国出生的华裔），他们也有这样的困惑，我们在这点上其实和那些农村孩子是一样的。毕业时爸妈觉得我留在美国也还不错，可我还是觉得，我是中国人，我应该回来。"

　　"你排练的节目都挺精彩，不过我本来以为，你自己会上台表演一个。"顾盼小口呷着酒。

"我妈妈不在,我肯定就跑上台了。她不喜欢我这样,觉得我太爱出风头,其实我就是喜欢唱唱跳跳,根本不在乎有没有观众。"她突然起身跑向办公室,片刻后带着吉他回来,"想听什么?"

"《东方之珠》《公元1997》《我的中国心》《故乡的云》,随你了。"顾盼没心情想这些。

王沫沫细长的手指拂过琴弦,乐声从指间汨汨流淌,她的嗓音清澈空灵,表情也罕见的沉静肃穆。顾盼没听懂全部歌词,但这旋律伴随捕捉到的有限几个单词,还是在他心底勾勒出月光下的大海。

"*Turn Loose The Mermaids*。"王沫沫按住琴弦,"有一年我去哥本哈根,就是坐在游轮的甲板上,听着这首歌望着北海,回忆《海的女儿》。落日刚沉下去,天空从灰蓝变成墨蓝,直到和海水颜色一样。月亮出来了,孤零零照在海面。海风很冷,其他游客都回了舱,整个海面好像只剩我一个人,不过身后有灯光,耳畔有汽笛声,它们就像一根细细的风筝线,维系着我和文明世界的联系,所以我只感到自由却不害怕,只觉得世界太广阔,自己又太渺小。我这一生就算永远在飘荡,也只能看到它很小很小的一部分。"

"我也喜欢北欧。维京战船、狂战士、瓦尔基里、雷神之锤……游戏和电影里总能见。"顾盼回答,王沫沫的歌和她的见闻,让他的心情平静了很多。

王沫沫把吉他放在一旁:"我喜欢欧洲,可留学还是去了美国,爸妈要求的,因为那里有分公司。美国就美国吧,那些年我也过得很自由很快活。可我没想到,回香港之后,这样的日子就没了。住在家里,吃住都有人照顾,什么事都不要我做。我妈妈现在还每月给我钱,我说不要都不行。所以我经常有冲动,再去国外继续读书好了。"

顾盼哑然失笑:"这种日子你受不了?"

王沫沫蜷起两条长腿，用双臂抱住："没有自由啊。在我妈妈眼里，我至今都还是孩子，去哪儿都要向家里报备，稍微回去晚点就会被催。这次我过来访校也是想散散心，我妈妈听说后担心得要命，直到我姐姐跟过来才放心一点。老实说，哪里是她在帮我，完全是我迁就她。过来才两三天，她就受不了想回去了。"

顾盼笑了："那你是挺郁闷的。"

"所以我很想换个活法。比如，也像你们这样来支教。"王沫沫向他转过脸，表情很认真，"你们喜欢这份工作，从中得到生活体验、成长经历，这些比任何薪水、福利或者所谓的前途都重要。人生最大的幸福是 be yourself（做自己）。"

只有有钱人才敢这样说吧。顾盼耸肩："谢谢你替我们想出这么个自我麻醉的完美借口。"他举起手指朝远方的夜色划了一圈，"生活条件你也看到了，这还只是最不值一提的。其他方面的困难大到你没法想象，我刚来两个月就想退出支教了，这两年好不容易快熬完，真是一辈子也不想再当老师了。"

"我在尼泊尔、肯尼亚做过义工，也在野外住过帐篷睡过睡袋，内地农村已经比那些地方好很多了，我没问题的。"

"还有你爸妈呢？微光每年的申请者，有一多半最后都会放弃，放弃的原因又有一多半是父母家人的反对。"

"那你爸爸妈妈当年是什么态度？支持还是反对？"王沫沫盯住顾盼，眼里满是好奇。

顾盼露出尴尬的笑容："这就说来话长了。反正，说服他们是个技术活，你先过了这关再说。"

已经夜里十一点了，顾盼把王沫沫送回山下的宾馆，才返回学校。直到临别前，王沫沫还在问参加支教的事，顾盼嘴上回答着，心底却并不当真，这女生总是想起一出是一出，估计前脚离开沧水，后脚就把支教的事抛诸脑后了。

他独自在山路间跋涉。两年来，自己和队友们每天不知在这条路上上下下多少次，抓捕阿彪是走这条路，寒假家访是走这条路，深夜赶往教育局同样走这条路，这样的生活就快结束了，再有不到两个月，自己就要离开这里。和他同一批的支教老师大多开始申请学校或找工作，他却迟迟没有动作，回北京以后该怎样，是找工作还是考公务员，他还没想好，或者说，还不愿去想。

每次想起这两年，顾盼总会精神恍惚，刚来学校的种种情形好像还在昨天，两年来自己似乎做了许多，却又好像什么都没做。自己用了两年才真正进入老师这个角色，总算让学生们有了些改变，可这和他们未来的命运相比，又算得了什么？还有那些辍学的学生们，阿彩和阿芹至今让他心底隐隐作痛。支教这么久，他自己都说不清是成就更多还是遗憾更多，就这么稀里糊涂离开，实在有些不甘。可自己又管不了学生一辈子，也不可能永远留在这里，总有一天是要走的。

他就这样满脑子纷乱念头，拖着脚步走在山路上。校门口近在眼前，可以看到值班室的灯光了，顾盼正要叫保安大叔开门，不等开口，校门已经吱嘎打开，两个人影走出校门。顾盼愣在原地。

是李桃，还有她的男朋友。

第十七课　夜雨寄北

　　这对情侣显然都没想到会碰上外人，不约而同地愣住了。最后是陆离先向顾盼打了声招呼，转身望向李桃："那我回去了，你先别忙着决定，再考虑考虑。"
　　顾盼勉强点头致意，与他俩擦肩而过时，身旁响起李桃的一声"好吧"，顾盼一言不发走向宿舍。身后的沉默持续了一会儿，陆离以为顾盼已走远，向女朋友张开双臂："分别之前，不……表示一下吗？"他挤出一丝生硬的笑意。
　　顾盼加快脚步。对于自己无法改变的事实，除了眼不见为净，他不知还能怎样。
　　李桃不安地望向身后，顾盼的背影正在没入黑暗中。她抱歉地摇摇头："走之前给我发个信息。"
　　陆离张开的双臂缓缓放下，转身走下山路，李桃觉得那个背影说不出的落寞。她看着他逐渐远去，等待他回身再向自己招招手，以前每次分别他都是这样，结果这次并没有。她也返回校园。
　　"顾盼。"
　　顾盼拉开宿舍门的手停住了，他站在明暗交界处，看到李桃向自己的方向走来："今晚大家聚餐，你怎么不去啊？"
　　顾盼把目光落在她脖颈的挂坠上，心形水晶在灯光下闪烁："我还以为，你今晚不回来了呢。"他含含糊糊地说，说不出心里是难受还是松了口气。

李桃脸颊飞起红晕:"你管的是不是多了点?"

"对不起,当我说胡话好了,刚喝了点酒。"顾盼嘟囔着要进宿舍。

"那等清醒了再和你说。"李桃也要走。

顾盼赶紧回头:"我听着呢。"

"我是要说正事。"

顾盼一拍胸脯:"我很清醒。你可以考我背《支教老师纪律守则》。"

李桃抱臂叹了口气:"今天的活动,你觉得怎么样?"

"谁都看见了,excellent(好极了)。"顾盼学着王沫沫的轻快口气回答。

"我觉得也是,我在下面看着学生们做报告,一边觉得他们太棒了,一边又觉得,这一刻要是能早点来该多好。支教两年,现在才看到点成果,马上咱们又要走了。"

"吃到第十个馒头才饱,总不能光吃那第十个,前面九个都不吃。"

"还有学生们。下学期他们就九年级了,按说该交给当地老师带,可我不放心。咱们要是走了,学生自己能学得怎么样?我特别害怕他们恢复成以前的样子,那咱们所有的努力都白费了。"

"裴岩会留下,杨晓婉也会过来,还会有别的新老师。"

"学生也舍不得咱们。这些天我收到的纸条里,阿雯、阿梅、阿亮都在问,李老师你能不能留下来继续教我们,我们一定拼命学,考上高中为你争光。你要是觉得钱太少,我们给你凑钱涨工资;你要是觉得学校条件太差,可以去我家住;你要是挂念父母和男朋友,也可以把他们都接来,我们来照顾。每次都把我看得很感动。"

"难得他们有心。"顾盼自己也听阿飞、阿秀他们说过,要他留下来,他们会帮他找女朋友,"不过,你是不是先考虑下自己的未来？工作找得怎么样了？"

李桃摇头："我不担心这个。这次访校，罗总主动邀请我去她们公司，薪水待遇都从优。她还说，我要是想留学，自己也可以帮忙写推荐信。"

"那不是很好吗？去呗，要是我有这样的机会，早就上赶着答应了。"顾盼机械地回答，心里想的却是——你还可以和你男朋友在一起了。

"陆离也这么说。你们当然都对，可我还在犹豫，我有个打算，想听听你的意见。"

顾盼抱臂斜倚在门框上："你不一直都特有主意吗？哪用得着听我的。"

"毕竟是比较重大的决定，别人我都会问，可只有你是从头到尾一起支教的队友，所以先问你。"

"那太荣幸了。"顾盼重新站直，手往屋里一伸，"进来？"

"就在这里说吧。我想再支教一年。"

顾盼没有吭声，满心的翻江倒海。李桃的话好像一颗丢入幽深油井的火星，让他心头猛地蹿起熊熊火焰。眼前豁然开朗，归途中久久困扰自己的那些问题，突然一下都有了答案。他同时又有些懊恼，这么简单的解决办法，自己怎么没想到？

"我想把172班带到毕业，亲手送他们参加中考。那时候他们或者上高中，或者走向社会，总之都会离开沧水，我也可以走得了无牵挂，这样支教才能算完整。"

顾盼没仔细听李桃的话，不用她多说，这些他也都想到了，纯粹出于本能的感受已经告诉了自己该怎样做。他刻意沉默一会儿，认真端详李桃，看到她的眼睛里跳动着光芒，然后装作不经意地问："你男朋友同意？"

李桃的眼神黯淡下来，这回沉默的换成了她。她转过身，望向操场尽头的那几棵凤凰树。半小时前,自己刚在那里和陆离进行了一场艰难的谈话,她眼前还浮现着男友失望的神情。

"桃子,你怎么突然又有了新主意?你都支教两年了,已经非常了不起了,不用再这么继续证明自己。"

"跟证明自己没有任何关系。"陆离最后那句话让李桃莫名烦躁,"我纯粹是为了学生。你可能没有体会,在农村这样的环境下,我做的许多小事都可能帮到学生。支教到现在,我已经看到了曙光,可真正决定学生未来的是中考,要是能带他们走到那时候,他们当中很多人一定能改变命运。人这辈子哪怕只能改变一个人,都已经很了不起;我带的却是一个班、一个年级,几十个人、上百个人,帮到他们只需要再多一年的时间。"

"桃子,这么多年我从来都是顺着你,可现在我必须问一句,有这个必要吗?"陆离的语气中多了一丝不耐烦,"你觉得自己的支教很了不起,觉得改变这些孩子很重要,可在外人看来,这就是没事……"他想了想,才换了个不那么刺耳的词,"就是在自我感动。"

李桃后退一步,像看陌生人一样打量他:"原来你一直这么看我。"

"我要是真这样想,这两年就不会这么支持你了。"陆离缓和了语气,上前拉住她的双手,李桃把手抽了出来,"可我现在担心,再教完这一年,你会不会又是三年?然后五年、十年,最后一辈子留在这山里?"

"不会了,真的不会了,"李桃拼命摇头,她记得相处这么多年,自己从没用这样卑微的语气对他说话,"我知道我让你等了太久,这些年我最对不起的就是你,可我也实在割舍不下这里。再给我点时间,最后一次。我和这些学生只有这一年了,过完这一年,你让我跟你去哪就去哪,让我怎样就怎样,我这一辈子都是你的,永远都是你的。"

这次她没等到陆离的回应,直到把他送到校门口也是这样。与顾盼的不期而遇使告别变得例行公事了不少，但即便没有第三者在场，李桃也看出了陆离的情绪低落。她沮丧地望着夜空，自己本以为这次重逢是两人关系缓和的契机，这几天相处的大部分时光确实如此，梦幻美好得有如当年初恋时，不料最后关头却急转直下。她有种模模糊糊的恐惧，担心这会成为两人关系的回光返照。

"你不是征求我的意见，"顾盼盯住李桃，"只是想听我鼓励几句，你早就打定主意了。"

李桃没料到他会这样回答。她仔细想想，居然真是这样，顾盼这次说出了自己都没意识到的心思："所以，你的意见是？"

"当然是好事，对学校和学生都好，所有人也都会开心，除了你的男朋友。"顾盼语重心长地说，突然振奋的精神让他甘愿摆出一副为李桃着想的面貌，"以他的条件，找谁不行啊，异地那么多年了还愿意等你。结果眼看熬到头了，你又来一句，再等我一年，哗，一盆冷水泼下来，他能乐意吗？换我绝对受不了。"

"我不想再谈他了。"李桃别过脸，"所以你的意见是，我要是再支教一年，是件好事？"

顾盼挺直身子："我的意见是，你要是再支教一年，那我也再支教一年。"

"这种事不要乱许诺。"

"和学生有关的事，我绝不乱许诺。你一提这事我就决定了。"

"你是不是又担心我一个人搞不定？不会的，都支教两年了，我绝对有信心带好学生们，再说还有裴岩和杨晓婉呢。不要因为我的一句话就推翻你自己的规划，这只是我个人的打算，和别人没关系。"

"这也是我个人的打算，和别人没关系。"

"不要那么冲动，你先和家里商量下，你爸妈不是早盼着你回去了吗？我也再听听别人的意见，再做决定……"

讲台　361

顾盼转身回屋，返回时向李桃扬起一张纸："这是什么？"

李桃打量着文件的抬头，《结束支教鉴定书》。顾盼撕掉了它："决定了。"

李桃望着被撕成两半的文件："支教两年了，我以为你成熟了，没想到还是没变。"

顾盼把文件撕得更碎："你要是觉得，成熟就是犹豫、就是拖延，那我确实还没成熟，我这辈子也不想要这样的成熟。真正想做的事就马上去做，磨蹭只会让人失掉勇气。谢谢你提醒了我，不管你是不是再支教一年，我都要留下。你问我的意见，我的意见就是这个。好了，你可以去问别人了。"他把碎纸片丢入门口的垃圾桶。

"现在不用问了。"李桃望着纸片如雪花撒下，"也谢谢你给了我勇气，我也决定了，延长一年支教。"

"这就是本次调研活动的考核数据。"裴岩翻动PPT，台下近百位支教老师满怀兴趣地望着屏幕上的柱状图和饼状图，"参加活动的学生当中，73%能从多处电子、非电子渠道收集信息，并进行有效分析、筛选与整合，81%能对遇到的问题做出及时的判断、分析并提供有效方法，74%能在小组中承担一定的责任，积极参与小组讨论，主动分享想法与意见；最后，78%能在汇报大会上条理清晰地进行口头报告，并准确回答观众的问题，还有88%的书面报告能对问题进行清晰明确的阐述，并给出符合逻辑、切合实际的结论。"

屏幕上出现了阿雯稚嫩但整洁的字迹，那是她参加完活动后写的心得："以前我觉得，外边的世界好精彩，自己一定要考上好大学、成为城里人，然后把奶奶接出去，永远也不回这个鬼地方，如今才知道，家乡也有美好的一面。现在我在想，等我以后在外面闯出一番天地，也许真的还会回到家乡。落叶忘不了根的情谊，不管我以后在哪里，一定不会忘记这片养育了我的土地。"

然后是阿利那篇:"这次我在爸爸的茶厂拍视频,爸爸手把手教我怎样炒茶,怎样区分不同种类的茶叶。我从没对他的工作有过这么深的了解,他也从没和我说过这么多的话。以前我和他说学校发生的事情,他从来不好好听,这还是他第一次对我的生活有了兴趣。"

阿彪的字迹也出现在屏幕上,因为实在太潦草,裴岩专门敲了出来:"这次活动,我原先只因为好耍才参加,觉得比上课有趣。我们组调研建筑工,我采访了我爸,他告诉我,当初怎么跟师傅一砖一瓦地学本领,每年只能攒下不多的钱,又经常因为我打架赔给别人家。如今他身体不好,不能再做工了,家里变得更难,我才知道他有多不容易,自己以前的胡作非为又有多不负责任。那天我们聊到很晚,我才注意到,灯光下的爸爸比以前老多了。"

"我很佩服你们。"付羽把空白的《结束支教鉴定书》放回书包,"主动申请三年支教,你们挺有勇气的。"

李桃翻动着手上的总结资料:"谢谢,只是自己想做这事。"

"家里都安排好了?"

"都好了。他们也是。"她望向前排的顾盼和陈纳德。

顾盼把手机关了机,他和他妈在微信上已经来回吵了两天,聊天记录足有几十屏。还好他爸没参与进来,顾盼很有先见之明地把他的微信和手机号全拉黑了。

"还是说不服他们?"陈纳德小声问。

顾盼耸耸肩:"索性不费那个口舌了。"

"他们要是再来云南抓你呢?"

顾盼发出刺耳的冷笑:"我振臂一呼,半个沧水的学生都能围过来。"

陈纳德啧啧有声:"到底翅膀硬了。"

"为了学生,为了支教事业,为了乡村振兴。我什么都做得出来。"顾盼面无表情地回答。

"真会给自己贴金,你那点小心思我还不知道?"陈纳德扭头望了眼后面的李桃,"不是打击你,再多一年,你照样没机会。换人吧,凭我这么多年追女生失败的经验,我觉得那个王沫沫对你有点意思,人家条件还那么好。或者杨晓婉也不错,"他指了指前排的杨晓婉,"要不裴岩你考虑考虑?"

前面的杨晓婉扭过头,皱着眉:"又说我坏话呢?"

"夸你呢,说你跟一朵花儿似的。"陈纳德回答,杨晓婉一脸不信地直撇嘴。顾盼看她转了回去,压低声音:"倒是你,跟着瞎掺和什么啊?"

陈纳德嘿嘿笑着挠挠头:"我嘛,很简单,挺喜欢咱们学生,也挺喜欢这种生活的。正好你们也都要留下,就再多待一年呗。"

"真没想到,"顾盼喃喃地说,"沧水团队要么缺人,要么一堆人支教。下学期咱们几个加上杨晓婉,一下五个了。"

桌洞里响起颤动声,他摸出手机,立刻大为惊讶,把手机举给陈纳德看:"这回没准得六个了。"

"别说学生们,这次的活动连我自己都深受教育。"裴岩的声音还在回荡,"大家都知道,我也是农村出身,也久久苦恼于农村身份,觉得自己天生就低人一等,每天为此感到焦虑和迷茫。活动开展以后,有时我还会焦虑,但没那么迷茫了。我和付羽聊过很多次,他和我的经历非常像,我从他那里得到了一些启发。"

台下的付羽微微一笑。

"付羽告诉我,一味纠结于能否洗刷身上的农村烙印,本身就是在承认,出身农村就是不幸的。可如果按这种逻辑,每个阶层的人都会在所谓的更高阶层面前抬不起头,小县城不如大城市,大城市不如北上广,北上广又不如发达国家。这样一来,每个阶层都注定在更高的阶层面前一无是处,所有人都是卑微的,没人能真正拥有自信、快乐与尊严。

"就像我们的人生,"PPT快要结束了,屏幕上出现了一串路标,"按我们习惯的说法,人生是一段旅途,要经历一连串景点,每个年龄段对应一个路标,上面刻着'考大学''找工作''结婚''买房''生孩子'之类字样,所有人都应该沿这条路不断前进,农村的学生就该遵循'农村—县城—省会—北上广'这条线路;北上广的学生就是留学,最好定居国外才算有出息,尤其在最合适的时间做这些才算完美。而这就是中国教育一直灌输给学生的,它也是我们这个社会的现状。

"可是,凭什么人生是一条单行道?就不能是一座四通八达的花园吗?"裴岩再度切换了屏幕,一片花团锦簇,坐在下面的李桃认出,这是王沫沫那组明信片中的一张,加拿大的布查特花园,"这个世界足够丰富、广大和多元,只要有足够的能力,每个人都可以从中随意探索,再找到自己愿意待的位置,实现自身价值。

"付羽还告诉我,我和他,还有我们各自的学生,永远也不可能抹去身上的农村烙印,就算把自己剔肉还骨,也剪不断那条与乡土连接的精神脐带。既然这样,我们为什么非要做这种切割?农村人一定要做城里人吗?中国人一定要做外国人吗?地球人一定要做火星人吗?我们就不能平静接受自己的农村身份,乃至从中寻找出正面的、有益的价值吗?

"这番话点醒了我,我突然意识到,农村的确有着各种各样的问题,可反过来,这也意味着它同样有巨大的发展空间,在这里工作和生活,很可能只要稍微用一点心,就能取得显著的,甚至辉煌的成就。而这就是我们正在做的。我们选择支教,本身就是在尝试人生的不同可能,我们更希望学生能在未来找到各自的人生道路。无论他们过着什么样的生活,贫穷还是富裕,前往城市还是留在农村,都是自己的主动选择,成为自己,才是人生的最大幸福。"

掌声雷动，裴岩走下台，同样跟着鼓掌的顾盼却明显心不在焉，他一遍又一遍望着刚收到的那条信息——顾盼，帮我出出主意吧。发信人是Nemo。

湿润的海风吹进落地窗，王沫沫举着手机赤脚踱到窗前，远处的海水湛蓝如宝石，电话那头的顾盼还在徒劳地劝她："其实你可以找时间再过来，住个三五天，一两周，一个月，都没问题。平时你高兴就上几节课，组织点活动，周末我们可以带你去周围玩，咱们去爬山，去江里坐竹筏，去采菌子、采茶，去家访……"

王沫沫一头躺倒在宽大的沙发上："我不是来体验生活，就是来加入你们的，我要和你们一样，支教两年。"

"支教这种事，不是一般人干得了的。好多人没过来之前也打了鸡血似的，嘴上说得特好听，刚支教两三个月就打退堂鼓了。我都纳闷自己怎么熬下来的……"

王沫沫在沙发上转了个身："那才有挑战啊，我就喜欢给自己设定特别难的目标，然后拼命去实现它。成就感对我来说比什么都重要。你不也打算支教第三年吗？你能挑战自己，我怎么就不能？"

手机那头传来深深的叹息："咱俩嘴上这么争竞，确实没用。你真铁了心要来，我也拦不住，可还是那个老问题：你爸妈那边怎么办？我爸妈可到现在还跟我冷战呢。"

王沫沫坐起来，理了理蓬乱的头发："所以才找你帮忙啊。我妈妈还好，她很认可你们，也由着我的心思，就是爸爸知道了肯定要疯掉，我都想得出他怎么吼我：'我花了那么多钱和心血，送你去美国读书那么多年，你倒要跑去农村？'"她模仿着父亲的嗓音，"太可怕了。"

"王总是什么样的人？"

"超级强势，超级追求效率，超级会精打细算，最不能容忍超出自己掌控的事,也最不能容忍浪费,时间和钱都不行,连带全家出去旅游都必须把行程规划好,几点钟去这里玩什么,几点钟去那里玩什么,行程稍微耽搁就会生气。他觉得制定计划再严格履行计划,是一种乐趣,恨不能把自己变成一台机器,运转起来永远不出意外。"

"成功人士都这样,那还真麻烦。"

"你说,我背着他去支教怎么样?"

"千万别。"顾盼不假思索地回答,"有老师就是偷偷跑去支教,家长直接去云南抓他回来,闹得挺大的。再说招募部门从去年起都有回访,会给家长打电话确认,就是为了防止这种情况,你瞒不过的。"

"那怎么办?"

"给你提几个沟通时的要点:第一,尽量别当面说,太容易吵起来;第二,别一下把想法全抖出来,一点点透露,比如今天提一句:'妈咱们上次见的那些支教老师,都好棒啊。'明天再开玩笑提一句:'妈你说,我也去支教怎么样?'让他们有点思想准备;第三,要抱着交流的心态,就算他们发火,你也不能顶嘴,真一吵就不好收拾了;第四,要站在父母的角度考虑,他们为什么不愿意你去支教?就是觉得支教不值得,觉得你会浪费这两年,他们也是为你好。所以你就要想办法让他们明白,支教不是光有付出,自己也能得到很多好处,比如能力的提升啊,眼界的开阔啊,锻炼独立性啊,了解现实啊,等等。你满世界都跑过,这方面肯定特有心得,不用我说了。"

"听起来好像出柜啊。"王沫沫兴奋得一跃而起,"你好有经验,真的是直男?"

手机那头传来一通咳嗽,依稀还有哄笑声:"话术倒是差不多。"

"这些都做到之后呢?他们就会同意了?"

"然后就看你爸妈有多开明了。"

王沫沫颓然倒在沙发上:"还是得看运气喽?"

"我只能帮你到这里,祝好运。"

"九月沧水见。"王沫沫挂掉电话,盯着窗外的云朵流动,突然抓起沙发的靠垫抛向空中,一轱辘爬起来,打开电脑,新建文档,然后敲击起键盘。

顾盼挂掉电话,刚抬头就碰到陈纳德的一脸坏笑:"我怎么说的?你小子嫁入豪门的机会来了。"

"别瞎说。"顾盼心虚地瞥了眼李桃,她只是莫测地笑了笑。杨晓婉和裴岩彼此对视,表情都难以置信。

"帮人就帮到底,"陈纳德面有得色,这个电话完全激发了他的想象力,"你应该拍胸脯保证,这事包在自己身上,然后亲自跑去香港跟她爸妈交涉,他们不答应,你就把她拐走。"

顾盼随手抓起桌上的魔方塞进他的怀里:"您先去旁边玩会儿,别再打岔了。"陈纳德不屑地耸耸肩,三下五除二就把魔方拼好,得意地托给大家看,杨晓婉看得眼馋,连忙拉住陈纳德,要学拼魔方。

"说正事吧。"李桃忍住笑,"沫沫如果真能来,当然是好事,咱们能帮还是尽量帮她。我觉得她写信沟通比较好。顾盼你告诉她,等她写完初稿,咱们来帮她修改润色。这段时间,你来代表团队和她沟通。"

"为什么?"顾盼迷惑不已。

"笨,多给你机会呗。"裴岩插嘴。

这一年的八月底,红色宝马又一次驶进沧水中学的校门,王沫沫、顾盼、李桃、杨晓婉下了车,随后是陈纳德停好自己的车,付羽、裴岩、字老师也下来,他们共同参加了今年的岗前培训,然后直接来到学校。

提前报到的十几个学生们都拥了上来,热烈地问候老师们,帮他们从后备厢卸下一只又一只行李箱包，王沫沫谢绝了阿飞的援手，随手把一只书包递给顾盼，顾盼知趣地接过来，却见王沫沫自己一手提起一只硕大的行李箱。

师生们帮两位新队友把行李运到宿舍，正是顾盼和李桃原先的房间，四位前辈则搬进新修好的教师宿舍楼，每人独享一个套间，这是县教育局特批给他们的。第一次走进新宿舍，老师们齐齐发出欢呼。每个套间包括一室一厅一厨一卫，窗外是缭绕着云雾的青山，四壁是新刷好的粉墙。顾盼特意问王沫沫，愿不愿和自己换房间，她住这里，自己继续住原来的宿舍，王沫沫痛快地谢绝了，表示从没住过这样的宿舍，正好体验下。旁边的杨晓婉马上打岔："你怎么不和我提换房啊？"

顾盼环视厕所的白瓷砖，试着拉动水箱，厕坑果然冲出清水；再拧动开关，头顶的花洒喷出了太阳能加热过的热水；他掏出手机连上WiFi，显示信号满格。顾盼激动不已，突然又想起什么，跑回自己的旧宿舍。

还没进屋他就呆住了。各种随身物品摆满了床、写字台和柜子，直到遍地都是，旅行箱包也大敞着口，王沫沫根本没顾得上收拾，而是站在黑板前画着什么。这间宿舍是教室改造的，顾盼当年住进来时一直觉得这黑板没用，没想到王沫沫把它派上了用场。他挺好奇："画什么呢？"

王沫沫扭头发现是他，笑着闪到一旁，顾盼这才发现，她在用粉笔临摹凡·高的《星空》，已完成部分的各个细节几乎和原作没什么区别，一道道漩涡般的星轨仿佛在流动，顾盼看得有些目眩神迷。

"校长答应让我教全校的美术和音乐课了。"王沫沫心满意足地拍着手上的粉笔灰，"其实我还想教172班的英语，他没答应，最后让我教了七八年级的地理。"

"校长也是怕你经验不够，172班是要中考的，杨晓婉不也没教吗?"顾盼回答。调研活动大获成功,自己和李桃、陈纳德又主动申请延长一年支教,当地老师普遍大为赞赏,再加上暑假的缓冲,茶校长对他们的怨念不那么深了。

"可她教的是语文,课比我的重要得多。我还是希望和你们一起教172班。"王沫沫想把摊在床上的各种护肤品扫到一旁,顾盼拦住了她:"不坐了,我是想跟你说,想用卫生间的话,如果不介意,可以用我房间的;李桃或裴岩房间的应该也行,不过她们在三楼四楼,不如我在一楼方便。洗澡的话也是这样。"

"真绅士。"王沫沫拍了下他的肩膀,"不用啦,旱厕我用久就习惯了,学校也新盖了浴室,条件比你们那时候强多了,我没问题的。"

"好吧,另外我们在新宿舍楼发现了一个好地方,晚上过来吧。"

"光是访校,哪能有这样的生活啊。"王沫沫在晚风中伸了长长一个懒腰。他们是在楼顶天台,脚下就是李桃的宿舍,水泥地面拉起几根用来晾衣服的铁丝,太阳能的储水罐也安在这里,还用铁皮搭起一座简易凉棚,接了一只灯泡,老师们从楼下搬了几把凳子上来,又带了些零食和啤酒、饮料,围成一圈聊天,陈纳德举着单筒望远镜四处瞭望,派头好像甲板上的海盗船长。

"我只是第二次来沧水,却好像在这里生活了很久,也好像和大家认识了好多年。上次访完校,我的精神从没离开过这里。"王沫沫眺望着天边的晚霞,"直到来云南前我都在担心,还有没有重来这里的机会。"

几个月前通话后,她按顾盼的建议开始给父亲写信。半个月内她和顾盼几乎天天联系,一起商定信件的要点,再列出大纲,初稿完成后就是反复的删减和修改。收到定稿,老师们都大为震惊,这封信足足九页,八千多字,很多格外强调的地方还加粗了字句,甚至给出链接网址,像毕业论文那样严谨正式。

王沫沫在开头铺垫了几句,表示希望和父亲谈谈自己对未来的打算,这个想法有可能会惹他不快,但还是请求他耐着性子读完。之后她说出自己想去支教的打算,并解释了原因,希望去最艰苦的环境中历练自己,也希望和那些志同道合的年轻人一起做一件对社会有益的事。更重要的是,这些年内地已成为集团最大的市场,今后香港和内地的联系也会更加紧密,自己却从未在那里长期生活过,这会对未来的发展很不利,她希望补上这块缺憾。

"一般人或许会希望自己的人生是一条规划细致、计算精确的笔直坦途,但对我来说,任何意料之外的曲折、坎坷甚至低谷,都会成为与众不同的风景。您经常对我们讲年轻时白手起家的艰辛,并把这段往事当成自己一生的精神财富,现在我也希望能有这样的经历,您应该可以理解这种心情。我相信自己从这两年中学到的会比留在公司时更多。"她在信的末尾写到。

她特意选在父亲出国那几天,把信发到父亲的邮箱,为的就是留出几天缓冲的时间。

"你们都想不到我那些天是怎么过的,整天提心吊胆,每隔一会儿就看一眼手机,生怕我爸爸打来电话把我臭骂一顿。"王沫沫喝光瓶里的啤酒,把酒瓶放在脚边,"一周后我爸爸回国,专门叫我去找他,进办公室之前我腿都在抖,听宣判一样的感觉。"她在已有些寒凉的晚风中打了个哆嗦。

顾盼递过一件长袖外套:"所以,你爸爸吼了你?"

王沫沫接过来披上:"他倒还平静,第一句话是问我,是不是在集团里待得不开心,他可以介绍我去其他公司;还说,理解我的愿望,但不必通过这种方式。我可以先积累工作经验,等有了更多资本再去帮助那些农村学生。集团已经对微光支持了几年,还可以加大支持力度,捐建几所学校什么的。我按照你们教我的告诉他,我去过农村学校，人家别的不缺，就是缺人，我亲自去教书，才是人家的需要，也是自己真正想要的。我们谈了半个多小时，这在集团里已经创纪录了，我爸爸和别的高管谈话一般也就是一刻钟，最后还是谁也没能说服谁。"

"那他就是不同意了？"

"刚好相反。"王沫沫急忙摇头，带着狡黠的笑容，"我太了解我爸爸了。他要是反对，肯定是当场发火。既然能坐下来谈，还谈了那么久，就说明态度不那么坚决。后来我俩又聊了两三次，情况都差不多，他还问我，是不是有喜欢的人了，想过去找他。"

老师们都笑了，顾盼能感到其他人集中在自己身上的目光。

"我说，没有呀，您在想什么，哪可能有。"王沫沫浑然无觉地说着，顾盼这才稍微放心，可下一句马上又让他提心吊胆，"有我也不能说呀。"

"到底有还是……"裴岩还在问，杨晓婉赶忙踩她一脚，她只好闭嘴。

"再后来他就没再提这事，不了了之一样。我快要来云南那几天，他又出差去了，我偷偷问我妈妈，爸爸这到底算什么态度，她说，这就是默许了呀。然后我就赶紧跑来了，生怕他反悔。还好付羽特意对我延期录取，总算赶上了这次岗前培训。"她深深感叹，"太不可思议了。"

"我可能了解一点内情，罗总的秘书找过我。"付羽插嘴，"据说王总在国外刚接到你的信，确实非常愤怒，但也从信里看出，你这次做了特别充分的准备，绝不是心血来潮，所以他除了愤怒还很纳闷，马上安排北京的分公司去微光的办公室调查我们。"他转向李桃，"陆离也被问过。"李桃没吭气，"王总回香港找你之前，应该已经把我们的基本情况全摸透了。也正因为知道微光的口碑还不错，才没对你发火。"

"这是个好兆头,接下来这两年,我一定会过得既充实又开心。"王沫沫仰起头,新月从山峦背后升起,头顶已是满天繁星,"咱们玩狼人杀吧。"

晚风把说笑声送向远方的群山,草丛里依稀传来虫鸣。这是个无比惬意的夜晚,他们玩到晚上十一点才嬉闹着下了天台。顾盼下到一楼,正要开宿舍的房门,突然想起自己借给王沫沫的外套被她随手放到了椅子上,赶忙重新上到天台,却又吃了一惊,李桃正背对自己,俯瞰脚下的校园。

李桃扭头回望,顾盼举起外套示意自己的来意,李桃点头,重新望向远方。

"你在四楼就这点好,随时能上天台。白天晒太阳,晚上看星星,下雨还能看雨景。"顾盼在她身后没话找话。

"顶楼夏天也热啊。"

"幸亏咱们多待一年,终于赶上条件改善了。"

"是啊。"

"沧水总算兵强马壮了,最后这一年得大干一场。"

"没错。"

顾盼不知该说什么了。这几天因为王沫沫的出现,两人来往交流都不多。他也注意到一个暑假没见,李桃明显比以前沉默寡言了,尽管和队友相处时依旧有说有笑,但只要稍有独处的机会,她就会愣愣地出神,丝毫没有刚决定延长支教时的振奋。

之前在旧宿舍的最后一夜,顾盼出门上厕所,发现李桃站在夜色中的操场上打电话,看到他出来赶紧快步走开。顾盼回来时她依旧站得远远的,举着手机言辞激烈地说着什么。顾盼躺回床上时看了下时间,凌晨一点多。他模模糊糊快要睡着,隔断那头的房门突然被猛地撞开,一串咚咚的脚步声,伴随着各种不加掩饰的连贯响动,床板传来吱嘎声,最后是低低的啜泣。顾盼又看了眼时间,凌

讲台

晨两点多。他在床上绷直身体，不敢翻身不敢动，装聋作哑地挨过后半夜，天快亮时才睡着。

顾盼想到那一晚上的事，正犹豫自己是该就此下楼，还是继续没话找话，李桃已转过身，语气听不出波澜，只有眸子在夜色中闪亮："过几天，局长要过来慰问咱们，其他学校老师也会来听课，都抓紧准备吧。"她走下楼梯，顾盼亦步亦趋跟在后面。

顾盼很快就意识到，王沫沫在各方面都在重蹈自己的覆辙。他看得出她在尽力掩饰对学校、学生很多行为的不以为然，"不人性"成了她最爱说的一个词。王沫沫曾私下问顾盼，学校为什么要把课程安排得那么满，又为什么在管理方面那么随意。第一次看到老师打学生时，她惊恐得好像在目睹凶案，直到后来看多了学生打架才稍微理解了这类做法。顾盼早就告诉她要有心理准备，但现实显然还是大大超出了她的想象。

王沫沫最不满意的是美术、音乐课总因为各种理由被挤占。顾盼尽力委婉地告诉她，这两门课别说农村学校，就是城市学校也普遍不重视，自己教的体育课也是这种待遇。王沫沫的脸上浮现出不服气的神情，找出一幅水彩画给顾盼看，那上面画的是酸角树，大片浓烈的紫红色填满了画面，顾盼看看署名，是自己班的阿梅。

王沫沫告诉他，这孩子在绘画上挺有天分的，自己鼓励她以后走专业绘画的路，还要给这样的孩子更多的机会。顾盼半天没说话，最后苦笑着解释，人家城市孩子都是从小就学画的，阿梅现在都要中考了，她在班里的成绩不上不下，踮踮脚就能考上高中，松松劲就考不上，这时候老师最该做的是帮她收心，全力冲刺中考。

"可农村学生也许更需要这些课。"王沫沫极力分辩着，"艺术教育其实比主课更容易提升学生的创造力，更可以带给他们一生的快乐，就算学生们以后只能进城打工，有这样一项爱好，生活也能显得不那么辛苦。"

"道理是这个道理,可咱们也得考虑现实。现实就是农村学校的教育资源全方位匮乏,只能把有限力量集中在应付考试上。"说这番话的时候,顾盼恍然觉得时光倒流,面对的是刚参加支教的自己,自己则成了校长或付羽。

王沫沫的表情很不服气,她叉起腰:"我以后要想想办法。"

没过多久,她在教学上的问题也暴露了出来。那天顾盼还在办公室外,就听到屋里传出裴岩的声音:"你没有树立起老师的权威,下达命令不要用'可不可以'这类商量的口气,也不要总是'请',学生会不把你当回事的。"

顾盼马上明白了怎么回事,裴岩最近一直负责给王沫沫听课,显然又挑出了一大堆问题。顾盼站在办公室门口,看到王沫沫摊着双手:"我在美国时,老师就是这样对我们啊。"

"这是在中国农村。"裴岩的语气更加尖锐,"老师只要稍有松懈,课堂就会一溃千里。学生会不断试探你的底线在哪,如果一味的宽容和善,他们只会觉得你软弱可欺。岗前培训时主管没跟你说过?"

"说过,可主管也说过,没有教不会的学生,只有不会教的老师。我觉得早晚能找到方法的。"

裴岩一声嗤笑:"等见识的学生足够多,你就知道这话的真实性了。"

"沫沫,裴岩其实说得有道理,当然语气是生硬了点。"李桃在试图劝解,"我之前和你的想法是一样的,结果发现不可能……"

"可我真的不想板着脸教训人,"王沫沫抱起双臂,语气隐约有了不满,"也不喜欢被人教训。"

"那你的遭遇会很惨痛。"裴岩轻快地说出这句话。

王沫沫涨红了脸,李桃轻轻按住裴岩,示意她不要再说了,顾盼也觉得自己该插进来打圆场了,他站在门口敲敲门,故意装出公事公办的派头,"李老师,公开课准备得怎么样了?"

李桃心领神会:"裴岩,上次你跟我提的那本书,这会儿方便借我看下吗?"

裴岩带李桃离开了,办公室只剩顾盼和王沫沫,她无可奈何地耸耸肩:"好几次了。"

"别太在意裴岩的语气,多关注她的意见本身。当然我们也会劝她改改态度。"

他又劝了王沫沫几句,王沫沫不情愿地表示自己会注意。接下来的几天,学生们在王沫沫的课上越发放肆,她几乎每隔几分钟就不得不重复一句:"Be quiet, OK?"学生们往往乱糟糟答上一句"OK",然后就继续吵闹,说话声和老师的一样大,直到某节课,王沫沫忍无可忍地吼出一句:"Shut up!"才第一次震住了全班学生。

在那之后,她不得不开始按裴岩教自己的办法来管理课堂。李桃也私下告诉顾盼,裴岩抱怨过王沫沫,认为她从来都把自己的意见当耳旁风,并给出"资产阶级大小姐作风"等评价。两人相对苦笑。

他们都顾不上解决两人之间的矛盾,李桃一直在忙着准备公开课。上课那天,教室里前所未有的拥挤,到处都是听课的老师,全县所有中学都派出了教师代表,再加上沧水本校的,总人数比班里学生还多。他们先坐满了教室后排,然后是各组之间的空隙,接下来是讲台两侧,主讲的李桃只能在方寸之间艰难辗转。他们最后不得不同时打开教室的前后门,让剩下的十几人拥挤在那里。

李桃鞠躬宣布下课时,所有老师都在局长的带领下起立鼓掌。这位才毕业的支教老师带领的班级,入学时的语文成绩还是全县倒数,可不到一年就闯入了全县前十,从八年级起再没跌出过前三。如今所有人都明白,这样的成绩绝不是偶然的。

局长的午饭是和支教老师在学校食堂吃的,除了茶校长和付羽,没再让其他人陪同。他对李桃的课堂表现赞不绝口,特意问了王沫沫和杨晓婉的基本情况，为她们没能住进新宿舍楼而致歉，然后又转向顾盼："顾老师，你能多留一年，我特别高兴。"

"谢谢您。"顾盼频频点头，他真正想谢的是局长亲自发话，让自己能继续支教。

"现在你们学校有个职位，我想问你愿不愿意当。"

"您太客气了，什么职位？"

"副校长。"

当啷一声，顾盼举向嘴边的饭勺掉落桌面，其他老师也瞬间停止了说笑，顾盼表情凝固了："您不是开玩笑吧？"

局长摇头："不用管其他事，只负责教研这块，更不会占用特别多的时间。你们的教学成绩特别突出，我想向全县推广。"

"可我的资历经验……"

"教学能力强就够了。只要你肯当，支教老师做什么我们都不干涉，课外活动随便你们开展，需要什么资源我都支持。"

"那校长您……"顾盼把忐忑的目光投向茶校长。

一直没吭声的茶校长清清嗓子："局长先和我商量的，我觉得还好。"旁边的付羽也在向他悄悄点头。

顾盼又望向李桃："其实要说教学，李老师才是最强的。"

李桃淡然一笑："局长和校长最先找的我，是我推荐了你，你比我更适合。再说，班里我的工作已经够多了。"

"是要把我架到火上烤吗？"顾盼嘀咕着，环视一圈，每位队友脸上都写满了"赶快答应"四个字，他迟疑了片刻后开口，"那我试试。"

几天后，校门口宣传栏上的教师信息出现了变化。顾盼那张照片原本和队友们一起排在最底端，如今一跃排到了第一排，与茶校长、俸主任等校领导的照片摆在一起。一同下达的还有教育局的通知，顾盼成为沧水中学有史以来最年轻的副校长，这一年他刚满24岁。

茶校长本想给他安排一间独立办公室，顾盼赶忙谢绝，表示更愿意和同事们在一起办公，也强调了很多次，总算让本班的学生私下里恢复了"顾老师"的称呼。他拉着李桃和宇老师成立了工作组，重新梳理了老师们绩效工资的方案、评优的细则，又设计了各种培训教研活动，包括每月固定时间举行主题不同的分享会，各种教学竞赛、教学评比活动以及针对学校不够合理的制度和课程安排，向校长和教育局提出改进建议。

　　"顾校长"忙前忙后半个月，第一次全校教师培训开幕了，李桃成为第一期讲师，分享主题是"农村学生为什么理解力差"，她告诉老师们，农村学生身处的环境太闭塞，每天的生活千篇一律，从小就接触不到什么信息，对外部世界毫无认知，连许多对城市孩子而言的常识都不了解，课本上的知识自然更难以理解。

　　"我举个简单例子。小学语文有一篇课文，讲的是一个14岁德国女孩独自游历欧洲的故事。问题来了，德国在哪？欧洲在哪？旅游是什么？旅馆又是什么地方？那一个个欧洲地名都意味着什么？如果学生对这些完全没有概念，又怎么可能理解课文？更别提掌握了。当然，现有的教材也呈现出鲜明的'城市本位'特点，广大农村学生能否适应，教材的设计者并没有考虑到。"

　　这次培训让所有的当地老师耳目一新，他们热烈讨论了很久，培训结束时危老师还第一个跑过来，很认真地向李桃询问了不少问题，并向她借书来看。等李桃回到宿舍时，天完全黑了。

　　李桃拧亮台灯，批改起今天的作业。学生们答得都不错，连阿彪、阿飞他们都在认真答题，如果不考虑正确率的话。学生升入九年级，补习班也就此无疾而终，不过这些昔日的问题学生已开始跟上班里的进度，李桃毫不怀疑，再经过初中这最后一年，他们肯定能在中考时取得更大的进步。她又进一步想到，从开学到现在，自己和队友们各方面都很顺，简直太顺了，连王沫沫都在屡战屡败后，争取到了在学校组建乐队、合唱团和啦啦队的机会。前两年的举步维艰让自己早就习惯了随时面对各种困难和危机，如今的一帆风顺居然带来一种不真实的错觉，好像眼下只是暴风雨到来前的短暂宁静。

当然，所谓的诸事顺心也只局限在支教上。李桃强抑住心头刚翻涌上来的忐忑，手上批改得更快了。

手机响起，李桃看一眼号码就印证了心头的预感。她抓起手机，打开房门跑上天台。新宿舍什么都好，就是信号差，通话经常听不清。

她叫了男朋友一声，那边沉默了一会儿，然后才开口："李桃，我在紫竹院公园，那个湖前。"

那边陆离的声音很平静，李桃注意到他对自己称呼的变化。起风了，她用另一只手梳理被吹乱的长发。教学楼的灯火前，树木枝叶的剪影在摇曳，一如六年前的那个夜晚。上大学以后他第一次来北京找自己，在紫竹院的婆娑竹影和水面倒映的月光下，他第一次吻了自己。

"签证办下来了，机票是下个月初的。"

"那祝你顺利。"

"再回国就不知什么时候了。"

"哦。"

李桃仰起头，这是个无星也无月的夜晚，乌云在夜空中翻滚涌动。第一滴雨水落在额头，沁入骨髓的冰凉。

"这几个月咱们吵得太多也太久了，谁也没法说服谁，我不知道这样的状态还要再持续多久。其实那次访校之前，我把一切都规划好了，你一结束支教，我们就结婚，然后一起走。我去美国的分公司工作，你申请那里的学校，以后无论去哪儿，我们都再不分开。现在这些打算全落空了，咱们马上就是更远也更久的分离，我觉得自己没法再坚持下去了。"

两边继续沉默了许久。更多雨点落下，路灯下可以看到稀疏的

讲台　　379

雨线，教学楼前潮湿的水泥地倒映着灯光，树梢晃动的叶片上也是。空气中弥漫着泥土与青草的气息。

"对不起，分手吧。"

"好。"李桃用自己都没想到的平静语气回答。

她久久伫立在雨中，凝望着雨幕里的朦胧校园，雨水顺发丝从额头淌下，特意披上的厚外套也被打湿。她的神志变得恍惚，依稀又回到那片湖边的竹林，还可以说是少女的自己仰起头，闭上眼睛，长久等待。她听到他在耳畔低语，我们再等等，就可以在一起了。

几乎是同一时刻，陆离打开戒指盒，最后一次端详那枚从未真正戴上过的婚戒，夜色中钻石的细巧切面依旧在闪亮，这个品牌的钻戒，每一枚都有自己专属的编号，每个男士一生只能买一枚。那次访校，他离开前正准备为李桃戴上它，这时候她说，要再支教一年。

他把它丢进湖中，漆黑的水面荡起一丝涟漪，然后复归平静，就像一场漫长的梦终于清醒，一切了无痕迹。

昏黄的灯光下，李桃在书桌上铺开宣纸，蘸好墨汁的毛笔久久悬着，墨点滴落在纸面，窗外是雨点有节奏地敲打玻璃。笔锋落下，流淌出一个个正楷："君问归期未有期，巴山夜雨涨秋池。何当共剪西窗烛，却话巴山夜雨时。"

她一遍又一遍写着这首诗，一张又一张写满字的宣纸从桌面飘落，未干的墨迹弄脏了崭新锃亮的地板。四句诗太长了，她改为只写第一句，字体从楷书变为行书，再到自己都认不出的草书，笔杆已歪斜，笔尖在颤抖，这一定是这么多年自己最丑的字。墨汁用尽了，她蘸着清水继续写，字迹越来越浅，越来越淡，最后隐去一切色泽。最后一张宣纸了，再没有下笔的地方了，李桃丢下毛笔，把宣纸、笔筒、砚台和墨瓶统统扫落在地，然后趴上湿漉漉的桌案。墨汁像熔化的沥青那样流淌过脚边，一滴又一滴水落下，溅起细小涟漪。窗外，雨继续下。

第十八课　时光倒流

李桃从没这么失魂落魄过。

这些天谁都能看出她的不对劲。李老师明显地瘦了下去，脸色白得像她宿舍里的宣纸，也没了任何表情，目光更是望着天尽头，对学生打招呼充耳不闻，以前她可是无论多小声的招呼都能听到，并且一定会笑着回礼。

她上课还算正常，不过经常会突然中断课程，匆匆丢下句"对不起"后跑到走廊上，仿佛又回到支教之初的那段时光。学生们以为老师在哭，其实没有，她只是捂住胸口不住喘息，直到重新调匀呼吸才回到教室。顾盼曾和她提过，身体不舒服可以先歇歇，大家分掉她的语文课，她坚决不同意，说自己没事，语文课又是主课，进度绝不能落下。

每次下课铃一响，她就马上出教室，学生有问题都要写小纸条问她。教师会议上也从不主动开口，中午不去食堂，晚上独自回宿舍，对解忧盒里所有的问候和安慰一律回复"老师很好不用担心，你们要认真学习"。同事找她，经常要把话重复三四遍她才能反应过来。其他的大部分工作时间，李桃都是孤零零待在办公室，用电脑屏幕、文件柜和摞得厚厚的书、文件，共同修筑起一座"工事"，她自己藏身其间，与近在咫尺的同事们隔离出两个世界。

杨晓婉是第一个知道师姐失恋的，马上所有人都知道了。中午

讲台　381

在食堂吃饭时，她低声讲述他们分手的经过，依据是从师姐口中听到的零散信息碎片，再补缀以自己的推测，她是全校唯一一个目前还能和李桃说说闲话的人。老师们不确定这里有多少是夸大其词，不过即便缩水理解，李桃这次遭受的打击也够大了。

"那个渣男，早干吗去了？不想谈就早提分手啊，这么浪费彼此的时间很好玩是吗？"杨晓婉愤愤说着，把饭菜拨进李桃的空饭盒，还特地多夹了几块肉，"简直是要她的命。"

陈纳德望着她盖上饭盒，里面满满当当："你带的饭都赶上我一顿的量了，她吃不了那么多。"

"心里难受才得多吃，不然身体挺不住。我今天才知道，师姐都四天没吃饭了，每天光喝点酸奶。"杨晓婉把饭盒揣进帆布袋，张开遮阳伞，匆匆走向新宿舍楼。其他人彼此张望，裴岩说了句："咱们找时间看看她？"

王沫沫摇头："她不一定愿意。有人受了伤需要安慰，也有人只想自己一个人慢慢消化。别人的关心只会干扰她，让她觉得自己在接受施舍。"

他们叹息着在水龙头前洗碗，然后走向宿舍楼，刚好在楼下遇到杨晓婉出来，她沮丧地摇头："师姐连门都不开。"

"她在屋里干吗呢？"顾盼问，"号啕大哭？摔东西？让你离她远点？"

杨晓婉瞪他一眼："师姐就是隔着门说，自己现在不想吃，只想一个人静静，我又叫了半天不开门，就下来了。"杨晓婉把饭盒递给陈纳德，"老陈你吃了吧，别浪费了。"

陈纳德盯着饭盒："我是净坛使者吗？"还是接了过来。

"我刚想起来。"裴岩如梦初醒，"大前天晚上我上天台收衣服，发现李老师在楼顶上晃荡，简直像鬼魂在飘来飘去，把我吓一跳，赶紧问她没事吧，她说没事，也说想自己一个人静静。然后我就下去了。后来连着三天夜里,我都看她在天台上晃。"

所有人的脸色都变了,顾盼叫声不好,第一个冲上楼梯,王沫沫紧跟其后,然后是杨晓婉,陈纳德在后面埋怨裴岩:"你看见她,怎么不把她劝回屋啊?"裴岩满脸无辜:"我也没多想,再说也不可能整晚守着她,我的论文已经写到关键地方了。"

顾盼边爬楼边心惊肉跳。坏了坏了,太大意了,李桃以前哪次遇上事不得哭闹,这次却跟没事人一样镇定,自己还以为没什么大不了的,却没想到这种表现本来就反常,更忘了这次是因为什么。如今她是不哭不闹了,整天闭门不出,又大夜里在天台上晃,这比自己以为的还严重。她要是死活不开门怎么办?把门撞开?撬开?管后勤老师要钥匙?从天台拉根绳垂下来,跟特警似的撞碎窗户闯进去?

他正闷头策划作战计划,忽然觉得前面有人,一抬头,李桃正站在楼梯上。顾盼猛地收住脚步,后面的王沫沫、杨晓婉、陈纳德和裴岩挨个站住了。所有目光集中在李桃身上,她对他们视而不见,眼睛盯着楼梯拐角的玻璃,径自走下楼梯,虚浮的脚步让人担心她随时会踩空,然后从楼梯滚落下去。

顾盼让到一旁,看着她从自己面前走过:"你这是?"

"下午有课。"李桃头也不回,声音有如梦呓。其他老师也陆续让出了通道。

下午的语文课,172班所有学生都屏住呼吸,相处两年多,他们早就摸透了班主任的脾气,能从任何细微的动作、表情和声调中察觉出她的心情。而这几天李老师的心情简直刻在脑门上,哪怕站在讲台前不说不动,浑身也散发出一股"别惹我"的气息,所有人都清楚,语文课上最好老实点。

怕什么来什么,第一个倒霉鬼被抓到了。

"怎么又这样?"教室里回荡着李桃的冰冷声音,"同样的问题,上节课明明会答,作业也写得很好,这节课怎么反而不会了?"

阿彪低下头,没有吭声。

"阿彪我说过,你只是基础差一些,脑子其实很灵。现在补习班是停了,可你已经学会了主动学习,我不希望你半途而废。这周你的状态一直很反常,到底怎么回事?"这段话李桃说得急了些,呼吸变得短促,嗓音也越发颤抖。

阿彪保持着沉默。

李桃捂住胸口:"老师在问你话。"

"老师,对不起。"阿彪含糊吐出这几个字。

李桃抬手指着学生:"老师不需要你道歉,只希望看到你的实际行动。"

教室里腾起雾气,除了学生的目光依旧清晰,那是一种不约而同的惊恐眼神。李桃不明白这是怎么回事,迈出一步试图重新支撑自己:"下课后,跟老师,去,办公室。"

头顶在旋转,心脏仿佛要跳出胸膛,两条腿仿佛正在融化,李桃另一只手痉挛着想扶住讲台,抓了几次都没能抓住,教室后排的黑板和墙壁躺倒下来,天花板的吊灯突然直立在眼前,然后她就好像陷入黑暗,极夜般永恒的黑暗。

教室里站起一片,惊呼声此起彼伏,所有学生都看到李老师的身体向后仰去,后脑撞上黑板,然后滑落在讲台背后。

"混蛋,又惹李老师生气了?"顾盼咬牙切齿地骂道,不由分说拉起李桃的胳膊。阿彪望着顾老师背着李老师远去的身影,呆在原地。

宇老师张罗着让保安大叔打开校门,陈纳德已把车开过来,引擎在轰鸣。李桃垂下的长发被汗水粘在顾盼的脸庞和脖颈,痒得难受。她不是挺瘦的吗,怎么死沉死沉的?顾盼心里不住地想。最后这几十步路怎么这么远，每迈出一步都好像要耗尽全身的力气。顾盼气喘吁吁挪动着双腿，生怕腿一软，连自己带李桃都摔倒在地。

"我来。"还剩最后十几步的时候，王沫沫接替了他，背起李桃，两条长腿快步迈向敞开的车门，顾盼擦把汗，和杨晓婉跟了上去。

"低血糖我懂，不过这个室上性，心动过速？"裴岩眯着眼，在灯光下看诊断单。

"我也说不清，大概就是心情抑郁加过度劳累导致的。在医院做了心电图，打吊瓶输了500毫升葡萄糖，缓过来了。"坐在沙发上的陈纳德打开中午的那盒饭，它刚被重新加热过，"医生说她那个病和体质有关，搞不好是先天性的。"他埋头狼吞虎咽。

"天生的？"裴岩发出尖叫，陈纳德吓得一哆嗦，饭盒差点掉地上，"不会是不治之症吧？跟韩剧那样？"

王沫沫把手指竖在嘴边，示意她别吵："没那么夸张，平时注意就可以了。"李桃卧室的门开了，杨晓婉把顾盼推出来："你个大男生没事往女生卧室瞎钻什么？出去出去。"顾盼还在辩解："我是校长，我在关心同事。"杨晓婉在他面前撞上门。

他把耳朵贴在门上，继续听里面的动静，娟姐在说话："……真正好的感情应该是你俩一起成长，成为同样的人。现在你们毕竟分开太久，都有了自己的人生道路，为了在一起而强求任何一方放弃自己那条路，都是不公平的。就好像当年的小学同学，同窗的时光是宝贵，可大家总不能永远活在小学时。我当初为什么跟着付羽来这里？就是在担心这种可能……"话语间夹杂着杨晓婉的啜泣和反反复复的念叨："师姐你别这样。"李桃自始至终没出声。

娟姐又安慰了几句，嘱咐杨晓婉照顾好李桃，起身走向门口。顾盼闪到一旁，房门打开，他偷偷往里看，李桃坐在床上，形容憔悴。

娟姐从身后带上房门："这几天你们多盯着点，她身体好调理，

讲台 385

关键是这里。"指了指心口,"另外,她不想告诉家里,这事暂时保密。我过两天再来。"她向宿舍门口走去,一直坐在沙发上没吭声的付羽站起身,老师们把他俩送出门外。

医生嘱咐李桃至少要休养一周。老师们本打算轮流看护她,课程实在安排不开,杨晓婉又强调师姐爱静。人多了嫌烦,更不愿这样兴师动众麻烦别人,有自己陪着足够了,他们只好退而求其次,和字老师等当地老师共同分掉了李桃的课,轮流给她打饭、送饭再借机探望,和她说话,严格来说是"对她"说话:给她分享最近的教学进度、学生的进步和新惹的事,更有学校里的新鲜事。

王沫沫在这方面说得最多,合唱团已经成立,反响出乎意料的好,反复筛选下仍然招了四十多个学生,节奏感、音准和音色都属上乘。啦啦队也招到了一批女生,那个叫阿秀的女孩不仅长得漂亮,协调性还特别出色,自己在考虑让她当队长。只有乐队进展慢些,没几个学生有基础,不过来日方长。广播站也开张了,设备老旧不过是现成的,由杨晓婉负责培训播音员,陈纳德抽空做指导。为了上好地理课,自己还向以前的同学征集世界各地的明信片,反响很热烈,这些天正在陆续寄到。

无论他们说什么,李桃都安静听着,飘忽的眼神、木然的表情表明什么都没听进去。茶校长、俸主任他们也来看望,局长还亲自给她打电话慰问,李桃嘴上说着感谢的话语,却同样是这样的眼神和表情。据杨晓婉报告,没有来客的时候,她大多在昏睡,有时醒了会坐起来,在被子上摊开一本书,好久也不翻一页;或是戴着耳机,翻来覆去听那几首老歌;要么就是怔怔望着窗外。其他方面倒都还好,什么都能自理,也没再张罗要上天台,杨晓婉说是看护,其实只是守在她身旁以防万一。

大家都觉得,这一周过得比一学期都漫长。顾盼每天都要应付无数遍学生们"李老师好些没有"的问候,以及"顾老师你为什么不去陪她,这是你趁虚而入的最好机会"之类的问题,一遍又一遍打消他们想去探视的愿望。

这个傍晚轮到他带饭,杨晓婉在客厅里低声交代几句,然后就匆匆出了门,再晚食堂该没饭了。顾盼把这几天学生的作文、周记、小纸条放在床头,看着李桃一下下用勺子挖着米饭,漫不经心填进嘴里,嚼一会儿停一会儿发愣,然后艰难咽下去,好像吞掉的是锯末。饭盒里只装了一小半饭菜,再多李桃就吃不下了,即便如此,她也吃了足足一刻钟。吃完后抬头观望,顾盼起身把床头柜上的水杯递过去,趁她喝水的工夫仔细观察她的侧脸,长发好几天没洗有些油腻,目光依旧涣散,好在脸色已不那么苍白。

他向她问长问短,从身体到心情再到生活,也小心回避与分手相关的话题,李桃用点头和摇头来回答,也有两次有气无力地回答了"是"和"不是",这让顾盼看到了希望。他讲起白天自己给李桃代的作文课,题目是《假如我有超能力》,作文还没有全批改完,但目前看到的内容已足够丰富精彩,阿辰又是最高分,他希望有抹掉自己记忆的能力。说到这里,顾盼注意到李桃的眼珠转了一下。

"让你来写这篇作文,你会写什么?"他认真地问。

没有回答。

"好吧,我自己平时挺爱这么瞎想的,最喜欢幻想拥有各种毁天灭地的力量,就跟美漫、日漫里的那些角色似的,抬手就能毁掉一个星系那种;也幻想过《冰与火之歌》里那个绿先知视野,既能看到整个宇宙的每个角落,也能看到过去、现在和将来。你最需要哪种呢?"

"我想让时光倒流。"李桃低声说。

顾盼闭上了嘴。窗外树影斑驳,树叶在微风中颤动,操场上学生们在吵闹,喇叭里传出悠扬的乐声,以及学生播音员的稚嫩嗓音。顾盼像寻觅救命稻草那样四处张望,最后看到李桃的书柜里摆着一只玻璃瓶，里面装满了千纸鹤，那是学生们折给她的。

　　他指着那只玻璃瓶："你是个旅行者，这天在沙漠里发现了这样一只瓶子。你打开瓶塞，我从里面爬出来了，我很感激你让我恢复自由，现在可以满足你三个愿望。你会让我做哪三件事？第一件？"

　　李桃把脸转向窗外的晚霞："从我眼前消失。"

　　顾盼一愣，悻悻站起身，从桌上拾起李桃的饭盒，准备拿去洗。他正要推开门，身后又响起李桃的声音："回来。"

　　顾盼又折回来，重新坐在她床边。

　　"别再说话了，让我静静。三个愿望完了。"

　　杨晓婉气喘吁吁地爬上楼梯，没想到自己耽搁到这时，天全黑了。她吃完饭正要回来，喇叭突然没了声音，她赶忙跑过去检查设备故障，没查出怎么回事，又叫来陈纳德，一起折腾了快一个小时才修好。她连忙回来看看师姐怎样了。

　　她惴惴不安地推开黑暗中的房门，看到卧室里亮着灯，师姐正坐在床上批改作业，改好的作文本摞在床头，顾盼在客厅背对着她，手捧教案小声备课。杨晓婉有点犹豫，是不是要立刻进去。

　　学生们总算获准来探望老师了。不只是172班，其他班、其他年级的学生，李桃教过的学生，没教过只是认识的学生，统统都来了。他们共同带来一台联欢会，也许称为堂会更合适，观众只有老师一个人。李桃穿着睡衣披着外套，坐在沙发上看学生们流水般地登台、表演、谢幕。宿舍本来就不大，即便把家具都搬到墙根和卧室，空间依旧有限。而来的人又太多，学生只能分批进老师的宿舍，前一个节目演着，后一个节目的演员候在门外，再下一个节目的演员则排到楼道里，就这样从四楼一直排到一楼。杨晓婉则负责演员们的统筹。

阿雯担任主持，每次读完串场词就坐回老师身边。大部分节目是唱歌，学生们大多不敢直视老师，只是低头紧盯手中的歌词本，阿梅居然也在其间，她努力挺直身体，仰头闭眼自顾自地唱，有时忘了词，才会不知所措地睁眼看看同伴，不好意思地向老师笑笑。王沫沫在旁边弹吉他伴奏，也跟着轻声哼唱，没有刻意纠正她们的姿态。其他节目包括阿利和两个男生表演了小品，阿敏用含混不清的声音背诵了一首首唐诗，阿飞带来了一段动作僵硬的街舞。

每个节目演完，围观的学生们都会鼓掌喝彩，演员们则少不了祝福老师早日康复，有的还会递上贺卡、手工和绘画。顾盼俯身对她低语："这些节目，还有串词、道具、伴奏音乐什么的，全是学生自己准备的。"

李桃低下头："都九年级了，小心影响学习。"

"只排练了不到两天，两个中午加一个晚上。学生们自己有分寸。"

李桃不再说话。顾盼有些五味杂陈，整个联欢会过程中，她都表现得很积极，含笑看着学生们的节目，和大家一起鼓掌，收下礼物并致谢，鼓励学生们继续努力。可顾盼能感到，这些表现更多是出于欣慰甚至礼貌，李桃真正开心时不是这样的。学生们的节目不能说毫无效果，但要说让李桃彻底振作，也不现实。

联欢会的最后，大部分学生都走了，其他老师也走了，只有阿雯等五六个女生陪老师叽叽喳喳说着班里的动向，阿亮是在场的唯一男生，顾盼向他使了个眼色，他蹑手蹑脚出了房间，片刻后提着书包回来了："李老师，班里同学想送您件礼物。"李桃注意到女生们在彼此交换眼神，紧张盯着自己的反应。

阿亮把书包的拉链拉开一点，李桃最先看到一只亮晶晶的小圆眼睛，紧接着钻出一个小脑袋、一只小肉爪，一团毛茸茸的小球整个滚了出来，像变戏法一样舒展开身体，女生们发出欣喜的叫声，那是一只刚断奶的小三花猫。它好奇地打量四周，发出细微的叫声。

李桃哑然失笑，双手捧起小猫，轻抚它的毛发，认出这是一只小母猫。阿亮说这是自家猫生下的，已经可以吃猫粮了。顾盼插嘴说，这回你宿舍可不怕老鼠了。其他学生轮流抱猫，七嘴八舌讨论该给它起什么名字，最后按顾盼的主张，小猫被命名为桃白白，依据是从猫嘴延伸到肚皮的一片白。

临近熄灯了，女生们恋恋不舍地告别老师，桃白白跑了一圈也累了，在李桃手上蜷成温软的一团。李桃把小猫轻轻放到床上，伸手抚摸了好久，才恋恋不舍把它交给顾盼带回去。他怕小猫吵闹打扰李桃休息，暂时先收养几天。桃白白的猫窝、猫砂也都在他那里。

"谢谢你，顾盼。"

抱着猫站在门口的顾盼回过头，李桃的目光很认真。

"好好休养，明天我再把桃白白带过来，等你恢复了，就给你养。"

"我知道你特别用心，特别想让我开心，我真的很感谢也很感动。"她顿了一下，自嘲地笑笑，"曾经有人许诺，要和我一起养一只猫的。"

顾盼抱着猫转过身："我听过一个说法。心里有伤，你假装不理它，它老也好不了，总会折磨你。还是得正视它，得说出自己的痛苦，不管是对谁，说就比不说好。说的时候你可能心里又难受一回，但说完了就会好得更快。我虽然没遇到过这种情况，但觉得有道理，长痛不如短痛。你要是愿意……"

李桃露出了疲惫的笑容："大家都那么忙，真的不要再为我花心思，让我自己消化吧。"

顾盼抱着猫出了李桃的宿舍，反手关上房门。在黑暗中走下楼梯时，他的心也跟着沉了下去。怀里的桃白白还在沉睡，发出轻微的呼噜，顾盼揉了揉它的脑袋："还是你这样没心没肺的好。"

"还想问情史,你也太八卦了。"王沫沫蹲在地上逗弄桃白白,轻哼着 Soft Kitty 的调子,小猫好几次不耐烦想爬开,刚跑出几步就被她捉回来:"别看你俩一起支教了两年,有些事你还是不了解她。"

"我觉得自己是黔驴技穷了。对她是,对它也是。"顾盼用下巴指了指桃白白。他这两天被猫搅得焦头烂额,桃白白在房间里随地大小便,在沙发上磨爪子,先后啃断了鼠标线、耳机线、数据线,每晚关起来后至少要叫上一个小时,凌晨不到五点又开始叫,不到开门不肯罢休。

"要有耐心。你们班那么多难搞的学生,你最后都搞定了,何况她呢?"

"所以怎么办?"

"不用管。她都说了,她不需要同情和照顾。"王沫沫抱起桃白白,小猫试图咬她的手,她作势拍猫鼻子,桃白白赶忙紧闭双眼竖起耳朵,不敢再咬。

"女生不都是喜欢被照顾吗?"顾盼望着桃白白发愣。

"你才认识几个女生?你教育学生时,经常让他们站在别人的角度考虑,现在也一样。假如你是她,你会喜欢别人凡事都不由分说替你做了,还自以为是为你好吗?我就不喜欢这样,所有的付出潜意识里都是期待回报的,所以我总会觉得欠人家的。李桃那么要强,肯定也这样想。"

"可我是男生,她是女生啊。"

"无论男人还是女人,首先都是人,人性是相通的。所以不要总拿自己当英雄,把她当成等自己去救的花瓶女主角。这样反而是在告诉她,你认为她生来就比自己弱。"

"那我——那咱们,该怎么办?"

"顺其自然。李桃比你以为的坚强得多,两年支教都熬下来了,

讲台　391

现在也没问题的。"王沫沫轻揉着猫耳朵,桃白白满意地蜷成一团,打起呼噜。过了一会儿她站起身:"该我的课了,还不知裴岩又会挑我什么毛病。"她一声长叹。

李桃终于再次出现在校园里,这成了沧水中学不大不小的一件新闻。学生们争先恐后问候老师,老师也逐一还礼。中午和晚上的自由时间,她站在秋日的艳阳下望着校园,觉得自己才几天没出现,已有些认不出学校了。图书室里拉起三五条十几米长的绳子,分类挂满了明信片,如同五彩经幡一般琳琅满目。还有个区域挂的是各色剪纸,居然是宇老师带学生剪的。广播站里播出学生们自己写的散文和微小说。音乐教室飘出合唱团的歌声、乐队的伴奏。校足球队穿着统一队服在跑圈和训练,旁边是啦啦队的女生们在跳舞彩排,她们也是最能吸引目光的。

当天晚上,操场上竖起宽大的幕布,七、八年级的学生们搬着板凳,在晚风、虫鸣中看着电影《放牛班的春天》。不光是学生,不少镇上的居民也专程骑摩托赶过来,把车停在大敞的校门外,上年纪的老人提着布袋,推着小车,年轻母亲把褓褓中的孩子绑在背上,大一点的装在筐里,再大的牵在手上,有非主流打扮的年轻人在举着手机做直播,保安大叔溜达过去要求他们不要吵。

"片子都是我选的,家庭、教育、青春、社会题材为主。最初只在各班放,学生反响特别热烈,所以扩展到全校了。受益的不只是学生,还有他们。"投影仪前的顾盼把手指向那些村民。

"付羽觉得这个项目成本低,效果好,任何一所农村学校都能搞,他准备向其他支教学校推广。看过《天堂电影院》吧?在那个小镇,电影院就是全镇的文化中心,农村学校也应该有这样的地位。咱们不光是要影响本校的学生,还应该让整个村镇也慢慢接受新的文化。"

"这样挺好的。"李桃说,仍然是顾盼熟悉的那副心不在焉的神情,"我先回宿舍了。"顾盼望着她的背影像孤魂一样没入黑暗,知道李桃身体已恢复,精神却还没有。他重新望向银幕,电影中马修老师已被院长解聘,他从教室窗下经过时,学生们唱着歌从窗口丢出纸飞机为他送行。

李桃快步走向宿舍楼,她急着回去见桃白白。小猫这两天已经搬进自己的宿舍,一人一猫仿佛室友那样偶有交集又互不干扰,对眼下的李桃来说,这是最理想的状态,桃白白也成了自己在这所学校里唯一的牵挂。

快要到新宿舍楼时,李桃收住脚步,一个熟悉的身影守在楼门口,让她大为意外:"阿彪,有事吗?"

阿彪低着头,他现在的个子比李桃还高一点:"李老师,那次……对不起。"

李桃回忆了好久才反应过来是哪次:"那次老师晕倒和你没关系,千万别给自己压力,知道继续努力就好了。"她觉得自己的脑子越来越木了。

"那次联欢会我没去,那时我还没练会节目,现在练好了,补给李老师。"

李桃有些不知所措:"现在?"

阿彪把手伸到背后,李桃这才发现他背着吉他,应该是向王沫沫借的,看来阿彪加入了校乐队。她暗自有些不快,学生们参加课外项目的前提是要保证学习,一旦成绩下滑就不允许再参加,阿彪的成绩虽有起色却依旧差得远,再参加乐队还有心思学习吗?

吉他伴随着沙哑歌声打断了她的思绪:"我听到传来的谁的声音,像那梦里呜咽中的小河……"阿彪的嗓音实在难称动听,既粗糙又跑调,声音小得听不清歌词,只有吉他弹得还不错,短短十来天就能从零基础弹成这样,王沫沫招他进乐队果然有道理。

李桃认真听他唱完整首歌，照例表达了谢意，告诫他不要因此影响学习。阿彪沉默着听完，向她鞠躬："我走了，李老师再见。"走出几步后再度转身鞠躬，"李老师，再见了。"李桃没有多想，匆匆上楼，房门刚打开一道缝就听到黑暗中响起喵喵声，桃白白又饿了。

这一夜她又是在半梦半醒中度过的，和近来每个夜晚一样，满头大汗，浑身冷战，泪水一次次打湿枕头，痛苦还没有过去，她怀疑也许永远不会过去。厨房里不断传来桃白白的叫声，更添了烦躁。她睁开眼睛瞪着黑暗的天花板，整个后半夜，脑海中都回荡着阿彪的那句"李老师，再见了"。

天亮时她走进172班，发现阿彪的座位空了。

宿舍没人，学校里找不到，镇上同样找不到。她给阿彪的父亲打电话，手机关机。昨晚最后一次看到阿彪的老师是王沫沫，阿彪敲开她的房门，把吉他双手奉上，同样说了句："王老师，再见了。"他宿舍的铺位现在只剩一张光秃秃的床板。顾盼问同屋的几个男生，他们支支吾吾半天，最后是阿飞冒出一句："阿彪让我们保密。"

顾盼向陈纳德借来了车，王沫沫也想跟着去，顾盼摇头，大家都够忙了，别去太多人。他坐进车里，把钥匙插进锁孔，上学期自己就把驾驶证带过来，有空就借陈纳德的车开，这学期王沫沫也不时给自己当陪练，驾驶水平已非吴下阿蒙。

轿车缓缓启动，顾盼暗自叹息。又来了，这学生是不是彻底没救了？两年多了，自己以为在他身上花的心思够多了，也该看到成效了，不料到头来还这样。一种想放弃的冲动涌上心头，他真有点不想管阿彪了。

轿车在校门口停下，顾盼惊讶地望着那个熟悉的身影走向自己，径自拉开车门坐进来："开车吧。"

"你是不是有课……"

"开车吧。"李桃直盯着前方。

他们在阿彪家照旧一无所获。阿彪家的大门紧锁，空无一人，阿彪不在，他父亲同样不在。两个人最后在山下的小学找到了阿彪的妹妹。孩子把他们带到一处新堆起的土丘前，顾盼盯住坟前那张黑白照片，认出是自己和李桃寒假家访时，顺手给阿彪父亲照的，这成了他留在世上唯一的一张照片。

"爸爸是……怎么没的？"

"病越来越重，又不肯去治，就这么在家拖着，拖不起了。"

"为什么不去医院？没钱？你家不是有助学补助吗？"

"爸爸说，反正自己的病也治不好了，以后还会一直花钱，花好多钱，何必呢。"女孩神情平静，仿佛死去的只是一位普通的邻居。

"什么时候的事？"

"半个月前，国庆放假那些天。"

"哥哥进城去了？是去找表哥？"

女孩点点头，又摇头："表哥早就进监狱了。哥哥进城是去卖工。"

"你要有事找哥哥怎么办？"

"哥哥说，他会找我。"

"家里的地怎么办？"

"包给邻居种了。"

"家里只有你一个人，他能放心？"李桃问。

妹妹仰起小脸："我能照顾好自己。老师别走了，住我家吧，晚上给你们烧饭。"

李桃叹了口气，把她紧紧拥进怀里："老师以后会常来看你。"孩子憨憨地望着老师。

这注定是失败的一天。拉开车门时，顾盼心里在隐隐后悔，这些天自己除了日常教学，精力都放在李桃身上，多少忽视了学生们，

讲台　395

没想到阿彪家出了这么大的事。可话又说回来，他居然对老师们守口如瓶，连丧事都是趁放假悄悄办的，可见两年多了还是不肯信任自己。至少今天是不可能找到阿彪了，日头已偏西，他们至少要再开两三个小时才能赶到县城，赶到市里需要同样长的时间，更要命的是，就算赶到又怎样？172班所有的学生都不管了，只找这一个学生？

他正要发动车，李桃递给他一张小纸条："今早我在解忧盒里发现的。"顾盼认出是阿彪的字迹，反复看了三遍才认出全部内容："李老师，对不起，我不读书了。爸爸没了，我必须撑起这个家。我没脸向你道别，但不会忘记你和顾老师他们对我的关心，还有对我说过的话，讲过的道理。以后有了孩子，我一定会教育他好好学习，我已经明白，读书是有用的。"

"还有，这是他上次的作文，我刚批改到的。"

顾盼又接过一本破破烂烂的作文本，翻到最后一页："假如我有超能力，我希望能回到过去。那时妹妹还小，妈妈还在家里，爸爸没得病，酒喝得少，脾气也没那么坏。我有阿飞那些兄弟，还有阿彩。我的人生还能重来，我可以不再打架、逃学、欺负同学，我可以听老师的话，认真读书，考高中、考大学。我知道这些都只是幻想，我永远也回不到过去，但我还能把握将来。"

顾盼久久看着他最后的只言片语，把作文本还给李桃，发动了汽车。

"我才意识到，咱们的心血没有白费。"李桃轻声说，他们一起踏上归途，"以前我觉得，应该让尽量多的学生都考上大学、改变命运，现实却告诉我这不可能，这让我一直很困扰，后来看到学生们的表现，我才慢慢不再怀疑自己支教有没有用。

"像阿彪这样的孩子，他是考不上大学，可我们至少让他懂得了分辨是非，让他重新走上正路。以后有了自己的孩子，他还可以是个更好的父母，给他的孩子提供更好的家庭教育。咱们不光是在教一个学生，也是在教一个未来的父亲。他们在一点点，甚至一代代地改变着。"

顾盼有些意外地瞥了李桃一眼，这几乎是这么多天以来，她第一次主动说出这么多话。他握紧方向盘，盯住前方的山路："现在就这么断言，是不是早了点？阿彪以后的人生会怎么样？还是一辈子打工？"

"可这世上本来绝大多数人都是平凡的，很少有人能真正取得成功。但所有人都可以追求自己眼中的快乐与幸福，内心的感受并不一定非要用外部的标准来衡量。"

"你我都有资格这么说，因为我们都有退路。可学生们呢？"顾盼盯着前面的山路，"拿阿彪来说，卖工那点收入够干什么的？有女生愿意跟他吗？想结婚，钱从哪来？买得起房吗？养得起孩子吗？年纪大了干不动体力活怎么办？突然得了大病，没钱治怎么办？像他爸爸那样等死？现实艰难，才更应该拼尽全力去改变。只有没办法改变时，才能拿追求内心的幸福快乐之类当托词。"

他望着盘旋的山路叹了口气："我管不了所有学生，但172班的学生，我必须尽全力帮他们考上高中。"

"这不矛盾。我们既要尽力去追求那些可以改变的，也要去接受那些无法改变的，还要搞清楚，哪些可以改变哪些又不能。所以顾盼，咱们也许都对，又也许都不对，但现在是争不出结果的，只有很久以后才能等到答案。"

"会是什么时候？"

"等咱们的学生都长大的时候。"

李桃说完这句便不再吭声，顾盼也知趣地闭上嘴，打开车载音响。车窗外，夕阳的余晖给脚下山谷中的林木披上一层金纱。

归途中有一段路在施工，狭窄的路面使车流格外缓慢，中途还堵了一段。顾盼紧盯前面，伸手准备换挡，忽然感到手心里温软滑腻，他一个激灵，才发现碰到的是李桃的手。可她没有动静，已经头靠车窗睡着了。一头长发披散下来，面容沉静如大理石雕像，长长的睫毛偶尔颤动，好像一对黑蝶在并拢翅膀。顾盼回忆起当年刚和她认识不久，一同去猴子家送猫归来的情形，不由得感慨万千，脱掉外套想帮她披在身上，李桃却醒了，揉揉眼睛："到哪了？"顾盼换好挡，开得更加小心。

李桃又去了班里，学生们正在上晚自习。顾盼停好车，拖着疲惫的身躯走向宿舍楼。突然远处有人在叫自己，王沫沫快步跑过来："怎么样，阿彪找回来了吗？"

顾盼身心俱疲地摇头："又一个辍学的。"

王沫沫的神色变得黯淡，但马上恢复了轻快的嗓音："你俩都还没吃饭吧？我正在炖汤，一会儿给你们送过去？"

"谢谢，我什么都不想吃。"

顾盼一头栽倒在床上，衣服都没脱就在灯光下打起瞌睡，半小时后重新醒过来，觉得精神振奋了些，习惯性地瞄一眼手机微信，突然一轱辘爬起，蹿上天台。

"好些天没来这里了，晓婉一直不让。"李桃披着外套坐在天台上，椅子是顾盼为她搬上来的，他也有椅子但是没坐，一直站在她身旁，听她自顾自地说着，"我明白你在怕什么，其实，最痛苦的时候过去了。"

顾盼仔细观察她的神情，确实平静了很多。

"今天阿彪的事对我触动很大。我才意识到，比起学生们，我其实已经拥有了太多太多。他们都还是孩子，已经承担起生活的重担，经历过那么多苦难，以后还要经历更多。在他们面前，我没资格沉浸在自己那点痛苦中。

"更重要的是，他们让我明白，这个世界太广阔了，人们会有无数种生活方式，有的是我无法想象、无法理解和无法接受的，反过来，我选择的道路同样不能指望所有人认同。还是我刚才说的，对那些无法改变的，我只能去接受，而不必永远耿耿于怀。"

李桃仰起头，顾盼看到她的双眸倒映着星光。他举起双手正准备鼓掌，她突然没头没脑地冒出一句："我和他是高中同学。"

顾盼的双手停在半空。李桃从不主动提起男朋友，他更是从来不问，除了上次的试探。在这个话题上，两人好像互有默契般共同回避，顾盼觉得这种掩耳盗铃能让它凭空消失，至少是一阵子。

"你也见到了，他各方面都很优秀，其实他高中时已经是这样了。"顾盼不知道她是在说给自己听，还是在自言自语，"开学第一天起，班里的女生就在私下谈论他，我从不八卦，也经常忍不住偷偷看他。可我不敢接近他，我宁可去跑个八百米，也不愿和他说一句话，总觉得自己不够好，比他差得太多。"

她注意到顾盼目光中的诧异："是真的，从小到大，我从没觉得自己多优秀，直到上大学也是。我见识过太多远比我强的人，比起人家我根本不算什么。而那时他在我眼里就是这样的人。我呢，不丑，但不会打扮，不会穿衣服，一天到晚不说话，连个笑话都不会讲，身体又弱，就连以前最引以为傲的学习，上高中后都没那么显眼了。我觉得他肯定不会注意到我，结果我错了。

"第一个新年大家要互赠贺卡，我翻遍了学校超市的所有货架，才挑出自己最满意的一张，然后一口气买了十几张，每张用毛笔抄上同一首诗，《诗经》里的那首《淇奥》：有匪君子，如切如磋，如琢如磨。再从这十几张里挑出自己觉得字最好看的一张，趁他不在，周围也没人时放在他桌上。我没指望他有回应，所以故意没写自己的名字，甚至宁可他看不懂这诗。没想到那天放学，幸福突然降临了，他在走廊里还了我一张贺卡，上面抄的是一首《蒹葭》。

那张贺卡,连同我没有送他的那十几张,至今我还留着,每次提起这事他都要笑我。"

顾盼静静听着,发现自己一点也不嫉妒,李桃的话语也勾起他少年时期的诸多记忆。

"后面的故事就简单了,无非是小孩子过家家。他很照顾我,那时候都住校,我很贪睡,直到早自习前一刻才匆匆坐到座位上,然后总能在桌洞里发现他买给我的早餐,每节体育课之后又能看到一瓶饮料。做这些我们很小心,他打球的时候全班女生都为他加油,只有我是躲得远远地看着,而他也是整整一年后才敢拉我的手。

"他第一次骑车带我是个暮春的下午,阳光从梧桐树的枝叶间漏下来,叶子是半透明的,草坪刚被水管浇灌过,草叶上留着晶亮的水珠,爬墙虎布满了大半面红砖墙,好像能用肉眼可见的速度长到盖住整面墙。那一刻我突然明白了为什么要叫'青春',至今我都最喜欢青绿色。我不敢碰他的腰,还做好被人发现后随时跳下车的准备,可是空气中弥漫着花香,我大口吸着,活了十几年头一次想大喊大叫,私奔大概就是这种心情。

"当然,这样的时刻实在太少了,正因为少,我才能记得那么清楚。学校对所谓的早恋抓得特别严,幸亏班主任还算开明,我俩是为数不多被她默许的一对,因为成绩都在全年级前列。他还带我跑步,这个习惯我一直坚持到现在。总之在一个小姑娘的眼里,这就是完美的爱情,我恨不能这辈子都不毕业,永远坐在他自行车的后座。

"可高考到底还是来了,那是我不想再提的一段回忆,我严重发挥失常,报到上海的前两个志愿都落空了,鬼使神差地被第三志愿录取,也就是咱们学校。我当然很受打击,他更觉得抱歉,大一的国庆节就赶紧跑来找我,我很心疼他,觉得两个人分开是自己的错。异地恋开始了,他还是很疼我,每天和我通电话,和我分享各种趣事、段子,拍下好吃的馋我,新年、生日这些日子他却很花心思地准备礼物，稍长些的节假日都要来北京。

"有一年暑假他出国玩，为给我选礼物，先在网上选好式样，然后在当地一家店一家店地找，自由活动时间用完了还没找到，索性连景点都不去了。回来后他把礼物送给我，这是我的第一件首饰，从此除了睡觉都会戴着它。有一次梦见自己忽然找不到它了，我哭着醒过来，在黑暗中摸索，直到摸到它才重新安下心来。"

李桃停下来喘口气，顾盼望着她脖颈上的水晶挂坠。

"他的付出远比我要多，反倒是我对他没那么上心。大学那几年，我把每天的生活排得满满的，也取得了一点成绩。身边同学对我各种羡慕崇拜，追我的男生也确实不少，可这反而让我感到困扰。我去努力学习只是在向自己的目标前进，也因为我习惯这样；去参加各种课外活动和公益项目则是因为我喜欢，这些都不是为了引起别人的注意。我不愿意活在别人的目光里，只希望一个人安安静静做喜欢做的事，和喜欢的人在一起。可这两个愿望都没法实现，我既没法摆脱别人的眼光，也没法和他在一起，我俩的距离到底还是一点点拉开。

"如今想起来，其实分歧那时已经有了，只是我们都选择性地忽视，都以为这是无关紧要的细节，互相忍让一下就过去了。每次我很兴奋地讲做公益时的种种趣事，他只是微笑着不说话。每年暑假我都去短期支教，他从没去过，都是留在城市找公司实习，还希望我也跟着去。我把那个稻草人的故事讲给他，他听得很认真，也跟着叹息，最后安慰我说，这个社会就是这个样子，总会有人落在金字塔的底层，我们能做的只有努力往塔尖攀爬。当我第一次告诉他，想去长期支教时，他以为我只是说说而已，直到发现我是认真的才有了不满，那也是我第一次坚决反抗他的意见，我们第一次有了争吵。

"临近毕业的时候，分歧已经没法调和，我们也冷战了很久，

讲台　401

我甚至鼓起勇气,主动向他提出了分手,结果他又跑到北京来找我,表示支持我的选择,他可以等。我一下心软了,所有的坚持都瞬间崩溃,这段感情又延续了两年。两年来他确实支持了我很多,咱们的奖学金就是他帮忙联系的,还有调研活动的经费。罗总他们公司能成为微光的理事,他其实起了不小作用。可如今我才明白,他做这一切并不是因为认可咱们的支教,仅仅是为了我。

"那次访校过后,因为我想延长一年支教,我们翻来覆去地吵,每次吵完他都主动认错,各种哄我。我俩一起度过的最后的暑假,他带我回家,他的父母把我当成未来的儿媳,做了满满一桌菜,送了我一对耳环,还委婉地问我,什么时候去向我家提亲合适。他也很开心地讲起对未来的各种规划,表示再异地一年也没关系,公司想派他常驻国外,他不去了,准备在北京买房。那一刻我对他全家既感动又愧疚,还有一丝模模糊糊的恐惧,愧疚是因为他真的为我付出了太多又放弃了太多;恐惧则是,他越这样我越怕辜负他、让他和他父母失望伤心。可他规划的那种生活,那种外人眼里完美幸福的生活,我并不觉得有多吸引我。我一遍遍问自己,如果真的嫁给他,过上那种生活,我会从此快乐吗?万一后悔了怎么办?会不会伤他更深?也是在那时我突然醒悟,能冒出这种疑问,答案已经呼之欲出了。结果那次去他家吃饭,反而成了我们关系的终结。后来的事,你也知道了。"

李桃发出一声低低的叹息,顾盼没立即吭声,这应该是她对自己说的最多,自己又说的最少的一次对话。李桃似乎恢复了一点精神,重又开口:"你想去支教时曾对我说,自己也许不知道想要什么,但至少知道不想要什么。其实我也是。至今我也不敢确定选择支教是否正确,但至少,这遵从我的本心。"

顾盼想了想:"你挺缺爱的。"

李桃盯住他,不明白这是什么意思。

"我是说，你挺缺自己真正需要的那种爱。"顾盼把椅子拉过来，坐在她身旁，"表面看是他一再为你付出，而且他能做到这份上确实不容易，我反正做不到。可问题是，这种付出只停留在表层，就跟你养桃白白一样，保证它随时有猫粮、水和干净的猫砂，睡觉有猫窝，高兴了陪它玩一玩，没了。你不是小猫小狗，你有自己的精神追求，所以你并不那么需要这种层次的付出，反倒因此觉得对他亏欠太多，从而心甘情愿把自己摆在一个卑微的位置，然后就是没完没了的自寻烦恼。"

李桃静静听着，目光中满是迷茫："好像还真是这样。"

"随口胡诌的，别在意。"

"你也有过这样的感情经历？"

"有啊，不过是和我爸妈。我早就在琢磨自己和他们的关系。他们是很爱我，很在乎我，却从没试图理解过我，也从不在意我的想法，只会在生活上关照我。可还是那句话，我不是小猫小狗也不是三岁小孩，我早就不再需要这些自以为对我的好了。把我代入你，把我爸妈代入他，关系就完全一样了。"

李桃好久没再说话。

王沫沫双手端着灼热的汤锅，小心翼翼走在黑暗的楼道里。刚才敲顾盼的房门没有回答，门缝中却透出灯光。她又爬上四楼，只听到桃白白在门背后叫个不停。可能的去处只剩天台了，她在黑暗中一点点挪动脚步，生怕被谁撞到，碰洒了汤锅。好在没事，楼梯的尽头已经传来两个人的声音，她正要上去打招呼，忽然听清了他们的对话。

"道理你肯定都懂，可我还是老生常谈一句，事情过去以后再回头重看，真的不算什么。"是顾盼的声音，"疼痛会过去，伤口会愈合。现在的你和从前的你是一个人，又不是一个人，就像一支球队几十年来名称不变、主场不变、队服队标不变,但队员换了一拨又一拨,它还是不是原来那支球队?"

"忒修斯之船。"李桃低声说,"我明白你的意思,我对咱们的学生也这样说过。"

"等到许多年以后,你结了婚有了孩子,和你老公聊起支教往事的时候,你会回忆起在那个天台上的夜晚,曾经的支教队友开导自己的那番肺腑之言。"

"我不考虑这事了。"李桃的声音,"支教这两年,我一个人其实反而过得更好。一个人上课、做家务、跑步、逛街,偶尔出去旅游,和学生、和你们在一起也很开心。要是生活中真的又多了一个人,也许又会回到大学时那样,整天患得患失,总是心里有牵挂。以后我不会再为了谈恋爱而谈恋爱,更不会为了结婚而结婚。"

"你开心就好。"顾盼用这个万能句式作为回答。

"谢谢,顾盼,这次是真的谢谢。"李桃的声音有些颤抖,"你启发了我很多。这两年咱们一起经历了这么多,我也早拿你当朋友、当战友,现在我拿你当哥哥。"

"你好像生日比我大一点。"

"那就是兄弟,不要纠缠这个了。我的事说完了,该你的了。"

"我能有什么事?"

"沫沫喜欢你。"

两人之间出现了好一阵沉默。黑暗中的王沫沫也屏住呼吸。

"没必要对我以攻为守吧,我又没对你逼婚。"这回轮到顾盼期期艾艾了。

"谁都看得出,你却假装不知道,该挑明总要挑明,不要错过这么好的女生。"

"她很好,真的很好。"顾盼的声音在发颤,王沫沫能想象出他舔嘴唇的尴尬样子,"我要是先遇到她,很可能就和她在一起了。

可我……你明白。"

"不要在我身上浪费时间。你自己刚才都说了，一味付出感动不了我，死缠烂打更不行。而且，别忘了学生们，别忘了离中考还有半年，这才是真正重要的。"

"对啊，所以我现在也不想这事，中考比一切都重要。"

李桃叹了口气："有空你还是多想想，咱们都回去吧。"

她站起身，顾盼拖着两把椅子跟在后面，两人一前一后下了天台。李桃点亮手机，正要打开自己的房门，突然有些意外："谁放在这里的？"顾盼凑上前，房门外放着一只汤锅。他伸手摸了下，锅还是温的。

王沫沫独自走在夜色中的校园里，双手揣兜，嘴里吹着口哨，抬头望了望星空，自嘲地笑笑，然后继续走向自己的宿舍。顾盼则端着汤碗踱到窗前，时隔多日，操场上又多了那个夜跑的身影，蓝牙耳机的光芒不住闪烁。

而在李桃的房间里，桃白白正围着旅行箱嗅来嗅去。就在刚才，它的主人取下了那个须臾不离身的水晶挂坠，郑重把它包好，塞进旅行箱的角落。

讲台　405

第十九课　为了看太阳

这一年最后的全校性活动是参加市中学生足球比赛，沧水中学历史上第一次派出代表队，对学生们而言，这次与其说是打比赛，倒不如说是一次短途游学。他们当中绝大部分人最远也只去过县城。

学生们的惊讶从进入市区就已开始，在步入市一中后达到高潮，这就是七年级时曾向自己班"发出挑战"的学校，当亲眼看到绿荫中整洁明净的校舍、操场时，阿飞他们几乎流露出自惭形秽的神情，只有教练顾盼依旧气定神闲："怕个屁，干就完了。"

顾盼把目光隐藏在墨镜后面，抱臂站在球场边看男生们热身、女生们最后几次排练，竭力摆出冠军教练的派头。太阳出来了，坐在场边的李桃脱掉了外套，里面穿了件蓝色意大利球衣。顾盼转到她后背，看到那个21号，顾不上掩饰惊讶："你不是从不看球吗？"

李桃仰起头，手搭凉棚遮挡日光："以前在家，跟着我爸爸看一点世界杯、欧洲杯。"她的神色还有些腼腆，显然自己也不习惯这样的形象，"其实也没骗你，我是不懂球啊，只知道看球星。"

顾盼站在她面前，用自己的影子为她遮挡日光，又试探着捻一捻她的衣袖，确定这是正版的："哪买的？"

"别人出国回来带给我的。"

顾盼松开手不说话了，他猜得出是谁。李桃又和杨晓婉说笑，顾盼确信她这些天已完全恢复正常，放下心来，走过正在招呼啦啦队入场的王沫沫，召集球员们做战前动员，最后和他们头碰头，用吼声为彼此助威，阿飞站到中圈弧前，在哨音中向阿进开出球。

上半场快结束前，沧水中学的球门第一次告破，下半场开场十五分钟后是第二次，又过了十分钟，他们已 0:3 落后，不过终场结束前，阿飞在门前混战中凌空一脚，扳回一城。所有观众都从座位上站起来，爆发出的欢呼差点让人以为，沧水中学才是胜利者。终场哨声同步响起，阿飞没有流露出进球后的喜悦，只是站在球门前，双手指向天空。

顾盼上去拍他的肩膀："比赛踢完了。"

"这球给阿彪。"阿飞低声说。

顾盼愣了一下，招呼正要散场的其他队员过来，重新围拢成一圈，一同举起双手，久久指向天空。

坐大巴回学校的途中，车内满是学生们兴高采烈的讨论声，好几个学生主动向老师打探市一中往年的分数线，估算自己还差多少分，如果从现在开始努力，又有多大概率能在最后的半年多赶上。顾盼在座位上听着，既满意于学生们有了学习动力，不禁又想，如果能早点组织这样一次游学，效果不知会不会更好。王沫沫马上表示这是个好主意，自己来想办法联系。

支教的最后一学期，毕业班的日子好像上了发条，每一天都在快进中周而复始。早读、上课、广播操、复习知识点、一次又一次课堂测试、模拟考试、阅卷、讲题、晚自习、教研会议，周末继续补课。李桃每晚还特意带着阿福等体育成绩差的学生跑圈，后来陈纳德看得羡慕，也加入进来。大家都各忙各的，往往只有吃饭时才能聚齐所有人。尽管支教两年从未轻松过，但最后这一年才是对体力和心理的真正考验。老师和学生的课余时间都已压缩至最少，除了睡觉和回家，几乎每时每刻都在一起。

好在这也是支教以来最顺的一个学期，老师们已进入垂拱而治的状态,课堂上任何一个动作、一句话、一个表情,都能在学生那里得到想要的反馈。教室里稍有喧哗,一个眼神就能让全班安静;想要强调重点,语调稍加变化,学生们就会赶快埋头记笔记。诸如此类的细节已完全出自本能,就像演员入戏,运动员凭肌肉记忆做出技术动作,学生和老师之间已经有了不输士兵们和将军之间的默契,从而共同把一堂课变为艺术。

"顾老师带着一百块钱走在镇上,遇到三对学生要抢钱。"顾盼在黑板上画下六个外形不同的小人,"第一对是高矮不同的两个男生;第二对个子一样,但是一男一女;第三对同样个子相同,其中一人戴眼镜。显然,第一对里,高个抢钱更厉害;第二对里,男生更厉害;第三队里,戴眼镜的更厉害。"

"为什么戴眼镜的厉害?这样的打架不行啊。"阿飞接了句下茬,教室里响起哄笑。

"因为戴眼镜的看得更清楚,连老师鞋里的钱都能搜出来。"顾盼信手一挥,如同乐队指挥画上休止符,学生们马上收敛笑声,"这就是影响电阻大小的因素:导体长度越大,电阻越大;材料不同,电阻不同;横截面积越小,电阻越大。"他在黑板上写下一个"R",学生们赶忙低头做笔记。

"下一个知识点,电磁继电器。"他向教室扫视一圈,"阿进、阿亮,还有阿福,你们三个上来。"

三个男生嬉皮笑脸地蹿上来,顾盼提起一根事先准备好的跳绳,给阿亮绕上:"你是电磁铁。"把教案卷起来交给阿福,"你是弹簧和衔铁。"又告诉阿进,"你是电源,负责联通他俩。"又下令,"电磁继电器,通电!"阿福举着卷起的教案,一下下打在阿亮头上,教室里的笑声几乎掀翻了屋顶。

诸如此类的场面,隔三岔五就能在物理课上出现。看着学生们的热烈响应,顾盼暗自庆幸选择了三年支教,直到这时,自己才能说真正成了一名合格的老师。

　　172班再没有值得一提的大事发生,连解忧盒都空了许多,李桃每次拿起它,都会感到只有寥寥几张纸条在晃荡,最后一张纸条是阿梅写的:自己每节课都想画画,不过目前准备暂时放下,因为不能提高成绩:"我知道,我要是考坏了,同学们就会笑我,在班里我是最笨的一个。"

　　李桃特意问学生们,现在是没有问题问老师了吗?阿雯回答,功课太重,连写问题的时间都没有;阿梅回答,有问题直接问老师就可以,不用再写纸条了;阿进的回答则是,没有困惑了,继续拼命就对了。李桃起初有些轻微的失落,很快又醒悟,学生不再需要老师,恰恰证明他们成长了。

　　五月的一个晚自习,李桃正在给学生补课,突如其来的黑暗打断了课堂,学校停电了。教室里没人惊讶也没人起哄,学生们纷纷从桌洞中掏出早已备好的蜡烛,李桃手持打火机,为每组第一排的学生点亮蜡烛,这些学生又转过身,用火苗点燃后座和邻桌手中的蜡烛,烛光逐渐蔓延,直至整间教室被点亮。烛火在晃动,墙上的人影随之变幻,一张张稚嫩脸庞都是红彤彤的。李桃看到不少学生在擦汗,有的衬衣已经洇湿,当机立断下令:"带上蜡烛和课本,我们去操场上晚自习。"

　　烛火汇成溪流,淌出教室流下楼梯,其他班的教室也纷纷开门,越来越多的烛火在操场上汇集,直至成为灯海。学生们呼吸着凉爽许多的空气,用手掌保护跳动的烛火,小心地把蜡油滴落在操场的地面,席地而坐后同样小心控制着呼吸,所幸这一晚并没有风。

　　半小时后,李桃让大家放下书休息,学生们在说笑嬉闹,阿雯是为数不多依旧借着烛光看书的学生,阿飞蹑手蹑脚凑过来,鼓起腮帮一口气吹灭她的蜡烛,坏笑着掉头就跑,阿雯追上去捶了他几拳,把蜡烛重新点亮。李桃背对学生,望着夜色中的连绵群山出神,

讲台　　409

忽然转过身:"老师带大家读诗吧。"

操场上安静下来,无数双眼睛盯住老师,黑暗和寂静中响起李桃的声音:"我来到这个世界,为的是看太阳,和蔚蓝色的原野。"

学生们的声音随之响起:"我来到这个世界,为的是看太阳,和蔚蓝色的原野。"

"我来到这个世界,为的是看太阳,和连绵的群山。"李桃眺望远方群山的轮廓。

"我来到这个世界,为的是看太阳,和连绵的群山。"学生们的眸子里跳动着烛火。

"我来到这个世界,为的是看大海,和百花盛开的峡谷……"

学生们的声音从错落变得齐整,由微弱转为洪亮,吟诵声回荡在操场上,穿越沉沉夜色飘向远方,在群山间徘徊:"我来到这个世界,为的是看太阳。而一旦天光熄灭,我也仍将歌唱,我要歌颂太阳,直到人生的最后时光。"

顾盼来到李桃身后,望着她的背影。王沫沫跟了过来,然后是杨晓婉、陈纳德、裴岩、宇老师,其他当地老师远远望着学生们,三楼的校长办公室门口,茶校长俯瞰整座操场。烛火的海洋在翻涌,与夜空的万千星光交相辉映。

天气越来越热,学生们都换上了短袖校服,教学楼前挂起各种语义直白的励志横幅:"世界那么大,我想去看看。分数这么少,哪都去不了。"七年级时李桃带学生种下的枇杷树结了果,阿雯他们尽力挑选看起来熟透的果实,洗净后怂恿老师第一个吃,李桃只咬了一口,眉头就皱成一团,引得学生们大笑,她自己也跟着笑。校门口的凤凰树开花了,绿色的枝叶间先是星星点点的红色,然后逐渐连成片,汇成大团的彤云,宇老师告诉大家,自己来沧水后从没见它们开得这样茂盛,这是个好兆头,今年的中考成绩差不了。

离校在即的几位支教老师成了全校的焦点。走在楼道里，他们总会被学生拦住；每个课间或自由活动时间，办公室或宿舍也总会有学生造访，认识的不认识的，教过的没教过的，毕业班的其他年级的，鞠了躬，问了好，便不由分说塞过去一份小礼物。有时是一张贺卡，有时可能是一封信或者一只毛绒玩偶，甚至是一袋猫粮。老师们先把这些礼物和信件堆积到宿舍，很快屋里就装不下，于是又放在办公室，可那里堆满得更快，只好把大部分礼物分给当地老师。

六月份付羽过来访校，这时裴岩的论文刚出版，不是发表在核心期刊上的文章，而是一整本学术专著，王沫沫的游学计划书也通过了，支教老师们可以在中考结束后带十名学生去北京游学一周，还能赶上微光的慈善宴会，出行的费用都由罗总的公司承担。老师们因此包饺子庆祝这双喜临门，宇老师教他们和面、剁馅、擀皮，大家在她的指导下，双手合拢饺子皮，尽力让它严丝合缝，彼此品评那些奇形怪状的饺子，然后在天台的晚风、虫鸣和月光中大快朵颐。

裴岩举起酒杯致辞："今天这顿饭虽然是为了庆贺论文出版，但对我来说，致歉的成分更多些。现在我才意识到过去的迂腐幼稚，这两年给大家，尤其是李桃，添了许多麻烦，对王沫沫也太苛刻了，感谢大家对我这个书呆子的包容……"

顾盼和陈纳德同时喊："我们就不麻烦了？"

裴岩嗤之以鼻："那也不向你俩道歉。"又表示，支教结束后自己就要去读博，以后会和大家保持联系，也会牢记这两年共同奋斗的时光。她说了一大通场面话，大家酒杯举了半天，手都有些酸，最后顾盼忍不住插科打诨，裴岩还没出口的话全淹没在碰杯和说笑声中。

"这也该是我最后一次来访校了。"付羽放下碗筷，用纸巾擦擦嘴，"最后这一个月不需要再听课，我又得忙暑假的岗前培训。下学期我也不再负责沧水团队的支持工作，北京办公室对我另有安排。"

"那谁来当我们的地区主管？"杨晓婉和王沫沫同时惊讶。

陈纳德自豪地拍拍胸脯："正是在下。我已经准备留在微光了，Offer还没正式拿到，不过八九不离十，下学期接替付羽，到时候就是你俩的领导了。"

两个女生又是异口同声："谁要你来当领导。"

饭后男生们借李桃的宿舍去洗碗，顾盼提着洗好的水果上来时，李桃正站在天台边望着夜色。他递给她一只番石榴，李桃拿在手里没有吃："真没想到你会选择考公务员，还是教育部的。"

"也是反复考虑过了。"顾盼背靠天台的护栏，打开一听啤酒，盯着陈纳德他们打闹的身影，"我希望以后有机会影响教育政策的制定，甚至参与进去，更好地改善农村教育。作为老师，咱们能做的还是太少，支教也终究是小修小补，只有政府才能真正改变现状。"

"想得这么长远。你父母这回赞同了？"

"他们不怎么管我了。"顾盼口气很淡漠，呷了一口啤酒。

去年决定延长支教的同时，他就把自己边支教边复习公务员考试的打算告诉了父母；更强调，就算通过考试，真正入职也要到次年夏天，未来半年仍然要另找事做，所以支教的这最后半年并不算浪费时间。这番话说完，电话那头长久的沉默，最后他爸叹口气："随你吧。"去年的十二月，顾盼参加了国考，又在今年收到了录取通知。

"我也没想到，你会继续去读研究生，还是教育学专业。"

"早就想继续读书了。这次正好有罗总帮我写了推荐信，裴岩的那封也是她写的。"李桃抬头望着星空，"三年下来，我觉得以前所有的积累都消耗完了，特别需要充电。还有，我本来以为自己在同龄人里还算优秀，支教后才发现，面对整个世界，自己不懂的还有太多，差的也还太远。"

"以你的条件，完全可以去国外啊，在香港真有点两头不靠。"

"能接触到不同的文化就足够了，我不想跑那么远了。"

"学完之后呢?"

"还没想好,可能还是去当老师。不过我想回南方,不太想留在北京,我其实不喜欢那里,你别介意。"

"那挺好的。"顾盼机械地回答,这回他们是真的要各奔东西了。

耳畔响起王沫沫的喊声:"你俩别再说悄悄话了,赶紧过来。"李桃匆匆入席,顾盼也赶忙跟上。凉棚的灯泡照着大富翁的棋盘以及一张张笑脸,天台上继续是欢声笑语,周围却万籁俱寂,黑暗的山林静得能听到回声,头顶群星依旧闪着清冷光芒。

中考前的最后一晚,茶校长请全体支教老师和字老师吃了饭,他自己吃得很少,酒喝得很多,话说得更多。几十年的往事伴随酒水汩汩流淌。五岁时一场夜雨,母亲在去插秧的路上触电身亡。读小学时,大冬天也只能穿着单衣、光着脚,一下课就跑到教室外晒太阳取暖。自己背柴煮饭,总是煮得生一顿熟一顿,只够吃八个月的米却要维持一年,只好煮成稀饭、加上菜叶。刚当上老师也是满腔热忱,每天把教学中遇到的问题记在小本上,请教老教师,和裴岩刚来时一样。也看不惯学生偷懒,容不得学生出错,恨不能掀开他们的脑壳,把知识灌进去,盼着所有的学生都能走出大山。第一次去辍学学生家,在泥路上走了两个小时,鞋子陷掉了,最后在水田里找到了正在插秧,同样满身泥浆的学生,差点把对方打一顿。也没少想过弃教,可自己走了谁来教这些孩子?

"就这么一年年下来,你们踩过的坑我都踩过,你们没踩过的坑我也踩过。慢慢地,学校建起了新楼,翻修了操场,盖了新厕所和花坛,老师们用起了电脑,终于又有了你们这些年轻人加入。当年不敢想啊,不敢想。"说到最后,他连拍桌子,喷着酒气豪气冲天地吼起来,"老子三十年教龄,青春都献给了这里!"用纸巾轻擦眼睛。

也是这一晚,172班没有再上晚自习,而是举办了一场毕业晚会。

教室里拉起彩带，布置了气球，桌椅沿墙壁围成一圈。黑板上用粉笔画出沧水团队的合影，每位老师都画得惟妙惟肖，甚至没忘加上桃白白，这幅画出自阿梅之手。其他孩子也各有分工，阿雯主持串词，桌椅是阿敏搬的。阿飞是总导演，负责给同学们各自分派任务。整台晚会都没有老师参与。

一个又一个节目轮番上演，不少是上学期李桃卧病期间见识过的，老师们依旧看得很认真。李桃一度抱来了桃白白，不到一岁的它已长成一只大猫，这给所有在场者带来了无穷欢乐，尽管桃白白自己并不喜欢这样的喧嚣场合。茶校长也过来了，他藏起刚才的动情，恢复为学生们习惯的样子，师生们耐心听完他"支教老师们的到来，成功推动了基层教育事业的进步"一类表述，对此报以热烈掌声，这是记忆中校长最温情的时刻。

字老师站起来后的第一句话是："我要向你们道歉。"面对支教老师们惊讶的目光，她有些羞愧，"你们刚来的时候，校长不放心，派我暗中盯着你们。那时我把你们当成来旅游的大学生，没想到你们真在这里扎下根来，很快我就不想向校长通风报信了。第一学期，你们教学和生活上都不适应，我把你们看作需要照顾的弟弟妹妹，尽力帮你们。后来，你们的教学成绩越来越好，比当地老师还好，我把你们看作同事，互帮互助。最后一年，你们做出这么大、这么多的成绩，我把你们看作老师，向你们学习。三年相处下来，咱们就好像一个大家庭，现在我把你们都看作家人，以后有机会一定要回家看看。"她在雷动的掌声中和李桃拥抱，两人都红了眼圈。

晚会结束前，李桃对学生讲出最后的寄语："这是咱们172班共同度过的最后一晚，老师一直在等待和抗拒这一天的到来。前些天老师总做梦，梦见自己刚来学校时，开学第一天的样子。那天阳光很烈，老师打着伞站在校门口。学校外面的店铺前摆着各式文具，小摊上是涂上蘸水的杧果、酸木瓜和其他零食，老师总劝你们不要吃，因为不健康，你们总不听。校门口的山路上停满了送你们来的摩托车，沿着山路往下排出老远。你们的爸爸妈妈扛着行李，送你们去宿舍。那时老师觉得，你们都好小啊，简直和小学生没区别。三年过去，有的男生已经快和老师一般高了，再过几年，你们有人会比老师还高。

"时光过得太快，一切都好像还在昨天。老师经常忍不住想要回到过去，不仅是想要重温那段时光，更希望能做得更好。老师当年之所以来沧水，就是因为短期支教时间太短，帮不了学生们什么，心里一直有遗憾。如今三年支教结束了，遗憾反而更大。有的同学成绩还不够好，有的同学仍然要面对家庭和生活中的各种问题，有的同学已经离开了172班。老师每次想起阿芹、阿彩、阿彪，都会很难受，觉得自己没帮到他们。"

李桃举起已经空了的解忧盒："阿雯给我写过一张小纸条，对我说'李老师，别看你在我们面前总显得胸有成竹，无论什么问题都能解决，其实，你也是孩子吧。'看得老师暗自惭愧。刚支教的时候，老师嘴上不肯承认，心里确实把自己当成孩子，遇到问题就想向别人求助，问题解决不了就哭。幸好有字老师他们的帮助。"她向字老师点头致意，字老师也羞涩地点头回应，"后来老师才慢慢明白，在同学们眼里，老师就是大人，就是那个遇到困难时需要求助的人。这也让老师逼着自己快速成长。"

"还有你们的顾校长，"她向身边的顾盼投去揶揄的目光，教室里响起笑声，抱着臂的顾盼也淡然一笑，"他现在简直换了一个人。裴老师也是一样。"这回笑声更响了，裴岩目光躲闪着，"我们都有着各种各样的不足，但也都在和同学们的相处中努力克服。在你们看来，老师可能付出了很多，可老师们自己的收获同样巨大。字老师刚才说，她也在向我们学习，其实教育就是双方相互学习的过程。我们不是来教你们的，是来和你们共同成长的，老师应该谢谢你们。"

她向队友们伸出双手,左手拉起顾盼,右手拉起字老师,七个人彼此手拉手,共同在热烈的掌声中向学生们深鞠一躬。

李桃重新站直:"老师现在既伤感又欣慰。伤感是因为,我无法改变的还有太多;欣慰是因为,即便这样,如果我没有来到沧水,没有和同学们一起度过这三年,那我就连这些改变都做不到。马上要中考了,老师祝你们每个人都能发挥出自己最好的水平,更希望你们记住,尽管出身难以选择,但我们可以选择成为什么样的人。希望你们无论过上什么样的生活,都能成为正直和善良的人,并且为自己心目中的幸福而努力。"

宣布晚自习结束的铃声响起,李桃向全班最后一次鞠躬:"下课。"这回她没等到班长阿雯那句熟悉的"起立",所有学生都留在座位上不动,阿飞第一个喊了声:"不下。"教室内喊声一片:"不下,不下。"李桃勉强挤出一丝笑意:"这次中考,全班前十名可以跟老师去北京游学。"阿飞、阿利、阿亮他们仍在喊:"不行,那我们呢?"老师只能沉下脸:"明天中考。"教室内恢复了安静,学生们手脚利落地收拾教室,清扫垃圾,把桌椅摆回原来的位置,三三两两走向宿舍楼。

桃白白早睡熟了。李桃拧亮台灯,逐一翻看学生的临别赠言,大多是QQ签名风格,她不由得苦笑,自己的作文课终究只能让学生们学会堆砌各种形容词和排比句。剩下的留言五花八门,有后悔的:"我无数次告诉自己,要在老师走之前考个高分,可惜至今没及格过。"有致歉的:"我的脑子很希望课上认真听讲,可我的身体做不到。"有规劝的:"老师下次别来这种地方受苦了。"

书信和卡片中出现了阿辰的字迹,比七年级时整洁了许多,学生抄了一首诗:我本可以忍受黑暗,如果我不曾见过太阳;然而阳光已使我的荒凉,成为更新的荒凉。

李桃沉思了一会儿，收好所有卡片，起身离开书桌，重新摊开宣纸，研墨，提笔写下最后一幅字，贴到宿舍的粉墙上，然后熄掉台灯，卧室陷入黑暗。墨迹还没有全干，依稀反射着从窗帘缝隙中投入的月光，那是四个篆字：悲欣交集。

　　天边泛起鱼肚白，喇叭里传出晨起音乐——《英雄的黎明》。毕业生潮水般拥向教学楼前，鱼贯步入教室。经过花坛的孔子像时，所有学生都发现，支教老师们在这里站成一排，含笑鼓励着他们，遇到的如果是172班的学生，师生更会用双臂在胸前摆出V字，共同喊出"胜利终归172"。一间间上锁的教室逐一开门，县里派来的监考老师夹着密封试卷走上讲台。铃声响起，整所学校陷入沉寂。中考开始了。

　　支教老师们成群结队下山去吃早饭，在路上走了很久都没人说话，他们心知肚明，考试毕竟要学生自己去考，他们再有劲也使不上。最后是裴岩打破了沉默："我听一位认识的资深教育专家说过，任何老师都没法预测，学生们走上人生旅途后会遇上多少风雨、坎坷、荆棘乃至惊涛骇浪，这些只能由他们独自面对，其他人谁都帮不上。而我们这些老师能做的呢，就是在学生们动身之前，日复一日为他们缝一件行囊，里面装的是善良、勇气、毅力、智慧，如此等等。"

　　"说得这么诗意，都不像你了。"陈纳德揶揄。

　　裴岩马上还击："对，我们都不再像自己了，只有你还像你自己，跑了这么久的步，减肥成功没有？我看你一点都没瘦。"又开始了唇枪舌剑地斗嘴。

　　顾盼注意到李桃依旧若有所思，安慰道："能做的咱们全做了，剩下就看学生自己的了。"

　　"到底放不下他们，以后就是一辈子的牵挂了。"李桃眺望着从群山背后升起的朝阳，"支教快结束我才明白，这些农村孩子，他们确实什么都缺，可最缺的还是陪伴。需要开心的时候有人陪他们笑，难过的时候有人听他们哭，失落时有人给他们打气，进步时有人对他们夸奖……成长的道路上，咱们哪怕为他们做不了什么，能陪着走一段路，对他们来说也足够珍贵了。"

宿舍空荡荡的，任何细微动作都可能引起回声，李桃环视四面的白墙，再看看窗外的青山，这么好的宿舍才住了一年，还真有些舍不得。她取下墙上那幅"悲欣交集"的毛笔字，把它叠好收起，塞进背包。顾盼帮她把旅行箱提下楼梯，下到三楼时，裴岩的宿舍大敞着门，里面同样空无一物，陈纳德在帮她搬行李。楼道里响起回声。

楼下围了一大群学生，杨晓婉和王沫沫正尽力安慰他们不要哭泣，说着说着自己也红了眼圈。字老师也在四处张罗，她这次既要跟着去北京，还要负责把学生们带回学校。危老师一个劲地感谢裴岩，她走之前把自己的书都留给了他。牙老师不由分说把一袋袋茶叶塞进他们手中，昨晚她特意来找顾盼，自顾自说得声泪俱下，顾盼茫然听了半天才回过味来，她是在为当年搞"胜利者"时对自己的刁难而道歉。

俸主任帮忙开路，老师们在人潮和泪雨中缓慢穿行，每一步都格外艰难。阿雯紧挽住李老师的胳膊，说不出师生俩是谁在搀扶谁。其他去北京游学的学生也簇拥在老师身旁，穿戴着统一的文化衫、遮阳帽，仿佛一支尽力隔开群众的卫队。

四面八方都是乡音浓重的哭声和问候，老师们蒙眬的泪眼分不清谁是谁：

"老师我现在才知道失去的滋味。"

"老师你答应过要再去我家。"

"老师我也想去北京。"

"老师我一定要去北京找你们。"

"老师我后悔没好好学习，没法和你们走。"

"阿雯，你们要替我们好好看，好好玩，别忘了照顾好老师。"

"咱们172班什么时候能重聚？"

茶校长逐一和老师们握手话别，他是在场唯一不受伤感气氛影响的，与顾盼握手时还特意拍拍他的肩膀："前些天局长想把我调到县里的中学，我想了几天，还是推掉了。五十多的人了，在这里干了十几年，到底还是有感情，干脆干到退休吧。学校里能有你们这样的年轻老师，也就有了活力，这次中考更是成绩这么好，这就是希望。我也挺想和你们一起再努努力，看还能不能做到更好。"后一句话他是对王沫沫说的，王沫沫连连点头："校长您放心。"

"我们在这里三年都累成这样了，您是三十年。"顾盼红肿着眼睛，向他深深鞠躬。

学生们一直把老师送到山下的汽车站，班车发出轰鸣，李桃站在车门口，在泪眼中仰望远处的青山，总算从浓密的林木中分辨出教学楼的一角，她举起手机照下它，连同连绵青山和阴郁天空，这是学校留给自己的最后记忆。班车启动了，围上来的学生们终究追不上越来越快的汽车，就像追不上逝去的时光，只能原地蹦跳着拼命招手。从小镇主路拐过第一个弯之后，后窗再也见不到沧水中学的任何痕迹，盘山路上只留下年轮般的辙印。

"高兴吗？"付羽问坐在邻座的阿雯，她点点头。

"是为这次考上全县状元高兴，还是为能去北京玩高兴？"

"都高兴。"阿雯想了想，又补一句，"也不高兴。"

"怎么？"

"我知道我们班的中考成绩是全县前三，一大半同学都考上了高中，可还有好些同学只能进城去卖工，其他班考不上的同学更多。"

"这就是为什么，李老师他们要来咱这里支教。"另一边的字老师插嘴说。

讲台　419

"可老师们都走了,我舍不得他们。"

"你也走了啊。等到开学,你会去市里读书,以后还要去昆明,去北京、上海这些大城市,也许还会出国,去见识这个世界有多广阔。这样的离别还会有很多,以后会习惯的。"

阿雯"嗯"了一声:"道理其实我也懂的,李老师他们和我说过好多。"

"咱们都离开了学校,其他送行的同学都留在学校,你觉得咱们和他们谁更难过?"

"咱们更难过吧。"

"可还有一种情况,放寒暑假的时候,你把其他同学一个个送走,最后全宿舍甚至全校只剩自己,独自背负所有人留下的孤独。这种情况才是最难过的。"付羽看看车窗外飞驰而过的草木,"之前每送走一届支教老师,我都是这样,一个人回到那些熟悉的地方,每个画面都能勾起回忆。小镇上,我好像看到他们在吃米线,在烧烤摊前撸串,在水果摊前买杧果。山路上,我看见他们故意并肩走成一排,占满整条路,说笑打闹。学校里每个角落都有他们,他们坐在凤凰树下,在操场上跑步,在讲台上授课……仔细一看,又什么都没有。物是人非大概就是这种滋味。"

他叹口气:"好在如今不用了。"

"付老师,我觉得也是。"字老师说,"每年夏天送走一批学生,我走在空荡荡的校园里,都是这样。"

"可寒暑假会过去,开学后同学们还是会回来的啊。"阿雯说。

"那你呢,以后还愿意回来吗?"付羽问。

阿雯沉默了很长时间,车厢里重新一片寂静。付羽原本没指望再听到她的回答,这时她却开口:"也许会的。"

字老师笑了:"那可要说话算话啊。"

第二十课　如兄如弟

到达市里时，他们见到了阿彩。

在长途车站下车时，李桃无意间与人群中的一双眼睛对视。那双眼睛的主人也认出了她，两人同时发出惊喜的叫声，李桃向她飞奔过去。顾盼也认出了对方，赶紧跟上，然后是阿雯等其他人。

他们细细打量曾经的学生，阿彩的面容依旧稚嫩，但明显添了几缕风霜。李桃想问又不敢问她的近况，阿彩却主动提起，自己终于离了婚。她刚一提，两家就闹得鸡飞狗跳，婆家逼她父母把彩礼全退回来，父母则逼她继续过下去。最后她偷出身份证，从家里逃了出来，第一次逃被婆家捉了回来，一顿毒打；这是第二次，现在自己辗转卖了几份工。她还有了新的男朋友，很爱很爱很爱她，她把"很爱"重复了好几遍。

顾盼没敢问孩子的事，但多少能想象到：要么留在婆家，从此再无法与母亲见面；要么留在娘家，由外公外婆、姨妈们照顾，将来几乎必然成为又一代留守儿童。这就是一代代打工者的命运，周而复始，循环往复。李桃担心阿彩又会被捉回去，阿彩笑着连连摇头，自己有经验了，再说就算回去，也有办法重新逃出来。李桃又把师生们的近况讲给阿彩，阿彩并没有流露出羡慕、失落或伤感，"哦"了一声就平静地转换了话题。

彼此交换完近况后，重逢的惊喜逐渐退却，师生之间很快陷入

讲台　421

没话找话的境地。马上要启程的班车挽救了即将到来的尴尬局面，阿彩向老师们道别，说等自己真正安顿下来就重新和他们联系，然后走向班车敞开的车门。师生们也去转车，李桃和顾盼留在最后，并肩前行。

"看到她真有恍如隔世的感觉。"李桃说，"这也许是她现在能达到的最好状态了。"

"至少她现在能感到快乐，也希望能吸取教训。"顾盼也感慨，"之前我就经常困惑，刚才和阿彩聊天，这些困惑更是一下都涌上来了。咱们一直告诉学生，只有好好学习才能过上幸福生活。那到底什么样的生活是幸福的？在咱们自己看来，就是生活在大城市，有一份收入不错的好工作，有自己的房子，有个美满的家庭。可看看阿彩，她觉得现在的生活也很好，也许她还会觉得，那些还在学校苦读的同学才是真正不幸的。再看这青山绿水，看这蓝天白云和阳光，还有这空气，"他大口呼吸着，"北京比得上吗？谁能说，生活在农村，生活在小镇和县城，就一定比大城市要差？"

"听起来，你好像自己否定了支教的意义。"

顾盼把头摇得像拨浪鼓："我从不认为自己的支教没有意义，只是还没想通，咱们对学生最根本的帮助到底在哪。每个人对幸福的理解都不一样，比如阿亮，他就是觉得生活在乡村挺好，他在家也确实过得很好，假如让他去了城市，每天面对堵车、雾霾、高房价，他一定会受不了。那么问题来了，这样的学生，还需不需要考大学、去城市之类的梦想？如果他真有了这样的梦想，却发现再怎么努力也走不出大山，或者终于来到城市，却发现这些根本不是自己想要的，那时候他会不会失落，甚至怨恨老师用不切实际的想法来欺骗自己？"

李桃正要回答，陈纳德已在不远处遥遥招手，他们都加快脚步："这个话题，咱们找时间再聊吧。"

来到机场后，师生们的情绪都恢复了不少，惊讶取代了伤感。所有学生都是第一次坐飞机，连宇老师都是，他们对机场的每个细节都深感好奇。老师尽力把靠窗的座位留给学生，学生们拥挤在舷窗前，把脸贴在玻璃上，不住指点议论着。这趟旅程其实谈不上美好，学生们都晕机，几小时内做的最多的就是在座位上埋着头，双手撑开清洁袋，此起彼伏地呕吐，让老师们忙成一团，幸亏有邻座乘客出手帮忙。下飞机时，学生们个个脸色有如大病初愈，好在走出首都机场航站楼，第一次看到北京的街景时，一切沮丧都被兴奋一扫而空。

这是目眩神迷的一周，眼前所见的事物大多是此前只能在书本和电视上看到的，少半则是闻所未闻，任何细节都可能引发好奇和疑问。学生们奇怪地铁怎样在地底穿行，不明白卡片塞进检票口怎么就能打开通道；对汉堡和比萨的味道赞不绝口，觉得薯条很像家乡的炸洋芋，受不了咖啡的苦味却又喜欢它的香气；戴上3D眼镜看电影时不约而同喊晕；每座购物中心都好像是迷宫；他们进入密闭的电梯会害怕，坐滚梯时不敢迈步，总算踏上电梯后还会颤抖一下。"这里好大，人好多"是他们说的最多的一句。

阿雯学裴老师的样子，手里总是拿个小本做记录，老师们经常被她突如其来又千奇百怪的问题问到难以招架，只能反复表态"等我回去查一下再告诉你们"。每晚回到旅馆的房间，学生们都要聚在一起，争先恐后分享当天的见闻和感受，经常要谈论到很晚才能入睡。

作为地主兼尚未卸任的副校长，顾盼责无旁贷担任了这次游学的总策划，他把住处选在了自己母校的招待所，这一点毫无争议，同行的八位老师有三位出自这里。他自己本可以回家住，但还是选择和队友、学生们住在一起。在北京的第一天下午，他刚把行李放回家，和爸妈匆匆打了个照面，就赶紧返回燕京师范大学。

在这里，他们和现任校园团队的几位成员见了面，这些师弟师妹有的之前和他们认识，有的没见过也听说过他们。闲聊中他们告诉前辈们，微光这几年在燕京师范大学的发展势头不错，每年都有不少师弟师妹申请支教，校园团队也持续扩大。

在这之后，顾盼带着学生们在校园里简单转了一圈，介绍景点兼回顾大学生活，当然少不了各种美化，有些是故意的，有些则是记忆出现了偏差，时间是最好的滤镜，能屏蔽掉生活的所有瑕疵，只选择性保留下那些美好的。他介绍的同时，李桃偶尔插几句嘴，补充或修正他的说法。他们参观了主楼、操场、图书馆、各种体育场馆，去食堂吃了顿饭，顾盼、李桃和杨晓婉对饭菜的味道达成了共识，和当年没有任何差别，也就是说，所有的菜都是一个味儿。

在教学楼前，他们发现了微光的招募海报，兴奋地围过去，旁边是几位穿着学士服照相的学生，阿雯鼓起勇气发出照合影的邀请，她们欣然答应，其中一位还把自己的学士帽戴到阿雯头上，那一刻，所有人都看到孩子眼睛里泛起泪花。

"我那时在想，自己要是有一天也像老师们，像这些姐姐们一样，能成为这所学校的学生，在这样的校园里生活学习，该有多幸福。"阿雯在后来的分享中说。

当晚没有安排，大家自由活动，顾盼犹豫了好久，最后鼓起勇气给李桃发了个信息："一起在学校里转转，旧地重游一下，去不去？"

消息发出那个瞬间，他好像回到三年前刚认识李桃的时候。捧着手机的手都在微微颤抖，拿不准是该一直盯着屏幕等回信，还是赶快关掉手机，以便迟些看到李桃的回绝。他在心里暗自替她草拟措辞：今天有些累，想休息了。下午咱们不是刚转过吗？叫上晓婉一起吧。叫上学生一起吧。叫上大家一起吧。

暗下去的手机屏幕突然亮起，"下自成蹊"回了一条消息："要去哪？"他一跃而起，反复看了两三遍才确认没看错。

"已经没有猫了。"李桃叹了口气。

旧图书馆背后的小院已被夷平,所有的杂物不知去向,只有旁边的柳树没什么变化,成为硕果仅存的记忆坐标。顾盼像丈量土地那样低头寻觅着:"当年你就站在这里,不对,是这里,像这样抬手招呼猫。"他模仿李桃当时的动作,"我呢,是在图书馆的阅览室,应该是那个窗口。先听到了猫叫声,一探头就见到了你。那时候刚下完雨,你穿着一件绿裙子,书包上挂着那个稻草人,手里还攥着一小瓶牛奶。"

顾盼尽力说个不停,生怕一沉默就陷入紧张:"我一看你的背影就觉得,肯定是个美女,赶紧跑下楼。你转过身,我立刻否定了刚才的猜测,这哪是美女啊,"他注意观察李桃的表情,但她只是认真听着,"根本就是天使。"

李桃低下头笑了笑:"谢谢。"顾盼猜测这仅仅出于礼貌,他知道李桃并不喜欢被夸漂亮,对她而言,被一味称赞外表反而是一种冒犯。

他们在校园里转悠着,从一砖一瓦中寻觅关于往昔的回忆,向别人介绍和自己闲逛完全是不同的状态。重新回到那家冷饮店后,两人各要了一份冷饮,顾盼装出饱经沧桑的表情:"这就是我支教梦开始的地方。"

"三年下来,你的变化真挺大的。"李桃随手把手机扣在桌上,用小勺挖起刨冰填进嘴里。

"具体什么变化?"

"成熟了很多,更有责任感,做事也更靠谱了,除了偶尔还有点……"

"有点二?"

"而且还是那么贫。"李桃笑了,"这样也挺好的,随心所欲没有顾虑,想干什么就勇往直前,正是我想成为却成为不了的那种

讲台 425

人。"

"为什么一定要成为别人？做自己不是挺好的吗？"

李桃没有回答，顾盼看着她吃刨冰，继续说："我也佩服你，什么事都能考虑那么周全，只要决定开始做，事情就一定能做成。这些我做不到，不过做不到也无所谓，五个指头都不一样长，你说哪根最好？"他张开五指给李桃看，又攥起拳头，"这样才是最好的。咱们在一起的时候才是完美的。"

"可这周过后就要分开了。"李桃用小勺戳着刨冰，"游学结束，孩子们回云南，我会回家待些日子，然后就去香港了。"

"愿意在北京多待几天的话，"顾盼觉得心跳猛然加快，"我可以带你四处转转。入职前我还有段空闲。"这是最后的机会了。

"谢谢，不了。我惦记着桃白白，来北京之前把它寄回了家里，这些天挺想它的。"

"桃白白比我可重要多了。"顾盼装出开玩笑的语气，心却沉了下去。

李桃不再吭声。顾盼心头突然涌起冲动，一种只想随心所欲干蠢事而不在乎后果的冲动，管它呢，她爱拒绝不拒绝，先说出来图个嘴上痛快，这话都憋三年了，哪像自己的一贯风格。他张开嘴："我……"

"顾盼我说过，我把你当兄弟。"李桃一直没抬眼看他，声音有些发颤。

"哦。"顾盼想再舀一勺冰激凌，伸进杯里才发现早就吃完了，只好把空勺子塞进嘴里，不再说话。

结账的时候，李桃举起手机扫二维码，顾盼发现她把身份证贴在手机背面，他的目光透过透明的手机壳扫过那一行身份证号码，突然问："你这几天，有什么其他特别的安排？"

"没有啊。"李桃的表情很迷惑。

回宾馆的路上，两人一路无言。快要走到时，他们看到王沫沫坐在树下弹吉他，她也发现了他俩，琴声戛然而止。顾盼尴尬地戳在原地，李桃下意识地往旁边躲了下，王沫沫倒是露出一丝促狭的笑意："李桃，我正想找你说慈善宴会的事，顾盼你先回去吧。"

李桃坐到她身旁："阿雯这几天在背宴会上的发言稿……"

王沫沫打断了她："有比宴会更重要的事，对你来说。"李桃追随着她的目光，远处是顾盼走进招待所的身影。

"今天下午，顾盼和你带学生在学校里转，我在后面看着，觉得特别像夫妻俩带着一大群孩子在郊游。"

李桃笑了笑："好奇怪的夸奖。"

"你俩真的挺合适的，要是就这么互相错过，实在可惜。"

李桃沉默了片刻："你只是为了和我说这个吗？"

两个女生一起看着操场上打球跑步的学生们。头顶的枝叶在晚风中发出低吟，李桃重新开口："明明你俩才合适，无论性格、爱好、各方面条件……"

王沫沫竖起吉他，下巴枕上去："可是，还有比这些更重要的。"她转向李桃，"我举个例子，你养桃白白养了很久，如果这时有了另一只比桃白白更好看，更聪明，脾气也更温顺的猫，你会丢掉桃白白而养那只吗？你肯定不会，没人会，因为你和它相处了那么久，对它的感情那么深。世界上有的是比桃白白更好的猫，可在你心里，这一只永远无可替代。所以，一同经历过的时光其实更重要。"

"我和他也只是相处了三年，以后还有不知多少个三年。"

"这三年抵得上很多人的整个青春了。"王沫沫笑了，"你俩有共同的理想，朝同一个目标奋斗，经历各种事情，互相扶持共同成长，除了那些真正出生入死的战友，我想不出还有什么关系能比你们更亲密。这样宝贵的三年，你几乎不可能再和别人共同经历，也几乎不可能再找到比顾盼更志同道合的另一半了。我很羡慕你们。"说到最后一句,她笑容中隐隐有一丝伤感。

"他不是我理想的类型。"李桃满脸迷惘。

"那你理想的类型是什么呢?和你一样优秀?比你还要优秀?"

这个问题把李桃问住了,她不知该如何回答,两人间的沉默持续了好一阵。

"你已经够优秀了,李桃,不需要另一半也这样。你什么都不缺,只缺快乐,所以适合你的男朋友,除了刚才我说的那些,还应该是那种能让你开心的人。顾盼刚好满足这点。"

"我挺欣赏他的,也拿他当很好很好的朋友,和他相处也特别放松。可我……"

"不知道自己是不是喜欢他?那就试试喽。"王沫沫轻快地说,"要是你想做什么又拿不准,就索性先尝试一下。我们教育学生的时候总说,要做自己,要在世界上找到自己的位置,感情也是一样的,它未必符合最早的预期,但只要找到最合适自己的那份就好。"

"可我很快又要去香港了。"

"所以搞不好这就是最后的机会了。这世上有太多东西,失去了就是失去了,错过了再也找不回来。不要等失去后才知道珍惜。"王沫沫低头重新拨动琴弦,李桃觉得这支曲子似曾相识,好像是一首俄罗斯民歌。

"我为什么……非要谈恋爱呢?"李桃这才发现自己的声音在发颤。

"我绝没有 push 的意思,"王沫沫起身背起吉他,"只是建议你想想,自己不肯面对他,或许是有意在逃避呢?不过还好,你有一周的时间可以考虑。"她走出几步后回头,"对了,慈善宴会的事,我刚接到通知,筹委会选定你作为老师代表发言。好好准备吧。"

她重新走向招待所，还吹起口哨。李桃依旧坐在原先的位置上，愣了很久，这才想起王沫沫刚才弹的是那首《红莓花儿开》。

旅途从第二天正式开始。按顾盼设计的行程，大家去了北大、清华和圆明园。他们又凌晨爬起来去天安门广场看升旗，逛故宫和国家博物馆，被这里人山人海的场面震惊。还有坐三轮逛胡同，在什刹海泛舟，所有孩子都觉得北京小吃难吃，并对顾盼故意点的豆汁敬而远之，最后只有老师面不改色地喝了下去。爬长城和香山时，经常走山路的孩子们把老师远远甩在后面，老师们必须反复提醒"别走丢了"才能让他们聚在一起。国家图书馆最大的阅览室让他们流连忘返，难以抑制的惊叹声引得周围读者不由得抬头。

顾盼的父母还特意请全体师生吃了顿饭，顾盼他妈见了学生们笑得合不拢嘴，更是拉着李桃的手，没完没了地嘘寒问暖，问到最后，李桃已不知该怎么回答，只好一个劲地微笑。这几天她在学生们面前依旧有说有笑，面对顾盼却总有些欲言又止，爬长城时她落在后面，顾盼伸手要拉她，如果是以前，她肯定会自然而然让他拉一把，这次却犹豫片刻才伸手。顾盼拉的时候似乎故意捏了下她的手，李桃不知他是真的有意，还是自己想多了。

游学的最后一天，学生们来到了慈善宴会的现场。酒店的会议厅外面布置成教室的样子，黑板上画着各种涂鸦，白墙上是"好好学习，天天向上"的红色标语，讲台前摆放着学生们的各种手工和绘画作品。老师们见到了罗总，她不仅认出所有老师，连172班的学生们都认了出来，拉着他们合影。在罗总和老师们交谈的短短几分钟时间内，不时有步入会场的嘉宾向她打招呼，他们当中不少人都是受她的邀请而来的。宴会开始后，她还作为这次慈善宴会的筹委会主席发了言。

"能把这些嘉宾请过来，本身就是一大成功。"罗总走后，王沫沫低声告诉队友们，"这顿饭不是白吃的。所有人接到邀请都会明白，宴会主办方期待自己能有捐赠。肯不肯接受邀请、接受后肯不肯出席、出席后肯不肯掏钱，都要因人而异。可能有的会特别痛快地出席，有的会找借口谢绝，有的哪怕不能亲自来也要捐款，还有的是来了以后也未必会掏腰包，但同样也有第二年才热心捐赠的，前一年不捐钱很可能是在观望。每场慈善宴会都可以看出众生相，非常有意思。"

"我有点不太明白，"顾盼问，"这些企业家怎么舍得捐这么多钱，投到和自己无关的事上？有钱人不应该一分一毫都精打细算吗？"

"你把它理解成投资就明白了，只不过投资者得到的回报不是有形的现金，而是各种无形的价值，为此力所能及地付出一些钱，对这些人来说不算什么。我参加慈善宴会好几次了，也认识一些嘉宾。他们有人是想获得社会美誉，这比单纯做广告划算得多；有人把这当成社交party，希望借机联络感情、拓展人脉；有人本身就乐于做善事，觉得这是积德；还有人比较特别，想从支教老师里物色人才，我妈妈就是。"王沫沫看着李桃笑了。

"还有那些最高端的捐赠者，是在为一个自己看好的行业来投资，他们在意的是怎么推动整个社会的发展。拿我们集团来说，香港离不开内地，内地更文明、繁荣和稳定的投资环境，绝对有利于市场的开拓，所以他们乐于支持这份事业。"

在数百位嘉宾的注视下，阿雯作为学生代表，走上布置成讲台的主席台，面色坦然地做了发言。她回顾了这些天在北京的见闻，与支教老师们相处的三年时光，李桃用解忧盒带给学生们的关爱与帮助，还指了指台下的顾盼："还有他，他就会对我们连哄带骗，但是自从顾老师建立'胜利者'以后，我们所有人都走上了正道，懂得了为理想而努力，也逐渐形成了一个集体。172班从入学时的放牛班，变成了全校最棒的班级。我们就这样笑着，哭着，努力着，一点点长大。"

她在掌声中鞠躬下台，与接下来要发言的老师深情相拥。李桃接替了学生的位置，勉强平复情绪后开口："听了学生的发言，作为老师我很惭愧。我们只做了这么点努力，学生们却受到这么大的影响，连未来的人生都有可能因此改变。其实这些年我也怀疑过支教的意义，来北京之前，我还和顾老师争论过，是否一定要改变学生的未来。如今我不再怀疑自己。对我们这些老师而言，支教是历练，是成长，是一次次突破自我。对学生而言，支教是帮他们看到外面的世界，帮他们拥有梦想和为此努力的动力，然后尽力去获得自由选择生活的能力。

　　"我们讨论城市和农村生活的高下，是因为我们知道它们的不同，更有能力去自由选择，我们可以选择留在北京，也可以选择来农村教书。可农村的孩子根本接触不到我们的世界。我们去支教，并不是要让学生'必须'走出去或留下来，而是希望他们有能力走出去，只有见识和了解更多，才能知道自己真正需要什么，再自由选择是留在城市还是回到乡村。我认为真正幸福的人生，是按自己的心愿去选择生活方式。我们是这样努力的，我们的学生也应该是这样的。"

　　这一晚的募款极为成功，拍卖师一件件介绍拍品，嘉宾席不断有人举牌喊价，到了后来，大屏幕上的捐款额更是以十万元为单位，不断翻滚叠加，靠在墙边的顾盼甚至无法一下数清到底有几个零。裴岩、杨晓婉和宇老师都不住低呼，自己这辈子都没见过这么多的钱，只有王沫沫脸上的表情毫无波澜。晚会结束，主持人宣布这次宴会的募款总额：一千五百万元人民币，全场沸腾。

　　回到住处已是晚上。按计划，明天一早付羽、陈纳德就要护送宇老师和学生们回学校，云南还有新的工作在等待他俩。王沫沫要和罗总回香港，李桃、杨晓婉、裴岩也要回家，前后都在这几天。今晚就是大家共同度过的最后一晚。

讲台　　431

李桃回宿舍收拾了一下，准备过会儿就和大家去吃散伙饭。敲门声响起，她打开门，阿雯站在门口："李老师，我的房卡怎么也打不开门，能不能请你帮我看下？"

李桃没有多想，也没注意到学生尽力掩饰的紧张，接过房卡来到阿雯的房间，只一下就刷开了，她诧异地扭过头："没问题啊。"

"老师，房间里没电，你再试试。"阿雯神色更加慌张，李桃这回发现了。屋里一片漆黑，窗帘捂得严严实实。

李桃插好房卡，打开顶灯，房间变得明亮的同时，欢呼声浪淹没了她，身旁的卫生间里冲出一个身影："Surprise！"伴随巨响，五颜六色的亮片彩条喷涌而出。李桃吓得闪到一旁，定睛一看才发现是顾盼，他双手握着一只空了的礼花筒。再环视房间，所有队友和学生都挤在这间不大的标准间里，簇拥着一块三层的生日蛋糕，每张脸上都是最灿烂的笑容。

彩屑还在飘落，有几片落在李桃的头发、衣服上，她捂住狂跳的胸口，望向顾盼："这是干什么？"

"今天是你的生日啊。"顾盼眉飞色舞地喊，一片彩屑落在他的眉毛上，"我从你的身份证上看到的。"

李桃如梦方醒。她来不及分辩，已在手足无措中被学生们连拉带推坐到蛋糕前，杨晓婉为她戴上纸王冠："师姐今天十六，明天十二。"

裴岩把蜡烛插好再逐一点燃，王沫沫弹着吉他，带领大家唱生日歌，李桃在欢呼声中吹灭了蜡烛："谢谢，谢谢大家。这是我有生以来过得最惊喜也最开心的生日，没有之一。"她眼角有泪花闪烁。

"谢顾盼吧，"陈纳德在旁边起哄，"我们所有人都不知道，是他好几天前告诉了我们，还带着我们偷偷准备，就怕被你提前发现。"

李桃转向顾盼，却又闪避着他的目光："谢谢。"

顾盼装出懵懂的表情："光是谢就完了？"

"还要怎样？"李桃勉强笑着，觉得脸颊烫得厉害，生怕他说出什么让自己更尴尬的话。

"好歹给大家说两句啊。"陈纳德高举着手机，"看这里。"

李桃仰头看屏幕，他正在172班的班级群里做现场直播，下面的留言栏里是学生们在刷屏，齐刷刷的"李老师十六岁生日快乐"。李桃刚对着手机镜头招手，说了句"谢谢同学们"，身旁的顾盼就从蛋糕上抓起一把奶油，抹了她一脸。哄堂大笑中，在场的学生们也纷纷效仿，李桃抵抗得左支右绌，只好奋力反击，最后所有人脸庞、头发上都有了奶油，指着彼此的狼狈模样大吵大笑。安静下来后，大家擦掉奶油，从其他房间取来事先备好的食物，学生们也取来写好的贺卡，所有人分享了蛋糕，直到夜里一点多才回到各自房间。

"我也有件礼物送你。"几步外响起顾盼的声音，李桃拉开房门的手停住了，顾盼一只手背在身后，缓步走向她。

"不会又是小猫吧。"李桃笑了，"我有桃白白了。"

顾盼从身后亮出一大束玫瑰。李桃接过它，嗅着花香，脸比玫瑰还要红。走廊远处的房门打开，裴岩正要出房间，看到这一幕赶忙缩回去："我什么都没看到，你们继续。"

李桃找来花瓶灌上水，把玫瑰插进去，房间里的柔光下，玫瑰仍然好像火焰在燃烧："过两天就走了，花这个冤枉钱干什么。"

"只要能让你高兴就好。"顾盼在她背后说，语气中满是豪情。

李桃没有转身，低头不住嗅着玫瑰，伸手轻抚花瓣："都快夜里两点了，你还不回去休息？"

"刚闹完，我的兴奋劲儿还没过去，估计回屋也睡不着。我想……"

李桃扭过头，目光里满是紧张。

"想去操场转转。你……"

李桃看着顾盼，目光明亮，脸颊通红。顾盼屏息静气等着，终

讲台 433

于听到她说:"这会儿我也睡不着。"

"支教这三年,我每次生日都是暑假,这还是头一次和学生们,还有队友一起过。其实今天只是我身份证上的生日,真正的生日连我自己、连我父母,连……都记不清。"李桃望着夜色中的操场。

顾盼和她并肩走着:"早几天晚几天没什么关系,今天就是你的生日。"

"我以前从没有像这几天这么快乐和放松的时候,一举一动总是要很小心,总是要在意别人的看法。和你们在一起已经好了很多,可像这样的时候仍然太少。"

"我以后会一直让你这么开心,就从今天起,7月17日,巨蟹座,我记住了。"

黑暗掩饰了李桃的紧张神色:"你对我真的很好。"

"有什么用。"顾盼自嘲地笑了,"你也说过,光靠着对你好,感动不了你。反正你也把我当兄弟。"

他等了又等,暗自期待着李桃否认,但李桃始终没吭声。行了,这回消停了。顾盼心底有种了无牵挂的轻松,他竭力让自己的语气也这样:"没事,我也就是随口表了个白,你不愿意就当我开玩笑好了。"

他正要主动提出回去,李桃重新开口:"《诗经》里有一句'宴尔新婚,如兄如弟'。'新婚宴尔'就是从这里来的。意思是说,新婚夫妇要和兄弟一样亲密。"

"没、没明白。"

李桃低下头,避开他的目光:"真笨,还没听出来。"

顾盼愣住了:"你是说……"

"我是说,真正的爱情,应该是两个人像兄弟那样心意相通、互相扶持。"

顾盼死死盯住她的侧脸，在那仿佛一个世纪般漫长的几秒里，他看到她的嘴角露出浅浅的微笑，终于有些确信："你、你同意啦？"

李桃直视他的眼睛："咱们试试吧。"

顾盼后退一步，脸上的表情急速变化，从惊讶到怀疑再到狂喜，他突然扑上去双臂抱住她，把她举了起来。李桃失声喊叫："把我放下。"顾盼充耳不闻，抱着她原地连转了好几圈，李桃吓得连连尖叫，好不容易被放下，立刻举起拳头捶打他："你吓死我了。"

顾盼毫不在意地放声大笑，掉头在深夜的校园里狂奔："我恋爱了！我有女朋友了！"李桃看他在跑道上一圈圈跑着，仿佛时钟的指针在飞速旋转。她喊他，让他停下来，他充耳不闻，仍然一圈圈疯跑，一遍遍大喊，整个操场都响起回声。她冲着他狂奔的身影喊："你真幼稚！"也追了上去。顾盼放慢脚步等他，李桃蹭上他的后背，他背着她想继续跑，刚跑几步就两腿一软，扑倒在塑胶操场上，李桃也滚落到一旁，两人东倒西歪瘫在一起，笑声响彻夜空。

操场边上，其他老师和学生们远远看着这一幕。陈纳德举起手机继续做直播："顾老师和李老师都站起来了，顾老师在为李老师掸身上的土，两个人面对面手拉手在说话，顾老师把李老师搂进了怀里，他们的头碰到了一起，鼻子也碰到了一起，嘴也……鉴于后面的镜头少儿不宜，这段就不再播了。"

裴岩捂着嘴打起哈欠："等了这么久才等到，真磨蹭。"

"本来是你通知大家的，你倒最先熬不住了。我给顾盼出的主意不错吧？"王沫沫笑着把手挡在阿雯面前，"你们就不要看啦。"

学生们都不好意思地笑了。在她身旁，杨晓婉双手捂嘴，默不吭声地盯住操场，眼睛里闪烁着泪花。宇老师也在悄悄擦眼泪。付羽双手揣兜表情平静，低声说了句："年轻真好。"

"散了散了，回去睡觉。这里留给他们了。"王沫沫第一个转身走向宾馆，其他人也跟在她身后，有几个学生恋恋不舍地扭头回

讲台　435

望操场,那里重新剩下顾盼和李桃。他们相偎坐在操场上,仰头看着天幕。北京的夜晚远不如云南晴朗,但今夜能看到稀疏几颗星辰在闪烁。

"你不是说,光靠着对你好,感动不了你吗?"顾盼问。

"对的人就可以。"

"见到你第一眼,我就喜欢上你了。"

"我也第一眼就看出来了。"

"你什么时候觉得我还行的?刚才?"

"说不出。非要找个时间,大概是你在天台上开导我的那个晚上吧。那时候我觉得,你懂我。"李桃仰望天穹,眸子里映出星光。

黎明时分,两人拉着手走向宾馆。李桃回到房间,找服务员借来喷壶,仔细为那束玫瑰喷上水。阳光下,玫瑰开得正艳,一如她脸颊的红晕和难以掩饰的笑意。

第二十一课　梦想的代价

没人想到天上掉馅饼的事真会发生，也没人想到，被馅饼砸中的那个居然是顾盼。起码认识他的人都这么觉得。

他和李桃都刻意保持了低调，唯一一次秀恩爱也就是把学生和队友们送走后，同时在各自朋友圈里发出同一张照片：两人的手握在一起，没露脸也没配任何说明文字。可这已足够激起大家的热情，照片刚发出来，顾盼他妈就火急火燎打来电话询问，确定就是李桃后，乐得比儿子还开心，一个劲叫他赶紧带儿媳回家。猴子也是最早看到消息的几个朋友之一，除了一连声的敬佩称赞，其他什么词都说不出。就连久不联系的叶子轩也发来语音询问，语气酸溜溜的。顾盼后来听李桃说，郝苗也难以置信地询问过她。

接完几个电话再回头看照片，点赞评论数加起来都已破百，而且还在不断攀升。一整天下来，两人的手机始终没歇过，没完没了听朋友们表达着震惊之情：你俩还真在一起了？顾盼你配得上人家吗？李桃你怎么就一时想不开被他骗走了呢？你看上他什么了？如今靠死缠烂打还追得到女生？顾盼你到底对人家做了什么……

两位主角一遍又一遍被这些问题逗笑，接受过祝福，挂上电话后又都有些心虚。李桃本来就不喜欢张扬，也还没习惯身边突然多了个人的生活状态；顾盼则是连自己都不敢相信这是真的，期盼多年的愿望一朝实现，他的第一反应却是畏惧和退缩，生怕李桃真被那些调侃的话语说动,来一句"我又考虑了下,要不咱们缓缓吧",美梦成空、得而复失的感受比什么都残酷。

接下来的几天里,这样的感觉仍不时萦绕心头,也使他在和李桃的日常相处中格外提防,带她玩远比带学生玩还要小心,生怕哪里照顾不周到,好在这依然是蜜月般的十来天。李桃换了家青旅住下,顾盼仍没回家,两人这回24小时都在一起,从早到晚说个不停。有时能一直聊到深夜,聊着聊着就睡着,半夜醒来继续聊。

除了支教时的共同经历,他们聊喜欢的书和电影,聊旅游去过的地方,聊各自的父母和家庭、各自的童年,竭力发掘脑海深处那些模糊的往事碎片。顾盼给李桃讲小时候去堂兄家住,每天清晨去护城河边玩水,结果差点掉进河里的故事。李桃则回忆暑假被父亲送回农村老家的往事,那是《社戏》般的经历,那些农村的小伙伴每个人都是少年闰土,带她在溪水中摸鱼,在稻田里捉青蛙,去果园里摘水果。如今无论他的堂兄还是她的小伙伴们,都已被岁月变了模样。

在顾盼的记忆里,李桃从没像现在这样爱说话,无论是对自己还是对任何人;他更是被爱情激发了全部热情和灵感,随时随地都能异想天开,妙语连珠。聊各自理想中的未来生活时,旺盛的想象力驱动着他勾勒出各种瑰丽而诱人的计划,它们往往以"等我有钱了"为前提。

"支教这几年,我还真有个愿望。"并肩坐在晚风中,望着银锭湖的湖水时,李桃说,"想按自己的心愿在农村建一所学校,环境最好像沧水中学那样,周围是青山环绕,有稻田、溪流,不远处是澜沧江。每天早上推开窗户能看到云海,夜里抬头要看得到银河。校园不用很大,但要干净美丽,墙上不是标语口号而是卡通人物,厕所要建成水厕,学生要有浴室,垃圾落叶不要焚烧而是有更环保的处理办法。我要开辟出一片绿油油的菜园,还要在宿舍外种上各种颜色的鲜花。身边每天都是孩子们的笑脸，队友们既有趣又志同道合，你过来，晓婉也过来，桃白白也要过来……"

"裴岩就别过来了吧？"顾盼插了句嘴，两个人马上笑得东倒西歪，李桃捶了他一下："你老对人家有成见，她比刚来时好多了。"她又收敛笑容，很认真地望着顾盼，"真有那样的机会，你肯去吗？"

"我陪你过去。"顾盼揽上她的肩膀，"只要你先跟了我。"

李桃歪头轻靠在他的肩膀上："你也就是说说，你们北京人才不去外地呢，我也舍不得。去支教是一回事，在农村待个十年八年，甚至待一辈子，又是另一回事。"

"好男儿志在四方。"顾盼引用了他爸挂在嘴边的这句话，掉头去吻她，以此掩饰心里的隐隐发虚，支教这几年，他再也不敢乱吹牛了。

确定关系半个月后，顾盼开车送李桃踏上她推迟很久的归途，他们在机场相拥而别，李桃的发丝撩得他脸庞痒痒的，他也对着她的耳朵轻轻吹气："这回毕业了，千万别到处乱跑了啊，老老实实回来给我当媳妇。"

李桃点头："我听你的，再也不乱跑了。"顾盼觉得她从没像现在这样听过话，听自己的话。难言的离愁别绪从心底涌起，他拼尽全力抱紧她，长长地吻她，隔着胸膛能听到她的心跳。李桃先是温顺地任他摆布，然后轻微反抗，最后只好尽力挣脱："都快喘不过气了。"她小声抱怨。

望着她拖动行李箱步入安检口的背影，顾盼心头五味杂陈。即将安检的前一刻，李桃又转身遥遥挥手，他赶忙堆起笑脸，眼看安检门前不再有女朋友的身影，笑容逐渐消失，回味刚才的心情才明白，自己除了不舍，还多了一丝隐隐的忧虑和恐惧。又是一年的分别，李桃上一段恋情是怎么结束的，自己再清楚不过。

他终于开始了朝九晚五的生活，每个男孩变为男人，大概都要

讲台 439

经历这样的转变，接受以前无法接受的，回归曾经抗拒的。鳞次栉比的广厦丛林，错综复杂的立交桥，早晚高峰期缓慢蠕动的车流，步履匆匆的人群，玻璃幕墙折射的刺眼阳光，这些原本熟视无睹的场景，却在三年支教过后变得生疏。顾盼突然理解了那些北漂第一次来到首都的感受。北京太大，自己又太小，生活在这里就像一只蚂蚁在人群里蠕动。

他想起科幻电影里的宇航员，他们在宇宙中旅行了几个月，回来时地球上已过了几十年上百年，自己还年轻，儿孙辈早已是耄耋之年。自己的支教却刚好相反，明明在几乎是另一个世界的地方度过了三年之久，做出了一番惊天动地的事业，回来却发现一切都没什么变化。

新的工作环境和毕业前实习的时候没什么大的差别。照例是各种杂活，同事当中也不缺王姐那样的人物。顾盼在处室里尽力夹着尾巴做人，对领导前辈的每一句交代抱以十二万分的关注，当年刚支教时，班里为数不多肯听讲的学生对自己大概就是这种态度。

他也尽力避免主动提起支教生活，担心被视为异类。偶尔有同事得知他的经历，或真或假地惊讶感叹，纠缠他讲支教经历，他照例要客套一通，尽力把话题一带而过。人们很难理解生活经验范围以外的事物，就算解释了也多半听不进去，这是顾盼这些年的重要心得。反过来，同事们每天关心的那些升职、待遇、房价、油钱、子女教育，他同样听得索然无味。也只有这时他才发现，支教对自己并非全无影响，生活虽然又要一点点滑落回支教前的那种状态，但起码眼中的一切不再像离开城市之初那样天经地义了。

"改变中国教育"的梦想依旧遥遥无期，顾盼看看每天手头那些琐碎工作，越发怀疑这样几十年如一日的生活，能否换来梦想的实现，那时自己又成了什么模样，恐怕大概率会在此之前泯然众人。顾盼脑海中经常浮现出人到中年的自己，基本是以堂兄现在的模样为原型。上次见面，堂兄对李桃的照片赞不绝口，可听顾盼讲起李桃的家庭后，表情却变得复杂起来："外地的啊。"除了自信更善于控制身材，顾盼实在看不出自己会比堂兄强到哪里去。

诸如此类的困惑，顾盼有时会在电话中对李桃提起，她感叹说，理解他的心情，自己也对未来的生活有些忐忑，她当然要当老师，在北京找一所好学校教书也完全不是问题，只是不知道能否适应那些城市学校的教育理念，它们或是唯分数论，或是打着培养素质的旗号想方设法从家长兜里掏钱。看看那些从小就学冰球、马术、击剑、高尔夫，每年暑假出国游学的孩子，再想想依旧留在山里的学生们，她心里更不是滋味。

这时往往又轮到顾盼来安慰她："咱们现在所拥有的，已经是很多学生一辈子都在渴求的生活，就这样还不知足，是不是有点太贪心也太矫情了？其他支教老师教书的教书，留学的留学，像我这样进机关的也有。还有那些创业做NGO（非政府组织）的，比咱们难多了，人家也都过得好好的，咱们怎么就受不了？说到底，只要咱俩在一起就什么都好说。"

类似的表述总会让气氛缓和不少，李桃也会赞同他的意见："等咱们在一起就好了。"

顾盼不能确定她是不是真这样想，更不能确定自己是否在自我安慰：别人都那样过，别人都过得好好的，可别人是别人，他们是他们。甚至顾盼是顾盼，李桃是李桃。每个人都有各自的生活，这种比较没有意义。这也是三年支教下来的一个重要心得。

除了这点，其他暂时没什么太值得担忧的。他们每天聊天，回忆当年支教时的趣事，分享各自的生活，还有队友和学生们的现状。陈纳德、杨晓婉、王沫沫还有字老师不时带来沧水中学的消息，新一届的三位支教老师已经到任，每个人都很优秀，很快就适应了支教生活，各种课外项目也延续下来。学校里依旧会隔三岔五出现大

讲台　441

大小小的状况，但有上一届的殷鉴在前，新一届沧水团队更加应对有方，顾盼经常慨叹，他们比自己当时成熟多了。

172班的学生们也依旧和老师保持联系，除了睡觉时间，顾盼的QQ几乎永远闪动着学生们的头像，点开就是各种问候：老师忙不忙？老师工作顺利吗？老师吃饭了吗？老师下班了吗？老师注意休息。老师我想你。老师什么时候回来看我们？还有学生不时报告自己的生活，倾诉自己的困惑和烦恼，顾盼也会竭力解答、给出建议，其实李桃在这方面比自己擅长得多。回复之余他也不由得感叹，果然像李桃说的，学生们要成自己一生的牵挂了。

在这些问候当中，"顾老师你什么时候和李老师结婚"是问得最多的。顾盼一次又一次回答："等李老师毕业。"学生还是一遍遍地问，就好像当年课堂上永远记不住老师的讲解一样。有时被问烦了，他索性回答："顾老师哪天高兴，直接坐直升机去李老师的学校，跳伞跳到操场上，就向她求婚了。"学生们不知是信以为真还是起哄："那你可得做直播，我们都看着。"

其实顾盼也清楚，这不过是想想而已。时间在推移，他和李桃电话里聊得最多的话题，逐渐从支教的往事变为李桃的学业，每次她都在抱怨课程繁重：香港的快节奏生活果然名不虚传，自己继续三天两头地熬夜，要不是经过支教的历练，能不能扛住还真难说。她也没想到会在这样的弹丸之地遇到这么多元的文化，这么多背景各异的老师和同学，大脑每天都在吸收海量的信息，她恨不能连吃饭、睡觉的时间都省下。与从学业中获得的成就感相比，所有那些娱乐休闲都显得索然无味。

望着女朋友的留言，顾盼半天没吭声，除了一句"别太累着自己，注意休息"，不知道还能说什么。离别时的那缕忧虑，几个月来始终萦绕心头，像丝线般似有若无绵延不绝，如今更是在不断的盘旋缠绕中变得粗大如纶。

那一刻他意识到，即便李桃回到北京，两人的未来也充满着变数。而这个未来在自己单方面的规划中，原本是清晰坚定的：李桃研究生毕业后回到北京，两个人就结婚。以她的学历和条件，当老师绝对没问题，找份其他收入不错的工作也完全不在话下。房子不用担心，爸妈早就给自己留好了一套三居室，只是位于郊区，没车还真不方便，买车摇号又只能看运气。自己和李桃得努力攒钱，几年后换一套三环以里，离爸妈家不远的房子，面积不用很大但要舒适。有了孩子再把李桃父母接来，在附近为岳父母租上另一套房。

他们可以要两个孩子，最好一男一女，自己教儿子踢球，李桃教女儿书法、背古文和读诗，当然反过来也行，说到底要看孩子自己的愿望，他不想用父母对待自己的方式对待孩子。一家四口加上桃白白，有车有房有积蓄，一年最好再出国旅游一次，这或许就是以自己目前的能力，所能达到的最幸福状态。也是对这种未来的憧憬，支撑着顾盼几乎全部的生活热情。

如今他却陡然惊觉，这份规划的地基正在逐渐坍塌，自己一厢情愿地为这栋广厦不断添砖加瓦，却没注意到，它从最初就建立在流沙之上。他始终无法把这样的疑虑从心底驱赶出去：对这样的生活，自己其实没有那么大的兴趣，以前没有，现在仍然没有，只是觉得"应该这样过"。而李桃只怕更不感兴趣，靠这种层次的幸福是拴不住她的。她前任在这方面想得做得远比自己周到，结果呢？

他试探着在电话里对李桃描述自己的计划，李桃也会和他讨论各种细节：两人的婚礼怎么办，书房该什么样，装修要什么风格，买什么样的家具，房间里摆什么装饰，阳台要种什么花。顾盼依然觉得她对此并不热衷，之所以表露出兴趣，最可能的原因应该和自己一样：她仅仅是不清楚，如果不选择这样的生活，又该过什么样的生活。而如果两人过上这样的生活，一直过这样的生活，自己很可能慢慢变得不再是当初她所爱过的自己，她也同样不再是自己曾

讲台　443

经爱过的她。真这样的话，两个人就算在一起，又有什么意义？

"夜长梦多。"猴子对他俩的感情前景做出了评价，"这姑娘不是一般人，想跟她在一起，你必须追上她的境界，千万别想把她拉低到自己的水平。"

他说这话的时候，两人正在工人体育场看球，顾盼目光盯着足球在草地上飞来飞去，却根本分不清传球路线，满耳的喝彩加油声也好像远在天边。猴子果然从另一个角度印证了自己的想法，"分手"这个词第一次闪现在脑海中，他心跳得更快了。

场上比分僵持不下，猴子低头刷着手机，突然抬头说了句什么，淹没在球场的喧嚣中，顾盼听不见。猴子举起手机给他看，那是他们高中的班级群，群里的高中同学正在讨论全班聚会的事。顾盼毫不犹豫地摆手，支教这三年间，大学和高中的班里也各举办了几次同学会，他只去了一次就不想再去了，所有人都在争先恐后讲述各自的生活，根本不想听别人的生活，他们的悲欢早已不再相通。顾盼也曾试着提到自己在支教，又从别人脸上看到之前无数次看到过的惊讶，这彻底打消了他描述现状的兴趣，无论是完全错位的赞叹，还是竭力隐藏在礼貌和淡漠下的轻蔑，他都再不想看到了。

猴子对着他耳朵喊："咱们高中那些同学，你现在没几个有来往了吧？"顾盼报以同样的高声："也就剩你了。"猴子又喊："我也是，大学同学还有几个，小学、初中基本都不联系了，就算聚一起也没话说，知道为什么吗？"顾盼大声吼叫："因为分开之后，大家的经历、生活都不一样，观念想法、兴趣爱好、人生追求也就不一样了。"猴子也比赛嗓门般地大喊："没错，人都不一样了，还硬往一块凑什么凑？"

巨大声浪淹没了体育场，球进了。身边的观众纷纷起立，猴子跳起来，兴高采烈地咆哮着，只有顾盼抱臂留在座位上发愣。

"还是我家那口子省心。"回家的路上，歪在出租车后座的猴子嘟囔着,"整天就是,今儿去哪儿吃啊,这月工资都花哪儿了啊,超市什么菜又促销啊,我在网上看那件衣服不错,单位那谁谁谁真烦。"顾盼只是听没有答话,车里酒气熏天,车窗外是三里屯的灯红酒绿。猴子和他老婆是相亲认识的,去年秋天结的婚,顾盼没能参加婚礼。如今他老婆怀了孕,两只猫留在父母家,天天忙得焦头烂额,顾盼回北京近半年后,这还是两人头一次见面。

回到家里,他迫不及待拨通李桃的电话:"桃子,我想你,特别特别想你,想马上飞去香港找你。"电话那头传来李桃的轻笑:"又喝酒了?你一喝完酒就各种肉麻。"顾盼一颗心放回肚里,东拉西扯说了几句,李桃主动结束了谈话:"我继续学习了,你也少喝点。"顾盼坐在灯光下醉眼蒙眬愣了好久,心头回荡着猴子刚才那句话:人都不一样了,还硬往一块凑什么凑?

好不容易熬到圣诞假期,顾盼迫不及待去香港看她。李桃的热烈反应让他放心了不少。到香港的第一天,她带他去爬太平山,他们喘着粗气爬到山顶,都从彼此眼睛里看出对方想说什么,同时笑了。顾盼说:"你得加强锻炼,当年支教还知道跑跑步,别荒废了。"李桃回敬说:"还好意思说我,你自己都胖了,多久没踢球了,光喝酒了吧?"要是在以前,顾盼肯定会想方设法为运动量的减少找理由,眼下却一口答应:"回去我就锻炼。"

他们并肩坐在山顶,望着维多利亚港的夜景,顾盼让李桃教自己粤语,故意发出各种奇怪腔调逗她笑,又聊起支教的经历,他们聊当年自己是怎么被学生一天气上十几遍,却只因一句安慰、一张小纸条、一次落泪就原谅他们的;聊学生的未来,那些考上高中的孩子能不能上大学,去打工的孩子又会经历多少磨难;还有为当地老师们鸣不平,顾盼发了狠:"我要是有权制定政策,第一件事就是大幅度提高乡村教师的待遇;第二件事就是规定,全国所有公务员入职前,先去乡村支教个两三年。"

他们还讨论什么时候回学校去看看，是李桃毕业、杨晓婉、王沫沫也结束支教的一年以后，还是十年以后？那时连学生们都该有孩子了吧？茶校长和局长是不是也该退休了？

"结婚以后吧。"顾盼举起李桃的手，注意到她戴着银戒，是自己买给她的那枚。

李桃看着他低头去吻那枚戒指，点头说好："今天我好像又回到刚要去支教时的那种状态了，特别兴奋。"

"因为我来了？"

"不光是因为你。你没看咱们的支教群？"

她看到顾盼眼中全是茫然，掏出手机打开邮箱给他看。这是一封微光办公室给全体支教老师群发的邮件，顾盼一看标题就愣住了，微光要在云南建一所小学。

他捧着李桃的手机反复看了几遍，这才明白原委。说是建学校，其实学校本来就有，是当地的一所农村小学。当地的教育局十分认可支教老师的教学成绩，把这所学校交给他们承办，还允许他们自己决定教育理念、教学方法。校长人选目前定为付羽，最近半年他都在埋头筹备这件事，现在前期沟通已初见眉目，该招兵买马了，这封邮件就是在为这所"微光小学"招募老师。

顾盼看了看时间，今天刚发出来的。再打开支教老师的聊天群，里面果然有几百条信息在谈论这件事。自己结束支教后不怎么关注群里，今天又是大半天都在路上奔波，也真是后知后觉。

"这次招募是面向所有支教过的老师的，付羽是校长，我听说大赵、严菡他们也想申请，老陈不知道怎么样，晓婉是想支教完就去。反正好多老师都特别开心，都有申请的念头。"李桃的声音在耳边回荡，"想想也是啊，一所咱们自己打理，按咱们的教育理念办的学校，去那里能做多少事！记不记得之前我跟你提过的愿望，我还以为也就是想想罢了，没想到这么快就实现了。"

"机会真不错。"顾盼喃喃说。要不是现在这样的场合,他一定也会像李桃那样振奋,可他没想到,自己的第一反应居然是怅然若失。

手背一阵温润滚烫的触感,李桃攥住他的手:"学校明年夏天开学,那时我刚好研究生毕业,我们一起去那里好不好?"顾盼能感到她近在咫尺的脸庞正在发烫,他把嘴唇凑上去轻啄一下,确认了这点。李桃猝不及防:"讨厌,跟你说正事呢。"

"这次去了还是支教?"顾盼盯住她,李桃的双眸在夜色中闪亮。

"这上面都写着呢。"李桃把邮件指给他看,"不光是支教,更是要去做教学创新,咱们是要把支教当成人生选择,去探索农村教育的出路。要是真能成功,咱们就都是先驱者了。"

"那……得多久?"

"上面也写着呢,你看邮件呀,别看我。"李桃的话让他恍然想起支教的时光,"六年,刚好是小学生从入学到毕业的时间。开学那年入学的孩子简直太幸运了。"

六年。先驱者。教学创新。人生选择。去云南农村,不对,是回云南农村。这些字眼在脑海中盘旋,顾盼觉得脑子里一团乱麻:"有点突然,我考虑考虑行不行?"

"是突然了些,不过没关系,时间还长呢。咱们可以一点点了解细节。"

接下来的几天,李桃带他在学校里转,把他介绍给同学们,带他来自己的宿舍,顾盼又见到了桃白白,它跟着主人来到这里,相隔几个月依然对他很亲热,主动伸出粗糙的舌头舔他的鼻子。他们还去了中环、迪士尼乐园、海洋公园,坐船游览维多利亚港,这些景点有的连李桃自己都是第一次去,她一直腾不出时间。两人珍惜在一起的每一分每一秒,恨不能把久别多日积累的满腔激情一股脑倾倒给对方。可在顾盼看来,这种快乐有如回光返照。他眼前总晃动着两人一起坐船时的景象:李桃凭栏远眺,长发在海风中飘拂,

讲台 447

身后是维多利亚港的落日。汽笛声中,她的脸庞与夕阳交融,逐渐模糊黯淡,直到整个人都与夜色融为一体。

在香港的最后一晚,他半夜醒来,借着月光细细打量枕边李桃熟睡的脸庞,沉静安详得仿佛孩子。他为她掖好被角,轻吻她的额头,怎么看也看不够。心头却又萦绕着关于他俩未来的疑云,真的要追随李桃再一次去支教吗?

他当然不在乎刚拿到的公务员身份,甚至把之前的人生规划完全推倒也不要紧,爸妈那边是不大好交代,可现在他自信能说服他们。只是等到六年满了,会不会又有什么事让李桃决定继续留下来?她会不会一辈子留在农村?自己是不是也要这样?

支教三年,自己是适应了农村生活,可现在回忆起来,当时驱使自己咬牙撑下来的,有对李桃和学生的感情,有对想做出些成就的渴望,同样不能忽视的还有一点:支教是有终点的,自己清楚地知道那个截止日期,它就远远戳在那儿,日子每过一天,自己就向那里蠕动一步,这种向目标的一步步接近,本身就是一种持续不断的激励。它更给自己潜意识里留下了一条退路:无论遇到多少困难,自己起码还能回北京。可是这次不一样了。

回北京之后,顾盼在电话里提出了自己的顾虑。本来没准备直接谈这事,两人都聊了很久,眼看快要互道晚安了,李桃刚好提到,付羽昨天和自己约线上面试的时间。顾盼尽力说得很委婉:"去微光小学这事,咱们是不是再考虑下?"

他没指望说服李桃放弃这个决定,想都不要想,他太了解女朋友了,李桃什么都可以放弃,什么都能退让,除了自己的理想。可现在毕竟要让她明白自己的意思。

电话那头沉默了几秒,李桃重新开口时,仍竭力保持欢快的语气:"你还有什么顾虑吗?"

"就不能缓一缓,好歹你先回来,咱们结了婚成了家再过去?"

"学校刚建立，得有多少事要忙？这是最需要人手的时候。"

"你爸妈那边也同意？"

"他们早习惯我什么事都自己做主了。"

"拿到那么高的学历又回到农村，不觉得可惜？"

"这样我过去了才能做得更多啊，这半年收获太大了，等到毕业我准保又是一次脱胎换骨。"

"可你想没想过，光凭支教改变不了整个农村，政府才有这种力量去改变。咱们之前都拼尽全力了，可要说成果好像也没那么多。这次再过去，能做多少事，你意识得到吗？"

"咱们之前不也讨论过吗？哪怕没法改变整个农村，就算只改变几个学生的命运，也说明努力没有白费。再说了，你原先就想当公务员，从政策层面来推动改变，现在呢？"

"可等这次支教再结束，咱们可都三十多岁了，同龄人那时多半都有家有业，咱们的生活又会成什么样？再回北京重新找工作，和刚毕业的小孩一起竞争？还是说，以后一直留在农村教书，再不回北京？"

"没必要想得太远，想也没用，就算有了计划，也永远会有各种意外来打乱。只要确定这件事自己真的想做，也能有收获，先去做就是了。咱们不是一直都这样吗？我相信几年过后，以咱们的能力、咱们的见识，无论如何也不会活不下去。"

"你就是这么规划未来的？你以前不这样啊。"

"你以前也不这样啊。"电话那头，李桃的声音也变得惊讶，"你怎么了？你支教时的魄力现在都哪儿去了？"

"那时是无知无畏。"顾盼叹口气，"咱们毕竟不是刚毕业的时候了，不能光想着自己，不能一个劲由着自己的性子……"他猛然打住，觉得这分明是他爸的口气，"我这不是一直在考虑咱们的以后吗？"

讲台　　**449**

"我也在为你考虑啊。你之前不也抱怨对现在的生活不满意,既然这样,干脆换一种生活试试?"

顾盼还真不知该怎么回答了:"我只是想,让咱们都能幸福。"

"留在北京就是幸福,去农村就是不幸福?当年支教时你可不是这么看的。什么叫幸福,咱们不是早都有共识了吗?不用管别人的看法,按自己的意愿去生活,这就叫幸福。"

"所以,不管我怎么打算,你都肯定要去了?"

电话那头又是一阵长久的沉默,最后李桃还是表态:"我都要去。"

那我怎么办?这句话都到了嘴边,顾盼硬是咽了回去,生怕李桃被逼急了冒出句"那就分手呗",只好敷衍她:"咱们都再想想。"

李桃"嗯"了一声。

之后的几次通话,都是顾盼主动联系李桃,尽力装出开心的样子,两个人都有意回避微光小学的事,可这显然不是长久之计。新年过去没多久,他们在电话里有了第一次争吵,几句唇枪舌剑过后,李桃怒气冲冲撂下一句:"我要复习了。"

挂掉电话,顾盼才想起她那边已是期末了。第二天他给李桃发了条言辞谦卑的信息,表示昨天是自己不对,两个人都需要冷静,李桃很快回复:"正好,这几天我要复习,寒假前都别联系了。"

他们在冷战中度过了寒假、春节甚至情人节。春天来了,气候一天比一天热,两人之间却好像还停留在年初。如今的联系更多出于责任感,恋情本身几乎成了负担,分手的念头越来越频繁地出现,只是谁也不肯提。好不容易有一次两人的关系略微缓和,顾盼开玩笑说:"除了还打打电话,咱俩现在的状态跟单身没区别,还整天互相折磨。"

李桃刚刚还温和的语气又转为严肃:"我不想失去你,那样我的痛苦会远比现在要深;可如果真有必须分手的那天,我什么也不会说,只会转身就走。"

顾盼只好承认自己在胡说八道，又凭着半扯淡半真诚的海誓山盟敷衍过去。

李桃毕业时，"分手"这个字眼到底还是蹦了出来，那也许是他们从认识以来最激烈的争吵，支教三年都没闹成这样。顾盼是在处室里接到李桃电话的，冲到走廊里才敢小声开口。李桃希望他能来香港参加自己的毕业典礼，顾盼去不成，那些天处室里急着赶一份材料，天天加班到昏天黑地；他又游说李桃，去云南之前先回北京待几天。李桃却告诉他，时间太紧了，九月初开学前，新团队必须完成全部准备工作，而他们只有不到一个暑假的时间。

顾盼举着手机在走廊里晃来晃去，身边是同事们来来往往，他闪身躲进楼梯间，试图继续坚持，爸妈比自己还想见她，再说就晚几天也耽误不了多少工作，路费之类自己来负担就可以。

李桃依旧寸步不让："不是钱的问题，我的时间比什么都宝贵。"

顾盼有了火气："合着我的时间就不宝贵了？"

一来二去战火升级，顾盼一边踱下楼梯，躲避着不时上下楼、前往相邻楼层的同事，一边抬高嗓门："你真的在乎我吗？"

李桃也加大音量："那我也不能为了这个影响工作。"

两人隔着电话各说各的，谁也不听对方，顾盼憋了许久的怨气爆发了："实在不行就分！"

李桃毫不犹豫："分就分。"抢先挂上电话。

听筒里的忙音响到四五声时，顾盼才意识到自己刚才说了什么，赶紧又打过去，手机刚响就被挂断。他没有尝试再次拨通，而是改为写信息认错，信息发出的那个瞬间，他屏住呼吸，生怕看到拒收信息的提示，幸好并没有。他在楼道里盯着手机等了又等，没有任何回音，只好准备回办公室，抬头才发现，自己不知不觉已经从处室所在的六楼下到一楼。在洗手间照镜子时又发现，自己眼睛通红，还有了泪水，他狠狠洗了一刻钟的脸，脸色才勉强恢复正常。

从那天起，他再没成功打通过李桃的电话，也再没收到她的只言片语，每天他都要给"下自成蹊"发个四五条信息，大体选在早、中、晚三个时间段，主要内容是认错求原谅，其他则包括嘘寒问暖、请安问候、主动汇报自己都干了什么。在顾盼的记忆里，自己从小到大没对谁这么卑躬屈膝过。

所有消息都石沉大海。

那些天，他好像眼睁睁看着自己在逐渐失去李桃，却又不知如何挽回。想再飞过去是不可能的了，年假自己还没有，事假又不好请，上次去香港还是攒了好几天倒休外加一个周末凑齐的。这次总不能跟领导说，女朋友发脾气，自己得跑过去认错。

更重要的是，就算赶过去又能怎么样？顾盼唯一的安慰只有一点：李桃迄今也没把自己删除，朋友圈同样没有屏蔽自己，这表明发过去的消息她毕竟都看到了。

分手的阴影在心头盘旋得越来越重。有时他会情不自禁去想，真和李桃分手，自己会过上什么样的生活。之前那一大堆未来规划也许会重新成立，只不过共同经历这一切的换成另一个女生，她多半是相亲相到的，彼此看着还算顺眼，谈不上有什么心动的感觉。婚后的日子可以参考猴子的生活，顺利的话，自己三十岁上下能成为堂兄那样的中年男人，随时随地信口开河，不放过任何一个教训年轻人的机会。这样的自己让他恐惧，李桃至少有一句话说对了：现在他们是痛苦，可一旦失去彼此，痛苦会远比现在更深。

这种状态持续了十来天，顾盼接到付羽的电话，两个人约在微光办公室附近的一家餐馆，付羽明显黑瘦了许多，面相更加沧桑，显然这些天没少在云南的烈日下奔波，这次见面后马上又要回去。娟姐也穿着宽大的孕妇装坐在旁边。付羽一见顾盼就露出笑容："胖了点，你过得不错啊。"

顾盼黑着脸坐下："我不想见你，你坑死我了。"

"怎么？"

"把我媳妇拐跑了呗。"顾盼给自己斟了杯白酒。

"我没邀请李桃，之前已经考虑到你俩的情况。"付羽静静看着他，"她是主动报名的。"

顾盼语塞了片刻，酒杯一顿，洒出几滴酒水："办学校是挺好的事，我双手赞成。关键是，怎么偏偏选这个当口？咱们微光前后出过的支教老师少说也有几百个，怎么就非她不可？好歹等我们俩结了婚你再办啊，最好是有了孩子，那时候她也就踏实了，老老实实待在家里，就没这事那事了。我跟她容易吗？熬了那么多年，眼看就要苦尽甘来了，马上又这样。"

坐他对面的夫妻俩面面相觑，娟姐开了口："顾盼你信不信，就算你们结了婚甚至有了孩子，李桃也还是会去支教。她那种脾气，永远也不会改的。"

"这我倒信。"顾盼沮丧地叹气，仰脖咽下一口酒。

"前两天李桃还给我打电话，电话里就哭开了，说话也是抽抽噎噎的。我没敢问她最后怎么决定的，是她主动提起，说自己也没办法，非要在这个机会和你之间二选一，她只能选前一个。她还说，这次真的分了手，以后就再也不谈恋爱了。"

顾盼又灌下一口酒，企图用举杯的动作遮挡眼角的泪水。

"你俩谁都没错，这些选择本身也谈不上对错，因为无论选择什么，都意味着必须放弃些什么。我们每个人都这样。付羽当年不读博去支教，放弃的是学位；我跟着他来农村，放弃的是在城市里的生活；李桃再去云南，放弃的是和你的爱情；你当年选择支教，放弃了找工作和留在北京的机会。放弃的那些咱们不是不在乎，而是相比它们，更在乎自己的理想。

"反过来，其他人不来支教也有充分理由：也许家境不好急需挣钱；也许好不容易来到城市，不愿再回农村；也许有父母妻儿，背负着整个家庭；也许是面对家人的反对，觉得家庭和睦更重要。这里没有道德上的高下，并不是说去支教就伟大，不去支教就庸俗，看重的东西不一样而已。有些选择我们也许互相都不能理解，但也不要轻易去评判指责，断定它们一定是错的，因为在做出选择的那个人心里，这就是自己最想要的。"

顾盼深深低头，双手插进头发里，然后攥紧头发。

"李桃让我想起一个人。"对面依旧是娟姐的声音，"也是个女孩，也非常优秀，她俩连性格都有点像。"

顾盼趴在桌子上，声音也因此沉闷："也是支教老师？我认识吗？"

"你知道微光怎么来的吗？"

这句答非所问让顾盼扬起脸。旁边的付羽想说什么，娟姐望着他："都过去好些年了，你们还这么小心？"付羽没再吭声。

顾盼屏息等待下文。关于微光的诞生，他既没想过，更没人主动对他提过。潜意识里，这个支教组织好像一直都有，存在得名正言顺、天经地义，尽管他也清楚，微光的对外宣传资料上写着，它是2013年创立的，至今不过八九年而已。

娟姐掏出手机，找到一张合影给顾盼看。十几位风华正茂的年轻人摆出不同姿势面向镜头。付羽赫然在列，尽管是多年前的留影，面相却和现在没什么区别。

"这就是创始团队，工作人员和第一批支教老师都在，十七个人。创始人在这里。"娟姐指向第一排正中，那是个眉目清秀的短发女孩，戴无框眼镜，穿着简单的文化衫、牛仔裤、白球鞋，背着帆布包，两只手很淑女地搭在身前。顾盼没想到创始人居然是个看起来很文弱的姑娘，颇有些愕然，她的气质也确实和李桃有些相近。

"她叫沈思存，微光是她在2013年创立的，那时她大学毕业还不到一年，母校是全国最好的两所大学之一，她也是那届学生里最出类拔萃的一个。"

"我好像从没听过这个名字。"

"早就离开了。照片上的这些人,只有付羽还在,很多事我也只是听他断断续续提起过。"

顾盼望向付羽,暗想他那副扑克脸下面到底埋藏着多少往事。

"故事得从她上大学时说起。她是四川人,每个假期都会回故乡,去一些农村学校做志愿工作。你知道,汶川地震中很多农村校舍因为质量问题都倒塌了,有很多学生伤亡。地震过后政府重建学校,看到一大批坚固崭新的教学楼拔地而起,沈思存很高兴,但是随着去过的农村学校不断增多,她慢慢发现仍然存在问题。"

"缺老师。"顾盼接口,这是所有支教老师都明白的。

娟姐点头:"大学时沈思存已经在做创业实践,认识了一些企业家,有的还热衷公益,她向他们提起自己发现的问题,没人在意,可能无意也可能有意。捐建校舍很简单,掏钱就可以,建完就能结束项目,留下的教学楼又谁都能看到,自己有面子。培养老师呢?既麻烦又漫长,效果也不明显,当然划不来。

"另一方面,她又反复听身边来自农村的同学表示,自己能考上大学,是因为遇到了好老师,他们愿意回报农村,帮更多像自己一样的农村孩子走出大山,只是不知道该怎么去做。沈思存自己也不知道该怎么做。快毕业时她本来决定创业,不光是为了钱,更想创造一些社会价值。这时候雅安地震又发生了,某种意义上讲,这件事直接促成了她创办微光。"

"地震和支教有什么关系?"

"因为当年她亲身经历过汶川地震。那时她是震区的一名高中生,我们听她描述过地震时的场面:他们在教室里照常上课,脚下突然剧烈晃动,一盏吊灯落下来,在她脚边砸碎。所有学生拥出楼梯,挤在一起,灰尘从头顶落下,到处是被粉尘呛到的咳嗽声,走

讲台 455

廊里全是尖叫。他们没命地奔出教学楼，拥挤在操场上。回头一看，教学楼还在晃，墙体有了明显裂痕。

"后面的事你也知道了。在那场地震中，他们学校很幸运地没有伤亡，连建筑倒塌都没有，但有人死去了，很多很多人死去了。那是她有生以来第一次经历死亡，直到地震过去很久，她还是会在深夜里惊醒，确认自己还有心跳和呼吸。那次地震分隔出很多人的生死，也把她的生命一分为二，她说从那以后，自己经常去思考人为什么活着。

"下楼的那短短几十秒里，她什么都没想，唯一的念头就是求生；逃到操场上，他们回望残破的教学楼，脑子里还是一片空白，直到有学生哭起来，整个操场很快哭声震天。她边哭边想，万一刚才动作慢点，震感再强点，甚至那盏吊灯再偏上几毫米，自己也许就逃不出来了，这辈子还没开始就这么结束了。他们都才十几岁，下午上课前，她还和同学讨论以后报考哪所大学，考上后又该怎么样。

"雅安地震让她的记忆一下回到汶川地震的那个下午。她突然惊觉，自己曾看重的那么多东西，从低级的欲望到崇高的理想，都好像地震时的灰尘那样无足轻重，都可能被死亡瞬间清空。既然这样，还不如把每一天当成最后一天来活，只做那些自己愿意做、能让自己快乐的事，这样如果不知什么时候突然离开这个世界，心里的遗憾也能少些。没过多久，她就决定调整创业的方向，建立一个做支教的公益项目，还为此掏出了一笔启动资金，都是她大学时连赚带攒下来的，微光就这么成立了。

"她不觉得自己是头脑发热，好的创业者总会在别人认为不可能的领域发现新机会。她也不完全是白手起家，之前的创业实践让她积累了一些经验、人脉和资源。至于这样做值不值得，她更不考虑。她唯一关心的就是该怎样支教，短期支教对农村学生的帮助有限，但什么样的支教真正有效，她也并不清楚。直到她遇上了一个人。"

娟姐指向照片上沈思存身旁的那个男人，顾盼早就觉得他似曾相识，但直到娟姐说出那个名字，他才对上号："唐捐，微光的联合创始人，那时候刚三十岁。"

顾盼听过这个名字，唐捐依靠教育产业崭露头角，也就这两年的事，没想到他早年还做过公益，也真是奇怪，任何公开渠道都见不到他和微光的联系。照片上那张面孔比其他所有人都成熟，这种成熟无关年龄，是阅历和社会经验共同塑造的。他身材笔挺，抹了发胶的头发丝毫不乱，简单的衣着穿在身上却有种儒雅的味道。合影的人群中，也只有他可以称之为"男人"。

"他是沈思存高几届的校友，家境不错，大学毕业在一家跨国公司干到中层，又选择了留学，原先想随大流读 MBA，后来却对 EMBA 有了兴趣，那是公共行政管理硕士，很多课程都和 MBA 重合，读这个专业的外国人很多都是外交官、政府官员和 NGO 从业者，却没有一个中国人去读这个专业，因为不像 MBA 那样能赚钱。

"这让他意识到中国和西方国家的差距：西方国家都是最优秀的人才投入到公共服务领域，所以他们的政府治理水平很发达；而在中国，至今还有很多人把公益和捐钱、捐物画等号。那时他就希望去探索这个全新的领域，只不过并没有想好具体做什么。拿到学位准备回国的时候，他刚好在校园论坛看到微光成立的消息，立刻联系起沈思存。聊了一刻钟后，他成了微光的联合创始人，还带来另一笔几十万的启动资金。

"他们一起拜访各种人物，找政府部门注册成立法人实体，找企业家募资，找教育专家制定项目模式，找各所大学招募支教老师，找农村学校联系项目地，为创始团队招兵买马。他们都把微光当成公司来办，都希望更有效率地来做公益。

"两个人就这样一起开始了创业。他们都没有收入，为了省钱，从朋友办的公司借来一间小库房，摆上几把桌椅、几台电脑，门口挂上牌子，机构就成立了。库房没有窗户，只要不开灯就漆黑一片，访客多于三位，就得到楼下的咖啡厅谈事。当然这只是第一间办公室，四五年间，微光的办公室换了十几个地方。除了睡觉，他们其他时间几乎都在工作，从早 7:00 到晚 24:00，工作群一直在更新信息，有段时间沈思存累趴下了需要做手术，进手术室的前一刻还在改方案。

"你猜到了，他们很自然地成了男女朋友，价值观本来就相同，背景也都很优秀，尤其还有一份共同奋斗的事业。两个人互相调侃，按这种生活方式，恐怕也没别人肯和自己谈恋爱。他们的相处方式也很少见，约会就是一起加班到深夜，然后叫个外卖，冲杯咖啡，边吃喝边聊天；度假就是去农村访校，坐着摩托甚至拖拉机，住卫生条件很差的小旅馆；谈情说爱的内容就是，支教老师的生活啊，农村学生怎么可爱又怎么调皮啊，下一步该怎么发展啊。在别人眼里这样当然不可理喻，他们自己却苦中作乐。

"机构注册成功了，第一场宣讲会在两个人的母校举办，宣讲会一结束，就有四五个学生报名去支教。付羽是其中之一。"娟姐把目光投向丈夫，"2013 年九月，他去了云南，成为微光历史上首批支教老师里的一员。第二年，支教老师的人数从十个增加到三十多个，第三年六十多个，你们那届快要破百，最新这届已经有三百多人。支教学校也从最早的四所中学，扩展到十几个县五十多所学校。现在，这个支教组织仍然很小，但足够精悍，而且一直在生存和发展。

"可随着事业的蒸蒸日上，两个创始人之间到底有了分歧：教育和公益，哪个才是微光的优先属性？唐捐希望向专业教育机构转型，更想尽快去攻城略地，去吸引整个社会的注意力。沈思存却认为，微光永远是一个公益组织，要在现有的规模下深耕，不要轻言扩张。两个人谁也不能说服谁，团队间的裂痕越来越深。最后唐捐的意见占了上风，沈思存主动辞职，离开微光，两个人也分了手。

"唐捐接管了微光的全部业务，机构按他的设想进行拓展，起初很顺利，支教地区扩展了很多，支教老师的人数也有明显增长，可很快机构就遭遇了危机，经费出现巨大缺口。大批高管离职，一个又一个部门被整个裁掉，员工人心惶惶，付羽那时候也在考虑离开，后来是唐捐劝下了他，亲口表示，无论有多大困难，机构也会优先保障支教老师和地区团队的存续。

"很快，资金链就要断裂了。最后关头，唐捐把自己的全部身家投入进来，其中有一套小别墅还是父亲留给他的婚房，他父亲临终前最后的心愿就是看到儿子结婚。唐捐安慰自己，现在既然未婚妻没了，婚房当然也用不上了。靠着这笔资金，微光总算渡过难关，也重新回到原有的公益道路上。两年后，也就是你和李桃加入微光的那一年，唐捐同样离开微光，净身出户，再次选择了创业。

"离职很久后，唐捐在美国见到了前任，沈思存这时已在当地定居，也结了婚。谈到往事，唐捐向她致歉，觉得她是对的。沈思存却告诉他，没人能预料后面发生的事，这并不意味着他就是错的，当年两个人谁都不能说自己一定是对的。唐捐问她，既然这样，那时为什么还要辞职？沈思存回答，原因和你后来的离开是一样的。唐捐默默和她告别，两个人从此再也没见过面。

"所以顾盼，你能明白为什么吗？"讲完这段漫长往事后，娟姐问。

"所有违背初心的要求，她都不能接受，哪怕是最亲近的人提出的。"顾盼回答。

"他俩是同一类人，唐捐后来的离开也是同样原因，微光不可能再按他的想法去发展了；而就算微光回到原有道路上，沈思存也不可能回来。人生就是这样，宝贵的东西失去了就是失去了，再也找不回来；硬找回来的也不再是之前的样子。微光是因为两位创始人的爱情而诞生的，反过来，它的成长也让这份爱情死亡。除了生命，两个人都为这份事业付出了一切，我猜真有必要，他们也会毫不犹

讲台　459

豫地把命搭上。可如今没有几个人还知道他们的名字,连同那段往事。

"这就是梦想的代价。梦想是世界上最昂贵的东西,想要选择它,你必须有放弃其他很多东西的勇气:所谓正常的生活、财产、前途、名声、朋友、爱情、家庭,有的还包括生命。那些为梦想付出生命的人,我们叫他们英雄。所以你不能接受李桃的选择太正常了,不要自责也不要懊悔,梦想的代价本来就不是谁都承担得起的。说起来虽然残酷,但你们失去这份爱情,也几乎是注定的。"

"我们和他俩不一样,不一样。"顾盼喃喃说,顿时觉得自己渺小了许多,"他们就不后悔?"

"我后来问过沈思存,"始终沉默的付羽开了口,"假如你事先知道是这样的结局,还会选择创立微光吗?她回答我一句话,功成不必在我,功成必定有我,还说唐捐也一定会这么回答,这世上没人比自己更了解他。"

"他们看起来什么都没得到,却留下了微光这份事业。"娟姐说,"她和唐捐没能结婚,当然也就没有孩子,微光就像是他们的孩子,承载了他们的梦想。哪怕两个人都不在了,只要微光还在,就好像还给这个世界留下了些东西。这份事业是他们的,也不全是他们的,它属于相关的每个人:支教老师、工作人员,还有学生们。如果可能,最好属于全中国所有的乡村学生。"

"梦想虽然昂贵,可也能带给我们很多。"娟姐轻轻把手放进付羽的手中,"在爱情之上,其实还有更大的爱。"

走出饭馆时已经很晚了,顾盼站在屋檐下仰起头,夜空中飘下丝丝细雨,付羽在他身边撑开伞。

"付羽,那你呢?"顾盼突然没头没脑地问,"你从没放弃过梦想吗,连放弃的念头都没有过?"

"我要是能停止呼吸,也就能放弃梦想。"付羽举起伞,另一只手揽住妻子的肩膀。

第二十二课　学生长大了

午夜的街头，顾盼在路灯下掏出手机，再一次给"下自成蹊"发去消息："桃子，我今天听了一个很长的故事，突然理解你了。"

他边等回信边叫顺风车，两边都没等到。夫妻俩已逐渐远去，付羽走在道路的外侧，用伞遮挡娟姐的头顶，小心搀扶她跨过一条小水沟。顾盼只好穿过身后的小巷，去到另一条路上叫车。

一切都雾蒙蒙的，可能是因为下雨，更可能是醉酒的缘故。他手扶砖墙，一点点挪动脚步。墙身的潮湿触感让他还保持着几分清醒。顾盼没有打伞，刚才付羽想借他把伞，他谢绝了，并坚持表示自己喝得不多，一个人回去没问题。雨并不大，又是夏夜，他却不住地颤抖，一遍遍反刍刚才听到的故事，也包括付羽的最后一句话——我要是能停止呼吸，也就能放弃梦想。

醉意更浓，顾盼蹒跚着靠上砖墙，让后背沿墙身滑落。一屁股坐到水淋淋的路牙上时，记忆倏忽回到支教前的岗前培训。爸妈找到云南，自己打死也不肯跟他们回去，那时就这样久久坐在路灯下，起身时才发现，李桃在等自己。

他好像又看到她穿着那条第一次见面时的青绿色长裙，背包上悬着稻草人，他听到她说自己真幼稚。其实李桃生气的时候最好看，支教时两人吵架，每次吵着吵着自己就先消气了，光顾着欣赏她的怒容，有时候恨不能故意逗她生气，就像班里那些男生没事就欺负

讲台　461

女生，其实是因为喜欢对方。

也真是幼稚啊。

顾盼躬下身，将沾满雨水的脸颊埋进手掌，三年多的往事在心底流淌。恍惚中他穿过雾气蒸腾的云海，走过落英缤纷的凤凰树，和孔子像擦肩而过，远处是琅琅读书声。教室门在身后关闭，寂静中依稀带着吱嘎回响。学生们一同起立，每张稚嫩面孔都笼上雾气，打上柔光，同样柔和的日光夹杂着树影投进窗口，粉笔灰悬浮在半空。教室后排的黑板上用粗大的粉笔字写着：172，一起爱。长发绿裙的女生正背对他写下这几个字，背包上小小的稻草人在摇晃。

雨水敲打路面，黑暗的街巷中没有人。

一股恶心翻涌上喉头，顾盼起身奔向垃圾桶，才跑到一半就憋不住了，弯腰张开嘴，满腹的憋闷悲伤倾泻而出。他艰难地直起身，掏出纸巾擦嘴，再掏出另一张擦眼睛，怎么擦也擦不干，泪水混着雨水没完没了地流淌，他把颤抖的手探进裤兜，摸了好几遍才摸出手机。

电话接通了，久久的宁静。这还是好多天以来，这个号码的主人第一次肯接自己的电话。顾盼几乎握不住手机，喘息得有如濒死的野兽。他拼命想让嗓音保持平静，最终开口时还是变了调："桃子，是我。"

没有回答，顾盼甚至怀疑电话那头根本没人，他在雨声中静默了许久，总算辨别出手机那头的轻微呼吸。

每个角落都是消毒水的气息，白色身影来来往往。这不是顾盼第一次走进医院，却是他最焦虑的一次，送李桃去医院都没这么担忧过。他还记得大三那年爷爷去世的经过：头一天送进医院，24小时后人就不在了。出殡的时候，他爸对着灵车磕头：爸，您走好。那时望着父亲的背影，顾盼突然觉得他老了很多。

"你提辞职的时候,同事都怎么看?"陈纳德的声音在他身旁响起。

"爱怎么看怎么看。"顾盼大步流星地走着。

"领导怎么说?"

"不信呗。收下辞职信,还劝我别一时冲动,跟我说,要不先过去看看,不行再回来,这事他就当没发生过。我说谢谢您,可我实在耽搁太久了。"

"付羽那边都谈好了?"

"谈好了,他说只要我真的拿定主意,他这里没问题。其他手续以后慢慢办也行。"

他推开病房的门,病床上的父亲静静看着他,老爷子明明还有好几年才退休,稀疏的头发却几乎没有黑色了。顾盼坐到父亲身旁,握住他的手,干瘦而冰凉,自己好像握着一截枯枝。身后的陈纳德和顾盼他妈打过招呼,小心地把买来的水果放在桌上。

"医生说了,没大事,歇几天就好。"他爸脸上绽开艰难的笑意,"这次是有点突然,别耽误你的正事。家里不用惦记,照顾好你自己还有李桃,她要是愿意放假来北京最好,没空过来也没关系。好好教学生。"又向顾盼他妈使个眼色,他妈起身递过来一张银行卡。

"爸,我不要。"顾盼拼命推开他妈的手,"我这几年支教也攒了点钱,过去以后也有工资,那边根本花不了那么多……"

他妈把银行卡硬塞进他的手里:"你在外面,用钱的地方多得是,不够了家里还有。"

"拿着吧,就当借家里的。"他爸也轻声说。

顾盼背对父母,把银行卡塞进旅行包,忍了又忍,总算恢复平静。他把旅行包往肩后一甩:"这钱我一定还。爸、妈,我走了。"

"好男儿志在四方。"他爸躺在病床上,目送着儿子远去,面容从没这么慈祥过。

顾盼走到门口，收住脚步转过身，跪倒在地向父母磕了个头，然后起身夺门而去，狂乱的脚步声回荡在走廊里，他再没有回头。

陈纳德一溜小跑追赶，终于在他要推开楼道门时赶上，窗外的阳光投到顾盼的侧脸上，亮晶晶的。

"消毒水味儿太刺鼻了。"顾盼耸耸鼻，推开楼道门，狂奔下楼梯。

"老陈，来点音乐。"他别过脸望着车窗外，左手捂住脸。从坐进车里，他就保持这个姿势没变过。

陈纳德目不斜视地开着车，腾出手拧动旋钮。口琴声响起，典型苏联风格的旋律，轻快的女声飘散开来：

我们有个平凡的愿望，
它时刻燃烧在心上。
这是我们终生的理想，
让祖国繁荣富强……

"这趟麻烦你了。"顾盼的嗓音很沙哑，"所有花费我全出了。"

"咱俩就别扯这个了，比这更远的路我也不是没开过。不过你非这么干不可？"陈纳德紧盯着前方。

"非这么干不可。"

"那就听你的。"陈纳德叹口气，"说吧，第一站到哪儿？"

顾盼打量着手中的地图，那上面写满密密麻麻的批注，好像一张作战地图："先是这里。"

陈纳德踩了脚油门，音响里的歌声随之增大，歌声洒遍身后的公路，汽车消失在天边。

潺潺雨声中响起桃白白的叫声。李桃睁开蒙眬的睡眼，窗帘的缝隙透出一丝灰蒙蒙的光亮。她闭上眼还想再睡一会儿，无奈雨声绵延不绝，桃白白又一直不肯安静。她保持仰卧姿势，伸手掀起窗帘的一角，望着窗外的云雾在阴郁天空和青绿山巅间蒸腾缭绕；又坐起身，把铝合金窗户推开一道缝隙，雨声陡然清晰，混杂泥土和青草气息的潮湿凉意涌入房间。

李桃重新躺倒，用被子裹紧身体，被窝显得加倍温暖，让她就算睡不着也甘愿再多赖一会儿床。

她本来就喜欢下雨，来云南后加倍喜欢，不仅因为雨水让她想起故乡，更因为这样就能避免被浓烈的阳光晒伤。在沧水中学那三年，当地的紫外线还不算强，来到新学校后，她似乎回到了支教前培训的日子，刚报到那几天，每次出去都是防晒霜加遮阳伞的配置。可如今，她宁可每天都是明晃晃的日头。

云南进入了雨季，今年还罕见的长，这对校舍改造来说是个再糟糕不过的消息。操场的水泥地面必须在阳光下长期曝晒才能干透，可现在每天都是连绵阴雨。还剩不到一周就是九月份，微光小学要开学了。计划中那该是一场备受瞩目的开学典礼，当地的教育部门、微光的合作伙伴连同多家媒体都受到了邀请，还有专门的视频制作团队要来录节目。老师们难以想象他们看到坑洼不平、杂草丛生的操场会是什么感受。

回首这个夏天，李桃觉得它像这雨水一样漫长，两个月里天天都好像在打仗。她是最早来学校报到的老师之一，七月初刚从香港毕业就匆匆赶来了，连北京都顾不上回去，为此还和顾盼在电话里大吵一架。那一刻她对男朋友失望透顶，哪怕接下来的很多天里，他变着花样向自己道歉。

第一次联系付羽，提出想去微光小学时，付羽就问她，和顾盼以后怎么办。李桃特别自信，顾盼肯定会去的，他早就和自己抱怨过好多次，说现在的工作没意思，自己会来做他的工作。付羽依旧

讲台

谨慎，让她不要着急替顾盼表态，万一他的反应和预想中不一样怎么办。李桃那时愣了下，马上又说，那她就自己过来。后面的发展果然让付羽说中了。

从冬天一直谈到初夏，她始终没能说服顾盼。每次通电话，她都主动提起微光小学近来的进展：和当地教育局的合作细节谈妥了；双方的工作人员一起去选校了；和当地教育局的合作协议签署了。李桃话里话外的意思很明显，可顾盼始终没有流露出想过来的意愿，每次通完电话，李桃心中的块垒就增高了一重。

临毕业时，她本来兴冲冲地告诉男朋友，罗总的公司这次投入了一千多万元资金来支持微光小学的建设，没想到两人却在电话里吵了起来，挂下电话她哭了一整天，眼睛都是肿的，只好戴上有色眼镜来掩饰，那时她心底就有种预感，再次分手已经是时间问题了。

李桃习惯性伸手在床边摸索着，找到手机再点开，除了各支教群里显示信息更新的红点，没有新消息。她怅然若失地关掉手机，重新闭上眼睛。以往这时候，顾盼早就给自己发来了消息，她都能想象这时他会对自己说什么，多半是叮嘱自己添衣服，因为他看过天气预报，云南这边的温度降低了几度。谈恋爱之后她才发现，他在自己面前居然也这么絮叨，跟她爸一样。这个念头让她有些想笑，鼻子却又泛起酸。

和顾盼吵完那一架，她就不想再和他说话，先是想让自己冷静几天，再后来就是想让时间冷却自己的感情，结果事与愿违，顾盼的模样每时每刻都在眼前晃，好几次独处时，她都情不自禁喊出他的名字。回过神来才觉得尴尬，生怕被其他老师听见。

顾盼的态度倒是没什么变化，那次刚吵完就赶紧认错，以后每天都认错，李桃始终不理他，电话更不接。后来顾盼大概也是自讨没趣，或者觉得认错认得够多了，就改为请安问候或者自说自话，主动汇报每天的遭遇和经历。她还是不理他，后来更有意屏蔽了顾盼的微信，因为每次看到他发来消息都会心烦意乱，甚至手机一响就会担心是他。

整天请安有什么用，人又不肯过来。

她不是没想过删掉顾盼，像搞调研时那样，可到底狠不下心，一旦那样做，两个人有可能彻底决裂。除了一个"拖"字，李桃不知还能怎么办。杨晓婉悄悄问过她，对他俩的以后有没有打算，李桃茫然摇头，杨晓婉委婉暗示她，长痛不如短痛，不要又像上次那样伤那么深。李桃当然心知肚明，也几次鼓起勇气想和顾盼提出分手，事到临头还是退缩了回去。

最后一次，她用了四五天时间积攒勇气，终于在一个深夜编写起酝酿无数遍的信息："顾盼，我想了很久，要不咱们还是分手吧。做出这个决定我也很痛苦，可你我都有各自的人生选择，谁也不能强迫谁，我不想拖累你。对不起。"

她正要咬牙狠狠点击发送键，屏幕上却蹦出了顾盼的消息："桃子，我今天听了一个很长的故事，突然理解你了。"

李桃用最快速度删掉刚才那条信息，捧着手机久久等候顾盼的新消息，恍惚间回到了刚和他确立恋爱关系的时候，那时自己也是在繁重的学习之余，焦灼地等待他的音信，越到每天约定的时间越不踏实。

窗外依旧是雨声，房间里一片寂静，桃白白在脚下蹭来蹭去，喵喵直叫，她听得烦躁不已，呵斥了它几声。桃白白低着头垂下尾巴溜进床下。这时屏幕上显示出顾盼的手机号，他直接给自己打来了电话。

她突然陷入了慌乱，不知该不该像以前那样拒不接听，短短几秒内，无数念头涌入脑海。直觉告诉她，这是顾盼一个很重要的电话，可下一个念头就是，顾盼也要对自己提分手。随即又自己推翻了这个念头：从他刚刚发给自己的那句话来看，绝不是这样……最

讲台　467

后她还是战战兢兢接通了电话,连一声"喂"都没敢说出口。

电话那头同样是沉默,只有急促的喘息:"桃子,是我。"

李桃闭上眼睛,手机里的声音完全变了样,可她依然能听出是顾盼。何止声音,自己单凭呼吸就能分辨出是他,还能判断出他喝了酒,隔着手机都能嗅到他喷出的酒气。他化成灰她都认识,下一秒他就该哭出声了。

手机中果然传来哭声,哭得好像受了委屈的孩子,除了岗前培训跟他爸妈大闹的那次,支教这三年李桃没见顾盼再哭过,哪怕是那些最艰难的时刻。好不容易垒砌起的心防瞬间崩溃,李桃的泪水同样夺眶而出。她让自己倒在沙发上,不这样做就会瘫倒在地。窗外下着雨,她不知道自己和老天谁哭得更凶。同一个时刻,相隔千里的两个人各自举着手机,沉默着各自啜泣,也听着对方的啜泣。

最后她听到手机里传来顾盼的一句话:"桃子,等着我。"久久的忙音。

第二天一早,她又收到顾盼发来的消息:这段时间有些别的事,咱们暂时不再联系,等着我好了。在那之后,顾盼果然像人间蒸发了一样,再没有过任何动静,朋友圈也停止了更新。李桃惴惴不安,想主动打电话却又退缩回去。她了解顾盼,他要干什么肯定有自己的理由,也肯定会出人意料。

好在连日来的忙碌常让她无暇去想私事。老师们是七月上旬陆续前来报到的,大赵、严菡都来了,杨晓婉结束在沧水中学的支教也赶了过来,娟姐也不时过来帮忙。除了四五位留任的当地老师,整个教学团队的十几名成员都有着至少两年的支教经验。

"在外界眼里,各位可能只是换了一所学校来支教,但咱们自己心里清楚,要做的事远不止教书本身。"团队第一次全体会议,付羽就这样说,"我们的任务是进行教育创新,让学生们身处学校的每一分钟,看到的每一个画面、听到的每一句话、经历的每一件事,都围绕着统一的教学愿景;更更重要的是,我们还要探索出一套农村办学标准:一所好的乡村小学,老师应该具备什么特长背景?享受什么待遇?怎么讲课?学生要过着什么样的生活?学校的教学目标是什么?甚至应该配备哪些硬件设施,卫生标准、安全标准又该怎么样?"

简陋的会议室里一片寂静,每位老师眼里都闪着兴奋的光芒。只有李桃在开心之余又有些失落,这些顾盼是注定没法和自己一同经历了。

桃白白还在叫,喵喵声回荡在细密雨声中,好像某只在水泥丛林中偷生的流浪猫。李桃披上衣服打开房门,一颗浑圆的毛球马上蹿进屋里,跳上她的床。她拉开窗帘,望着整饬一新的校园。

眼下还是暑假,学生们都没来,雨中的校园格外寂静。它坐落在一座小山的半山腰,周围环绕着青山、稻田和茶园,田野间绽放着五彩缤纷的野花。学校只有一栋三层教学楼和一栋宿舍楼,操场只是两座并排在一起的篮球场,站在教学楼的阳台就足以把这里的每个角落收入眼底。但粉刷一新的白墙上手绘着各种卡通人物,校门口装上了门铃和路灯,花坛特意修剪过,浴室和水厕都是新建的,教室过道摆着分类垃圾桶,楼道立着水质净化器,有的教室还装有数字电视,各种需要安全和文明提示的角落都有漫画提示,连双杠的高度都降低了许多,下面还垫上厚厚的细沙,以防孩子玩耍时摔下来。

这些都是在一个半月内完成的,当地中心学校的校长联系好了施工队,还不时过来帮忙把关,老师们需要出装修计划和监督施工。他们都很认真,比装修自家房子还要上心。为了尽量节约成本,他们还亲自出动去采购各种建筑材料,原来学生物的严菡甚至特意调查了每种花木的品种和市价,以防施工队虚报价格。

李桃也没少干体力活。粉刷教室那些天,老师们除了筹备开学

讲台　469

典礼、研究教学计划，每天还要把教室里的各种教学器材清理出来，等墙壁粉刷好再统统搬回去，也是那段时间，她发现自己的力气大了不少，从抱一摞书上下楼都费力，到最后已经可以轻松把整个小书架从一楼搬到三楼，连同上面摆着的五十多本书。代价则是黑瘦了许多，又整天蓬头垢面，防晒是别想了，她更没精力、没心情也没必要像以前那样专门花时间梳妆打扮。

每天晚上是最惬意的时候，老师们和施工队在工棚下围坐到一起，一人抱着一只饭菜冒尖的大碗狼吞虎咽，饭后是望着雨景，啃着西瓜闲聊，劳累一天的腰酸背痛没有影响兴致，他们依旧嘻嘻哈哈，彼此调侃，也不反感施工师傅的抽烟喝酒，潮湿的水汽稀释了烟酒味，烟头的亮光就像黑暗中的萤火虫。付羽他们还经常陪师傅喝两口酒，半懂不懂地听他们抱怨施工的难处。

每到这种时刻，李桃也跟着有说有笑，只是不时会陷入沉默，似曾相识的景象总让她回忆起在沧水中学的日子。只要偶尔出了神，心底总会泛起一个念头：要是顾盼也过来会怎样。李桃能想象出他兴致勃勃撸起袖子，跟着师傅们刷墙、搅水泥的毛手毛脚。她也能想象，一旦自己有什么活要干，他肯定不由分说抢过来代劳、从头到尾不让自己沾手，她最不满意他这点，对他反复强调过。每次顾盼都点头如啄米，转过脸又忘个一干二净。她还想象，等到大家像现在这样聊天休息时，他肯定是最活跃的一个，每次都得自己一遍遍让他少说几句，才会消停一会儿。如今大家的聊天仍然热烈有趣，却总好像少了点什么。

连着好些天了，诸如此类的念头随时随地都可能冒出来，就像开门时一不小心，桃白白就会从房间里溜出来。重新抓住它总要费上好一番力气，而李桃同样得和这个念头斗争许久，才能把它压下去。

毛茸茸的脑袋拱开被窝，桃白白刚要钻进去，李桃就把它揪出来搂在怀里，三花猫不甘心地叫着。一年多时间里，它跟着主人转战南北，从云南到老家到香港再到云南，李桃一天也不能离开它，她只剩它了。

她低下头，脸颊贴上毛茸茸的小脸，能感受到它鼻子的潮湿。桃白白挣扎着脱离主人的怀抱，抖了抖被弄乱的毛发，胡须上依稀残留着几滴细小水滴。它的两只前爪扒住窗台，抻长身子，尾巴甩来甩去，欣赏起雨景。李桃也来到它身旁，一起望着窗外。天色亮了不少，雨还在下。

这些天他们都暗自祈求上天，虔诚的心情有如遭遇旱灾的农民，只是祈求的内容刚好相反。施工之初，付羽就问过雨季什么时候结束，师傅们先是根据经验回答"八月多就好了"，后来是"八月底之前也该好了"，再后来"九月初应该就好了"，问到最后，没人再敢给出肯定的答复，工程只能一拖再拖。最近几天，付羽每晚都和工头各自守着一瓶白酒，对坐着长吁短叹。

天色越来越亮，李桃有条不紊地穿衣、洗漱、叠被，桃白白跟着主人转来转去。收拾停当后，她推开房门，习惯性地撑起伞，忽然愣住了。

雨停了。

"所有人都上，抓紧开工。"付羽喊，匆匆套上一副旧手套，刚绽放的曙光给他的脸庞涂上一抹金色，"师傅说了，看天气，今明两天不会有雨，再往后就不好说了。"他拖起一袋水泥，大赵则扛着另一袋从他身边经过，小步奔向操场。

开学典礼大获成功。没有司空见惯的领导讲话，学生们才是真正的主角。六个年级各自贡献了一个节目，还在学校里办起了小型的游园会，为到访的各路来宾系上红领巾。操场上空还高悬着一架无人机进行俯拍，陈纳德操纵它升空时，无论孩子还是大人都兴奋欢呼。

付羽面对记者的话筒和镜头侃侃而谈,其他支教老师也含笑感谢来宾们的赞扬,热情洋溢地回答他们的每个问题,讲述自己选择支教的原因、对支教的热爱,其实早就累得不行,恨不得随便往哪一歪就能大梦周公。翻修操场时所有人都投入了劳动,一直忙到凌晨三四点,总算在晴朗的间隙全部完工,那时开学典礼已是迫在眉睫。

李桃和杨晓婉在熙熙攘攘的人群中寻觅,刚才她们还见到特意赶来参加典礼的罗总,罗总对李桃不肯去自己的公司深表惋惜,但也理解她的选择。刚把罗总送走,李桃就感到肩膀被人拍了下,扭头一看,立刻发出惊喜的叫声,是王沫沫。

她们拥抱在一起,语无伦次地争相表达重逢的喜悦,杨晓婉也加入了进来。耳畔又响起一声短促的咳嗽,裴岩正站在她们身后,似乎不知该如何开口,被昔日的队友拉进怀抱时,她显然也并不习惯这样的亲密,颇有些手足无措。

"你还真做起创业了。"李桃欣慰地打量着王沫沫的名片,"我本来以为你会回家,咱们没在香港见上面,倒又在云南见到了。"

"做乡村艺术教育的本来就少,这方面的公益项目更少,有的是发展空间。我先从沧水中学做起,茶校长那边谈妥了,然后再向其他乡村学校扩展。资金啊,模式啊,这些统统都搞定了。"王沫沫眉飞色舞地讲着,"你们怎么样,顾盼没来?"

李桃尴尬地笑了笑,不知该怎么回答。前两天她到底按捺不住,主动给顾盼发了信息,问他能不能来云南参加开学典礼,顾盼依旧表示过不来,语气很冷淡,这让她的心情格外低落。她一度以为顾盼是想给自己一个惊喜,今天一早就在暗自期待,没想到开学典礼都要结束,依旧音信全无。

"咱们聚咱们的。"李桃勉强露出笑意,"沫沫、裴岩,你们在这边多待几天,好好看看新学校。走,吃饭去,老陈在那边。"

"我可能够呛，我还得和导师商量论文题目……"裴岩刚说出半句，王沫沫已经从后面推起她："行啦，早几天晚几天有什么关系，反正你一样写不下去。"裴岩被推搡着跌跌撞撞往前走，嘴里还嘟囔："我们导师很严啊。"

陈纳德早就占了一张饭桌，远远向她们打招呼，几个女生围坐过来。沧水团队已经快一年没有重聚，他们坐在一起的样子却好像刚结束上午最后一门课。

"你黑瘦了好多啊，这些天怎么老是神神秘秘的？今年的岗前培训也不参加，跑哪去了？学校这边忙成这样，也不说过来帮忙。"杨晓婉坐在他旁边，一板一眼地教训着。

"付羽说你们人手够了。"陈纳德用汤勺舀起木瓜火腿鸡，"这两天有外面的摄制组过来，要把咱们支教的故事录成节目，付羽让我帮着找找从前的素材，给人家打打下手。"

"那顾盼怎么不来？"

"他说他请不了假。"

旁边裴岩还在插嘴："这么重要的场合……"付羽踱了过来，眼睛里满是血丝，依旧神采奕奕，向所有人打过招呼，转到李桃身边："摄制组明天采访咱们，李桃你的时间是下午，先准备准备吧。"又转向陈纳德，"你的片子剪完了吗？"

陈纳德做出 OK 的手势。两人交换了意味深长的目光。

李桃在摄像机前坐下，其他两个镜头也从不同机位架好，镜头后面的编导是个和她年岁差不多的女孩，一见李桃就叫"前辈"，她是杨晓婉、王沫沫再下一届的支教老师，在李桃、顾盼离校后来到沧水。她和另外两位同事昨天就录下了开学典礼的全过程。

会议室里静悄悄的，面对镜头李桃并不紧张，以前没少接受采访，早习惯了，她只是有些精神不振。昨天典礼结束、吃完午饭，她回到住处就是蒙头大睡,一个梦也没有,再次睁眼已是今天上午,还是桃白白蹿上床,喵喵叫着把她吵醒的,它最近刚学会自己打开房门。下午正要去录制现场,编导和付羽居然特意敲开宿舍的门,几乎是把自己一路护送过去。她不明白为什么要这样小心,付羽给的理由十分敷衍:怕你午觉睡过头了。

来到教学楼前,她更发现陈纳德、杨晓婉、王沫沫、裴岩在会议室外站成一排,望向自己的目光也都很奇怪,似乎欲言又止;大赵和严菡他们几个则分头把守在走廊另一头的办公室门口,遥遥向自己招手,俨然在守护什么重大秘密。她顾不上多想,匆匆走进会议室。

所有的窗帘都已拉上,房间里光线昏暗,只有摄像机前是亮的。另一处亮光来自对面墙上电视的小红点,在黑暗中格外清晰。这更让李桃感到奇怪,除非开会要用到,否则平时办公室的电视是不会插电源的。

对面的编导在点头示意,她换上一副欢快的表情开了口:"我是李桃,2018年的夏天,我和几位同伴前往沧水中学,在那里度过了三年支教时光……"

陈纳德小碎步奔向大赵和严菡把守的那间办公室,守在门口的大赵为他小心敞开一道门缝,陈纳德侧身艰难地挤了进去,坐在凳子上的人像弹簧一样蹦起来,是顾盼。

"开始录了。付羽在那边盯着,快到了马上就通知我。"陈纳德说。

顾盼深吸一口气,浑身都在颤抖。他踱到窗前,把遮挡得严严实实的窗帘轻撩起一道缝隙,阳光投射到桌前,照亮了摆在上面的一大簇鲜艳的玫瑰。

"紧张吗?"坐在另一张凳子上的娟姐笑着问。

"能不紧张吗?"顾盼低头玩弄着手中的一只小礼盒,"这辈子就这一次了。"

"付羽当年也是。激动得话都说不清，那个傻乎乎的样子啊，我一辈子都记得。"她脸上浮现出甜蜜的笑意，低头轻抚隆起的肚腹，"李桃肯定会哭，你也肯定会。"

"我不信，肯定不会。"顾盼摇头，此时他的心情就好像步入战场，紧张都还来不及。

"那打个赌吧。"

李桃在继续录视频："回首三年支教，我成为一名合格的老师，也有了愿意为之奋斗一生的理想，有了一处第二故乡，还收获了一大群志同道合的伙伴，他们永远是我生命中最重要的组成部分。我还有了……"她突然不再继续，目光也变得怅然若失。

编导从镜头背后探出头，李桃满怀歉意地摇头："对不起，咱们重新来一遍，最后这句说错了。"

"现在，我的学生很多考上了高中，其他人也有了全新的生活。他们早已散落在天涯，但我知道，他们不会忘记和我共同度过的三年时光，正如我不会忘记他们那样。"

编导喊了声"停"："前辈，知道你的学生们现在都怎样了吗？"

李桃茫然摇头，这个问题完全在采访计划之外，她对此毫无准备。

编导从摄像机背后走了出来："在我们采访你之前，已经有人采访了你的学生们。这个人你应该认识。"

付羽递去遥控器，她接过来，转身点开电视屏幕。

悠扬的音乐响起，一个人在镜头前坐下，直视着自己："桃子，这段时间我一直没有和你联系，是因为在忙一件很重要的事。"

李桃觉得整个世界都静止了，顾盼比上次分别时黑瘦了许多，也沧桑了许多，望向镜头的专注神情却是之前从没有过的。

"分别的这段日子里，我经常觉得痛苦和迷茫，也更想你了。我后来有空就回咱们学校转，我会走到旧图书馆的背面，幻想能在那里看到你喂猫。咱们学校开支教宣讲会，我只要赶得上都过去听，台上的人总会让我想起当时的你。操场更是每次必去，在那里跑圈，你好像就跟在我后面，坐到操场上，你好像就在我身旁。眼前每时每刻都是咱们这些年相处的点点滴滴，每个夜里我都能梦见自己回到沧水，和你、和大家，还有学生们在一起。我这才知道，自己割舍不下这份爱情，更割舍不下那段支教岁月，割舍不下那片土地。"

屏幕内外的两个人几乎同时眼角泛起泪光，顾盼继续开口："在过来找你之前，我想先见见学生们。你也知道这很难，不少学生都去卖工了，去了各个城市，干着各种工作，过着各种生活。可我还是想见他们。所以我和老陈用了一个多月的时间，开车走遍了半个中国，把咱们172班每一个学生都见到了，了解了他们现在的情况，鼓励了他们，还让每个人录了一段想对你说的话。"

阿雯第一个出现在镜头前，穿着市一中校服站在顾盼身旁，背后同样是市一中的校园："李老师，好久不见，我很想你。开学后我该上高二了，高中的学习比初中紧张得多，我每天都很累，成绩倒还好，这次在全年级排二十几名，下次我一定要考进前二十名。我至今记得咱们在北京游学的那些日子，准备以后报考你和顾老师的大学，当你们的师妹。"

下一个出场的是阿芹，依旧穿着沧水中学的校服，站在校门口的凤凰树下："李老师，你对我说过，希望我能回到学校，其实跟着爸爸妈妈去卖工的这几年，我没有一天不想着回来。我想你们，想172班，更想以后考高中。现在爸爸妈妈在县里找到了新工作，我也回来上学了。虽然有点晚，但顾老师告诉我还来得及。"她把双臂在胸前摆出V字，"胜利终归172。"

阿辰站在镜头前，扶了扶眼镜，眼神总是不由自主地向下瞟："李老师，我现在除了语文，其他课都有些吃力，有点后悔初中时欠债太多。幸好还有时间赶上。另外这个假期，我把你留给我的书都读完了，也试着写了些故事。"他犹豫了一下才直视镜头，"以后长大了找女朋友，我会拿你当标准。"顾盼笑着揽住他的肩膀："那你得现在就拼命让自己变强。"阿辰重新垂下眼睛，也不好意思地笑了。

阿梅双手举着自己的画，身子挺得很直："李老师，在新的班级里，我有了新的生活，也有了新的朋友。每次上课我都积极举手回答问题，老师也喜欢我。每天我都过得很开心。我现在还是抽出时间在画画，也许以后当不了画家，但只要画画能让我开心就好了。"

画面中出现了猪圈，阿亮把饲料倾倒进食槽，几头猪哼唧着凑上前，响亮地吃着，学生笑嘻嘻望着老师："李老师，我在叔叔的养猪场帮忙，喂猪、钓鱼、采茶、采菌子、捡柴。"阿利突然在镜头前探出头："我每天给阿亮做直播，看的人好多。"镜头又转回阿亮："我觉得比念书时开心得多，在学校这不好那不好，还好有你和顾老师，有空和顾老师再来耍，这山里到处都是好耍的。"

阿飞像兔子那样蹦出来，个子明显又长高了："李老师，体校一天到晚都在训练，整天累得要死。可我一听说顾老师过来，"他的目光变了方向，赶忙加一句，"哦，还有陈老师也过来——"画面外响起陈纳德的声音："没事没事，不用提我。"阿飞笑了："就赶紧跑过来了。您和顾老师的教导，我记一辈子。还有，"他深吸一口气，冲着镜头喊了一嗓子，"阿雯，我喜欢你，我现在每天都在加油，为了以后配得上你。"

小小的服装店前，阿彩抱着自己的儿子，有些不敢看镜头："李老师，我终于彻底离婚了，也把儿子带到身边，还和现在的老公在城里开了家小店，日子过得辛苦，但也还好。和你见面后，我经常怀念在学校的生活，你和顾老师对我真的很好。当时要不是你劝我，我也许就认命了。有时我也忍不住想，如果还留在学校会怎样。后来觉得算了吧，想也没用。以后我要努力工作，认真生活，照顾好孩子。"她低头向孩子指了指镜头,孩子也举起小手打招呼。

阿敏站在自家门前,衣着整洁,双手紧贴裤线好像在做操。他尽力控制身体的摇晃,清楚地发音:"李老师,你好吗?我很好,爸爸也好,请你有空再来我家玩。"他咧开嘴,重新露出老师熟悉的天真笑容。

镜头前出现了越来越多的学生。阿进、阿秀、阿楠、阿福……各自向老师讲述自己的生活。场景也更加丰富:高中的校园,蒸腾着热气的早点摊,饭馆的后厨,门口转动彩带的理发店,尘土飞扬的工地,摆满集装箱的货运站,堆积建筑材料的装修店铺,水泥地上油迹斑斑的摩托车店,还有手工作坊、模具厂、皮革厂、轨枕厂……学生们望着镜头,向老师讲述自己现在的生活,回忆与老师相处的时光,对老师表示感谢和祝福,期待着与老师重逢的那一天。

最后出场的是阿彪的妹妹,女孩同样长高了,也穿着沧水中学的校服:"李老师,我去年也读了沧水中学,王老师、杨老师和宇老师都教我,我的学习成绩一直是年级前十。顾老师他们没找到哥哥,哥哥也不好意思见你们。他现在在餐馆做饭,以后打算去市里考厨师证,他现在工作特别特别努力,说要攒钱供我考大学。我们都能照顾好自己,李老师请放心。"

李桃没有看清所有的学生,刚看到开头几个学生出场,泪水就模糊了视野。她没完没了地擦着眼泪,仍然只能听到视频里的声音,看不清画面。往事如同倒放的电影在心头逐一闪过。视野模糊了,听力模糊了,神志也模糊了,只有顾盼的那句话依旧清晰:"桃子,咱们的学生,都长大了。"

她放声大哭。

大赵开了门,杂乱的脚步声回荡在走廊里,顾盼手捧大把的玫瑰,快步走向录制现场,所有人的目光都集中在他的身上。

会议室里,顾盼的声音依旧在回荡:"遇到你之前,我不知道自己的人生目标是什么,不知道为什么要考大学,为什么要工作,甚至人为什么要活着,人生的意义到底在哪里。如今我已经明白,人生不是从来就有意义的,所有意义都应该由自己来寻找,幸福和快乐没有统一的标准,我们自己觉得做什么能快乐,什么就是自己的人生意义。很幸运我找到了它,是你帮我找到的。

"一起支教的这三年来,咱们都有过动摇、退缩和沮丧,彼此也有过矛盾,但咱们更多的是互相支持,互相鼓励,互相陪伴着度过最艰难的日子。咱们和咱们的学生,都在支教中共同成长,成为更好的人,为共同的梦想去奋斗,这就是咱们人生最大的意义,真的谢谢你。

"之前我确实犹豫,是不是要跟着你继续支教,不知道咱们的新生活会不会幸福。现在不会再犹豫了,和你在一起就是最大的幸福。咱们都还年轻,未来的路还长,梦想也还遥远,也一定会遇到更多更大的困难,可只要身边有你,我就什么都不担心。无论咱们在哪里,城市还是农村,北京还是云南,无论咱们有钱还是没钱,生活轻松还是辛苦,只要每天醒来时看到你睡在身旁,每天都能听到你的声音,和你说说话,哪怕是吵架,哪怕什么话都不说,只是守在一起各做各的,或者什么都不做,我也会踏实和满足。

"桃子,我已经决定了,这辈子永远都和你在一起。你愿意吗?"
画面再度切换,学生们重新逐一出现,说出同样的话。
"李老师,顾老师挺好的,嫁给他吧。"阿雯说。
"李老师,顾老师挺好的,嫁给他吧。"阿芹说。
"李老师,我要是你,我一定嫁给顾老师。"阿彩说。
"李老师,虽然有点舍不得,但你还是嫁给顾老师吧。"阿辰说。
"李老师,嫁给顾老师吧。"阿飞说。
"嫁给顾老师吧。"阿彪的妹妹说。
其他支教老师、工作人员接连在镜头前出现,甚至还有茶校长

讲台

和沧水中学的老师们,每个人都在说同样的话:嫁给顾盼吧。

付羽打开办公室的门,顾盼手捧玫瑰走了进来,李桃目光追随着他的身影,起身扑倒在他怀里,拼尽全力挥拳捶打他,哭声更加响亮,完全不在意旁人的目光。顾盼任由她捶打,起先还在笑,看到她的眼泪,心头也涌起酸楚,他试图压下去,根本压不住。他的嘴角收敛笑意又绷紧,几番抽搐后重新咧开,第一滴眼泪已经淌下,他索性彻底放弃抵抗,一任泪水流淌,鬼使神差地想起和娟姐打的赌,自己果然输得一塌糊涂。

办公室外面,杨晓婉、王沫沫、裴岩早已跟着擦起泪水,陈纳德小声嘟囔着:"简直是鬼哭狼嚎。"他掏出纸巾响亮地擤了擤鼻涕,又悄悄凑到杨晓婉身旁,"我以后可不想这样。"杨晓婉攥着湿透的纸巾:"想多了,谁跟你啊。"大赵也自言自语:"也不知我什么时候能有这样一出。"严菡则笑了笑:"我是不想了。"说完掏出手机准备录下这个场面,她的屏幕壁纸是一道彩虹。

顾盼用痉挛的手掏出那只小礼盒,哆哆嗦嗦几次才打开,取出婚戒,单膝跪下,把它举到李桃面前:"桃子,我爱你,你愿意嫁给我吗?"还在抽噎的李桃点头,泪水未干已绽放出笑容。他动作笨拙地为她戴上戒指,在欢呼和掌声中握紧她的手,从此再也不想松开,哪怕片刻。

"回首三年支教,我成为一名合格的老师,也有了愿意为之奋斗一生的理想,有了第二故乡,有了一大群志同道合的伙伴,最后,我还有了值得托付一生的另一半。"屏幕中的李桃说。

"我是李桃,微光 2018-2021 届支教老师,支教于沧水中学。现在重新回到学校,希望和同伴们一起努力,为中国农村教育探索出一条新路。"

"完美。"编导喊了声"停",满意地直起腰,"这片子一定会火。"

李桃弯腰站在她身边，望着刚录下的这段，顾盼也盯着屏幕中的她："你现在瘦得厉害。"

"还说我，你也黑得跟煤球一样，"李桃转身打量着他，指尖从他脸庞轻轻划过，"一会儿拍摄得扑多少粉，脸才能白一点啊。"

顾盼握住她的手："不管了，反正今后一直赖在你身边，你嫌我黑也甩不掉我了。"

李桃扑哧笑了，任由他攥住自己的手，无名指上的婚戒在熠熠生辉。

"顾盼，该你了。"付羽喊。

顾盼应了一声，在镜头前坐下，直视摄像机背后的李桃："微光 2018–2021 届支教老师顾盼，前来报到。"

尾　声

六年过去了。

年轻女老师感慨地望向台下，学生们依旧穿着蓝白校服，这么多年，式样从没变过。他们大多皮肤黝黑、身材瘦小，正如当年的自己。不同的是，那些望向她的目光中充满无尽的好奇与羡慕，明显比当年那一届学生懂事得多。

学生们的确难掩对老师的兴趣，他们早就听说了这位校友的辉煌过往：那年中考，她既是沧水中学的状元，也是全县的状元，顺理成章考进市一中；三年后，她又以难以想象的高分考上了燕京师范大学。从那以后，她的故事在学校代代相传，却一直只闻其名不见其人。在学生们心目中，她既然去了北京，就应该像生活在另一个星球那样遥远，谁也没想到她还能回到家乡。

他们仔细打量她：相貌很清秀，消瘦的脸上一双大大的眼睛，左眉有一颗痣，白色文化衫上的鲜红字迹如同舞动的火焰：新青年，新支教。身后的黑板上方挂着一条横幅，"沧水中学校友分享会"。

女老师还在继续自己的分享："这次回来，我没想到变化这么大。咱们的家乡摘掉了贫困县的帽子，母校的校舍更漂亮了，课外项目更丰富了。校门口那几棵凤凰树还在，花园里那棵枇杷树是我上学时老师带我们种下的，如今长得很高了。教学成绩更比我们那时候好，连续三四年都有一大半同学考上高中。学校还来了很多新老师，当然同样也有很多老师离开。茶校长退休了,俸主任调走了,我当年读书的时候,字老师是化学老师,现在成了校长,去年还被评为优秀乡村教师,得了好大一笔奖金。"

教室里响起哄笑,女老师笑着望向坐在旁边的字校长,校长同样含笑点头,她的眼角额头已有了皱纹,鬓角也微微染霜。

"最忘不了的还有那些支教老师。"女老师转过身,PPT 上出现一张合影,共有七位老师。学生们都认出了字校长,她那时还很年轻,不过其他六位老师更年轻,一看就是城里来的大学生,中间那位很漂亮的长发女老师还抱着一只圆滚滚的三花猫。

"那年我迈进沧水中学的校门,他们也来到学校支教。当时我们班是全年级最差的班级,可是三年下来,我们班的成绩远远超过了其他班。我还记得,老师们在班里建立了一个学习组织叫胜利者,组织里的每个人都很拼。

"最让我难忘的是这两位老师,"她指向站在合影正中的两个身影,"这是顾老师,这是李老师。顾老师特别会搞笑,鬼点子特别多,球也踢得很好,有时候虽然凶,但真的是为我们好,后来他还当了一年副校长。李老师大家也都看到了,不仅长得漂亮,人也很温柔善良,无论我们有什么困难、有什么疑惑,她都会帮我们解决,我们都觉得她像姐姐,像妈妈。

"两位老师支教结束后走到了一起,后来又共同去到另一所小学支教,那所学校全是支教老师,他们在那里结了婚,有了孩子,一直过得很幸福,那所小学也成了当地最好的小学,学生们在那里快乐地学习、生活和成长,成绩远超其他学校,各方面的素质一点不比城里的孩子差。周边学校的校长都去那里考察,当地的教育部门还准备把他们的办学模式向其他学校推广。

"不久前他们回到北京,加入一家教育创新集团,还是当老师,继续探索全新的基础教育。我和他们见了面。李老师问我,老师们当年对我的影响有多大。我告诉她,老师们教给我的知识,我其实早已忘光了,但他们和我相处的点滴,对我的关爱,带我去北京玩的经历,还有讲过的道理,至今我都记得,一辈子都记得。是他们让我知道了外面世界的精彩,让我有了走出大山的动力,更让我想成为他们那样的人。正是这样的愿望,促使我考上两位老师的母校,成为他们的师妹,如今更沿着他们的足迹,成为一名支教老师。

"现在沧水中学已经没有了支教老师,这是件好事,因为咱们学校有了足够多也足够优秀的乡村教师。加入微光的时候,CEO(首席执行官)付羽老师就告诉我,我们现在努力去支教,为的就是有一天不再需要支教,那意味着整个中国实现了教育资源的平衡,几千万农村孩子和城市孩子享受了同等优质的教育。这个未来虽然遥远而艰难,但并不是无法实现,只是需要每一位支教老师的努力,需要政府、需要全社会的关注和支持。在那之前,哪所乡村学校还缺老师,哪里就应该有支教老师的身影,所以我回到了生我养我的这片土地。"

她在掌声中鞠躬下台,字校长张开双臂,师生热烈相拥。

一辆汽车驶进一所学校的大门,一群穿着白色文化衫的支教老师们下了车,说笑着,拖着行李走向宿舍楼。蓝天中有白云在流动,阳光透过绿荫洒落在地上,远处整洁明净的教学楼传来琅琅读书声。

女老师推开教室门,走上讲台,全班在班长的喊声中起立,向新老师问好。女老师示意大家坐下,说出酝酿过无数遍的开场白:"同学们好,我是你们的新老师。"她转身在黑板上写下一个"雯"字,"这就是我的名字。从今天起,我会和你们一同度过三年时光。"

(全文完)